U0579004

大学人文

中国古典文学采华

COLLEGE HUMANITIES

THE CLASSICS OF
ANCIENT CHINESE LITERATURE

主 编 李美芳

副主编 赵忠敏 魏 娜 孙婷婷

社会科学文献出版社
SOCIAL SCIENCES ACADEMIC PRESS (CHINA)

云南财经大学出版基金资助

目　录

第一章　天地鬼神

【主题概述】

天地是如何产生的？支配世界运行的力量到底是什么？人死后的世界是什么样的？从人类诞生之初就开始了对头顶苍穹、脚下土地以及居中人间的探索与思考，这种探寻与思考贯穿在整个社会发展史中。在先民看来那些无法由人力左右的神秘力量值得敬畏，并基于自身经验给出了对世界现象的相应解释。

《礼记·中庸》中有："今夫天，斯昭昭之多。及其无穷也，日月星辰系焉，万物覆焉。今夫地，一撮土之多。及其广厚，载华岳而不重，振河海而不泄，万物载焉。"

天地指无时空限制的整个宇宙、自然，天是一种至高无上的存在，天的意志是价值的终极依据。汉·王充《论衡·论死》中有："鬼神，阴阳之名也。阴气逆物而归，故谓之鬼；阳气导物而生，故谓之神。"唐·韩愈《原鬼》中有："无声与形者，鬼神是也。"这种虚无感引发了一系列因探测或迎合而形成的祭祀或宗教活动。殷人认为在叫作"下"的人的世界上面，还有叫作"上"的神的世界，殷王自称为神的后裔和代言人，他是各种重要宗教仪式的主持者，利用宗教的权威来巩固统治；商人"尊天事鬼"；周武王灭殷，建立了奴隶制的王国，周人祭天于郊坛，祭地于社稷，并以仪式为中介将神鬼与人间的秩序联系起来。延续殷王的思想，在周王国里，国家的最高统治者王或称"天子"，被认为是上天派遣来管理人间的最高权威，在接下来的几千年封建社会中最高统治者一直继续沿用这一名称，体现着"君权神授"的思想。"天命"既是客观唯心的宿命论，又是朴素唯物的自然规律，"天命难违"是古人习用的劝慰之言，"知天命"还存在于"敬鬼神而远之"的儒家思想中。甚至"中国"这一名称来源也与先民对天地的认识有一定关系，西周初年的青铜器何尊铭文中有"余其宅兹中国，自之辟民"，居天地之中者曰中国。

从殷商卜辞到《诗经·小雅·雨无正》"浩浩昊天，不骏其德。降丧饥馑，斩伐四国。旻天疾威，弗虑弗图。舍彼有罪，既伏其辜。若此无罪，沦胥以铺"，到《易经》"天行健，君子以自强不息""地势坤，君子以厚德载物"，到《窦娥冤》"有日月朝暮悬，有鬼神掌着生死权"，对生命来源的好奇，对死后世界的敬畏，历历再现于今人依旧可见的古代典籍中。

本章分为两个部分。

天地虽大，其化均也。（《庄子·天地》）

季路问事鬼神。子曰："未能事人，焉能事鬼？"曰："敢问死。"曰："未知生，焉知死？"（《论语·先进》）

动天地，感鬼神，莫近于诗。（南朝梁·钟嵘《诗品序》）

第一节　天长地久

【中心选文】

一　盘古开天地

天地浑沌如鸡子[1]，盘古生其中。万八千岁，天地开辟，阳清为天，阴浊为地。盘古在其中，一日九变，神于天，圣于地。天日高一丈，地日厚一丈，盘古日长一丈，如此万八千岁。天数极高，地数极深，盘古极长。后乃有三皇[2]。数起于一，立于三，成于五，盛于七，处于九，故天去地九万里。

《艺文类聚》卷一引《三五历纪》

【作者/出处简介】

盘古开天地的故事最早见于三国吴徐整撰的《三五历纪》。《三五历纪》又名《三五历》，内容为三皇以来之事，但此书已佚，仅部分段落存于唐代的《艺文类聚》、宋代的《太平御览》等类书中。《艺文类聚》是唐代文学家、书法家欧阳询等人于武德七年（624）编纂的一部综合性类书，是中国现存最早的一部完整官修类书，该书卷一"天部"上曾引盘古开天地的故事。

【字词注释】

1. 鸡子：即鸡蛋，是母鸡所产的卵。
2. 三皇：说法不一。一说天皇、地皇和泰皇（即人皇）；一说伏羲、神农、黄帝；一说伏羲、燧人、神农。

【作品解析】

本文记叙了天地的由来。盘古，又称盘古氏，混沌氏，龙首蛇身或人面蛇身，是中国传说中开天辟地创造人类世界的始祖。天地最开始像一枚浑沌不清的鸡蛋，盘古是其中最早的个体生命，具有先在的神圣性，"神于天，圣于地"。

文本并未提及盘古是如何开天地的，据明代周游编撰的《开辟演义》记载，盘古用的是放置在身边的一把斧子。《三五历纪》的姊妹篇《五运历年纪》称盘古死后身体化为了天地万物，"元气蒙鸿，萌芽兹始，遂分天地，肇立乾坤，启阴感阳，分布元气，乃孕中和，是为人也。首生盘古，垂死化身，气成风云，声为雷霆，左眼为日，右眼为月，四肢五体为四极五岳，血液为江河，筋脉为地理，肌肉为田土，发髭为星辰，皮毛为草木，齿骨为金石，精髓为珠玉，汗流为雨泽，身之诸虫因风所感，化为黎氓。"后来南朝梁任昉撰《述异记》还出现了有关化身的另一个版本。盘古创世的神话传说虽不见于先秦文献，但其内容的发生应在很早的远古时期，是千百年来中华先民口耳相传的结果。"阳清为天，阴浊为地""天去地九万里"是对宇宙空间的认识，"如此万八千岁"是对历史时间的追讨，"后乃有三皇"讲的是人类社会的起源。这则神话体现出中国古代人民朴素的时空观念，原始的英雄崇拜以及对光明、有序生活的向往。

二　女娲补天

往古之时，四极废[1]，九州裂，天不兼覆，地不周载。火爁焱而不灭[2]，水浩洋而不息。猛兽食颛民[3]，鸷鸟攫老弱[4]。于是女娲炼五色石以补苍天[5]，断鳌足以立四极[6]，杀黑龙以济冀州[7]，积芦灰以止淫水[8]。苍天补，四极正，淫水涸，冀州平，狡虫死[9]，颛民生。

《淮南子·览冥》

【作者/出处简介】

《淮南子》又名《淮南鸿烈》《刘安子》，是西汉淮南王刘安主持编写的。该书内容庞杂，以道家思想为主，吸收了诸子百家学说。分为内篇二十一，中篇八，外篇三十三；内篇论道，中篇养生，外篇杂说。现存于世的仅有《内书》二十一篇。

【字词注释】

1. 四极：天的四边。
2. 爁（lǎn）焱（yàn）：大火延烧貌。焱，火花。
3. 颛（zhuān）民：善良的人民。颛，善。
4. 鸷（zhì）鸟：凶猛的鸟。
5. 五色石：简称"五石"，包括青、赤、白、黑、黄五正色。
6. 鳌（áo）：海中巨龟。
7. 黑龙：传说中的洪水之神。冀州：古九州之一，此处指黄河流域古代中原地带。
8. 淫水：泛滥的洪水。
9. 狡虫：恶禽猛兽。

【作品解析】

《说文解字》中有："娲，古之神圣女，化育万物者也。"女娲，传说中的人头蛇身，是中国始祖神话、再创神话中的重要人物。女娲补天、女娲造人等相关传说在《列子》《淮南子》《山海经》中均有记载。这则神话开头就涉及了中国古人的宇宙观，"往古来今谓之宙，四方上下谓之宇"。宙是时间概念，即"往古之时"；宇是空间概念，即"四极废，九州裂"。上古时候，天崩地裂，水深火热，鸟兽为恶，人民生活异常痛苦，女娲经过辛勤的劳动和奋力的拼搏，炼五色石补天，断鳌足撑四极，杀黑龙救冀州，积芦灰止洪水，最终恢复了整个宇宙的秩序，为人类创造了必要的生存条件。这则神话塑造了一位神通奇异而又对人类充满慈爱的女神形象，渗透着母系社会的文化因素，"补天"体现出敢于弥补大自然缺陷的斗争精神。中国神话为中国后世的文学创作提供了丰富的素材，如清代曹雪芹《红楼梦》就以"女娲补天"为缘起。

三　天地不仁

老子

天地不仁[1]，以万物为刍狗[2]；圣人不仁，以百姓为刍狗。天地之间，其犹橐籥乎[3]？虚而不屈[4]，动而愈出。多言数穷[5]，不如守中[6]。

《老子·道经》

【作者/出处简介】

老子［前571（？）～前471（？）］，姓李，名耳，字聃。道家学派创始人，春秋时期楚国苦县（今河南鹿邑）人，曾任周守藏室之史，孔子周游列国时还曾到洛阳问礼于老子。传说老子晚年乘青牛西去，在函谷关应关尹之请写成五千言的《老子》，后不知所终。今存《老子》共八十一章，上篇三十七章，称《道经》；下篇四十四章，称《德经》，故《老子》又名《道德经》。本文为《道经》第五章。

【字词注释】

1. 仁：指儒家的仁爱，源于家族血缘的孝悌之亲，即等差之爱。
2. 刍（chú）狗：古代祭祀时用草扎成的狗。
3. 橐（tuó）籥（yuè）：古代的风箱。橐，装气的口袋；籥，通气的竹管。
4. 屈（jué）：竭尽，穷尽。
5. 多言数穷：政令繁多而屡次失败。
6. 守中：持守虚静。

【作品解析】

本章重点讲述如何治国。儒家有"亲亲之谓仁",这里的"亲亲"指维护着贵族政治的血缘亲情。老子认为"道"是天地万物的本源,是万事万物存在与变化的普遍原则和根本规律,"道"一体无亲,"仁"产生于大道废止以后,是基于血缘亲情的有差别之爱。他反对亲疏有别的私爱,主张普遍无私的慈爱,即"不仁",这是一种"非情的自然观"。通过生活中的两件事加以说明,一是祭祀过程中如何对待刍狗,刍狗祭祀之前是受人们重视的祭品,祭祀之后就被丢弃或烧掉,这是一个无意识的自然而然的过程。正如圣人对待百姓一样,无所偏私,一视同仁;二是风箱的使用原则,风箱中间是空虚的,只要拉动就可以鼓出风来,而且持续不会枯竭。天地之间好像一个风箱,宽广空虚,生生不息。借此指出"多言数穷,不如守中"的道理,《老子》中的"言"多指声教法令,"中"不是儒家的中正、中庸、不偏不倚,而是清静无为。统治政令烦苛,扰民滋事,只会加速败亡,不如持守虚静,取法天地之纯任自然,万物反而能化育不竭。总而言之,本章的主旨是由天道而人道,由自然而社会,从反对"有为"的角度出发谈论"无为"。另有一说是批判政治统治的,认为天地和圣人都残暴不仁,把万物和百姓都当作猪狗看待,误!

四　天问

屈原

曰:遂古之初[1],谁传道之?上下未形,何由考之?冥昭瞢暗,谁能极之?冯翼惟象[2],何以识之?明明暗暗,惟时何为[3]?阴阳三合[4],何本何化?圜则九重[5],孰营度之?惟兹何功,孰初作之?斡维焉系[6],天极焉加[7]?八柱何当[8],东南何亏?九天之际[9],安放安属?隅隈多有,谁知其数?天何所沓,十二焉分[10]?日月安属,列星安陈?出自汤谷[11],次于蒙汜[12]。自明及晦,所行几里?夜光何德[13],死则又育?厥利维何,而顾菟在腹[14]?女岐无合[15],夫焉取九子?伯强何处[16],惠气安在[17]?何阖而晦,何开而明?角宿未旦[18],曜灵安藏[19]?

不任汩鸿,师何以尚之?佥曰何忧,何不课而行之?鸱龟曳衔[20],鲧何听焉?顺欲成功,帝何刑焉[21]?永遏在羽山[22],夫何三年不施?伯禹愎鲧[23],夫何以变化?纂就前绪,遂成考功。何续初继业,而厥谋不同?洪泉极深,何以寘之[24]?地方九则,何以坟之?河海应龙,何尽何历[25]?鲧何所营,禹何所成?康回冯怒[26],墬何故以东南倾[27]?九州安错,川谷何洿?东流不溢,孰知其故?东西南北,其修孰多?南北顺椭,其衍几何?昆仑悬圃[28],其尻安在?增城九重[29],其高几里?四方之门,其谁从焉?

西北辟启，何气通焉？

日安不到，烛龙何照[30]？羲和之未扬[31]，若华何光[32]？何所冬暖，何所夏寒？焉有石林，何兽能言？焉有虬龙，负熊以游？雄虺九首，倏忽焉在？何所不死，长人何守[33]？靡蓱九衢[34]，枲华安居[35]？灵蛇吞象[36]，厥大何如？黑水玄趾[37]，三危安在[38]？延年不死，寿何所止？鲮鱼何所[39]，鬿堆焉处[40]？

羿焉彃日[41]，乌焉解羽[42]？禹之力献功，降省下土四方。焉得彼嵞山女[43]，而通之于台桑[44]？闵妃匹合，厥身是继[45]。胡维嗜不同味，而快鼌饱[46]？启代益作后[47]，卒然离蠥[48]。何启惟忧[49]，而能拘是达？皆归射鞠[50]，而无害厥躬[51]？何后益作革[52]，而禹播降？启棘宾商[53]，《九辨》《九歌》[54]。何勤子屠母[55]，而死分竟地[56]？帝降夷羿[57]，革孽夏民。胡射夫河伯[58]，而妻彼雒嫔[59]？冯珧利决[60]，封豨是射[61]。何献蒸肉之膏，而后帝不若[62]？浞娶纯狐[63]，眩妻爰谋。何羿之射革，而交吞揆之[64]？阻穷西征，岩何越焉？化为黄熊，巫何活焉？咸播秬黍[65]，莆雚是营[66]。何由并投，而鲧疾修盈？白蜺婴茀[67]，胡为此堂？安得夫良药，不能固臧[68]？天式从横[69]，阳离爰死。大鸟何鸣[70]，夫焉丧厥体？蓱号起雨[71]，何以兴之？撰体协胁[72]，鹿何膺之[73]？鳌戴山抃，何以安之？释舟陵行，何之迁[74]？惟浇在户[75]，何求于嫂？何少康逐犬[76]，而颠陨厥首？女歧缝裳[77]，而馆同爰止。何颠易厥首[78]，而亲以逢殆？汤谋易旅[79]，何以厚之？覆舟斟寻[80]，何道取之？桀伐蒙山[81]，何所得焉？妹嬉何肆[82]，汤何殛焉[83]？

舜闵在家[84]，父何以鳏[85]？尧不姚告[86]，二女何亲[87]？厥萌在初，何所亿焉[88]？璜台十成[89]，谁所极焉？登立为帝，孰道尚之？女娲有体，孰制匠之？舜服厥弟[90]，终然为害。何肆犬体[91]，而厥身不危败[92]？吴获迄古[93]，南岳是止[94]。孰期去斯，得两男子[95]？缘鹄饰玉[96]，后帝是飨。何承谋夏桀[97]，终以灭丧？帝乃降观[98]，下逢伊挚[99]。何条放致罚[100]，而黎服大说[101]？简狄在台[102]，喾何宜[103]？玄鸟致贻[104]，女何喜[105]？该秉季德[106]，厥父是臧[107]。胡终弊于有扈[108]，牧夫牛羊？干协时舞[109]，何以怀之[110]？平胁曼肤[111]，何以肥之？有扈牧竖[112]，云何而逢？击床先出[113]，其命何从？恒秉季德[114]，焉得夫朴牛[115]？何往营班禄[116]，不但还来[117]？昏微循迹[118]，有狄不宁[119]。何繁鸟萃棘[120]，负子肆情[121]？眩弟并淫[122]，危害厥兄[123]？何变化以作诈，后嗣而逢长？成汤东巡，有莘爰极[124]。何乞彼小臣[125]，而吉妃是得[126]？水滨之木，得彼小子[127]。夫何恶之，媵有莘之妇[128]？汤出重泉[129]，夫何辠尤[130]？不胜心伐帝[131]，夫谁使挑之？

会朝争盟[132]，何践吾期[133]？苍鸟群飞，孰使萃之？列击纣躬[134]，叔旦不嘉[135]。何亲揆发足[136]，周之命以咨嗟？授殷天下，其位安施？反成乃亡[137]，其罪伊何？争遣伐器[138]，何以行之？并驱击翼，何以将之？昭后成游[139]，南土爰底[140]。厥利惟何，逢彼白雉？穆王巧梅[141]，夫何为周流？环理天下[142]，夫何索求？妖夫曳衒[143]，何号于市？周幽谁诛，焉得夫褒姒？天命反侧，何罚何佑？齐桓九会，卒然身杀[144]。彼王纣之躬，孰使乱惑？何恶辅弼，谗谄是服[145]？比干何逆，而抑沈之？雷开阿顺[146]，而赐封之？何圣人之一德，卒其异方？梅伯受醢[147]，箕子详狂[148]。稷维元子[149]，帝何竺之[150]？投之于冰上，鸟何燠之[151]？何冯弓挟矢，殊能将之？既惊帝切激[152]，何逢长之[153]？伯昌号衰[154]，秉鞭作牧[155]。何令彻彼岐社[156]，命有殷国？迁藏就岐，何能依？殷有惑妇[157]，何所讥？受赐兹醢[158]，西伯上告。何亲就上帝罚[159]，殷之命以不救？师望在肆[160]，昌何识？鼓刀扬声，后何喜[161]？武发杀殷[162]，何所悒[163]？载尸集战[164]，何所急？伯林雉经[165]，维其何故？何感天抑墬，夫谁畏惧？皇天集命，惟何戒之？受礼天下[166]，又使至代之？初汤臣挚，后兹承辅。何卒官汤，尊食宗绪[167]？勋阖梦生[168]，少离散亡。何壮武厉[169]，能流厥严[170]？彭铿斟雉[171]，帝何飨[172]？受寿永多，夫何久长？中央共牧[173]，后何怒[174]？蜂蛾微命，力何固？惊女采薇[175]，鹿何佑？北至回水[176]，萃何喜？兄有噬犬[177]，弟何欲[178]？易之以百两，卒无禄。

薄暮雷电，归何忧？厥严不奉[179]，帝何求[180]？伏匿穴处，爰何云？荆勋作师[181]，夫何长？悟过改更，我又何言？吴光争国[182]，久余是胜[183]。何环穿自闾社丘陵，爰出子文[184]？吾告堵敖以不长[185]。何试上自予[186]，忠名弥彰？

《楚辞》卷三

【作者/出处简介】

屈原（前339～前278），名平，字原，战国时期楚国政治家。其祖先屈瑕，为楚武王熊通之子，受封于"屈"地，乃以"屈"为姓。楚怀王时，为左徒，内主"美政"，外主联齐抗秦，后遭谗被疏；顷襄王时，被放逐江南，秦将白起攻破郢都，悲愤绝望，自沉汨罗江而死。西汉时期，刘向将屈原、宋玉、王褒、贾谊、淮南小山等人的拟骚作品结集成集，题名为《楚辞》。该书的出现与"楚人信巫鬼，重淫祀"的地方文化特质密不可分，代表着上古文化传统中的重要一脉，即巫祝文化。

【字词注释】

1. 邃古：远古。邃，通"邃"，遥远。

2. 冯（píng）翼：元气充盈貌。

3. 时：通"是"，这样。

4. 三合：参错相合。三，通"参"。

5. 圜（yuán）：天体。

6. 斡（guǎn）：转轴。维：绳索。

7. 天极：天的顶端。

8. 八柱：古代传说有八座大山做支撑天空的柱子。

9. 九天：指天的中央和八方。

10. 十二：古人把天划分为十二区，每区都有星宿做标记。

11. 汤（yáng）谷：即旸谷，日出之处。

12. 蒙汜（sì）：或称"蒙谷"，日落之处。

13. 夜光：月亮。

14. 菟（tù）：即兔，一说蟾蜍。

15. 女岐：或作"女歧"，传说中的神女，没有丈夫而生了九个孩子。

16. 伯强：有多种说法，一般认为是风神名。

17. 惠气：即惠风，和畅的风。

18. 角宿（sù）：二十八宿（xiù）之一，东方青龙的第一宿。

19. 曜（yào）灵：太阳。

20. 鸱（chī）龟曳衔：传说鲧治水时，有鸱龟引路，去偷息壤，鲧就听从它们。

21. 帝：帝舜。刑：诛罚。

22. 遏：禁闭。羽山：神话中的山名。

23. 伯禹：即禹，禹称帝前被封为夏伯，所以又称为伯禹。愎（bì）鲧：从鲧腹中生出来。

24. 寘（tián）：通"填"，填塞。

25. "何尽"句：一本作"应龙何画，河海何历。"应龙，有翅膀的龙。传说禹治水时，有应龙用尾巴划地，禹就依此挖通江河，导水入海。尽，疑为"画"，划的意思。

26. 康回：共工。冯怒：大怒。《淮南子·天文》载："昔者共工与颛顼争为帝，怒而触不周之山，夫柱折，地维绝，天倾西北，故日月星辰移焉；地不满东南，故水潦尘埃归焉。"

27. 墜（dì）：古"地"字。

28. 悬圃：神话中的地名，在昆仑山顶和天相通的地方。

29. 增城：神话中的地名，在昆仑山上。

30. 烛龙：神名。《山海经·大荒北经》载："西北海之外，赤水之北，有章尾山。有神，人面蛇神而赤，身长千里，直目正乘，其瞑乃晦，其视乃明，不食，不寝，不息，风雨是谒。是烛九阴，是为烛龙。"

31. 羲和：传说中替太阳驾车的神。

32. 若华：若木的花，传说若木生长在日入的地方。

33. 长人：长寿之人，一说身材高大之人。

34. 蘼芜（píng）：分枝众多的浮萍。九衢：一个蘼芜叶分九个叉。

35. 枲（xǐ）花：麻的花。

36. 灵蛇吞象：《山海经·海内南经》载："巴蛇食象，三岁而出其骨。君子服之，无心腹之疾。"

其为蛇青黄赤黑，一曰黑蛇青首，在犀牛西。"

37. 黑水：水名。玄趾：地名。

38. 三危：山名。《穆天子传》载："黑水之阿，爰（yuán）有木禾，食者得上寿。"又《淮南子·时则》载："自昆仑绝流沙沈羽，西至三危之国，石城金室，饮气之民，不死之野。"

39. 鲮（líng）鱼：神话中的怪鱼。《山海经·海内东经》载："陵鱼人面、手足、鱼身，在海中。"

40. 鴢（qí）堆：神话中的怪鸟。《山海经·东山经》载："有鸟焉，其状如鸡而白首，鼠足而虎爪，其名曰鴢雀，亦食人。"堆，通"隹（zhuī）"，同"雀"。

41. 殚（bì）：射。

42. 解羽：指太阳被射落，里面三足乌的羽翼散落下来。

43. 嵞（tú）山：即"涂山"。

44. 台桑：地名。

45. 厥身：指禹。

46. 晁（zhāo）：古"朝"字。

47. 启：禹之子，夏朝国王，中国历史上由"禅让制"变成"世袭制"的第一人。益：禹贤臣，禹曾选定他继承帝位。后：君王。

48. 卒（cù）：通"猝"，突然。离：通"罹"，遭受。蠥（niè）：忧患。

49. 惟：通"罹"。

50. 射鞠（jū）：此处指交战。

51. 厥躬：指启。

52. 后益：即益，因做过君主，所以叫后益。作：通"祚"，帝位。革：革除。

53. 棘：通"急"。宾：祭祀。商："帝"字之误。

54. 《九辨》《九歌》：均为古乐曲名，传说是启所作。

55. 勤子：贤子，指启。屠母：传说启母涂山氏化为石，石破而生启，故曰屠母。

56. 死：通"尸"，尸体。竟地：满地。

57. 帝：天帝。夷羿：东夷有穷国君主，擅长射箭，驱逐夏太康，自立为君，后被寒浞杀死。

58. 河伯：黄河水神，一说古诸侯。

59. 雒（luò）嫔：雒水女神。

60. 冯（píng）：通"凭"，挟持。珧（yáo）：蚌蛤甲壳，可镶嵌于弓上，此处指弓。决：套在右手大拇指上的钩弦工具。

61. 封豨（xī）：大野猪。

62. 后帝：天帝。若：顺悦。

63. 浞（zhuó）：即寒浞，传说为羿之相，后杀羿自立为君。纯狐：羿之妻。

64. 吞：消灭。揆：消灭。

65. 秬（jù）黍：黑米。

66. 莆、萑（huán）：皆水草名。

67. 白霓：白色的虹霓。婴：缠绕。弗（fú）：云雾。

68. 臧（cáng）：通"藏"，保存。

69. 从（zòng）横：即"纵横"，指阴阳二气的消长变化。

70. 大鸟：王子侨所化之鸟。

71. 蓱（píng）：雨神。

72. 撰：通"巽"，柔顺。

73. 鹿：指风神飞廉。膺：响应。

74. 迁：移走。《列子·汤问》载："龙伯之国有大人，一钓而连六鳌，合负而趣归其国。"

75. 浇（ào）：夏少康时人，寒浞之子，传说中的大力士。

76. 少康：夏朝国王，夏后相之子。

77. 女歧：或作"女艾"，浇嫂。

78. 颠：砍掉。

79. 汤："浇"之误。易：整治。

80. 斟寻：古国名，与夏同为姒姓。

81. 桀：夏朝亡国君主。蒙山：古国名。

82. 妹（mò）嬉（xī）：桀妃。肆：罪。

83. 殛（jí）：流放。

84. 闵：同"悯"，忧虑、哀伤。

85. 父："夫"之误。

86. 姚告：即告姚。姚：舜之姓，此处指舜之父母。

87. 二女：指尧的两个女儿娥皇、女英。

88. 亿：预料。

89. 十成：十层，极言其高。

90. 厥弟：指舜弟象。

91. 犬体：此处是对象的贬称。

92. 厥身：指舜。

93. 吴获：吴太伯。古：古公亶父。

94. 南岳：指霍山。止：居留。

95. 两男子：指太伯、仲雍。

96. 缘鹄（hú）饰玉：传说伊尹借助烹调食物供汤享用之际接近汤，向他陈说治国之道。缘、饰，皆装饰。鹄、玉，皆鼎上作装饰用的花纹或器物。

97. 承谋：传说伊尹接受汤的旨意假意侍奉桀，实则探听夏之虚实，图谋灭之。

98. 帝：指汤。降观：视察民情。

99. 伊挚：伊尹，伊尹名挚。

100. 条：鸣条，商汤打败夏桀的地方；一说商汤流放夏桀的地方。致罚：给予惩罚。

101. 黎服：天下民众。服，古代行政区划单位。说：通"悦"，喜悦。

102. 简狄：传说有娀国的美女，帝喾之妃，商朝始祖契（xiè）之母。台：瑶台，简狄和她妹妹建疵（cī）居住的地方。

103. 喾（kù）：传说中的五帝之一，号高辛氏。宜：通"仪"，匹配。

104. 玄鸟：燕子。贻：通"诒"，赠送。

105. 喜：一本作"嘉"，指怀孕生子。

106. 该：即王亥，契之六世孙。季：王亥之父冥。

107. 厥父：指冥。臧：善。

108. 弊：通"庇"，寄居。有扈（hù）：即有易。

109. 干：盾。协：和合。时舞：指万舞，古代一种大型乐舞。

110. 怀：挑逗，引诱。

111. 平胁：指体形俊美。曼肤：指皮肤细腻。

112. 牧竖：指王亥。

113. 击床：传说王亥与有易女行淫，有易氏入而袭其床，亥被杀。

114. 恒：即王恒，王亥之弟。传说亦与有易女有淫。

115. 朴牛：即服牛，可驾车的大牛。

116. 班禄：班位俸禄，一说地名。

117. 但：通"旦"，一说"得"之误。

118. 昏微：即上甲微，王亥之子，王恒之侄。

119. 有狄：即有易。

120. 繁鸟萃棘：众多鸟儿聚集在树上。虽无人在旁，还有鸟在看，比喻暗中干坏事是掩盖不住的。

121. 负子肆情：藉草而卧，行淫佚之事。负子：即负蓲。

122. 眩：惑乱。

123. 厥兄：即王亥。

124. 有莘（shēn）：古国名。爰：乃。极：到。

125. 小臣：指伊尹。

126. 吉妃：善妃。

127. 小子：指伊尹。

128. 媵（yìng）：陪嫁。传说汤娶有莘国君女为妻，有莘氏以伊尹为陪嫁。

129. 出：释放。重泉：地名，夏桀囚禁汤之夏台所在。

130. 辠（zuì）尤：罪过。辠，古"罪"字。

131. 胜心：压制怒气。帝：指夏桀。

132. 会朝：即朝会。争盟：宣誓于神。

133. 吾：指周。

134. 列：分解。躬：身躯。

135. 叔旦：即周公旦。不嘉：不赞许。

136. 发：指周武王姬发。

137. 反：一本作"及"，等到。成：通"盛"，盛大。

138. 伐器：指军队。

139. 昭后：指周昭王。

140. 南土：指楚国。厎：至。

141. 穆王：周穆王，昭王之子。巧梅：善御。梅，通"枚"，马鞭；一说通"挴"，贪。

142. 环理：周游。

143. 曳衒：相将。衒，"衔"之误，一说"卖"。

144. 身杀：身死。

145. 服：任用。

146. 雷开：纣时奸臣。

147. 梅伯：纣时诸侯。醢（hǎi）：本意是肉酱，也指古代一种酷刑，将人剁成肉酱。

148. 箕子：纣王叔父。详狂：装疯。详（yáng），通"佯"。

149. 稷：后稷，周之始祖，帝喾与姜嫄之子。元子：嫡长子。

150. 帝：指帝喾。笃：厚，一说毒。

151. 燠（yù）：焐热。

152. 帝：有三种说法。一说天帝；一说商纣；一说高辛氏，即帝喾。切激：强烈。

153. 逢长：繁荣昌盛。长，一说文王所受封西伯或西长一职。

154. 伯昌：周文王，周文王名昌，殷时封为雍州伯，又称西伯，故曰伯昌。

155. 秉鞭：执政。牧：地方长官。

156. 彻：毁弃。岐社：周氏族祭祀之所。

157. 惑妇：指商纣王的宠妃妲己。

158. 受：纣王名。

159. 亲：指纣王。就：遭受。

160. 师：官名。望：吕望，即姜太公。肆：店铺。

161. 后：周文王。

162. 武发：周武王，周武王名发。殷：指纣王。

163. 悒（yì）：忿恨。

164. 尸：灵位。集战：会战。

165. 伯林：指晋太子申生。伯，长。林，君。雉经：缢死。

166. 礼：通"理"，治理。

167. 尊食：配祀。宗绪：宗庙。

168. 阖：阖庐，春秋时吴国国君。梦：阖庐祖父寿梦。生：通"姓"，孙。

169. 壮：壮年。武厉：威武勇猛。

170. 流：显露。严：应作"庄"，这里有威武的意思。

171. 彭铿：彭祖，传说他活了八百多岁。斟雉：调和鸡羹。

172. 帝：有两种说法。一说天帝，一说帝尧。

173. 中央：指周王朝。共：指共伯和。牧：摄行政事。

174. 后：周厉王。

175. 惊女：女惊。惊，通"警"，告诫。

176. 回水：即雷水，发源于首阳山。

177. 兄：指秦景公伯车，春秋时秦国国君。噬犬：咬人的狗。

178. 弟：指秦景公之弟子针。

179. 厥严：楚国之威严。奉：保持。

180. 帝：指天帝。

181. 荆勋：楚国勋旧贵族。作师：兴师。作，一本作"徇"，通"殉"。

182. 吴光：吴公子光，即阖庐。争国：指阖庐发动的对楚战争。

183. 久余是胜：即"久胜余"。余，我们，即楚国。

184. "何环"句：一本作"何环闾穿社，以及丘陵，是淫是荡，爰出子文"。子文：春秋时楚国令尹，有贤能之名，为郧公之女与伯比私通所生。

185. 堵敖：楚文王之子熊艰，继位五年为其弟成王熊恽所杀。

186. 试：通"弑"，臣杀君。上：指堵敖。

【作品解析】

《天问》植根于楚国民间文化的沃土，是我国古典诗坛上的一朵奇葩。姜亮夫在《屈原赋校注》中指出，"天"可引为一切高远神异不可知之事的总称，故《天问》即对自然、人事一切不可知的疑问。《天问》以"问"为主，全篇共三百七十四句，提出一百七十二个问题，这种形式在二千多年的古典诗史上是独一无二的。鲁迅在《摩罗诗力说》一文中评价说："怀疑自遂古之初，直至百物之琐末，放言无惮，为前人所不敢言。"诗从天地未形的远古，写到楚国的现状，从古到今；先问天文地理，再问历史传说，由远及近。全诗气势磅礴，雄壮奇特，涉及天地生成、历史兴衰、神仙鬼怪等问题。既表现了屈原渊博的知识，又体现了他大胆怀古的求知精神，同时还表达了追求自我价值、实现理想的愿望和对楚国及民族发展、人生命运的深切忧虑。从内容和结构上看，《天问》可以分为三大部分：第一部分是对自然结构提出问题，自首句至"乌焉解羽"，首先对宇宙起源、天体结构和日月星辰运行发问，接下来对大地结构和鲧禹治水、后羿射日等事件发问；第二部分是对社会历史提出问题，自"禹之力献功"至"卒无禄"，首先从禹的婚姻问起，对夏、商、周直至春秋战国的若干历史事件提出问题；第三部分是尾声，自"薄暮雷电"至"忠名弥彰"，主要联系自己的遭遇，阐述个人的感慨。

五　天地

天地并况[1]，惟予有慕[2]，爰熙紫坛[3]，思求厥路[4]。恭承禋祀[5]，缊豫为纷[6]，黼绣周张[7]，承神至尊。千童罗舞成八溢[8]，合好效欢虞泰一[9]。九歌毕奏斐然殊，鸣琴竽瑟会轩朱[10]。璆磬金鼓[11]，灵其有喜，百官济济，各敬厥事。盛牲实俎进闻膏[12]，神奄留[13]，临须摇。长丽前掞光耀明[14]，寒暑不忒况皇章[15]。展诗应律铿玉鸣[16]，函宫吐角激徵清。发梁扬羽申以商[17]，造兹新音永久长。声气远条凤鸟翔[18]，神夕奄虞盖孔享。

《乐府诗集》卷一

【作者/出处简介】

南朝宋·郭茂倩《乐府诗集》一百卷是现存收录乐府歌辞最完备的一部总集，主要辑录汉魏晋南北朝到唐五代的乐府歌辞以及先秦至唐代的歌谣，分为郊庙歌辞、燕射歌辞、鼓吹曲辞、横吹曲辞、相和歌辞、清商曲辞、舞曲歌辞、琴曲歌辞、杂曲歌辞、近代曲辞、杂歌谣辞、新乐府辞十二类。各类有总序，每曲有题解，共五千多首，内容十分丰富，反映社会生活面很广。《天地》是汉代《郊祀歌》中的第八章，《郊祀歌》为《乐府诗集》中的第一首，属"郊庙歌辞"。

【字词注释】

1. 况：赏赐。

2. 予：皇帝自称。

3. 爰熙：爰，发语词。熙，兴建。

4. 厥路：指与神相通的路。

5. 禋（yīn）祀：专心一意地祭祀天地。

6. 缊（yùn）：阴阳和合，相互辅助状。

7. 黼（fǔ）绣：黑白相间，画成斧形的刺绣品。

8. 八溢：即"八佾"，古代天子祭神和祖先，用八行八列共六十四人来表演舞蹈。

9. 泰一：又叫太一，是天神中的至尊者。

10. 轩朱：两个人名，轩指黄帝轩辕，朱指炎帝朱襄氏。

11. 璆（qiú）磬（qìng）：指用美玉做的磬。璆，美玉。

12. 盛牲：指献上丰盛的牺牲和供品，又焚烧香草和动物脂油以请神下降受享。

13. 奄留：通"淹留"，停留的意思。

14. 长丽：传说中的一种神鸟。淡（yàn）：光照。

15. 不忒：不出差错。

16. 铮（xuān）：鸣玉声。

17. 发梁：指声音好听，歌声绕梁。

18. 条：到，达到。

【作品解析】

《左传·成公十三年》中有"国之大事，在祀与戎"，祭祀天地、神灵和祖先对中国古代一国一君来说都是极其重要的事情，而郊祀则是汉武帝时代最重要的祭祀活动。在一年中某些重要的时日，君王会带领诸大臣依据礼法于国都郊外祭祀天地，以感恩神灵，为国家谋福。《汉书·礼乐志》谓汉武帝定郊祀之礼，立乐府，以李延年为协律都尉，命司马相如等作郊祀歌十九章。这是一首祭祀天地的诗。司马相如（前179~前117），字长卿，蜀郡成都（今属四川）人，善为辞赋且精通音律，是汉赋作家中最有成就的一位。初为景帝武骑常侍，后辞官游于梁孝王门下。武帝时拜为中郎将，曾奉命出使西南，晚年称病闲居。作为一种宗教文学，本诗深刻反映了当时的宗教观念和郊祀礼乐。内容主要赞美天地神灵，涉及祭祀目的、祭祀场所、祭祀过程、祭祀效果等。语言板滞典重，四七言夹杂，在楚辞变化为七言的过程中起着承前启后的作用。

第二节　鬼神幽中

【中心选文】

一　洛神赋并序

曹植

黄初三年[1]，余朝京师[2]，还济洛川[3]。古人有言，斯水之神，名曰宓妃。感宋玉对楚王神女之事，遂作斯赋，其词曰：

余从京域[4]，言归东藩[5]，背伊阙[6]，越轘辕[7]，经通谷[8]，陵景山[9]。日既西倾，车殆马烦[10]。尔乃税驾乎蘅皋[11]，秣驷乎芝田[12]，容与乎阳林[13]，流眄乎洛川[14]。于是精移神骇[15]，忽焉思散。俯则未察，仰以殊观。睹一丽人，于岩之畔。乃援御者而告之曰[16]："尔有觌于彼者乎[17]？彼何人斯，若此之艳也！"御者对曰："臣闻河洛之神，名曰宓妃。然则君王所见，无乃是乎？其状若何，臣愿闻之。"

余告之曰：其形也，翩若惊鸿，婉若游龙[18]，荣曜秋菊，华茂春松[19]。仿佛兮若轻云之蔽月，飘飖兮若流风之回雪[20]。远而望之，皎若太阳升朝霞。迫而察之[21]，灼若芙蕖出渌波。秾纤得衷[22]，修短合度[23]。肩若削成，腰如约素[24]。延颈秀项[25]，皓质呈露[26]，芳泽无加，铅华弗御[27]。云髻峨峨[28]，修眉联娟[29]，丹唇外朗，皓齿内鲜[30]。明眸善睐[31]，靥辅承权[32]，瓌姿艳逸[33]，仪静体闲[34]。柔情绰态，媚于语言。奇服旷世，骨像应图[35]。披罗衣之璀粲兮[36]，珥瑶碧之华琚[37]。戴金翠之首饰，缀明珠以耀躯。践远游之文履[38]，曳雾绡之轻裾[39]。微幽兰之芳蔼兮[40]，步踟蹰于山隅。于是忽焉纵体，以遨以嬉[41]。左倚采旄[42]，右荫桂旗[43]。攘皓腕于神浒兮[44]，采湍濑之玄芝[45]。

余情悦其淑美兮，心振荡而不怡[46]。无良媒以接欢兮，托微波而通辞[47]。愿诚素之先达兮[48]，解玉佩以要之[49]。嗟佳人之信修兮[50]，羌习礼而明诗[51]。抗琼珶以和予兮[52]，指潜渊而为期[53]。执眷眷之款实兮[54]，惧斯灵之我欺[55]。感交甫之弃言兮[56]，怅犹豫而狐疑。收和颜而静志兮[57]，申礼防以自持[58]。

于是洛灵感焉，徙倚彷徨[59]。神光离合，乍阴乍阳[60]。竦轻躯以鹤立[61]，若将飞而未翔。践椒涂之郁烈[62]，步蘅薄而流芳[63]。超长吟以永慕兮[64]，声哀厉而弥长。尔乃众灵杂遝，命俦啸侣[65]。或戏清流，或翔神渚。

或采明珠，或拾翠羽。从南湘之二妃[66]，携汉滨之游女[67]。叹匏瓜之无匹兮[68]，咏牵牛之独处。扬轻袿之猗靡兮[69]，翳修袖以延伫[70]。体迅飞凫[71]，飘忽若神。凌波微步，罗袜生尘。动无常则，若危若安。进止难期，若往若还。转眄流精[72]，光润玉颜。含辞未吐，气若幽兰。华容婀娜，令我忘餐。

于是屏翳收风[73]，川后静波[74]。冯夷鸣鼓[75]，女娲清歌[76]。腾文鱼以警乘[77]，鸣玉鸾以偕逝[78]。六龙俨其齐首[79]，载云车之容裔[80]。鲸鲵踊而夹毂，水禽翔而为卫。于是越北沚[81]，过南冈，纡素领，回清阳[82]，动朱唇以徐言，陈交接之大纲[83]。恨人神之道殊兮，怨盛年之莫当[84]。抗罗袂以掩涕兮，泪流襟之浪浪[85]。悼良会之永绝兮，哀一逝而异乡。无微情以效爱兮[86]，献江南之明珰[87]。虽潜处于太阴[88]，长寄心于君王[89]。忽不悟其所舍，怅神宵而蔽光[90]。

于是背下陵高[91]，足往神留。遗情想像[92]，顾望怀愁。冀灵体之复形[93]，御轻舟而上溯[94]。浮长川而忘反[95]，思绵绵而增慕。夜耿耿而不寐[96]，沾繁霜而至曙。命仆夫而就驾，吾将归乎东路[97]。揽騑辔以抗策[98]，怅盘桓而不能去。

《曹子建集》卷三

【作者/出处简介】

曹植（192～232），字子建，曹操第三子，曹丕同母弟，沛国谯（今安徽亳州）人。生前曾为陈王，死后魏明帝曹叡追谥"思"，故又称"陈思王"，有《曹子建集》。他的作品以曹丕称帝为界，分为前后两期。前期大都描写在邺城中的安逸生活和建功立业的政治抱负；后期则往往通过比兴寄托的手法来抒写遭受不平的压抑之感和要求解脱的愤懑之情。南朝梁钟嵘在《诗品》中将曹植诗列入上品，称其为"建安之杰"，并评价说："骨气奇高，辞采华茂，情兼雅怨，体被文质"；东晋谢灵运说："天下才有一石，曹子建独占八斗，我得一斗，天下共分一斗。"明代王士祯说："汉魏以来，二千余年间，以诗名其家者众矣。顾所号为仙才者，唯曹子建、李太白、苏子瞻三人而已。"

【字词注释】

1. 黄初：魏文帝曹丕年号（220～226）。
2. 京师：京城，指魏都洛阳，今河南洛阳。
3. 洛川：即洛水，源出陕西，东南入河南，流经洛阳。
4. 京域：京师地区，指洛阳。
5. 言：语助词，无实义。东藩：东方藩国，指曹植封地。黄初三年，曹植被立为鄄（juàn）城（即今山东鄄城）王，城在洛阳东北。

6. 伊阙：山名，又称阙塞山、龙门山，在洛阳南。

7. 辗（huán）辕：山名，在今河南偃师东南。

8. 通谷：山谷名，在洛阳城南。

9. 陵：登。景山：山名，在今偃师南。

10. 殆：通"怠"，懈怠；一说指危险。烦：疲乏。

11. 尔乃：于是就。税驾：停车。税，舍，放置。蘅皋：长着杜蘅的河岸。

12. 秣驷：喂马。驷，一车四马，此处指驾车之马。芝田：种着芝草的田地；一说为地名，指河南巩县西南的芝田镇。

13. 容与：从容优游。阳林：地名。

14. 流眄：纵目四望。眄，斜视，原作"盼"，据胡刻《文选》校改。

15. 精移神骇：神情恍惚。骇，散。

16. 援：扯，拉。

17. 觌（dí）：看见。

18. "翩若"二句：翩然若惊飞的鸿雁，蜿蜒如游动的蛟龙。

19. "荣曜（yào）"二句：容光焕发如秋日下的菊花，体态丰茂如春风中的松树。

20. "仿佛"二句：时隐时现像轻云遮住月亮，浮动飘忽似回风旋舞雪花。

21. 迫：靠近。

22. 秾：繁盛，此处指人体丰腴。纤：细小，此处指人体苗条。衷：中。

23. 修短：长短，此处指人体高矮。

24. "肩若"二句：肩窄如削，腰细如束。约素，一束白绢。

25. 延、秀：均指长。颈：脖子的前部。项：脖子的后部。

26. 呈露：显现，外露。

27. "芳泽"二句：既不涂油，也不敷粉。芳泽，润发的香油。铅华，增白的妆粉。

28. 峨峨：高耸貌。

29. 联娟：微曲貌。

30. "丹唇"二句：红唇鲜润，牙齿洁白。

31. 眸：瞳仁。睐：顾盼。

32. 靥（yè）：酒窝。辅：面颊。承权：在颧骨之下。权，颧骨。

33. 瓖：同"瑰"，奇妙，原作"环"，据胡刻《文选》校改。

34. 仪：仪态。闲：娴雅。

35. 应图：与图画中人相当。

36. 璀粲：鲜明貌，一说衣动声。

37. 珥：珠玉耳饰，此处指佩戴。瑶、碧：均为美玉。琚：美玉，原作"裾"，据胡刻《文选》校改。

38. 践：踏，此处指穿。远游：鞋名。文履：有花纹的鞋。

39. 曳：拖。雾绡：轻薄如雾的丝绸。绡（xiāo），生丝。裾：裙边。

40. 微：映。芳蔼：香气。

41. "于是"二句：忽然身体飘然轻举，且行且戏。

42. 采旄（máo）：彩旗。采，同"彩"。旄，用牦牛尾装饰的旗。

43. 桂旗：用桂枝做旗竿的旗。

44. 攘：此处指挽袖伸出。

45. 湍濑：石上急流。玄芝：黑色芝草，相传为神草。

46. "余情"二句：我喜欢她的淑美，又担心不被接受，故内心动荡而不乐。

47. "无良媒"二句：没有合适的媒人去通接欢情，就只能借助微波来传达言辞。微波，一说指目光。

48. 素：同"愫"，真情。

49. 要：同"邀"，约请。

50. 信修：确实美好。

51. "羌习礼"句：指有很好的文化教养。羌，发语词。习礼，懂得礼法。明诗，善于言辞。

52. 抗：举起。琼珶（dì）：美玉。和：应答。

53. 潜渊：深渊，指洛神居所。

54. 眷眷：心向往貌。款实：真诚。

55. 斯灵：此神，指洛神。我欺：即欺我。

56. 交甫：郑交甫。《文选》李善注引《神仙传》："切仙一出，游于江滨，逢郑交甫。交甫不知何人也，目而挑之，女遂解佩与之。交甫行数步，空怀无佩，女亦不见。"弃言：背弃承诺。

57. 和颜：和悦的容颜。静志：镇定情志。

58. 申：施展。礼防：礼义的防界。自持：自我约束。

59. 徙倚：徘徊。

60. "神光"二句：洛神身上放出的光彩忽聚忽散，忽明忽暗。

61. 竦：耸。鹤立：似鹤而立。

62. 椒：花椒。涂：同"途"。

63. 蘅：杜蘅。薄：草丛生地。

64. 超：惆怅。

65. 命俦啸侣：呼朋引伴。

66. 南湘之二妃：指娥皇和女英。据刘向《列女传》记载，尧以长女娥皇和次女女英嫁舜，后舜南巡，死于苍梧。二妃往寻，自投湘水而死，为湘水之神。

67. 汉滨之游女：汉水之神，即前注中郑交甫所遇之神女。

68. 匏瓜：星名，又称天鸡，在河鼓星东，不与它星相接；一说为"炮娲"之误，炮娲即女娲。

69. 袿（guī）：妇女的上衣。猗（yī）靡：随风飘动貌。

70. 翳（yì）：遮蔽。延伫：久立。

71. 凫：野鸭。

72. 转眄流精：转眼顾盼之间流露出奕奕神采。眄，原作"盼"，据胡刻《文选》校改。

73. 屏翳：风神名。

74. 川后：即河伯。

75. 冯（píng）夷：河伯名。

76. 女娲：女神名，相传笙簧是她所造。

77. 警乘：警卫车乘。警，原作"惊"，据胡刻《文选》校改。

78. 玉鸾：鸾鸟形玉制车铃。偕逝：同往。

79. 俨：矜持庄重貌。齐首：齐头并进。

80. 容裔：即"容与"，悠闲自得貌。

81. 沚：小渚。

82. "纡素领"二句：洛神不断回首顾盼。素领，指洁白的颈项。清阳，指清秀的眉目。

83. 交接：结交往来。

84. 莫当：无匹，无偶，即两人不能结合。

85. 抗：举。浪浪：水流不断貌。

86. 效爱：致爱慕之意。

87. 明珰：以明月珠做的戴在耳垂上的装饰品。

88. 潜处：深居，隐居。太阴：众神所居之处，所处非常暗昧，故称。

89. 君王：指曹植。

90. "忽不悟"二句：洛神说毕忽然不知去向，我为众神消失隐去光彩而深感惆怅。不悟，未觉察。舍，止。宵，暗冥，一说通"消"，消失。蔽光，隐去光彩。

91. 背下：离开低地。陵高：登上高处。

92. 遗情：留情，指情思留恋。

93. 灵体：指洛神。

94. 上溯：逆流而上。

95. 长川：指洛水。反：同"返"。

96. 耿耿：心神不安貌。

97. 东路：东藩之路。鄄城在洛阳东北，所以称为东路。

98. 骈（fēi）：车旁之马。古代驾车之马中间称服，外面称骈或骖，此泛指驾车之马。辔：马缰绳。抗策：举起马鞭。

【作品解析】

洛神，相传为古帝宓羲氏之女宓妃，溺死于洛水而为神，故称。唐人李善在《昭明文选》注中引用了一则佚名且失传的《记》，曰曹植曾求婚甄逸女不遂。后曹丕得之，却为郭后谗死，曹植此赋系有感于甄后而作，故初名《感甄赋》。后曹叡见之，改名为《洛神赋》。这是小说家附会之言，不足为信。

战国时期楚人宋玉《高唐赋》《神女赋》描写了楚王与巫山神女遇合的故事，曹植在故事情节和人物形象上对宋赋进行了模仿借鉴，描写了一个人神恋爱的悲剧故事。大致可以分为六段：第一段写作者从京城洛阳回封地鄄城时，在洛水边与"丽人"宓妃邂逅，并应御者之请向他描述所见；第二段写洛神仪容服饰之美，"翩若惊鸿，婉若游龙"等描写使其成为中国古代文学作品中又一典型绝美的女性形象，她像《诗经·卫风·硕人》中的齐女庄姜一样美丽动人，又比宋赋中的巫山神女更高贵典雅；第三段写作者对洛神的爱慕之情，虽已向她表达了真情，出示信物，预约佳期，却仍担心她欺骗自己，背弃前言，极言情意深重；第四段写洛神为"君王"之诚感动后的情状，形态万千，甚至惊动众神；第五段为全篇寄意之所在，由于人神殊途，洛神与作者终不能结合，最后只能遗憾分别；第六段写分别后作者对洛神的思念，情思缱绻，悲伤怅惘无限。

全赋熔铸神话题材，通过梦幻境界，假托与洛神的爱情寄寓了作者对君主的思慕，反映衷情不能相通，理想无法实现的苦闷，想象丰富，描写细腻，辞采华美，有所寄托，为抒情小赋中的名篇。

二 三王墓

干宝

楚干将莫邪为楚王作剑，三年乃成。王怒，欲杀之。剑有雌雄。其妻重身当产[1]。夫语妻曰："吾为王作剑，三年乃成。王怒，往必杀我。汝若生子是男，大[2]，告之曰：'出户望南山，松生石上，剑在其背。'"于是即将雌剑往见楚王[3]。王大怒，使相之[4]。剑有二，一雄一雌，雌来雄不来。王怒，即杀之。

莫邪子名赤，比后壮[5]，乃问其母曰："吾父所在?"母曰："汝父为楚王作剑，三年乃成。王怒，杀之。去时嘱我：'语汝子，出户望南山，松生石上，剑在其背。'"于是子出户南望，不见有山，但睹堂前松柱下石低之上[6]。即以斧破其背，得剑，日夜思欲报楚王[7]。

王梦见一儿眉间广尺[8]，言欲报仇。王即购之千金[9]。儿闻之亡去[10]，入山行歌[11]。客有逢者，谓："子年少，何哭之甚悲耶?"曰："吾干将莫邪子也，楚王杀吾父，吾欲报之。"客曰："闻王购子头千金。将子头与剑来，为子报之。"儿曰："幸甚!"即自刎，两手捧头及剑奉之，立僵[12]。客曰："不负子也。"于是尸乃仆[13]。

客持头往见楚王，王大喜。客曰："此乃勇士头也，当于汤镬煮之[14]。"王如其言煮头，三日三夕不烂。头踔出汤中[15]，瞋目大怒[16]。客曰："此儿头不烂，愿王自往临视之，是必烂也。"王即临之。客以剑拟王[17]，王头随堕汤中，客亦自拟己头，头复坠汤中。三首俱烂，不可识别。乃分其汤肉葬之，故通名三王墓。今在汝南北宜春县界[18]。

《搜神记》卷十一

【作者/出处简介】

干宝（283～351），字令升，新蔡（今属河南）人，东晋文学家、史学家。曾任著作郎、始安太守、司徒右长史、散骑常侍等职。自小博览群书，通史好易，著述颇丰。除《搜神记》外，还有《晋纪》等，时享"良史"之誉。

《搜神记》是一部辑录古代神话传说和奇闻异事的小说集，自序中指出创作目的在于"明神道之不诬"，内容生动丰富，情节曲折离奇，艺术价值很高，在中国小说史上有着极其深远的影响，被称为"中国志怪小说的鼻祖"。所谓志怪小说，鲁迅有言："六朝人之志怪，却大抵一如今日之记新闻，在当时并非有意做小说。"

【字词注释】

1. 重（chóng）身：双身，即怀孕。

2. 大：长大成人。

3. 将（jiāng）：携带。

4. 相（xiàng）：察看。

5. 比：及至，等到。

6. 低：疑应作"砥"，柱下基石。"之上"两字疑是衍文。

7. 报楚王：向楚王报杀父之仇。

8. 眉间广尺：两眉间宽达一尺，这是夸张的说法，形容额头宽。

9. 购之千金：悬赏千金捉拿他。

10. 亡去：逃亡。

11. 行歌：且走且唱。

12. 立僵：尸体僵硬，直立不倒。

13. 仆：向前倒下。

14. 镬（huò）：形似鼎而无足，秦汉时用作烹人刑具。

15. 踔（chuō）：跳跃。

16. 踬（zhì）目：疑应作"瞋目"，睁大眼睛瞪人。

17. 拟：比划，作砍状。

18. 汝南：郡名，治所在今河南省上蔡县。北宜春县：在今河南汝南西南，西汉时名宜春，东汉时改名北宜春。

【作品解析】

　　《三王墓》又名《干将莫邪》，三王墓在今河南汝南西南，干将莫邪是古代著名铸剑师，姓干将，名莫邪；一说干将、莫邪是夫妻两人，干将是夫，莫邪是妻。这则故事在《列士传》《吴越春秋》《越绝书》《博物志》《列异传》等书中均有记载，文字各异，其中以《搜神记》所记最详，文辞最佳。

　　复仇是人类共有的普遍情感，也是文学作品中常见的主题。小说以"复仇"为线索，内容结构较为完整，有起因、发展、高潮、结局，干将莫邪为楚王铸剑，反而被杀，其子赤为复仇而献头，山中行客为代赤复仇而自刎，最终复仇雪恨。人物性格十分鲜明，主要通过行为动作表现，一个是赤，为父报仇的主题使他成为故事的中心，他为复仇而生，又为复仇而死；死后又为未报仇而怒，为已报仇而安；另一个是客，他与前者非亲非故，不过是路见不平，拔刀相助，却坚守诺言，拼死除暴，成为复仇的实际执行者；与此同时还有仅由几处"怒"和"大喜"呈现出来的残暴的楚王形象。又有奇特丰富的想象和悬念迭出的情节，如干将莫邪之语、楚王之梦、赤之尸以及赤、楚王和客之头。

借此小说将血亲复仇的主题上升到反抗强权暴力的高度，使得复仇的合理性、正义性大大增强，同时也使得小说具有崇高、悲壮之美，歌颂了底层民众不屈不挠的反抗精神和为别人而牺牲自我的侠义精神。

三 金铜仙人辞汉歌并序

李贺

魏明帝青龙元年八月[1]，诏宫官牵车西取汉孝武捧露盘仙人[2]，欲立置前殿。宫官既拆盘，仙人临载乃潸然泪下。唐诸王孙李长吉遂作《金铜仙人辞汉歌》[3]。

茂陵刘郎秋风客[4]，夜闻马嘶晓无迹。
画栏桂树悬秋香[5]，三十六宫土花碧[6]。
魏官牵车指千里，东关酸风射眸子[7]。
空将汉月出宫门，忆君清泪如铅水[8]。
衰兰送客咸阳道[9]，天若有情天亦老。
携盘独出月荒凉，渭城已远波声小[10]。

《李长吉歌诗汇解》卷二

【作者/出处简介】

李贺（790～816），字长吉，福昌（今河南宜阳）人，为宗室后裔。父名晋肃，"晋"与"进"谐音，忌才者谓其不当应进士试，韩愈为作《讳辩》，而终未能应试。一生愁苦多病，仅做过三年从九品微官奉礼郎，二十七岁即英年早逝。早岁工诗，著力甚苦，李商隐撰《李贺小传》中有："恒从小奚奴，骑距驴，背一古破锦囊，遇有所得，即书投囊中。及暮归，太夫人使婢受囊出之，见所书多。辄曰：'是儿要当呕出心乃已尔。'"有《李长吉歌诗》四卷，《外集》一卷，注本中以清人王琦《汇解》较为详备。

【字词注释】

1. 魏明帝：即曹叡，曹丕之子，曹操之孙。青龙元年：与史不符，据《三国志·魏书·明帝纪》，魏青龙五年（237）三月改元为景初元年，徙长安铜人承露盘即在这一年。
2. 宫官：指宦官。牵车：引车。牵，一作"牽"，同"挈"。汉孝武：即汉武帝刘彻，孝武为其谥号。

3. 唐诸王孙：李贺是唐高祖李渊之叔郑王李亮之后，故称。

4. 茂陵：汉武帝陵墓，在今陕西兴平东北。刘郎：指汉武帝刘彻。

5. 秋香：指桂花的芳香。

6. 土花：苔藓。

7. 东关：指长安东门。酸风：刺眼的冷风。眸子：眼中瞳仁。

8. 君：指汉武帝刘彻。铅水：指铜人的眼泪。

9. 客：指铜人。咸阳：秦都城名，汉改为渭城县，离长安不远，故代指长安。

10. 渭城：即咸阳。

【作品解析】

　　据朱自清《李贺年谱》推测，这首诗大约是唐元和八年（813），李贺因病辞去奉礼郎离京赴洛途中作。诗中借金铜仙人迁离长安的历史故事，抒发作者离开京城时的悲痛。汉武帝刘彻曾在长安建章宫前造神明台，上铸铜仙人，手托承露盘以储露水，和玉屑服之，以求长生。汉灭亡后，魏明帝曹叡曾命宦官从长安拆移铜人迁至洛阳，后因铜人过重留于灞垒，相传承露盘被拆时铜人曾流泪。

　　全诗共十二句，大体可分为三个部分。前四句慨叹韶华易逝，人生难久。汉武帝功业卓著，当日炼丹求仙，梦想长生不老，结果还是像秋风中的落叶一般倏然离去，留下的不过是茂陵荒冢而已。汉武帝《秋风辞》中有"欢乐极兮哀情多，少壮几时兮奈老何"句，所以李贺称其为"秋风客"，又李白《春夜宴从弟桃花园序》中有"夫天地者，万物之逆旅也；光阴者，百代之过客也"句，一个"客"字更体现出生命短暂，世事无常。"夜"与"晓"二字相对而出，进一步强化这种感情。汉武帝生命逝去，还有曾经繁华的刘汉天下，画栏边的桂树依旧香气飘逸，三十六宫却早空空如也，绿色的苔藓布满各处，物是人非，满目荒凉。中间四句用拟人手法写金铜仙人初离汉宫时的凄婉情态。"指千里"极言长安汉宫到洛阳魏宫路途之远，颠沛流离之苦，因而顺理成章地引出下句，"酸""射"二字新奇巧妙而又浑厚凝重，特别是"酸"字，通过铜人的主观感受把风的尖利、寒冷、惨烈等情形生动地显现出来。月还是汉时之月，天下已经是曹魏的天下，"魏官"又与"汉月"相对而出，一个"空"字进一步点题。铜人是刘汉王朝由盛转衰的"见证人"，也是作者的代言人，"铅水"体现出铜人的实在物性，同时也表现出作者沉重的内心，正所谓"一切景语皆情语"。这样物和人、历史和现实便融为一体，从而幻化出美丽动人的艺术境界来。末四句写出城后途中的情景。此番离去的"咸阳道"，是前之铜人的，也是今日之自己的，"客"从前之"秋风客"推广到了自己，送客的唯有路边的"衰兰"，而同行的也只有手中的承露盘而已。"天若有情天亦老"，司马光称为"奇绝无对"，它有力地烘托了金铜仙人艰难的处境和凄苦的情怀，意境辽阔高远，感情执着深沉，真是千古名句。"渭城已远波声小"，借助声音的渐弱来表现距离的渐远，正可谓"离愁渐远渐无穷"。

这首诗是李贺的代表作之一。它想象奇特又深沉感人，形象鲜明又变幻多端，怨愤之情溢于言外，却并无金刚怒目之辞，遣词造句奇峭又妥帖，参差错落又整饬绵密。

四　聂小倩

蒲松龄

宁采臣，浙人，性慷爽，廉隅自重[1]。每对人言："生平无二色[2]。"适赴金华，至北郭，解装兰若[3]。寺中殿塔壮丽，然蓬蒿没人，似绝行踪。东西僧舍，双扉虚掩，惟南一小舍，扃键如新。又顾殿东隅，修竹拱把，阶下有巨池，野藕已花。意甚乐其幽杳。会学使案临[4]，城舍价昂，思便留止，遂散步以待僧归。

日暮，有士人来，启南扉。宁趋为礼[5]，且告以意。士人曰："此间无房主，仆亦侨居。能甘荒落，旦晚惠教，幸甚。"宁喜，藉藁代床[6]，支板作几，为久客计。是夜，月明高洁，清光似水，二人促膝殿廊，各展姓字[7]。士人自言："燕姓，字赤霞。"宁疑为赴试诸生，而听其音声，殊不类浙。诘之，自言："秦人。"语甚朴诚。既而相对词竭，遂拱别归寝。

宁以新居，久不成寐。闻舍北喁喁[8]，如有家口，起伏北壁石窗下，微窥之。见短墙外一小院落，有妇可四十余，又一媪衣䎃绯[9]，插蓬沓[10]，鲐背龙钟[11]，偶语月下[12]。妇曰："小倩何久不来？"媪曰："殆好至矣[13]。"妇曰："将无向姥姥有怨言否？"曰："不闻，但意似蹙蹙[14]。"妇曰："婢子不宜好相识[15]！"言未已，有一十七八女子来，仿佛艳绝。媪笑曰："背地不言人。我两个正谈道小妖婢，悄来无迹响，幸不訾着短处[16]。"又曰："小娘子端好是画中人，遮莫老身是男子[17]，也被摄魂去。"女曰："姥姥不相誉，更阿谁道好？"妇人女子又不知何言。宁意其邻人眷口[18]，寝不复听。又许时，始寂无声。

方将睡去，觉有人至寝所。急起审顾，则北院女子也。惊问之。女笑曰："月夜不寐，愿修燕好[19]。"宁正容曰："卿防物议[20]，我畏人言。略一失足，廉耻道丧。"女云："夜无知者。"宁又咄之。女逡巡若复有词，宁叱："速去！不然，当呼南舍生知。"女惧，乃退。至户外复返，以黄金一锭置褥上。宁掇掷庭墀[21]，曰："非义之物，污吾囊橐！"女惭，出，拾金自言曰："此汉当是铁石。"

诘旦[22]，有兰溪生携一仆来候试，寓于东厢，至夜暴亡。足心有小孔，如锥刺者，细细有血出。俱莫知故。经宿，仆一死[23]，症亦如之。向晚，燕生归，宁质之，燕以为魅。宁素抗直，颇不在意。

宵分[24]，女子复至，谓宁曰："妾阅人多矣，未有刚肠如君者。君诚圣贤，妾不敢欺。小倩，姓聂氏，十八夭殂[25]，葬寺侧，辄被妖物威胁，历役贱务，觍颜向人[26]，实非所乐。今寺中无可杀者，恐当以夜叉来。"宁骇求计。女曰："与燕生同室可免。"问："何不惑燕生?"曰："彼奇人也，不敢近。"问："迷人若何?"曰："狎昵我者，隐以锥刺其足，彼即茫若迷，因摄血以供妖饮。又或以金，非金也，乃罗刹鬼骨，留之能截取人心肝。二者凡以投时好耳。"宁感谢。问戒备之期，答以明宵。临别泣曰："妾堕玄海[27]，求岸不得。郎君义气干云，必能拔生救苦。倘肯囊妾朽骨，归葬安宅，不啻再造[28]。"宁毅然诺之。因问葬处，曰："但记取白杨之上，有乌巢者是也。"言已出门，纷然而灭。

明日，恐燕他出，早诣邀致。辰后具酒馔，留意察燕。既约同宿，辞以性癖耽寂。宁不听，强携卧具来。燕不得已，移榻从之，嘱曰："仆知足下丈夫，倾风良切[29]。要有微衷，难以遽白。幸勿翻窥箧襆，违之，两俱不利。"宁谨受教。

既而各寝。燕以箱箧置窗上，就枕移时，鼾如雷吼。宁不能寐。近一更许，窗外隐隐有人影。俄而近窗来窥，目光睒闪[30]。宁惧，方欲呼燕，忽有物裂箧而出，耀若匹练，触折窗上石棂，欻然一射[31]，即遽敛入，宛如电灭。燕觉而起，宁伪睡以觇之。燕捧箧检征[32]，取一物，对月嗅视，白光晶莹，长可二寸，径韭叶许。已而数重包固，仍置破箧中。自语曰："何物老魅，直尔大胆，致坏箧子。"遂复卧。宁大奇之，因起问之，且以所见告。燕曰："既相知爱，何敢深隐?我，剑客也。若非石棂，妖当立毙，虽然，亦伤。"问："所缄何物?"曰："剑也。适嗅之，有妖气。"宁欲观之，慨出相示，荧荧然一小剑也。于是益厚重燕。

明日，视窗外，有血迹。遂出寺北，见荒坟累累，果有白杨，乌巢其颠。迨营谋既就，趣装欲归[33]。燕生设祖帐[34]，情义殷渥[35]。以破革囊赠宁，曰："此剑袋也，宝藏可远魑魅。"宁欲从授其术。曰："如君信义刚直，可以为此。然君犹富贵中人，非此道中人也。"宁乃托有妹葬此，发掘女骨，敛以衣衾，赁舟而归。

宁斋临野，因营坟葬诸斋外，祭而祝曰："怜卿孤魂，葬近蜗居，歌哭相闻，庶不见陵于雄鬼[36]。一瓯浆水饮，殊不清旨，幸不为嫌!"祝毕而返。后有人呼曰："缓待同行!"回顾，则小倩也，欢喜谢曰："君信义，十死不足以报。请从归，拜识姑嫜[37]，媵御无悔[38]。"审谛之，肌映流霞，足翘细笋，白昼端相，娇艳尤绝。遂与俱至斋中。嘱坐少待，先入白母，母愕然。时宁妻久病，母戒勿言，恐所骇惊。言次，女已翩然入，拜伏地下。宁曰："此小倩也。"母惊顾不遑。女谓母曰："儿飘然一身，远父母兄弟。蒙公子露覆[39]，泽被发肤，愿执箕帚，以报高义。"母见其绰约可爱，始敢与言，曰："小娘子惠顾吾儿，老身喜不可已。但生平止此儿，用承祧绪[40]，不敢令有鬼偶。"女曰："儿实无二心。泉下人既不见信于老母，请以兄事，依高堂，奉晨昏，如何？"母怜其诚，允之。即欲拜嫂。母辞以疾，乃止。女即入厨下，代母尸饔[41]。入房穿榻，似熟居者。

日暮，母畏惧之，辞使归寝，不为设床褥。女窥知母意，即竟去。过斋欲入，却退，徘徊户外，似有所惧。生呼之。女曰："室有剑气畏人。向道途中不奉见者，良以此故。"宁悟为革囊，取悬他室。女乃入，就烛下坐。移时，殊不一语。久之，问："夜读否？妾少诵《楞严经》，今强半遗忘。浼求一卷[42]，夜暇，就兄正之。"宁诺。又坐，默然，二更向尽，不言去。宁促之。愀然曰："异域孤魂，殊怯荒墓。"宁曰："斋中别无床寝，且兄妹亦宜远嫌。"女起，眉蹙蹙而欲啼[43]，足㑉儴而懒步[44]，从容出门，涉阶而没。宁窃怜之，欲留宿别榻，又惧母嗔。女朝旦朝母，捧匜沃盥[45]，下堂操作，无不曲承母志。黄昏告退，辄过斋头，就烛诵经。觉宁将寝，始惨然去。

先是，宁妻病废，母劬不可堪[46]，自得女，逸甚，心德之。日渐稔，亲爱如己出，竟忘其为鬼，不忍晚令去，留与同卧起。女初来，未尝食饮，半年，渐啜稀饣鬼[47]。母子皆溺爱之，讳言其鬼，人亦不之辨也。无何，宁妻亡。母阴有纳女意，然恐于子不利。女微窥之，乘间告母曰："居年余，当知儿肝鬲[48]。为不欲祸行人，故从郎君来。区区无他意[49]，止以公子光明磊落，为天人所钦瞩。实欲依赞三数年，借博封诰，以光泉壤。"母亦知无恶，但惧不能延宗嗣。女曰："子女惟天所授。郎君注福籍[50]，有亢宗子三[51]，不以鬼妻而遂夺也。"母信之，与子议。宁喜，因列筵告戚党。或请觐新妇[52]，女慨然华妆出，一堂尽眙[53]，反不疑其鬼，疑为仙。由是五党诸内眷[54]，咸执贽以贺[55]，争拜识之。女善画兰梅，辄以尺幅酬答，得者藏什袭[56]，以为荣。

一日，俯颈窗前，怊怅若失[57]，忽问："革囊何在？"曰："以卿畏之，故缄置他所。"曰："妾受生气已久，当不复畏，宜取挂床头。"宁诘其意[58]，曰："三日来，心怔忡无停息[59]，意金华妖物，恨妾远遁，恐旦晚寻及也。"宁果携革囊来。女反复审视，曰："此剑仙将盛人头者也。敝败

　　　　　　　　　　　　　　　　　　大学人文：中国古典文学采华

至此，不知杀人几何许！妾今日视之，肌犹粟粟[60]。"乃悬之。次日，又命移悬户上。夜对烛坐，约宁勿寝。歘有一物[61]，如飞鸟堕。女惊匿夹幕间[62]。宁视之，物如夜叉状，电目血舌，睒闪攫拿而前[63]，至门却步。逡巡久之，渐近革囊，以爪摘取，似将抓裂。囊忽格然一响，大可合簣[64]，恍惚有鬼物，突出半身，揪夜叉入，声遂寂然，囊亦顿缩如故。宁骇诧。女亦出，大喜曰："无恙矣！"共视囊中，清水数斗而已。

后数年，宁果登进士。女举一男。纳妾后，又各生一男，皆仕进有声。

《聊斋志异》卷三

【作者/出处简介】

蒲松龄（1640～1715），字留仙、剑臣，号柳泉，蒙古族，淄川（今山东淄博）人。清顺治十五年（1658），年仅十九岁，应童子试，均列县、府、道第一，考中秀才。后屡次参加乡试，均没考中，直到七十一岁，才得了一个贡生的虚名。辞馆归家后，生活凄苦，七十六岁去世。"聊斋"是蒲松龄的书斋名，他在《聊斋自志》中说："才非干宝，雅爱搜神；情类黄州，喜人谈鬼。"《聊斋志异》简称《聊斋》，俗名《鬼狐传》，是中国历史上文言短篇小说的集大成之作。郭沫若评价说："写鬼写妖高人一等，刺贪刺虐入骨三分。"

【字词注释】

1. 廉隅：棱角，喻品行端方。

2. 无二色：旧指男子不娶妾，无外遇。色，女色。

3. 兰若：梵语"阿兰若"的省称，指寺院。

4. 案临：科举时代，各省学使在三年任期内，按期巡行所辖各府考试生员。

5. 趋为礼：快步向前致意行礼。趋，快走，古人相见时表示敬意的举动。

6. 藁（gǎo）：稻麦等的秆。

7. 姓字：犹姓名。字，表字，正名以外的别名。

8. 喁喁（yú）：低语声。

9. 衣（yì）翳（yè）绯（fēi）：穿件褪色的红衣。翳，变色，褪色。

10. 插蓬沓：插着银栉的头簪。蓬沓，银栉，古时越地妇女的头饰。

11. 鲐（tái）背：比喻老人气色衰退，皮肤消瘦，背若鲐鱼。龙钟：行动不便，形容老态。

12. 偶语：相对私语，交谈。

13. 殆好：差不多，就要。

14. 蹙蹙（cù）：忧愁，不舒畅。

15. 好相识：善待。

16. 訾（zǐ）：非议，说话坏。

17. 遮莫：假如。

18. 眷口：眷属，家属。

19. 燕好：男女欢合。

20. 物议：众人的议论，多指非议。

21. 庭墀（chí）：屋前台阶。墀，台阶。

22. 诘（jié）旦：平明，清明。

23. 仆一死：三会本《校》疑作"仆亦死"。

24. 宵分：夜半。

25. 夭殂（cú）：未成年而死。

26. 觍（tiǎn）颜：厚颜。

27. 玄海：佛教用语，指苦海。

28. 不啻（chì）：无异于。

29. 倾风：仰慕，倾倒。

30. 睒（shǎn）闪：闪烁。

31. 欻（xū）然：忽然。

32. 征：迹象。

33. 趣装：速整行装。

34. 祖帐：送行酒筵。

35. 殷渥：恳切深厚。

36. 陵：通"凌"，侵犯，欺侮。雄鬼：强健暴烈之鬼。

37. 姑嫜（zhāng）：丈夫的母亲和父亲，俗称公婆。

38. 媵（yìng）御：以婢妾对待。媵，泛指婢妾。

39. 露覆：犹覆露，庇护。

40. 承祧（tiāo）绪：传宗接代。祧绪，祖宗余绪。祧，祖庙。

41. 尸饔（yōng）：料理饮食。尸，主持。饔，熟食。

42. 浼（měi）求：请求。

43. 眉颦蹙：底本无"眉"字，据二十四卷抄本补。

44. 侄（kuāng）儴（ráng）：通"劻勷"，急迫不安。

45. 捧匜（yí）沃盥：侍奉盥洗。匜，古盥器，用以盛水。沃盥，浇洗。

46. 劬（qú）：勤苦。

47. 啜稀饧（yǐ）：喝稀粥。稀饧，粥汤。

48. 肝鬲（gé）：犹肺腑，比喻内心。鬲，通"膈"，膈膜，横膈膜。

49. 区区：自称的谦词。

50. 注福籍：命中注定有福。注，载入。福籍，传说中记载人间福禄的簿籍。

51. 亢宗子：旧时称人子能扩展宗族地位者为亢宗之子。亢宗，庇护宗族，光宗耀祖。

52. 覿（dí）：见。

53. 眙（chì）：瞪目直视，形容惊诧。

54. 五党：不详。疑为"五宗"，指五服内的亲族；或为"三党"之误，即父党、母党、妻党。

55. 执贽：犹执挚。贽，礼品。

56. 什袭：珍藏。

57. 怊（chāo）怅若失：忧伤焦虑貌。

58. 诘：追问。

59. 怔（zhēng）忡（chōng）：心悸，惊恐不安。

60. 粟栗：因恐惧肌肤起颗粒。

61. 欻（xū）：忽然。

62. 夹幕：帷幕。

63. 睒（shǎn）闪：光闪烁貌。攫拿：张牙舞爪。

64. 大可合篑（kuì）：约有两个竹筐合起来那么大。篑，盛土的竹器。

【作品解析】

《聂小倩》与《聊斋志异》中的其他人鬼相恋故事不同，并非一见倾心的才子佳人模式，其中渗透着性格、命运、义气等诸多因素。最开始聂小倩被夜叉驱使靠色相害人，宁采臣不为"色"与"财"之陷阱所惑，聂感慨据实相告，宁得以保全性命，他为报恩安葬聂，聂又为报恩随至其家，被宁和婆婆接纳，生子大团圆结局。

从人物形象来看，女鬼聂小倩开始并非温柔多情的面目，在宁采臣的感召下，她改自自新恢复了善良纯朴的本性。宁采臣也不同于一般的多情狂生，而是"廉隅自重""生平无二色"。此外，还出现了信义刚直、武艺高强的侠客燕生，因为他宁采臣和聂小倩躲过了夜叉的谋害和追杀，他的出现也使得全篇氛围不再是单纯的缠绵悱恻，而是充满刀光剑影、侠肝义胆的场景。

聂小倩的外貌美是借助宁采臣的视觉来直接传达的。第一次聂出现于月夜之中，宁不经意见其，"仿佛艳绝"；第二次二者直面，宁看得十分仔细，"肌映流霞，足翘细笋，白昼端相，娇丽尤绝"。当二者爱情尘埃落定之后，对聂小倩之美，作者不再做正面描写，而是用侧笔写道，"或请观新妇，女慨然华妆出，一堂尽眙，反不疑其鬼，疑为仙"。由此可见，在形象描写上表现出层次性和多向度。

从语言表达来看，符合人物性格特征，写景状物生动形象。写聂小倩的软语诱惑，如"月夜不寐，愿修燕好"；写宁采臣的义正词严，如"卿防物议，我畏人言。略一失足，廉耻道丧"。写寺院的清丽自然，如"寺中殿塔壮丽，然蓬蒿没人，似绝行踪。东西僧舍，双扉虚掩，惟南一小舍，扃键如新。又顾殿东隅，修竹拱把，阶下有巨池，野藕已花"；写鬼魅的阴森恐怖，如"欻有一物，如飞鸟堕。女惊匿夹幕间。宁视之，物如夜叉状，电目血舌，睒闪攫拿而前，至门却步。逡巡久之，渐近革囊，以爪摘取，似将抓裂。囊忽格然一响，大可合篑，恍惚有鬼物，突出半身，揪夜叉入，声遂寂然，囊亦顿缩如故"，等等。

总之，《聂小倩》将一场人鬼之恋写得曲折跌宕，通过女主人公聂小倩的由鬼到人，从恶到善的历程，强调了恩、义的感化作用。这使本文突破了如《画皮》般因色生爱，见异思迁的结构模式，呈现出丰富的精神内核。

五　求得真经

吴承恩

却说那宝阁上有一尊燃灯古佛，他在阁上，暗暗的听着那传经之事，心中甚明，原是阿傩、伽叶将无字之经传去，却自笑云："东土众僧愚迷，不识无字之经，却不枉费了圣僧这场跋涉?"问："座边有谁在此?"只见白雄尊者闪出。古佛吩咐道："你可作起神威，飞星赶上唐僧，把那无字之经夺了，教他再来求取有字真经。"白雄尊者，即驾狂风，滚离了雷音寺山门之外，大作神威。那阵好风，真个是：

佛前勇士，不比巽二风神。仙窍怒号，远赛吹嘘少女[1]。这一阵，鱼龙皆失穴，江海逆波涛。玄猿捧果难来献，黄鹤回云找旧巢。丹凤清音鸣不美，锦鸡喔运叫声嘈。青松枝折，优钵花飘。翠竹竿竿倒，金莲朵朵摇。钟声远送三千里，经韵轻飞万壑高。崖下奇花残美色，路旁瑶草偃鲜苗。彩鸾难舞翅，白鹿躲山崖。荡荡异香漫宇宙，清清风气彻云霄。

那唐长老正行间，忽闻香风滚滚，只道是佛祖之祯祥[2]，未曾堤防。又闻得响一声，半空中伸下一只手来，将马驮的经，轻轻抢去。唬得个三藏捶胸叫唤，八戒滚地来追，沙和尚护守着经担，孙行者急赶去如飞。那白雄尊者，见行者赶得将近，恐他棍头上没眼，一时间不分好歹，打伤身体，即将经包捽碎[3]，抛落尘埃。行者见经包破落，又被香风吹得飘零，却就按下云头顾经，不去追赶。那白雄尊者收风敛雾，回报古佛不题。

八戒去追赶，见经本落下，遂与行者收拾背着，来见唐僧。唐僧满眼垂泪道："徒弟呀! 这个极乐世界，也还有凶魔欺害哩。"沙僧接了抱着的散经，打开看时，原来雪白，并无半点字迹，慌忙递与三藏道："师父，这一卷没字。"行者又打开一卷，看时，也无字。八戒打开一卷，也无字。三藏叫："通打开来看看。"卷卷俱是白纸。长老短叹长吁的道："我东土人果是没福，似这般无字的空本，取去何用? 怎么敢见唐王? 诳君之罪，诚不容诛也。"行者早已知之，对唐僧道："师父，不消说了，这就是阿傩、伽叶那厮，问我要人事，没有，故将此白纸本子与我们来了。快回去告在如来之前，问他捎财作弊之罪[4]。"八戒嚷道："正是! 正是! 告他去来!"四众急急回山，无好步，忙忙又转上雷音。

不多时，到于山门之外，众皆拱手相迎，笑道："圣僧是换经来的?"三藏点头称谢。众金刚也不阻挡，让他进去，直至大雄殿前。行者嚷道：

"如来！我师徒们受了万蜇千魔，千辛万苦，自东土拜到此处，蒙如来吩咐传经，被阿傩、伽叶揣财不遂，通同作弊，故意将无字的白纸本儿教我们拿去，我们拿他去何用？望如来敕治。"佛祖笑道："你且休嚷！他两个问你要人事之情，我已知矣。但只是经不可轻传，亦不可以空取。向时众比丘圣僧下山，曾将此经在舍卫国赵长者家与他诵了一遍，保他家生者安全，亡者超脱，只讨得他三斗三升米粒黄金白银，我还说他们忒卖贱了，教后代儿孙没钱使用。你如今空手来取，是以传了白本。白本者，乃无字真经，倒也是好的。因你那东土众生，愚迷不悟，只可以此传之耳。"即叫："阿傩、伽叶，快将有字的真经，每部中各检几卷与他，来此报数。"

二尊者复领四众，到珍楼宝阁之下，仍问唐僧要些人事。三藏无物奉承，即命沙僧取出紫金钵盂，双手奉上道："弟子委是穷寒路远，不曾备得人事。这钵盂乃唐王亲手所赐，教弟子持此，沿路化斋。今特奉上，聊表寸心，万望尊者不鄙轻亵，将此收下，待回朝奏上唐王，定有厚谢。只是以有字真经赐下，庶不孤钦差之意[5]，远涉之劳也。"那阿傩接了，但微微而笑。被那些管珍楼的力士，管香积的庖丁，看阁的尊者，你抹他脸，我扑他背，弹指的，扭唇的，一个个笑道："不羞！不羞！需索取经的人事[6]。"须臾，把脸皮都羞皱了，只是拿着钵盂不放。伽叶却才进阁检经，一一查与三藏，三藏却叫："徒弟们，你们都好生看看，莫似前番。"他三人接一卷，看一卷，却都是有字的。传了五千零四十八卷，乃一藏之数，收拾齐整，驮在马上，剩下的还装了一担，八戒挑着。自己行囊，沙僧挑着，行者牵了马，唐僧拿了锡杖，按一按毗卢帽，抖一抖锦袈裟，才喜喜欢欢，到我佛如来之前。正是那：

> 大藏真经滋味甜，如来造就甚精严。
>
> 须知玄奘登山苦，可笑阿傩却爱钱。
>
> 先次未详亏古佛，后来真实始安然。
>
> 至今得意传东土，大众均将雨露沾。

阿傩、伽叶引唐僧来见如来，如来高升莲座，指令降龙、伏虎二大罗汉敲响云磬，遍请三千诸佛、三千揭谛、八金刚、四菩萨、五百尊罗汉、八百比丘僧、大众优婆塞、比丘尼、优婆夷，各天各洞，福地灵山，大小尊者圣僧，该坐的请登宝座，该立的侍立两旁。一时间，天乐遥闻，仙音嘹亮，满空中祥光迭迭，瑞气重重，诸佛毕集，参见了如来。如来问："阿傩、伽叶，传了多少经卷与他？可一一报数。"二尊者即开报："现付去唐朝：

《涅般经》…………………四百卷

《菩萨经》…………………三百六十卷

《虚空藏经》………………二十卷

《首楞严经》………………三十卷

《恩意经大集》……………四十卷

《决定经》…………………四十卷

《宝藏经》…………………二十卷

《华严经》…………………八十一卷

《礼真如经》………………三十卷

《大般若经》………………六百卷

《金光明品经》……………五十卷

《未曾有经》………………五百五十卷

《维摩经》…………………三十卷

《三论别经》………………四十二卷

《金刚经》…………………一卷

《正法论经》………………二十卷

《佛本行经》………………一百一十六卷

《五龙经》…………………二十卷

《菩萨戒经》………………六十卷

《大集经》…………………三十卷

《摩羯经》…………………一百四十卷

《法华经》…………………十卷

《瑜伽经》…………………三十卷

《宝常经》…………………一百七十卷

《西天论经》………………三十卷

《僧祇经》…………………一百一十卷

《佛国杂经》………………一千六百三十八卷

《起信论经》………………五十卷

《大智度经》………………九十卷

《宝威经》…………………一百四十卷

《本阁经》…………………五十六卷

《正律文经》………………十卷

《大孔雀经》………………十四卷

《维识论经》………………十卷

《具舍论经》……………十卷

在藏总经，共三十五部，各部中检出五千零四十八卷，与东土圣僧传留在唐。现俱收拾整顿于人马驮担之上，专等谢恩。"

三藏四众拴了马，歇了担，一个个合掌躬身，朝上礼拜。如来对唐僧言曰："此经功德，不可称量。虽为我门之龟鉴，实乃三教之源流。若到你那南赡部洲，示与一切众生，不可轻慢。非沐浴斋戒，不可开卷。宝之！重之！盖此内有成仙了道之奥妙，有发明万化之奇方也。"三藏叩头谢恩，信受奉行，依然对佛祖遍礼三匝，承谨归诚，领经而去。去到三山门，一一又谢了众圣，不题。

如来因时打发唐僧去后，才散了传经之会。旁又闪上观世音菩萨合掌启佛祖道："弟子当年领金旨向东土寻取经之人，今已成功，共计得一十四年，乃五千零四十日，还少八日，不合藏数。望我世尊早赐圣僧回东转西，须在八日之内，庶完藏数，准弟子缴还金旨。"如来大喜道："所言甚当！准缴金旨！"即叫八大金刚吩咐道："汝等快使神威，驾送圣僧回东，把真经传留，即引圣僧西回。须在八日之内，以完一藏之数。勿得迟违！"金刚随即赶上唐僧，叫道："取经的，跟我来！"唐僧等俱身轻体健，荡荡飘飘，随着金刚，驾云而起。这才是：

见性明心参佛祖，功完行满即飞升。

毕竟不知回东土怎生传授，且听下回分解。

《西游记》第九十八回

【作者/出处简介】

吴承恩〔1500～1582（？）〕，字汝忠，号射阳山人，山阳（今江苏淮安）人。自幼敏慧，博览群书，但科场失意，四十多岁才补岁贡生，曾任浙江长兴县丞，一生清苦，性善谐谑。《西游记》被列入"明代四大奇书"，是神魔小说的代表作，鲁迅在《中国小说史略》中评价说："每杂解颐之言，使神魔皆有人情，精魅亦通世故，而玩世不恭之意寓焉。"现存明刊百回本《西游记》均无作者署名，清代学者吴玉搢在《山阳志遗》中首次提出《西游记》的作者是吴承恩。又该书是在唐宋史实、传说、话本、戏曲等基础上创作而成的，应属"世代累积型集体创作"，因此以"编者"而不是"作者"称之似乎更恰。

【字词注释】

1. 少女：此处指少女风，即西风。

2. 祯祥：祥瑞。

3. 捽（zuó）：揪，抓。

4. 掯（kèn）财：勒索钱财。

5. 孤：同"辜"。

6. 需索：勒索，索要。

【作品解析】

"求得真经"出自《西游记》倒数第三回，也是本书之关键所在。回目为"猿熟马驯方脱壳，功成行满见真如"，其中"猿熟马驯"，即义精仁熟，纯一不已；"脱壳"，即气禀已无，人欲尽化；"见真如"，即明心见性，复其本初。燃灯古佛令白雄尊者夺撕唐僧师徒所得经书，唐僧等人发现经书无字又重返灵山，唐僧向阿傩、伽叶二尊者奉上紫金钵盂，始得有字真经。这则故事通过生动曲折的叙述，对丑恶的社会现实进行了揭露和批判。阿傩、伽叶因向唐僧索要不到"人事"，便传以无字之经，当孙悟空向如来告发时，如来却笑着说他已知此事，不过"经不可轻传，亦不可以空取"，还特意讲了一个"贱卖"经文的故事，佛祖、佛界的肮脏、贪婪程度可想而知。在描写过程中笔墨生动传神，如阿傩接了紫金钵盂便"微微而笑"，旁边的力士、庖丁、尊者等人都羞他，"脸皮都羞皱了，只是拿着钵盂不放"。同时，唐僧"满眼垂泪""短叹长吁"，将优柔寡断，懦弱无能的性格特点暴露无遗，与此相对孙悟空则是机智不凡，果敢坚毅的。

【拓展阅读】

一　盘古开天辟地歌

盘古开天地，

造山坡河流，

划洲来住人，

造海来蓄水。

盘古开天地，

分山地平原，

开辟三岔路，

四处有路通。

盘古开天地，

造日月星辰，

因为有盘古，

人才得光明。

黄现璠著《壮族通史》

二 仙魔大战（节选）

Fresh 果果

白子画和杀阡陌二人在云端对峙着。周围的人都不由得屏住了呼吸，静观事态发展。

杀阡陌一身紫色华服，雪白毛领，从袖沿到腰带，从发冠到纽扣无不精致异常，脚踏火凤，手持绯夜，绯夜剑通体透红，犹如鲜血凝成，剑身周遭环绕一圈炙热的火焰，一丈之内草木皆焚，三尺之内冰水汽化。

他一贯爱笑，因为美人笑起来会更美，所以在天下人面前猖狂地笑，在部下面前阴险地笑，在敌人面前狠毒地笑，在花千骨面前开心地笑……窃笑、媚笑、微笑、冷笑，无论何时，他总是笑着的，不同的笑展示出他不同的风情以及不同的心情。

可是此刻，他却再也笑不出来了，冷冷地望着白子画，脸色一片肃然，犹如最雍容华贵的牡丹上覆盖着白白的一层霜，颜色却越发明亮起来，仍然艳似盛世繁花。

很少人见过他的绯夜剑，因为以杀阡陌的能力极少需要出剑。更从不佩剑，因为佩着剑很难搭衣裳，那样就不够美丽了。

他出剑只有两个字：绝杀！

白子画只是静静地注视着杀阡陌，面上没有丝毫怒色，眸子里更看不出半点情绪。一袭月牙白的长袍简单干净，衣袂上有华丽却不张扬的暗纹流光溢彩在风中飞舞。黑发如瀑，随意披散，依旧垂如缎，顺如水，丝毫不乱。只是这些日子，三千青丝再无人为他束。

他的风姿远在九天之上，绝不是简单的一个美字可以概括和形容。圣洁、清冷、尘埃不染，总是叫人心生敬畏，连多看一眼都觉得是种亵渎。

他举剑，水空人似月，皓腕凝霜雪。

"冰敛横霜"四个字，于他，于剑，都再贴切不过。

很难在两人中分出个高低上下来，杀阡陌更胜在倾国倾城的外貌，白子画更胜在天下膜拜的风骨，但都不输于对方的是各自的能力和气势。

看着无论是外貌还是能力皆冠绝六界的二人之间的这一场对决，几乎每个人都各怀心思。

蓝雨澜风、紫薰浅夏、春秋不败等人自然是一手心的冷汗。摩严、笙箫默等人却镇定自若。虽然正邪易辨，但是轩辕朗、轻水等人却不由自主隐隐祈祷着杀阡陌能胜，否则花千骨性命堪忧。

"把小不点还给我！"杀阡陌脑海中回想起多年前的长留诛仙柱，心头阵阵犯凉。他再也不会让这种事情发生了！

"花千骨本是我长留弟子，何来还你之说？"

花千骨和南无月被锁在光罩里，在白子画左右缓慢浮动。

白子画甚少与人动手，虽然做好应战的架势，语气依旧不温不火。

此时天还未亮，紫色的天空已变作漆黑的墨色。月亮似乎怕被波及一般躲在了云后，海上光线颇暗，却依旧风浪不减。

糖宝昏过去后被白子画托付给落十一照顾，却始终没有醒来，落十一担心想要施法把它救醒，东方彧卿却摇头制止了它，否则只会乱上加乱。

每个人都心神惶惶，东方彧卿看着花千骨和南无月也是一脸的阴晴不定，他再怎么也没有想到……

骨头，或许……

他突然眼中闪过一抹欣慰，如果是这样的话，他愿意冒个险，尊重骨头的决定，把骨头交给白子画处置。

只是他肯，杀阡陌哪里肯。

知道这一战是非打不可，懒得再多说废话。当下意念凝聚，真气运转。手中绯夜剑轻轻一提，浮云踏浪，转瞬间已出了百招有余，速度之快，叫人咋舌，纵是仙魔，远远的也只望得见他紫色的身影。

绯夜剑赤红色的真气吞吐不定，热浪逼人。白子画凌空翻转，轻易而又巧妙的躲过他一波波凌厉而凶险的攻势，稳稳落在海面上，而花千骨和南无月始终漂浮在他身边不近不远。

杀阡陌闪电似地疾追而来，长袖旋转，绚光流舞，犹如花开。火凤也随之盘旋而下，玫瑰色的红光与绯夜剑交相映，炫目缤纷。

摩严空中观战，冷哼一声："妖孽，果然有些门道。"

白子画始终不慌不忙，以退为进，以守为攻。杀阡陌出百招，他只出一招。横霜剑来去挥洒自如，人剑合一。

杀阡陌皓腕挥舞，素手招展，腾空劈下，绯夜剑与横霜剑狠狠相击，天空中陡然炸响一个平空惊雷，闪电划破漆黑夜空。

众人看得紧张，额上沁出汗来，一个个屏气敛息，心跳如撞。

暗云翻涌，狂风肆虐，二人在惊涛骇浪中转眼已斗了数千回合。

白子画见他功力竟比之前争抢伏羲琴一战时提升如此之多，变得更加诡异莫测，妖异凌厉，也不由得暗暗心惊。而自己毒伤初愈，真气不济，竟只能勉强与他战个平手。

白子画攻势渐渐加快，时间拖得越久越对他不利，他无心与杀阡陌争什么胜负，但是岂能如此便将花千骨交给他人。

右手结印划过天地，顿时空气中出现无数冰凝的细小水结晶，狂风中犹如水波剧荡，四周景色都像水中倒影摇曳变形。杀阡陌的身子在空中一滞，天地陡然间极冷，似乎连空气都被冻住。一条红色火焰从他剑上盘旋而出，蜿蜒怒舞，紧紧将横霜剑缠绕住，力道之大，似乎要将其扭曲变形。冰火互斥，只听得一片"滋滋"作响。

白子画左手推掌而出，仿佛捉住蛇的七寸一样将火焰从剑上扯了下来，用力一扬，变作长鞭带着火焰直向杀阡陌席卷而去。

杀阡陌也一把抓住火链另一头，一声爆破，火焰瞬间消失无踪。紫衣鼓舞，凌空翻下，举剑威极长劈，未料速度仍慢了一步，擦过白子画身侧，砍在了笼罩花千骨和南无月二人的光壁之上。瞬间光华大震，照亮半边天地。

白子画一愣，杀阡陌也骇住了，两人都不由得顿了一顿。

虽安然无恙，花千骨却慢慢醒了过来。虽然被锁在光壁内，外面景色却看得清清楚楚。一时间有些反应不过来。自己明明应该和小月在墟洞之中才对！怎么会突然到了外面？

白子画转头，二人目光对视，花千骨大脑顿时就懵了。

哪怕只有刹那，对她而言却仿佛千年万年，万籁寂寂，整个世界仿佛都只有他们师徒二人。

完了……她心陡然下落，望了望身边的小月。终归还是被抓了出来，还不知道众仙会如何处置身为妖神的小月，自己又要如何才能护他周全。不过事到如今……自身都难保了吧……

她看不懂白子画望她的眼神，她从来都不懂他的。他就像一片水，没有温度，没有形状，没有棱角，没有任何特征，他是天底下最完美的人，却正因为这份完美所以反而叫人无法更深刻的去感知他，无法用任何语言描述他。他的存在，有时候她会想会不会太过空洞，遥远还有乏味了。

知道一切已成定数，她心底的某个角落突然反而变得释然起来。这样正大光明的回来面对一切，哪怕是死，也好过一辈子和小月躲在墟洞里面。

能看着师父再次这样好好地站在她面前，她于愿足矣。

只是，为何却又和姐姐打了起来呢？

她趴在光壁上，有些惊慌的看着他们二人。

"小不点别怕，姐姐这就救你出来！"杀阡陌投给她一个安慰的眼神，单手翻转，空气中顿时紫气弥漫。

却正在此时，趁着众人都在紧张观战，春秋不败趁机发难，率领妖兵、魔兵向众天兵攻了过去。他才不管那丫头的死活，现在谁抢到妖神，谁就是九天之王，六界至尊。

顿时四下一片混乱，剑芒横飞，刀光霍闪，矛戈如雨，光波四射，火光熊熊，杀声震天。仙魔混战，各个威力之强，真气之猛、速度之疾，比人间界的战争不知激烈了多少倍。

白子画长剑不断与杀阡陌相击，冰霜与火花四溅。

"不要打了，师父！姐姐！不要打了！"花千骨趴在光壁上看着周围因她而乱作一团，却丝毫无力阻止。

白子画迅驰如风，银色光波从掌中击出，杀阡陌惊险躲过，低头却见顿时整个海面都被冰冻住了，连波浪都凝固成翻飞的形状。

四周形势越发不容乐观，白子画再不犹豫，出手更加凌厉。轩辕朗见杀阡陌逐渐落在下风，便想上前相助，可是毕竟是高手对决，岂能随便插手。人界兵将未得他命令，只得按兵不动，坐看仙魔二界厮杀。

白子画怕伤亡太多，传音给摩严。摩严点点头，长声道："徒添伤亡无益，众仙随我先撤回长留山。"

长留离东海不远，妖魔数量太多，群仙边战边退。

"不准走！"杀阡陌周身皆被烈焰环绕，真气如游龙四处飞腾，白子画再不想跟他做无谓缠打。使出全部真气，一掌落在他肩上，直灌而入的内力几乎将他的每根血管和经脉都冻到爆裂。杀阡陌不闪不避同样满是烈焰的掌落到白子画身上，却仿佛打在棉花和云朵里，深不可测，绵绵流长，如水中浸泡。

"想要妖神，有本事就到长留来夺取。至于花千骨，这是长留的私事，还轮不到你一个外人来管！"白子画冷道，又连击出三掌，伤了杀阡陌心肺，又封了他大部分内力。

杀阡陌自知自己比不过他，却硬撑着一口气一直战到此时，怎肯轻易罢手。

长剑一挥，仰天长啸嘶吼，四处爆破声、惨叫声不绝于耳。却见周遭无论仙魔肚膛纷纷裂开，身体瘫软，吐血而死，足有上千余人。

摧心化骨？白子画心头一惊，受如此重伤还敢用如此招式，果真是不要命了！

"妖孽！我好心留你不得！"白子画厉声喝斥，全身真气往剑上凝结。横霜剑瞬间透明犹如冰刃。

杀阡陌早已杀红了眼，快要滴出血的眼睛狂傲俯视众人，仙魔皆是一片胆寒。

"她是我的，我告诉你白子画，你若敢为你门中弟子伤她一分，我便屠你满门；你若敢为天下人损她一毫，我便杀尽天下人！"

杀阡陌美艳惊心的红唇轻轻开合着，一字一句地说。长发在狂风中飘摇乱舞，绯夜剑迎风自响，呜呜不绝。周围空气中的水分在白子画陡变的情绪下凝结成漫天冰晶，随风四合，在他身旁环绕不息。

花千骨惊呆住了，周围的所有人也都惊呆住了。

《花千骨》

三　地狱之门的铭文

〔意大利〕但丁

从我，是进入悲惨之城的道路；

从我，是进入永恒的痛苦的道路；

从我，是走进永劫的人群的道路。

正义感动了我的"至高的造物主"；

"神圣的权力""至尊的智慧"，

以及"本初的爱"把我造成。

在我之前，没有创造的东西，

只有永恒的事物；而我永存：

你们走进这里的，把一切希望捐弃吧。

朱维基译《神曲·地狱篇》

【推荐书目】

1. 葛兆光著《中国思想史》，复旦大学出版社，2013。

2. 龚鹏程著《中国传统文化十五讲》，北京大学出版社，2013。

3. 〔美〕牟复礼著《中国思想之渊源》，王重阳译，北京大学出版社，2016。

【思考问题】

1. 在中国传统文化中，"天"有怎样的地位和价值？

2. 思考古人的宇宙观与文学创作的关系。

3. 阅读鲁迅《故事新编》一书，谈谈对古今故事再创作的看法。

（本章编者：李美芳　云南财经大学　讲师）

第二章 日月星辰

【主题概述】

日月星辰是人类观察自然界时最直接、最广大的对象，它们在中国文学中的出现与农业生产密切相关。《尚书》云："历象日月星辰，敬授民时。"正因为中国是以农业为本的国度，只有掌握日月星辰运行的规律，才能更好地指导农业生产，实现政治清明、社会安定、百姓安居乐业的理想目标。因而在古人的宇宙观念和日常生活里，日月星辰既是密切接触的对象，也在一定程度上象征着国家制度的运行，与政治、社会和精神生活密切联系在一起。中国文学从诞生开始就已经注意到日月交替的现象，并且对昼夜之间的巨大变化产生兴趣。太阳、星星、月亮，这些自然物象亘古以来就存在于天地之间，远古人民赋予了它们神秘的色彩，将其与力量、自然联系在一起。先秦时期，日月被视作有神性的存在，因而成为祭祀与歌颂的对象，《礼记》中就有鲁国作"日月之章"用于郊祀的记载。儒家还以"日月"来形容时光流逝，继而生发出时不我待的感慨。在此后的文学作品里，"日月"与四季的更迭联系在一起，被视为长时间段的代表。与此同时，由于日月象征着宇宙间极广大的事物，因而文学中也经常将其比为宏大宽阔的气势。

日月星辰的运行带来昼夜的改变，在文学世界中的寓意也有与其本质相关的不同呈现。例如，太阳的光辉灿烂使其成为至高无上的自然和人类力量的象征。《说文》云："日者，实也，太阳之精不亏。字从口一，象形也。又君象也。"太阳被视作至大至刚的阳气的象征，继而借指皇帝、皇权等；相比之下，月亮则被视为阴性、宁静、温柔的意象。太阳与月亮的相对意义也与中国传统的思维方式有关，早在《易传》中就提道："阴阳之义配日月。"也就是说，日月既指广义上的岁月，也在各自的意象内涵上存在着对立的意味。与白天相比，黑夜在文学中的意涵更为丰富，诗人的情感与想象得到无限延展。而星辰作为夜空的点缀，则更增添了文学作品中的浪漫情结。

本章分为三个部分。

【文论摘录】

子夏叹《书》"昭昭若日月之明，离离如星辰之行"，言昭灼也。（南朝梁·

刘勰《文心雕龙·宗经》)

王半山评欧文云："积于中者，浩如江河之停蓄；发于外者，烂如日星之光辉。"又称老泉文云："其光芒烂烂，若引星辰而上也；其逸驰奔放，若决江河而下也。"（明·杨慎《升庵诗话》）

第一节　杲杲出日

【中心选文】

一　夸父逐日

夸父与日逐走[1]，入日[2]。渴，欲得饮[3]，饮于河、渭[4]；河、渭不足，北饮大泽[5]。未至，道渴而死。弃其杖，化为邓林[6]。

《山海经·海外北经》

【作者/出处简介】

《山海经》并非一时一人所作，大致成书时间在战国初至汉代初年。经过汉代刘歆父子整理之后，全书共十八卷，包括《山经》五卷、《海经》八卷、《大荒经》四卷、《海内经》一卷。《山海经》以山为纲，以海为线，记录了古代地理、历史、民俗、动植物、宗教等多方面的内容。夸父逐日的神话故事还出现在其他先秦两汉的子书里，如《列子·汤问》有相似的记载。

【字词注释】

1. 夸父：人名，传说为炎帝后裔。
2. 入日：太阳进入地平线以下。
3. 饮（yǐn）：可以喝的水，名词。
4. 饮（yìn）：喝水，动词。河：黄河。渭：渭水，在今陕西。
5. 大泽：大湖。
6. 邓林：地名。清代学者毕沅认为，上古音中邓与桃音近，邓林即桃林。

【作品解析】

本文反映了中国古代先民追逐理想的执着精神。与西方的太阳神崇拜不同，中国神话主要关注人类自身的主观能动性。夸父逐日的故事描述夸父执着地与太阳追逐、不达目的不罢休的精神，表现了古代人民对于勇敢、力量和气魄的歌颂。从文字中记录的"河""渭"等地名来看，这则故事记述的是古代北方黄河流域的生活经验。夸父逐日在《山海经》的记录中也存在细节的差异，例如《大荒北经》云："夸父不量力，欲追日景，逮之于禺谷。将饮河而不足也。将走大泽，未至，死于此。"虽然对于夸父追逐太阳的细节记述不同，但最终夸父的结局皆是因为口渴而死。这说明夸父逐日的故事虽然存在想象和夸张之处，其记述仍然是以现实为基础的。而夸父为什么要追逐太阳，《山海经》这两处记载均未说明原因，这就给后世神话学研究提供了解释的空间。夸父逐日的举动从本质上来说反映了先民探求自然的好奇精神。《山海经》在描述神话故事时使用简朴的语言、夸张的修辞手法，影响了后世散文和小说的写作风格。

二　后羿射日

逮至尧之时，十日并出。焦禾稼，杀草木，而民无所食。猰貐、凿齿、九婴、大风、封豨、修蛇[1]，皆为民害。尧乃使羿诛凿齿于畴华之野[2]，杀九婴于凶水之上[3]，缴大风于青邱之泽[4]，上射十日而下杀猰貐，断修蛇于洞庭，禽封豨于桑林[5]。万民皆喜，置尧以为天子。

《淮南子·本经》

【作者/出处简介】

见第一章第一节《女娲补天》，对《淮南子》的简介。

【字词注释】

1. 猰（yà）貐（yú）：状若龙首，类似于狸，善于奔跑，吃人的野兽。凿齿：牙齿长三尺、贯穿整个下巴的野兽，持有戈盾。九婴：能发动水火的野兽。大风：鸷鸟，能坏人屋舍。封豨（xī）：大猪。修蛇：大蛇，能够吞掉大象。
2. 羿：又称夷羿、仁羿。畴（chóu）华（huá）：南方的水泽名。
3. 凶水：在北狄。
4. 缴：系着丝绳的箭，引申为用箭射。青邱：东方的水泽名。
5. 禽：同"擒"。桑林：桑山之林，是商汤祈雨的地方。

【作品解析】

后羿射日的故事在《淮南子》《尚书》《楚辞》等书中均有记载，今本《山海经》未见，但古本中有记载。唐代成玄英《山海经·秋水》疏引《山海经》云："羿射九日，落为沃焦。"《淮南子》此篇的记述更为具体生动。

文中塑造出后羿这类神化了的英雄人物形象，反映上古先民们征服自然的强烈愿望。后羿据说是五帝时期的人物，善于射箭，也是另一个神话故事人物嫦娥的丈夫。在描述后羿消灭猛兽的过程时，这则故事使用了排比和铺张的修辞方法。故事既渲染了上古时十日并出、灾难横行的惨状，又凸显了后羿射日的英雄形象。而后羿这个英雄形象也反映了古代社会生活的现实需要。神话原型学曾将后羿射日的故事与古代的祈雨仪式联系在一起，即古代出现干旱时，为了祈雨会通过将巫师扮成旱神，使其在阳光下晒死或烧死来驱除灾殃。太阳为万物生长提供必须的条件，因而中国古代不乏以太阳为崇拜对象的部族。然而一旦日照时间过长，温度太高，就会给原始社会的生产、生活带来巨大灾难。每当这个时候，能够驱除灾害，降低温度过高带来的损害，就会成为迫切的需求。后羿作为应需求而生的英雄形象，也反映了上古社会对于平安美好的自然环境的期待。

三　日五色赋[1]

李程

德动天鉴[2]，祥开日华。守三光而效祉[3]，彰五色而可嘉[4]。验瑞典之所应[5]，知淳风之不遐[6]。禀以阳精[7]，体乾爻于君位[8]，昭夫土德[9]，表王气于皇家[10]。

懿彼日升[11]，考兹礼斗[12]。因时而出，与圣为偶[13]。仰瑞景兮灿中天[14]，和德辉兮光万有。既分羲和之职[15]，自契黄人之守[16]。舒明耀符君道之克明[17]，丽九华当帝业之嗣九[18]。

时也寰宇克清[19]，景气澄霁[20]。浴咸池于天末[21]，拂若木于海裔[22]。非烟捧于圆象[23]，蔚矣锦章[24]；余霞散于重轮[25]，焕然绮丽[26]。

固知畴人有秩[27]，天纪无失[28]。必观象以察变，不废时而乱日[29]。合璧方而孰可[30]，抱珥比而奚匹[31]。泛草际而瑞露相鲜，动川上而荣光乱出。信比象而可久，故成文之不一。足使阳乌迷莫黑之容[32]，白驹惊受彩之质[33]。

浩浩天枢[34]，洋洋圣谟[35]。德之交感，瑞必相符。五彩彰施于黄道[36]，万姓瞻仰于康衢[37]。

足以光昭千古，照临下土[38]。殊祥著明[39]，庶物咸睹[40]。名翚矫翼[41]，如威凤兮鸣朝阳；时藋倾心[42]，状灵芝兮耀中圃[43]。

斯乃天有命，日跻圣[44]，太阶平[45]，王道正。同夫少昊，谅感之以呈祥[46]，异彼夏王，徒指之而比盛[47]。

今则引耀神州，扬光日域。设象以启圣，宣精以昭德。彰烛远于皇明，乃备彩于方色。故曰惟天为大，吾君是则[48]。

《全唐文》卷六三二

【作者/出处简介】

李程（765～841），字表臣，陇西人，唐代宗室。贞元十二年（796）进士，累辟使府，为监察御史，充翰林学士。当时学士入署办公，常视日影为候。李程性懒，日影过八块砖才到署，人称"八砖学士"。元和时，知制诰，拜礼部侍郎。唐敬宗时，为吏部侍郎同平章事，后罢为河东节度使。唐武宗时，为东都留守，卒于任上，谥"缪公"。李程今存赋二十三篇，皆为律赋。

【字词注释】

1. 日五色：指日晕有五色，青、赤、黄、白、黑。《易传》曰："圣王在上，则日光明而五色备……日者，众阳之精，内明玄黄，五色无主，以象人君。精精似青，不可以一色名也。"

2. 鉴：照。

3. 三光：日、月、星。《庄子·说剑》："上法圆天以顺三光，下法方地以顺四时，中和民意以安四乡。"祉（zhǐ）：呈现福祉。

4. 彰：彰显。嘉：嘉许。

5. 瑞：吉祥。典：典制，掌故。

6. 淳风：质朴敦厚的风气。邈：远。

7. 禀：承受。

8. 体：领悟。乾：即乾卦。爻（yáo）：《易经》中的卦象。

9. 土德：战国时齐人邹衍创五德终始之说，称金、木、水、火、土相继为帝王之德，这五种德行之间存在相生相克的关系。唐代君主以唐为土德。

10. 表：彰显。

11. 懿（yì）：美好。彼：指太阳。曰：语助词，无实义。

12. 考：推求，研究。兹：整个，指太阳升起的情形。礼斗：道教的说法，指礼拜北斗星君。唐代推尊道教，因有此说。

13. 偶：匹配。

14. 灿中天：整个天空都灿烂了。

15. 羲和：神话中太阳的御者。《楚辞·离骚》："吾令羲和弭节兮，望崦嵫而勿迫。"

16. 契：相合，相投。黄人：传说中的守日仙人。比喻国力强盛、政治清明。

17. 克：能够。明：清明。

18. 九华：宫殿名。嗣：接续，继承。九：通"久"，永久。

19. 寰宇：全宇宙。廓清：澄清，肃清。

20. 澄：水静而清。霁（jì）：天空晴朗。

21. 咸池：传说中太阳沐浴之地。

22. 若木：古代神话中的树名。《山海经·大荒北经》："大荒之中有衡石山、九阴山、洞野之山，上有赤树，青叶赤华，名曰若木。"

23. 非烟：指庆云，五色祥云。《史记·天官书》："若烟非烟，若云非云，郁郁纷纷，萧索轮囷，是谓卿云。卿云，喜气也。"圆象：指天象。

24. 蔚：茂盛的样子。锦章：美丽的花纹。

25. 重轮：指钱币的一种制式，即钱身外周之突出部分有两重。

26. 焕然：光明的样子。绮（qǐ）丽：鲜艳美丽。

27. 畴人：古代天文历算之学，有专人执掌，父子世代相传为业，这里指精通天文历算的学者。

秩：有条理。

28. 纪：法度。

29. 废：荒废。时：时节。曰：说。

30. 璧：平圆形中间有空的玉。可：适合。

31. 抱珥：太阳两旁半环形的光圈。珥（ěr），玉珠耳环。

32. 阳鸟：神话传说中在太阳里的三足鸟。左思《蜀都赋》："羲和假道于峻岐，阳鸟回翼乎高
    标。"莫：没有。

33. 白驹：白色的骏马，比喻贤能者。《诗经·小雅·白驹》："皎皎白驹，在彼空谷。"

34. 枢：重要的中心部分。

35. 谟（mó）：计谋，策略。《中庸》："大哉圣人之道！洋洋乎！发育万物，峻极于天。"

36. 黄道：地球轨道在天球上的投影。黄道和天球赤道相交于北半球的春分点和秋分点。《汉书·
    天文志》："日有中道，月有九行。中道者：黄道，一曰光道。"

37. 康衢（qú）：四通八达的大路。

38. 照临下土：出自《诗经·邶风·日月》："日居月诸，照临下土。"即日月每天照临着我们的
    土地。

39. 殊祥：特殊的祥瑞。著明：明显。

40. 睹：看见。

41. 翚（huī）：有五彩羽毛的雉。矫：强壮，勇猛。

42. 藿（huò）：多年生草本植物，茎叶香味很浓，可以入药。

43. 中圃：即玄圃，传说中昆仑山顶的神仙居处。

44. 跻（jī）：登。

45. 太阶：古星名，即三台。上台、中台、下台各二星，相比而斜上，如阶级然，故称。这里指天
    下。扬雄《长杨赋》："是以玉衡正而太阶平也。"

46. 夫：发语词，无实义。少昊：传说中黄帝的儿子。《尚书》："少昊金天氏，名挚，字青阳，一
    曰玄嚣，己姓，黄帝之子。母曰女节，以金德王，五帝之最先。"

47. "异彼"二句：指少昊与夏桀的故事。《尚书·汤誓》记载少昊的话："时日曷丧，予及汝皆
    亡。"传曰："比桀于日，曰：'是日何时丧，我与汝俱亡！'欲杀身以丧桀。"夏王，夏桀。

48. 则：模范。惟天为大，吾君是则：源自《论语·泰伯》："子曰：'大哉尧之为君也！巍巍乎！
    唯天为大，唯尧则之。荡荡乎，民无能名焉。巍巍乎其有成功也！焕乎其有文章！'"

【作品解析】

　　本文是李程考取进士科状元的试卷，也是唐代律赋的代表作，在当时颇受
人推重。律赋讲究用韵和对偶工整，为唐宋以来的科举考试采用。全篇以
"日丽九华，圣符土德"为韵，共押八韵，八韵之中两平六仄，立意符合科举
考试颂圣的需要。本篇的开头即"破题"，气势宏大，直接点明主题，是其最
受赞许的地方。《唐摭言》卷八云："贞元中试《日五色赋》，李程先榜落矣。
初出试，杨于陵省宿归第，遇程于省门，询之所试。程探靴勒中得赋稿，示
之。其破题曰：'德动天鉴，祥天日华'。深赏之，谓程曰：'公今须作状元。'

遂携赋稿诣主司。主司致谢，于是擢李程为状元。"本文是考场作文，意在颂圣，但气势磅礴，不着痕迹。全篇除了使用七个发语词之外，全为对偶句，并且善于使用与太阳相关的神话传说与辞赋典故，表达万物皆因受到太阳普照而生命勃发的道理，藉此歌颂唐王朝的统治气概。本赋用典巧妙而华丽，气象高远，文意连贯紧凑，最后点出"惟天为大，吾君是则"的文章主旨，简洁而有力。

四　日喻

苏轼

生而眇者不识日[1]，问之有目者。或告之曰："日之状如铜盘。"扣盘而得其声。他日闻钟，以为日也。或告之曰："日之光如烛。"扪烛而得其形[2]。他日揣籥[3]，以为日也。日之与钟、籥亦远矣，而眇者不知其异，以其未尝见而求之人也。

道之难见也甚于日，而人之未达也无以异于眇。达者告之，虽有巧譬善导[4]，亦无以过于盘与烛也。自盘而之钟，自钟而之籥，转而相之，岂有既乎？故世之言道者，或即其所见而名之，或莫之见而意之，皆求道之过也。

然则道卒不可求欤[5]？苏子曰："道可致而不可求。"何谓致？孙武曰："善战者致人，不致于人[6]。"子夏曰："百工居肆，以成其事；君子学，以致其道。"莫之求而自至，斯以为致也欤！南方多没人[7]，日与水居也[8]。七岁而能涉[9]，十岁而能浮[10]，十五而能没矣。夫没者岂苟然哉[11]？必将有得于水之道者。日与水居，则十五而得其道；生不识水，则虽壮见舟而畏之。故北方之勇者，问于没人而求其所以没，以其言试之河，未有不溺者也。故凡不学而务求道，皆北方之学没者也。

昔者以声律取士，士杂学而不志于道；今也以经术取士，士知求道而不务学。渤海吴君彦律[12]，有志于学者也，方求举于礼部，作《日喻》以告之。

《经进东坡文集事略》卷五十七

【作者/出处简介】

苏轼（1037～1101），字子瞻，号东坡居士，眉州眉山（今属四川）人。宋嘉祐二年（1057）进士；熙宁间通判杭州，历知密州、徐州、湖州，知杂御史劾以作诗讪谤朝廷，贬黄州团练副使；元祐间累迁翰林学士，出知杭州、颍州；绍圣初又以为文讥斥先朝的罪名，远谪惠州、儋州；徽宗时获大赦北还，途中于常州病逝；高宗时追赠太师，谥"文忠"。他在政治上主张慎重，反对王安石变法，历任地方官吏，对人民生计颇为关怀，卓有政绩。苏轼是中国文学史上少有的全才，散文与欧阳修并称"欧苏"，诗与黄庭坚并称"苏黄"，词与辛弃疾并称"苏辛"。有《苏东坡集》《东坡乐府》。

【字词注释】

1. 眇（miǎo）：瞎了一只眼睛，借指盲人。

2. 扪（mén）：摸。

3. 揣：估量。籥（yuè）：同"龠"，古代的一种笛类乐器。

4. 譬（pì）：比喻。导：启发。

5. 卒：最终。欤（yú）：助词，表示疑问。

6. 致：达到。致人：使敌人到来。

7. 没（mò）：潜入深水。

8. 日：每天。

9. 涉：步行过水。

10. 浮：漂浮在水面上。

11. 苟然：随随便便就会这样。

12. 渤海：郡名，汉代设置，在今河北、山东境内。

【作品解析】

据《东坡纪年录》记载，本文作于宋元丰元年（1078）十月十二日，是时苏轼任徐州知州。宋代散文偏爱说理，这与宋人喜爱思辨，注重学问修养有关，苏轼文章也以议论擅长。本文讨论的是学习"道"的问题。道在宋代是非常重要的哲学概念，是当时士大夫普遍关心的问题，其内涵也非常丰富。文章的开头以一个小的寓言故事引入，故事中的人物、时间、地点都不明确，然而描写却生动自然，说服力极强。盲人对于太阳的难以了解是因为无法获得直观的体验，通过这个例子，苏轼在第一段的结尾交代了对于道的看法。首先，道是非常难以获得的，只有先获得感性经验，才能够明确道之实体。其次，道虽然难以求得，但并非不可得。苏轼认为，应当通过自己的虚心学习，循序渐进地获得对于道的理解，而不能强求。在这里，苏轼提出了人为的"求"与自然的"致"之间的矛盾。借用古人孙武和子夏的话，苏轼认为，刻意地追求"道"并非明智之举，通过平时积累的学问，道可以自然获得。为了论证这个观点，苏轼还举出了另一个寓言故事，这个故事同样通过南方善于潜水的人获得技能的过程，说明单凭勇气求道是不行的，而是应该"日与水居"，通过不断的学习最终接近道。如果想走捷径，"不学而务求道"，结果只能像北方"没者"那样被溺死。由此可见，学问对于获得道非常重要。这篇文章善于使用生活中常见的事例说明道与学之间的关系，行文简洁明了，形象生动。

第二节　明明如月

【中心选文】

一　月赋

谢庄

陈王初丧应、刘[1]，端忧多暇[2]。绿苔生阁，芳尘凝榭[3]。悄焉疚怀[4]，弗怡中夜[5]。乃清兰路，肃桂苑[6]，腾吹寒山[7]，弭盖秋坂[8]。临濬壑而怨遥[9]，登崇岫而伤远[10]。于时斜汉左界[11]，北陆南躔[12]，白露暧空[13]，素月流天。沈吟《齐》章[14]，殷勤《陈》篇[15]，抽毫进牍，以命仲宣[16]。

仲宣跪而称曰：臣东鄙幽介[17]，长自丘樊[18]。昧道懵学[19]，孤奉明恩[20]。臣闻沈潜既义[21]，高明既经[22]，日以阳德[23]，月以阴灵[24]。擅扶光于东沼[25]，嗣若英于西冥[26]。引玄兔于帝台[27]，集素娥于后庭[28]。朒朓警阙[29]，朏魄示冲[30]，顺辰通烛[31]，从星泽风[32]。增华台室[33]，扬采轩宫[34]。委照而吴业昌[35]，沦精而汉道融[36]。

若夫气霁地表[37]，云敛天末[38]，洞庭始波，木叶微脱[39]。菊散芳于山椒[40]，雁流哀于江濑[41]。升清质之悠悠[42]，降澄辉之蔼蔼[43]。列宿掩缛[44]，长河韬映[45]，柔祇雪凝[46]，圆灵水镜[47]。连观霜缟[48]，周除冰净[49]。君王乃厌晨欢，乐宵宴，收妙舞，弛清县[50]。去烛房，即月殿[51]，芳酒登[52]，鸣琴荐[53]。若乃凉夜自凄，风篁成韵[54]，亲懿莫从[55]，羁孤递进[56]。聆皋禽之夕闻[57]，听朔管之秋引[58]。于是弦桐练响[59]，音容选和[60]，徘徊《房露》，惆怅《阳阿》[61]。声林虚籁[62]，沦池灭波[63]，情纡轸其何托[64]，愬皓月而长歌[65]。歌曰：

美人迈兮音尘阙[66]，隔千里兮共明月。临风叹兮将焉歇[67]，川路长兮不可越[68]。歌响未终，余景就毕[69]，满堂变容，回遑如失[70]。又称歌曰：

月既没兮露欲晞[71]，岁方晏兮无与归[72]。佳期可以还[73]，微霜沾人衣。

陈王曰：善！乃命执事[74]，献寿羞璧[75]，敬佩玉音[76]，复之无斁[77]。

《文选》卷十三

【作者/出处简介】

谢庄（421～466），字希逸，南朝宋文学家。陈郡阳夏人，谢灵运族侄。历仕宋文帝、孝武帝、明帝三朝，官至中书令，加金紫光禄大夫。

【字词注释】

1. 陈王：即曹植，陈思王。应、刘：应玚和刘桢，"建安七子"中的人物。

2. 端忧：正在忧愁之中。端，正。暇：空闲。

3. 榭（xiè）：建筑在台上的房屋。

4. 悄焉：忧愁的样子。疢怀：伤怀，忧心。

5. 怡：愉快。中夜：半夜。

6. 肃：使整肃。

7. 腾：升起，指演奏。吹：指管乐。

8. 弭（mǐ）：停。盖：车盖，代指车。坂：山坡。

9. 濬（jùn）：同"浚"，深。

10. 崇岫（xiù）：高高的峰峦。

11. 于时：在这个时候。汉：天河。左界：像是划在天空的左边。

12. 北陆南躔（chán）：北陆星向南移动。躔，日月星宿运行的度次。

13. 暧：蔽，充满。

14. 沈吟：沉思吟诵。《齐》章：指《诗经·齐风》，其中《东方之日》有"东方之月兮"句。

15. 殷勤：反复念诵。《陈》篇：指《诗经·陈风》，其中《月出》有"月出皎兮"句。

16. 仲宣：王粲的字，为"建安七子"之一。

17. 鄙：偏远的地方。王粲的籍贯为山阳高平，今山东邹城。幽介：幽昧孤介，指见识浅陋。

18. 樊：藩篱，丘樊指居处简索。

19. 昧道：不通大道。懵（měng）学：暗于学问。

20. 孤奉明恩：白白地受了君王的恩惠。孤，同"辜"。

21. 沈潜：指地。义：合宜。

22. 高明：指天。经：纲常。

23. 日以阳德：日具有阳的德行。

24. 月以阴灵：月具有阴的精华。

25. 擅：同"禅（shàn）"，传位禅让。扶光：扶桑之光，指日光。东沼：指汤谷，传说中日出之处。

26. 嗣：继续。若：若木，神话传说中大树名，日落的地方。英：华。西冥：指昧谷，传说中日入之处。

27. 玄兔：传说中的月中玉兔，这里指月亮。帝台：帝王的台榭，指天帝所在处。

28. 素娥：指嫦娥。后庭：帝后所在处。

29. 朒（nù）：月初的缺月见于东方，此时为上弦月。朓（tiǎo）：月末的缺月，见于西方，此时为下弦月。警：警惕。阙：同"缺"，缺点。

30. 朏（fěi）：初见之月。魄：农历初三的月亮。冲：谦虚谨慎。

31. 顺辰：指月球顺着十二月的次序而言。通：整个。烛：照耀。

32. 星：指箕星和毕星。泽：指雨。月亮经过箕星是风兆，经过毕星是雨兆。

33. 台室：即三台星。

34. 轩宫：轩辕星。

35. 委：向下照耀。照：指月光。吴业：吴国的帝业。传说东吴孙策之母曾经梦见月亮入怀而生策，后来孙策奠定了吴国的基业。

36. 沇：向下照耀。精：指月光。汉道：汉朝的统治。传说汉元帝的岳母梦月入怀，生下一女，后来此女做了皇后帮助汉元帝理政。融：明亮。

37. 霁（jì）：云雾消散。

38. 天末：天边。

39. 脱：落下。

40. 山椒：山顶。

41. 濑（lài）：从沙石上流过的急水。

42. 清质：指月亮。悠悠：慢慢。

43. 澄辉：澄洁的光辉。蔼蔼：柔和的样子。

44. 列宿：众星。掩：掩盖。缛（rù）：繁多，指星光灿烂。

45. 长河：指天河。韬：隐藏。映：照耀。

46. 柔祇（qí）：地的别称，古人认为地之道阴柔。

47. 圆灵：天的别称。

48. 连观：连接宫观。观，供帝王游憩的离宫别馆。霜缟（gǎo）：像霜一样的洁白。

49. 周除：四周宫殿的台阶。

50. 弛：松弛，指停止。县：通"悬"，悬挂钟磬的架子，代指歌曲。

51. 即：走向。月殿：有月光的庭堂。

52. 登：进酒。

53. 荐：进献。

54. 风篁（huáng）：风吹竹林。成韵：发出有韵律的声响。

55. 亲懿：即懿亲，指笃好的亲族。

56. 羁（jī）孤：指流落在外的人。递进：接连而来。

57. 皋（gāo）禽：鹤。《诗经·小雅·鹤鸣》："鹤鸣于九皋。"夕闻：晚间的叫声。

58. 朔管：北方少数民族的管乐。引：曲调的一种，借指乐曲。

59. 弦桐：琴的别称，桐木是制琴的优质材料。练响：指调弦。练，选择。

60. 音容：音乐的风格。和：平静。

61. 《房露》《阳阿（ē）》：都是古曲名。

62. 声林：风吹而作响的树林。虚：停歇。籁：风吹孔窍所发出的音响。

63. 沦：微波。

64. 纡（yū）：郁结。轸（zhěn）：悲痛。

65. 愬：通"溯（sù）"，向着。

66. 美人：指应场和刘桢。迈：往。音尘：信息。阙：通"缺"。

67. 焉歇：怎能停歇。

68. 川路：水路。

69. 余景：月光的余晖。就：接近，即将。

70. 回遑：内心彷徨，没有着落。

71. 没：落下。晞（xī）：干。

72. 晏：晚。

73. 佳期：指与朋友会晤的日期。

74. 执事：这里指左右侍奉的人。

75. 献寿：进酒祝贺。着：进献。

76. 佩：佩带。玉音：对别人言辞的敬称。

77. 复：指反复诵读。致（yì）：厌烦。

【作品解析】

本篇抒情小赋的创作时间大致在南朝宋元嘉二十八年（451）秋，是六朝抒情小赋的代表作品，也是一篇成功的咏月杰作，构思新奇，意境清美。作者通过想象三国才子曹植与王粲月夜吟游的情节，描写月夜清丽的景色以及月光之下人们的情思，谱写月景的同时透出怨遥伤远之意。

该赋从建安七子之应场、刘桢的早丧开篇。在好友离世和闲居无事的双重打击下，曹植一直忧愁烦恼。尽管秋高气爽，"素月流天"，曹植抑郁寡欢的情感视角所看到的，只是生满绿苔、芳尘的亭苑景象。如此徘徊至夜半，愁怨始终难以消遣，因此只有邀请王粲同赋诗歌，聊以度此长夜。

接下来，《月赋》托以王粲的口吻，从天地起始讲起，借助古代关于月亮的传说描绘月亮与人事、政治的关系。月亮在星宿之间的运行变化，恰好是人世间帝业命运兴衰的象征。第三段结合自然界物象的变化重点描写秋天的月色，当云雾飘散，洞庭水波开始荡漾，动植物悄无声息的变化预示着秋的到来。此时月华升起，遮蔽了群星的光耀，为世间万物染上了一层明澈的色彩。月色虽无分别，然而世间却有等级之分。对于帝王而言，美好的月色是宫廷生活和享乐的陪衬；而对流落异乡的游子来说，月色则象征着凄凉、孤独、思念和悲伤，因而，结尾处的长歌以美人借指逝去的朋友应场、刘桢，他们的离开虽然如同"美人迈兮音尘阙"，却应该能够"隔千里兮共明月"吧。这种生死相隔之感实在令人慨叹，而当长歌未央之时，月色却已经接近消逝，这样的场景更添与宴者徘徊若失之感。于是王粲再次歌曰，岁月易逝，良人难逢，无论是君王还是游子，都应当珍惜眼前之景。最终，王粲之言得到曹植称善，并且将其反复吟诵。

这首抒情小赋结构完整，善用神话、《楚辞》等典故想象月色，烘托出凄冷、明辉意境的同时，也使得全篇染上了悲凉徘徊、伤人愁远的色彩。本赋主要使用骈偶句，又中间穿插了散句，使得整篇辞赋摇曳多姿，情意缠绵，体现出南朝时期"摇荡性灵"的抒情效果。

二　春江花月夜

张若虚

春江潮水连海平，海上明月共潮生。

滟滟随波千万里¹，何处春江无月明！

江流宛转绕芳甸²，月照花林皆似霰³。

空里流霜不觉飞，汀上白沙看不见⁴。

江天一色无纤尘，皎皎空中孤月轮。

江畔何人初见月？江月何年初照人？

人生代代无穷已，江月年年望相似。

不知江月待何人，但见长江送流水。

白云一片去悠悠，青枫浦上不胜愁⁵。

谁家今夜扁舟子？何处相思明月楼？

可怜楼上月徘徊，应照离人妆镜台。

玉户帘中卷不去，捣衣砧上拂还来⁶。

此时相望不相闻，愿逐月华流照君。

鸿雁长飞光不度⁷，鱼龙潜跃水成文⁸。

昨夜闲潭梦落花，可怜春半不还家。

江水流春去欲尽，江潭落月复西斜。

斜月沉沉藏海雾，碣石潇湘无限路⁹。

不知乘月几人归，落月摇情满江树。

《全唐诗》卷一一七

【作者/出处简介】

张若虚［647～730（？）］，字号不详，江苏扬州人，初唐诗人。曾任兖州兵曹，与贺知章、张旭、包融合称"吴中四士"。存诗仅二首。《春江花月夜》为乐府吴声歌曲名，相传为南朝陈后主所作，原词已不传，张若虚的这首为拟题作诗，与原先的曲调已不同，被誉为"孤篇横绝，竟为大家"。

【字词注释】

1. 滟滟（yàn）：波光荡漾的样子。
2. 芳甸：开满鲜花的郊野。
3. 霰（xiàn）：水气遇到冷空气凝结成的小冰粒。
4. 汀（tīng）：水边平地。
5. 青枫浦：地名，今湖南浏阳境内有青枫浦。这里泛指游子所在的地方，暗用《楚辞·招魂》"湛湛江水兮上有枫，目极千里兮伤春心"句，隐含离别之意。
6. 捣衣砧（zhēn）：捣衣石。
7. 鸿雁：大雁，代指书信。
8. 文：通"纹"，指物体的纹理。
9. 碣（jié）石：山名，在渤海边上。曹操《观沧海》："东临碣石，以观沧海。"潇湘：湘江与潇水，在今湖南省境内。这里两个地名一南一北，暗指路途遥远，相聚无望。

【作品解析】

本诗写作时间不明，却是唐诗的名篇。乐府诗题通常与诗歌内容的关系不够紧密，但这首诗借助诗题中的"春、江、花、月、夜"这五种事物，集中体现了最动人的良辰美景，构成了诱人探寻的奇妙艺术境界。整首诗由景、情、理依次展开，第一部分写了春江之上的美景，第二部分写了面对江月产生的感慨，第三部分写了人间思妇游子的离愁别绪。

开篇即描写了月色之下春江上的壮丽画面：江潮连海，月共潮生。尽管我们不确定春江具体所指，但在古代人的地理观念中，百川东到海，天下河川最终都是要奔腾到海的，而这里的"春江潮水连海平"，一下子就把想象的境界伸展到了辽阔的远方，不可不谓想象奇崛。从眼前的实景出发，再到想象中的海上明月，一个"生"字，就赋予了明月与潮水以活泼的生命。随着江水的流动，从海上再到眼前的春江，诗人开始感慨月色之宏大闪耀，能够笼罩宇宙。月色之下，江流婉转，绕过的江边小岛和月色之下的花树，仿佛都成为一幅图画。面对这幅图画时，诗人忘记了世间万物的五光十色，"空里流霜不觉飞，汀上白沙看不见"，浑然只有皎洁明亮的月光存在。

既然月如此美妙，第二部分即由月开启了哲思："江畔何人初见月？江月何年初照人？"我既在江边赏月，而天地初开之际，月与人之间，孰者为先，孰者为后？在地理空间的大开大阖之后，诗人在时间之广度上又展开了想象。当这番奇思妙想令人苦思不解之时，诗人却又给出了答案，"人生代代无穷已，江月年年只相似"。宇宙浩渺无穷，而人却有穷尽之时，可是江月如此执着永恒地照在江边，不知是否如人一样有所期待呢？相比之下，滔滔不绝的江水似乎成了"无情"的旁观者。

第三部分以"白云一片去悠悠"承上启下，转而描写思妇月下怀人这一传统的乐府诗歌主题。诗人借助常见的离别语汇"枫""浦"，以"谁家""何处"二句互文见义，牵扯出普天下不止一家、一处的离愁别恨，诗情荡漾，曲折有致。诗人借用"月"来描写思妇的用情之深，生动地表现出思妇内心的愁怅和迷惘。共望月光而无法相知，只好依托明月来遥寄相思。最后八句写游子，诗人用落花、流水、残月烘托他的思归之情。夜已深沉，"扁舟子"梦中也念念归家，花落幽潭，春光将老，人还远隔天涯。江水流春，流去的不仅是自然的春天，也是游子的青春、幸福和憧憬。"沉沉"二字从情感上加重渲染了他的孤寂；"无限路"在空间上加深了他的乡思。"落月摇情满江树"，这结句的"摇情"不绝如缕的思念之情，将月光之情、游子之情、诗人之情交织成一片，洒落在江树上，也洒落在读者心上，情韵袅袅，摇曳生姿。

　　《春江花月夜》融诗情、画意、哲理为一体，汇成一种情、景、理交融的幽美而邈远的意境。全诗共三十六句，四句一换韵，共换九韵。一唱三叹，前呼后应，既回环反复，又层出不穷，音乐节奏感强烈而优美。在句式上，本诗大量使用排比句、对偶句和流水对，起承转合皆妙。整首诗歌境界阔大，气韵无穷，充满了朦胧清丽的美，因而这首诗被闻一多誉为"诗中的诗，顶峰上的顶峰"。

三　月下独酌（其一）

李白

花间一壶酒，独酌无相亲[1]。

举杯邀明月，对影成三人[2]。

月既不解饮[3]，影徒随我身[4]。

暂伴月将影，行乐须及春。

我歌月徘徊，我舞影凌乱。

醒时同交欢[5]，醉后各分散。

永结无情游[6]，相期邈云汉[7]。

《分类补注李太白诗》卷二十三

【作者/出处简介】

　　李白（701～762），字太白，祖籍陇西成纪（今甘肃天水）。先世罪迁中亚碎叶（唐条支都督府，今吉尔吉斯斯坦托克马克附近），五岁随父李客迁居四川隆昌县青莲乡（今四川江油），因号青莲居士。有《李太白集》。李白一生大致可以分为五个时期：蜀中时期（25岁前），以安陆为中心的漫游和首入长安时期（25～42岁），长安时期（42～45岁），以东鲁、梁园为中心的漫游时期（45～55岁），安史之乱时期（56～62岁）。李白性格豪放不羁，从小未接受严格正统的儒家教育；受道教影响极深，服食炼丹、学道求仙，几乎贯穿其一生；学过纵横之术，又有仗义疏财、行侠杀人的经历。李白诗歌广泛吸收庄子、屈原、乐府民歌、曹植、阮籍、鲍照、谢灵运、谢朓等的优长，形成了豪放飘逸的艺术风格，杜甫称其"笔落惊风雨，诗成泣鬼神"，同时对后世韩愈、李贺、杜牧、苏轼、陆游、辛弃疾、高启、龚自珍等产生了深远的影响，被奉为"诗仙"。

【字词注释】

1. 酌：饮酒。相亲：亲近的人。

2. 三人：指月、我（李白）、影。

3. 既：本。解：懂得。

4. 徒：徒然。

5. 交欢：欢乐。

6. 无情：没有感情。

7. 期：约会。邈（miǎo）：遥远。云汉：银河，这里借指天上仙境。水势盛则称汉。

【作品解析】

    这首诗题共有四首，本诗为组诗的第一首。从第三首的"三月咸阳城"来看，这首诗约作于唐玄宗开元中、天宝初李白两次入长安期间。本诗是一首五古，描写诗人在月夜花下独酌，无人亲近的冷落情景。李白号称酒中之仙，酒是他不可或缺的朋友。在他高兴时，酒可以为之助兴；而在他心中愁闷时，酒则成为他解忧的伴侣。李白平生的抱负极高，但在离开家乡之后，尽管四处结交权贵，却未能在玄宗盛世获得功名。这对李白而言是无法排遣的痛苦。因而在孤独的月夜里，李白自斟自饮，写下了这一首诗。

    这首诗分为四个层次，前四句点题，并且写明是在月明花好之夜饮酒。景色虽好，人却一腔愁闷无可发泄。以此乐景而写哀情，颇有《小雅》"昔我往矣，杨柳依依；今我来思，雨雪霏霏"之感。独饮之人得不到理解，只能援引空中遥远冷清的月亮作为知己，因而邀月、对影而成三人。第五至八句承邀月、影而来，引申出及时行乐的想法。尽管暂时有了月与影，却依然得不到回应，只有空学"我"的样子的影。如此将奈何？面对良辰美景，难道不应及时行乐吗？在东汉以来的诗歌里，常有及时行乐的感情流露。《古诗十九首》即有"昼短苦夜长，何不秉烛游"之句。可是这样的及时行乐，就会让诗人烦恼全消吗？第九至十二句给出了答案。尽管此时诗人已有醉意，"月"与"影"似乎已经陪着饮酒的主人公一同歌舞徘徊，但诗人忽然想到，醒时月、影与我交欢，可在酒醉以后呢？当我已经无所知觉的时候，二者还是会各自离我而去，于是诗人不觉又悲从中来。与此同时，"醉后各分散"呼应了开头的"独酌无相亲"。最后两句则从低沉的情绪中振起：该如何从冷清的孤独中解脱？那只有《庄子》所说的"无情"。"无情"即"忘情"，忘掉了自身的存在，不就没有你我、彼此之分了吗？不也就无所谓物我分离了吗？于是诗人对月和影说，不要紧，干脆我们把自己都忘了，离开这繁华喧嚣的"人间世"，飞升到九天之上、银河之中，永远作绝对的"逍遥游"。诗歌运用丰富的想象，笔触细腻，构思奇特，体现了诗人怀才不遇的寂寞和孤傲，也折射出在失意中依然旷达乐观、狂荡不羁的豪放个性。

四 月夜

杜甫

今夜鄜州月[1]，闺中只独看。

遥怜小儿女，未解忆长安。

香雾云鬟湿[2]，清辉玉臂寒。

何时倚虚幌[3]，双照泪痕干。

《杜少陵集详注》卷四

【作者/出处简介】

杜甫（712～770），字子美，祖籍湖北襄阳，生于河南巩县。晋朝名将杜预之后，祖父杜审言是初唐著名诗人。其郡望为京兆杜陵（今陕西西安），又曾寓居长安少陵，自号"杜陵布衣""少陵野老"。曾任左拾遗、检校工部员外郎，世称杜拾遗、杜工部。有《杜少陵集》。杜甫一生大致可以分为四个时期：读书与壮游时期（35岁前），困守长安时期（35～44岁），陷贼与为官时期（44～48岁），漂泊西南时期（48～59岁）。杜甫深受儒家思想的影响，有着"致君尧舜上，再使风俗淳"的宏伟抱负，忧国忧民，人格高尚，诗艺精湛，被誉为"诗圣"。杜甫诗歌广泛吸收《诗经》《楚辞》、乐府民歌、六朝诗歌、陈子昂、"四杰"、沈佺期、宋之问、高适、岑参、王昌龄、李白、元结等的优长，形成了沉郁顿挫的艺术风格，同时对后世韩愈、元稹、白居易、李商隐、皮日休、杜荀鹤、陈与义、陆游、文天祥、元好问、顾炎武、屈大均等产生了深远的影响，真实反映了安史之乱前后的政治时事和社会生活，被称为"诗史"。

【字词注释】

1. 鄜（fū）州：今陕西省富县。此时杜甫身在长安，杜甫的家属住在鄜州的羌村。
2. 香雾：雾本来没有香气，因为香气从涂有膏沐的云鬟中散发出来，所以说"香雾"。云鬟（huán）：古代妇女的环形发饰。
3. 虚幌：透明的窗帷。幌，帷幔。

【作品解析】

本诗是杜甫在安史之乱爆发后所写的一篇律诗名作。唐天宝十四年（755），安禄山与史思明发动了安史之乱。第二年的春天，安禄山的反叛大军由洛阳进攻潼关。五月，杜甫从奉先移家至潼关以北的白水（今属陕西）的舅父处。六月，长安陷落，玄宗逃蜀，叛军进入白水，因而杜甫携家逃往鄜州羌村。七月，肃宗在灵武（今属甘肃）即位，杜甫获知消息之后即从鄜州只身奔向灵武，不料途中被安史叛军所俘，押回长安。八月，作者在长安监禁时望月思家而作此诗。

　　这首诗借助想象，既抒写妻子对自己的思念，也写出自己对妻子的思念。首联想象妻子在鄜州望月思念自己，说出诗人在长安的思亲心情。颔联则描写儿女随母望月却不理解其母的思念之情，表现诗人悬念儿女、体贴妻子之情。此处的"忆"既有今夜妻子的"独看"，又有往日夫妻二人的"同看"。安史之乱以前，杜甫困处长安达十年之久，其中有一段时间是与妻子一起度过的。当时杜甫曾经和妻子一同忍饥受寒，也一同观赏长安的明月，这自然就留下了深刻的记忆。当长安沦陷，一家人逃难到了羌村的时候，与妻子"同看"鄜州之月而共"忆长安"，已不胜其辛酸。如今自己身陷乱军之中，妻子"独看"鄜州之月而"忆长安"，那么妻子此时的"忆"就不仅充满了辛酸，而且交织着忧虑与惊恐。颈联接续颔联，写想象中的妻子望月长思，充满悲伤的情绪。月夜之下，妻子雾湿云鬟、清辉玉臂的形象十分美好，亦从侧面烘托了凝望时间之久。尾联寄托作者的希望，以将来相聚共同望月，反衬今日相思之苦。"何时倚虚幌，双照泪痕干"，"双照"而泪痕始干，则"独看"而泪痕不干，也就意在言外了。题为"月夜"，字字都从月色中照出，而以"独看""双照"为一诗之眼。全诗构思新奇，章法紧密，明白如话，情真意切，深婉动人。整首诗歌借看月而抒离情，将离乱之痛和内心之忧融为一体。

五　水调歌头·明月几时有[1]

苏轼

　　丙辰中秋，欢饮达旦，大醉，作此篇兼怀子由。

　　明月几时有？把酒问青天。不知天上宫阙[2]，今夕是何年。我欲乘风归去，惟恐琼楼玉宇[3]，高处不胜寒。起舞弄清影，何似在人间！

　　转朱阁[4]，低绮户[5]，照无眠。不应有恨，何事长向别时圆？人有悲欢离合，月有阴晴圆缺，此事古难全。但愿人长久，千里共婵娟[6]。

《东坡乐府》卷上

【作者/出处简介】

　　见本章第一节《日喻》，有关苏轼介绍。

【字词注释】

1. 水调歌头：词牌名，亦称《水调歌》《元会曲》《凯歌》《台城游》《花犯念奴》《花犯》。
2. 宫阙（què）：皇宫门前两边供瞭望的楼。

3. 惟：一作"又"，或作"只"。琼楼玉宇：指月宫。

4. 朱阁：朱红色的楼阁。

5. 绮户：彩绘雕花的门户。绮（qǐ），有文彩的丝织品。

6. 婵娟：美好的样子，这里借指月亮。

【作品解析】

从词前小序可以看出，这首词作于丙辰中秋，即宋熙宁九年（1076）的中秋节。当时，苏轼因反对王安石新法而自请外放，担任密州知州。这首词是写给苏轼的弟弟苏辙（字子由）的，苏辙此时在济南，自颍州一别，兄弟不相见已经有六年。《苕溪渔隐丛话》云："中秋词自东坡《水调歌头》一出，余词尽废。"可见宋人对于这首词的推崇。

中秋本应是团聚的时节，而苏轼却未能与弟弟苏辙团聚。因而，这首词在团圆佳节的晚上创作，既包含了愉悦的佳节情怀，又含有对于家人的深切牵挂和淡淡的愁思。词自唐五代以来一直以婉约为宗尚，由于苏轼胸襟的开阔和丰富的想象，使得这首词作呈现出与北宋以来的艳词小调所不同的风格，具有浓郁的个人情志寄托。上片写醉中望月，苏轼对月饮酒，把酒而问青天。开头的突然发问，表现出词人的别出心裁，谁会向不会说话的天提问呢？刘体仁《七颂堂词绎》即敏锐地指出，这一巧思源自屈原"《天问》之遗"。就句法而言，开头的问句也有破空而来的效果。在苏轼之前已经有类似的以问句开篇的做法，例如李白《把酒问月》："青天有月来几时？我今停杯一问之。"只是李白的五古语意舒缓，而苏轼此词的发问更显峭拔。苏轼从自然场景出发，见月而问天，追月而迟疑，显示出在"天上"和"人间"的徘徊不定。虽然幻想中的天上仙境吸引他作出世之想，然而经过一番考虑之后，苏轼仍然眷恋人情温暖的现实世界。"起舞弄清影"，写出欢欣的逸兴醉态，表现出人间自有可乐之处。

下片则写对月怀人之感。月下无眠的思妇形象历来是诗歌的传统题材，被苏轼使用在词作中，乃是泛指月下失眠的人。在这样的团圆夜晚，为何还有人无法入睡呢？下一句从写人转向写月，"不应有恨"是指月亮而言。月亮是宇宙间的客观存在，不应该知道人世间的愁和恨。它自己忽圆忽缺也就罢了，为什么要在人间经历离别的时刻变圆呢？这一句想象奇特，很有李贺诗"天若有情天亦老"的意味。月亮是疏离的自然物象，而正因其客观性，也少却了人世间的无穷烦恼，因而不必顾虑观者情感的变化。从月亮的不解风情再到人间的悲欢离合，似乎就多了旷达可解的理由。团聚还是离别，"此事古难全"。既然如此，又何必纠缠于一时的聚合离散呢？只要对着明月的人平安快乐，那就是最美好的佳节吧。这首词反映苏轼飘然潇洒、旷达乐观的思想境界。因此，清人王闿运在《湘绮楼词选》中评价“人有悲欢离合，月有阴晴圆缺，此事古难全”三句时说，“大开大阖之笔，他人所不能。”

第三节　载瞻星辰

【中心选文】

一　小星

嘒彼小星¹，三五在东²。肃肃宵征³，夙夜在公⁴。寔命不同⁵！

嘒彼小星，维参与昴⁶。肃肃宵征，抱衾与裯⁷。寔命不犹⁸！

《诗经·召南》

【作者/出处简介】

　　《诗经》是我国第一部诗歌总集，成书于公元前 6 世纪，主要收集了西周初年至春秋中叶五百多年的诗歌作品。先秦时代只称《诗》，西汉独尊儒术时被尊为经典，故称《诗经》，又因收录诗歌作品 305 篇，又称《诗三百》。另有六篇笙诗，有目无辞。《诗经》的内容分为“风”“雅”“颂”三部分，“风”包括周南、召南、邶、鄘、卫、王、郑、齐、魏、唐、秦、陈、桧、曹、豳等十五个地方的民歌，共 160 篇。“雅”分“大雅”与“小雅”，主要是宫廷雅乐，共 105 篇。其中“大雅”31 篇，作者主要是上层贵族；“小雅”74 篇，作者既有上层贵族，又有下层贵族和地位低微者。“颂”是宗庙祭祀之乐，包括“周颂”“鲁颂”“商颂”，其中“周颂”31 篇，“鲁颂”4 篇，“商颂”5 篇。“赋”“比”“兴”是《诗经》常用的表现手法，对古代诗歌创作手法产生了深远影响。

【字词注释】

1. 嘒（huì）：微弱闪光的样子。

2. 三五：用数字表示星星的稀少。

3. 肃肃：奔走忙碌的样子。宵：夜晚。征：行走。

4. 夙（sù）夜：早晚，这里指大清早。

5. 寔（shí）：指示代词，这个。命：命运。

6. 维：语助词，无实义。参（shēn）、昴（mǎo）：都是星名，属于二十八宿。

7. 抱：抛弃。衾（qīn）：被子。裯（chóu）：被单。

8. 犹：同，一样。

【作品解析】

　　本诗是一首小官吏在出差赶路时，怨恨自己不幸遭遇的诗歌。春秋时期的社会等级有十等，《左传·昭公七年》："天有十日，人有十等。下所以事上，上所以共神也。故王臣公，公臣大夫，大夫臣士，士臣皂，皂臣舆，舆臣隶，隶臣僚，僚臣仆，仆臣台，马有圉，牛有牧，以待百事。"这首诗的作者应该是一位士人。

本诗二章，每章五句。《毛诗序》云："《小星》，惠乃下也。夫人无妒忌之行，惠及贱妾，进御于君，知其命有贵贱，能尽其心矣。"即这首诗说明的是妻妾相处之道。作为妾室应当明白自己的地位，服从命运的安排。毛诗的说法通常与政治解读相关，这一首《小星》也不例外。相比之下，齐诗的说法更接近于诗句本身的意味："旁多小星，三五在东。早夜晨行，劳苦无功。"由于缺乏明确的历史背景，从文字本身来看，这首诗描绘的是一名底层的官吏每日辛苦奔忙的情状。诗歌开头以天空中闪耀着微弱光芒的东方小星起兴，也以小星比喻在茫茫黑夜里独自奔忙的小吏。因为服务于公爵，士人必须昼夜奔忙，即使在夜里也得不到休息。第二章的"抱衾与裯"，以白描手法非常生动地呈现出四处奔劳的状态。这样的忙碌是没有尽头的，饱受奔波之苦的诗人，只能是以命运不同而大发悲慨了。总的来说，这首诗表现出底层士人对于自身待遇的不平和哀叹。

《诗经》时代因为大多数诗歌为口头创作，所以用韵非常自由。这首诗歌的用韵非常特别，第一章的"星""征"押韵，"东""公""同"押韵；第二章也是"星""征"押韵，"昴""裯""犹"押韵。由于这种隔句重复押韵的方式，读起来便觉得音调铿锵，和谐悦耳，感情上也有反复哀叹，低徊不已的效果。

二 古诗十九首（其一）

迢迢牵牛星[1]，皎皎河汉女[2]。

纤纤擢素手[3]，札札弄机杼[4]！

终日不成章[5]，泣涕零如雨。

河汉清且浅，相去复几许！

盈盈一水间[6]，脉脉不得语。

《文选》卷二十九

【作者/出处简介】

《文选》是中国现存的最早一部诗文总集，由南朝梁武帝的长子萧统组织编选。萧统谥"昭明"，所以该书又名《昭明文选》，收录周代至南朝梁以前七八百年间一百多位文人的七百余篇诗文，本诗与其他十八首古诗被《文选》

定名为《古诗十九首》，作者应为东汉末期中下层失意文人。

【字词注释】

1. 迢（tiáo）迢：遥远的样子。牵牛星：俗称"牛郎星"，是天鹰星座的主星，在银河东。

2. 皎皎：明亮的样子。河汉女：指织女星，是天琴星座的主星，在银河西。河汉，银河。

3. 擢（zhuó）：引，抽，接近伸出的意思。

4. 札（zhá）札：象声词，机织声。杼（zhù）：织布机上的梭子。

5. 章：布帛上的经纬纹理，借指整幅布帛。《诗经·小雅·大东》："跂彼织女，终日七襄。虽则七襄，不成报章。"《诗经》原意是说织女徒有虚名不会织布，这里则是说织女因相思而无心织布。

6. 盈盈：水清浅的样子；一说形容织女，《文选》六臣注："盈盈，端丽貌。"一水：指银河。间（jiàn）：间隔。

【作品解析】

本诗为《古诗十九首》中的第十首，借牛郎织女的传说故事描写男女之间的真挚爱情。有关牛郎织女的记载最早可以追溯至出土于湖北省云梦县睡虎地的秦简《日书》，中有"戊申，己酉，牵牛以取织女，不果，三弃"。牵牛星与织女星本为天上的星座，因为分隔在银河的两端，被传说故事塑造为两个被银河分开的人物。秦汉以来，牛郎织女的形象不断被人格化。《荆楚岁时记》云："天河之东有织女，天帝之子也，年年织杼劳役，织成云锦天衣。天帝怜其独处，许嫁河西牵牛郎。嫁后遂废织纴。天帝怒，责令归河东，但使一年一度相会。"传说织女是天上的织神，绮丽的云霞都是由她亲手织造出来的。后来因为织女沉湎于牛郎的幸福婚姻而荒废了编织云彩的工作，所以二人被天帝勒令分开，一年只能见面一次。

在这首诗中，两颗星星被塑造为自由爱情的象征和带有悲剧色彩的男女主人公。这首诗歌有六句使用叠字，开头的"迢迢"形容的是牵牛星的距离遥远，而"皎皎"则形容银河的光辉灿烂。在这样的遥不可及的情形下，织女的美好形象与坚贞品格更衬托出爱情的难能可贵。"纤纤擢素手"是以局部而写全身之美好，这在《诗经·卫风·硕人》中即有体现："手如柔荑，肤如凝脂，领如蝤蛴，齿如瓠犀，螓首蛾眉，巧笑倩兮，美目盼兮。"此外，对于织女双手的描绘也呼应了神话传说中编织云霞的故事。洁白而纤细的双手终日忙于织布，劳动的成果又如何呢？下一句即有一转折："终日不成章，泣涕零如雨。"因为对于恋人的思念太过执着，织女连织布的工作也无法完成。从人间世界看来，银河是那样的清澈浅明，两岸相隔又能有多远呢？诗人没有继续想象下去，而是回过头来描写了牵牛与织女隔着银河相望的情态："盈盈一水间，脉脉不得语。"虽然距离不远，但仍然有障碍相隔，令恋人无法朝夕聚话，这是人世间无法释怀的悲剧。然而只要彼此有了深情，含情相望亦是一种幸福，这大概是诗歌本意以外给读者的一番欣慰。

三　无题（其一）

李商隐

昨夜星辰昨夜风¹，画堂西畔桂堂东²。
身无彩凤双飞翼³，心有灵犀一点通⁴。
隔座送钩春酒暖⁵，分曹射覆蜡灯红⁶。
嗟余听鼓应官去⁷，走马兰台类转蓬⁸。

《玉谿生诗集笺注》卷一

【作者/出处简介】

李商隐（813～858），字义山，号玉谿生、樊南生。原籍怀州河内（今河南沁阳），祖辈都曾当中下层官吏。唐开成二年（837）进士，曾任秘书省校书郎、弘农尉等职。因卷入"牛李党争"的政治旋涡而备受排挤，一生流连幕府，困顿不得志。与杜牧合称"小李杜"。有《李义山诗集》。

【字词注释】

1. "昨夜"句：意谓男女好会。《尚书·洪范》："星有好风。"
2. 桂堂：由桂木构建的屋舍，泛指富贵人家的屋宇。
3. 彩凤：羽毛颜色五彩缤纷的凤凰。
4. 灵犀：相传犀牛是一种神奇异兽，犀角有如线般的白纹，可相通两端感应灵异。后比喻不需透过言语表达，便能让彼此情意相投。
5. 隔座送钩：游戏名。人分两队，一队藏一钩在手中，隔座位传送，令另一队猜钩所在，猜中为胜，不中则罚。见《艺文类聚》卷七十四引《风土记》。
6. 分曹射覆：指分两组猜谜赌胜，参见《汉书·东方朔传》。分曹，分组。射覆，猜盖在器皿下的东西，后来酒令以字句暗示某种事物，让人猜测，也叫作射覆。
7. 嗟：叹。听鼓：古代官府卯时击鼓召集僚属。
8. 兰台：汉代藏图书典籍的宫观，借指秘书省。李商隐曾任秘书省正字。转蓬：蓬草被风吹得乱走。

【作品解析】

本诗原题两首，这是第一首。李商隐一生写作了多首无题诗歌，历来号称难解。从诗歌文本来看，这首诗写的是与歌妓的艳情故事。首联以回忆的姿态描写昨夜的欢聚，用陈述的语气缓缓道出相见的时间、地点和感受。正因为双方心中有情，此时想起昨夜的相见，连灿烂的星辰和拂过身边的微风都显得历历在目。诗人与对方的相见并非独处，而是在富丽堂皇的宴席上。因为宴席人数众多，所以即使两心相通，却苦于无接触的机会。"身无彩凤双飞翼"描写对于情人怀想之切、相思之苦；"心有灵犀一点通"则写相知之深。"身无"与"心有"，将间隔中的契合、苦闷中的欣喜和寂寞中的慰藉表现得深刻而细致，使得此联两句成为千古名句。清代黄景仁《绮怀》诗十五化用了这一联："似此星辰非昨夜，为谁风露立中宵"，更增添了凄苦之意。

星辰好风、灯红酒暖的追忆，更加深了今昔相隔的怅惘。诗歌写的是爱情，然而人生的这种轻愁和无奈，却并不限于爱情。尾联的"听鼓应官"写出人在江湖身不由己的无奈，诗人因为职务羁绊，不得不离开所爱。同时也暗含了对自己两人秘书省、身世飘零的感慨。全诗以心理感受为出发点，浅唱轻叹，怅惘绮美，突出表现出"深情绵邈、典丽精工"的特点。

四　鹊桥仙[1]

秦观

纤云弄巧，飞星传恨[2]，银汉迢迢暗度。金风玉露一相逢[3]，便胜却人间无数。

柔情似水，佳期如梦，忍顾鹊桥归路！两情若是久长时，又岂在朝朝暮暮！

《淮海居士长短句》卷中

【作者/出处简介】

秦观（1049～1100），字少游、太虚，号淮海居士，江苏高邮人。宋元丰八年（1085）进士。元祐初年，因苏轼推荐，任太学博士兼国史编修官。绍圣年间，屡遭贬谪，后招还，卒于途中。有《淮海词》。

【字词注释】

1. 鹊桥仙：词牌名，亦称《鹊桥仙令》《金风玉露相逢曲》《广寒秋》。

2. 飞星：不断消逝的流星。

3. 金风：秋风。古时候以四季分配五行，秋令属金。玉露：白露。

【作品解析】

这首词被近代词学大师夏承焘先生誉为写得最好的七夕词。牵牛织女星隔着银河遥望的故事由来已久，在汉代已经有了每年七夕，会有喜鹊在银河搭成一座桥梁让牵牛、织女相会的传说。秦观的这首词也是借描写牵牛、织女的爱情故事描写爱情相处的哲学，词中一改前人对于牛郎、织女长年不得相会的感慨，反而借此思考男女相爱的真意，词意颇有巧思。

上片的开始即描写初秋夜空的美景，云彩在天空变幻多姿，既是表现了织女精巧无伦的手艺，又以此衬托织女的美丽。而"飞星传恨"又预示着两人被银河分割已久，相爱的人不能朝夕相守，实在是一种遗憾。幸好他们一年有一次相见的机会，"银汉迢迢暗度"既写出了七夕之夜两人相见的场景，又再一次表现出两人相隔之远。他们相会的场景在秋高气爽的秋夜，尽管一年只有一次，却胜得过人间无数平凡的爱情。词人没有实写牛郎、织女相会时的场景，而是以议论的语气点出金风玉露的时节背景，凸显这对爱侣心灵的高尚纯洁。

上片写二人相会，下片则写"依依惜别"。正因二人渴慕已久，相会的时光总是如此短暂，似乎真实的相见仍然与梦中发生的场景一模一样。"佳期如梦"更加衬托出二人思念对方之深情厚谊。分别的时候到了，刚刚借以相会的鹊桥，转瞬间成为和爱人分别的归路，这叫人如何忍心回头去看！恋恋不舍之意，至此已经到达极致。而词笔却突然空际转身，突发一语："两情若是久长时，又岂在朝朝暮暮。"与有情人长相厮守，当然是人之常情。然而最后两句方才道出感情之真谛，爱情应当经得起长久分离的考验。只要彼此真诚相爱，即使终年相隔一方，也比朝夕相伴的庸俗情趣可贵得多。最后两句与上片结尾处的议论位置相同，形成了互相呼应的效果，也使得整首词在叙事和议论之间表现出连绵起伏的情致。因而《类编草堂诗余》卷一认为，"两情若是久长时，又岂在朝朝暮暮"是"化臭腐为神奇"的神来之笔。

五　西江月·夜行黄沙道中[1]

辛弃疾

明月别枝惊鹊[2]，清风半夜鸣蝉。稻花香里说丰年，听取蛙声一片。
七八个星天外，两三点雨山前。旧时茅店社林边[3]，路转溪桥忽见[4]。

《稼轩长短句》卷十

【作者/出处简介】

辛弃疾（1140～1207），原字坦夫，改字幼安，别号稼轩，山东历城人。出生时北方已为金兵所占，二十一岁参加抗金义军，不久归宋。历任湖北、江西、湖南、福建、浙东安抚使等职，一生力主抗金。曾上《美芹十论》与《九议》，条陈战守之策。有《稼轩长短句》。

【字词注释】

1. 西江月：词牌名，亦称《白蘋香》《步虚词》《晚香时候》《玉炉三涧雪》《江月今》。黄沙道：指从江西上饶黄沙岭乡黄沙村的茅店到大屋村的黄沙岭之间约二十公里的乡村道路。宋时是一条直通上饶古城的比较繁华的官道，东到上饶，西通江西省铅山县。

2. 别枝：斜枝。

3. 社：祭祀土地神的地方。

4. 见（xiàn）：通"现"，出现。

【作品解析】

宋淳熙八年（1181）冬，辛弃疾因受奸臣排挤，被免罢官，回到上饶家居，并在此生活了近十五年，过着投闲置散的退隐生活。在此期间，他虽也有过短暂的出仕经历，但以在上饶居住为多，在此留下了不少词作，这首词即为其中之一。

此词上片着意描写黄沙岭的夜景，明月清风，疏星稀雨，鹊惊蝉鸣，稻花飘香，蛙声一片。从表面看来，写的是风、月、蝉、鹊这些极其平常的景物，然而经过作者巧妙的组合，平常之中就显得不平常了。第一句的"明月别枝惊鹊"描绘出明亮静谧的月色之下，忽然有喜鹊飞动的景象。苏轼有《次韵蒋颖叔》诗云"明月惊鹊未安枝"，同样写月色下动静结合之景，辛弃疾这句更添奇趣。与苏诗的受惊喜鹊未能择定停留的枝头相比，辛弃疾此句所描写的喜鹊虽然也有同样的反应，在阅读效果上却更有树木枝桠横出的动感，因而整句更添动感的兴味。上片尽管全然写景，却是渗透着观察者的惬意心境，时过夜半，仍能听到蝉声、蛙声。清风拂面，带来一片稻花香气，可见夏末农田之中一派丰收气象。

下片则将视线从近处的农田转向天空，此时天上虽然仍有月色，但气朗星疏，似乎有落雨的迹象。"七八个星天外"与后一句"两三点雨山前"，对仗工整，又流畅自然。但是天气的突然变化并没有影响词人的兴致，反而因为在行路途中无意发现了社林边的"旧时茅店"而感到欣喜。从自然界的明月、清风、惊鹊、鸣蝉、蛙声、星光、细雨，到山间农田的稻香、茅店、社林、溪桥，本词通过视觉、听觉、嗅觉等多个方面描写了盛夏之际江西农间的风光趣味，情景交融，优美如画，恬静自然，生动逼真，是宋词中以农村生活为题材的佳作。辛弃疾是南宋著名的豪放派词人，他的词作风格以沉雄激越著称，这首词则反映了他在慷慨激昂之外，还有淡泊潇洒的一面。

六 癸巳除夕偶成（其一）

黄景仁

千家笑语漏迟迟[1]，忧患潜从物外知[2]。
悄立市桥人不识[3]，一星如月看多时[4]。

《两当轩集》卷九

黄景仁（1749～1783），字汉镛，一字仲则，号鹿菲子，江苏常州府武进县人，黄庭坚后裔。家境清贫，少有诗名。清乾隆三十年（1765），补博士弟子员，后入朱筠、毕沅幕中。

【字词注释】

1. 漏：漏壶，古代借滴水计时的一种工具。迟迟：形容时间缓慢流逝。
2. 潜：暗地里。物外：指眼前表面现象之外。
3. 不识：不了解。
4. 一星：指金星。金星比往年明亮，古代认为是祸事即将降临的兆头。

【作品解析】

本诗原题两首，这是第一首。从题目可知，本诗写于清乾隆三十八年（1773）除夕，当时诗人正在安徽督学朱筠幕中，是除夕归乡有感而发之作，表达了怀才不遇的愤慨。

诗人因科举淹蹇，为谋生而长年客居他乡，直到年关之际才能返乡探亲，然而对于前途的忧虑并没有被节日的喜庆冲淡。诗歌开头以人世间的普遍乐景与个人内心的哀情相对比，更凸显了诗人的孤独彷徨。除夕本应是阖家团聚的时节，在诗人忧郁的眼光看来，普通人家的欢乐喜庆一直延伸至深夜，而超然俗世生活之外的，还有诸多"忧患"。它们是隐藏在欢乐背后的。"漏迟迟"既写欢乐之绵长，又与诗人深沉的忧虑之意形成观照。无怪乎一些读者会将黄景仁的"忧患"意识从其个人出处上升为对整个乾隆盛世的担忧。第三句的"悄立市桥"与第一句的"千家笑语"形成鲜明对比，一静一动，一则为公共空间，一则为私密空间。"市桥"作为大众交往的公开场所，本应该是热闹非凡的，诗人却偏偏写出了孤僻、安静的意味；除夕作为家人团聚的时刻，"千家笑语"的热闹氛围，却是不属于诗人的。黄景仁对自身的才华相当自信，而对自己越是自信，就越会在意别人对自己是否重视。这也是后人以其与李白相比的原因之一。最后一句的"一星如月"，写出冬夜萧条凄冷的氛围。诗人在市桥观看孤星多时，呼应了第二句的"忧患"，也更烘托出其失意伤感的情绪。

【拓展阅读】

一　太阳礼赞

郭沫若

青沈沈的大海，波涛汹涌着，潮向东方。

光芒万丈地，将要出现了哟——新生的太阳！

天海中的云岛都已笑得来火一样地鲜明！
我恨不得，把我眼前的障碍一概划平！

出现了哟！出现了哟！耿晶晶地白灼的圆光！
从我两眸中有无限道的金丝向着太阳飞放。

太阳哟！我背立在大海边头紧觑着你。
太阳哟！你不把我照得个通明，我不回去！

太阳哟！你请永远照在我的面前，不使退转！
太阳哟！我眼光背开了你时，四面都是黑暗！

太阳哟！你请把我全部的生命照成道鲜红的血流！
太阳哟！你请把我全部的诗歌照成些金色的浮沤！

太阳哟！我心海中的云岛也已笑得来火一样地鲜明了！
太阳哟！你请永远倾听着，倾听着，我心海中的怒涛！

《女神》

二　月亮的哀愁

〔法国〕波德莱尔

今晚，月亮进入无限慵懒的梦中，
像在重叠的垫褥上躺着的美人，
在入寐以前，用她的手，
漫不经心轻轻地将自己乳房的轮廓抚弄，
在雪崩似的软绵绵的缎子背上，
月亮奄奄一息地耽于昏厥状态，
她的眼睛眺望那如同百花盛开、
向蓝天里袅袅上升的白色幻象。

有时，当她感到懒洋洋无事可为，
给地球上滴下一滴悄悄的眼泪，

一位虔诚的诗人，厌恶睡眠之士。

就把这一滴像猫眼石碎片一样，
闪着红光的苍白眼泪收进手掌，
放进远离太阳眼睛的他的心里。

钱春绮译《恶之花》

三　繁星（节选）

冰心

繁星闪烁着——
深蓝的天空
何曾听得见他们对语
沉默中
微光里
它们深深的互相颂赞了

【推荐书目】

1. 袁珂译注《山海经译注》，华东师范大学出版社，2017。

2. 马茂元著《古诗十九首初探》，商务印书馆，2017。

3. 傅璇琮主编，许结选注《中国古典散文精选注译·抒情小赋卷》，清华大学出版社，2009。

【思考问题】

1. 作为文学意象，太阳的内涵在中西文化中有何区别？

2. 思考月亮与诗歌意境塑造的关系。

3. 如何理解中国古代文学作品中的"三光（日月星）"意象？

（本章编者：孙莹莹　香港大学　讲师）

第三章　风霜雨雪

【主题概述】

　　风霜雨雪是四种自然现象，同时也可用于自然现象的总称。"风霜雨雪"是文学作品中常出现的写作题材和惯用意象。"风霜雨雪"可以是四个单独的意象，也可以是两两组合的意象，如"风霜""风雨""风雪"等，还可以是整体的意象。作为整体意象的"风霜雨雪"常常用来比喻种种艰难困苦。比如《黄粱梦》："你既省悟了，一梦中十八年，见了酒色财气，人我是非，贪嗔痴爱，风霜雨雪。"

　　一切景语皆情语，因此作家常常通过描绘现实中的风霜雨雪来抒发内心的情感。其实风霜雨雪本身并无任何感情倾向以及优劣贵贱之分，但由于作家的情感态度不同，对自然现象的描绘也往往呈现出不同的姿态。另外，作家在不同时期对同一自然现象的描绘也会不同。以杜甫为例，同样是描写雨，在《春夜喜雨》中杜甫用"好雨知时节，当春乃发生。随风潜入夜，润物细无声"来讴歌雨滋润万物的特点；而在《茅屋为秋风所破歌》中，杜甫笔下的雨则是"床头屋漏无干处，雨脚如麻未断绝。自经丧乱少睡眠，长夜沾湿何由彻"，其情感不同可见一斑。

　　值得注意的是，"风"除了是一种自然现象外，也是《诗经》的组成部分，是"诗经六义"之一。

【文论摘录】

　　风，风也，教也；风以动之，教以化之……上以风化下，下以风刺上，主文谲谏，言之者无罪，闻之者足戒，故曰风。（《毛诗序》）

　　心懔懔以怀霜，志眇眇而临云。（西晋·陆机《文赋》）

第一节　飘然随风

【中心选文】

一　凯风

凯风自南¹，吹彼棘心²。棘心夭夭³，母氏劬劳⁴。

凯风自南，吹彼棘薪[5]。母氏圣善[6]，我无令人[7]。

爰有寒泉[8]？在浚之下[9]。有子七人，母氏劳苦。

睍睆黄鸟[10]，载好其音[11]。有子七人，莫慰母心[12]。

《诗经·邶风》

【作者/出处简介】

参见第二章第三节《小星》对《诗经》的简介。

【字词注释】

1. 凯风：柔和的风，这里用来比喻母爱的温暖。

2. 棘：酸枣树。心：树的幼芽。

3. 夭夭：茁壮成长的样子。

4. 劬劳：辛苦操劳。

5. 棘薪：指酸枣树长大可以当柴火，暗指自己"我无令人"。

6. 圣善：道德高尚且为人和善。

7. 令：好、善。这里是指自己虽长大，但却未能成材。

8. 爰：何处。寒泉：卫地水名，冬夏常冷；一说清冽的泉水。

9. 浚：卫国地名。

10. 睍（xiàn）睆（huǎn）：形容鸟声婉转好听。朱熹《诗经集注》："睍睆，清和圆转之意。"

11. 载：则。

12. 莫慰母心：未能慰藉母亲辛苦的心。

【作品解析】

　　《毛诗正义》云："《凯风》，美孝子也。"大抵不差。这首诗用比兴的手法讲述了一个感人的故事。诗中的母亲含辛茹苦抚育七个儿女，儿女长大后感恩母亲，但是却又自责没有像母亲期待的那样长大成材，羞愧之心跃然纸上。

　　整首诗的比喻运用得十分精彩。首先用凯风、寒泉比喻母爱，凯风温暖滋润着酸枣树，寒泉清冽哺育着浚人。用"棘心"和"棘薪"这两个同音词来比喻自己从小幼苗到长大而未成材的过程；又使用反喻的手法，用黄鸟婉转的歌声来表达儿女未能慰藉母心的自责与难过，十分形象得当。古人多肯定此诗的艺术成就，清代刘沅评价说："悱恻哀鸣，如闻其声，如见其人，与《蓼莪》皆千秋绝调。"

　　此诗对后世产生了很大的影响，最为有名的是孟郊的《游子吟》，"谁言寸草心，报得三春晖"之句本出于此。另外，闻一多先生也曾据此诗创作著名的《七子之歌》，将祖国比喻成母亲，而七子则指当时被列强霸占的七个地区。

二 风赋

宋玉

楚襄王游于兰台之宫[1]，宋玉、景差侍[2]。有风飒然而至，王乃披襟而当之，曰："快哉此风！寡人所与庶人共者邪[3]？"宋玉对曰："此独大王之风耳，庶人安得而共之！"

王曰："夫风者，天地之气，溥畅而至[4]，不择贵贱高下而加焉。今子独以为寡人之风，岂有说乎？"宋玉对曰："臣闻于师：枳句来巢[5]，空穴来风[6]。其所托者然[7]，则风气殊焉。"

王曰："夫风始安生哉[8]？"宋玉对曰："夫风生于地，起于青蘋之末[9]。侵淫溪谷[10]，盛怒于土囊之口[11]。缘泰山之阿[12]，舞于松柏之下。飘忽淜滂[13]，激飏熛怒[14]。耾耾雷声[15]，回穴错迕[16]。蹶石伐木[17]，梢杀林莽[18]。至其将衰也，被丽披离[19]，冲孔动楗[20]，眴焕粲烂[21]，离散转移。故其清凉雄风，则飘举升降。乘凌高城[22]，入于深宫。邸华叶而振气[23]，徘徊于桂椒之间，翱翔于激水之上。将击芙蓉之精[24]。猎蕙草[25]，离秦衡[26]，概新夷[27]，被荑杨[28]，回穴冲陵[29]，萧条众芳[30]。然后徜徉中庭，北上玉堂，跻于罗帷[31]，经于洞房[32]，乃得为大王之风也。故其风中人，状直憯悽惏栗[33]，清凉增欷[34]。清清泠泠，愈病析酲[35]，发明耳目，宁体便人[36]。此所谓大王之雄风也。"

王曰："善哉论事！夫庶人之风，岂可闻乎[37]？"宋玉对曰："夫庶人之风，塕然起于穷巷之间[38]，堀堁扬尘[39]，勃郁烦冤[40]，冲孔袭门。动沙堁，吹死灰，骇溷浊[41]，扬腐余[42]，邪薄入瓮牖[43]，至于室庐[44]。故其风中人，状直憞溷郁邑[45]，殴温致湿[46]，中心惨怛[47]，生病造热[48]。中唇为胗[49]，得目为篾[50]，啗齰嗽获[51]，死生不卒[52]。此所谓庶人之雌风也。"

《文选》卷十

【作者/出处简介】

宋玉，生卒年不详，楚国人，相传为屈原学生。是战国后期著名辞赋家，也是绝世美男，曾事楚顷襄王。代表作有《风赋》《神女赋》《九辩》《登徒子好色赋》《高唐赋》等，《汉书·艺文志》收其赋16篇。很多成语典故都与宋玉有关，如"阳春白雪""下里巴人""东墙窥宋""曲高和寡"等。但也有学者认为本篇是伪托宋玉之名。

【字词注释】

1. 楚襄王：指楚顷襄王，芈姓，熊氏，名横，公元前298年～前263年在位，楚怀王之子。兰台之宫：在郢都以东，汉北云梦之西，旧址在今湖北钟祥。

2. 景差：楚大夫，也作"景磋"。

3. 邪：同"耶"，疑问词。

4. 溥：通"普"，普遍。畅：畅通。

5. "枳句"句：枳树枝干弯曲，所以鸟类喜欢在上面筑巢。枳，一种落叶小乔木。句，弯曲。

6. "空穴"句：有了洞穴才有风进来，比喻消息和传说不是毫无根据的，现多用来比喻消息和传说毫无根据。

7. 托：依托。然：如此。

8. 始：最初。生：产生。

9. 青蘋之末：青蘋的末梢。蘋，蕨类植物，多年生浅水草本。

10. 侵淫：逐渐进入。

11. 土囊：大穴。

12. 缘：沿着。阿：凹曲处。

13. 飘忽：形容风大。溯（píng）滂（pāng）：大风击打东西所发出的声音。

14. 激飏（yáng）：疾飞貌。熛（biāo）：火焰迸飞。此处用火来比喻风。

15. 眩眩（hóng）雷声：这句是形容风声如雷。眩眩，风声。

16. 回穴：风向不定，疾速回荡。错迕（wǔ）：交错相杂貌。

17. 蹶（jué）石：摇动山石。蹶，撼动。

18. 梢杀林莽：摧毁树木和草丛。梢杀，指毁伤草木。莽，草丛。

19. 被丽披离：目前学界大多认为"被丽""披离"皆四散貌。

20. 孔：穴。楗（jiàn）：门闩。

21. 眴焕：鲜明的样子。

22. 乘凌：上升凌越。

23. 邸：同"抵"，抵触。

24. 芙蓉：荷花。

25. 猎：通"躐"，践踏，此处为吹掠之意。

26. 离：经历。秦衡：产于秦地的杜衡。衡，杜衡。

27. 概：古代量谷物时刮平斗斛的器具，此处为吹平意。新夷：即辛夷，一种香草。

28. 被（pī）：覆盖，此处指掠过。黄（tí）杨：初生的杨树。黄，草木初生。

29. 冲陵：冲击山陵。冲，冲撞。

30. 萧条众芳：使各种香花香草凋零衰败。萧条，形容词动用。

31. 跻（jī）：上升，登上。罗帷（wéi）：用丝罗织成的帷幔。

32. 洞房：指宫殿中深邃的内室。洞，深。

33. 憯（cǎn）凄：凄凉、悲痛的样子。懔栗：寒冷的样子。

34. 欷（xī）：原本指叹息。这里是指吹来一阵清凉的风，清爽地舒了一口气。

35. 愈病：治好病。析酲（chéng）：解酒。酲，喝醉了神志不清。

36. 宁体便人：使身体安宁舒适。宁、便，使动用法。

37. 岂：通"其"，表示期望，这里"岂"不表反问。

38. 塕（wěng）然：这里指风忽然起于尘土的样子。塕，尘土。

39. 堀（kū）埤（kè）：风吹起灰尘。堀，冲起。埤，尘埃。

40. 勃郁烦冤：勃郁，抑郁不平。烦冤，烦躁愁闷。形容风扬尘而起时显得愤懑不平；一说指风回旋的样子。

41. 骇：惊起，这里指搅拌。溷（hùn）浊：指污秽肮脏之物。溷，肮脏，混浊。

42. 腐余（yú）：腐烂的垃圾。

43. 邪薄：斜斜地迫近，指风从旁入。邪，偏斜。薄，迫近。瓮（wèng）牖（yǒu）：用破瓮做成窗户，比喻房屋简陋。瓮，一种陶制器具。牖，窗户。

44. 庐：草屋。

45. 憞（dùn）：烦乱。郁邑：郁闷忧愁的样子。

46. 殴温致湿：驱来温湿之气，使人得湿病。殴，通"驱"。

47. 中心：心中。惨怛（dá）：悲惨忧伤。怛，忧伤。

48. 造热：得热病。

49. 中唇：指吹到人的嘴唇上。中，这里指吹中。胗：通"疹"，皮肤上起的小颗粒。

50. 蔑：通"瞙"，一种红眼病。

51. 啖（dàn）齰（zé）嗽获：中风病人嘴角抽搐的样子。

52. 死生不卒：半死不活。此言中风后的状态。

【作品解析】

　　风本没有雌雄贵贱之分，但是身处富丽堂皇的皇宫和身处简陋凄惨的贫民窟，对同一事物是具有不同感受的。作者从环境的角度，写出了风的雌雄之别，表现了封建统治阶级和人民群众在生活上的极大差异，欲以规劝楚顷襄王体恤民生疾苦。《风赋》是宋玉的名赋，汉赋这种特定文体即使是劝百讽一或是欲讽反劝，也大多具有一定的讽谏意识，读者不可错会为此篇只是简单赋风。

　　《风赋》里面最鲜明的艺术表现手法就是对比，入于深宫的风是"邸华叶而振气，徘徊于桂椒之间，翱翔于激水之上。将击芙蓉之精"，然后又经过中庭、玉堂、罗帷、洞房等华美的地方，这样的风肯定使人感到神清气爽，甚至可以治病。而入于贫民窟的风则是"塕然起于穷巷之间，堀埤扬尘，勃郁烦冤，冲孔袭门"，吹动的是沙埤、死灰、溷浊、腐余这些衰腐的东西，这样的酸风不仅使人感到难受，还会让人生病。这样鲜明的对比手法给读者带来很大的感官刺激，也能显示出宫内、宫外巨大的生活差异，发人深省。

　　《风赋》在写作上紧紧抓住"风"这个写作对象，托物言志，通篇采用铺陈的方法，把风的发生、风的形态、风的声音、风的力量方方面面写得规模宏大，铺张扬厉，十分生动。值得一提的是，《风赋》是骚体赋向汉大赋过渡时期的重要作品。

三　大风歌

刘邦

大风起兮云飞扬，威加海内兮归故乡[1]！安得猛士兮守四方？

《文选》卷二十八

【作者/出处简介】

刘邦（前256~前195），字季，沛县（今江苏徐州）人，称沛公。秦末攻占咸阳，反抗秦朝暴政，又与项羽交战，终称帝，为汉朝开国皇帝。此篇收于《史记·高祖本纪》《汉书·高帝纪》《文选》，史载为刘邦酒后自歌。

【字词注释】

1. 加：施加。海内：四海之内，泛指天下。

【作品解析】

史载，公元前195年汉高祖刘邦御驾亲征平定淮南王英布（即黥布）叛乱，回銮时经过故乡沛县，与父老乡亲欢聚畅饮，刘邦酒后边击筑，边作是歌。并令众人齐唱。

此歌以风起兴，继承了《诗经》的表现手法，而用的是当时流行的楚歌体形式，适合表达这种慷慨激昂的题材。整首诗歌气势磅礴，规模宏伟，虽然只有二十三个字，却有开国君主的气象。所以朱熹说："自千载以来，人主之词，未有若是壮丽而奇伟者也。"

此歌在感情表达上则偏向于沉郁苍凉。一方面抒发了作者建功立业、衣锦还乡的得意之情，以及平定天下、四海一统的踌躇满志；另一方面则隐隐流露出守业不易、良将难得的无奈感叹。在汉朝建国初期，刘邦曾亲征臧荼、韩王信、陈豨、英布等人的叛乱，昔日那么多得力干将如今却纷纷举兵，北面的匈奴也虎视眈眈，此时这个新兴的王朝摇摇欲坠，令刘邦十分苦恼。因此在豪迈阔达的辞藻下也难掩无可奈何的哀叹，可谓悲凉。

四　秋风辞

刘彻

秋风起兮白云飞，草木黄落兮雁南归。兰有秀兮菊有芳，怀佳人兮不能忘。泛楼船兮济汾河[1]，横中流兮扬素波。箫鼓鸣兮发棹歌，欢乐极兮哀情多。少壮几时兮奈老何！

《文选》卷四十五

刘彻（前156～前87），即汉武帝，西汉著名皇帝。公元前140～前87年在位，在政治上，他有效地弱化诸侯势力，加强中央集权，又扩张版图，发展经济，形成"汉武盛世"；在文化上，他采取董仲舒的"罢黜百家，独尊儒术"的建议，又创建太学，还扩充乐府职能，广泛地向民间采歌。刘彻在文学上的代表作即此篇。

【字词注释】

1. 汾河：黄河支流，在今山西中部。

【作品解析】

关于《秋风辞》的创作背景，《乐府诗集》所引《汉武故事》载："上行幸河东，祠后土，顾视帝京，欣然中流，与群臣饮宴，上欢甚，乃自作《秋风辞》。"因此，旧说认为此诗表达汉武帝对于昔日同游的美人的思念，误！此诗主要想表达的还是对乐极生悲、人生易老的感慨。

首句以风起云飞起兴，气势宏大，有帝王之相。而第二句则极力描写秋天的萧瑟，与首句产生强烈的对比，在气势上大起大落，给读者强烈的情感转换，更加深刻地描写了秋天的寂寥。第三四句以兰、菊比喻贤臣，是继承了《楚辞》"香草美人"的表现手法。此时的汉武帝采用"独尊儒术"的思想统治方法，又将盐铁、造币等权力收归中央，扩展版图，经济繁荣，使得大汉帝国成为历史上空前强大的朝代。因此，汉武帝与群臣欢饮江中，感念贤臣，自在情理之中。五六句实写舟中所见之景，对后世有较大的影响，如王褒《洞箫赋》"扬素波而挥连珠兮"，苏轼《和仲伯达诗》"我已横江击素波"。衔接着"所见"，作者继续写"所闻"，即"箫鼓鸣兮发棹歌"一句，以"所见所闻"来极力描写自己在太平盛世下的极大欢乐。此句之后，全诗情绪陡转，突然悲从中来，在极度快乐中感觉到空虚与无奈。汉武帝感到这种极乐之境并不长久，即使身居帝位，终究还是要面临衰老和死亡。于是，他将所有的情绪升华为一个高潮，最终发出了"少壮几时兮奈老何"的感叹！

此诗情调有扬有抑，因此不会让读者觉得单调乏味，反而更好地通过这种变化来展现欢乐与哀情之间的转换，恰到好处。在体裁上，此诗运用当时流行的楚歌体，虽效《诗经》以风云起兴，却继承《楚辞》的"香草美人"之寄托，与其祖《大风歌》有异曲同工之妙。正如明人王世贞在《艺苑卮言》中所说："汉武故是词人，《秋风》一章，几于《九歌》矣。"以往论者多称赞此诗先扬后抑的写作方法和乐极生悲的思想感情，但笔者认为，汉代的诗作其实很多都是如此，甚至可以说"乐极生悲"也是汉代诗歌的一个母题，最典型的便是《今日良宴会》。总的来说，《秋风辞》对后世的不少作品，如苏轼《前赤壁赋》等产生了影响，也取得了一定的艺术成就。正如胡应麟《诗薮》所言："《大风》千秋气概之祖，《秋风》百代情致之宗，虽词语寂寥，而意象靡尽。"

第二节　霜华满地

【中心选文】

一　枫桥夜泊[1]

张继

月落乌啼霜满天，江枫渔火对愁眠。
姑苏城外寒山寺[2]，夜半钟声到客船。

《全唐诗》卷二四二

【作者/出处简介】

张继，生卒年不详，字懿孙，湖北襄州（今湖北襄阳）人。生平事迹不详，《唐才子传》传其为天宝十二年（753）进士。又传其在大历中，以检校祠部员外郎为洪州（今江西南昌）盐铁判官。有《张祠部诗集》传世，留诗不到五十首。

【字词注释】

1. 枫桥：在今苏州阊门外。
2. 姑苏：今江苏苏州。寒山寺：在枫桥边。

【作品解析】

这首七绝是大历诗风的代表作，全诗以"愁"字为诗眼。唐天宝十二年（753），张继考取进士，两年后安史之乱爆发。天宝十五年（756）六月，玄宗仓皇幸蜀，当时不少文人纷纷逃到相对较安定的江南一带躲避战火，其中就包括张继。姑苏枫桥，水墨江南，原本是极其优雅的游赏之地，但在张继的眼里，却是一番怎样的景色？

诗的前两句意象紧凑，有落月、啼乌、霜、江风、渔火以及孤独的人。总体营造出一种落寞又凄冷的意象。这两句通过渲染秋天的孤寂来表达自己的愁苦落寞之情。一切景语皆情语，正如《碛砂唐诗》所说："'对愁眠'三字为全章关目。明逗一'愁'字，虚写竟夕光景，辗转反侧之意自见。"但是，江南的景色毕竟是那么的美！因此，诗歌的前两句虽然萦绕着愁绪，但是却显得特别的隽永。

如果说诗的前两句是通过景物来描绘一幅带着愁绪的江南秋景图，那么第三四句则是从视觉角度转到听觉角度。古城、萧寺、客船这三者通过悠扬的钟声而串联在一起。钟声空旷悠扬，似乎随着江水在慢慢地流淌。于是，景中有声，声中有情，"景""声""情"三者完美地结合在一起，互相交融。

这首诗布局很大，月落乌啼、霜天寒夜、江枫渔火、孤舟客船等景象都融合在其中，但都归于一个"愁"字。张继留下的诗歌并不多，但一首《枫桥夜泊》就能够使其留名诗坛，亦使寒山寺成为文人墨客流连之地。

二　商山早行[1]

温庭筠

晨起动征铎[2]，客行悲故乡。
鸡声茅店月[3]，人迹板桥霜。
槲叶落山路[4]，枳花明驿墙[5]。
因思杜陵梦[6]，凫雁满回塘[7]。

《全唐诗》卷八五一

【作者/出处简介】

温庭筠［812（？）~866（？）］，原名岐，字飞卿，太原祁（今山西祁县）人。温庭筠富有才华，入试时，押官韵，八叉手而成八韵，所以也被称为"温八叉"。因落拓不羁，屡讥权贵，进士不及第，长遭贬抑，郁郁不得志。官终国子助教。其诗风辞藻华丽，与李商隐并称"温李"。其词多写艳情，晚唐时竟至一代词宗，为花间派重要词人，对词的发展影响极大，与韦庄并称"温韦"。存词七十余首。原作《握兰》《金荃》二集已佚，后人辑有《金奁集》《金荃词》。

【字词注释】

1. 商山：山名，又称尚阪、楚山，在今陕西商洛东南山阳县与丹凤县辖区交汇处。作者曾于唐大中末年离开长安，经过这里。
2. 征铎：马车上的铃铛。
3. 茅店：乡村小客舍，同"茅舍"。
4. 槲（hú）：一种落叶乔木。
5. 枳（zhǐ）：也叫"臭橘"，一种落叶灌木或小乔木。明驿墙：一作"照驿墙"。驿，驿站，古时递送公文的人或往来官员暂住换马的处所。
6. 杜陵：地名，在长安城南。这里指长安。
7. 凫（fú）：野鸭。

[作品解析]

此诗约作于唐大中十三年（859），当时作者已年近五十岁，从长安出发赴随县访友，途经商山。作者久困场屋，又因生计不得不出任县尉之职，郁郁寡欢。而作者久居杜陵，已视其为第二故乡，此次虽为外出访友，但却难免有去国怀乡之叹。这种"客行悲故乡"的感情是古人羁旅过程中的普遍感受，因此这首诗很容易引起人们共鸣。

诗歌的首句先写作者早晨起来震动马车的铃铛开始出行，点明"早行"二字，虽然只写铃铛震动，但像套马、装货、起行等动作已包含在"动征铎"三字之中，概括性很强。第二句直接抒发了思乡之情，"客行悲故乡"一句看似普通，却与《古诗十九首》中"行行重行行"之句一脉相承，既是讲作者自己，也是在外游子的共同感受。

颔联描写早行时候的景物，为千古传颂名句。这两句使用六组名词来描写环境，"鸡声""茅店""月""人迹""板桥""霜"。这六组名词组合在一起，虽然是静态描写，却有着很强烈的画面感。比如"鸡声"一词，让读者联想到公鸡引颈高歌的动态画面。再如"人迹"一词，让读者联想到旅人、游子"行道迟迟，载渴载饥"的羁旅状态，十分巧妙。此外，这两句也点明"早行"二字，公鸡鸣叫，天上仍有月亮，并且板桥之霜尚未融化，说明天刚破晓。古人对此联也多有称赞，如梅尧臣曾与欧阳修论此联："道路辛苦，羁旅愁思，岂不见于言外乎？"（《六一诗话》）李东阳亦评："二句中不用一二闲字，止提掇出紧关物色字样，而音韵铿锵，意象具足，始为难得。"（《麓堂诗话》）

颈联也是描写路上所见景色。槲是陕西常见的一种落叶乔木，叶子在冬天虽枯而不落，春天树枝发芽时才落。枳也叫"臭橘"，春天开白花，果实似橘而略小。初春，枳树开满白花，映衬着晨曦之光，照着驿站的墙壁，所以作者用一"明"字，十分贴切。可见作者的描写中时时不忘"早行"二字。

作者早行途中见到这样的景色，不由得想起梦中的故乡之景。此时正值初春，天气刚刚回暖，南迁的大雁也返回故乡，野鸭和大雁在池塘中自由自在。而出门在外的游子呢？只能在梦中思念着故乡。尾联与《西洲曲》中"南风知我意，吹梦到西洲"有异曲同工之妙。同时又与"客行悲故乡"首尾呼应，突出了思乡的主题。

三　渔家傲·秋思[1]

范仲淹

塞下秋来风景异，衡阳雁去无留意。四面边声连角起，千嶂里，长烟落日孤城闭。

浊酒一杯家万里，燕然未勒归无计²。羌管悠悠霜满地，人不寐，将军白发征夫泪。

《范文正公诗余》

【作者/出处简介】

范仲淹（989~1052），字希文，吴县（今江苏苏州）人。北宋大中祥符八年（1015）进士，官至枢密副使、参知政事，曾发起"庆历新政"，谥"文正"。范仲淹文以奏疏、书信居多，具有复古精神，对宋初文风的兴起有积极的影响；诗歌内容非常广泛，以文为诗，议论化倾向较为明显；传世词作仅五首，但都脍炙人口，比如《渔家傲·秋思》《苏幕遮·怀旧》，后者直接被王实甫《西厢记》借鉴。有《范文正公集》传世。

【字词注释】

1. 渔家傲：词牌名，亦称《渔歌子》《渔父词》等。
2. 燕然未勒：此处指战事未平。据《后汉书·窦宪传》记载，东汉窦宪北追匈奴，至燕然山勒石记功而还。燕然，指燕然山，即今蒙古国杭爱山。

【作品解析】

据史书记载，宋宝元元年（1038），西夏叛宋。康定元年（1040）至庆历三年（1043）间，范仲淹以龙图阁直学士出任陕西经略副使兼延州知州。这首词描述的即是当时的边塞生活。魏泰《东轩笔录》卷十一记载："范文正公守边日，作《渔家傲》乐歌数阕，皆以'塞下秋来'为首句，颇述边镇之劳苦。欧阳公尝呼为穷塞主之词。"可惜的是现在只剩下这一首词作。

此词以"异"字起，上阕仍是传统的写景。西北苦寒，入秋之后北雁南飞丝毫不留恋此地，表面写雁，实则衬托边塞环境恶劣。接下来三句先写所听之声，再写所见之景，都是延州傍晚时分的景象。边塞军号声响起，四面萧然，十分悲戚。而在万山之中，突然升起长长的狼烟，伴随着落日，涌向高处，这样一升一落的景象极具画面感。而城门随之紧闭，也暗示着战事不利，为后文作铺垫。上阕总体渲染了一派萧条肃杀的边塞异景。

下阕承接着上阕的景色描写来抒情。"浊酒一杯家万里"即点明思乡之情。浊酒是未经过滤的酒，面对着这样一杯浊酒，作者久居塞外，军旅蹉跎，难免思念远在万里的家乡，"家万里"与"塞下"相对应，"归无计"则与"衡阳雁去"相对应，写出作者思归不得、困顿边塞的烦闷之情。而这时作者忽然听到悠悠的羌笛之声，又看到满地冰霜，更添悲怆。此诗虽然极力描写边塞凄凉之景，却也体现作者对边关将士的悲悯之情和拳拳报国之心。据载，范仲淹与韩琦经略陕西，号令严明，威震边陲。当时有"军中有一韩，西贼闻之心骨寒；军中有一范，西贼闻之惊破胆"的俗谚，可与此词相参。

词至北宋初期，题材较为狭窄，边塞词只有少数作品，未成气候。而范仲淹以自己的从军经历来写边塞词，为词中异军，令人耳目一新。

四　阮郎归[1]

晏几道

天边金掌露成霜[2]，云随雁字长。绿杯红袖趁重阳，人情似故乡[3]。

兰佩紫，菊簪黄[4]。殷勤理旧狂。欲将沉醉换悲凉，清歌莫断肠。

《小山词》

【作者/出处简介】

晏几道（1038～1110），字叔原，号小山，抚州临川（今江西南昌）人，北宋名相晏殊之子。历任颍昌府许田镇监、乾宁军通判、开封府判官等。其词内容多为艳情，清丽绵渺，是婉约派的重要作家，与其父晏殊并称"二晏"，后人亦称其为"小晏"。有《小山词》传世。

【字词注释】

1. 阮郎归：词牌名，亦称《碧桃春》《宴桃源》《濯缨曲》等。
2. 金掌：汉武帝曾在长安建章宫筑柏梁台，立金铜仙人手掌托盘承露。
3. 人情：指风土人情。
4. "兰佩紫"二句：意谓身佩紫兰，发插黄菊。

【作品解析】

有些学者认为此词作于汴京，误！词中"金掌"确实指代汴京，汉武帝柏梁台前曾有金铜仙人伸掌托盘以承朝露，北宋都城汴京建观塑像之风盛行，因此"金掌"实为汴京，但"金掌"旁又有"天边"一词，可见应该是作者离京之作。

上阕写景，北雁南飞，霜露凄紧，大雁的意象往往表达思乡之情，如"衡阳雁去无留意"。这时白露为霜，天边的云彩也随着雁阵而显得更加悠长。开头两句看似闲笔，实则清丽绵渺，令人身临其境。而就在这样的清秋天气，刚好是重阳佳节，"绿杯红袖趁重阳"，使作者不得不起去国怀乡之情，他环顾四周，发现客居之地的风土人情和汴京无异，于是得出了"人情似故乡"的结论，将客居之情与思乡之情交织来写，笔锋细腻，思乡之情跃然纸上。或许会有人说，晏几道的故乡不是抚州吗，怎么可能会对汴京有如此深厚的感情？其实看其生平，晏几道大部分生活在汴京，而祖籍抚州是否涉足则难以考证，所以此处的"故乡"当指汴京。

　　　　　　　　　　　　大学人文：中国古典文学采华

下阕承接着"重阳"而来,作者在重阳佳节佩戴兰花,头上戴着菊花,唤起重温旧日的颠狂。况周颐《蕙风词话》曾评价"殷勤理旧狂"五字:"狂者,所谓一肚皮不合时宜,发见于外者也。狂已旧矣,而理之,而殷勤理之,其狂若有甚不得已者。"大抵不差!前面似无太多悲怆之句,到"殷勤理旧狂"五字,凄凉之感始见。"欲将沉醉换悲凉,清歌莫断肠"两句则将这种落魄之感推向极端。作者想通过喝酒麻痹自己,以使自己忘掉现实的悲凉处境,但他又十分明白,这种行为也不能使自己真正得到解脱,所以这才是最悲哀之处。"清歌莫断肠"一句更有不尽之意,曲折回旋,一唱三叹,更加动人心扉。

这首词突破了小山词的艳情范围,由真率走向深沉,表达了作者思乡之情,又透露出作者的失意落魄之感,是他情思深沉的代表作之一。

第三节 雨又萧萧

【中心选文】

一 春夜喜雨

杜甫

好雨知时节,当春乃发生[1]。

随风潜入夜,润物细无声。

野径云俱黑[2],江船火独明。

晓看红湿处,花重锦官城[3]。

《杜少陵集详注》卷十

【作者/出处简介】

参见第二章第二节《月夜》关于杜甫介绍。

【字词注释】

1. 发生:萌发生长,这里指下雨。

2. 野径:田野间的小路。

3. 花重(zhòng):指雨后红花分外湿润鲜艳。锦官城:指成都。

【作品解析】

这首诗歌是描绘春夜雨景的名作。在这首诗中,除题目外,通篇未著"喜"字,而"喜"字却跃然纸上。首联用拟人手法,谓"好雨"似乎能应人间的需要，在春天农作物最需要雨水的时节就突然来到，起句便觉生动有趣。"发生"二字，按《尔雅》"春为发生"，可知此处更与"春"双关。颔联从听觉写起，细雨绵绵不易被人听到，与上句的"潜"字对应。风悄悄潜入夜间，随风飘洒，悄无声息地滋润万物。颈联从视觉入手，表面上看，这两句似乎和雨没什么关系。意谓夜间田野小径和乌云一片漆黑，只有江上小船透出一点烛火之光。但仔细揣摩，便可知道，此二句是写雨极小而不易被人看到，并且借火衬云，十分巧妙。尾联谓第二天早晨看到成都一片分外鲜艳的红花，以此再次强调"润物"二字。这里借花衬雨，"红"字更著一"湿"，可见作者用意，读者切不可错会为尾联只是写花。

清人仇兆鳌在《杜诗详注》中对此诗评价很客观合理："潜入、细润，正状好雨发生。云黑、火明，雨中夜景。红湿、花重，雨后晓景。应时而雨，如知时节者。雨骤风狂，亦足损物。曰潜、曰润，写得脉脉绵绵，于造化发生之机，最为密切。三四属闻，五六属见。"

二　夜雨寄北[1]

李商隐

君问归期未有期，巴山夜雨涨秋池[2]。
何当共剪西窗烛[3]，却话巴山夜雨时。

《玉谿生诗集笺注》卷二

【作者/出处简介】

参见第二章第三节《无题》关于李商隐介绍。

【字词注释】

1. 北：一作"内"。此时作者身在巴蜀。
2. 巴山：指大巴山，在陕西南部和四川东北交界处。
3. 何当：何时。剪烛：减掉烛芯，使蜡烛一直发光。这里形容彻夜长谈。

【作品解析】

关于《夜雨寄北》这首诗作者所寄对象历来存在争议，有人说是李商隐寄给妻子，又有人说不是寄给妻子，而是寄给朋友。如果从考据学的角度看，作者写作此诗时，妻子王氏已离世，因而寄内的可能性比较小。从整首诗的写作风格和表达感情来看，理解为寄内似乎更合适。

这首诗字面意思很简单，没有李商隐那些《无题》诗晦涩难懂。但是感情抒发却很到位。第一句一问一答，"寄"字跃然纸上。对方询问什么时候回来，答"还不知道什么时候呢！"这种羁旅他乡，欲归而不得的心境感染着读者。接下来，我们仿佛看到作者写完信之后搁笔凝思，却看到了窗外的景象。巴山地区下着绵绵秋雨，淅淅沥沥，池水也因之涨满。写到这里，作者没有直接去渲染哀愁，但是读者却能够透过文字感觉到作者对所寄之人的思念。他没有直接说"我很想你"之类俗套的话，而是铺陈开去，"何当共剪西窗烛，却话巴山夜雨时"，什么时候能够一起秉烛夜谈，再回过头来倾诉今天巴山夜雨时对你的思念之情。以对未来的憧憬和想象来诉说现在的离别之苦，可以说是很巧妙的。

这种表达思念的巧思和杜甫的《月夜》："今夜鄜州月，闺中只独看。遥怜小儿女，未解忆长安。香雾云鬟湿，清辉玉臂寒。何时倚虚幌，双照泪痕干"，以及白居易的《邯郸冬至夜思家》："邯郸驿里逢冬至，抱膝灯前影伴身。想得家中夜深坐，还应说着远行人"，都有异曲同工之妙，读者可比较阅读。

三　浪淘沙[1]

李煜

帘外雨潺潺[2]，春意阑珊[3]。罗衾不耐五更寒。梦里不知身是客，一晌贪欢[4]。

独自莫凭栏，无限江山，别时容易见时难。流水落花春去也，天上人间。

《全唐诗》卷八八九

【作者/出处简介】

李煜（937～978），初名从嘉，字重光，号钟隐、莲峰居士。祖籍彭城（今江苏徐州），生于金陵（今江苏南京）。南唐末代国君，故世称"李后主"。李煜精通书法绘画、诗词音律，尤以词造诣最高。李煜的词既受温庭筠、韦庄等花间派词作的影响，又继承其父李璟的词风，感情真挚，其亡国后的词作愈加感人肺腑，对后世的词作影响极深。王国维评曰："词至李后主，而眼界始大，感慨遂深，遂变伶工之词而为士大夫之词。"

【字词注释】

1. 浪淘沙：词牌名，亦称《浪淘沙令》《卖花声》《过龙门》等。
2. 潺潺（chán）：形容雨声。
3. 阑珊：衰残，将尽。
4. 一晌（shǎng）：一会儿，片刻。

[作品解析]

《乐记》云："亡国之音哀以思"，此词可谓其代表之作。《苕溪渔隐丛话》引蔡绦《西清诗话》云："南唐李后主归朝后，每怀江国，且念嫔妾散落，郁郁不自聊。尝作长短句'帘外雨潺潺'云云，含思凄婉，未几下世。"此词为李煜被拘汴京时所作，格调悲戚，表达了绵绵不尽的亡国之痛。

先从环境着手，写帘外雨声不绝，淅淅沥沥，烘托无可奈何又凄凉的气氛。此时正值残春，五更更添丝丝凉意。而真正使他产生凉意的是刚才做的梦，"梦里不知身是客，一晌贪欢"。梦中的李煜忘了自己被拘汴京的现实处境，因而十分欢乐。然而，醒来之后却是"南柯一梦"，现实的无奈与梦境的美好使他更觉凄寒。下阕"独自莫凭栏"，之所以莫凭栏，是因为此时他被拘汴京，凭栏而不见故土，不见故土而徒增伤悲，岂不凄凉！李煜的另一首《虞美人》说："凭栏半日独无言，依旧竹声新月似当年。"凭栏而徒生惆怅，二词可对照相参。"流水落花春去也，天上人间"，呼应词首"春意阑珊"，谓春去不在，只剩愁闷，如《西厢记》"花落水流红，闲愁万种，无语怨东风"。"天上人间"虽仅四字，而意味绵渺。"天上人间"意谓相隔遥远，不仅指逝去的春天，也指逝去的故土。从一国之主到阶下囚，这不得不说是天上人间的差别。

四　闻铃

洪昇

（丑内叫介）军士每趱行，前面伺候。（内鸣锣，应介）（丑）万岁爷，请上马。（生骑马，丑随行上）

〔双调近词〕【武陵花】玉辇巡行[1]，多少悲凉途路情。看云山重叠处[2]，似我乱愁交并。无边落木响秋声，长空孤雁添悲哽。寡人自离马嵬，饱尝辛苦。前日遣使臣赍奉玺册[3]，传位太子去了[4]。行了一月，将近蜀中。且喜贼兵渐远，可以缓程而进。只是对此鸟啼花落，水绿山青，无非助朕悲怀。如何是好！（丑）万岁爷，途路风霜，十分劳顿。请自排遣，勿致过伤。（生）唉，高力士，朕与妃子，坐则并几[5]，行则随肩。今日仓卒西巡[6]，断送他这般结果，教寡人如何撇得下也！（泪介）提起伤心事，泪如倾。回望马嵬坡下，不觉恨填膺。（丑）前面就是栈道了，请万岁爷挽定丝缰，缓缓前进。（生）袅袅旗旌，背残日，风摇影。匹马崎岖怎暂停，怎暂停！只见阴云黯淡天昏暝，哀猿断肠，子规叫血，好教人怕听。兀的不惨杀人也么哥[7]，兀的不苦杀人也么哥！萧条悽生[8]，峨眉山下少人经[9]，冷雨斜风扑面迎。

（丑）雨来了，请万岁爷暂登剑阁避雨[10]。（生作下马、登阁坐介）（丑作向内介）军士每，且暂驻紮（扎），雨住再行。（内应介）（生）独自登临意转伤，蜀山蜀水恨茫茫。不知何处风吹雨，点点声声迸断肠。（内作铃响介）（生）你听那壁厢，不住的声响，聒的人好不耐烦。高力士，看是什么东西。（丑）是树林中雨声，和着檐前铃铎，随风而响。（生）呀，这铃声好不做美也！

【前腔】淅淅零零，一片凄然心暗惊。遥听隔山隔树，战合风雨，高响低鸣。一点一滴又一声，一点一滴又一声，和愁人血泪交相迸。对这伤情处，转自忆荒茔。白杨萧瑟雨纵横，此际孤魂凄冷。鬼火光寒，草间湿乱萤。只悔仓皇负了卿，负了卿！我独在人间，委实的不愿生。语娉娉[11]，相将早晚伴幽冥。一恸空山寂，铃声相应，阁道崚嶒[12]，似我回肠恨怎平！

（丑）万岁爷且免愁烦。雨止了，请下阁去罢。（生作下阁、上马介，丑向内介）军士每，前面起驾。（众内应介）（丑随生行介）

【尾声】（生）迢迢前路愁难罄，招魂去国两关情。（合）望不尽雨后尖山万点青。

（生）剑阁连山千里色（骆宾王）　　离人到此倍堪伤（罗邺）

空劳翠辇冲泥雨（秦韬玉）　　一曲淋铃泪数行（杜牧）

《长生殿》

【作者/出处简介】

洪昇（1645～1704），字昉思，号稗畦，又号稗村、南屏樵者。钱塘（今浙江杭州）人。戏曲家，与孔尚任并称"南洪北孔"。清康熙七年（1668），北京国子监肄业，终身未有功名。《长生殿》问世后，因在孝懿仁皇后忌日演出，被革国子监生。洪昇晚年归钱塘，康熙四十三年（1704），江宁织造曹寅在南京排演全本《长生殿》，洪昇应邀前去观赏，事后在返回杭州途中，于乌镇酒醉后失足落水而死。洪昇有诗集《稗畦集》《稗畦续集》《啸月楼集》，杂剧《四婵娟》，传奇《长生殿》《回文锦》《回龙记》等。戏曲仅存《长生殿》《四婵娟》两种。

【字词注释】

1. 玉辇：别本及现今舞台演出作"万里"。
2. 云山：高耸入云的山。
3. 赍（jī）奉玺册：拿着玉玺和册命文书。赍，拿。
4. 传位太子：唐天宝十五年（756）七月，太子李亨即位于灵武，尊玄宗为上皇天帝，赦天下，改天宝十五年为至德元年。八月，玄宗遣使奉玉玺、玉册至灵武传位李亨。

5. 并几：共用一张桌子。

6. 仓卒：即"仓猝"。

7. 也么哥："兀的不 X 杀人也么哥"是北曲【叨叨令】常用句式。其中"也么哥"为语助词，无实义。但此处用在南曲，于填曲似不可，但却利于感情的表达。

8. 萧条恁生：即恁生萧条。恁生，这样，如此。

9. 峨眉山：泛指四川的山。

10. 剑阁：在今四川省剑阁县。

11. 娉婷：指杨贵妃。

12. 崚（líng）嶒（céng）：高耸突兀。

【作品解析】

《闻铃》是《长生殿》的第二十九出，如今仍活跃于昆曲舞台上。洪昇由白居易《长恨歌》"行宫见月伤心色，夜雨闻铃肠断声"的诗句，再结合剑阁闻铃的传说构思此出。《闻铃》加上尾声只有三支曲子，除了末句，皆由唐明皇独唱。整出凄凉悲愤，体现出唐明皇对杨贵妃的无尽思念。

洪昇在《传概》中说："借太真外传谱新词，情而已。""情"是整本《长生殿》的核心，《闻铃》亦然。唐明皇幸蜀途中，痛失爱妃，加之旅途劳顿，更觉凄凉。第一支"武陵花"中，唐明皇先回忆行旅奔波："玉辇巡行，多少悲凉途路情。看云山重叠处，似我乱愁交并。"明清传奇的曲辞不重叙事，而重抒情，与古典诗词有相通之处。再看这里生所唱的"无边落木响秋声，长空孤雁添悲哽"，借用环境的描写来衬托悲伤之情，与《诗经》之"兴"相同。正是因为唐明皇此时痛失爱妃，又避难幸蜀，所以不管是无边落木、孤雁悲鸣还是水绿山青，对他来说都是充满悲情色彩的，正是"一切景语皆情语"。

就在此时，风雨吹动檐前铃铎，发出阵阵悲响，无疑助长了唐明皇的哀情。在这样悲戚的铃声中，他或许想到了曾经和爱妃在花萼楼上看花，想到了和爱妃曾经在长生殿里密誓。"高响低鸣。一点一滴又一声，一点一滴又一声"，这风雨吹动的不只是铃铎，更吹动唐明皇痛苦哀怨的内心，触动他最脆弱的情思。他想到自己九五之尊在这风雨中尚且如此凄冷，而九泉之下的杨贵妃呢？"白杨萧瑟雨纵横，此际孤魂凄冷。鬼火光寒，草间湿乱萤。"与杨贵妃相伴的只有鬼火乱萤啊！所以他开始后悔，后悔自己不该马嵬兵变时任凭将士逼死贵妃，"只悔仓皇负了卿，负了卿"。如果说第一支"武陵花"主要是环境描写以及唐明皇对自己经历的自怨自艾，并且开始回忆杨贵妃。那么第二支"武陵花"则成功地将哀情转换到对马嵬兵变的追悔，更加突出了"情"字，体现了《长生殿》的主题，将整个剧情推向高潮，极尽感染力。

此出仅有三支曲子，但支支可听。曲与词的配合堪称完美，十分符合曲律。因此不管现今昆曲舞台还是各地曲社，都常唱这三支曲子。吴梅先生曾说："二百年来词场不祧者，独有稗畦而已。"《闻铃》一出即可证也！此外，《长生殿》中《哭像》一出也是描述唐明皇对杨贵妃的深切回忆。《闻铃》是用南曲，《哭像》则用一套北曲，读者应合而观之，更能感悟洪昇的匠心独具。

第四节　冰雪襟怀

【中心选文】

一　谢太傅寒雪日内集[1]

刘义庆

谢太傅寒雪日内集，与儿女讲论文义[2]。俄而雪骤，公欣然曰："白雪纷纷何所似？"兄子胡儿曰[3]："撒盐空中差可拟。"兄女曰："未若柳絮因风起。"公大笑乐。即公大兄无奕女[4]，左将军王凝之妻也[5]。

《世说新语·言语》

【作者/出处简介】

刘义庆（403～444），南朝宋彭城（今江苏徐州）人。生父是长沙景王刘道怜，因从小过继给叔父临川王刘道规，故继其封号。历任尚书左仆射、丹阳令、荆州刺史、江州刺史、南兖州刺史等职。因宋文帝猜忌贤能，刘义庆只以招聚文学之士编写小说、史传为寄托，《世说新语》即是在他主持下与一些文人共同编著的。《世说新语》是魏晋南北朝时期志人小说的代表作，主要记载东汉末年至东晋时封建士人的言行举止。全书分上、中、下三卷，依内容分有"德行""言语""政事""文学"等，共三十六类。从中可以了解到魏晋南北朝时期的士人生活和社会风貌。

【字词注释】

1. 谢太傅：谢安（320～385），字安石，陈郡阳夏（今河南太康）人。东晋著名政治家，历任吴兴太守、侍中、吏部尚书、中护军等职。主要成就是挫败桓温篡位，策划淝水之战。追赠太傅、庐陵郡公，谥"文靖"。内集：家庭聚会。
2. 儿女：子侄辈。文义：诗文义理。
3. 胡儿：即谢朗，字长度，小名胡儿，谢安之兄谢据长子。曾官至东阳太守。
4. 无奕女：指谢道韫，东晋绝世才女。无奕，指谢奕，字无奕，谢安长兄。

5. 王凝之：字叔平，王羲之次子。曾任江州刺史、左将军、会稽内史等。

【作品解析】

这是一篇流传千古的咏雪佳话。东晋时期，陈郡谢氏是显赫的诗礼簪缨之家，谢安在一个下雪的寒日举行家庭集会，突发奇想地出题考验子侄辈的才学，于是问："纷纷的大雪像什么呢？"谢朗回答："像把盐撒在空中。"而谢道韫却回答："不如说是像柳絮因为风而飘起。"

这两个比喻其实高下立判。首先，从比喻的准确性来说，"风拂柳絮"比"撒盐空中"更准确。当时内集时谢家子弟看到的雪是怎么样的呢？一个是下得很"急骤"，另一个则是谢安说的"大雪纷纷"。其实鹅毛大雪更像是成团的柳絮，都是较为轻盈、飘逸。而且大雪能够"纷纷"，柳絮能够飞舞，都是因为风的作用，这点是一致的。再看谢朗的回答，"撒盐空中"确实和下小雪比较相像，却未能体现出"纷纷"的鹅毛大雪，也未能点出"风"的因素。而从意境上来看，谢道韫的回答也更高出一筹。"柳絮因风起"是春天发生的自然现象，而用春景来比喻"寒雪"，给人带来一种美感，让人对美好春光产生由衷向往，而非对严寒产生畏惧。这也体现了谢道韫的开朗胸襟以及对大自然的热爱。

对于这次"考试"，谢安并没有直接品评优劣，只是以"大笑乐"进行回应，而读者其实已经知道谢安的想法了。谢道韫也因"未若柳絮因风起"受到历代赞赏，后人遂以"咏絮之才"比喻女子有才华。南朝梁刘孝绰写过一首《对雪诗》，其中有"桂华殊皎皎，柳絮亦霏霏。讵比咸池曲，飘飘千里飞"之句，应该也是受了谢道韫的启发。

二 终南望余雪[1]

祖咏

终南阴岭秀[2]，积雪浮云端。

林表明霁色[3]，城中增暮寒。

《全唐诗》卷一三二

【作者/出处简介】

祖咏（699～746），字号不详，洛阳人。唐开元十二年（724）进士，长期未授官。因张说推荐，任驾部员外郎。不久又遭迁谪，终归隐汝水一带。祖咏与王维善，王维有诗赠之："结交二十载，不得一日展。贫病子既深，契阔余不浅。"殷璠评祖咏诗："翦刻省静，用思尤苦，气虽不高，调颇凌俗，足称为才子也。"

【字词注释】

1. 终南：山名，在唐代长安城南六十里处。
2. 阴岭：北面的山岭，背向太阳，故曰阴。
3. 林表：林外，林梢。霁（jì）：雨雪后天气转晴。

【作品解析】

这是一首应试诗。据载祖咏年轻时赴试，题目是"终南望余雪"，要求是写出六韵十二句的五言长律，而祖咏最终写了五绝后便搁笔，有人诘问他，他以"意尽"二字作答。

这首诗确实把"终南望余雪"的景致写尽了。题名"终南望余雪"实际即"望终南余雪"，作者在长安城里眺望终南山，看到的当然是终南山的北面，即"阴岭"，再以"秀"字概括其景色，无需冗语。第二句"浮"字用得十分生动，积雪何以能"浮"在云端？实际上，终南山腰有白云，而山顶积雪，云是动态的，而雪又是静态，一动一静用"浮"字刚好能够概括，可见作者炼字之功。三四句要结合起来看。第三句写到林表的颜色，并非像我们想象中的森林之绿，或是积雪之白，而是"明"。因为作者对终南山的观察时间是日暮时分，那么夕阳照在林中积雪之上，颜色就不是简单的绿色或者白色。第三句的一个"霁"字带出了第四句"城中增暮寒"，因为最冷的时候不是下雪时，而是雪化时。最后一句，作者的观察视角从终南山上转移到长安城中，并且由"终南余雪"的视觉角度转移到"增暮寒"的体感角度。可以说这种转换是很成功的，能够更加全面地展示诗意。因此作者认为此诗"意尽"也是正确的，若再添一两语反而有画蛇添足之感。

王士禛在《渔洋诗话》卷上里，把这首诗和陶潜的"倾耳无希声，在目皓已洁"、王维的"洒空深巷静，积素广庭宽"等并列，称为咏雪的"最佳"之作，给予了此诗应有的价值高度。

三　江雪

柳宗元

千山鸟飞绝¹，万径人踪灭²。
孤舟蓑笠翁³，独钓寒江雪。

《柳河东集》卷四十三

【作者/出处简介】

柳宗元（773～819），字子厚，河东解县（今山西永济）人，故世称"柳河东""河东先生"，曾参与王叔文"永贞革新"，失败而被贬邵州、永州，最终于柳州刺史任上去世，又世称"柳柳州"。"唐宋散文八大家"之一，与韩愈并称"韩柳"，与刘禹锡并称"刘柳"，与王维、孟浩然、韦应物并称"王孟韦柳"。有《柳河东集》四十五卷，《外集》二卷。

【字词注释】

1. 绝：绝迹。
2. 万径：指千万条路。
3. 蓑（suō）笠（lì）：蓑衣和斗笠。

【作品解析】

"永贞革新"失败，柳宗元被贬永州司马，此诗即作于任上。借江雪独钓深刻地表达了自己不屈而孤傲的心态。

此诗为五言绝句的传世佳作。全诗绝无半点俗尘之气，开始便营造一种超然世外的洒脱意象。我们似乎可以想象一个画面，画上是白茫茫的雪，那么的孤寂，然而在江上却有一个穿着蓑衣，戴着斗笠的老翁独自垂钓。在这样寒冷的外部环境下，这个老翁却毫不畏惧大风大雪，忘掉一切。在作者笔下，这个老翁绝不像"可怜身上衣正单，心忧炭贱愿天寒"的卖炭翁为了生计而受此凄寒，反而更像是一位隐士，或者说这是代表着一种人生境界，一种作者所寄托的理想生活以及人生态度。作者当时正贬永州，他看到了政治理想的破灭，他看到了政治斗争的残酷，此刻的柳宗元多么希望像诗中的渔翁一样，不管外界的复杂环境，傲然独处。

古人对此诗有极高的评价，如宋人范曦文《对床夜语》："唐人五言四句，除柳子厚《钓雪》一诗之外，极少佳者。"再如《唐诗品汇》所引刘辰翁语："得天趣，独由落句五字道尽矣。"

四　湖心亭看雪

张岱

崇祯五年十二月[1]，余住西湖。大雪三日，湖中人鸟声俱绝。是日更定矣[2]，余拏一小舟[3]，拥毳衣炉火[4]，独往湖心亭看雪。雾凇沆砀[5]，天与云与山与水，上下一白。湖上影子，惟长堤一痕、湖心亭一点、与余舟一芥[6]、舟中人两三粒而已。

到亭上，有两人铺毡对坐，一童子烧酒，炉正沸。见余，大喜曰："湖中焉得更有此人！"拉余同饮。余强饮三大白而别[7]。问其姓氏，是金陵人，客此。及下船，舟子喃喃曰："莫说相公痴，更有痴似相公者！"

《陶庵梦忆》卷三

【作者/出处简介】

张岱（1597~1679），又名维城，字宗子、石公，号陶庵、天孙，别号蝶庵居士，晚号六休居士。山阴（今浙江绍兴）人，明末清初文学家。其出身书香门第，早年为纨绔子弟，极爱奢华。明亡后入山著书以终，尤擅散文，有《琅嬛文集》《陶庵梦忆》《西湖梦寻》《三不朽图赞》《夜航船》等。

【字词注释】

1. 崇祯五年：即1632年。崇祯，明思宗朱由检年号（1628~1644）。
2. 更定：指初更以后，晚上八点左右。
3. 拿（ná）：牵引。
4. "拥毳（cuì）衣"句：穿着细毛皮衣，带着火炉。毳，鸟兽的细毛。
5. "雾凇（sōng）"句：下雪之后雾气一片弥蒙。凇，从湖面蒸发的水汽。沆（hàng）砀（dàng），白气弥漫的样子。
6. 一芥：一棵小草。芥，小草，比喻轻微纤细之物。
7. 大白：大酒杯。

【作品解析】

晚明小品堪称"隽秀"二字，《湖心亭看雪》更是晚明小品中的代表作。作者张岱很懂得游赏西湖的意趣，他曾在《明圣二湖》中提及善游湖者，亦无过董遇"三馀"，即"冬者，岁之馀也；夜者，日之馀也；雨者，月之馀也"。本文所写游湖时间，即在冬日雪夜。

在这篇文章中作者不仅描绘了西湖冬日雅致之景，使读者可以想象出这幅江山被雪图，更重要的是展现了作者独立的高雅情趣和孤独寂寞的淡淡忧伤。整篇文章中作者没有直接描写当时的心理轨迹，却通过对亭上两人的描写，如"见余大喜""更有痴似相公者"，来表达自己遇到知己的喜悦与分别时的淡淡忧伤。

雪是纯洁的，作者选择在冬夜去西湖赏雪，这种避俗的情趣也是作者追求纯洁灵动的心态反应，也表现出作者不与世俗同流合污的卓然不群，以及孤芳自赏的情怀。

如果从更深层次来看，虽然这篇文章没有直接的情感表达倾向，但是我们却隐隐地感觉到作者淡淡的忧伤。这种忧伤也许是情趣高雅而知音难求的哀叹，也许是对人生渺茫的感慨，也可能是对世俗的憎恶。但更可能的是表达作者的黍离之悲，以及对过往生活的思念。总的来说，这篇文章就像一首优美的古琴曲，隽秀而意在言外，知音者方能被作者的情绪所感染。

一　西风颂

〔英国〕雪莱

哦，狂暴的西风，秋之生命的呼吸！
你无形，但枯死的落叶被你横扫，
有如鬼魅碰到了巫师，纷纷逃避：
黄的，黑的，灰的，红得像患肺痨，
呵，重染疫疠的一群：西风呵，
是你以车驾把有翼的种子催送到
黑暗的冬床上，它们就躺在那里，
像是墓中的死穴，冰冷，深藏，低贱，
直等到春天，你碧空的姊妹吹起
她的喇叭，在沉睡的大地上响遍，
（唤出嫩芽，像羊群一样，觅食空中）
将色和香充满了山峰和平原。

不羁的精灵呵，你无处不远行；
破坏者兼保护者：听吧，你且聆听！

没入你的急流，当高空一片混乱，
流云像大地的枯叶一样被撕扯
脱离天空和海洋的纠缠的枝干。
成为雨和电的使者：它们飘落
在你的磅礴之气的蔚蓝的波面，
有如狂女的飘扬的头发在闪烁，
从天穹的最遥远而模糊的边沿
直抵九霄的中天，到处都在摇曳
欲来雷雨的卷发，对濒死的一年
你唱出了葬歌，而这密集的黑夜
将成为它广大墓陵的一座圆顶，
里面正有你的万钧之力的凝结；
那是你的浑然之气，从它会迸涌
黑色的雨，冰雹和火焰：哦，你听！

是你，你将蓝色的地中海唤醒，
　而它曾经昏睡了一整个夏天，
　被澄澈水流的回旋催眠入梦，
　就在巴亚海湾的一个浮石岛边，
　它梦见了古老的宫殿和楼阁
　在水天辉映的波影里抖颤，
　而且都生满青苔、开满花朵，
　那芬芳真迷人欲醉！呵，为了给你
　让一条路，大西洋的汹涌的浪波
　把自己向两边劈开，而深在渊底
　那海洋中的花草和泥污的森林
　虽然枝叶扶疏，却没有精力；
　听到你的声音，它们已吓得发青：
　一边颤栗，一边自动萎缩：哦，你听！

　哎，假如我是一片枯叶被你浮起，
　假如我是能和你飞跑的云雾，
　是一个波浪，和你的威力同喘息，
　假如我分有你的脉搏，仅仅不如
　你那么自由，哦，无法约束的生命！
　假如我能像在少年时，凌风而舞
　便成了你的伴侣，悠游天空
　（因为呵，那时候，要想追你上云霄，
　似乎并非梦幻），我就不致像如今
　这样焦躁地要和你争相祈祷。
　哦，举起我吧，当我是水波、树叶、浮云！
　我跌在生活底荆棘上，我流血了！
　这被岁月的重轭所制服的生命
　原是和你一样：骄傲、轻捷而不驯。

　把我当作你的竖琴吧，有如树林：
　尽管我的叶落了，那有什么关系！
　你巨大的合奏所振起的音乐
　将染有树林和我的深邃的秋意：
　虽忧伤而甜蜜。呵，但愿你给予我

狂暴的精神！奋勇者呵，让我们合一！

请把我枯死的思想向世界吹落，

让它像枯叶一样促成新的生命！

哦，请听从这一篇符咒似的诗歌，

就把我的话语，像是灰烬和火星

从还未熄灭的炉火向人间播散！

让预言的喇叭通过我的嘴唇

把昏睡的大地唤醒吧！西风呵，

如果冬天来了，春天还会远吗？

查良铮译《雪莱抒情诗选》

二 《雷雨》第三幕（节选）

曹禺

车站的钟打了十下，杏花巷的老少还沿着那白天蒸发着臭气，只有半夜才从租界区域吹来一阵好凉风的水塘边上乘凉。虽然方才落了一阵暴雨，天气还是郁热难堪，太空黑漆漆地布满了恶相的黑云，人们都像晒在太阳下的小草，虽然半夜里沾了点露水，心里还是热燥燥的，期望着再来一次的雷雨。倒是躲在池塘芦草下的青蛙叫得起劲，一直不停。闲人谈话的声音有一阵没一阵地。无星的天空时而打着没雷的闪电，蓝森森地一晃，闪露出来池塘边的垂柳在水面颤动着。闪光过去，还是黑黝黝的一片。

渐渐乘凉的人散了，四周围静下来，雷又隐隐地响着，青蛙像是吓得不敢多叫，风又吹起来，柳叶沙沙地。在深巷里，野狗寂寞地狂吠着。

以后闪电更亮得蓝森森地可怕，雷也更凶恶似地隆隆地滚着，四周却更沉闷地静下来，偶尔听见几声青蛙叫和更大的木梆声，野狗的吠声更稀少，狂雨就快要来了。

最后暴风暴雨，一直到闭幕。

不过观众看见的还是四凤的屋子，（即鲁贵两间房的内屋）前面的叙述除了声音只能由屋子中间一层木窗户显出来。

在四凤的屋子里面呢：

鲁家现在才吃完晚饭，每个人的心绪都是烦恶的。各人有各人的心思，在一个屋角，鲁大海一个人在擦什么东西。鲁妈同四凤一句话也不说，大家静默着。鲁妈低着头在屋子中间的圆桌旁收拾筷子碗，鲁贵坐在左边一张靠椅上，喝得醉醺醺地，眼睛发了红丝，像个猴子，半身倚着靠背，望着鲁妈打着嗝。他的赤脚忽然放在椅子上，忽然又平拖在地上，两条腿像人字似地排开，他穿一件白汗衫，半臂已经汗透了，贴在身上，他不住地摇着芭蕉扇。

四凤在中间窗户前面站着：背朝着观众，面向窗外不安地望着，窗外池塘边有乘凉的人们说着闲话，有青蛙的叫声。她时而不安地像听见了什么似的，时而又转过头看了看鲁贵，又烦厌地迅速转过去。在她旁边靠左墙是一张搭好的木板床，上面铺着凉席，一床很干净的夹被，一个凉草枕和一把蒲扇，很整齐地放在上面。

屋子很小，像一切穷人的屋子，屋顶低低地压在头上。床头上挂着一张烟草公司的广告画，在左边的墙上贴着过年时粘上的旧画，已经破烂许多地方。靠着鲁贵坐的唯一的一张椅子立了一张小方桌，上面有镜子，梳子，女人用的几件平常的化妆品，那大概是四凤的梳妆台了。在左墙有一条板凳，在中间圆桌旁边孤零零地立着一个圆凳子，在右边四凤的床下正排着两三双很时髦的鞋，鞋的下头，有一只箱子，上面铺着一块白布，放着一个瓷壶同两三个粗的碗。小圆桌上放着一盏洋油灯，上面罩一个鲜红美丽的纸灯罩；还有几件零碎的小东西；在暗淡的灯影里，零碎的小东西虽然看不清楚，却依然令人觉得这大概是一个女人的住房。

这屋子有两个门，在左边——就是有木床的一边——开着一个小门，外面挂一幅强烈的有花的红幔，里面存着煤，一两件旧家具，四凤为着自己换衣服用的。右边有一个破旧的木门，通着鲁家的外间，外面是鲁贵住的地方，是今晚鲁贵夫妇睡的处所。那外间屋的门就通着池塘边泥泞的小道。这里间与外间相连的木门，旁边侧立一副铺板。

开幕时正是鲁贵兴致淋漓地刚刚倒完了半咒骂式的家庭训话。屋内都是沉默而紧张的。沉闷中听得出池塘边唱着淫荡的春曲，参杂着乘凉人们的谈话。各人在想各人的心思，低着头不做声。鲁贵满身是汗，因为喝酒喝得太多，说话也过于卖了力气，嘴里流着涎水，脸红的吓人，他好像很得意自己在家里的位置同威风，拿着那把破芭蕉扇，挥着，舞着，指着。为汗水浸透了似的肥脑袋探向前面，眼睛迷腾腾地，在各个人的身上扫来扫去。

大海依旧擦他的手枪，两个女人都不做声，等着鲁贵继续嘶喊，这时青蛙同卖唱的叫声传了过来。四凤立在窗户前，偶而深深地叹着气。

三 雪花的快乐

徐志摩

假如我是一朵雪花，

翩翩的在半空里潇洒，

我一定认清我的方向
——飞扬，飞扬，飞扬，
这地面上有我的方向。

不去那冷寞的幽谷，
不去那凄清的山麓，
也不上荒街去惆怅
——飞扬，飞扬，飞扬，
——你看，我有我的方向！

在半空里娟娟的飞舞，
认明了那清幽的住处，
等着她来花园里探望
——飞扬，飞扬，飞扬，
——啊，她身上有朱砂梅的清香！

那时我凭藉我的身轻，
盈盈的，沾住了她的衣襟，
贴近她柔波似的心胸
——消溶，消溶，消溶
——溶入了她柔波似的心胸！

《志摩的诗》

【推荐书目】

1. （南朝·宋）刘义庆撰，徐震堮校笺《世说新语校笺》，中华书局，1984。

2. 郭预衡主编《经典散文》，时代文艺出版社，2009。

3. 王力著《诗词格律》，中华书局，2018。

【思考问题】

1. 列举古今中外文学作品中具有正面意义的风霜雨雪意象。

2. 分享你最喜欢的一篇描写云的文学作品，并说明推荐理由。

3. 如何理解"一切景语皆情语"这句话？

（本章编者：王艺翰　南京师范大学　在读硕士研究生）

第四章　春夏秋冬

【主题概述】

春夏秋冬是轮转的四季，是触动文人情思灵感的源泉，也是文学作品中经久不衰的描写对象。中国自古就是一个抒情文学的国度，而大量的"四季"抒情文学作品正是古人感时而发的产物。

四季节气特征不同，引发的情感思绪亦不相同，但涉及同一季节的诗歌已基本形成并遵循大致相同的抒情范式。初春时节由冷趋暖、万物生机勃发，形成了以喜春、赞春为情感基调的"春愉抒情范式"。但是，暮春时节众芳摇落，好景难再，这又会引发诗人强烈的伤悼之情，从而形成典型的"伤春抒情范式"。夏季气温由暖趋热，万物的生命力达到鼎盛。较之于春日，夏季更加喧嚣热闹，景致也更加浓郁妖娆，但高温湿热又让人苦热烦夏，故有大量"苦暑"诗赋诞生。从整体上讲，夏季比其他三季更易使人心绪躁动，思维倦怠，因而成为文学创作的歉收季节。较之其他季节，秋季所触发的情绪更丰富复杂。初秋时节，高爽的天气与温凉的气候，容易激发人富有力量与崇高感的情绪体验，在表达对季节本身悦纳、礼赞的同时，也易生发对高远理想境界的抒写欲望。与此同时，生命在秋季渐趋枯萎，肃杀萧瑟的深秋面目又会催生出凄凉悲怨的阴郁情绪，悲秋主题的作品应运而生。冬季是生命凋零、沉睡的季节，也是色彩最为单一的季节。寒冷、纯净、寂静是冬季独特的季候特点，写冬的古典文学作品或感于气候，极力突显苦寒之感；或钟情于景物，彰显冰雪世界的洁净气质，深情赋咏冬季的灵魂——雪与梅；或借景抒怀，以冬季的纯净象征孤高气傲的人格，以其冷寂暗示压抑沉重的政治和生存环境。

总而言之，四时节气为大自然披上了迥异的物容，气候及物候的变化又深刻影响着文学家的心理活动、情感变化及相应的文学表现内容。中国古代的"四季文学"创作，形成了几类典型的抒情范式，也彰显出创作者丰富斑斓的精神世界。

本章分为四个部分。

【文论摘录】

是以献岁发春，悦豫之情畅；滔滔孟夏，郁陶之心凝。天高气清，阴沉之志远；霰雪无垠，矜肃之虑深。（南朝梁·刘勰《文心雕龙·物色》）

若乃春风春鸟，秋月秋蝉，夏云暑雨，冬月祁寒，斯四候之感诸诗者也。
（南朝梁·钟嵘《诗品序》）

第一节　春上枝头

【中心选文】

一　春晓

孟浩然

春眠不觉晓[1]，处处闻啼鸟[2]。

夜来风雨声，花落知多少。

《孟浩然集》卷四

【作者/出处简介】

孟浩然（689~740），名不详，一说名浩，字浩然，襄州襄阳（今湖北襄樊）人，世称"孟襄阳"。诗多为五言短篇，诗风清旷，与另一位山水田园诗人王维合称为"王孟"。年四十游京师，唐玄宗诏咏其诗，至"不才明主弃"之语，玄宗谓："卿自不求仕，朕未尝弃卿，奈何诬我？"因放还未仕，后隐居鹿门山，作诗二百余首。有《孟浩然集》四卷传世。《旧唐书》卷一九〇、《新唐书》卷二〇三有传。佟培基《孟浩然诗集笺注》、徐鹏《孟浩然集校注》是孟浩然诗文较为精审的注本。

【字词注释】

1. 觉：觉察，感觉到。
2. 闻：听到，听见。

【作品解析】

此诗是一首描绘暮春之景的小诗，其妙处有三：

一则诗歌的创作契机源自诗人一次寻常的晨起，恰到好处的鸟鸣声与碰巧袭过的风雨，意外打破了这个清晨本应一如既往的平淡无奇。正是这些意外巧合，使得这个晨间富于趣味与故事性。诗歌不过是诗人对这个午起微澜的晨日的随性记录，始于人物与景物间的无意偶合，胜于将巧合碰撞出的情思律动即兴自然地呈现表达。

二则诗歌句句言景却处处显情。景物要素为明线，情感起伏为暗线，以景牵情。首句中"不觉"二字既暗示出诗人夜眠的酣畅安稳，也透露出晨醒时的慵懒朦胧。此刻诗人的心理节奏因外界的波澜不惊而平稳和缓。紧接着持续四起的鸟鸣声打破了清晨的平静，由于这一突如其来又悦耳舒心的声响要素介入，诗人平稳的心理发生了变奏，惊喜愉悦的跳荡感激起了内心情绪的小高潮。第三句诗从眼前转入回忆，从收取耳畔充满生机的鸟啼声，到脑海中浮现碾压生命的风雨声，诗人的心绪也随之沉淀了，此前的情感高潮渐趋平静。末句依然是虚写，想象的场景由昨夜切换至当下，诗人的心思聚焦在对风雨后片叶瓣花存留的猜度上。"知多少"是一个既确定又模糊的揣测结果，风雨必生落红，这种定然出现的生命陨落，诗人了然于心却不忍直视，不愿接受但无力改变，惋惜爱怜随之而生。然而枝头春并非尽成地上尘，纵然仅存一瓣馨香尚未零落成泥，生命的讯息便没有失去。因此，诗人在对芳菲逝去的叹息中仍不失明媚与轻盈。

　　三则诗歌表现的是对春光的欢享与怜爱，却不以直笔出之，而是从细微处切入，通过对小景的敏锐捕捉，传递出诗人刹那间的情感涟漪。这种心灵的敏感正是源自对美妙春季的爱恋。全诗在看似自然寻常的笔调中荡漾着微小轻盈的情思，又不失趣味与清新感。

二　闺怨

王昌龄

闺中少妇不曾愁[1]，春日凝妆上翠楼[2]。
忽见陌头杨柳色[3]，悔教夫婿觅封侯[4]。

《全唐诗》卷一四三

【作者/出处简介】

　　王昌龄［698（？）～756（？）］，字少伯，京兆万年（今陕西西安）人。曾任江宁县丞、龙标县尉，故世称"王江宁""王龙标"。盛唐著名诗人，有"诗家天子（一作夫子）"之称。其诗多边塞军旅、宫怨闺情之作，尤其擅长七言绝句，被誉为"七绝圣手"。诗风委婉多讽，清刚俊爽。《全唐诗》编其诗为四卷，《旧唐书》卷一九〇、《新唐书》卷二〇三有传。李云逸《王昌龄诗注》是王昌龄诗歌较好的注本。

【字词注释】

1. 不曾：《唐诗品汇》作"不知"。
2. 凝妆：本将黄色花粉在额际涂抹成弯月形的打扮方式，此处指盛妆。翠楼：原意指涂有绿漆的高楼，这里指女子的居住之处。
3. 陌头：路旁、路边。
4. 觅封侯：用《后汉书·班超传》中班超投笔从戎的典故。此处指谋求仕途，获取功名。

【作品解析】

　　此为王昌龄闺情诗的代表作,被誉为"闺情诗第一"(清·黄生《唐诗摘抄》)。此诗与一般闺情之作的不同之处在于,别致的点题手法及耐人寻味的深层主题。

　　诗歌一反闺情诗正面直入主题的传统套路,以反跌法写相思。所谓反跌即通过错位连接与对比手法的运用,带动结构的曲折感与层次性,增加作品蓄势铺垫的张力。诗歌起、承二句采用总分结构,以层推的方式铺垫闺中少妇完美生命状态,洋溢着轻盈明媚的情调。首句以"不曾愁"总括女主人的生活状态,次句紧承其上,对此完美现状进行分解式的呈现。"春日"既代表着万物的生机蓬勃,又承载着女主人公的青春芳华,因而少妇登楼赏春是对自然美景的陶醉,更是对自我美妙旺盛生命的爱恋。"凝妆"并不只反映出女主人公对自我形貌的用心,更是其生活安适优渥、内心饱满从容的外化。此句将其对生活现状的强烈满足感展露无遗。而第三句则隐含着被诗歌文字层面省略,同时却潜藏于女子美好生活表象下的精神孤独感。它在主人公独赏美景的特定瞬间被唤醒,作为真实存在的缺口,引发少妇对原本坚信笃定的完美生活的怀疑。轻盈美满的情绪也随之为若有所失的淡淡伤感与隐隐不安所吞噬。在一系列连动性反转中闺怨的主题呼之欲出。如果说第三句是以"忽"字引入主题,开启了人物心理、情感乃至诗歌结构的突然转折,那么尾句则以"悔"字总起,将上句作为潜台词的心理活动推向台前,将杨柳色中藏匿的怅然若失的朦胧感受深化为理性的反思,随即生发出较之笼统的伤感更为清晰的懊悔、自怨之意。诗歌在进一步撕毁女主人公完满的生活表象,加剧因错位认知而造成的心理落差的基础上,彻底实现怨情的表达。

　　此诗的表面主题是思妇愁怨,实则通过女主人公对自我生活状态体认的变化及由此引起的心理变奏,来展现人们对理想化的终极美好不断认知、重建、追寻的心路历程。诗中的悔意是女主人公对过往选择的否定,更是对此选择所包含的生命态度的反省。但这仅仅是就自我对理想生命状态理解的程度而言,并非对现实美好的颠覆,而且女主人公的孤独与追悔并未流露出明显的自伤自怜,反倒折射出其内心的成长及由此而生的对生命更加深沉热烈的拥抱,是在肯定自我生命现状的基础上,对物质与精神双重圆满的理想之境的渴求,因而虽怅然落寞却并不压抑消沉。

三　惠崇春江晚景（其一）

苏轼

竹外桃花三两枝,春江水暖鸭先知。

蒌蒿满地芦芽短，正是河豚欲上时[1]。

《集注分类东坡先生诗》卷二十四

【作者/出处简介】

参见第二章第一节《日喻》关于苏轼介绍。

【字词注释】

1. "蒌（lóu）蒿（hāo）"二句：意谓蒌蒿、芦芽生时，河豚正当时令，可以佐食。蒌蒿，水草名，初生可食。芦芽，芦苇嫩芽，即芦笋。河豚，鱼名，味极美。欲上时，当今之时；一说随潮而上浮之时。

【作品解析】

宋元丰八年（1085），苏轼为惠崇画作《春江晚景》题诗两首，此诗为其一。惠崇为宋初画僧，宋人郭若虚《图画见闻志》卷四中有："工画鹅雁鹭鸶，尤工小景，善为寒汀远渚、潇洒虚旷之象，人所难到也。"惠崇的这幅画作已失传，所幸的是画卷中明媚温暖的春意在苏轼诗歌中得到了保留再现。

题画诗中诗、画要素是一种相赖相生的呼应关系。诗歌的内容既取决又受制于画面，同时还能对画面加以丰富和深化。苏轼此诗对画面的再创造就极具典型性。

首先是色彩的运用。起句写初春江岸，葱茏翠竹，灼灼桃花，红绿相映，清爽与热烈两种感受既清晰独立又交织融合。而一个"外"字，为绿与红赋予了远近交错的层次感和由此而产生的疏朗空灵，在平面图画的基础上构建出一个更具现场感的立体空间景象。这里的景物色彩描写并没有直接落笔，但在景物的浓淡之间，不仅写出了画中之意，还从感觉上收到比图画更好的效果。

其次是场景的调度。诗的前两句先写江岸，桃花灿然，竹枝摇曳；然后写江面，江水荡漾，春鸭嬉戏。诗的后两句亦是先写江岸，蒌蒿满地，芦苇萌芽；后写江中，河豚欲上。这种场景的调度，打破了静态画卷中景物的平行共存性，而具有了镜头伸缩、切换的动态变幻，使画中之景活化。

最后是意境的点染。竹外桃花清新明艳，岸边芦芽蓬勃苗壮，充满无限生机；春鸭戏水，情趣盎然，洋溢着春日饱满的生命张力。如果说这些都是惠崇画中所能表现的，那么江水的冷暖、春鸭的感知，却是再精妙的画作也难以描绘传达的。特别是"河豚欲上时"一句，完全出乎画面之外，向人们揭示出江水深处春的生机和魅力。如果说苏诗对色彩与场景的运用、调度还是以惠崇画作为基础的补充、升华，那么在诠释春的风韵神采时，诗人则完全摆脱了画面的束缚，为其增添了注脚式的画外之意。

诗画一体，互映生辉是中国画特有的一种形式，也是题画诗的理想审美境界。苏轼的这首题画诗，不仅再现了《春江晚景》的画面内容，同时也丰富和深化了图画的意境，把江南春天的景物渲染得生意盎然。这是此诗的成功之处，也是其得以广为传颂的原因。

四　立春日

陆游

日出风和宿醉醒，山家乐事满馀龄¹。
年丰腊雪经三白²，地暖春郊已遍青。
菜细簇花宜薄饼³，酒香浮蚁泻长瓶⁴。
湖邨好景吟难尽⁵，乞与侯家作画屏。

《剑南诗稿》卷五十

【作者/出处简介】

　　陆游（1125～1210），字务观，自号放翁，越州山阴（今浙江绍兴）人。陆游所处的时代，外有强虏，内有党争倾轧，但其愿随王师北定中原的理想，始终不渝。他是南宋伟大的爱国诗人，词和散文的成就也很高。生平所作诗将近万首，题材异常广阔，较具代表性的有爱国诗、爱情诗、田园诗三类，其中爱国诗的成就最高，代表作有《书愤五首》《关山月》等。有《渭南文集》《剑南诗稿》传世，《宋史》卷三九五有传。钱仲联《剑南诗稿校注》是陆游诗歌的上乘注本。

【字词注释】

1. 山家：山野人家。馀龄：犹馀岁，馀年。
2. 腊雪：冬至后立春前下的雪。经三白：三度下雪。
3. 薄饼：此处指春饼。古人立春日有吃春饼的习俗，春饼是面粉烙制的薄饼，一般要卷菜而食。
4. 浮蚁：酒面上的浮沫。
5. 邨（cūn）：同"村"。

【作品解析】

　　这是一首有关立春日的律诗。作者寥寥数笔，将立春之日的景色、风俗以及生活场景一一呈现纸面，语言精炼而诗意隽永。

　　全诗共八句。首联写诗人宿醉初醒，发现外面风和日丽，心情大好，不由感叹"山家乐事满馀龄"。闲居山间，却从不乏生活的趣味，这让诗人感到怡然惬意。颔联承接首联，进一步描写立春日的风景。腊月的雪已经下了三场，如今天气回暖，郊野遍地青色，至此春的气息已扑面而来。颈联"菜细簇花宜薄饼，酒香浮蚁泻长瓶"，在立春日，三五好友相聚，辅以春饼美酒，乡间生活的适意与散淡跃然纸上。尾联"湖邨好景吟难尽，乞与侯家作画屏"，村外的湖光山色，引起诗人的诗兴，然而言不尽意的遗憾，使诗歌终不能淋漓地展现，完整地保留这足以荡涤性灵的春色，还不如请人将此春景绘制成画卷，长久地保存下去。

陆游闲居山村，与乡亲父老早已建立起真诚的友谊。对故乡的山水草木、丰年足岁的情景都感到由衷喜悦。但诗人毕竟是一位胸怀天下之人，最后两句在写景叙事中又寓含褒贬，那些达官贵人们尸位素餐，醉生梦死，却无福享受这盎然疏朴的山野风光。嘲讽含而不露，行文也显得风趣幽默。

五　玉楼春[1]

宋祁

东城渐觉风光好，縠皱波纹迎客棹[2]。绿杨烟外晓寒轻，红杏枝头春意闹。
浮生长恨欢娱少，肯爱千金轻一笑。为君持酒劝斜阳，且向花间留晚照。

《全宋词》第一册

【作者/出处简介】

宋祁（998～1061），字子京，谥"景文"，开封雍丘（今河南省杞县）人。与欧阳修同修《新唐书》。因《玉楼春》词中有"红杏枝头春意闹"一句，世称"红杏尚书"。善诗文，与兄宋庠并有文名，时称"二宋"。亦工词，今仅存词作六首，多抒写个人生活情怀。词风艳丽纤秾，但构思新颖，语言流和，描写生动。有《宋景文集》六十二卷、赵万里辑《宋景文公长短句》一卷。《宋史》卷二八四有传。

【字词注释】

1. 玉楼春：词牌名，亦称《木兰花》《春晓曲》《西湖曲》《惜春容》《归朝欢令》《呈纤手》《归风便》《东邻妙》《梦乡亲》《续渔歌》。
2. 縠（hú）皱：绉纱，此处形容水的波纹。棹（zhào）：本指船桨，此处代指船。

【作品解析】

从景物整体的选取配置、情景内在的和谐度方面考量，此词均不属上乘之作，其声名完全仰赖于"红杏枝头春意闹"一句。

首句"东城渐觉风光好"是直白而笼统的概述，不具备内在的完整性，因而此句生命力的强弱取决于其具体描绘的对象是否具有不可替代的独特性。而接下来的"縠皱波纹迎客棹"不过是写船行水面，荡起波纹。这种平淡无奇的景象因严重缺乏特色，而无法成为首句"好"这一总体感受的有力支撑，也无法作为辨识季节的标志，以此呈现东城春光的独特性不免牵强。较之"縠皱"一句，"绿杨"句中初春的季候特点稍有显露，但仍不够鲜明强烈。色彩醒目且带有清凉之意的"绿杨"，尚能呼应"晓寒"的凉意。但"烟"的色彩则是暗淡朦胧的，既破坏了"绿杨""晓寒"营造的清爽明亮，又因色差过弱，无力与之形成强烈的对照，从而使诗句丧失了内在感受的统一性，缺少气韵张力。

从"浮生"句始，词作转入抒情。但作者实有的情感态度与景物本应唤起的情绪体验发生了错位。"东城"句渲染出的是一种明媚清亮、轻盈盎然的氛围，激发起的应是生命勃发的欲望与喜悦。而"浮生"句流露的却是一种无奈又无力的失望之情，与景物渲染的情感基调截然相反。当然此句中也包含着一种重视眼前欢乐的态度，但这反而充满了刻意掩盖内心空乏寡欢的意味，与在面对初春美景时油然而生的内心跃动完全相悖。"为君"二句虽不失雅致，但强颜欢笑、权且快意的伤感与景物本该引发的心理意绪同样失去了联系，从而影响词作鲜明和谐的意境生成。

真正能体现此词气韵精神的是"红杏枝头春意闹"一句，全句的灵魂就在"闹"字。它的妙处在于通过色彩对人的心理暗示，使一个静止的画面动态化。红杏的"红"是暖色，枝头的"绿"是冷色，暖色给人以扩张逼近感，而冷色则正好相反，产生的是收缩感。红杏是掩映在绿叶中的，片状的绿色作为围拱点状红色的背景存在，由绿色叶片组成的背景因收缩感而形成退避之势，红杏的点点红色则喷张向前，从而造成了红杏仿佛随时将要挣脱枝头的跳荡感。一个"闹"字写出了杏之多，不多则无熙攘之感，也写出了红之浓烈，不然则缺乏摆脱绿叶喷薄前涌的爆发力，更写出了整个画面既无序又欢跃的生机与动态。词人也将春之明艳活泼聚焦在了枝头红杏，所以此句的落脚点不是红杏在闹，而是春意在闹。除了"闹"字的绝妙外，红色本身也传递出一种与春日的生机澎湃相映照的精神状态。红色是一种热情的表现，却荡涤了狂热与浮躁，而充满严肃、笃定的真诚感情。在"红杏枝头春意闹"的画面中，洋溢的是对生命发自内心的拥抱，是坚定有力的温暖感。

第二节　阴阴夏木

【中心选文】

一　夏日南亭怀辛大[1]

孟浩然

山光忽西落，池月渐东上。

散发乘夕凉，开轩卧闲敞[2]。

荷风送香气，竹露滴清响。

欲取鸣琴弹，恨无知音赏。

感此怀故人，终宵劳梦想。

《孟浩然集》卷一

【作者/出处简介】

参见本章第一节《春晓》关于孟浩然介绍。

【字词注释】

1. 辛大：名不详，以排行称，应为孟浩然同乡好友。孟浩然集中尚有《西山寻辛谔》，辛大可能是指辛谔。
2. 闲敞：原意为清净宽敞，这里形容词作名词，意为清净宽敞的地方。

【作品解析】

此诗是孟浩然写于襄阳乡间的怀友佳作，比较典型地体现了其疏朗自然、明快真醇的诗歌风貌。诗歌采用展开式的线性结构，以叙述、描写带动抒情，事因景牵、情由景与事而感，水到渠成。"山光""池月"不仅体现了由黄昏入夜晚的时间变化，而且营造出清凉澄明之境。"散发"二句叙述了诗人对此佳境的回应。"散发"既是动作行为，与"开轩"相承接，又是一种状态，与"卧"相配，在懒散中充溢着由内而外的自在安适。这种身心的全然松弛又能够使诗人更加仔细、敏锐地感受荷风带香、竹露滴响的美妙。"荷风"二句由叙述又转入描写，勾勒出的不仅是清新雅致的庭院小景，也是诗人同样纯净轻盈的心境。"欲取"二句再次转为叙述，鸣琴的愿望被此刻的良辰美景、赏心乐事所激发，也是对内心美妙感受难以言说，又极欲表达的急切心理的折射。至此景物与事件的联动转换所铺垫的愉悦安适之情正要满溢而出，却又戛然而止。诗人笔锋一转，末句点出思友之情。因想鸣奏一曲而忽然发现知音之人不在身旁，又因这一不经意的觉察而遗憾于人生美事难周全，因遗憾而自然生思念。怀友之情看似无意的流露，实则是诗人通过景物渲染，事件叙述所精心建构的情感反应链适时而动的结果。此诗虽写思友却并未细写思念的过程，而是着意于前期蓄势，酝酿愉悦跃动的内心感受与意欲分享此种情绪体验却无奈受阻的心理落差，以此表现思念的浓厚与不可遏制，语虽简淡，情却至深。

与大历时期诸多怀友诗将友情作为对饱受创痛、惊惧不安的心灵的抚慰手段不同，此诗的怀友之情源于对自我美好生命状态及情绪体验呈现、倾诉的受阻，诗人思友的实质在于对自我积极明媚的精神世界的分享，是在饱满的人生状态下，追寻平等的精神对话而非对心理依赖与庇佑的乞求。故而虽有遗憾失落，终不掩喜乐疏旷。

二　山亭夏日

高骈

绿树阴浓夏日长，楼台倒影入池塘。

水精帘动微风起[1]，满架蔷薇一院香。

《全唐诗》卷五九八

【作者/出处简介】

参见第二章第二节《月夜》关于杜甫介绍。

【字词注释】

1. 水精帘：又作"水晶帘"，是一种质地细腻而色泽莹彻的帘子。这里用来比喻池塘的水面。

【作品解析】

这是一首描写夏日风光的七言绝句。

首句乍看似乎平淡寻常，但细究"阴浓"一词，却用得颇为精当。不仅通过树荫的浓厚，侧写出树之繁茂，无叶之茂密，则无影之浓重。同时又与"夏日长"相呼应，间接点出诗题。夏日午后，日头正烈，炽热与因此而生的慵懒极易引起时间尤长的心理感受。也正因为是正午时分，所以强烈的阳光才能使树荫显得尤为浓郁厚重。在此句中，诗人虽未直言夏日午后，却处处从旁写起，无一处不在点明这一时间节点。

第二句"楼台倒影入池塘"，写眼前所见池塘内的楼台倒影。此句同样从虚处着笔，通过倒影显现实际的楼台，物影交融；又以倒影之清晰可见，写出池水之平静清澈，隔空状物，不失巧妙含蓄。再者，"入"字用得极好，简练而又准确地表述出楼、影、池三者的空间关系，从而将独立零散的景物建构为立体有序的场景。池水能映现楼台倒影，说明楼、池必然毗邻相对；倒影为池水所包纳，则池水亦增添一份新的景致。

第三句"水精帘动微风起"，是诗中最含蓄精巧的一句。此句可分两层意思来说：其一，用水晶帘的剔透闪耀比喻池水的晶莹澄澈，表面是描摹水之状态，实则是状日光明媚强烈。若无此骄阳，则难显水光潋滟之姿，水晶帘的比喻更无从说起。其二，从实际情况讲，是先有风起后引发水动，但在诗人的表述中，则是先见水动，而后感风起。这种感觉与实际的错位，却恰恰真实准确地写出夏日风的细微难察。

最后一句"满架蔷薇一院香"，又为幽静的景致增添了鲜艳的色彩与芬芳气息，使全诗洋溢着夏日特有的生气。"一院香"又与上句"微风起"暗合。

诗写夏日风光，用近似绘画的手法，绿树荫浓，楼台倒影，池塘水波，满架蔷薇，构成了一幅色彩鲜丽、情调清和的图画。这一切都是由诗人站立在山亭上揽收眼底并加以描绘的。山亭和诗人虽未出现，实际上却从未消失。

三　三衢道中[1]

曾几

梅子黄时日日晴[2]，小溪泛尽却山行。

绿阴（荫）不减来时路，添得黄鹂四五声。

《茶山集》卷八

【作者/出处简介】

曾几（1084～1166），字吉甫，号茶山居士，谥"文清"，原籍赣州（今属江西），后徙洛阳（今属河南）。南宋时期江西诗派的代表诗人，推崇杜甫、黄庭坚诗歌，作诗讲求"活法"，诗风圆融轻快。文集已散佚，《四库全书》有《茶山集》八卷，自《永乐大典》辑出。《宋史》卷三八二有传。

【字词注释】

1. 三衢（qú）：衢州，今属浙江，因境内有三衢山而得名。
2. "梅子"句：江浙一带梅子黄时多雨，称为梅雨季。此句写梅雨时节正逢晴日，故心情喜悦。

【作品解析】

此诗被公认为曾几自然活泼诗风的代表作。所谓自然者，剥落文采却情韵宛然；所谓活泼者，是以文字呈现出的动态变化彰显生命情感的活力。

从构思上看，作者首先在景色的描述中紧紧抓住了"变与不变"的辩证关系，将欣喜愉快之情准确巧妙地展示出来。四句诗两句一组，构成两个单位，在第一个单位中，突出的是"变"。"梅子"句暗含着两个变化：一是由青涩未熟变得金黄香甜；二是天气由阴雨连绵转向连续晴好。这两个变化无疑能唤起人内心舒适愉悦的感受。"小溪"句则写由舟行转为山路的变化，又改变了行程的单调。在第二个单位中，则重在呈现偶增新变中的整体稳定。熟悉的道路，绿荫如故，又平添清脆的鸟叫，景物似曾熟悉又新鲜可喜，没有一成不变的乏味，自然能够激起活泼跳荡的情绪。可见后两句与前两句都旨在突出欢欣明快的情感基调，从而保证了全文结构的圆满与主题的统一。其次，诗歌第一、三、四句写景，第二句写行，构成景色与行程上一与多的对比。同时，景与行交融无间，景为行中所见，行则在景中进行，彼此融合统一。最后，诗中看似信手拈来的普通景物，实则都是经过诗人精心挑选设置，用以诠释活泼愉快的情感基调。正所谓"一切景语皆情语"（王国维《人间词话》），景物与情感要素构成相互渗透的统一体。

从语言上看，诗人首先在句式使用上颇为用心。四句虽然均为陈述句，但句子结构却在大体一致的前提下，有所调整变化。第一、二、三句为主谓结构，第四句为动宾结构。既保持了诗歌内在节奏的整齐稳定，又因细微的改变而不致呆板单调。同时，诗中的副词性词语"日日""却""不""来"以及动词性词语"减""添"，都或明或暗地体现并强化着对比、转折的效果，从而强化欣然可喜、活泼愉悦的诗歌基调。

此诗综合构思与语言两个层面的诸多因素精心建构了一个在稳定、统一中富有变化波澜的审美整体，写出了生命的轻快与跃动。虽未触及深奥的哲理与严肃的社会内容，却以朴实精妙、平淡隽永的艺术效果触动人心，从而成为脍炙人口的经典之作。

四　晓出净慈寺送林子方[1]

杨万里

毕竟西湖六月中，风光不与四时同[2]。

接天莲叶无穷碧，映日荷花别样红。

《诚斋集》卷二十三

【作者/出处简介】

杨万里（1127~1206），字廷秀，号诚斋，吉州吉水（今属江西）人。宋绍兴二十四年（1154）进士，历仕高宗、孝宗、光宗三朝，官至太常丞、广东提点刑狱、尚书左司郎中兼太子侍读、秘书监。宁宗时致仕，进宝谟阁学士，谥"文节"。其诗以自然万象为材，新鲜活泼，饶有别趣，被称为"诚斋体"，与尤袤、范成大、陆游合称"南宋四大家""中兴四大诗人"。有《诚斋集》一百三十三卷。《宋史》卷四三三有传。王琦珍的《杨万里诗文集》是杨万里诗文作品重要的校注本。

【字词注释】

1. 净慈寺：位于今浙江杭州南屏山慧日峰下，是五代吴越国钱弘俶为高僧永明禅师所建，原名永明禅院，南宋时改为净慈寺。林子方：杨万里任秘书少监时的属僚兼好友。
2. 四时：古人以五行对五季，木星主春，火星主夏，土星主长夏（季夏），金星主秋，水星主冬。诗中所言"六月中"属于五季中的长夏，而"四时"则是除长夏之外的春、夏、秋、冬四季。

【作品解析】

此诗是杨万里描绘西湖风光的名篇，取胜的关键在于以少总多笔法的运用。所谓以少总多，即以最精炼的字句传递最丰富的信息，形成诗歌言与意之间的张力空间。诗人通过聚焦手法以达到此效果，诗歌所写并非西湖四季之景，而是突出长夏的独特风光；写六月的西湖，则独选取最夺目的荷塘景观；写荷塘景观又着力色彩的描绘。三次聚焦回应了诗歌的内在逻辑，前两句点出六月风光别具神采的总体感受；后两句以荷叶与荷花之色为代表，具体呈现景观的别致之处。由此可见，荷塘色彩作为六月西湖的灵魂，也是此诗的表现重心。

　　诗人并非孤立、正面地描绘花与叶的色彩，而是透过不同颜色的正、反衬托，渲染其引发的情绪感受，"接天莲叶"的视觉效果是绿色与蓝色相接洽的冷色调的扩张，而"映日荷花"则是金黄与粉色相辉映的暖色调的汇聚。冷、暖两种色系及延展、收缩两种视觉效果既相互区分又彼此交融，因此能引起舒展与收缩、宁静与跃动、纯粹与热情诸种既对立又融合的心理感受。诗歌建构了从色彩之独特，再到心理感知之独特再到景物审美之独特的影响链，由此实现荷塘色彩的小美对西湖风物大美的折射。

　　诗人送别友人，不抒思念难舍而独写西湖风光，此中意味需联系诗歌创作背景方可明了。此诗写于宋淳熙十四至十五年间（1187～1188），杨万里时任秘书少监兼太子侍读，林子方为直阁秘书，两人既是上下级又是志趣相投的好友。后来林子方调离朝廷，任福州知州，林氏对此次升迁性质的调任甚感欣喜，而杨万里的想法却恰恰相反，于是趁送别之际作此诗，以示劝解。前两句实为比喻，正如他处再无西湖六月风光一样，他处亦无京城所能给予的得天独厚的资源。后两句以日光与荷花的辉映关系暗示林子方，仕宦之人犹如荷塘花叶，天子如同苍穹日光，仕途是否能真正显达，不在乎一时之升迁，而在乎与皇权的亲近程度。诗人通篇写景的深意端在于此，美景背后深藏着一位官场前辈的智慧与真诚，用心良苦，构思精妙可见一斑。

第三节　千里清秋

【中心选文】

一　野望

王绩

薄暮东皋望[1]，徙倚欲何依[2]。

树树皆秋色，山山唯落晖。

牧人驱犊返[3]，猎马带禽归。

相顾无相识[4]，长歌怀采薇[5]。

《东皋子集》卷中

【作者/出处简介】

王绩（590～644），字无功，绛州龙门（今山西河津县）人。隋末举孝廉，除秘书省正字。唐高祖武德中，以前官待诏门下省，特判日给酒一斗，时人号为"斗酒学士"。贞观年间，弃官归乡，隐居东皋，自号"东皋子"。王绩诗歌上承阮籍、陶渊明传统，诗风平淡质朴，表达出遗世独立的孤傲与清醒，是隋末唐初诗坛上诗风较为独特的诗人。有《东皋子集》三卷。《旧唐书》卷一九二、《新唐书》卷一九六有传。

【字词注释】

1. 薄暮东皋：又作"东皋薄暮"。薄暮，暮色尚浅。东皋，地名，在诗人故里。皋，水边湿地。

2. 徙倚：徘徊，彷徨。

3. 犊（dú）：小牛。

4. 顾：看。

5. 长歌：放声歌咏。

【作品解析】

此诗是王绩淡远诗风的代表之作，借景物图解诗人在易代之际产生的彷徨与苦闷。

首句的"望"字是诗眼，统领全诗。"徙倚"之情是"望"这一行为引发的情绪反应。诗人举目环视，不知想倚靠且能依靠何物。因缺乏信任感而与外界疏离并向自我全面内收的心理随之产生，进而演化为彷徨孤独之情。因此，首句的"望"字不仅写行为，更透露出迷茫无助的心境。

"徙倚"句是自我反问，"欲何依"其实是"无可依"。诗人所言的"倚靠"并非具体事物，而是一种象征，寄寓着贤才与政治实体间的依托关系。如曹操《短歌行》中的"绕树三匝，何枝可依"，而此句则省略了具体的象征物，直指自我政治归属缺失的现状。江山易主对如同王绩一般的前朝遗民而言，意味着必将经历一个不断选择、否定，甚至是无所适从的身份重建过程。此句虽未直写作者身处易代之际的纠结与苦闷，但这种情绪却在"徙倚欲何依"的自我拷问中流露出来。

颔联中诗人对秋色与落辉的凸显，既是如实描绘，也是一种心绪折射。秋天与夕阳是古典诗词中传统的象征意象，其中积淀了凄清、落寞的特定情感内涵。这种情绪体验在被眼前实景唤起的同时，也与诗人孤独、茫然的内心感受形成呼应。换言之，原本积压于心的凄凉与孤寂，使诗人看见秋色、斜阳更堆积出一层哀愁与落寞。

颈联则通过暮色归家场景隐喻归宿主题。中国古典诗歌常借用思乡题材传递生命的归属感，村舍田园等意象实则成为承载乡园情结的符号。思乡题材通常既包含着故土之恋，又延伸出对灵魂归属的诉求。这两句沿袭了以游子归家隐喻个体终极归宿的表达传统，暗示出在易代乱世，如同有归处的牧人与猎马，不少遗民亦对未来道路与身份做出明确选择，在建立自我与所属群体相互认同的基础上，获得了安全与自适感。

与颈联指向他者的道路选择相对，尾联则是诗人对自我政治态度的反观。"无相识"表面是说诗人与那些驱马归家之人不认识，实际上是指自我与他人道路选择的分歧。道不同，故形如陌路，即"无相识"。句中"采薇"一语有两层含义：一是将《诗经·召南·草虫》中因爱情缺失而引发的孤独，演化为知音难觅的孤独。二是以叔齐、伯夷采薇首阳的典故，彰显自我与现世保持精神距离的孤傲姿态。由此可见诗人虽有无人能解的苦痛、不知如何自处的迷惘，但仍保持着不随波逐流的理智与清醒。于是只能通过长歌的方式表达身处两难困境的惆怅叹息。

二　秋兴八首（其一）

杜甫

玉露凋伤枫树林[1]，巫山巫峡气萧森[2]。

江间波浪兼天涌，塞上风云接地阴[3]。

丛菊两开他日泪，孤舟一系故园心。

寒衣处处催刀尺，白帝城高急暮砧[4]。

《杜少陵集详注》卷十七

【作者/出处简介】

参见第二章第二节《月夜》关于杜甫介绍。

【字词注释】

1. 玉露：秋天的霜露，因其白故以玉喻之。

2. 巫山巫峡：指夔州（今重庆奉节）一带长江和峡谷。萧森：幽深阴暗。

3. 塞上：关隘险要之处，一说指巫山。

4. 砧（zhēn）：捣衣石。

《秋兴八首》是唐大历元年（766）秋，杜甫流寓夔州时所作的一组七言律诗，因秋而起兴，故称。这八首诗一方面前后照应，浑然一体；另一方面又各自成篇，尽情舒展。此诗为《秋兴八首》中的第一首，也是组诗的序曲和纲领。通过借景抒情的写作手法，表达了诗人的漂泊之感、故园之思，也寄托着对国家盛衰的感叹与悲哀。

首二句描写了巫山、巫峡一带幽深阴暗的秋景。接下来，"江间"句"兼天涌"喻波浪滔天，"塞上"句"接地阴"喻风云盖地，这两句凸显出夔州恶劣的自然环境，同时也象征着李唐王朝动荡不安的社会政治局面。"丛菊"二句表达了作者滞留他乡的悲苦和对故乡的思念之情。永泰元年（765）夏，杜甫离开成都草堂，本欲乘舟出峡返归中原故乡，不料因兵荒与多病，秋至云安而滞留，次年秋至夔州，凡经两秋，丛菊两开，奈何孤舟长系，欲渡不能。就此引出最后两句，黄昏时分高高的白帝城中捣衣声更加急迫，家家户户都在赶制冬衣，进一步强化了作者的思乡念归之情。这与李白《子夜吴歌·秋歌》"长安一片月，万户捣衣声"，有异曲同工之妙。杜甫曾说自己"晚节渐于诗律细"（《遣闷戏呈路十九曹长》），这就是作者晚年的重要代表作，表现出一种"从心所欲""不烦绳削"的熟练境界。

三　秋声赋

欧阳修

欧阳子方夜读书，闻有声自西南来者，悚然而听之曰[1]：异哉！初淅沥以萧飒[2]，忽奔腾而砰湃[3]；如波涛夜惊，风雨骤至。其触于物也，鏦鏦铮铮[4]，金铁皆鸣；又如赴敌之兵，衔枚疾走[5]，不闻号令，但闻人马之行声。

余谓童子："此何声也？汝出视之。"童子曰："星月皎洁，明河在天[6]。四无人声，声在树间。"

余曰："噫嘻，悲哉！此秋声也，胡为而来哉？盖夫秋之为状也：其色惨淡，烟霏云敛；其容清明，天高日晶；其气栗冽，砭人肌骨；其意萧条，山川寂寥[7]。故其为声也，凄凄切切，呼号愤发[8]。丰草绿缛而争茂，佳木葱笼而可悦[9]；草拂之而色变，木遭之而叶脱。其所以摧败零落者，乃其一气之余烈[10]。夫秋，刑官也[11]，于时为阴[12]；又兵象也[13]，于行为金[14]。是谓天地之义气[15]，常以肃杀而为心[16]。天之于物，春生秋实。故其在乐也，商声主西方之音[17]，夷则为七月之律[18]。商，伤也[19]，物既老而悲伤；夷，戮也[20]，物过盛而当杀。嗟乎！草木无情，有时飘零。人为动物，惟物之灵[21]。百忧感其心，万事劳其形。有动于中，必摇其精[22]。而况思其力之所不及，忧其智之所不能[23]；宜其渥然丹者为槁木[24]，黟然黑者为星星[25]。奈何以非金石之质[26]，欲与草木而争荣？念谁为之戕贼[27]，亦何恨乎秋声！"

童子莫对，垂头而睡。但闻四壁虫声唧唧，如助余之叹息。

《欧阳文忠公集》卷十五

【作者/出处简介】

欧阳修（1007～1072），字永叔，号醉翁，晚号六一居士，谥"文忠"，吉州永丰（今属江西）人。宋天圣八年（1030）进士，支持范仲淹等人的改革，受到政敌忌恨，招致贬谪。与宋祁等同修《新唐书》，北宋诗文革新领袖，文章名列"唐宋八大家"，诗宗李白、韩愈而力变之，词承《花间》传统，同时兼收民歌之长。所著《六一诗话》为文学史上首部诗话。有《欧阳文忠公集》一百五十三卷、《醉翁琴趣外篇》六卷等。《宋史》卷三一九有传。李之亮《欧阳修集编年笺注》、洪本健《欧阳修诗文集编年校笺》、黄畬《欧阳修词笺注》，胡可先、徐迈《欧阳修词校注》是欧阳修作品较好的注本。

【字词注释】

1. 悚（sǒng）然：惊惧的样子。
2. 淅沥：轻微。萧飒（sà）：风吹打草木发出的声音。
3. 砰（pēng）湃：通"澎湃"，波涛汹涌。此处是将风声比喻成波涛汹涌起伏的声音。
4. 铮铮（cōng）铮铮（zhēng）：金属相互碰击发出的声音。
5. 衔枚：行军时口中含枚，以防出声。枚，状如竹筷，衔于口中，两端带带，系于脖颈。疾走：快速奔跑。
6. 明河：银河。
7. "盖夫"九句：惨淡，黯然无色。烟霏（fēi），烟气浓重。霏，散扬。云敛，云雾密聚。日晶，日光明亮。栗冽，寒冷。砭（biān），本意为石针，这里名词动用，意为刺痛。
8. "呼号"句：形容秋风的凄厉猛烈。呼号，哭嚎叫喊。愤发，奋发。
9. "丰草"二句：绿缛（rù），碧绿繁茂。葱笼，草木青翠茂盛。
10. 一气：秋气。余烈：威力。
11. "夫秋"句：周朝以天、地、春、夏、秋、冬之名命官，司寇为秋官，掌刑狱，故云秋为刑官。
12. "于时"句：古代以阴阳配合四时，春夏属阳，秋冬为阴。
13. "又兵象"句：指古代秋季征伐或练兵。《礼记·月令》记孟秋之月，"天子乃命将帅，选士厉兵，简练桀俊，专任有功，以征不义"。
14. "于行"句：古以木、火、金、水分配春、夏、秋、冬，秋属金。行，指五行，即金、木、水、火、土。

15. 义气：刚正之气。

16. "常以"句：指秋天以严酷萧瑟为面貌。

17. "商声"句：《礼记·月令》载，古以角、徵、商、羽配春、夏、秋、冬，秋属商。《汉书·五行志》载，古以东、南、西、北分配春、夏、秋、冬，秋属西方。商声，古代五声音阶之一。

18. "夷则"句：《周礼·春官宗伯》载，古以十二乐律即黄钟、大簇、姑洗、蕤宾、夷则、无射、大吕、应钟、南吕、函钟、小吕、夹钟分配十二月，七月（孟秋之月，秋天三月之首月）为夷则。夷则，指阴气之伤万物。

19. "商，伤也"句：此处为欧阳修随文所作声训，并无训诂学依据。

20. 戮（lù）：杀。

21. "人为"二句：意谓人是万物之中最有灵性的。

22. "百忧"四句：百忧，无穷无尽。感，煎熬。劳，耗损。形，身体。中，内心。摇，动摇。精，精神、精气。

23. "而况"二句：而况，而且。不及，无法达到，完成不了。

24. 宜其：自然，当然。渥然丹者：指红润的面色。渥，润泽。丹，朱砂。

25. 黟（yǒu）然：黑色的样子。星星：指白发。

26. 奈何：为什么。

27. 戕（qiāng）贼：残害，伤害。

【作品解析】

此文是欧阳修的散文名篇，也是悲秋文学的经典之一。文章在秋声中寄寓的伤情是作家坎坷人生际遇和憔悴羸弱的身心状况，所积淀的痛感体验的释放。更重要的是，文中渗透着比单纯的伤感更为深刻的有关悲秋的哲学解读。

《秋声赋》之所以能把秋天描摹得如此凄哀悲切，作者的伤感悲凉心态是关键因素。欧阳修一生屡遭政治重创：宋景祐三年（1036），因维护批评时政而遭贬的范仲淹招致贬谪；庆历五年（1045），因参与"庆历新政"，被贬滁州；至和元年（1054），奉诏入京，与宋祁同修《新唐书》，同时授任开封知府。这一时期欧阳修看似被委以重任，然而作为"庆历新政"的中坚人物，依然受到嫉恨排挤。与此同时，欧阳修也承受着眼病、气血瘀滞、咳喘的不断折磨。"奈何以非金石之质，欲与草木而争荣"，是其在亲历生命枯萎的过程中做出的反思。他提醒自己也提醒人们，生命需要的是自适而非自戕。正是由于自身的痛感经历与创伤体验，文中流露的生命之悲才具有真切厚重的力量。

《秋声赋》能成为悲秋文学的经典，还在于作者能深入挖掘这种季节悲感的心理根源，极为精辟地指出悲秋思绪所包蕴的中国古老的天人合一的哲学观念。

"阴阳"是中国古代哲学中的万物之本。"五行"观念滥觞于殷商时期，指东、西、南、北、中五个空间方位，并将四季与此相对应。西周时期出现了五材说，将"五行"界定为五种构成宇宙万物的基本物质：金、木、水、火、土，并依然与四季的变化相联系。成书于战国时期的《吕氏春秋》将阴阳五行学说在前人的基础上进一步综合化，制定了一年十二月"政令之所行"的宇宙律令，汉代人将其称为"月令"。《月令》建立了五季（春、夏、长夏、秋、冬）与五方（东、南、中、西、北）、五行（木、火、土、金、水）、五音（角、徵、宫、商、羽）、五色（青、赤、黄、白、黑）、生命五个阶段（生、长、化、衰、死）的严格对应关系。由此形成的宇宙系统的核心观念是天人合一、时空合一、情景合一。在《月令》建立的宇宙图式中秋季处于生命中"衰"的阶段，代表着成熟后的衰弱、死亡前的过渡。因此，"逢秋悲寂寥"的伤感体验实则源于人与宇宙在阴阳五行组成上的同构性，以及节律运行上的一致性。

四　八声甘州[1]

柳永

对潇潇、暮雨洒江天[2]，一番洗清秋。渐霜风凄惨，关河冷落[3]，残照当楼。是处红衰翠减[4]，苒苒物华休[5]。唯有长江水，无语东流。

不忍登高临远，望故乡渺邈[6]，归思难收。叹年来踪迹，何事苦淹留[7]？想佳人、妆楼颙望[8]，误几回、天际识归舟[9]。争知我、倚栏杆处[10]，正恁凝愁[11]！

《乐章集》卷下

【作者/出处简介】

柳永［987（？）～1053（？）］，初名三变，字景庄，后改名永，字耆卿，崇安（今福建武夷山）人。宋景祐元年（1034）进士，先后做过睦州团练推官、余杭县令、晓峰盐场监和泗州判官等地方官。后官至屯田员外郎，故世称"柳屯田"。排行第七，又称"柳七"。毕生专力于词，多写都市繁华、男女情事、羁旅行役等，力作慢词，精通音律，多创新声，善于铺叙。有《乐章集》三卷。薛瑞生《乐章集校注》、陶敏《乐章集校笺》是目前较好的两个注本。

【字词注释】

1. 八声甘州：词牌名，亦称《甘州》《潇潇雨》《宴瑶池》。

2. 潇潇：雨声急骤。

3. 关河：关山河川。

4. 是处：到处。红衰翠减：花朵凋零，绿叶枯萎。

5. 苒苒：同"冉冉"，逐渐。物华：自然美景。

6. 渺（miǎo）邈（miǎo）：遥远。

7. 淹留：久留，滞留。

8. 颙（yóng）望：凝视眺望。

9. "误几回"句：此句的正常语序为"几回误识天际归舟"。

10. 争：怎么。

11. 恁（rèn）：如此。

【作品解析】

此词是柳永同类作品中艺术成就最高的一首。上片铺写苍凉雄阔的深秋景象，下片抒写肝肠欲断的思乡怀人情感。

起首"对"字领起，写词人凭栏远眺，极目千里，大气磅礴。眼前所见既有雨声的急骤、雨势的迅猛，又有雨后江天纤尘不染的明丽。作者将秋的来临视为暮雨洗涤而出的，想象之奇，可见一斑。这两句明为写景，其实也饱含着作者秋士易感的情怀。暮雨之时应是亲朋围炉的美好时刻，而词人则在怅望乡关。这两句写景为下文望故乡渺邈作了充分的铺垫，定下了全词忧愁无奈的基调。"渐霜风"三句由"渐"字领起，上承暮雨江天，下启红衰翠减。从泛写递进到具体的秋情，漂泊流浪，年华已逝，功名未就，羁旅之愁，诸种悲情感秋景而生，秋景又诠释彰显着秋情。从"是处"二句，词意由苍茫悲凉转入婉致沉思，隐含着人事无常的沧桑感。"惟有"二句表面写长江无语亦无情，不停向东奔流。实则寄寓着词人的青春与事业随时光流逝而渐趋幻灭的苦痛现实。

上片描绘秋天景象，衬托出词人羁旅行役，青春逝去，事业无成的无限悲愁。下片则直抒思归怀人之情，首三句由"不忍"领起，承上片之感叹写无限深沉的思乡情绪。不忍登高临远，只因怕望故乡便归思难收。"叹年来踪迹，何事苦淹留"，这一问而无答，写出词人心中不尽的苦楚和难言之隐。名利牵绊，蹉跎岁月，仕途起伏等如沉重的大山压在词人的身上，使故乡、功名、情爱成为其终生逐而不得的怀想。接着词人从对面着笔，"想佳人"二句当是化用谢朓"天际识归舟"与温庭筠"过尽千帆皆不是"之语意，又比二人之句更深情灵动。最后词人以凭栏凝愁呼应开头，正是"换我心，为你心，始知相忆深"（唐·顾敻《诉衷情·永夜抛人何处去》），感情十分真挚动人。

五　天净沙·秋思[1]

马致远

枯藤老树昏鸦[2]。小桥流水人家。古道西风瘦马。夕阳西下，断肠人在天涯。

《全元散曲》

【作者/出处简介】

马致远（1250~1324），号东篱，大都（今北京）人。与关汉卿、白朴、郑光祖并称"元曲四大家"，又有"曲状元"之称。所作杂剧十五种，今仅存七种，即《汉宫秋》《荐福碑》《青衫泪》《岳阳楼》《陈抟高卧》《任疯子》《黄粱梦》。今人任讷辑有《东篱乐府》一卷，《全元散曲》收录其小令一百一十五首、套数十三套。刘益国《马致远散曲校注》是目前较好的注本。

【字词注释】

1. 天净沙：曲牌名，亦称《塞上秋》。
2. 昏鸦：乌鸦。乌鸦出现在黄昏时分，故称。

【作品解析】

此篇被誉为"曲作中的秋思之祖"，具有深刻的隐喻性，其中浪迹天涯的断肠游子典型地体现了以汉族士子为主体的边缘文人精神流浪的现状与归属诉求，蕴含着深重的身份与文化虚根状态的焦虑感。文化虚根指在文化的各个层面如生活方式、宇宙模式、价值体系、伦理范式、心理结构、审美表现等所体现的普遍性失落、失范、虚无或空虚状况。蒙元定鼎中原之后，由于对汉民族文化、政治体制的排斥打压，导致文化的萎缩。广大汉族文士深切地感受到，自己已由传统文化的传承者和社会价值的塑造者，沦为游离于时代的旁观者，治国平天下的理想成为泡影。蒙元王朝表现出的优越与偏见，更加剧了汉族文人身份的逼仄感。

汉族文人不得不面对在政治、文化等方面不断被边缘化的残酷现实，对自我角色的重新定位问题一直困扰着他们，使其陷入严重的"身份焦虑"中。他们一方面归隐山林，摒弃仕途；另一方面又难以忘却社稷之志，表现出身份焦虑带来的复杂、隐曲的矛盾心态。对元代汉族文人而言，当被集体置于一个异族建立的政治文化环境中，"身份"就成为必须解决却又极难解决的重要问题。作为整体汉族文士注定要永远流浪和迁徙，不断行走在充满痛苦和无奈的身份探询、确认的途中。"在路上""在天涯"是这一群体在特定时代命运的象征。文人们不得不将"社会精英""国家责任"的光鲜荣耀一一卸下，转而接受"流浪儿"的新身份。因此，他们的漂泊流浪显得尤为苍凉悲怆，"枯藤""老树""古道""西风"预示着漂泊之路的艰辛与风险，而"在天涯"注定了前程的无法预料。作品强化了元代以汉族为主体的边缘化文人的生存焦虑，而成为"断肠人"则是这种文化虚根环境下，被身份焦虑感所压迫的汉族文士的宿命。

这则小令的意义，胡晓明在《万川之月》中指出，"或许并不在诗的本身，而在于这种飘泊无依的情感原型，在于秋风行旅图上诗人形象中具普遍意义的那一份千年游子心。"而"游子心"并非仅仅是对故土的思念，而是缺乏归属感的元代文人对灵魂居所的渴盼。正是基于对现实人生困境的深刻体验和对生命时间的无限感伤，马致远酣畅淋漓地将元代文人置身文化虚根状态下的焦虑感——灵魂和精神无所归宿的自况、自省、自怜生动地传递出来。

第四节　寒冬凛冽

【中心选文】

一　别董大二首[1]

高适

其一

六翮飘飖私自怜[2]，一离京洛十余年[3]。

丈夫贫贱应未足，今日相逢无酒钱。

其二

千里黄云白日曛[4]，北风吹雁雪纷纷。

莫愁前路无知己，天下谁人不识君[5]？

《高常侍集》卷五

【作者/出处简介】

高适（702～765），字达夫，渤海蓨（今河北景县）人。曾任左散骑常侍，封渤海县侯，世称"高常侍"，是唐朝"诗人之达者"。高适与岑参并称"高岑"，是唐代边塞诗的代表诗人。其边塞诗表现出对战争、生命的思考，具有慷慨悲壮的特点，《燕歌行》是其代表作。有《高常侍集》十卷传世，《旧唐书》卷一一一、《新唐书》卷一四三有传。刘开扬《高适诗集编年校注》、孙钦善《高适集校注》是高适作品的两个重要注本。

【字词注释】

1. 董大：指董庭兰，是当时有名的音乐家，在其兄弟中排名第一，故称。
2. 六翮（hé）飘飖：比喻四处奔波而无结果。六翮，原指鸟类双翅中的正羽，这里指代鸟的两翼。飘飖（yáo），飘动。
3. 京洛：本指洛阳，唐代以洛阳为东都，后多泛指国都。
4. 黄云：天上的乌云。在阳光下，乌云呈暗黄色，故称。白日曛（xūn）：太阳黯淡无光。曛，即曛黄，指夕阳西沉时的昏黄景色。

5. 谁人：哪个人。君：你，指董大。

【作品解析】

在唐人赠别诗中，不乏以深婉感伤闻世的名篇，如王维的《送元二使安西》、杜甫的《赠卫八处士》，但另有一类慷慨旷达之作，以其流露出的襟怀识见，为灞柳相送涂上了豪放健美的色彩，王勃的《送杜少府之任蜀川》与高适的《别董大二首》便是此中佳作。

高适诗"以气质自高，多胸臆间语"（元·辛文房《唐才子传》），这在《别董大二首》中体现得极为充分。此诗作于唐天宝六年（747），正值高适功业未就、沉郁困顿之际，但诗人却以开朗的胸襟，豪迈的语调把临别赠言说得激昂慷慨，鼓舞人心，悲愁消颓之气丝毫未见。

这两首诗在内容上具有密切的顺承关系。第一首写相逢前的回忆，第二首写相逢后的别离。第一首即以回忆起笔，诗人在首二句中以四处飘荡的鸿鹄喻自己与董大，将"夫鸿鹄一举千里，所恃者，六翮耳"所有的振翅冲天之意与"顾之六翮之残毁，虽奋迅其焉如"所表的折翼难托高情之苦痛巧妙融合，为自我与董大过去十年壮怀激烈却落拓无为的人生境况作结。接下来两句承首二句之意，从回忆转向现实，叙写眼前的困境，继续凸显诗人与友人的狼狈窘迫。所谓"相逢无酒钱"，阔别多年的老友相见，竟连聊供对饮的酒资都无力支付，不仅高适如此，董大亦如此。志高命舛的尴尬不堪，于"无酒钱"三字中表露无遗。此一首将曾经的飘荡与眼前低到尘埃的卑微困顿表现得透彻淋漓。

第二首诗则在情感基调上由抑变扬，翻转开去。开篇二句诗人将边塞诗的构图与笔法移入，用"黄云""白日""北风""雪""雁"建构出与董大别离的场景，使分别场面充满塞上独有的壮阔荒寒之感，与前首诗中的逼仄压抑形成鲜明对比。但开阔苍劲的场景描写中，多少也渗透着老友相逢又匆匆作别的凄伤，即所谓"云有将雪之色，雁起离群之思，于此分别，殆难为情"（明·唐汝询《唐诗解》）。在荒寒苍茫的环境中，面对离别的感伤，诗人却直道"莫愁前路无知己，天下谁人不识君"以豪迈明快之语荡涤苍凉凄迷之情。诗人不言眼下四处漂泊、无人赏识的困顿，而鼓励董大坚信自己的琴艺与声名，终会迎来人生的辉煌。这不仅是对董大的激勉，也是对自我的鞭策。此首与王勃的《送杜少府之任蜀川》有异曲同工之妙，都能将离愁别恨写得深沉而不悲戚，以精神上的互勉，对理想的热情来消解现实境遇的困顿，从而使诗歌洋溢着乐观昂扬的生命情调。

"黯然销魂者，唯别而已矣"（南朝宋·江淹《别赋》），凄苦悲愁是古代送别诗的传统基调，而高适此作则能跳脱"黯然销魂"的情感套路，将离情别绪写得激扬澎湃。既表现出于困境中相互扶持的友情真谛，又展现出诗人对生活的积极姿态，在古代送别诗中独树一帜。

二　走马川行奉送封大夫出师西征[1]

岑参

君不见走马川行雪海边[2]，平沙莽莽黄入天。

轮台九月风夜吼[3]，一川碎石大如斗，随风满地石乱走。

匈奴草黄马正肥[4]，金山西见烟尘飞[5]，汉家大将西出师[6]。

将军金甲夜不脱，半夜军行戈相拨[7]，风头如刀面如割。

马毛带雪汗气蒸，五花连钱旋作冰[8]，幕中草檄砚水凝[9]。

虏骑闻之应胆慑[10]，料知短兵不敢接[11]，车师西门伫献捷[12]。

《岑嘉州集》卷二

【作者/出处简介】

岑参［717（？）～770（？）］，南阳（今属河南）人。曾任嘉州刺史，故世称"岑嘉州"。盛唐边塞诗派的代表作家，一生两入西域，是唐代著名诗人中两位亲历西域者之一（另一位是骆宾王），与高适并称"高岑"。早年诗风以风华绮丽见长，后历参戎幕，往来边陲，风格为之大变，其边塞之作重在展现西域独特的民俗风情，以雄奇瑰丽见长。《白雪歌送武判官归京》《走马川行奉送封大夫出师西征》《热海行送崔侍御还京》是岑参边塞诗的代表作。有《岑嘉州诗集》传世，生平事迹见元代辛文房《唐才子传》卷三。刘开扬《岑嘉州诗编年笺注》，陈铁民、侯忠义《岑参集校注》，廖立《岑嘉州诗笺注》是岑参作品的重要注本。

【字词注释】

1. 走马川：即今玛纳斯河，在今新疆维吾尔自治区准噶尔盆地南部。行：即歌行体，诗歌的一种体裁，为七言古诗。封大夫：即封常清，唐代著名将领，于天宝十三年（754）领朝廷命摄御史大夫，故称。西征：指征讨游牧于金山（今阿尔泰山）伊犁河谷和楚河流域的突厥叛乱者。
2. "走马川"句：一作"走马沧海边"，"行"字为衍文。雪海，今指精河（位于新疆博尔塔拉蒙古自治州）以西，到阴山之间的雪原地带。
3. 轮台：地名，唐时属庭州，隶北庭都护府管辖，在今新疆米泉境内。
4. "匈奴"句：匈奴，这里指金山一带的突厥人。西北方游牧民族作战以骑兵为主，秋日牧草结籽，富有营养，能将战马饲养肥壮，故曰"草黄马正肥"。
5. 金山：指阿尔泰山，突厥语称"金"为"阿尔泰"。烟尘飞：指战争已经爆发。
6. 汉家：唐代诗人多以汉代唐，这里指唐朝。
7. 戈相拨：兵器互相撞击。

8. "五花"句：意谓汗和雪在马身上很快就结成冰，极言北地寒冷。五花连钱，五花指鬃毛梳剪为五瓣的马；连钱，即连钱骢，以其花色似钱而相连。这里泛指装饰华贵的好马。

9. 草：起草。檄（xí）：一种文体，用以发布命令，或声讨敌人。

10. 虏骑：指突厥敌军，古代称北方民族为"虏"。慑（shè）：恐惧，害怕。

11. "料知"句：意谓敌军不敢迎战我军。游牧民族长于骑射，不善短兵器搏杀，故有此说。短兵，指刀剑一类的武器。接，交锋，应战。

12. 车师：此处指车师后王庭，在今新疆昌吉州吉木萨尔县。伫（zhù）：原意为久立，此处作等待解。献捷：献上贺捷诗章。

【作品解析】

　　作为唐代边塞诗人的杰出代表，岑参的边塞诗以"奇"取胜。诗人以充满新奇魅力的异域风情为表现对象，并以纵横开阖的想象，惊落天外的夸张以及神异瑰丽的色彩，创造了边塞诗神奇的意境，充分体现出盛唐人"好奇"的个性。《走马川行奉使封大夫出师西征》（以下简称《走马川》）即典型体现了岑参边塞诗以"奇"为美的特征。

　　构建意境中的对立和谐，此为一奇。文学作品的意境，是客观现实之景与作家主观情思的融合，"能写真景物，真感情，谓之有境界"（王国维《人间词话》），《走马川》正是"有境界"之诗。诗歌开篇便极力渲染飞沙走石裹挟天地，扑面而来的恶劣气候，以烘托唐军出师的凛凛声威；继而以草黄马肥，烟尘西飞点明此次出师的缘由，进而暗示出唐王朝征讨的正义性。再写雪夜行军的艰苦及军纪的整饬严明，表现出大战在即的紧张气氛以及朝廷军队王者之师的风范。"马毛"四句实写严酷的战争环境及敌军的退缩之势，进而反衬唐军的所向披靡并暗示出必胜的结局，与"伫献捷"之语形成呼应。诗歌将战争之急迫严峻与将士之沉稳果决，环境之苦寒恶劣与斗志之高涨激昂相对比，通过实写敌军由来势汹汹到胆颤退缩的变化，暗示出我军胸有成竹，步步紧逼的气势以及必胜的结局。将景物、事件、情感交织相融，呈现出虚实相生的画面感以及既对抗又共生的张弛节奏。

　　追求修辞用语的精准巧妙，此复为一奇。"语多造奇"（明·胡震亨《唐音癸签》）"能作奇语"（清·沈德潜《唐诗别裁》）是岑参诗歌在语言上的显著特色，此篇亦不例外。首先，是夸张手法的运用。诗人以"斗"喻碎石，通过有意夸大石头的分量，彰显边地寒风的狂猛之势。在"五花连钱旋作冰"中，诗人选择运用了"旋"这一具有时间变化意味的副词，将外界寒冷的程度推向极致。其次，词语的精心选择。以充满震慑感与爆发力的"吼"字描摹风声，突出其荡涤一切的力量感；以"乱走"形容碎石的急速滚动、四散，呈现出其任由摆布之态，以此呼应风之强势暴戾。再次，侧面描写的运用。"平沙莽莽黄入天"无一字写风，而风之猛烈由黄沙漫天之景全出。"五花连钱旋作冰，幕中草檄砚水凝"亦不着寒，而边地寒冷之极淋漓尽现。全诗始终未直言战争结果，但必胜之信念贯穿全篇，必胜之结局亦明白可见。

颠覆七言古体用韵的传统，以情气统韵，以韵显情气，此又为一奇。七言古诗的押韵、换韵，自初唐以来就形成了较为固定的形式，四句一换或一韵到底。这种形式不但缺少变化，而且作为固定模式不能与诗歌内容情感的起伏转变相得益彰。而岑参《走马川》则改变了此用韵传统，采取句句押韵，三句一换韵的形式，且每三句之间韵脚平仄相间。从而形成短促迅急的诗歌节奏，与严酷恶劣的外部环境与紧张急迫的战争状态相应和，实现起伏跌宕，扣人心弦的艺术效果。这一用韵、换韵形式在诗人二十七首歌行中是绝无仅有的，可视为岑参歌行中的孤绝之作。

三 问刘十九¹

白居易

绿蚁新醅酒²，红泥小火炉。
晚来天欲雪³，能饮一杯无⁴？

《白氏长庆集》卷十七

【作者/出处简介】

白居易（772～846），字乐天，晚号香山居士，又号醉吟先生。祖籍山西太原，曾祖父时迁居下邽（今陕西渭南），生于河南新郑。唐贞元十五年（799）进士，晚年曾任太子太傅，世称"白太傅"，以刑部尚书致仕。七十五岁终，谥"文"，故又称"白文公"。白居易是唐代新乐府运动的倡导者，他的新乐府诗继承了杜甫诗歌的现实主义传统，对当时的社会问题进行了深刻的揭露。白居易诗风平易，语言浅俗，与元稹齐名，并称"元白"。现存诗歌近三千首，数量之多为唐人之冠。代表作有《新乐府》五十首、《长恨歌》《琵琶行》。有自编《白氏文集》七十五卷，收录诗文作品3840篇。《旧唐书》卷一六六、《新唐书》卷一一九有传。朱金城《白居易集笺校》、谢思炜《白居易诗集校注》是白居易作品两个重要的注本。

【字词注释】

1. 刘十九：刘十九乃刘禹锡堂兄刘禹铜，系洛阳一富商，与白居易常有应酬。
2. 绿蚁：新酿酒未滤清时，酒面浮起酒渣，色微绿，细如蚁，故称。醅（pēi）：酿造。
3. 雪：动词，下雪。
4. 无：表示疑问的语气词，相当于"么"或"吗"。

【作品解析】

全诗寥寥二十字，没有深远寄托，没有华丽辞藻，字里行间却洋溢着柔和温馨的情调。

此诗温暖的基调，一源自意象的精心选择和巧妙安排。全诗表情达意主要靠新酒、火炉、暮雪三个意象的组合来完成。诗歌首句直接描写新酒初成时的色泽状态，并将此呈现于好友刘十九面前，使文字描绘在其脑海中联想出酒的气息与口感，从而形成无法抗拒的诱惑。次句"红泥小火炉"，极力渲染饮酒环境的适意温馨。围炉饮酒的场景，将诱惑更添一层。第三句写雪之将至的寒冷，以凛冽寒凉的外部环境反衬暖流四溢的室内氛围，更突显后者的舒适惬意。此处，诗人为招邀友人前来而做的铺垫已达到极致。因而，最后一句表露邀请之意，也便水到渠成，不显突兀。而且在看似试探性的问句中，诗人对此番邀约的结果已成竹在胸。这是对此前层层铺设的呼应，也表现出对好友心意情性的深刻了解，否则之前所有的诱惑也就成了无的放矢，使诗歌顿失趣味。

二源自色彩的选择和搭配。酒之绿与炉火之红反差鲜明又相映成趣，传递出生命的活力与温度，构成室内氛围的底色，传递出舒张、安宁的情绪感受。第三句中雪夜所呈现的凄寒银白的外部世界，与红炉绿酒的室内环境形成冷与暖、舒展与收缩、适意与压抑的强烈对比，使充溢着酒香与温暖的斗室在冰雪天地中更加醒目，也更具召唤力。诗人在此小巧诗篇中设色配置的用心，尽显对好友饱含诚挚又不失趣味的思念邀约之意。

此诗短短四句，语言平淡却情谊醇厚，如话家常又不失构思布局的精巧，用意象与色彩渲染氛围，表情达意，从容不迫又不着痕迹。诗歌随性而起，点到即止，咀嚼出生活的趣味，散发出诗人灵魂的温度。所谓"称心而出，随笔抒写，并无求工见好之意，而风趣横生，一喷一醒"（清·赵翼《瓯北诗话》），可成为此诗的注脚。

四　暗香

姜夔

辛亥之冬[1]，余载雪诣石湖[2]。止既月[3]，授简索句[4]，且征新声[5]，作此两曲，石湖把玩不已，使工妓隶习之[6]，音节谐婉，乃名之曰《暗香》《疏影》[7]。

旧时月色。算几番照我，梅边吹笛[8]。唤起玉人[9]，不管清寒与攀摘[10]。何逊而今渐老[11]，都忘却，春风词笔。但怪得、竹外疏花，香冷入瑶席[12]。

江国[13]。正寂寂。叹寄与路遥[14]，夜雪初积。翠尊易泣。红萼无言耿相忆[15]。长记曾携手处，千树压、西湖寒碧[16]。又片片、吹尽也，几时见得。

《白石道人歌曲》卷五

【作者/出处简介】

姜夔[1155（？）～1221（？）]，字尧章，号白石道人，饶州鄱阳（今属江西）人。终生未仕，游贵胄之门，而品行狷介，不同流俗。书法、诗歌兼善，词尤出色，多感慨时事、咏物纪游、交游酬赠、惜别相思之作。造语峭拔，句法遒劲，长于律度，以健笔写柔情，风格清空骚雅，在豪放、婉约之外别创一格。与周邦彦并称"周姜"，与张炎并称"姜张"。有《白石道人诗集》二卷、《白石道人歌曲》六卷。夏承焘《姜白石词编年笺校》、孙玄长《姜白石诗集笺注》是姜夔作品的重要注本。

【字词注释】

1. 辛亥：宋光宗绍熙二年（1191），岁在辛亥。
2. 诣：拜谒，拜见尊长。石湖：在苏州西南，与太湖相通。范成大曾居于此，号石湖居士，这里的石湖指范成大。
3. 止既月：住满一个月。
4. "授简"句：意谓范成大要求姜夔创作新词。简，纸。句，这里指词作。
5. 新声：新曲调。
6. 隶习：学习，练习。
7. 《暗香》《疏影》：范成大为姜夔新词所取词牌名，从宋代林逋《山园小梅》"疏影横斜水清浅，暗香浮动月黄昏"而来。
8. 梅边吹笛：汉乐府有笛中曲《梅花落》，句或用此。
9. 玉人：貌美如玉之人，这里指姜夔在杭州的心上人。
10. 不管：不顾。与：与之，为了（心上人）。
11. 何逊：南朝梁代诗人，有《咏早梅》诗。此词咏梅，故姜夔以何逊自比。
12. 怪得：惊奇，惊异。瑶席：席之美称，古人坐地，以席为荐。
13. 江国：江南水乡。
14. "叹寄与"句：化用陆凯江南寄梅与范晔的典故，事见《太平御览》卷十九引《荆州记》。后以折梅相寄喻友情或爱情，此处指词人想要将梅花寄与远方的心上人。
15. "翠尊"二句：翠尊，绿色酒杯。尊，同"樽"。红萼，红梅。耿，有事萦绕于心，无法忘却。刘永济《唐五代两宋词简析》："翠樽非能泣，红萼非能忆。泣与忆皆此饮翠樽与观红萼之人也。"
16. "千树压"句：西湖畔孤山多梅。寒碧，指西湖水。

【作品解析】

姜夔词的独特之处在于风月柔情中蕴含着深沉的人生感慨或家国之悲，实现"清空"与"骚雅"的结合，这在《暗香》中体现得尤为典型。

首先，词作以健笔写柔情，将对昔日佳人的怀念融合于澄澈绝俗的"清空"之境中。上阕前两拍写对往昔的回忆，描绘了深藏于词人记忆深处的图景，才子佳人梅中吹笛，月下采梅。所述内容极具词体闺帏之中的柔婉特质，但月、梅又充满清冷孤高之意，吹笛亦不失典雅斯文之趣，而人、月、梅、笛又以"照"字统摄融合，凸显出缠绵中的清雅之境。

其次，以深曲之笔自抒身世之慨和沧桑之感，彰显"骚雅"特色。这突出地表现在词作随心理时空变换而精心安排的曲折结构中。开篇的"旧时月色"，将人的思绪带入对往事的回忆之中。在"昔——今——昔——今"回环往复的时空跳跃中，今昔盛衰的悲切感慨，壮志消磨的沧桑之叹表现得哀而不伤，怨而不怒，含蓄克制又深彻见骨，尽得"骚雅"之韵。

最后，健笔与曲笔、柔情与骚雅的巧妙融合。词作以"长记曾携手处，千树压、西湖寒碧。又片片吹尽也，几时见得"收束，统揽今昔。将回忆中千树梅花映于西湖碧波中的生机盎然与眼前枯枝落花凋零于皑皑白雪的冷艳凄美，过去携手佳人共嗅梅香的深情雅致与如今花落人无的黯然神伤相交叠。在梅花的盛开凋零之间，蕴涵着追悼已逝爱情的缠绵悱恻以及慨叹世事变迁的伤感无奈。

该词拣选具有稀疏沉静之感的意象，营造出空灵绝俗之境。词人在对梅的刻画中有意运用冷色调词汇，如"清寒""香冷""寒碧"，以烘托寂寥的氛围，彰显出白石词"清空"的特点，却又没有走向寡淡绝望，而是满怀对佳人的彻骨深情，功业无成的深沉悲叹，成功实现了表现手法及抒情效果上深情与雅正的兼收。

【拓展阅读】

一　春

朱自清

盼望着，盼望着，东风来了，春天的脚步近了。

一切都像刚睡醒的样子，欣欣然张开了眼。山朗润起来了，水涨起来了，太阳的脸红起来了。

小草偷偷地从土地里钻出来，嫩嫩的，绿绿的。园子里，田野里，瞧去，一大片一大片满是的。坐着，躺着，打两个滚，踢几脚球，赛几趟跑，捉几回迷藏。风轻悄悄的，草软绵绵的。

桃树，杏树，梨树，你不让我，我不让你，都开满了花赶趟儿。红的像火，粉的像霞，白的像雪。花里带着甜味；闭了眼，树上仿佛已经满是桃儿，杏儿，梨儿。花下成千成百的蜜蜂嗡嗡地闹着，大小的蝴蝶飞来飞去。野花遍地是：杂样儿，有名字的，没名字的，散在草丛里像眼睛像星星，还眨呀眨的。

"吹面不寒杨柳风"，不错的，像母亲的手抚摸着你，风里带着些新翻的泥土的气息，混着青草味儿，还有各种花的香，都在微微润湿的空气里酝酿。鸟儿将巢安在繁花嫩叶当中，高兴起来了，呼朋引伴地卖弄清脆的歌喉，唱出婉转的曲子，跟清风流水应和着。牛背上牧童的短笛，这时候也成天嘹亮地响着。

雨是最寻常的，一下就是三两天。可别恼。看，像牛毛，像花针，像细丝，密密地斜织着，人家屋顶上全笼着一层薄烟。树叶却绿得发亮，小草也青得逼你的眼。傍晚时候，上灯了，一点点黄晕的光，烘托出一片安静而和平的夜。在乡下，小路上，石桥边，有撑着伞慢慢走着的人，地里还有工作的农民，披着蓑戴着笠。他们的房屋稀稀疏疏的，在雨里静默着。

天上的风筝渐渐多了，地上的孩子也多了。城里乡下，家家户户，老老小小，也赶趟似的，一个个都出来了。舒活舒活筋骨，抖擞抖擞精神，各做各的一份事儿去。"一年之计在于春"，刚起头儿，有的是功夫，有的是希望。

春天像刚落地的娃娃，从头到脚都是新的，它生长着。

春天像小姑娘，花枝招展的，笑着走着。

春天像健壮的青年，有铁一般的胳膊和腰脚，领着我们向前去。

《朱自清散文集》

二 故都的秋

郁达夫

秋天，无论在什么地方的秋天，总是好的；可是啊，北国的秋，却特别地来得清，来得静，来得悲凉。我的不远千里，要从杭州赶上青岛，更要从青岛赶上北平来的理由，也不过想尝一尝这"秋"，这故都的秋味。

江南，秋当然也是有的，但草木凋得慢，空气来得润，天的颜色显得淡，并且又时常多雨而少风；一个人夹在苏州上海杭州，或厦门香港广州的市民中间，混混沌沌地过去，只能感到一点点清凉，秋的味，秋的色，秋的意境与姿态，总看不饱，尝不透，赏玩不到十足。秋并不是名花，也并不是美酒，那一种半开、半醉的状态，在领略秋的过程上，是不合适的。

　　不逢北国之秋，已将近十余年了。在南方每年到了秋天，总要想起陶然亭的芦花，钓鱼台的柳影，西山的虫唱，玉泉的夜月，潭柘寺的钟声。在北平即使不出门去吧，就是在皇城人海之中，租人家一椽破屋来住着，早晨起来，泡一碗浓茶，向院子一坐，你也能看得到很高很高的碧绿的天色，听得到青天下驯鸽的飞声。从槐树叶底，朝东细数着一丝一丝漏下来的日光，或在破壁腰中，静对着像喇叭似的牵牛花的蓝朵，自然而然地也能够感觉到十分的秋意。说到了牵牛花，我以为以蓝色或白色者为佳，紫黑色次之，淡红色最下。最好，还要在牵牛花底，教长着几根疏疏落落的尖细且长的秋草，使作陪衬。

　　北国的槐树，也是一种能使人联想起秋来的点缀。像花而又不是花的那一种落蕊，早晨起来，会铺得满地。脚踏上去，声音也没有，气味也没有，只能感出一点点极微细极柔软的触觉。扫街的在树影下一阵扫后，灰土上留下来的一条条扫帚的丝纹，看起来既觉得细腻，又觉得清闲，潜意识下并且还觉得有点儿落寞，古人所说的梧桐一叶而天下知秋的遥想，大约也就在这些深沉的地方。

　　秋蝉的衰弱的残声，更是北国的特产，因为北平处处全长着树，屋子又低，所以无论在什么地方，都听得见它们的啼唱。在南方是非要上郊外或山上去才听得到的。这秋蝉的嘶叫，在北方可和蟋蟀耗子一样，简直像是家家户户都养在家里的家虫。还有秋雨哩，北方的秋雨，也似乎比南方的下得奇，下得有味，下得更像样。在灰沉沉的天底下，忽而来一阵凉风，便息列索落地下起雨来了。一层雨过，云渐渐地卷向了西去，天又晴了，太阳又露出脸来了，着（穿）着很厚的青布单衣或夹袄的都市闲人，咬着烟管，在雨后的斜桥影里，上桥头树底下去一立，遇见熟人，便会用了缓慢悠闲的声调，微叹着互答着地说："唉，天可真凉了。"（这了字念得很高，拖得很长）"可不是吗？一层秋雨一层凉了！"北方人念阵字，总老像是层字，平平仄仄起来，这念错的歧韵，倒来得正好。北方的果树，到秋天，也是一种奇景。第一是枣子树，屋角，墙头，茅房边上，灶房门口，它都会一株株地长大起来。像橄榄又像鸽子蛋似的这枣子颗儿，在小椭圆形的细叶中间，显出淡绿微黄的颜色的时候，正是秋的全盛时期，等枣树叶落，枣子红完，西北风就要起来了，北方便是沙尘灰土的世界，只有这枣子、柿子、葡萄，成熟到八九分的七八月之交，是北国的清秋的佳日，是一年之中最好也没有的 Golden Days（黄金季节）。

　　有些批评家说，中国的文人学士，尤其是诗人，都带着很浓厚的颓废的色彩，所以中国的诗文里，赞颂秋的文字的特别的多。但外国的诗人，又何尝不然？我虽则外国诗文念的不多，也不想开出帐来，做一篇秋的诗歌散文钞，但你若去一翻英德法意等诗人的集子，或各国的诗文，总能够看到许多关于秋的歌颂和悲啼。各著名的大诗人的长篇田园诗或四季诗里，也总以关于秋的部分。写得最出色而最有味。足见有感觉的动物，有情趣的人类，对于秋，总是一样地特别能引起深沉、幽远、严厉、萧索的感触来的。不单是诗人，就是被关闭在牢狱里的囚犯，到了秋天，我想也一定能感到一种不能自已的深情，秋之于人，何尝有国别，更何尝有人种阶级的区别呢？不过在中国，文字里有一个"秋士"的成语，读本里又有着很普遍的欧阳子的《秋声》与苏东坡的《赤壁赋》等，就觉得中国的文人，与秋的关系特别深了，可是这秋的深味，尤其是中国的秋的深味，非要在北方，才感受得到的。

南国之秋，当然也是有它的特异的地方的，比如廿四桥的明月，钱塘江的秋潮，普陀山的凉雾，荔枝湾的残荷等等，可是色彩不浓，回味不永。比起北国的秋来，正像是黄河之与白干，稀饭之与馍馍，鲈鱼之与大蟹，黄犬之与骆驼。

秋天，这北国的秋天，若留得住的话，我愿把寿命的三分之二折去，换得一个三分之一的零头。

《故都日记》

三 走向冬天

北岛

风，把麻雀最后的余温
朝落日吹去

走向冬天
我们生下来不是为了
一个神圣的预言，走吧
走过驼背的老人搭成的拱门
把钥匙留下
走过鬼影幢幢的大殿
把梦魇留下
留下一切多余的东西
我们不欠什么

甚至卖掉衣服，鞋

把最后一份口粮

把叮当作响的小钱留下

走向冬天

唱一支歌吧

不祝福，也不祈祷

我们绝不回去

装饰那些漆成绿色的叶子

在失去诱惑的季节里

酿不成酒的果实

也不会变成酸味的水

用报纸卷支烟吧

让乌云像狗一样忠实

像狗一样紧紧跟着

擦掉一切阳光下的谎言

走向冬天

不在绿色的淫荡中

堕落，随遇而安

不去重复雷电的咒语

让思想省略成一串串雨滴

或者在正午的监视下

像囚犯一样从街上走过

狠狠踩着自己的影子

或者躲进帷幕后面

口吃地背诵死者的话

表演着被虐待狂的欢乐

走向冬天

在江河冻结的地方

道路开始流动

乌鸦在河滩的鹅卵石上

孵化出一个个月亮

谁醒了，谁就会知道

梦将降临大地

沉淀成早上的寒霜

代替那些疲倦不堪的星星

罪恶的时间将要中止

而冰山连绵不断

成为一代人的塑像

《北岛诗集》

【推荐书目】

1. 刘学锴著《唐诗选注评鉴》，中州古籍出版社，2013。
2. 胡云翼选注《宋词选》，中华书局，2017。
3. 蒋寅著《古典诗学的现代诠释》，中华书局，2009。

【思考问题】

1. 分享你最喜欢的四篇描写四季的文学作品（一个季节一篇），并说明推荐理由。
2. 如何理解中国人的"伤春悲秋"情结？
3. 阅读南朝梁·刘勰《文心雕龙·物色》一文，并阐述其意义。

（本章编者：魏娜　新疆师范大学文学院　副教授）

第五章　山川河流

【主题概述】

中华大地，峰峦叠嶂，碧水如镜，山水优美，文化久远。清代张潮《幽梦影》中有："山之光，水之声，月之色，花之香，文人之韵致，美人之姿态，皆无可名状，无可执著，真足以摄召魂梦，颠倒情思。"那么到底什么是山水呢？清代著名画家石涛在《画语录》中有："山川，天地之形势也。风雨晦明，山川之气象也。疏密深远，山川之约径也。纵横吞吐，山川之节奏也。阴阳浓淡，山川之凝神也。水云聚散，山川之联属也。蹲跳向背，山川之行藏也。"在石涛这里，山水是自然景观静态与动态、声音与色彩、人工与造化结合的综合体。

"山川之美，古来共谈。"山水作为人们赖以生存的物质宝库和精神家园，早在先秦时期，就已经进入人们的文化视野。道家重水，老子"上善若水，水善利万物而不争。"儒家重山，孔子"登东山而小鲁，登泰山而小天下"，并发出"逝者如斯夫，不舍昼夜"的感叹，进而明确提出了山水哲学观："智者乐水，仁者乐山。智者动，仁者静。智者乐，仁者寿。"（《论语》）

在魏晋时期，爱好林薮，纵情山水已经成为文人风尚。人们开始把山水作为一种审美对象，一种精神寄托。"寄情山水，或志在山水"，追求人的觉醒，文的觉醒，将自己的真情实感投射到自然山水之中，真正使山水成为独立的审美关照对象，达到了物我两忘的境界。从左思《招隐士》"何必丝与竹，山水有清音"，到谢灵运的"密林含余清，远峰隐半规"，再到陶渊明的"采菊东篱下，悠然见南山"等，使山水之间的一股清俊灵秀之气跳脱而出，扑面而来。这样就超越了单纯感官性的享受和生理性的愉悦，将人的精神融合于山水景观之中，并形成由深远的历史沉淀与广博的文化内容相结合的山水文化。宋代辛弃疾的"我见青山多妩媚，料青山，见我应如是。情与貌，略相似"，明代唐志契的"山性即我性，山情即我情""水性即我性，水情即我情"等皆是如此。

又《幽梦影》中有："因雪想高士，因花想美人，因酒想侠客，因月想好友，因山水想得意诗文。"山水藉文章以显，文章凭山水以传。本章分为两个部分。在山川河流之中，让山与水交融，让灵动与沉稳结合，让智者与仁者相遇，让心与物神游。

【文论摘录】

智者乐水，仁者乐山。知者动，仁者静；知者乐，仁者寿。（《论语·雍也》）

石韫玉而山辉，水怀珠而川媚。（西晋·陆机《文赋》）

登山则情满于山，观海则意溢于海，我才之多少，将与风云而并驱矣。

（南朝梁·刘勰《文心雕龙·神思》）

第一节　山川形胜

【中心选文】

一　山中与裴秀才迪书[1]

王维

近腊月下[2]，景气和畅[3]，故山殊可过[4]。足下方温经[5]，猥不敢相烦[6]，辄便往山中[7]，憩感配寺[8]，与山僧饭讫而去[9]。

北涉玄灞[10]，清月映郭。夜登华子岗[11]，辋水沦涟[12]，与月上下。寒山远火，明灭林外。深巷寒犬，吠声如豹。村墟夜舂[13]，复与疏钟相间[14]。此时独坐，僮仆静默[15]，多思曩昔[16]，携手赋诗，步仄径[17]，临清流也。

当待春中[18]，草木蔓发[19]，春山可望，轻鯈出水[20]，白鸥矫翼[21]，露湿青皋[22]，麦陇朝雉[23]，斯之不远，倘能从我游乎？非子天机清妙者[24]，岂能以此不急之务相邀[25]？然是中有深趣矣！无忽[26]。因驮黄檗人往[27]，不一[28]。

山中人王维白。

《王右丞集笺注》卷十八

【作者/出处简介】

王维（701～761），字摩诘，先世为祁（今属山西）人，其父迁至蒲州（今山西永济），遂为河东人。多才多艺，诗、画、乐兼擅。唐开元九年（721）进士第一，曾任太乐丞、右拾遗、殿中侍御史等职。后为安禄山所俘，被迫授给事中。乱平，责受太子中允。后官至尚书右丞，世称"王右丞"。晚年居蓝田辋川，亦官亦隐。他是田园诗人的代表，与孟浩然齐名，并称"王孟"。存诗约四百首，有《王右丞集》。

【字词注释】

1. 山中：唐天宝三载（744），王维在蓝田山中购置辋川别业。裴迪是王维的好友，此时在温经备考。
2. 腊月下：农历十二月下旬。
3. 景气：景色，气候。

4. 殊：很，特别。过：过访，游览。

5. 方温经：正在温习经书，准备科考。方，正。

6. 猥（wěi）：自谦之词，鄙贱之人。

7. 辄（zhé）便：就。

8. 憩感配寺：在感配寺休息。感配寺，疑当作"化感寺"，《旧唐书·神秀传》中说，蓝田有化感寺。

9. 饭讫（qì）：吃完饭。讫，完。

10. 玄灞（bà）：深青色的灞水。玄，黑色，指水深绿发黑。

11. 华子岗：王维辋川别业中的一处胜景。

12. 辋（wǎng）水：即辋川，在蓝田南。沦涟：水上波纹。

13. 村墟：村庄。夜舂（chōng）：晚上用臼杵捣谷（的声音）。舂，这里指捣米，即把谷物放在石臼里捣去外壳。

14. 疏：稀疏的。

15. 静默：指已入睡。

16. 曩（nǎng）昔：从前。

17. 仄径：山间小路。仄，狭窄。

18. 当待：等到。春中：指仲春二月。

19. 蔓发：蔓延生长。

20. 轻鲦（tiáo）：即白鲦，鱼名。一种小白鱼，生活在淡水中，身体狭长，游动轻捷。

21. 矫翼：展开翅膀。矫，举。

22. 皋：水边的高地。

23. 麦陇：麦里。陇，田埂。朝雊（gòu）：早晨野鸡鸣叫。

24. 天机：天然的本性。清妙：指超尘拔俗，与众不同。

25. 不急之务：不急需的事，这里指游山玩水。

26. 无忽：不要忽略。

27. "因驮"句：托运黄檗药的人给你带信。因，凭借。黄檗（bò），俗作黄柏，落叶乔木，果实和茎内皮可入药。

28. 不一：古人书信中常用的套语，不一一细说。

【作品解析】

  王维隐居蓝田辋川别业时经常与好友裴迪弹琴赋诗，这篇文章是一封书信，王维从长安返回辋川后，写给裴迪邀请他在开春后同游蓝田。

  这封书信别具一格，写得情意深长，富有诗情画意。农历十二月，气候还非常的寒冷，但是王维出于他画家和诗人的身份，对大自然特别的敏感，他已经感受到了萌动的阳气与和畅的景色，提出了"故山殊可过"这个中心，想以旧地来唤起老友的记忆，暗含相邀之意。

  接下来，王维对山中冬夜优美的景色做了具体的描绘。月亮的影子随着泛起的涟漪上下起伏，林间的灯火忽明忽暗，远远听到深巷中的犬吠，山间村民春米的声音和疏朗的钟声相互交错，让人忍不住想起往昔与好友裴迪携手同游的情景，愈发衬托出对朋友的思念之情。

紧接着，王维对好友发出了正式的邀请，他用欢快的笔调想象来年春天到处生机盎然，万物勃发的景色，召唤好友的到来。

苏轼评价王维是"诗中有画，画中有诗"，其实王维的文里又何尝没有诗情和画意呢？在描写山中冬夜时，王维擅长动静结合，在描摹来年春景时又利用色彩互衬，在这声响与色彩里，有着王维对自然机趣的独特领悟。

二 鲁山山行[1]

梅尧臣

适与野情惬[2]，千山高复低。

好峰随处改，幽径独行迷[3]。

霜落熊升树[4]，林空鹿饮溪。

人家在何许[5]，云外一声鸡[6]。

《宛陵先生集》卷七

【作者/出处简介】

梅尧臣（1002~1060），字圣俞，宣州宣城（今属安徽）人，宣城古称宛陵，故世称"宛陵先生"。曾任建德、襄城等处知县。宋皇祐三年（1051），始得仁宗召试，赐同进士出身，累迁尚书都官员外郎，故世称"梅直讲""梅都官"。嘉祐五年（1060）去世，年五十九。为诗主张写实，反对"西昆体"，所作力求平淡、含蓄，被誉为宋诗的"开山祖师"。与苏舜钦齐名，世称"苏梅"。曾参与编撰《新唐书》，并为《孙子兵法》作注。另有《宛陵先生集》六十卷及《毛诗小传》等。

【字词注释】

1. 鲁山：又名露山，在河南省鲁山县东北。
2. 适：恰好，正。野情：爱好山野景色的情趣。惬（qiè）：满足。
3. 幽径：幽深僻静的小路。
4. 熊升树：熊爬上树，一说大熊星座升上树梢。
5. 何许：何处。
6. 云外：极遥远的地方。一声鸡：暗示深山之中有人家。

【作品解析】

本篇作于宋康定元年（1040），当时梅尧臣三十九岁，正在襄城知县任上。这首诗写的是诗人在鲁山出行所见到的山野风景，表现色彩并不鲜丽，只是淡淡地写来，却笔调空灵，充满了野情和野趣。

诗人采用移步换景的写法，"千山高复低"写的是诗人在攀越重重山峰时的感受，山势忽高忽低。"好峰随处改"，山峦千奇百怪。山路崎岖，山野荒凉，对于贪图安逸，留恋繁华的人来说，是不可能有一分半毫乐趣可言的，更不会有一丝半缕的诗情和画意。而这首诗却在开头点明诗人独特的情趣"适与野情惬"，诗人爱好山野风光，能在此间得到极大的愉悦和满足。"霜落熊升树，林空鹿饮溪"，把山间的静谧、空寂和带有原始风味的自然景色细致生动地展现了出来。尾句的"云外一声鸡"则巧妙地将人间的烟火味与山村的空旷幽静结合起来，给人以"含不尽之意见于言外"的感觉。

三　虎丘记

袁宏道

虎丘去城可七八里[1]，其山无高岩邃壑[2]，独以近城故，箫鼓楼船[3]，无日无之。凡月之夜，花之晨，雪之夕，游人往来，纷错如织，而中秋为尤胜。每至是日，倾城阖户[4]，连臂而至。衣冠士女[5]，下迨蔀屋[6]，莫不靓妆丽服[7]，重茵累席[8]，置酒交衢间[9]，从千人石上至山门[10]，栉比如鳞[11]。檀板丘积[12]，樽罍云泻[13]，远而望之，如雁落平沙，霞铺江上，雷辊电霍[14]，无得而状。

布席之初，唱者千百，声若聚蚊，不可辨识。分曹部署[15]，竞以歌喉相斗；雅俗既陈，妍媸自别[16]。未几而摇头顿足者，得数十人而已。已而明月浮空，石光如练[17]，一切瓦釜[18]，寂然停声，属而和者，才三四辈。一箫，一寸管[19]，一人缓板而歌，竹肉相发[20]，清声亮彻，听者魂销。比至夜深，月影横斜，荇藻凌乱[21]，则箫板亦不复用，一夫登场，四座屏息，音若细发，响彻云际，每度一字[22]，几尽一刻，飞鸟为之徘徊，壮士听而下泪矣。

剑泉深不可测[23]，飞岩如削。千顷云得天池诸山作案[24]，峦壑竞秀，最可觞客[25]。但过午则日光射人，不堪久坐耳。文昌阁亦佳，晚树尤可观。面北为平远堂旧址[26]，空旷无际，仅虞山一点在望[27]。堂废已久，余与江进之谋所以复之[28]，欲祠韦苏州、白乐天诸公于其中[29]；而病寻作[30]，余既乞归[31]，恐进之之兴亦阑矣[32]。山川兴废，信有时哉！吏吴两载[33]，登虎丘者六。最后与江进之、方子公同登[34]，迟月生公石上[35]，歌者闻令来，皆避匿去，余因谓进之曰："甚矣，乌纱之横[36]，皂隶之俗哉[37]！他日去官，有不听曲此石上者如月[38]。"今余幸得解官，称"吴客"矣，虎丘之月，不知尚识余言否耶[39]？

《袁中郎全集》卷八

　　袁宏道（1568～1610），字中郎，又字无学，号石公，又号六休，湖广公安（今属湖北）人。在文学上反对"文必秦汉，诗必盛唐"的风气，提出"独抒性灵，不拘格套"的"性灵说"。公安派代表人物，与其兄袁宗道、弟袁中道并有才名，合称"公安三袁"。有《袁中郎全集》《潇碧堂集》。

【字词注释】

1. 虎丘：山名，又称海涌山，位于苏州西北七里。相传春秋时吴王阖闾葬在这里，葬后三日有白虎踞其上，故称。

2. 邃：深。壑：山沟或大水坑。

3. 楼船：有楼饰的华贵游船。

4. "倾城"句：全城人家都关上门出游。阖户，闭户。

5. 衣冠：做官的士大夫。士女：未婚的男女，即青年男女。

6. "下迨（dài）"句：屋下至小户人家。迨，及，至。竆（bù）屋，阴暗低矮的小屋，穷苦人家昏暗的屋子。

7. 靓妆丽服：人们都打扮得很漂亮，穿上鲜丽的服装。

8. 茵：垫子。累：重叠。

9. 交衢（qú）间：指路边。

10. 千人石：虎丘山半腰的一块大石头，石面平坦，面积甚大，石的背面有一座生公讲坛（即下文所指生公石）。相传梁时高僧竺道生曾在这里讲法，有千人列听，故称。山门：佛寺的外门。

11. "栉比"句：游人像梳齿一样密，像鱼鳞一样多。

12. "檀板"句：到处都是歌声。檀板，檀木制的歌唱拍板。丘积，像堆积的小山，形容多。

13. 樽罍（lěi）：盛酒器。云泻：像云涌，形容多。

14. 雷辊（gǔn）：雷的轰鸣声，这里指车轮滚滚声。

15. "分曹"句：指分批对唱。分曹，分组。部署，安排。

16. 妍媸（chī）：美和丑。

17. "石光"句：石壁被月光照射，像一条白绢。练，白色布帛。

18. 瓦釜：即瓦缶，一种小口大腹的瓦器，也是原始的伴奏乐器。这里比喻低俗的音乐。

19. 寸管：指笛。

20. 竹肉：管乐和歌唱。竹，指管乐器。肉，指人的歌喉。

21. 荇（xìng）藻：两种水草名。这里用以形容月光下花树的影子。

22. 度：按曲唱歌。

23. 剑泉：又称剑池，在虎丘千人石北，终年不干涸，相传为吴王洗剑处。

24. "千顷云"句：意谓千顷云得天池等山作为它的几案。千顷云，山名，在虎丘上，取苏东坡诗"云水丽千顷"语意而命名。天池，山名，又称华山，位于苏州阊门外三十里。相传山顶有池，生千叶莲花。

25. "最可"句：意谓最适宜于用酒招待客人。

26. 平远堂：初建于宋代，至元代改建，因其上有匾额"平林远野"四字而命名。

27. 虞山：位于江苏常熟西北。

28. 江进之：名盈科，字进之，桃源（今属湖南）人，明万历二十年（1592）进士，时任长洲知县。

29. 祠：祭祀。韦苏州：唐诗人韦应物，曾任苏州刺史。白乐天：唐诗人白居易，曾任苏州刺史。任上曾开河筑堤，直达山前，人称白公堤，即今山塘街。

30. 病寻作：不久得了病。寻：不久。

31. 乞归：官员请求辞官回归故里。

32. 阑：尽。

33. 吏吴：在吴县（今江苏苏州）做官。

34. 方子公：方文馔，字子公，新安（今安徽歙县）人。穷困落拓，由袁中道荐给袁宏道，为袁宏道门客。

35. "迟月"句：意谓坐在生公石上待月出。生公石，虎丘大石名。传说晋末高僧竺道生，世称"生公"，尝于虎丘聚石为徒，讲《涅槃经》，群石为之点头。

36. 乌纱：唐以后官员们的制帽，此处借指官吏。

37. 皂隶：古代官府中的差役。

38. 如月：对月发誓，以月为证。

39. 识（zhì）：记忆。

【作品解析】

明万历二十三年（1595），袁宏道出任吴县县令，在短短的两年任职期间，袁宏道曾经六次游览苏州的名胜虎丘。

这篇虽以"记"为名，却没有在山光水色上多做铺陈，而是着重描写中秋月夜游人云集虎丘的盛况。"每至是日，倾城阖户，连臂而至。衣冠士女，下迨蔀屋，莫不靓妆丽服，重茵累席，置酒交衢间，从千人石上至山门，栉比如鳞"等文字，浓墨重彩描绘出了明朝俗世生活的喧嚣与狂欢。然而真正令袁宏道陶醉的，却是"月影横斜"之际的一曲清歌，这一曲清歌在月夜回荡，醉了虎丘，醉了宏道，也醉了无数的后人。袁宏道在清歌里，审视自己的内心真正所求，不是喧嚣与狂欢，而是清净与雅丽。官场生活与自己追求的潇洒写意，诗酒琴花的生活相去甚远，"甚矣，乌纱之横，皂隶之俗哉"，就鲜明地表露出他对官场的厌弃。因此，早日从名缰利锁中抽离出来，恢复自由之身，拥有独立的人格，就成了袁宏道最大的期盼。袁宏道不久也解官归隐，"今余幸得解官称吴客矣。虎丘之月，不知尚识余言否耶"。整篇游记其实就表现了袁宏道不与俗流同调，鄙弃官场，与民同乐的思想和态度。

四　保俶塔看晓山¹

高濂

山翠绕湖，容态百逞²，独春朝最佳：或雾截山腰，或霞横树梢，或淡烟隐隐，摇荡晴晖³，或峦气浮浮，掩映曙色。峰含旭日，明媚高张；风散溪云。林皋爽朗⁴。更见遥岑迥抹柔蓝⁵，远岫忽生湿翠⁶，变幻天呈，顷刻万状。奈此景时值酣梦，恐市门未易知也⁷。

《遵生八笺·四时调摄笺·春》

【作者/出处简介】

　　高濂 [1527～1603（?）]，字深甫，号瑞南，又号湖上桃花渔，明代钱塘（今浙江杭州）人。曾在北京任鸿胪寺官，后长期隐居西湖。他能诗文，兼通医理，擅养生。《四库全书总目》中有关于高濂生平的记载，"以戏曲名于世，所作《遵生八笺》成书于万历十九年（1591），对养生保健等方法，收辑其备。"

【字词注释】

1. 保俶塔：在今杭州西湖北岸宝石山上。

2. 逞：炫耀。

3. 晖：阳光。

4. 皋：水边的高地。

5. 岑：小而高的山。迥：远。

6. 远岫：远峰。

7. 市门：市集上的人家。

【作品解析】

　　《保俶塔看晓山》选自高濂的《遵生八笺》。该书分述西湖春、夏、秋、冬四时的美景，《保俶塔看晓山》为"春时幽赏"中的一篇。

　　西湖的美景古往今来文人墨客吟咏得很多。这篇短文却独具一格，选取一个特定时刻的景色来描摹，让人眼前一亮。作者一开始就抛出他的观点，认为西湖的山景在春天的早晨是最美的。这里有云雾缭绕的山峰，有洒满树梢的灿烂金霞，有在晨光中摇荡的青烟，有掩映在曙色之中的片片云气，有远处山中一抹柔和的天蓝，还有山峦之间忽然生出的鲜丽的翠绿，千变万化均在一瞬之间。在高濂的眼中，这是最独特、最佳的西湖山景，其特点全在一个"动"字上。不断变化的美景给人带来强烈的视觉体验，让人沉浸在新奇、兴奋之中，是那些沉酣大睡的人不可能感知得到的。

五　长相思¹

纳兰性德

　　山一程，水一程，身向榆关那畔行²，夜深千帐灯。
　　风一更，雪一更³，聒碎乡心梦不成⁴，故园无此声⁵。

《纳兰词》卷一

【作者/出处简介】

纳兰性德（1655~1685），原名成德，字容若，号楞伽山人，满洲正黄旗人，为武英殿大学士明珠长子。清康熙十五年（1676）进士，官一等侍卫，善骑射，又善词，共存词三百四十二首，以小令见长，风格清淡质朴，多写个人感伤情绪。与朱彝尊、陈维崧并称"清初三大家"，被誉为"满洲第一词人"。有《通志堂集》《饮水词》等。

【字词注释】

1. 长相思：词牌名，亦称《相思令》《长思仙》《双红豆》《忆多娇》《吴山青》《越山青》《山渐青》。
2. 榆（yú）关：即山海关，在今河北秦皇岛东北。那畔：那边，指关外。
3. "风一更"二句：意谓整夜风雪交加。更，古代夜间计时单位，一夜分五更，每更大约两小时。
4. 聒（guō）：声音嘈杂。
5. 故园：故乡，指京师。此声：指风雪交加的声音。

【作品解析】

清康熙二十一年（1682）春末，因云南平定，皇帝出关东巡，祭告奉天祖陵。纳兰性德在随行队伍之中，随康熙出山海关。关外风雪凄迷，苦寒的天气引发了词人对京师家中的思念，于是写下了这首词。这首词无一句写思乡，却处处透露着对家乡的深切怀念。

上阕写词人行程的劳苦。"山一程，水一程"短短六个字，却写出了路途的遥远、旅途的艰辛。一路跋山涉水，舟车劳顿，目的地还在遥远的榆关。下阕写在风雪交加的夜晚，词人还在深切地思念故乡，听着一更又一更的更声，拥着孤枕，望着孤影，愁肠百转，无心睡眠。

这首词在艺术上纯用白描的手法，王国维在《人间词话》中说："纳兰容若以自然之眼观物，以自然之舌言情。"语言通俗易懂，不事雕饰，将细腻的情感融于壮阔的景色之中。特别是上下两阕的前两句，均用了"一"字，词人信手拈来，却自然贴切，使文字连续不绝，词风也更加缠绵。

第二节　汤汤河流

【中心选文】

一　步出夏门行·观沧海[1]

曹操

东临碣石[2]，以观沧海[3]。

水何澹澹[4]，山岛竦峙[5]。

树木丛生，百草丰茂。

秋风萧瑟[6]，洪波涌起[7]。

日月之行，若出其中。

星汉灿烂[8]，若出其里。

幸甚至哉[9]，歌以咏志[10]。

《乐府诗集》卷三十七

【作者/出处简介】

曹操（155～220），字孟德，小字阿瞒，沛国谯人（今安徽亳州人）。东汉末年著名军事家、政治家和诗人。其子曹丕称帝后，追尊他为魏武帝。曹操的诗歌汲取了乐府民歌的优良传统，抒发自己的政治抱负，并反映汉末人民的苦难生活，气魄雄伟，慷慨悲凉。鲁迅评价其为"改造文章的祖师"。

【字词注释】

1. 步出夏门行：又名《陇西行》，属《相和歌辞·瑟调曲》。曹操《步出夏门行》共四章，《观沧海》是第一章。
2. 碣（jié）石：即碣石山，在今河北省昌黎县。
3. 沧海：大海，海水色苍。海：渤海。
4. 澹澹（dàn）：水波摇荡的样子。
5. 竦（sǒng）峙（zhì）：高高地耸立。竦，通"耸"，高。
6. 萧瑟：秋风吹拂树木发出的声音。
7. 洪：大。
8. 星汉：银河。
9. 幸：庆幸。甚：极点。至：极。
10. 歌以咏志：以歌表达心志或理想。

【作品解析】

汉建安十二年（207）五月，曹操北征乌桓，九月凯旋，途中经过碣石山，登山观海，写下了这篇千古名作。这首诗是我国现存的第一首完整的写景诗，所以在诗歌史上有重要的地位。诗人借大海的波澜壮阔，抒发了统一中原建功立业的抱负，所以这首诗也是曹操作为一个伟大的政治家具有的广阔胸襟和雄伟气魄的真实写照。

全篇着眼在一个"观"字上，开篇两句点明观览的地点和对象，诗人登上碣石山，居高临下，波澜壮阔的大海尽收眼底。接着写俯瞰大海后见到的景色，海水浩渺，山峰高耸，山石草木，皆在一个"观"字中，却形态各异。日月、星辰出入于茫茫大海之中，愈发衬托出大海的广阔无垠，暗含着诗人如大海般容纳万物，将天下尽入自己彀中的胸襟与抱负。这首诗慷慨悲凉，气势雄浑，有纵横四海之志，吞吐宇宙之象。

二　三峡[1]

郦道元

自三峡七百里中，两岸连山，略无阙处[2]。重岩叠嶂[3]，隐天蔽日。自非亭午夜分[4]，不见曦月[5]。

至于夏水襄陵[6]，沿溯阻绝[7]。或王命急宣[8]，有时朝发白帝[9]，暮到江陵[10]，其间千二百里，虽乘奔御风[11]，不以疾也。

春冬之时，则素湍绿潭[12]，回清倒影[13]。绝巘多生怪柏[14]，悬泉瀑布，飞漱其间[15]，清荣峻茂[16]，良多趣味。

每至晴初霜旦[17]，林寒涧肃[18]，常有高猿长啸，属引凄异[19]，空谷传响，哀转久绝[20]。故渔者歌曰："巴东三峡巫峡长[21]，猿鸣三声泪沾裳。"

《水经注》卷三十四

【作者/出处简介】

郦道元〔470（？）～527〕，字善长，范阳涿州（今属河北）人。北魏地理学家、散文家。历任冀州镇东府长史、御史中尉等职。性好学，博览群书，曾遍游全国的名山大川，考察水道变迁和城邑兴废等地理现象，写成《水经注》四十卷。另有《本志》十三篇及《七聘》等文，但均已失传。

【字词注释】

1. 三峡：瞿塘峡、西陵峡和巫峡的总称。

2. "略无"句：全然没有中断的地方。略无，完全没有。阙（quē），同"缺"，空隙、缺口。

3. 嶂（zhàng）：高险像屏障一样直立的山峰。

4. 亭午：正午。亭，正。夜分：夜半。

5. 曦（xī）月：日月。曦，日光，这里指太阳。

6. 襄（xiāng）陵：大水漫过山岗。襄，淹上，漫上。陵，大的土山，这里泛指山陵。

7. "沿溯"句：意谓上下的航道都被阻断，不能通航。沿，顺流而下。溯，逆流而上。

8. 王命：皇帝的诏命。宣：传播，传达。

9. 白帝：古城名，故址在今重庆市奉节县东白帝山上，相传为刘备托孤处。

10. 江陵：古城名，在今湖北荆州。

11. 乘奔御风：乘着奔驰的马，驾着风。奔，这里指奔驰的马。

12. 素湍（tuān）：白色的急流。湍，急流。绿潭：碧绿的深水。潭，深水。

13. "回清"句：意谓回旋的清波中倒映着两岸的影像。

14. 绝巘（yǎn）：极高的山峰。巘，山峰。

15. 飞漱：飞速地往下喷洒。漱，冲荡。

16. "清荣"句：水清树荣，山高草盛。清，指泉水清澈。荣，指树木繁密。峻，指山峰峻峭。茂，指草长茂盛。

17. 晴初：天放晴。霜旦：下霜的早晨，指秋季。

18. 林寒：山林中气候寒冷。涧肃：山沟里气候清冷。涧，夹在两山之间的水沟。

19. 属（zhǔ）引：连续不断。

20. "哀转"句：意谓声音悲哀婉转，很长时间才消失。

21. 巴东：汉郡名，在今重庆东部云阳、奉节、巫山一带。

【作品解析】

此文是一篇山水佳作，郦道元用清丽的文字，以不到区区两百字的篇幅，描绘了三峡错落有致的自然风貌。

全文结构严谨，层次分明，将三峡四季的美景勾勒了出来：分别写了三峡的山、三峡的水、春冬的景和秋天的景。

写三峡的山，突出了整体上的雄伟峭拔和险峻奇绝，重峦叠嶂，遮住了天空，遮挡了太阳。写三峡的水，以"朝发白帝，暮到江陵，其间千二百里，虽乘奔御风，不以疾也"突出了水位之高、水流之急、水势之险。写春冬的景，清澈的江水倒映着险峻的山峰，高山之上生长着奇异的柏树，飞瀑在古柏间冲荡而下。写秋天的景，则重点突出了三峡秋天的清寒，并以凄厉的猿鸣声来衬托山间的空旷和气氛的肃杀，让人不寒而栗。

这篇文章情景交融，谋篇布局巧妙精致，对后世游记文学产生了深远的影响。

三 望洞庭¹

刘禹锡

湖光秋月两相和²，潭面无风镜未磨³。

遥望洞庭山翠小，白银盘里一青螺⁴。

《刘禹锡全集·外集》卷八

【作者/出处简介】

刘禹锡（772～842），字梦得，洛阳（今属河南）人。唐贞元九年（793），擢进士第，授监察御史。曾参加王叔文领导的政治革新集团，反对宦官和藩镇割据势力，失败后被贬朗州司马，迁连州刺史。后以裴度力荐，任太子宾客，加检校礼部尚书，世称"刘宾客"。其诗题材广泛，通俗清新，富有哲理意味，尤工七言诗，被白居易称为"诗豪"。他的《竹枝词》《柳枝词》等组诗，主动向民歌学习，为唐诗中别开生面之作。有《刘梦得文集》。

【字词注释】

1. 洞庭：湖名，在今湖南省北部。
2. 和：和谐，指水色与月光融为一体。
3. 潭面：指湖面。镜未磨：古人的镜子用铜做成，需要时常磨拭镜面，才能光可照人。
4. 白银盘：形容洞庭湖面。青螺：指洞庭湖中的君山。

【作品解析】

　　这首诗描写的是月夜下的洞庭湖美景。历来描写洞庭湖景色的名篇佳作甚多，如李白的"巴陵无限酒，醉杀洞庭秋"，孟浩然的"气蒸云梦泽，波撼岳阳城"，杜甫的"吴楚东南坼，乾坤日夜浮"等，要在前人的基础上创新，实属不易。而刘禹锡却独辟蹊径，选择在爽朗的秋天里，在一轮明月的照耀下，遥望洞庭湖。秋夜的洞庭湖澄澈空明，与皓月交相辉映，一切都那么的空灵漂渺。晚上没有一丝微风，湖面是那么的平静，玉鉴琼田般的湖面就像未经打磨的铜镜，有一种恍兮惚兮的朦胧美。前一二句诗人从整体写洞庭湖，到了三四句，他将视线从广阔的湖面上收回。集中到湖面上的君山。素月银辉之下，远处的君山就像晶莹剔透的水晶盘里放着的一枚小巧玲珑的青螺。刘禹锡通过丰富的想象和巧妙的设喻，将洞庭的美景凸显了出来，读来诗趣盎然。

四　前赤壁赋

苏轼

　　壬戌之秋[1]，七月既望[2]，苏子与客泛舟游于赤壁之下。清风徐来，水波不兴。举酒属客[3]，诵明月之诗[4]，歌窈窕之章[5]。少焉[6]，月出于东山之上，徘徊于斗牛之间[7]。白露横江[8]，水光接天。纵一苇之所如[9]，凌万顷之茫然[10]。浩浩乎如冯虚御风[11]，而不知其所止；飘飘乎如遗世独立[12]，羽化而登仙[13]。

　　于是饮酒乐甚，扣舷而歌之[14]。歌曰："桂棹兮兰桨[15]，击空明兮溯流光[16]。渺渺兮予怀[17]，望美人兮天一方。"客有吹洞箫者，倚歌而和之[18]。其声呜呜然，如怨如慕，如泣如诉。余音袅袅[19]，不绝如缕[20]。舞幽壑之潜蛟[21]，泣孤舟之嫠妇[22]。

　　苏子愀然[23]，正襟危坐[24]，而问客曰："何为其然也？"客曰："'月明星稀，乌鹊南飞。'此非曹孟德之诗乎？西望夏口[25]，东望武昌[26]，山川相缪[27]，郁乎苍苍，此非孟德之困于周郎者乎[28]？方其破荆州[29]，下江陵[30]，顺流而东也，舳舻千里[31]，旌旗蔽空，酾酒临江[32]，横槊赋诗[33]，固一世之雄也，而今安在哉？况吾与子渔樵于江渚之上，侣鱼虾而友麋鹿[34]，驾一叶之扁舟，举匏尊以相属[35]。寄蜉蝣于天地[36]，渺沧海之一粟[37]。哀吾生之须臾，羡长江之无穷。挟飞仙以遨游，抱明月而长终[38]。知不可乎骤得，托遗响于悲风。"

苏子曰："客亦知夫水与月乎？逝者如斯[39]，而未尝往也。盈虚者如彼[40]，而卒莫消长也[41]。盖将自其变者而观之，则天地曾不能以一瞬[42]；自其不变者而观之，则物与我皆无尽也，而又何羡乎！且夫天地之间，物各有主，苟非吾之所有，虽一毫而莫取。惟江上之清风，与山间之明月，耳得之而为声，目遇之而成色，取之无禁，用之不竭。是造物者之无尽藏也[43]，而吾与子之所共食。"客喜而笑，洗盏更酌。肴核既尽[44]，杯盘狼藉。相与枕藉乎舟中[45]，不知东方之既白[46]。

《经进东坡文集事略》卷一

【作者/出处简介】

参见第二章第一节《日喻》关于苏轼介绍。

【字词注释】

1. 壬戌：宋神宗元丰五年（1082），岁在壬戌。
2. 既望：农历每月十六。既，过了。农历每月十五日为"望日"，因此十六日为"既望"。
3. 属（zhǔ）：通"嘱"，引申为劝酒。
4. 明月之诗：指《诗经·陈风》里的《月出》篇，这篇写月下怀人。
5. 窈（yǎo）窕（tiǎo）之章：《陈风·月出》诗有"月出皎兮，佼人僚兮，舒窈纠兮，劳心悄兮"一句。"窈纠"与"窈窕"音近。
6. 少焉：一会儿。
7. 斗牛：指斗宿、牛宿，都是星宿名。
8. 白露：白茫茫的水气。横江：笼罩江面。
9. 纵：听任。一苇：指小船。
10. 凌：越过。万顷：指广阔无边的江面。茫然：江面旷远迷茫的样子。
11. 冯（píng）虚御风：乘风腾空而遨游。冯，通"凭"，乘。虚，太空。御风，驾风。
12. 遗世：离开尘世。
13. 羽化：道教说仙人能够像长了翅膀一样，飞升上天。
14. 扣舷（xián）：敲打着船边。舷，指船的两边。
15. 桂棹（zhào）兰桨：桂树做的棹，兰木做的桨。棹和桨都是划船的工具。
16. 空明：月光照着的清澈江水。溯：逆流而上。流光：在水波上闪动的月光。
17. 渺渺：悠远的样子。予怀，我的心。
18. 倚歌：按着歌声。和：伴奏。
19. 余音：尾声。袅袅（niǎo）：形容声音不绝。
20. 缕：丝缕。
21. 幽壑：深谷，这里指深渊。
22. 嫠（lí）妇：寡妇。
23. 愀（qiǎo）然：忧愁的样子。

24. 正襟危坐：理直衣襟，严肃地端坐着。

25. 夏口：城名，故城在今湖北武汉黄鹄山上。

26. 武昌：今湖北鄂州。

27. 缪（liáo）：通"缭"，盘绕，联结。

28. 孟德之困于周郎：指汉建安十三年（208），吴将周瑜在赤壁之战中击溃曹操号称的八十万大军。周郎，即周瑜。

29. 破荆州：指汉建安十三年（208），荆州牧刘琮率众向曹操投降，曹军不战而获荆州等地。

30. 江陵：今属湖北。

31. 舳（zhú）舻（lú）：首尾相连的战船。

32. 酾（shī）酒：滤酒，这里指斟酒。

33. 槊（shuò）：长丈八尺的矛。

34. 侣、友：以……为伴，以……为友，这里为意动用法。

35. 匏（páo）尊：用葫芦做成的酒器。匏，葫芦的一种。

36. 蜉（fú）蝣（yóu）：小虫名，朝生暮死。

37. "渺沧海"句：比喻人类在宇宙之间极为渺小。

38. 长终：永远共存。

39. 逝者如斯：语出《论语·子罕》："子在川上曰：'逝者如斯夫，不舍昼夜。'"逝，流逝。斯，此，指江水。

40. 盈虚：指月亮的圆缺。

41. 卒：最终。消长：增减。

42. 曾（zēng）不能：连……都不够。曾，简直。一瞬：一眨眼。

43. 造物者：指天。无尽藏（zàng）：无穷无尽的宝藏。

44. 肴核：菜肴、果品。

45. 相与枕藉：相互靠着睡着。

46. 既白：天亮。

【作品解析】

宋元丰三年（1080），苏轼因乌台诗案被贬为黄州团练副使。在黄州期间，苏轼曾两次去赤壁矶游览，写下了千古名篇《前赤壁赋》和《后赤壁赋》。

这篇文章通过主客之间的对话，抒写了由"乐甚"到"愀然"到"喜笑"的三次心态变化，将庄子"道法自然""齐物我""齐生死"思想进行了合理的阐释。如果从事物变化的角度来看，天地的存在也不过是一瞬之间；如果从事物不变的角度来看，所有的一切都是无穷无尽的，又何必"哀吾生之须臾，抱明月而长终"呢？这表现了苏轼豁达的宇宙观和人生观，在变与不变的道理阐发中，力图排遣官场失意的忧郁和悲伤。正是苏轼这种随缘自适的精神状态，将他从人生无常的惆怅之中解脱了出来，表达了他忘怀得失，超然物外的思想。

这篇散文寓情于景，将情、景、理天衣无缝地融合在一起，圆融流动，如万斛泉涌，喷涌而出。

五 西湖七月半¹

张岱

　　西湖七月半，一无可看，只可看看七月半之人。看七月半之人，以五类看之。其一，楼船箫鼓²，峨冠盛筵³，灯火优傒⁴，声光相乱，明为看月而实不见月者，看之；其一，亦船亦楼，名娃闺秀⁵，携及童娈⁶，笑啼杂之，还坐露台⁷，左右盼望，身在月下而实不看月者，看之；其一，亦船亦声歌，名妓闲僧，浅斟低唱⁸，弱管轻丝⁹，竹肉相发¹⁰，亦在月下，亦看月而欲人看其看月者，看之；其一，不舟不车，不衫不帻¹¹，酒醉饭饱，呼群三五，跻入人丛¹²，昭庆¹³、断桥，嚣呼嘈杂¹⁴，装假醉，唱无腔曲，月亦看，看月者亦看，不看月者亦看，而实无一看者，看之；其一，小船轻幌¹⁵，净几暖炉¹⁶，茶铛旋煮¹⁷，素瓷静递¹⁸，好友佳人，邀月同坐，或匿影树下，或逃嚣里湖¹⁹，看月而人不见其看月之态，亦不作意看月者²⁰，看之。

　　杭人游湖，巳出酉归²¹，避月如仇。是夕好名²²，逐队争出，多犒门军酒钱²³。轿夫擎燎²⁴，列俟岸上²⁵。一入舟，速舟子急放断桥²⁶，赶入胜会。以故二鼓以前人声鼓吹²⁷，如沸如撼²⁸，如魇如呓²⁹，如聋如哑，大船小船一齐凑岸，一无所见，止见篙击篙³⁰，舟触舟，肩摩肩，面看面而已。少刻兴尽，官府席散，皂隶喝道去³¹。轿夫叫，船上人怖以关门³²，灯笼火把如列星，一一簇拥而去。岸上人亦逐队赶门，渐稀渐薄，顷刻散尽矣。吾辈始舣舟近岸³³，断桥石磴始凉³⁴，席其上³⁵，呼客纵饮。此时月如镜新磨³⁶，山复整妆，湖复靧面³⁷，向之浅斟低唱者出³⁸，匿影树下者亦出，吾辈往通声气³⁹，拉与同坐。韵友来⁴⁰，名妓至，杯箸安⁴¹，竹肉发。月色苍凉，东方将白，客方散去。吾辈纵舟，酣睡于十里荷花之中，香气拘人⁴²，清梦甚惬⁴³。

《陶庵梦忆》卷七

【作者/出处简介】

　　参见第三章第四节《湖心亭看雪》关于张岱介绍。

【字词注释】

1. 西湖：即今杭州西湖。七月半：农历七月十五，又称中元节、鬼节。在这天晚上，杭州男女老少都要出游西湖。
2. 楼船：具有多层建筑的豪华船只。箫鼓：吹箫击鼓。
3. 峨冠：头戴高冠。盛筵：摆上丰盛的酒席。

4. 优：倡优、歌妓。傒（xī）：同"奚"，仆人。

5. 名娃闺秀：有名的美女和闺房中有才的女子。

6. 童娈（luán）：貌美的家僮。娈，美好。

7. 露台：船上露天的平台。

8. 浅斟低唱：慢慢地喝酒，轻声地吟哦。

9. 弱管轻丝：轻柔的管弦音乐。

10. 竹：管乐。肉：歌喉。

11. 帻（zé）：头巾。

12. 跻（jǐ）：挤。

13. 昭庆：佛寺名。

14. 嚣：呼叫。

15. 轻幌（huàng）：轻薄的窗幔。

16. 净几：干净的茶几。

17. 茶铛（chēng）旋煮：温茶的器具立即在煮茶。旋，随即。

18. 素瓷静递：白净的瓷杯在无声地传递。

19. 里湖：西湖苏堤以西部分，称之为里湖。

20. 作意：故意，特意。

21. 巳：巳时，上午九时至十一时。酉：酉时，下午五时至七时。

22. 是夕好（hào）名：七月十五这天夜晚，追求游湖虚名的人。

23. 犒（kào）门军：用酒食或财物慰劳守城门的军士。

24. 擎（qíng）燎（liào）：举着火把。

25. 列俟（sì）岸上：在岸上排着队等候。

26. 速舟子：催促船夫。放：开船。

27. 以故：因为这个缘故。二鼓：二更，约晚上十一点左右。鼓吹：打击乐器、管弦乐器合奏的声音。

28. 如沸如撼：像沸水翻腾，像物体摇动。

29. 如魇（yǎn）如呓：像在梦中惊叫，又像在说梦话。

30. 篙（gāo）：用竹木做成的撑船的工具。

31. 皂隶：衙门中的差役，因穿青衣服，故称。喝道：古时官员出行，前面有衙役吆喝开道。

32. 怖以关门：用关城门来警告游人。

33. 舣（yǐ）舟：移船靠岸。

34. 石磴（dèng）：用石头砌成的台阶。

35. 席其上：将酒筵摆在石磴上。

36. 月如镜新磨：月亮像刚磨制成的镜子。

37. 靧（huì）面：洗脸。

38. 向：先前，刚才。

39. 往通声气：打招呼。

40. 韵友：风雅之友，诗友。

41. 箸（zhù）：筷子。

42. 拘人：扑面袭人。

43. 惬（qiè）：快意。

【作品解析】

　　这篇文章描绘的是明代末年杭州人于七月十五日游西湖的盛况。农历十五乃是月圆之夜，但是在张岱的笔下，却没有重点描绘那晚绝美的月色，而是重点描绘了那晚游湖的人。

　　张岱将这些游人分为五类：第一类为达官贵人，第二类为名门闺秀，第三类为名妓闲僧，第四类为醉酒的莽夫，第五类是清雅的文人。对这五类人，张岱的记叙有褒有贬，对第一类和第二类人，张岱完全嗤之以鼻；对第三类人有所肯定，但也对他们的做作进行了嘲讽；第四类人虽然粗鄙放荡，但也不失几分天真烂漫之趣；第五类人自有文士的孤高和清雅，深得张岱称许。作者写这五类人可谓穷形尽相，各具特色，可以说是晚明江南社会各阶层生活风气的缩影。这五类人对月亮的态度也是迥然不同，这一切的一切，都鲜明地透露出作者的爱憎，特别是最后写"吾辈"纵舟，酣睡十里荷花之中，与前面的喧嚣热闹形成鲜明对比，表现出了张岱与众不同，清雅脱俗的审美情趣。

【拓展阅读】

一　神女峰

舒婷

在向你挥舞的各色花帕中
是谁的手突然收回
紧紧捂住了自己的眼睛
当人们四散离去，谁
还站在船尾
衣裙漫飞，如翻涌不息的云
江涛
高一声
低一声

美丽的梦留下美丽的忧伤
人间天上，代代相传
但是，心
真能变成石头吗

为盼望远天的杳鹤

而错过无数次春江月明

沿着江岸

金光菊和女贞子的洪流

正煽动新的背叛

与其在悬崖上展览千年

不如在爱人肩头痛哭一晚

《舒婷的诗》

二　桂林的山

丰子恺

"桂林山水甲天下"，我没有到桂林时，早已听见这句话。我预先问问到过的人："究竟有怎样的好？"到过的人回答我，大都说是"奇妙之极，天下少有"。这正是武汉疏散人口，我从汉口返长沙，准备携眷逃桂林的时候。抗战节节扔（仍）失利，我们逃难的人席不暇暖，好容易逃到汉口，又要逃到桂林去。对于山水，实在无心欣赏，只是偶然带便问问而已。然而百忙之中，必有一闲。我在这一闲的时候想象桂林的山水，假定它比杭州还优秀。不然，何以可称为"甲天下"呢？我们一家十人，加了张梓生先生家四五人，合包一辆大汽车，从长沙出发到桂林，车资是二百七十元。经过了衡阳、零陵、邵阳，入广西境。闻名已久的桂林山水，果然在民国二十七年六月二十四日下午展开在我的眼前。初见时，印象很新鲜。那些山都拔地而起，好像西湖的庄子内的石笋，不过形状庞大，这令人想起古画中的远峰，又令人想起"天外三峰削不成"的诗句。至于水，漓江的绿波，比西湖的水更绿，果然可爱。

我初到桂林，心满意足，以为流离中能得这样山明水秀的一个地方来托庇，也是不幸中之大幸。开明书店的经理，替我租定了马皇背（街名）的三间平房，又替我买些竹器。竹椅、竹凳、竹床，十人所用，一共花了五十八块桂币。桂币的价值比法币低一半，两块桂币换一块法币。五十八块桂币就是二十九块法币。我们到广西，弄不清楚，曾经几次误将法币当作桂币用。后来留心，买物付钱必打对折。打惯了对折，看见任何数目字都想打对折。我们是六月二十四日到桂林的。后来别人问我哪天到的，我回答"六月二十四日"之后，几乎想补充一句："就是三月十二日呀！"汉口沦陷，广州失守之后，桂林也成了敌人空袭的目标，我们常常逃警报。防空洞是天然的，到处皆有，就在那拔地而起的山的脚下。由于逃警报，我对桂林的山愈加亲近了。桂林的山的性格，我愈加认识清楚了。我渐渐觉得这些不是山，而是大石笋。因为不但拔地而起，与地面成九十度角，而且都是青灰色的童山，毫无一点树木或花草。久而久之，我觉得桂林竟是一片平原，并无有山，只是四围种着许多大石笋，比西湖的庄子里的更大更多而已。我对于这些大石笋，渐渐地看厌了。庭院中布置石笋，数目不多，可以点缀风景；但我们的"桂林"这个大庭院，布置的石笋太多，触目皆是，岂不令人生厌。我有时遥望群峰，想象它们是一只大动物的牙齿，有时望见一带尖峰，又想起小时候在寺庙里的十殿阎王的壁画中所见的尖刀山。假若天空中掉下一个巨人来，掉在这些尖峰上，一定会穿胸破肚，鲜血淋漓，同十殿阎王中所绘的一样。这种想象，使我渐渐厌恶桂林的山。这些时候听到"桂林山水甲天下"这句盛誉，我的感想与前大异：我觉得桂林的特色是"奇"，却不能称"甲"，因为"甲"有尽善尽美的意思，是总平均分数。桂林的山在天下的风景中，决不是尽善尽美。其总平均分数决不是"甲"。世人往往把"美"与"奇"两字混在一起，搅不清楚，其实奇是罕有少见，不一定美。美是具足圆满，不一定奇。三头六臂的人，可谓奇矣，但是谈不到美。天真烂漫的小孩，可为美矣，但是并不稀奇。桂林的山，奇而不美，正同三头六臂的人一样。我是爱画的人，我到桂林，人都说"得其所哉"，意思是桂林山水甲天下，可以入我的画。这使我想起了许多可笑的事：有一次有人报告我：

"你的好画材来了，那边有一个人，身长不满三尺，而须长有三四寸。"我跑去一看，原来是做戏法的人带来的一个侏儒。这男子身体不过同桌子面高，而头部是个老人。对这残废者，我只觉得惊骇、怜悯与同情，哪有心情欣赏他的"奇"，更谈不到美与画了。又有一次到野外写生，遇见一个相识的人，他自言熟悉当地风物，好意引导我去探寻美景，他说："最美的风景在那边，你跟我来！"我跟了他跋山涉水，走得十分疲劳，好容易走到了他的目的地。原来有一株老树，不知遭了什么劫，本身横卧在地，而枝叶依旧欣欣向上。我率直地说："这难看死了！我不要画。"其人大为扫兴，我倒觉得可惜。可惜的是他引导我来此时，一路上有不少平凡而美丽的风景，我不曾写得。而他所谓美，其实是奇。美其所美，非吾所谓美也。这样的事，我所经历的不少。桂林的山，便是其中之一。

篆文的山字，是三个近乎三角形的东西。古人造象形字煞费苦心，以最简单的笔划，表出最重要的特点。像女字、手字、木字、草字、鸟字、马字、山字、水字等，每一个字是一幅速写画。而山因为望去形似平面，故造出的象形字的模样，尤为简明。从这字上，可知模范的山，是近于三角形的，不是石笋形的；可知桂林的山，不是模范的山，只是山之一种——奇特的山。古语说："仁者乐山，智者乐水"，则又可知周围山水对于人的性格很有影响。桂林的奇特的山，给广西人一种奇特的性格，勇往直前，百折不挠，而且短刀直入，率直痛快。广西省政治办得好，有模范省之称，正是环境的影响；广西产武人，多军人，也是拔地而起的山的影响。但是讲到风景的美，则广西还是不参加为是。

"桂林山水甲天下"，本来没有说"美甲天下"。不过讲到山水，最容易注目其美，因此使桂林受不了这句盛誉。若改为"桂林山水天下奇"，则庶几近情了。

《缘缘堂随笔》

三 水流交汇的地方

〔美国〕雷蒙德·卡佛

我爱溪流和它们奏响的音乐。
还有小溪，在林间空地和草地上，在
它们有机会变成溪流之前。
我爱它们甚至超过一切
因它们的坚守秘密。我几乎忘了
说那些关于源头的事儿！
还有比泉水更精彩的事物吗？
但是长长的溪流也猎取了我的心。
还有溪流汇入河水的地方。
河流张开的口，河水在此归于大海。
水与另外一片水
交汇的地方。那些地方像圣地一样
矗立在我的脑海中。
但这些海边的河流！
我爱它们就像有些男人爱马
或媚惑的女人。有样东西
我要送给这冰凉而跳跃的水。
仅仅是凝视它们就能让我的血液奔腾
皮肤刺痛。我可以数小时地
坐在这儿望着这些河流。

它们每一条都与众不同。
今天我45岁了。
如果我说我曾经35岁
会有人相信吗?
35岁时我的心空洞而麻木!
五年多过去了,
它又开始再次流动。
我要缓缓度过这个下午所有的愉快时光,
在我随着这条河流离开我的地方之前。
它让我愉快,爱这些河流。
一路爱着它们,直到
重回源头。
爱一切提升我的事物。
我爱溪流和它们奏响的音乐。
还有小溪,在林间空地和草地上,
在它们有机会变成溪流之前。
我爱它们甚至超过一切
因它们的坚守秘密。
我几乎忘了
说那些关于源头的事儿!
还有比泉水更精彩的事物吗?
但是长长的溪流也猎取了我的心。
还有溪流汇入河水的地方。
河流张开的口,河水在此归于大海。
水与另外一片水
交汇的地方。那些地方像圣地一样
矗立在我的脑海中。
但这些海边的河流!
我爱它们就像有些男人爱马
或媚惑的女人。有样东西
我要送给这冰凉而跳跃的水。
仅仅是凝视它们就能让我的血液奔腾
皮肤刺痛。我可以数小时地
坐在这儿望着这些河流。

它们每一条都与众不同。

今天我45岁了。

如果我说我曾经35岁

会有人相信吗？

35岁时我的心空洞而麻木！

五年多过去了，

它又开始再次流动。

我要缓缓度过这个下午所有的愉快时光，

在我随着这条河流离开我的地方之前。

它让我愉快，爱这些河流。

一路爱着它们，直到

重回源头。

爱一切提升我的事物。

舒丹丹译《我们所有人：雷蒙德·卡佛诗全集》

【推荐书目】

1. （北魏）郦道元撰，陈桥驿校证《水经注校证》，中华书局，2013。

2. （明）张岱撰，路伟、郑凌峰点校《陶庵梦忆 西湖梦寻》，浙江古籍出版社，2018。

3. 〔日〕小尾郊一著《中国文学中所表现的自然与自然观——以魏晋南北朝文学为中心》，邵毅平译，上海古籍出版社，2014。

【思考问题】

1. 分享你最喜欢的一处山水，并说明推荐理由。

2. 如何理解"智者乐水，仁者乐山"这句话？

3. 写一篇与山川河流有关的散文或诗歌（古诗、新诗均可）。

（本章编者：李璇 湖南人文科技学院 讲师）

第六章　花草树木

【主题概述】

　　花草树木作为大自然的"物象"无处不在，在中国社会早期就被作为生殖、女性和爱情的象征，后来又在文学中逐渐成为"意象"，如《诗经·秦风·蒹葭》中的"蒹葭"；在文化中发展形成"品格"，如梅、兰、竹、菊"四君子"。在我国第一部诗歌总集《诗经》中，花草树木占据大量篇幅；在浪漫主义创作手法的源头《楚辞》中，作者的思想品格与花草树木的特征高度融合，形成了"香草美人"的表现手法；在《红楼梦》研究领域，植物研究甚至单独成为一个分支，诸联在《红楼梦评》中以花喻人："黛玉如兰，宝钗如牡丹，李纨如古梅，熙凤如海棠……"概观中国古代文学作品，有表达离愁别绪的杨柳，象征美貌女子的桃花；有岁寒而不凋的松柏，凌寒独自开的梅花；有陶渊明的"采菊东篱下"，李清照的"误入藕花深处"，花的品类繁多，花的故事不胜枚举，由此可见花草树木的重要地位和价值。

　　本章分为三个部分。

【文论摘录】

　　善鸟、香草以配忠贞，恶禽、臭物以比谗佞；灵修、美人以媲于君，宓妃、佚女以譬贤臣；虬龙、鸾凤以托君子，飘风、云霓以为小人。（东汉·王逸《楚辞章句》）

　　悲落叶于劲秋，喜柔条于芳春。（西晋·陆机《文赋》）

第一节　花亦无知

【中心选文】

一　桃夭

桃之夭夭[1]，灼灼其华[2]。之子于归[3]，宜其室家[4]。

桃之夭夭，有蕡其实[5]。之子于归，宜其家室。

桃之夭夭，其叶蓁蓁[6]。之子于归，宜其家人。

《诗经·周南》

【作者/出处简介】

参见第二章第三节《小星》关于《诗经》的简介。

【字词注释】

1. 夭夭：树木茂盛的样子。
2. 灼灼：花朵鲜艳的样子。华：同"花"。
3. 之子：这位姑娘。于归：姑娘出嫁。古代把夫家看作女子的归宿，故出嫁称"归"。于：去，往。
4. 宜：和顺，亲善。室家：家庭，指夫家，与下文的"家室""家人"同义。
5. 有蕡（fén）：即蕡蕡。蕡，肥大。
6. 蓁（zhēn）蓁：树叶茂盛的样子。

【作品解析】

这是一首祝贺新婚的诗歌。全诗共三章，第一章以茂盛鲜艳的桃花比喻年轻娇媚的新娘，"夭夭""灼灼"等叠字使诗歌产生强烈的色彩感和画面感。灼，火光也，"灼灼"二字把桃花的美描写到极致，光彩明艳，炫人眼目。"灼灼其华"应为"其华灼灼"，与第二章"有蕡其实"同样运用颠倒法。接下来从桃花写到新娘，盛装打扮的她此刻既兴奋又羞涩，真有"人面桃花相映红"的韵味。诗中既写景又写人，情景交融，烘托出一派喜庆热烈的气氛。第二、四、六、八句是对新婚夫妇的祝愿。桃树硕果累累预示新娘早生贵子，儿孙满堂；枝叶繁茂则象征家庭美满幸福，兴旺发达，这堪称最美的比喻、最好的颂辞。朱熹《诗集传》云："宜者，和顺之意。室谓夫妇所居，家谓一门之内。"古代社会夫妇所居为室，与父母等人共处则构成家。"宜"字在此用得简练而精准，女子出嫁是家庭生活的开始，夫妻和顺，则家庭和睦，家和则万事兴。《大学》中有："故治国在齐其家。《诗》云：'桃之夭夭，其叶蓁蓁。之子于归，宜其家人。'宜其家人，而后可以教国人。"

此诗语言生动优美，采用重章叠句的手法，每章都先以桃起兴，继以花、果、叶作比，由花开到结果，再由果熟到叶盛，与桃的自然生长状态相适应，寓意清晰，变化中有层次。

二 山园小梅（其一）

林逋

众芳摇落独暄妍[1]，占尽风情向小园。

疏影横斜水清浅[2]，暗香浮动月黄昏[3]。

霜禽欲下先偷眼[4]，粉蝶如知合断魂[5]。

幸有微吟可相狎[6]，不须檀板共金樽[7]。

《重刊林和靖先生诗集》卷二

【作者/出处简介】

林逋（968～1028），钱塘（今浙江杭州）人，字君复，北宋初期"晚唐体"诗人之一，有《林和靖诗集》四卷存世。死后，宋仁宗赐谥"和靖先生"，惯称其为林和靖。《宋史·隐逸传》称其"少孤力学，不为章句。性恬淡好古，弗趋荣利。家贫，衣食不足，晏如也。"可见林逋家贫却刻苦好学，博览群书，这为其后来写出传世佳作奠定了基础。林逋的诗大多描写孤高隐逸的名士状态，参禅悟道，品茗赏花，谈诗论画等，而这生活的种种都被赋予了清幽、淡雅的韵致，平淡玄远的自然诗风。

【字词注释】

1. 众芳：百花。摇落：被风吹落。暄妍：明媚美丽。

2. 疏影横斜：梅花疏疏落落，斜横枝干投在水中的影子。

3. 暗香浮动：梅花散发的清幽香味在飘动。

4. 霜禽：一指白鹤，二指冬天的禽鸟，与下句中夏天的"粉蝶"相对。

5. 合：应该。

6. 微吟：低声地吟唱。狎（xiá）：亲近，狎玩。

7. 檀（tán）板：演唱时用的檀木拍板。金樽：豪华的酒杯。

【作品解析】

过惯了隐士生活的林逋，其诗歌在字里行间自然散发出一种超凡脱俗的品格。林逋诗中最为后世瞩目的是咏梅诗，其中首推"疏影横斜水清浅，暗香浮动月黄昏"两句，苏轼、黄庭坚、陆游等大家都争相赞誉。

《山园小梅》一开篇就将"独"字凸显出来，梅花在严寒之中依然盛开，独自将小园风光占尽。颔联更是巧妙化用五代南唐江为的"竹影横斜水清浅，桂香浮动月黄昏"，从"竹影"到"疏影"，"桂香"到"暗香"，将本来平面的一个意向，复叠为双重韵味的意象，疏淡的梅影、缕缕的清香，迷散飘漫于整个静谧的空间之中。后两联转向虚写，"霜禽欲下先偷眼，粉蝶如知合断魂"，"先偷眼"将白鹤对梅的喜爱表达得无以复加。

梅花在林逋之前，从总体上说与其他花没有任何区别，仅仅是文人雅客伤春悲秋的意象和符号而已。程杰《林逋咏梅在梅花审美认识史上的意义》一文指出，林逋"发现了梅花美的一个极其重要的方面——'枝''影'美，从而梅花的轻峭疏瘦美得以完整的确立在林逋那里，梅与'水''月'成了一个经典组合，'水''月'皆为梅花'表德'，而林逋以隐士的心性咏梅，开创了咏梅重在品格立意的新境界"。此种高度评价古已有之，"王君卿在扬州，同孙巨源、苏子瞻适相会。君卿置酒曰：'疏影横斜水清浅，暗香浮动月黄昏，此和靖梅花诗，然为咏杏与桃李皆可用也'。东坡曰：'可则可，但恐桃杏李不敢承当。一坐大笑'。"（宋·王直方《王直方诗话》）

三　六丑·蔷薇谢后作[1]

周邦彦

　　正单衣试酒[2]，恨客里、光阴虚掷[3]。愿春暂留，春归如过翼[4]。一去无迹。为问家何在？夜来风雨，葬楚宫倾国[5]。钗钿堕处遗香泽[6]，乱点桃蹊，轻翻柳陌[7]。多情更谁追惜[8]？但蜂媒蝶使，时叩窗隔[9]。

　　东园岑寂[10]。渐蒙笼暗碧[11]。静绕珍丛底[12]，成叹息。长条故惹行客[13]，似牵衣待话[14]，别情无极。残英小、强簪巾帻[15]。终不似、一朵钗头颤袅，向人欹侧[16]。漂流处，莫趁潮汐。恐断红、尚有相思字，何由见得[17]！

《详注周美成词片玉集》卷七

【作者/出处简介】

　　周邦彦（1056～1121），字美成，自号清真居士，钱塘（今浙江杭州）人。工诗文，词最著名。讲究音律，善于用典与铺叙，曲折回环，富艳精工。与姜夔并称"周姜"，是宋代婉约派代表词人之一，又为格律派词人所宗。被誉为"词中老杜""词家之冠"。有《片玉集》（又名《清真集》）十卷。

【字词注释】

1. 六丑：词牌名，为周邦彦首创。关于名称的来源，据周密《浩然斋雅谈》记载，周邦彦曾对宋徽宗云："此犯六调，皆声之美者，然绝难歌。昔高阳氏有子六人，才而丑，故以比之。"

2. 试酒：品尝新酒。宋时风俗，于四月初开煮酒，谓之试酒。

3. "恨客里"句：恨，遗憾。客里，客居他乡。虚掷，虚度。唐代刘禹锡《河南白尹有喜崔宾客归洛兼见怀长句因而继和》中有"遥羡光阴不虚掷"，周邦彦此句反用其意。

4. 过翼：飞鸟。杜甫《夜二首》之二："城郭悲笳暮，村墟过翼稀。"

5. "夜来"二句：描写风雨摧打，花朵凋零的景象。楚宫倾国，本意指美人，这里比喻被风雨打落的蔷薇花。"楚宫"之典出自《韩非子·二柄》，"楚灵王好细腰，而宫中多饿人。""倾国"之说出自汉代李延年《佳人曲》，"北方有佳人，绝世而独立。一顾倾人城，再顾倾人国。"

6. 钗：两簪合成的首饰。钿（diàn）：镶嵌金、银花的首饰。

7. "乱点"二句：描写蔷薇凌乱散落，翻飞于桃蹊、柳陌的情景。桃蹊、柳陌，指种满桃花和柳树的小路。蹊（xī）、陌均为小路。

8. "多情"句：此句有两种解读，既可理解为向人发问，译为还有谁多情似我，惋惜怜爱这片落花？还可以理解为向花发问，译为还有谁会怜惜多情却渐渐凋零的你呢？

9. "但蜂媒"二句：但：只有。蜂媒蝶使：蜂蝶因授粉而穿梭于花间，故称其为"媒""使"。隔，一作"槅"，窗间木格。罗忼烈《清真集笺注》认为"隔"为"槅"之误，"隔当作槅，通格，谓窗间木格子也。《说文》'槅，大车枙也'，引申为木条，其字罕见，与隔形近，故讹。"

10. 岑（cén）寂：寂静。

11. 蒙笼：草木茂盛。暗：茂密浓郁。

12. "静绕"句：梁代刘缓《看美人摘蔷薇》："绕架寻多处，窥丛见好枝。"周邦彦此句沿用其意。珍丛，蔷薇花丛。

13. 长条：蔷薇花的枝条。

14. "似牵衣"句：梁元帝《看蔷薇》："横枝斜绾袖，嫩叶下牵裾。"唐代储光羲《蔷薇》："高处红须欲就手，低边绿刺已牵衣。"南唐李从善《蔷薇诗一首十八韵呈东海侍郎徐铉》："嫩刺牵衣细，新条窣草垂。"此句在沿用前人表述的基础上，增加了拟人手法，将蔷薇刺钩牵行人衣裳的情状，说成是蔷薇花有意牵拉住行人的衣衫，想要与之对话。

15. 强（qiǎng）：勉强。簪（zān）：插、戴。帻（zé）：头巾。

16. 颤袅：轻微颤动。欹（qī）侧：倾斜。

17. "漂流"三句：此三句援用红叶题诗的典故。唐代范摅《云溪友议》卷下《题红怨》："卢渥舍人应举之岁，偶临御沟，见一红叶，命仆挈来。叶上乃有一绝句……诗曰：'水流何太急，深宫尽日闲。殷勤谢红叶，好去到人间。'"

【作品解析】

此词是周邦彦的咏物名篇，有两点独到之处：其一，将词人对生活飘零，生命易逝的深刻体验寄托于赋咏蔷薇中。其二，使自我与蔷薇成为表现的共同主体，改变了咏物词以物为中心的创作传统。

词作开篇就奠定了伤春与伤别的情感基调。起首三句是伤别，流露出客居异地，去国怀乡的强烈孤独感。"愿春"三句是伤春，也是对逝去年华的悲悼。三句在表达上一句一转，不奢望春能久留，只期盼其能暂留，一转；春非但没有暂留，去时更如飞鸟之迅疾，二转；不仅去得迅疾，而且荡然无存，踪影全无，三转。通过层层推进的方式强化词人对春之将去的痛惜与眷恋。接着用"为问家何在"提问，描写蔷薇凋零时极端凄美，摄人心魄的场面，以及词人内心无法遏制亦无法平复的追悼落红之痛。"葬楚宫倾国"是听闻风雨后，作者在第一时间对蔷薇可怜情状的想象，以"楚宫倾国"喻花，以"葬"字表达美好事物被瞬间毁灭的冰冷无情，以及词人内心怜惜却无能为力的伤痛。"乱点""轻翻"极写花朵面对风雨强袭的柔弱无辜却又无法幸免，惋惜、刺痛之情更进一步。这既是对落红的伤悼，也是对一切被摧毁的美好的痛惜，更是对自我如同落花般几经挣扎，终归飘零被弃命运的伤怀。词人建立了花与人之间的命运共同体，通过描写落花隐喻自我的命运悲剧，从而传递出更加深沉严肃的生存焦虑与内心创痛。

下阕写蔷薇谢后之事，方进入词作主题。此部分展开了物与"我"之间的直接对话，创作主体的形象直接介入词作中，同样成为被表现的中心。"长条"三句，以花恋人的娇憨可爱反向表达人对经历风雨之劫侥幸留存的花朵的疼惜怜爱。"残英"三句作为回应，正向描写人对未落残红的疼爱。"飘流处"三句，花朵已凋零，人花已分离，却依然以"相思字"来自我安慰，寄望断红不要彻底随水而逝。此等话语虽无理而有情，更显示出人对花因命运共同体的关系而具有的特别情愫。至此，词人所表达的已不单单是惜花，而是注入了"同是天涯沦落人"的精神依恋。正如清人黄苏的评点："自叹年老远宦，意境落寞；借花起兴，以下是花、是自己，比兴无端，指与物化。"（《蓼园词评》）

四　病梅馆记

龚自珍

江宁之龙蟠[1]，苏州之邓尉[2]，杭州之西溪[3]，皆产梅。或曰[4]：梅以曲为美，直则无姿；以欹为美[5]，正则无景；梅以疏为美，密则无态。固也[6]。此文人画士，心知其意，未可明诏大号，以绳天下之梅也[7]；又不可以使天下之民，斫直[8]、删密、锄正，以夭梅、病梅为业以求钱也。梅之欹、之疏、之曲，又非蠢蠢求钱之民，能以其智力为也。有以文人画士孤癖之隐[9]，明告鬻梅者[10]：斫其正，养其旁条[11]，删其密，夭其稚枝[12]；锄其直，遏其生气[13]，以求重价[14]，而江、浙之梅皆病。文人画士之祸之烈至此哉！

予购三百盆，皆病者，无一完者。既泣之三日，乃誓疗之，纵之，顺之，毁其盆，悉埋于地[15]，解其棕缚[16]。以五年为期，必复之[17]，全之[18]。予本非文人画士，甘受诟厉[19]。辟病梅之馆以贮之。呜呼！安得使予多暇日[20]，又多闲田以广贮江宁、杭州、苏州之病梅，穷予生之光阴以疗梅也哉[21]！

《定庵续集》卷三

【作者/出处简介】

龚自珍（1792～1841），清代思想家、文学家及改良主义的先驱者。27岁中举人，38岁中进士。曾任内阁中书、宗人府主事和礼部主事等官职。主张革除弊政，抵制外国侵略，曾全力支持林则徐禁除鸦片。48岁辞官南归，次年暴卒于江苏丹阳云阳书院。他的诗文主张"更法""改图"，揭露清统治者的腐朽，洋溢着爱国热情，被柳亚子誉为"三百年来第一流"。有《定庵全集》。

1. 江宁：在今江苏南京，是南京在南唐、北宋、清朝时期的名称，是南京的旧称之一，寓意为江南安宁。龙蟠：龙蟠里，在今南京清凉山下。

2. 邓尉：山名，在今江苏苏州西南。

3. 西溪：杭州地名。

4. 或：某人、有的。

5. 欹（qī）：倾斜，歪向一边。

6. 固：本，原来。

7. 明：公开。诏：告知，告诉。号：疾呼喊叫。绳：名词动用，捆住，约束。

8. 斫（zhuó）：大锄，引申为用刀、斧等砍。

9. 隐：隐衷、心中特别的嗜好。

10. 鬻（yù）：粥，引申为卖。

11. 旁条：旁逸斜出的枝条。

12. 夭（yāo）：使……摧折，使……弯曲。稚枝：稚嫩的枝条。稚，同"稚"。

13. 遏（è）：阻碍，阻拦。

14. 重价：重金、大价钱。

15. 悉：尽，全。

16. 椶缚：椶，同"棕"。棕绳的束缚。

17. 复：使动用法，使……恢复。

18. 全：使动用法，使……得以保全。

19. 诟（gòu）厉：耻辱，辱骂。

20. 暇：指空闲，没有事的时候。

21. 穷：穷尽，指在金钱或者物质上很贫瘠。以……也哉：介词，把……当作。

【作品解析】

　　梅花，自古就是文人雅客中意的抒发情感的意象。龚自珍的本篇文章最大的贡献就在于梅花的新用，改变以往"梅花"所带有的高洁、离别和孤高的审美品格。他描摹"梅"被摧残夭折之景，引申出"病梅"，将"病梅"和社会现实联系到了一起。"病梅"揭露的是清晚期社会畸形的艺术审美趣味，也可以说"病梅"针对晚清统治阶级压迫摧残人才的现实。

　　开篇写出梅花的产地，"江宁之龙蟠，苏州之邓尉，杭州之西溪"的文人对梅花有着独特的爱好，"以曲为美""以欹为美""以疏为美"。于是，"鬻梅者"斫正，删密，锄直，以投"文人画士孤癖之隐"。作者"誓疗之"，买了三百盆，决定用五年时间治好这些梅花，"甘受诟厉，辟病梅之馆"。作者借梅花被摧残，寓示统治者摧残人才的恶劣行为。自己的政治理想是统治者让人才自己自由发展，甚至被"不拘一格降人才"的统治者所重用。

第二节 胡为草戚

【中心选文】

一 蒹葭

蒹葭苍苍[1]，白露为霜。所谓伊人[2]，在水一方。

溯洄从之[3]，道阻且长。溯游从之[4]，宛在水中央。

蒹葭萋萋[5]，白露未晞[6]。所谓伊人，在水之湄[7]。

溯洄从之，道阻且跻[8]。溯游从之，宛在水中坻[9]。

蒹葭采采[10]，白露未已[11]。所谓伊人，在水之涘[12]。

溯洄从之，道阻且右[13]。溯游从之，宛在水中沚[14]。

《诗经·秦风》

【作者/出处简介】

参见第二章第三节《小星》关于《诗经》的简介。

【字词注释】

1. 蒹（jiān）葭（jiā）：是一种植物，即芦荻、芦苇。蒹，没有长穗的芦苇。葭，初生的芦苇。苍苍：茂盛鲜明的样子，形容蒹葭给人一种苍茫悠远的感觉。

2. 伊人：那个人。高亨注："伊人，是人，意中所指的人。"

3. 溯洄：逆流而上。从：追寻。

4. 溯游：顺流而下。

5. 萋萋：茂盛的样子。

6. 晞（xī）：干，干燥。

7. 湄（méi）：岸边，水与草交接的地方。

8. 跻（jī）：上升，登高。

9. 坻（chí）：水中的小沙洲。

10. 采采：众多的样子。

11. 已：止，干。

12. 涘（sì）：水边。

13. 右：弯曲，迂回。

14. 沚：水中的小沙洲。

【作品解析】

本诗一般意义上是作为一首"求而不得"的爱情诗来看待的。然而对其主题学者们的观点主要分为三类：一是"刺襄公"说，二是"招贤"说，三是"爱情"说。三种看法都有大批追随者。前两种观点的前提是《诗经》305篇，那是孔子按照"诗无邪"的标准筛选剩下的，因而其必然体现着儒家的政治和社会思想。

当然，如果"伊人"被理解为情人或恋人，整首诗又将空灵、神秘、迷茫的爱情感觉发挥到了极致。水、蒹葭、露和霜等几种意象随着时间和季节的变化，其状态都在发生变化。蒹葭从"苍苍"到"萋萋"，再到"采采"；白露从"成霜"到"未晞"，再到"未已"，这些时间的漫长等待，都可以将爱情中热切渴求与求之不得的感觉传达出来。

值得注意的是，《蒹葭》这首诗所写对朦胧的恋人的追求，并且带来的丝丝伤感的感觉，在中国现代派象征主义诗人戴望舒的《雨巷》之中也体现出来了。两首诗歌描写的"伊人"或"丁香姑娘"所处的环境都是朦胧和迷茫的，同时诗歌的作者带有一种追而不得的伤感和无奈。

二　上山采蘼芜

上山采蘼芜[1]，下山逢故夫[2]。

长跪问故夫[3]，新人复何如[4]？

新人虽言好，未若故人姝[5]。

颜色类相似[6]，手爪不相如[7]。

新人从门入，故人从阁去[8]。

新人工织缣，故人工织素[9]。

织缣日一匹，织素五丈余[10]。

将缣来比素，新人不如故。

《玉台新咏》卷一

【作者/出处简介】

《上山采蘼芜》是汉代的一首乐府诗，最早见于南朝徐陵辑《玉台新咏》，《乐府诗集》未收。《玉台新咏》十卷收录先秦至南朝梁诗歌七百余首，其编纂宗旨是"选录艳歌"，即男女闺情之作。从内容的广泛性看，《玉台新咏》不如成书略早的《文选》，但它也有自己的特色，如比较重视民间文学。

【字词注释】

1. 蘼（mí）芜（wú）：又名江蓠，一种香草，叶子风干后可做香料。古人认为蘼芜可使妇人多子。
2. 故夫：指前夫。
3. 长跪：直身而跪。古人坐时两膝着地，臀部放在脚跟上，跪则直起腰来以示尊重，身体因此被拉长，故称。

4. 新人：指前夫新娶的妻子。

5. 姝：美好。不仅指容貌，还包括其他方面。

6. 颜色：容貌、姿色。

7. 手爪：指纺织等手工技艺。

8. 阁（gé）：旁门、小门。

9. 缣（jiān）、素：都是绢。缣色带黄，素色洁白，缣贱素贵。

10. 匹、丈：都是古代度量单位。一匹长四丈，宽二尺二寸。

【作品解析】

　　这是一首"弃妇诗"，通过一位弃妇和前夫偶遇时的对话，反映了封建社会女子的不幸遭遇和可悲命运。诗中出现了故夫、弃妇和新人三个人物形象，虽然新人没有出场，故夫和弃妇之前的关系如何也未做交待，但从对话中可以明显看出二人难舍之情和内心痛苦。许嘉璐在其《中国古代衣食住行》中指出："素是白而细致的缯帛，织缣、素所费的工是差不多的。古代的一匹四丈，'五丈余'比一匹也差不了多少。'新人不如故'只是由于对前妻的感情未断。"同时，故夫所说也从侧面反映出弃妇的勤劳和美丽，她的被弃是一个悲剧，原因主要是"无子"，而中国古代"不孝有三，无后为大"，所以诗中的"蘼芜"具有比兴寄托之意。新妇从正面大门被迎进来，故妻从旁边小门被送出去。一荣一辱，一喜一悲，鲜明对照。

　　由于中国古代女性"三从"的人身依附性，"弃妇"题材在文学作品中常常出现，如《诗经》中的《氓》《谷风》，乐府民歌中的《有所思》《白头吟》《怨歌行》《孔雀东南飞》，等等。

三　赋得古原草送别[1]

白居易

离离原上草[2]，一岁一枯荣。

野火烧不尽，春风吹又生。

远芳侵古道[3]，晴翠接荒城[4]。

又送王孙去[5]，萋萋满别情[6]。

《白氏长庆集》卷十三

【作者/出处简介】

　　参见第四章第四节《问刘十九》关于白居易介绍。

【字词注释】

1. 赋得：借古人诗句或成语命题作诗。诗题前一般都冠以"赋得"二字。这是古人学习作诗，或文人聚会分题作诗，或科举考试时命题作诗的一种方式，称为"赋得体"。

2. 离离：青草茂盛的样子。

3. "远芳"句：远处芬芳的青草蔓延到古老的驿道上。侵，侵占，长满。

4. "晴翠"句：阳光照耀下的绿野连接着荒芜的城池。

5. 王孙：本指贵族后代，此处指被送别的友人。

6. 萋萋：茂盛的样子。

【作品解析】

《赋得古原草送别》作于唐贞元三年（787），白居易时年十六，是他少年成名之作。唐代张固《幽闲鼓吹》云："白尚书应举，初至京，以诗谒顾著作况，顾睹姓名，熟视白公，曰：'米价方贵，居亦弗易。'乃披卷首篇（即此诗），即嗟赏曰：'道得个语，居即易矣。'因为之延誉，声名大振。"

此诗首句紧扣题目"古原草"三字，用叠字"离离"来强调春草的茂盛程度。第二句陈述了草荣枯的自然规律，第三、四句表现了草顽强的生命力，前四句侧重表现草生命的历时之美。接下来，后四句则侧重表现其共时之美。"侵""接"二字描写春草蔓延、绿野广阔的美景。"又送"化用《招隐士》中"王孙游兮不归，春草生兮萋萋"之意，点明送别主题。在这欣欣向荣的时地，作者再一次送友人离去，抒发了乐景之下的哀情、不舍之情。本诗虽为命题所作，需要遵循点题，起承转合，对仗工整的规则，却同时做到了用语流畅，情景交融，意境浑成，乃"赋得体"中较少的佳作，是一曲古原草颂，是对生命的赞歌。

这是一首送别诗，也有人认为别有寓意，"诗以喻小人也。消除不尽，得时即生，干犯正路。"（《唐诗三百首》）但从整首诗看，古原草虽有所指，喻意并不确切，"野火"二句却象征着一种坚韧的品质，成为千古传唱的名句。

第三节　树木丛生

【中心选文】

一　橘颂

屈原

后皇嘉树[1]，橘徕服兮[2]。受命不迁[3]，生南国兮[4]。深固难徙，更壹志兮[5]。绿叶素荣[6]，纷其可喜兮[7]。曾枝剡棘[8]，圆果抟兮[9]。青黄杂糅[10]，文章烂兮[11]。精色内白[12]，类可任兮[13]。纷缊宜修[14]，姱而不丑兮[15]。

嗟尔幼志[16]，有以异兮。独立不迁，岂不可喜兮？深固难徙，廓其无求兮[17]。苏世独立[18]，横而不流兮[19]。闭心自慎[20]，终不失过兮。秉德无私[21]，参天地兮。愿岁并谢[22]，与长友兮。淑离不淫，梗其有理兮[23]。年岁虽少，可师长兮[24]。行比伯夷，置以为像兮[25]。

《楚辞》卷四

【作者/出处简介】

参见第一章第一节《天问》关于屈原介绍。

【字词注释】

1. 后皇：即天地的代称。源于《左传·僖公十五年》："君履后土而戴皇天，皇天后土实闻君之言。"嘉树：这里指橘树。源于《左传·昭公二年》："既享，宴于季氏。有嘉树焉，宣子誉之。"

2. 徕（lái）服：适宜南方水土。徕，同"来"。服，习惯。

3. 受命不迁：秉受自然的天性，不宜迁徙。受，承受。命，天命，这里指橘树的本性。

4. 南国：南方，这里专指楚国。

5. 壹志：志向专一。壹，专一，一心一意。

6. 素荣：白色的花。荣，花。

7. 纷其可喜：叶繁花多，十分可爱。纷，繁茂的样子。其，语助词，无实义。

8. 曾枝：层层枝叶。曾，通"层"，一层层，一重重。剡（yǎn）棘：尖利的刺。剡，锐利。棘，刺。

9. 抟（tuán）：通"团"，圆圆的；一说同"圜（huán）"，环绕，楚地方言。

10. 糅（róu）：混杂。

11. 文章：花纹色彩。烂：斑斓，明亮。

12. 精色：鲜明的色泽，果实的外皮色泽纯净。

13. 类可任兮：似可任以大道。

14. 纷缊宜修：长得繁茂，修饰得体。

15. 姱（kuā）：漂亮，美好。

16. 幼志：自幼已有之志。

17. 廓：胸怀开阔。

18. 苏世独立：独立于世，保持清醒。苏，苏醒，指的是对浊世有所觉悟。

19. 横而不流：横立水中，不随波逐流。

20. 闭心：安静下来，戒惧警惕。

21. 秉德：保持好品德。

22. 愿岁并谢：誓同生死。岁，年岁。谢，死。

23. 梗：刚直。

24. 可师长：可以为人师表。

25. 置以为像：树立作为榜样。像，榜样。

【作品解析】

《橘颂》开辟了后世托物言志的新传统，被称为"咏物之祖"。楚国盛产橘，是橘树的故乡。楚国的橘树有一奇特的习性，在楚国接出的果子又大又甜，一旦移栽到其他地方，其果子便又酸又苦。《晏子春秋》中说："橘生淮南则为橘，生于淮北则为枳。"诗人以橘树来自喻，象征其坚贞不屈，矢志不渝的爱国情怀。《橘颂》较为明显地继承了《诗经》的写作手法，陈怡良先生认为，首先在标题上，《橘颂》为"颂"，主要是因袭自《诗经》之体裁"颂"，即《周颂》《鲁颂》《商颂》三"颂"而来。一般解释"颂"以为是祭祀颂神或颂祖先的乐歌。其二，在体制上，《橘颂》属于四言诗的基调，二句一押韵，以"兮"字在押韵句接尾，与《离骚》"兮"字在不押韵句尾，或《九歌》"兮"在每句中间不同。《橘颂》的体制形式其实也渊源于《诗经》，同时屈原在《橘颂》之中又有着自己的创新，比如在语言上，"曾枝剡棘，圆果抟兮。青黄杂糅，文章烂兮"句中"抟"字，依汉代王逸《楚辞章句》注云："楚人名圜为抟。"抟既为楚地方言，其义为圜，故"圆果，一作圜实"，屈原以方言字"抟"，组成"圆果抟兮"句，一方面使其雅化，一方面则增强橘实圆形的意象，使之呈现于读者眼前，栩栩欲活，灵动异常。

二 咏史（其一）

左思

郁郁涧底松[1]，离离山上苗[2]。

以彼径寸茎[3]，荫此百尺条[4]。

世胄蹑高位[5]，英俊沉下僚[6]。

地势使之然，由来非一朝。

金张藉旧业，七叶珥汉貂[7]。

冯公岂不伟，白首不见招[8]。

《文选》卷二十一

【作者/出处简介】

左思，生卒年不详，字太冲。齐国临淄（今山东淄博）人。出生于地位卑微、世业儒学之家。西晋文学家，少时曾学书法鼓琴，皆不成，后来左思在父亲的激励下，"博览名文，遍阅百家"。左思貌丑口讷，不好交游，但辞藻壮丽，曾用一年时间写成《齐都赋》（全文已佚，若干佚文散见于《水经注》及《太平御览》）。晋泰始八年（272）前后，因其妹被选入宫，举家迁居洛阳，曾任秘书郎，后退居宜春里，从此未再任职。旧传有集五卷，今存者仅赋两篇，诗十四首，其中《三都赋》《咏史》是其代表作。

【字词注释】

1. 郁郁：茂密苍翠。涧底松：比喻有才华而出身寒门的寒士。涧，山间流水的沟。
2. 离离：密集的小苗随风摆动显出柔弱的样子。山上苗：山上小树。苗，初生的草木。
3. 径寸茎：一寸粗的茎。
4. 荫：遮蔽。百尺条：松树抽出的枝条，这里代指松树。
5. 世胄：世家子弟，贵族后裔。蹑：登上、窃居。
6. 沉下僚：沉没于下级的官职。下僚，下级官员，即属员。
7. 金：指汉金日磾碑，他家自汉武帝到汉平帝，七代为内侍。张：指汉张汤，他家自汉宣帝以后，有十余人为侍中、中常侍。七叶：七代。珥汉貂：汉代侍中、中常侍的帽子上皆插貂尾。珥，插。
8. 冯公：指冯唐。汉文帝时人，才能出众，曾指出法律苛严和不能用将等弊病，但未受重用。伟：奇。不见招：不被进用。

【作品解析】

《咏史》创作于晋初太康时期，文坛绮靡浮泛形式主义文风盛行，左思发扬了建安文学"以情纬文，以文被质"的优秀传统。南朝梁钟嵘在《诗品》中说，左思的《咏史》诗"文典以怨，颇为精切，得讽喻之致。"明代胡应麟《诗薮》说："太冲《咏史》，骨气莽苍，虽途辙歧，一代之杰作也。"可见左思的《咏史》既有前人的继承，又有自身的独创之处。

这首《郁郁涧底松》运用对比手法将"涧底松"与"山上苗""蹑高位"的"世胄"子弟与"沉下僚"的"英俊"之士，金、张家族与冯唐进行对比，来批判当时广泛存在的不合理社会现象。松树本身作为一种自然植物，具有高大、耐寒、质坚的特征，常常被人们誉为"柱明堂而栋宗庙"的栋梁之材。"苗"则属于草木，而且是初生的草木，其特点是柔弱纤细，随风摇摆，没有自己的立场。然而由于两种植物天生生长的环境差异，导致一种悖逆的现象。松树虽然长得郁郁葱葱，身长百尺，品格高洁，但是身处涧底，却被"径寸茎"荫庇，这显得特别的荒诞和滑稽。但是诗人告诉你这就是现实，不平等的现实。因而不仅是自然界，社会之中更是处处存在，"世胄蹑高位，英俊沉下僚，""世胄"没有任何本事，却能凭借家世背景登上高位，与"山上苗"何其相似；"英俊"才秀却只能处于低位，和"涧底松"又为同类。

三 枯树赋

庾信

殷仲文风流儒雅[1]，海内知名。世异时移[2]，出为东阳太守[3]。常忽忽不乐[4]，顾庭槐而叹曰[5]："此树婆娑[6]，生意尽矣[7]！"

至如白鹿贞松[8]，青牛文梓[9]。根柢盘魄[10]，山崖表里[11]。桂何事而销亡[12]，桐何为而半死[13]？昔之三河徙植[14]，九畹移根[15]。开花建始之殿[16]，落实睢阳之园[17]。声含嶰谷[18]，曲抱《云门》[19]。将雏集凤[20]，比翼巢鸳[21]。临风亭而唳鹤[22]，对月峡而吟猿[23]。乃有拳曲拥肿[24]，盘坳反覆[25]。熊彪顾盼，鱼龙起伏。节竖山连，文横水蹙[26]。匠石惊视[27]，公输眩目[28]。雕镌始就，剞劂仍加[29]。平鳞铲甲，落角摧牙[30]。重重碎锦，片片真花。纷披草树[31]，散乱烟霞。

若夫松子、古度、平仲、君迁，森梢百顷[32]，槎枿千年[33]。秦则大夫受职，汉则将军坐焉。莫不苔埋菌压，鸟剥虫穿[34]。或低垂于霜露，或撼顿于风烟[35]。东海有白木之庙[36]，西河有枯桑之社[37]，北陆以杨叶为关，南陵以梅根作冶[38]。小山则丛桂留人，扶风则长松系马[39]。岂独城临细柳之上[40]，塞落桃林之下[41]。

若乃山河阻绝，飘零离别。拔本垂泪，伤根沥血[42]。火入空心[43]，膏流断节[44]。横洞口而欹卧[45]，顿山腰而半折，文斜者百围冰碎[46]，理正者千寻瓦裂[47]。载瘿衔瘤[48]，藏穿抱穴[49]，木魅睒睗[50]，山精妖孽[51]。

况复风云不感[52]，羁旅无归。未能采葛[53]，还成食薇[54]。沉沦穷巷，芜没荆扉，既伤摇落，弥嗟变衰[55]。《淮南子》载："木叶落，长年悲。"斯之谓矣。乃歌曰："建章三月火[56]，黄河万里槎[57]。若非金谷满园树[58]，即是河阳一县花。"桓大司马闻而叹曰[59]："昔年种柳，依依汉南[60]。今看摇落，凄怆江潭。树犹如此，人何以堪！"

《庾子山集》卷一

【作者/出处简介】

庾信（513～581），字子山，小字兰成，南阳新野（今属河南）人。南北朝时期文学家、官员。庾信出身于一个"七世举秀才""五代有文集"的家庭。早年出入梁朝宫廷，善作宫体诗。梁元帝时出使西魏，梁亡后被强留北方。因卓越的文学造诣，先后得到西魏和北周的优待，官至骠骑大将军、开府仪同三司。有《庾子山集》传世。

【字词注释】

1. 殷仲文：（？～407），字仲文，陈郡长平（今河南西华）人，太常殷融之孙，吴兴太守殷康之子，南蛮校尉殷觊（即殷顗）之弟，东晋大臣、诗人。风流：英俊。儒雅：风度温文尔雅。
2. "世异"句：桓玄称帝，以殷仲文为咨议将军。后桓玄为刘裕所败，晋安帝复位，仲文上表请罪。此句指此事。

3. 东阳：今浙江金华。

4. 忽忽：恍惚，失意的样子。《晋书》："仲文素有名望，自谓必当朝政，又谢混之徒畴昔所轻者，并皆比肩，常怏怏不得志。忽迁为东阳太守，意弥不平。"

5. 庭：本意指堂前的院子，引申为厅堂。

6. 婆娑（suō）：盘旋舞动的样子。

7. 生意：生机勃勃。

8. 至如：连词。下文"乃有""若夫""若乃"同此。白鹿：指白鹿塞，在今甘肃敦煌。贞松：松耐严寒，常青不凋，故以喻坚贞不渝的节操。

9. "青牛"句：指参天古木。《录异传》载，春秋时秦文公砍伐雍州南山文梓树，断树，有一青牛从中出来，走入沣水中。古人以为树万岁化为青牛。

10. 柢（dǐ）：树木的本根。盘魄：同"磅礴"，形容气势盛大，广大无边。

11. "山崖"句：以山崖为表里，形容上句所说根柢的牢固。

12. 桂：桂树。销亡：枯死。《汉书·外戚传》载："李夫人死后，汉武帝思念不已，作《悼李夫人赋》说：'秋气潜以凄泪兮，桂枝落而销亡'。"

13. 桐：梧桐树。半死：凋零残败。汉代枚乘《七发》："龙门之桐，高百尺而无枝……其根半生半死，冬则烈风、漂霰、飞雪之所激也，夏则雷霆、霹雳之所感也。"

14. 三河：汉时称河东、河内、河南三郡为三河，相当于今河南西北部，山西南部地区。徙植：迁徙移植。

15. 九畹：指大面积移植。九，虚数，形容多。畹（wǎn），古代地积单位。说法不一，一说十六亩为一畹，一说十二亩为一畹。

16. 建始：洛阳宫殿名，汉建安二十五年（220）曹操所建。

17. 睢阳之园：汉代梁孝王刘武所建的梁园，在今河南商丘。

18. 嶰（jiè）谷：昆仑山北谷名，汉代应劭《风俗通·声音序》："昔黄帝使伶伦自大夏之西，昆仑之阴，取竹于嶰谷，生其窍厚均者，断两节而吹之，以为黄钟之管。"

19. 抱：怀有。云门：黄帝时的舞曲，见《周礼·大司乐》。

20. "将雏"句：意谓凤凰携幼鸟停落在树上。将，带领，扶助。

21. 巢：名词动用，筑巢。鸳：鸳鸯。

22. "临风亭"句：意谓鹤常立树上对风鸣叫。唳（lì）鹤，鹤叫。

23. "对月峡"句：意谓猿常立树上对月长鸣。月峡，明月峡的省称，在四川省巴县境内。峡南岸壁高四十丈，其壁有圆孔，形若满月，故称。吟猿，巴东三峡（广溪峡、巫峡、西陵峡）水路艰险，行人至此往往起怀乡之感，有渔歌唱道："巴东三峡巫峡长，猿鸣三声泪沾裳。"见《水经注·江水》。

24. 拳曲：同"蜷曲"，弯曲。拥肿：同"臃肿"，树木节多而不平。

25. 盘坳（ào）：盘旋凹陷，盘曲扭结的样子。

26. 蹙（cù）：皱眉头，指树木的皱纹横生。

27. 匠石：名为石的巧匠，出自《庄子·徐无鬼》。匠，匠人。石，人名。

28. 公输：指春秋时期鲁国巧匠，姓公输名班，也称鲁班。

29. 剞（jī）劂（jué）：刻镂的刀具。剞，曲刀。劂，曲凿。

30. "平鳞"二句：平、铲、落、摧，义同，指砍掉，铲平。鳞、甲，指树皮。角、牙，指树干的疙瘩节杈。

31. 纷披：杂乱散落。

32. 森梢：高耸挺拔。

33. 槎（chá）枿（niè）：树木砍后重生的枝条。斜砍为槎，砍而复生为枿。

34. 苔埋菌压，鸟剥虫穿：指枯树埋没于青苔，上面寄生菌类，被飞鸟剥啄，蛀虫蠹穿。

35. 撼顿：摇动颠簸。

36. 白木之庙：在今河南密县。相传为黄帝葬女处，此地有白皮松，故称。

37. 西河：泛指黄河上游。社：古代祭祀土地神的地方。

38. 南陵：泛指南方地区。梅根作冶：以梅树根作冶炼金属时的燃料。

39. 扶风：指晋代刘琨《扶风歌》，乐府诗篇名。长松系马：《扶风歌》中有"据鞍长叹息，泪下如流泉。系马长松下，发鞍高岳头"。

40. 城临细柳：临细柳城。细柳，即细柳城，在今陕西咸阳西南，西汉周亚夫屯军于此，又称细柳营。

41. 塞落桃林：落桃林塞。桃林，即桃林塞，在今河南灵宝以西，陕西潼关以东地区，其地有函谷关古道。

42. "拔本"二句：拔本、伤根，指拔掉树根，损伤树根。垂泪、沥血，指大树因受到损伤而痛哭流涕。

43. "火入"句：把空心的树放入火中。

44. "膏流"句：树脂从断节处流出来。

45. 攲（qī）：倾斜。

46. 百围：极言树干之粗，亦借指大树。

47. 千寻：形容树木高大。寻，古代八尺为一寻。

48. 瘿（yǐng）、瘤（liú）：树木枝干上隆起似肿瘤的部分。

49. 藏：指树上的虫。穿：咬穿。抱：指树上的鸟。穴：做窝。

50. 木魅：树妖。睒（shǎn）睗（shì）：目光闪烁的样子。

51. 山精：山妖。

52. 风云：比喻社会局势。感：振奋。

53. 采葛：完成使命。《诗经·王风·采葛》本是男女的爱情诗，汉代郑玄解，"以采葛喻臣以小事使出"。

54. 食薇：这里指作者自己在北朝做官。周武王灭殷，伯夷、叔齐不食周粟，隐于首阳山，采薇而食，有人告诉他们薇也属周朝所有，他们便宁肯饿死。见《史记·伯夷列传》。

55. 沉沦、芜没：指沦落潦倒。穷巷、荆扉：指平民百姓的住处。摇落：衰老。

56. 三月火：指东汉建武二年（26）建章宫被焚之事。《史记·项羽本纪》载，项羽引兵"烧秦宫室，火三月不灭"。

57. "黄河"句：意谓建章宫被焚烧时，灰烬在万里黄河中漂流有如浮槎。槎（chá），木筏。传说黄河与天河相通，有人乘浮槎上犯牵牛、织女星。

58. 金谷：即金谷园，在今河南洛阳东北，为晋石崇所筑。

59. 桓大司马：指东晋桓温，字元子，晋简文帝时任大司马。

60. 依依：繁盛貌，又指杨柳随风飘扬，似有眷恋之意。汉南：汉水之南。

【作品解析】

《枯树赋》开篇直接点题，写出主人公殷仲文怀才不遇的境况。殷仲文对枯树的慨叹，"生意尽矣"，沉痛而隽永。以此发端，既显得自然平易，又为全篇奠定了悲凉的抒情基调。

接着写了作为隐喻的"树"原有的生机勃勃。此树枝叶茂盛，"此树婆娑""山崖表里""拳曲拥肿，盘坳反覆""熊虎顾盼，鱼龙起伏""节竖山连，文横水蹙"；此树根系繁茂，"根抵盘魄"，具有雄奇的姿态，"森梢百顷，槎枿千年"。但是此树却遭遇刀斧割剥，"平鳞铲甲，落角摧牙。重重碎锦，片片真花。纷披草树，散乱烟霞"，甚至还有鸟啄虫蛀，风吹雨淋。本段最重要的一句是一个追问："桂何事而销亡，桐何为而半死？"桂树和梧桐从原产地被移栽到帝王之乡，享尽荣华富贵，"开花建始之殿，落实睢阳之园"，但是它们一直想念着故乡，心里备受折磨，使得自己失去生机。

第三段"若夫松子古度"以下至"塞落桃林之下"，本段写了松子、古度等树木，但它们的结局依然是"苔埋菌压，鸟剥虫穿"，枯萎于霜露与风烟之中。只剩下以它们命名的各种建筑，人的命运也同树一样。第四段"若乃山河阻绝"至"山精妖孽"，主要写作者庾信自己的切身遭遇，"山河阻绝，飘零离别。拔本垂泪，伤根沥血。火入空心，膏流断节"，写出了作者痛苦、伤心、压抑的生命体验。

也有人认为庾信此文用典过多，文意晦涩，导致文脉模糊。祝尧《古赋辩体》卷六指出："庾赋多为当时所赏，今观此赋，固有可采处，然喜成段对用故事以为奇赡，殊不知乃为事所用，其间意脉多不贯串。"

四　种树郭橐驼传

柳宗元

郭橐驼[1]，不知始何名[2]。病瘘[3]，隆然伏行[4]，有类橐驼者[5]，故乡人号之"驼"[6]。驼闻之，曰："甚善。名我固当[7]。"因舍其名，亦自谓橐驼云。

其乡曰丰乐乡，在长安西。驼业种树[8]，凡长安豪富人为观游及卖果者[9]，皆争迎取养[10]。视驼所种树，或移徙，无不活，且硕茂，早实以蕃[11]。他植者虽窥伺效慕[12]，莫能如也[13]。

有问之，对曰："橐驼非能使木寿且孳也[14]，能顺木之天，以致其性焉尔[15]。凡植木之性，其本欲舒，其培欲平[16]，其土欲故，其筑欲密[17]。既然已，勿动勿虑，去不复顾[18]。其莳也若子[19]，其置也若弃，则其天者全而其性得矣[20]。故吾不害其长而已，非有能硕茂之也；不抑耗其实而已，非有能早而蕃之也[21]。他植者则不然，根拳而土易[22]，其培之也，若不过焉则不及。苟有能反是者[23]，则又爱之太恩[24]，忧之太勤，旦视而暮抚，已去而复顾，甚者爪其肤以验其生枯[25]，摇其本以观其疏密，而木之性日以离矣[26]。虽曰爱之，其实害之；虽曰忧之，其实仇之，故不我若也。吾又何能为哉！"

　　问者曰："以子之道，移之官理，可乎？"驼曰："我知种树而已，官理，非吾业也。然吾居乡，见长人者好烦其令[27]，若甚怜焉[28]，而卒以祸[29]。旦暮吏来而呼曰：'官命促尔耕，勖尔植[30]，督尔获，早缫而绪，早织而缕[31]，字而幼孩[32]，遂而鸡豚[33]。'鸣鼓而聚之，击木而召之。吾小人辍飧饔以劳吏者[34]，且不得暇，又何以蕃吾生而安吾性耶[35]？故病且怠[36]。若是，则与吾业者其亦有类乎[37]？"

　　问者曰："嘻，不亦善夫！吾问养树，得养人术。"传其事以为官戒[38]。

《柳河东集》卷十七

【作者/出处简介】

　　参见第三章第四节《江雪》关于柳宗元介绍。

【字词注释】

1. 橐（tuó）驼：骆驼，这里指驼背。
2. 始：最开始。
3. 病瘘（lòu）：得了脊背弯曲的病。
4. 伏行：因背脊突出而弯腰行走。
5. 有类：有些类似。
6. 号之：以之为号，给他起个外号叫。号，起外号，名词动用。
7. "名我"句：这样称呼我确实恰当。名，称呼，名词动用。固，确实。当，合适。
8. 业：以……为业，名词动用。
9. 为观游：经营园林游览。为，做，从事，经营。
10. 争迎取养：争着迎接雇用（郭橐驼）。取养，雇用。
11. 实：结果实，名词动用。蕃，多。
12. 窥伺效慕：偷偷观察，羡慕效仿。
13. 莫：没有谁，代词。如：比得上，动词。
14. 寿且孳（zī）：活得长久而且繁殖茂盛。孳，繁殖。
15. 致其性：使它按照自己的本性成长。致，使达到。焉尔：罢了，句末语气词连用。
16. 本：树根。欲：要。舒：舒展。培：培土。
17. 筑：捣土的杵，引申为建造，修盖。密：结实。
18. 去：离开。顾：回头看。其：如果，连词。
19. 莳（shì）：栽种。若子：像对待子女一样精心。

20. "则其"句：于是树木的生长规律可以保全，而它的本性也得到彰显了。

21. 早而蕃（fán）：使……（结实）早而且多，使动用法。

22. 根拳：树根拳曲。土易：更换新土。

23. 苟：假使，连词。反是者：与此相反的人。

24. 爱之太恩：爱它太情深。恩，有情义，这里可引申为"深"之意。

25. 爪其肤：抓破树皮。爪，掐，名词动用。验：检验，观察。生枯：活着还是枯死。

26. 日以离：一天天地失去。

27. 长（zhǎng）人者：为人之长者，指当官治民的地方官。大县的长官称"令"，小县的长官称"长"。烦其令：不断发号施令。烦，使繁多。

28. 若甚怜：好像很爱（百姓）。焉：同"之"代词。

29. 卒以祸：以祸卒，以祸（民）结束。卒，结束。

30. 勖（xù）：勉励。植：栽种。

31. "早缫（sāo）"二句：早点缫好你们的丝，早点纺好你们的线。缫，煮茧抽丝。而，通"尔"，你们。绪，丝。缕，线。

32. 字：生育。

33. "遂而"句：喂养好你们的鸡和猪。遂，顺利地成长。豚（tún），猪。

34. 吾小人：我们小老百姓、普通人。辍飧（sūn）饔（yōng）：不吃饭。飧，晚饭，亦泛指熟食。饔，早饭。

35. 何以：以何，凭什么，倒装句。蕃吾生：繁衍我们的生命，即使我们的人口兴旺。安吾性：安定我们的生活。性，生命，生活。

36. 病且怠：困苦又疲劳。病，困苦。怠，疲卷。

37. 与吾业者：与我同行业的人。类：相似。

38. 以为：以（之）为，把它当作。

【作品解析】

　　这是柳宗元的寓言性传记文，寓言是一种作者别有寄托的叙事故事。《种树郭橐驼传》通过郭橐驼种树经验说出治国治民的道理。打着爱民旗号，不停瞎指挥老百姓是不可取的，相反以老庄的无为而治的思想来种树或治民才能真正让国家繁盛，百姓富裕。

　　本文开篇就指出了一个独特的人物郭橐驼，其特征简直就是《庄子》之中的佝偻丈人的翻版。连名字都用"橐驼"的特征来直呼其人，也体现了老庄顺其自然的思想。此人种树有绝招，他可以让树长得好，活得久，"寿且孳"。究其原因，"顺木之天以致其性"。那么怎么顺应树木的本性呢？"其本欲舒，其培欲平，其土欲故，其筑欲密"，从树的角度来自我审视，可见郭橐驼深得种树的精髓。管理过程之中，尽量不要有人为的干预，"勿动勿虑，去不复顾。其莳也若子，其置也若弃"，不要再动，不要再忧虑它，离开它不再回顾。栽种时要像对待子女一样细心，栽好后要像丢弃它一样放在一边。如果相反，过度的关爱那棵树，在早晨去看了，在晚上又去摸摸，已经离开了，又回头去看看，"虽曰爱之，其实害之；虽曰忧之，其实仇之"，虽然说是喜爱它，这实际上是害了它，虽说是担心它，这实际上是仇视它。

这一篇寓言文字极其简洁生动，比如对人物的描写，"隆然伏行""名我固当"，从外在描写和自我评价，瞬间写出人的独特性。同时用两种种树的方法做对比，衬托出郭橐驼那种看似无为，实在是"大为"的种树方法，更是暗示统治者要给老百姓更多的自由空间使其成长和发展，从而实现国家的兴盛，"无为而治"才是真正的治国大道。三天两头的"好烦其令"，只能是"卒以祸"，真正的"养人术"是"顺天致性"。

【拓展阅读】

一　海棠花祭（节选）

邓颖超

春天到了，百花竞放，西花厅的海棠花又盛开了。看花的主人已经走了，走了十二年了，离开了我们，他不再回来了。

你不是喜爱海棠花吗？解放初期你偶然看到这个海棠花盛开的院落，就爱上了海棠花，也爱上了这个院落，选定这个院落，到这个盛开着海棠花的院落来居住。你住了整整二十六年，我比你住得还长，到现在已经是三十八年了。

海棠花现在依旧开得鲜艳，开得漂亮，招人喜爱。它结的果实味美，又甜又酸，开白花的结红海棠，开红花的结黄海棠，果实累累，挂满枝头，真像花果山。秋后在海棠成熟的时候，大家就把它摘下来吃，有的把它做成果子酱，吃起来非常可口。你在的时候，海棠花开，你白天常常在繁忙的工作之中，抽几分钟散步观赏；夜间你工作劳累了，有时散步在甬道旁的海棠树前，总是抬着头看了又看，从它那里得到一些花的美色和花的芬芳，得以稍稍休息，然后又去继续工作。你散步的时候，有时约我一起，有时和你身边工作的同志们一起。你看花的背影，仿佛就在昨天，就在我的眼前。我们并肩欣赏我们共同喜爱的海棠花，但不是昨天，而是在十二年以前。十二年已经过去了，这十二年本来是短暂的，但是，偶尔我感到是漫长漫长的。

海棠花开的时候，叫人那么喜爱，但是花落的时候，它又是静悄悄的，花瓣落满地。有人说，落花比开花更好看。龚自珍在《己亥杂诗》里说："落红不是无情物，化作春泥更护花。"你喜欢海棠花，我也喜欢海棠花。你在参加日内瓦会议的时候，我们家里的海棠花正在盛开，因为你不能看到那年盛开着的美好的花朵，我就特意地剪了一枝，把它压在书本里头，经过鸿雁带到日内瓦给你。我想你在那样繁忙的工作中间，看一眼海棠花，可能使你有些回味和得以休息，这样也是一种享受。

你不在了，可是每到海棠花开放的时候，常常有爱花的人来看花。在花下树前，大家一边赏花，一边缅怀你，想念你，仿佛你仍在我们中间。你离开了这个院落，离开它们，离开我们，你不会再来。你到哪里去了啊？我认为你一定随着春天温暖的风，又踏着严寒冬天的雪，你经过春风的吹送和踏雪的足迹，已经深入到祖国的高山、平原，也飘进了黄河、长江，经过黄河、长江的运移，你进入了无边无际的海洋。你，不仅是为我们的国家，为我们国家的人民服务，而且你为全人类的进步事业，为世界的和平，一直在那里跟人民并肩战斗。

当你告别人间的时候，我了解你。你忧党、忧国、忧民，把满腹忧恨埋藏在你的心里，跟你一起走了。但是，你没有想到，人民的力量，人民的觉醒，我们党的中坚优秀领导人，很快就一举粉碎了"四人帮"。"四人帮"粉碎之后，祖国的今天，正在开着改革开放之花，越开越好、越大、越茁壮，正在结着丰硕的果实，使我们的国家繁荣昌盛，给我们的人民带来幸福。

一九八八年四月

二　门前

顾城

我多么希望，有一个门口
早晨，阳光照在草上

我们站着
扶着自己的门扇
门很低，但太阳是明亮的

草在结它的种子
风在摇它的叶子
我们站着，不说话
就十分美好

有门，不用开开
是我们的，就十分美好

早晨，黑夜还要流浪

我们把六弦琴交给他
我们不走了，我们需要
土地，需要永不毁灭的土地
我们要乘着它
度过一生

土地是粗糙的，有时狭隘
然而，它有历史
有一份天空，一份月亮
一份露水和早晨

我们爱土地
我们站着，用木鞋挖着
泥土，门也晒热了
我们轻轻靠着
十分美好

墙后的草
不会再长大了
它只用指尖，触了触阳光

《顾城诗集》

三 那树

王鼎钧

那棵树立在那条路边上已经很久很久了。当那路还只是一条泥泞的小径时，它就立在那里；当路上驶过第一辆汽车之前，它就立在那里；当这一带只有稀稀落落几处老式平房时，它就立在那里。

那树有一点佝偻，露出老态，但是坚固稳定，树顶像刚炸开的焰火一样繁密。认识那棵树的人都说，有一年，台风连吹两天两夜，附近的树全被吹断，房屋也倒坍了不少，只有那棵树屹立不摇，而且据说，连一片树叶都没有掉下来。这真令人难以置信，可是，据说，当这一带还没有建造新式公寓之前，陆上台风紧急警报声中，总有人到树干上旋涡形的洞里插一炷香呢！

那的确是一株坚固的大树，霉黑潮湿的皮层上，有隆起的筋和纵裂的纹，像生铁铸就的模样。几丈以外的泥土下，还看出有树根的伏脉。在夏天的太阳下挺着颈子急走的人，会像猎犬一样奔到树下，吸一口浓荫，仰脸看千掌千指托住阳光，看指缝间漏下来的碎杂。有时候，的确，连树叶也完全静止。

于是鸟来了，鸟叫的时候，几丈外幼儿园里的孩子也在唱歌。

于是情侣止步，夜晚，树下有更黑的黑暗，于是那树，那沉默的树，暗中伸展它的根，加大它所能荫庇的土地，一厘米一厘米的向外。

但是，这世界上还有别的东西，别的东西延伸得更快，柏油一里一里铺过来，高压线一千码一千码架过来，公寓楼房一排一排挤过来。所有原来在地面上自然生长的东西都被铲除，被连根拔起。只有那树被一重又一重死鱼般的灰白色包围，连根须都被压路机辗进灰色之下，但树顶仍在雨后滴翠，经过速成的新建筑物衬托，绿得很深沉。公共汽车在树旁插下站牌，让下车的人好在树下从容撑伞。入夜，毛毛细雨比猫步还轻，跌进树叶里汇成敲响路面的点点滴滴，泄漏了秘密，很湿，也很有诗意。那树被工头和工务局里的科员端详过计算过无数次，任他依然绿着。

出租车像饥蝗拥来。"为什么这儿有一棵树呢？"一个司机喃喃。"而且是这么老这么大的树。"乘客也喃喃。在车轮扬起的滚滚黄尘里，在一片焦躁恼怒的喇叭声里，那一片清阴不再有用处。公共汽车站搬了，搬进候车亭。水果摊搬了，搬到行人能优闲的停住的地方。幼儿园也要搬，看何处能属于孩子。只有那树屹立不动，连一片叶也不落下。那一蓬蓬叶子照旧绿，绿得很问题。

啊，树是没有脚的。树是世袭的土著，是春泥的效死者。树离根根离土，树即毁灭。它们的传统是引颈受戮，即使是神话作家也不曾说森林逃亡。连一片叶也不逃走，无论风力多大。任凭头上已飘过十万朵云，地上叠过百万个脚印。任凭那在枝桠间跳远的鸟族已栖习过每一座青山。当幼苗长出来，当上帝伸手施洗，上帝曾说："你绿在这里，绿着生，绿着死，死复绿。"啊！所以那树，冒死掩覆已失去的土地，作徒劳无功的贡献，在星空下仰望上帝。

这天，一个喝醉了的驾驶者以六十英里的速度，对准树干撞去。于是人死。于是交通专家宣判那树要偿命。于是这一天来了，电锯从树的踝骨咬下去，嚼碎，撒了一圈白森森的骨粉，那树仅仅在倒地时呻吟了一声。这次屠杀安排在深夜进行，为了不影响马路上的交通。夜很静，像树的祖先时代，星临万户，天象庄严，可是树没有说什么，上帝也没有。一切预定，一切先有默契，不再多言。与树为邻的老太太偏说她听见老树叹气，一声又一声，像严重的气喘病。伐树的工人什么也没听见，树缓缓倾斜时，他们只发现一件事：原来藏在叶底下的那盏路灯格外明亮，马路豁然开旷，像拓宽了几尺。

尸体的肢解和搬运连夜完成。早晨，行人只见地上有碎叶，叶上的每一平方公分仍绿。绿世界的残存者已不复存，它果然绿着生、绿着死。缓缓的，路面上染着旭辉；缓缓的，清道妇一路挥帚出现。她们戴着斗笠，包着手臂，是树的亲戚。扫到树根，她们围年轮站定，看着那一圈又一圈的风雨图，估计根有多大，能分裂多少斤木柴。一个她说：昨天早晨，她扫过这条街，树仍在，住在树干里的蚂蚁大搬家，由树根到马路对面流成一条细细的黑河。她用作证的语气说，她从没见过那么多蚂蚁，那一定是一个蚂蚁国。她甚至说，有几个蚂蚁像苍蝇一般大。她一面说，一面用扫帚画出大移民的路线，汽车轮胎几次将队伍切成数段，但秩序毫不紊乱。对着几个睁大眼睛了的同伴，她表现了乡村女子特殊的丰富见闻。老树是通灵的，它预知被伐，将自己的灾祸告诉体内的寄居者。于是小而坚韧的民族决定远征，一如当初它们远征而来。每一个黑斗士离巢时先在树干上绕行一匝，表示了依依不舍。这是那个乡下来的清道妇说的。这就是落幕了，她们来参加了树的葬礼。

两星期后，根被挖走了。为了割下这颗生满虬须的大头颅，刽子手贴近它做成陷阱，切段所有的静脉动脉。时间仍是在夜间，这一夜无星无月，黑得像一块仙草冰，他们带着利斧和美制的十字镐来，带工作灯来，人造的强光把举镐挥斧的影子投射在路面上，在公寓二楼的窗帘上，跳跃奔腾如巨无霸。汗水赶过了预算数，有人怀疑已死为朽之木还能顽抗。在陷阱未填平之前，车辆改道，几个以违规为乐的摩托车骑士跌进去，抬进医院。不过这一切都过去了，现在，日月光华，周道如砥，已无人知道有过这么一棵树，更没人知道几千条断根压在一层石子一层沥青又一层柏油下闷死。

《20 世纪中国散文英华·台港澳卷》

【推荐书目】

1. 程俊英译注《诗经译注》，上海古籍出版社，2016。

2. （宋）洪兴祖《楚辞补注》，中华书局，1983。

3. 汪曾祺著《花园》，南京大学出版社，2017。

【思考问题】

1. 分享你最喜欢的一种植物，并说明推荐理由。

2. 列举《诗经》《楚辞》中具有比兴寄托之意的花草树木。

3. 同一花草树木意象有何不同内涵？请举例说明。

（本章编者：徐杰　西南民族大学　副教授）

第七章　鸟兽虫鱼

【主题概述】

中国文化崇尚天人合一，自然界的万物是中国文学书写的重要对象。数千年来，中国文学或天地万物作为吟咏情性的寄托，或是透过春花秋月、鸟兽虫鱼，以自然的永恒与变化来投射和反观人类的渺小，从中获得永恒的感悟，在天地万物的大格局中达到大彻大悟的境界。

按照道家的观念，万物本源于气，气变而有形，因而世间万物莫不等齐同一，鸟兽虫鱼乃是生命形态之不同表现，它们是我们思考人在自然界当中所处位置的重要参照与媒介。这种思考始于《诗经》当中古老的起兴，《诗经》以"关关雎鸠"的鸟鸣唱起"窈窕淑女，君子好逑"的亘古不变的情感。或是如杜甫在"风急天高猿啸哀"中感受天地苍茫，人生多艰。鸟鸣兽啸触发我们感受与热爱生命。

另一种思考，将鸟兽虫鱼作为人的化身，成为妖异之物，却与人走到一起，与人的世界发生关联，敷衍出诸多故事，这是志怪小说的古老传统。其中既可见《柳毅传》那样的人性光辉，也可见蒲松龄笔下孤寂的书生，在人世未尝得到的温暖与深情却获自狐仙鬼怪。

在天地自然间，鸟兽虫鱼的鲜活生命里思考人性是中国文化悠久的传统，这种思考在遥远的西方也得到了回应。伟大的作家卡夫卡善于通过非人性来思考人性，譬如造洞的地鼠会思考自己的生命境况，变成甲虫的格里高利却只担心能否上班。本雅明说人性自己不会反思，非人性才会，所以只有依靠自然万物人类才能到达本身。所幸，人不是孤单地立于宇宙当中，而是与万物一起来感知生命之壮美。

【文论摘录】

子曰："小子何莫学夫诗？诗，可以兴，可以观，可以群，可以怨；迩之事父，远之事君；多识于鸟兽草木之名。"（《论语·阳货》）

于是沉辞怫悦，若游鱼衔钩，而出重渊之深；浮藻联翩，若翰鸟婴缴，而坠曾云之峻。（西晋·陆机《文赋》）

第一节　鸟鸣雍雍

【中心选文】

一　关雎

关关雎鸠[1]，在河之洲[2]。窈窕淑女[3]，君子好逑[4]。
参差荇菜[5]，左右流之[6]。窈窕淑女，寤寐求之[7]。
求之不得，寤寐思服[8]。悠哉悠哉[9]，辗转反侧[10]。
参差荇菜，左右采之。窈窕淑女，琴瑟友之[11]。
参差荇菜，左右芼之[12]。窈窕淑女，钟鼓乐之[13]。

《诗经·周南》

【作者/出处简介】

参见第二章第三节《小星》关于《诗经》的简介。

【字词注释】

1. 关关：象声词，雌雄二鸟相互应和的叫声。雎（jū）鸠（jiū）：一种水鸟名，即王鴡。

2. 洲：水中的陆地。

3. 窈（yǎo）窕（tiǎo）淑女：贤良美好的女子。窈窕，身材体态美好的样子。窈，深邃，喻女子心灵美；窕，幽美，喻女子仪表美。淑，好，善良。

4. 好（hǎo）逑（qiú）：好的配偶。逑，"仇"的假借字，匹配。

5. 参差：长短不齐的样子。荇（xìng）菜：水草类植物。圆叶细茎，根生水底，叶浮在水面，可供食用。

6. 左右流之：时而向左，时而向右地择取荇菜。这里是以勉力求取荇菜，隐喻"君子"努力追求"淑女"。流，义同"求"，这里指摘取。之，指荇菜。

7. 寤（wù）寐（mèi）：醒和睡，指日夜。寤，醒觉。寐，入睡。又马瑞辰《毛诗传笺注通释》说："寤寐，犹梦寐。"也可通。

8. 思服：思念。服，想。《毛传》："服，思之也。"

9. 悠哉悠哉：犹"想念呀，想念呀"。

10. 辗转反侧：翻覆不能入眠。辗转，即反侧。辗，古作展。反侧，犹翻覆。

11. 琴瑟友之：弹琴鼓瑟来亲近她。琴、瑟，皆弦乐器，琴五或七弦，瑟二十五或五十弦。友，名词动用，此处有亲近之意。

12. 芼（mào）：择取，挑选。

13. 钟鼓乐之：用钟鼓奏乐来使她快乐。乐，使动用法，使……快乐。

[作品解析]

《关雎》是《诗经》中"国风"的第一篇，也是全书的首篇。它歌颂了一段情感真挚热烈却又充满道德克制的情感，这种具有强烈道德感的爱情观是我国较早进入文明社会的标志之一。不过另一方面，如同顾颉刚在《国史讲话》当中所指出的，这种"男女有别"式的克制情感，在战国以前只是上层贵族间所守的礼教，而在中下层阶级中盛行的却是桑间濮上的炽烈直接的表达。在《诗经》的诗篇中我们可以清晰地看到这种差别，比如《关雎》显然更符合上层贵族的道德规范，而《野有死麕》则更具民间的张扬。

但无论是民间或是贵族，《诗经》中的爱情最动人之处在于以两情相悦为基础，此乃礼法的前提，"发乎情，止乎礼"。简单来讲，这首诗谈的是"君子"对"淑女"的爱慕与苦苦追求。不过和《诗经》中不少经典爱情诗一样，如《蒹葭》，虽然拥有深沉的情感，但二人之间并无直接接触。《关雎》虽然情深却有礼法的分寸，如以钟鼓琴瑟之乐表露情感，含蓄而矜持，由此又有一说认为此诗是贵族婚礼音乐。这首诗既歌颂了美好的爱情，又在道德礼法上无可指摘，也难怪被作为"后妃之德"的示范。

二　焦仲卿妻并序

汉末建安中[1]，庐江府小吏焦仲卿妻刘氏[2]，为仲卿母所遣[3]，自誓不嫁。其家逼之，乃投水而死。仲卿闻之，亦自缢于庭树。时人伤之，为诗云尔。

孔雀东南飞，五里一徘徊。

"十三能织素，十四学裁衣，十五弹箜篌[4]，十六诵诗书。十七为君妇，心中常苦悲。君既为府吏，守节情不移[5]。贱妾留空房，相见常日稀。鸡鸣入机织，夜夜不得息。三日断五匹[6]，大人故嫌迟[7]。非为织作迟，君家妇难为！妾不堪驱使，徒留无所施。便可白公姥[8]，及时相遣归。"

府吏得闻之，堂上启阿母："儿已薄禄相，幸复得此妇，结发同枕席[9]，黄泉共为友。共事二三年，始尔未为久[10]。女行无偏斜，何意致不厚[11]？"阿母谓府吏："何乃太区区！此妇无礼节，举动自专由。吾意久怀忿，汝岂得自由！东家有贤女，自名秦罗敷，可怜体无比[12]，阿母为汝求。便可速遣之，遣去慎莫留！"府吏长跪告："伏惟启阿母[13]，今若遣此妇，终老不复取[14]！"阿母得闻之，槌床便大怒[15]："小子无所畏，何敢助妇语！吾已失恩义，会不相从许[16]！"

府吏默无声，再拜还入户。举言谓新妇[17]，哽咽不能语："我自不驱卿，逼迫有阿母。卿但暂还家，吾今且报府[18]。不久当归还，还必相迎取。以此下心意[19]，慎勿违吾语。"新妇谓府吏："勿复重纷纭[20]。往昔初阳岁[21]，谢家来贵门。奉事循公姥，进止敢自专？昼夜勤作息[22]，伶俜萦苦辛[23]。谓言无罪过，供养卒大恩[24]；仍更被驱遣，何言复来还！妾有绣腰襦[25]，葳蕤自生光[26]；红罗复斗帐，四角垂香囊；箱帘六七十[27]，绿碧青丝绳，物物各自异，种种在其中。人贱物亦鄙，不足迎后人[28]，留待作遗施，于今无会因[29]。时时为安慰，久久莫相忘！"

鸡鸣外欲曙，新妇起严妆。著我绣夹裙，事事四五通。足下蹑丝履，头上玳瑁光[30]。腰若流纨素，耳著明月珰[31]。指如削葱根，口如含朱丹。纤纤作细步，精妙世无双。上堂拜阿母，阿母怒不止。"昔作女儿时，生小出野里。本自无教训，兼愧贵家子。受母钱帛多，不堪母驱使。今日还家去，念母劳家里。"却与小姑别[32]，泪落连珠子。"新妇初来时，小姑始扶床；今日被驱遣，小姑如我长。勤心养公姥，好自相扶将。初七及下九[33]，嬉戏莫相忘。"出门登车去，涕落百余行。

府吏马在前，新妇车在后。隐隐何甸甸[34]，俱会大道口。下马入车中，低头共耳语："誓不相隔卿，且暂还家去；吾今且赴府，不久当还归。誓天不相负！"新妇谓府吏："感君区区怀[35]！君既若见录[36]，不久望君来。君当作磐石，妾当作蒲苇，蒲苇纫如丝[37]，磐石无转移。我有亲父兄[38]，性行暴如雷，恐不任我意，逆以煎我怀[39]。"举手长劳劳[40]，二情同依依。

入门上家堂，进退无颜仪。阿母大拊掌[41]，不图子自归[42]："十三教汝织，十四能裁衣，十五弹箜篌，十六知礼仪，十七遣汝嫁，谓言无誓违[43]。汝今何罪过，不迎而自归？"兰芝惭阿母："儿实无罪过。"阿母大悲摧。

还家十余日，县令遣媒来。云有第三郎，窈窕世无双。年始十八九，便言多令才[44]。阿母谓阿女："汝可去应之。"阿女含泪答："兰芝初还时，府吏见丁宁[45]，结誓不别离。今日违情义，恐此事非奇[46]。自可断来信[47]，徐徐更谓之。"阿母白媒人："贫贱有此女，始适还家门[48]。不堪吏人妇，岂合令郎君？幸可广问讯，不得便相许。"

媒人去数日，寻遣丞请还，说有兰家女，丞籍有宦官[49]。云有第五郎，娇逸未有婚。遣丞为媒人，主簿通语言[50]。直说太守家，有此令郎君，既欲结大义，故遣来贵门。阿母谢媒人："女子先有誓，老姥岂敢言！"阿兄得闻之，怅然心中烦。举言谓阿妹："作计何不量！先嫁得府吏，后嫁得郎君，否泰如天地[51]，足以荣汝身。不嫁义郎体[52]，其往欲何云？"兰芝仰头答："理实如兄言。谢家事夫婿，中道还兄门。处分适兄意[53]，那得自任专！虽与府吏要[54]，渠会永无缘[55]。登即相许和[56]，便可作婚姻。"媒人下床去，诺诺复尔尔。还部白府君[57]："下官奉使命[58]，言谈大有缘。"府君得闻之，心中大欢喜。视历复开书，便利此月内，六合正相应[59]。良吉三十日，今已二十七，卿可去成婚。交语速装束，络绎如浮云。青雀白鹄舫，四角龙子幡[60]。婀娜随风转，金车玉作轮。踯躅青骢马[61]，流苏金镂鞍[62]。赍钱三百万[63]，皆用青丝穿。杂彩三百匹[64]，交广市鲑珍[65]。从人四五百，郁郁登郡门。

阿母谓阿女："适得府君书[66]，明日来迎汝。何不作衣裳？莫令事不举！"

阿女默无声，手巾掩口啼，泪落便如泻。移我琉璃榻，出置前窗下。左手持刀尺，右手执绫罗。朝成绣夹裙，晚成单罗衫。晻晻日欲暝[67]，愁思出门啼。

府吏闻此变，因求假暂归。未至二三里，摧藏马悲哀[68]。新妇识马声，蹑履相逢迎。怅然遥相望，知是故人来。举手拍马鞍，嗟叹使心伤："自君别我后，人事不可量。果不如先愿，又非君所详。我有亲父母[69]，逼迫兼弟兄[70]。以我应他人，君还何所望！"府吏谓新妇："贺卿得高迁！磐石方且厚，可以卒千年；蒲苇一时纫，便作旦夕间。卿当日胜贵，吾独向黄泉！"新妇谓府吏："何意出此言！同是被逼迫，君尔妾亦然。黄泉下相见，勿违今日言！"执手分道去，各各还家门。生人作死别，恨恨那可论？念与世间辞，千万不复全！

府吏还家去，上堂拜阿母："今日大风寒，寒风摧树木，严霜结庭兰。儿今日冥冥[71]，令母在后单。故作不良计，勿复怨鬼神！命如南山石，四体康且直！"阿母得闻之，零泪应声落："汝是大家子，仕宦于台阁[72]。慎勿为妇死，贵贱情何薄！东家有贤女，窈窕艳城郭，阿母为汝求，便复在旦夕。"府吏再拜还，长叹空房中，作计乃尔立。转头向户里，渐见愁煎迫。

其日牛马嘶，新妇入青庐[73]。奄奄黄昏后[74]，寂寂人定初[75]。"我命绝今日，魂去尸长留！"揽裙脱丝履，举身赴清池。府吏闻此事，心知长别离。徘徊庭树下，自挂东南枝。

两家求合葬，合葬华山傍[76]。东西植松柏，左右种梧桐。枝枝相覆盖，叶叶相交通[77]。中有双飞鸟，自名为鸳鸯。仰头相向鸣，夜夜达五更。行人驻足听，寡妇起彷徨。多谢后世人，戒之慎勿忘！

《乐府诗集》卷七十三

　　本篇最早见于南朝徐陵编《玉台新咏》，题作《古诗无名人为焦仲卿妻作》。后收入宋代郭茂倩《乐府诗集》，入《杂曲歌辞》，题作《焦仲卿妻》，后人常取此诗首句，称为《孔雀东南飞》，后与北朝民歌《木兰辞》合称"乐府双璧"。

【字词注释】

1. 建安：东汉献帝刘协年号（196～220）。

2. 庐江：汉代郡名，治所在今安徽省庐江县西南。

3. 遣：女子出嫁后被夫家休弃回娘家。

4. 箜（kōng）篌（hóu）：古代的一种弦乐器，形如筝、瑟，二十三弦或二十五弦。

5. 守节：遵守府里的规则。

6. 断：（织成一匹）截下来。

7. 大人故嫌迟：婆婆故意嫌我织得慢。大人，对长辈的尊称，这里指婆婆。

8. 白公姥（mǔ）：禀告婆婆。白，告诉，禀告。公姥，公公婆婆，这里是偏义复词，专指婆婆。

9. 结发：束发。古时候男子20岁，女子15岁才把头发结起来，算是到了成年，可以结婚了。

10. 始尔：刚开始。尔，助词，无义；一说为代词，这样。

11. 致不厚：招致不喜欢。致，招致。厚，厚待，这里是喜欢的意思。

12. 可怜：可爱。

13. 伏惟：趴在地上想。古代下级对上级，或小辈对长辈说话表示恭敬的习惯用语。

14. 取：通"娶"，娶妻。

15. 床：古代的一种坐具。

16. 会不相从许：当然不能答应你的要求。会，当然，必定。

17. 新妇：媳妇（不是新嫁娘），是汉代末年对已嫁妇女的通称。

18. 报（fù）：通"赴"，指回到庐江太守府。

19. 下心意：低心下意，受些委屈。

20. 勿复重（chóng）纷纭：不必再添麻烦吧。也就是说，不必再提接她回来的话了。

21. 初阳岁：农历冬末春初。

22. 作息：原指工作和休息，这里是偏义复词，专指工作。

23. 伶俜（pīng）萦（yíng）苦辛：孤孤单单，受尽辛苦折磨。伶俜，孤单的样子。萦，缠绕。

24. 卒：完成，引申为报答。

25. 绣腰襦（rú）：绣花的齐腰短袄。

26. 葳（wēi）蕤（ruí）：草木繁盛的样子，这里形容短袄上刺绣的花叶繁多而美丽。

27. 箱：衣箱。帘：通"奁"，古代妇女梳妆用的镜匣。

28. 后人：指府吏将来再娶的妻子。

29. 会因：会面的机会。

30. 玳（dài）瑁（mào）：一种同龟相似的爬行动物，甲壳可制装饰品。

31. 珰（dāng）：耳坠。

32. 却：从堂上退下来。

33. 初七及下九：七月七日和每月的十九日。初七，指农历七月七日，旧时妇女在这天晚上在院子里陈设瓜果，向织女星祈祷，祈求提高刺绣缝纫技巧，称为"乞巧"。下九，古人以每月的二十九为上九，初九为中九，十九为下九。在汉朝时，每月十九日是妇女欢聚的日子。

34. 隐隐：和下面的"甸甸"都是象声词，指车声。

35. 区区：这里是诚挚的意思，与上面"何乃太区区"中的"区区"意思不同。

36. 若见录：如此记住我。见录，记着我。见，被。录，记。

37. 纫：通"韧"，柔韧牢固。

38. 亲父兄：即同胞兄。

39. 逆：逆料，想到将来。

40. 劳劳：怅惘若失的样子。

41. 拊（fǔ）掌：拍手，这里表示惊异。

42. 子自归：你自己回来。意思是没料到女儿竟被驱遣回家。古代女子出嫁以后，一定要娘家得到婆家的同意，派人迎接，才能回娘家。下文"不迎而自归"，也是按这种规矩说的责备的话。

43. 无誓违：不会有什么过失。誓，似应作"愆"。愆，古愆（qiān）字。誓违，过失。

44. 便（pián）言多令才：口才很好，又多才能。便言，很会说话。令，美好。

45. 丁宁：嘱咐我。丁宁，嘱咐，后写作"叮咛"。

46. 非奇：不宜，不妥。

47. 断来信：回绝来做媒的人。断，回绝。信，使者，指媒人。

48. 适：出嫁。

49. 媒人去数日……丞籍有宦官：这几句可能有文字脱漏或错误，因此无法解释清楚。这里列出部分字的意义解释：寻，随即，不久。丞，县丞，官名。承籍，承继先人的仕籍。宦官，即官宦，指做官的人。

50. 主簿：太守的属官。

51. 否（pǐ）泰：《易经》中的卦名，这里指运气的好坏。否，坏运气。泰，好运气。

52. 义郎：男子的美称，这里指太守的儿子。

53. 适：依照。

54. 要（yāo）：相约。

55. 渠（qú）会：同他相会。渠，他；一说为那种相会。渠，那。

56. 登即：立即。

57. 府君：对太守的尊称。

58. 下官：县丞自称。

59. 六合：古时候迷信的人，结婚要选好日子，要年、月、日的干支（干，天干，甲、乙、丙、丁……支，地支，子、丑、寅、卯……）合起来都相适合，这叫"六合"，即子与丑合，寅与亥合，卯与戌合，辰与酉合，巳与申合，午与未合。

60. 龙子幡（fān）：绣龙的旗帜。

61. 青骢（cōng）马：青白杂毛的马。

62. 流苏：用五彩羽毛做的下垂的缨子。

63. 赍（jī）：赠送。

64. 杂彩：各种颜色的绸缎。

65. 交广：交州、广州，古代郡名，这里泛指今广东、广西一带。

大学人文： 中国古典文学采华

66. 适：刚才。

67. 晻晻（àn）：日色昏暗无光的样子。

68. 摧藏（zàng）：摧折心肝。藏，脏腑。

69. 父母：这里偏指母。

70. 弟兄：这里偏指兄。

71. 日冥冥：原指日暮，这里用太阳下山来比喻生命的终结。

72. 台阁：原指尚书台，这里泛指大的重府。

73. 青庐：用青布搭成的篷帐，举行婚礼的地方。

74. 奄奄：通"晻晻"，日色昏暗无光的样子。黄昏：古时计算时间按十二地支将一日分为十二个时辰，黄昏是戌时，相当于现代的晚上 7 时至 9 时。

75. 人定：亥时，相当于现代的晚上 9 时至 11 时。

76. 华山：庐江郡内的一座小山。

77. 交通：交错，这里指挨在一起。

【作品解析】

这是一出发生在中国封建帝制上升期的爱情和婚姻悲剧，刘兰芝作为女性身不由己的悲剧是我们所熟悉的，但焦仲卿作为儿子和丈夫左右为难的悲剧，诗歌也有鞭辟入里的展现。我们透过焦仲卿看到，在这样的一种婚姻家庭结构当中，在孝道的压迫下，男性的自主权其实也极为有限。诗歌将这个爱情婚姻悲剧全方位展开，除了男女主角不能自主处理感情的悲剧外，整个事件最终对焦家及刘家造成的痛苦也有充分的展现。所以它的意义远远大于控诉几个反派，也因此具有划时代的意义。

这首诗典型地体现了汉乐府"感于哀乐"的特点，表露情感直接而强烈，具有强大的感染力。同时，诗歌采用汉末时已臻于成熟的五言诗，通过各具特色的对话、动作、心理等，描写塑造了鲜明的人物形象。清人沈德潜称其"淋淋漓漓，反反复复，杂述十数人口中语，而各肖其声音面目，岂非化工之笔"（《古诗源》）。刘兰芝外柔内刚，忠贞坚强；焦仲卿在左右为难的处境中先是软弱，而最终坚定殉情；焦母专横，刘兄势利等，人物形象饱满，跃然纸上。作为叙事诗，在千头万绪的情节中，故事剪裁详略得当，高度集中地展现矛盾冲突，借助情节描写人物关系，深刻展现悲剧。

三 积雨辋川庄作[1]

王维

积雨空林烟火迟[2]，蒸藜炊黍饷东菑[3]。
漠漠水田飞白鹭[4]，阴阴夏木啭黄鹂[5]。
山中习静观朝槿[6]，松下清斋折露葵[7]。

野老与人争席罢[8]，海鸥何事更相疑[9]。

《王右丞集笺注》卷十

【作者/出处简介】

参见第五章第一节《山中与裴秀才迪书》关于王维介绍。

【字词注释】

1. 积雨：久雨。辋（wǎng）川庄：即王维在辋川的宅第，在今陕西蓝田终南山中，是王维隐居之地。

2. 空林：疏林。烟火迟：因久雨林野润湿，故烟火缓升。

3. 藜（lí）：一年生草本植物，嫩叶可食。黍（shǔ）：谷物名，古时为主食。饷东菑（zī）：给在东边田里干活的人送饭。饷，送饭食到田头。菑，已经开垦了一年的田地，此泛指农田。

4. 漠漠：形容广阔无际。

5. 阴阴：幽暗的样子。夏木：高大的树木，犹乔木。夏，大。

6. "山中"句：意谓深居山中，望着槿花的开落以修养宁静之性。习静，习养静寂的心性，亦指过幽静生活。槿（jǐn），植物名。落叶灌木，其花朝开夕谢，古人常以此物悟人生枯荣无常之理。

7. 清斋：素食、长斋。露葵：经霜的葵菜。葵为古代重要蔬菜，有"百菜之主"之称。

8. 野老：村野老人，此指作者自己。争席：典出《庄子·杂篇·寓言》，杨朱去从老子学道，路上旅舍主人欢迎他，客人都给他让座；学成归来，旅客们却不再让座，而与他"争席"，说明杨朱已得自然之道，与人们没有隔膜了。

9. 海鸥：典出《列子·黄帝》，海上有人与鸥鸟相亲近，互不猜疑。一天，父亲要他把海鸥捉回家来，他又到海滨时，海鸥便飞得远远的，心术不正破坏了他和海鸥的亲密关系。何事：一作"何处"。

【作品解析】

　　王维以山水诗见长，诗歌讲究构图布局，设辞着色。这首七律首联在空间的制高点上观察，从山上只见山下农家炊烟袅袅，充满温暖的世俗生活气息。颔联视角转低，布满积水的平畴之上白鹭起飞，苍郁的树丛之中黄鹂啼啭，视觉形象与听觉形象搭配，白鹭雪白、黄鹂金黄、树木苍翠，以彩绘的笔触传达出清丽丰润的美感。宋人叶梦得认为王维添加的两个叠词使诗句更加精彩，"漠漠"有广阔意，"阴阴"有幽深意，"漠漠水田""阴阴夏木"比之"水田"和"夏木"，画面显得开阔而深邃，富有境界感，渲染了积雨天气空蒙迷茫的色调和气氛。

　　颈联开始转到诗人自身，诗人在山中安然享受清斋素食，外界的一切对于王维而言似乎都只是风景罢了。王维的诗中多有一个孤独的隐者形象，只是由于佛法的浸染，尽管于俗世而言充满孤独，但也被内心的安宁所排遣和安抚了。尾联最后运用两个典故书写诗人澹泊自然的心境，饱含通透的人生感悟。

这首七律写景敷彩设色清丽自然，写人从容与世无争。既能万物入胸中，又能游乎其外。赵殿成笺注《王右丞集》取为唐人压卷之作，尽管这个评价见仁见智，但赵殿成赞赏这首诗的深邃意境和超迈风格，认为"得山林之神髓""空古准今""淡雅幽寂，莫过右丞《积雨》"却是得当的。

四　摸鱼儿·雁丘词[1]

元好问

乙丑岁赴试并州[2]，道逢捕雁者云："今旦获一雁，杀之矣。其脱网者悲鸣不能去，竟自投于地而死。"予因买得之，葬之汾水之上，垒石为识[3]，号曰"雁丘"。同行者多为赋诗，予亦有《雁丘词》。旧所作无宫商[4]，今改定之。

问世间，情为何物，直教生死相许？天南地北双飞客，老翅几回寒暑。欢乐趣，离别苦，就中更有痴儿女。君应有语：渺万里层云，千山暮雪，只影向谁去？

横汾路，寂寞当年箫鼓，荒烟依旧平楚[5]。招魂楚些何嗟及，山鬼暗啼风雨[6]。天也妒，未信与，莺儿燕子俱黄土。千秋万古，为留待骚人，狂歌痛饮，来访雁丘处。

《遗山乐府》卷上

【作者/出处简介】

元好问（1190~1257），字裕之，号遗山，世称遗山先生。太原秀容（今山西忻州）人。金末至元时期著名文学家、历史学家。元好问是宋金对峙时期北方文学的主要代表，又是金元之际在文学上承前启后的桥梁，被尊为"北方文雄""一代文宗"，擅作诗、文、词、曲。有《元遗山先生全集》《中州集》。

【字词注释】

1. 摸鱼儿：词牌名，亦称《摸鱼子》《买陂塘》《迈陂塘》《双蕖怨》。雁丘词：按嘉庆《大清一统志》："雁丘在阳曲县西汾水旁。金元好问赴府试……累土为丘，作《雁丘词》。"

2. 乙丑岁：金章宗泰和五年（1205），岁在乙丑。赴试并州：《金史·选举志》载：金代选举之制，由乡至府，由府至省，及殿试，凡四试。明昌元年（1190），罢免乡试，府试在秋八月。

3. 识（zhì）：标记。

4. 无宫商：不协音律。

5. "横汾路"三句：意谓这葬雁的汾水当年汉武帝横渡时何等热闹，现今如此寂寞凄凉。汉武帝《秋风辞》："泛楼船兮济汾河，横中流兮扬素波，箫鼓鸣兮发棹歌。"平楚：楚指丛木，远望树梢齐平, 故称。

6. "招魂" 二句: 意谓我欲为死去的大雁招魂, 但又有何用, 雁魂也在风雨中啼哭。招魂楚些 (suò), 《楚辞·招魂》句尾皆有 "些" 字。何嗟及, 悲叹无济于事。山鬼, 《楚辞·九歌·山鬼》篇指山神, 此处指雁魂。暗啼, 一作 "自啼"。

【作品解析】

这首词是年仅十六岁的元好问在赴并州应试途中所作, 其后加以修改, 遂成一代名篇。大雁是终身一侣, 天涯共飞, 冬去春来, 飞行有序, 被中国古人认为是禽中之冠, 自古被视为 "五常俱全" 的灵物。整首词情感激荡, 却起落有致。上阕以 "问世间、情为何物, 直教生死相许" 破空发问, 开篇就有直指人心的力量, 曾经震撼过元好问的爱情通过发问再次传递给读者。接下来 "天南地北" 从空间落笔, "几回寒暑" 从时间着墨, 用高度的艺术概括, 写出了大雁的相依为命, 相濡以沫的生活历程, 为下文的殉情作了必要的铺垫。下阕首先揣摩大雁殉情的心理, "渺万里层云, 千山暮雪, 只影向谁去", 写出大雁殉情时的坚定。"横汾路, 寂寞当年箫鼓, 荒烟依旧平楚", 通过葬雁之地的今昔对比, 环境描写进一步渲染悲凉的气氛, 接着以楚辞招魂, 将大雁殉情的悲哀、诗人的哀悼均推向一个情感的巅峰, 最后笔锋一收, 将浓烈的情感向未来释放, "千秋万古, 为留待骚人, 狂歌痛饮, 来访雁丘处。" 这首抒情词情感喷薄而出, 层层渲染, 最终却能够在哀悼的声音中, 交付与无尽的未来时空, 让强烈的情感化为悠长喟叹, 可见元好问驾驭情感及文字的功力之深厚。

第二节　汝兽何名

【中心选文】

一　狍鸮[1]

（钩吾之山）有兽焉, 其状如羊身人面, 其目在腋下, 虎齿人爪, 其音如婴儿, 名曰狍鸮, 是食人。

《山海经·北山经》

【作者/出处简介】

参见第二章第一节《夸父逐日》关于《山海经》简介。

【字词注释】

1. 狍鸮: 郭璞注: "为物贪婪, 食人未尽, 还害其身, 像在夏鼎, 《左传》所谓饕餮是也。"

【作品解析】

　　狍鸮即为中国传说中凶恶贪食的"饕餮"。按《吕氏春秋》记载："周鼎著饕餮，有首无身，食人未咽害及其身，以言报更也。"贪食如饕餮者，甚至可把自己身体都吃掉，所以一般以大头和一张巨嘴的形象示人。饕餮纹是青铜器上常见的花纹，描绘的即是饕餮的兽面。造型狰狞的饕餮纹饰自带威严肃穆，反映了上古时期中国先民对自然神的崇拜，在龙虎崇拜、龙凤崇拜之前，饕餮崇拜曾经最为显赫。但在魏晋之后，寓有治身治国寓意的饕餮逐渐被淡忘，取而代之的是饕餮形象中贪吃的特性被不断放大，而因此开始具有象征贪欲和贪食的贬义色彩。与此相应，放纵食欲贪欲被视为西方宗教中的七宗罪之一，因贪食而遭受惩罚的骇人画面不仅出现在但丁《神曲》中，也出现在当代美国导演大卫·芬奇1995年的经典影片《七宗罪》中。

　　时至今日，普罗大众纷纷以"吃货"自居，历史上亦不乏以饕餮为荣之人，苏轼就曾写过一篇《老饕赋》说："盖聚物之夭美，以养吾之老饕"。盖是欲望吞噬人还是人尽情享用美食，尺度尽在人心吧！

二　有狐[1]

有狐绥绥[2]，在彼淇梁[3]。心之忧矣，之子无裳[4]。

有狐绥绥，在彼淇厉[5]。心之忧矣，之子无带[6]。

有狐绥绥，在彼淇侧[7]。心之忧矣，之子无服[8]。

《诗经·卫风》

【作者/出处简介】

　　参见第二章第三节《小星》关于《诗经》简介。

【字词注释】

1. 狐：狐狸，一说指男性。

2. 绥绥（suí）：慢走貌，一说独行求匹貌。

3. 淇：卫国水名，在今河南省浚县东北。梁：河梁。河中垒石而成，可以过人，可以拦鱼。

4. 之子：这个人、那个人。裳（cháng）：下身的衣服。上曰衣，下曰裳。

5. 厉：水深及腰，可以涉过之处；一说通"濑"，指水边沙滩。

6. 带：束衣的带子，此处指衣服。

7. 侧：水边。

8. 服：衣服。

【作品解析】

　　现代学者一般认为《有狐》是一首言情之诗。卫国经过动乱，人民遭受灾难，不少人失去配偶。有位年青寡妇，在路途中遇到一位鳏夫，对其产生爱意，很想嫁给他，但没有直接表白求爱之意，只有强烈的内心活动。故诗人托为此妇之言，以有狐在踽踽独行，思得匹偶，表白此妇对其所爱慕之人的爱心。诗歌通篇采用了重章叠句的手法，一唱三叹地表达渲染对对方的关切。"心之忧矣"是由爱而生的关切，完全投射到"之子"身上，并且愿意付诸行动，为对方做许多事情，情真意切地表达出爱慕之深。

　　大胆吐露内心真挚的爱情，在《诗经》中并不鲜见。不过恐怕首先冲击今人的，是这首诗"狐"的意象。中国的狐文化由来已久，也几经变迁，今天在大众文化中，"狐狸精"成为贬低某类女性的专有名词。而这位《诗经》里走出来的狐，或可让我们窥见中国上古时期"狐"的另一种形象。在上古时期，狐是备受敬重的"狐仙"，形象以男性为主；到了六朝时期，开始矮化为"狐妖"，并且形象逐渐定位为女性；在唐代传说中，"狐"的形象设定多指向"胡人"，其形象进一步贬低；到了宋代，"狐"成为贬低女性的形象代表。让一种动物承载许多骂名，同时让女人来承担这种骂名自是不公，重读《有狐》也让我们大开眼界，看看这种小兽的另一种可能。

三　宿桐庐江寄广陵旧游

孟浩然

山暝听猿愁[1]，沧江急夜流[2]。

风鸣两岸叶，月照一孤舟。

建德非吾土[3]，维扬忆旧游[4]。

还将数行泪，遥寄海西头[5]。

《孟浩然集》卷三

【作者/出处简介】

　　参见第四章第一节《春晓》关于孟浩然介绍。

【字词注释】

1. 暝：指黄昏。
2. 沧江：同"苍江"。
3. 建德：今属浙江，居桐江上游。
4. 维扬：即扬州。
6. 海西头：扬州近海，故称。

【作品解析】

　　孟浩然入京失意后漫游吴越，本诗即作于越中。诗歌前四句描绘出一幅声色俱全的"月夜行舟图",这幅图笔触深远清峭,猿啼与风声打破夜的安宁,读者感受到诗人内心的波澜起伏。诗歌的曲调却并未激荡下去,走笔至"月照一孤舟",语势趋向自然平缓,孤月照孤舟,似乎夜深了风止无声,而自然界的呼啸默默地转回诗人内心,却戛然而止,仿佛音乐中的休止符一般。但这种安宁并非平和的安宁,乃是孤寂所致,于是后四句自然地由写景转向了抒怀。孟浩然出游吴越,是在他四十岁去长安应试失败后,为了排遣苦闷而作长途跋涉的。"建德非吾土",似有独客异乡的惆怅,到"维扬忆旧游"方知是怀友之愁,至此也点明诗题,但同样点到即止。普通读者未必明白,广陵旧游却能感受孟浩然未说出口的求仕失败的心情。孟浩然诗笔此处的"遇思入咏"的淡,巧妙地回避了刻露表达求功名不得的尘俗,乃至寒伧的气息,浑然而就的淡淡诗笔,克制含蓄的哀愁,让这首诗韵味弥长。

第三节　凡虫之属

【中心选文】

一　秋日行村路

乐雷发

儿童篱落带斜阳[1],豆荚姜芽社肉香[2]。
一路稻花谁是主,红蜻蛉伴绿螳螂[3]。

《雪矶丛稿》卷四

【作者/出处简介】

乐雷发(1210～1271),字声远,号雪矶,南宋道州宁远(今属湖南)人。精通经史,长于诗赋。他志在抗金复宋,后因数议时政,不为所用,遂归隐九疑。有《雪矶丛稿》五卷。

【字词注释】

1. 篱落:篱笆。
2. 豆荚:豆类的荚果。社肉:社日祭神之牲肉。
3. 蜻蛉(líng):蜻蜓的别称;一说极似蜻蜓,惟前翅较短,不能远飞。

【作品解析】

凡事皆可入诗,让宋诗具有日常性的特点,而文化的发达又让这种日常性不停留在浅俗的层面。这首诗是日常性诗歌的代表,开篇即营造出烟火气息,篱笆旁玩耍的小孩，衬托出农夫们劳碌一天回到家里的轻松喜悦。第三句"稻花"的香气传来田野风味的丰收气息，第四句颜色搭配鲜明却自然不露痕迹。整首诗虽落实于现实平实的景象，却无俗韵，自有格调。关于它的好处，钱锺书先生在《宋诗选注》中专门作了发挥，古人诗里常有这种句法和颜色的对照，例如白居易《寄答周协律》"最忆后庭杯酒散，红屏风掩绿窗眠"，李商隐《日射》"回廊四合掩寂寞，碧鹦鹉对红蔷薇"，韩偓《深院》"深院下帘人昼寝，红蔷薇映碧芭蕉"，陆游《水亭》"一片风光最画得？红蜻蜓点绿荷心"。乐雷发的第三句比陆游的新鲜具体，全诗也就愈加精彩。

　　诗歌表现的时间是夕阳西下之时，像李商隐那样敏感细腻的诗人可能发出"夕阳无限好，只是近黄昏"的哀叹，而对于书写田园风光的诗人而言，这是一个结束劳作归家的轻松而温馨的时刻，这种温馨在陶渊明的诗歌当中是多见的，譬如"山气日夕佳，飞鸟相与还"，在乐雷发这里则以旁观者闲适的姿态来欣赏夕阳下温馨的乡村。不过虽是旁观者的视角，却并无悯农诗那种居高临下之态，跟随诗人我们能感受农村的景致，与玩耍的儿童、农夫共情。

二　小池

杨万里

泉眼无声惜细流[1]，树阴照水爱晴柔[2]。
小荷才露尖尖角[3]，早有蜻蜓立上头[4]。

《诚斋集》卷七

【作者/出处简介】

　　参见第四章第二节《晓出净慈寺送林子方》关于杨万里介绍。

【字词注释】

1. 泉眼：泉水的出口。惜：吝惜。
2. 照水：映在水里。晴柔：晴天里柔和的风光。
3. 尖尖角：初出水端还没有舒展的荷叶尖端。
4. 上头：上面、顶端。

【作品解析】

　　杨万里的"诚斋体"在艺术上颇有创造性，他不是在书本文字上翻新出奇，而是与千姿百态的自然景物直接对话。该诗创作于杨万里"诚斋体"形成之前，但也初具"诚斋体"的风格。诗歌为典型夏日之景，围绕小池之"水"这一意象展开。一个"惜"字，化无情为有情，仿佛泉眼是因为爱惜涓滴，才让它无声地缓缓流淌；一个"爱"字，给绿树以生命，似乎它是喜欢这晴柔的风光，才以水为镜，展现自己的绰约风姿。

这是一幅声色俱佳的图画，泉声潺潺，树荫之下，蜻蜓立于含苞待放的小荷上，初夏之际风和日丽的景象跃然纸上，诗人在此静谧清新的景象中安然的心境也自然流露。短短四句诗既写出了初夏景物的特征，也细腻地书写了景物的光影声色变化，在灵动的诗句中理趣不动声色地自然流露。诗歌如摄影一般，将动态的蜻蜓飞舞于小荷上的稍纵即逝的景象定格下来，从中可以感受到初露头角的少年意气。

三　秋夜喜遇王处士[1]

王绩

北场芸藿罢[2]，东皋刈黍归[3]。

相逢秋月满，更值夜萤飞。

《东皋子集》卷中

【作者/出处简介】

参见第四章第三节《野望》关于王绩介绍。

【字词注释】

1. 处士：对有德才而不愿做官，隐居民间之人的敬称。
2. 北场：房舍北边的场圃。芸藿（huò）：锄豆。芸，通"耘"，指耕耘。藿，指豆叶。
3. 东皋（gāo）：房舍东边的田地。皋，水边高地。刈（yì）：割。

【作品解析】

这首描写田园生活情趣的小诗，质朴平淡中蕴含着丰富隽永的诗情。前两句写农事活动归来，"东皋"暗用陶渊明《归去来辞》"登东皋以舒啸"的诗句，点明归隐躬耕的身份。芸藿就是锄豆，它和"刈黍"一样，都是秋天的农事活动。但与同样躬耕田园的陶渊明不同，王绩归隐的生活条件是优裕的，田间劳动并非谋生所必需，因而王绩的闲适并非陶渊明式的超脱，而是在悠闲自如的生活中自然流露出的心境。正是在这样舒缓从容的节奏中，诗人与王处士不期而遇，"相逢秋月满，更值夜萤飞"，王绩却并未继续写二人的活动，也未作抒情之语，只如这月色萤光，简淡而隽永地道出"君子之交淡如水"，整首诗至此，将心境与环境写得契合无间。

这首小诗内容质朴，富于生活气息，却色调明朗，余韵悠长。诗中所写的乡居秋夜静谧清爽，在此景色中与友人相遇饶有意境。如学者刘学锴所说，从田园诗的发展上看，陶诗重在写意，王维诗则着意创造情景交融的优美意境。王绩的这首诗不妨看作王维田园诗的先声。

四　柳毅传

李朝威

　　仪凤中[1]，有儒生柳毅者，应举下第[2]，将还湘滨[3]。念乡人有客于泾阳者[4]，遂往告别。至六七里，鸟起马惊，疾逸道左[5]。又六七里，乃止。见有妇人，牧羊于道畔。毅怪视之，乃殊色也。然而蛾脸不舒，巾袖无光，凝听翔立[6]，若有所伺。毅诘之曰："子何苦而自辱如是？"妇始楚而谢，终泣而对曰："贱妾不幸，今日见辱问于长者[7]。然而恨贯肌骨，亦何能愧避？幸一闻焉。妾，洞庭龙君小女也。父母配嫁泾川次子[8]，而夫婿乐逸，为婢仆所惑，日以厌薄。既而将诉于舅姑，舅姑爱其子，不能御。迫诉频切，又得罪舅姑。舅姑毁黜以至此[9]。"言讫，歔欷流涕，悲不自胜。又曰："洞庭于兹，相远不知其几多也？长天茫茫，信耗莫通。心目断尽，无所知哀。闻君将还吴[10]，密通洞庭。或以尺书寄托侍者[11]，未卜将以为可乎？"毅曰："吾义夫也。闻子之说，气血俱动，恨无毛羽，不能奋飞，是何可否之谓乎！然而洞庭深水也。吾行尘间，宁可致意耶？惟恐道途显晦[12]，不相通达，致负诚托，又乖恳愿。子有何术可导我邪？"女悲泣且谢，曰："负载珍重，不复言矣。脱获回耗，虽死必谢。君不许，何敢言。既许而问，则洞庭之与京邑，不足为异也[13]。"

　　毅请闻之。女曰："洞庭之阴[14]，有大橘树焉，乡人谓之'社橘'。君当解去兹带，束以他物。然后叩树三发，当有应者。因而随之，无有碍矣。幸君子书叙之外，悉以心诚之话倚托，千万无渝！"毅曰："敬闻命矣。"女遂于襦间解书，再拜以进。东望愁泣，若不自胜。毅深为之戚，乃致书囊中，因复谓曰："吾不知子之牧羊，何所用哉？神祇岂宰杀乎？"女曰："非羊也，雨工也[15]。""何为雨工？"曰："雷霆之类也。"毅顾视之，则皆矫顾怒步，饮龁甚异[16]，而大小毛角，则无别羊焉。毅又曰："吾为使者，他日归洞庭，幸勿相避。"女曰："宁止不避，当如亲戚耳。"语竟，引别东去。不数十步，回望女与羊，俱亡所见矣。

　　其夕，至邑而别其友。月余到乡，还家，乃访友于洞庭。洞庭之阴，果有社橘。遂易带向树，三击而止。俄有武夫出于波间，再拜请曰："贵客将自何所至也？"毅不告其实，曰："走谒大王耳。"武夫揭水止路，引毅以进。谓毅曰："当闭目，数息可达矣[17]。"毅如其言，遂至其宫。始见台阁相向，门户千万，奇草珍木，无所不有。夫乃止毅，停于大室之隅，曰："客当居此以俟焉。"毅曰："此何所也?"夫曰："此灵虚殿也。"谛视之，则人间珍宝毕尽于此。柱以白璧，砌以青玉，床以珊瑚，帘以水精，雕琉璃于翠楣，饰琥珀于虹栋[18]。奇秀深香，不可殚言。

然而王久不至。毅谓夫曰："洞庭君安在哉?"曰："吾君方幸玄珠阁，与太阳道士讲《火经》，少选当毕[19]。"毅曰："何谓《火经》?"夫曰："吾君，龙也。龙以水为神，举一滴可包陵谷。道士，乃人也。人以火为神圣，发一灯可燎阿房。然而灵用不同，玄化各异[20]。太阳道士精于人理[21]，吾君邀以听焉。"语毕而宫门辟，景从云合[22]，而见一人，披紫衣，执青玉。夫跃曰："此吾君也!"乃至前以告之。君望毅而问曰："岂非人间之人乎?"对曰："然。"毅而设拜，君亦拜，命坐于灵虚之下。谓毅曰："水府幽深，寡人暗昧，夫子不远千里，将有为乎?"毅曰："毅，大王之乡人也。长于楚，游学于秦[23]。昨下第，闲驱泾水右涘，见大王爱女牧羊于野，风鬟雨鬓，所不忍睹。毅因诘之，谓毅曰:'为夫婿所薄，舅姑不念，以至于此'。悲泗淋漓，诚怛人心。遂托书于毅。毅许之，今以至此。"因取书进之。洞庭君览毕，以袖掩面而泣曰："老父之罪，不能鉴听，坐贻聋瞽，使闺窗孺弱，远罹构害。公，乃陌上人也，而能急之。幸被齿发，何敢负德[24]!"词毕，又哀咤良久。左右皆流涕。时有宦人密侍君者，君以书授之，令达宫中。须臾，宫中皆恸哭。君惊，谓左右曰："疾告宫中，无使有声，恐钱塘所知。"毅曰："钱塘，何人也?"曰："寡人之爱弟，昔为钱塘长，今则致政矣[25]。"毅曰："何故不使知?"曰："以其勇过人耳。昔尧遭洪水九年者，乃此子一怒也。近与天将失意，塞其五山[26]。上帝以寡人有薄德于古今，遂宽其同气之罪[27]。然犹縻系于此，故钱塘之人日日候焉。"

语未毕，而大声忽发，天拆地裂。宫殿摆簸，云烟沸涌。俄有赤龙长千余尺，电目血舌，朱鳞火鬣[28]，项掣金锁，锁牵玉柱。千雷万霆，激绕其身，霰雪雨雹，一时皆下。乃擘青天而飞去[29]。毅恐蹶仆地。君亲起持之曰："无惧，固无害。"毅良久稍安，乃获自定。因告辞曰："愿得生归，以避复来。"君曰："必不如此。其去则然，其来则不然，幸为少尽缱绻。"因命酌互举，以款人事。

俄而祥风庆云，融融怡怡，幢节玲珑[30]，箫韶以随[31]。红妆千万，笑语熙熙。中有一人，自然蛾眉，明珰满身，绡縠参差[32]。迫而视之，乃前寄辞者。然若喜若悲，零泪如丝。须臾，红烟蔽其左，紫气舒其右，香气环旋，入于宫中。君笑谓毅曰："泾水之囚人至矣。"君乃辞归宫中。须臾，又闻怨苦，久而不已。

有顷，君复出，与毅饮食。又有一人，披紫裳，执青玉，貌耸神溢[33]，立于君左。君谓毅曰："此钱塘也。"毅起，趋拜之。钱塘亦尽礼相接，谓毅曰："女侄不幸，为顽童所辱。赖明君子信义昭彰[34]，致达远冤。不然者，是为泾陵之土矣[35]。飨德怀恩，词不悉心。"毅撝退辞谢[36]，俯仰唯唯。然后回告兄曰："向者辰发灵虚，巳至泾阳，午战于彼，未还于此。中间驰至九天，以告上帝。帝知其冤，而宥其失。前所谴责，因而获免。然而刚肠激发，不遑辞候，惊扰宫中，复忤宾客。愧惕惭惧，不知所失。"因退而再拜。君曰："所杀几何？"曰："六十万。""伤稼乎？"曰："八百里。""无情郎安在？"曰："食之矣。"君怃然曰："顽童之为是心也，诚不可忍，然汝亦太草草。赖上帝显圣，谅其至冤。不然者，吾何辞焉？从此以去，勿复如是。"钱塘君复再拜。是夕，遂宿毅于凝光殿。

明日，又宴毅于凝碧宫。会友戚，张广乐[37]，具以醪醴[38]，罗以甘洁。初，笳角鼙鼓[39]，旌旗剑戟，舞万夫于其右。中有一夫前曰："此《钱塘破阵乐》。"旌铫杰气[40]，顾骤悍栗[41]，座客视之，毛发皆竖。复有金石丝竹，罗绮珠翠，舞千女于其左，中有一女前进曰："此《贵主还宫乐》。"清音宛转，如诉如慕，坐客听下，不觉泪下。二舞既毕，龙君大悦。锡以纨绮，颁于舞人，然后密席贯坐，纵酒极娱。酒酣，洞庭君乃击席而歌曰："大天苍苍兮，大地茫茫，人各有志兮，何可思量，狐神鼠圣兮，薄社依墙[42]。雷霆一发兮，其孰敢当？荷贞人兮信义长[43]，令骨肉兮还故乡，齐言惭愧兮何时忘！"洞庭君歌罢，钱塘君再拜而歌曰："上天配合兮，生死有途。此不当妇兮，彼不当夫。腹心辛苦兮，泾水之隅。风霜满鬓兮，雨雪罗襦。赖明公兮引素书[44]，令骨肉兮家如初。永言珍重兮无时无。"钱塘君歌阕，洞庭君俱起，奉觞于毅。毅踧踖而受爵[45]，饮讫，复以二觞奉二君，乃歌曰："碧云悠悠兮，泾水东流。伤美人兮，雨泣花愁。尺书远达兮，以解君忧。哀冤果雪兮，还处其休[46]。荷和雅兮感甘羞。山家寂寞兮难久留[47]。欲将辞去兮悲绸缪。"歌罢，皆呼万岁。洞庭君因出碧玉箱，贮以开水犀[48]；钱塘君复出红珀盘，贮以照夜玑[49]：皆起进毅，毅辞谢而受。然后宫中之人，咸以绡彩珠璧，投于毅侧。重叠焕赫，须臾埋没前后。毅笑语四顾，愧谢不暇。洎酒阑欢极，毅辞起，复宿于凝光殿。

翌日，又宴毅于清光阁。钱塘因酒作色，踞谓毅曰："不闻猛石可裂不可卷[50]，义士可杀不可羞耶？愚有衷曲，欲一陈于公。如可，则俱在云霄；如不可，则皆夷粪壤。足下以为何如哉？"毅曰："请闻之。"钱塘曰："泾阳之妻，则洞庭君之爱女也。淑性茂质，为九姻所重[51]。不幸见辱于匪人，今则绝矣。将欲求托高义，世为亲戚，使受恩者知其所归，怀爱者知其所付[52]，岂不为君子始终之道者？"毅肃然而作，欻然而笑曰[53]："诚不知钱塘君孱困如是！毅始闻跨九州，怀五岳，泄其愤怒；复见断金锁，掣玉柱，赴其急难。毅以为刚决明直，无如君者。盖犯之者不避其死，感之者不爱其生[54]，此真丈夫之志。奈何箫管方洽，亲宾正和，不顾其道，以威加人？岂仆人素望哉！若遇公于洪波之中，玄山之间[55]，鼓以鳞须，被以云雨，将迫毅以死，毅则以禽兽视之，亦何恨哉！今体被衣冠，坐谈礼义，尽五常之志性[56]，负百行之微旨[57]，虽人世贤杰，有不如者，况江河灵类乎？而欲以蠢然之躯，悍然之性，乘酒假气，将迫于人，岂近直！且毅之质，不足以藏王一甲之间。然而敢以不伏之心，胜王不道之气[58]。惟王筹之！"钱塘乃逡巡致谢曰："寡人生长宫房，不闻正论。向者词述疏狂，妄突高明。退自循顾，庶不容责。幸君子不为此乖间可也。"其夕，复饮宴，其乐如旧。毅与钱塘遂为知心友。

明日，毅辞归。洞庭君夫人别宴毅于潜景殿，男女仆妾等悉出预会。夫人泣谓毅曰："骨肉受君子深恩，恨不得展愧戴[59]，遂至睽别。"使前泾阳女当席拜毅以致谢。夫人又曰："此别岂有复相遇之日乎？"毅其始虽不诺钱塘之情，然当此席，殊有叹恨之色。宴罢，辞别，满宫凄然。赠遗珍宝，怪不可述。毅于是复循途出江岸，见从者十余人，担囊以随，至其家而辞去。

毅因适广陵宝肆，鬻其所得[60]。百未发一，财已盈兆。故淮右富族[61]，咸以为莫如。遂娶于张氏，亡。又娶韩氏。数月，韩氏又亡。徙家金陵。常以鳏旷多感[62]，或谋新匹。有媒氏告之曰："有卢氏女，范阳人也[63]。父名曰浩，尝为清流宰[64]。晚岁好道，独游云泉[65]，今则不知所在矣。母曰郑氏。前年适清河张氏[66]，不幸而张夫早亡。母怜其少，惜其慧美，欲择德以配焉。不识何如？"毅乃卜日就礼。既而男女二姓，俱为豪族，法用礼物[67]，尽其丰盛。金陵之士，莫不健仰。

居月余，毅因晚入户，视其妻，深觉类于龙女，而艳逸丰厚，则又过之。因与话昔事。妻谓毅曰："人世岂有如是之理乎？"经岁余，有一子。毅益重之。既产，逾月，乃秾饰换服，召毅于帘室之间，笑谓毅曰："君不忆余之于昔也？"毅曰："凤为姻好，何以为忆？"妻曰："余即洞庭君之女也。泾川之冤，君使得白。衔君之恩，誓心求报。洎钱塘季父论亲不从，遂至睽违。天各一方，不能相问。父母欲配嫁于濯锦小儿某[68]。遂闭户剪发，以明无意。虽为君子弃绝，分见无期。而当初之心，死不自替。他日父母怜其志，复欲驰白于君子。值君子累娶，当娶于张，已而又娶于韩。迫张、韩继卒，君卜居于兹[69]，故余之父母乃喜余得遂报君之意。今日获奉君子，咸善终世[70]，死无恨矣。"因呜咽，泣涕交下。对毅曰："始不言者，知君无重色之心。今乃言者，知君有感余之意。妇人匪薄，不足以确厚永心[71]，故因君爱子，以托相生。未知君意如何？愁惧兼心，不能自解。君附书之日，笑谓妾曰：'他日归洞庭，慎无相避。'诚不知当此之际，君岂有意于今日之事乎？其后季父请于君，君固不许。君乃诚将不可邪，抑忿然邪？君其话之。"毅曰："似有命者。仆始见君子，长泾之隅[72]，枉抑憔悴，诚有不平之志。然自约其心者，达君之冤，余无及也。以言'慎无相避'者，偶然耳，岂有意哉？洎钱塘逼迫之际，唯理有不可直，乃激人之怒耳。夫始以义行为之志，宁有杀其婿而纳其妻者邪？一不可也。某素以操真为志尚[73]，宁有屈于己而伏于心者乎[74]？二不可也。且以率肆胸臆[75]，酬酢纷纶[76]，唯直是图，不遑避害。然而将别之日。见君有依然之容，心甚恨之。终以人事扼束，无由报谢。吁，今日，君，卢氏也，又家于人间。则吾始心未为惑矣。从此以往，永奉欢好，心无纤虑也。"妻因深感娇泣，良久不已。有顷，谓毅曰："勿以他类，遂为无心，固当知报耳。夫龙寿万岁，今与君同之。水陆无往不适。君不以为妄也。"毅嘉之曰："吾不知国客乃复为神仙之饵[77]！"乃相与观洞庭。既至，而宾主盛礼，不可具纪。

后居南海[78]，仅四十年，其邸第、舆马、珍鲜、服玩，虽侯伯之室，无以加也。毅之族咸遂濡泽[79]。以其春秋积序[80]，容状不衰。南海之人，靡不惊异。洎开元中[81]，上方属意于神仙之事，精索道术[82]，毅不得安，遂相与归洞庭。凡十余岁，莫知其迹。

至开元末，毅之表弟薛嘏为京畿令[83]，谪官东南。经洞庭，晴昼长望，俄见碧山出于远波。舟人皆侧立，曰："此本无山，恐水怪耳。"指顾之际，山与舟相逼，乃有彩船自山驰来，迎问于嘏。其中有一人呼之曰："柳公来候耳。"嘏省然记之，乃促至山下，摄衣疾上。山有宫阙如人世，见毅立于宫室之中，前列丝竹，后罗珠翠，物玩之盛，殊倍人间。毅词理益玄，容颜益少。初迎嘏于砌，持嘏手曰："别来瞬息，而发毛已黄。"嘏笑曰："兄为神仙，弟为枯骨，命也。"毅因出药五十丸遗嘏，曰："此药一丸，可增一岁耳。岁满复来，无久居人世以自苦也。"欢宴毕，嘏乃辞行。自是已后，遂绝影响。嘏常以是事告于人世。殆四纪[84]，嘏亦不知所在。

陇西李朝威叙而叹曰[85]："五虫之长[86]，必以灵者，别斯见矣。人，裸也，移信鳞虫[87]。洞庭含纳大直[88]，钱塘迅疾磊落，宜有承焉。嘏咏而不载，独可邻其境[89]。愚义之，为斯文。"

《太平广记》卷四一九

【作者/出处简介】

作者李朝威生平不详，约中唐时人。

【字词注释】

1. 仪凤：唐高宗李治年号（676～679）。

2. 应举下第：进京应试没有考取。

3. 湘：湘江，湖南主要的河流之一，流入洞庭湖。

4. 泾阳：唐县名，在今陕西泾阳县东南，泾水北岸。

5. 疾逸道左：马不受约束，向路旁乱跑。

6. 翔：回顾。

7. 见辱问于长者：承蒙您下问。

8. 泾川：泾河龙君。

9. 毁黜：糟蹋，虐待。

10. 还吴：指柳毅返回南方。古代吴楚毗邻，都在南方。

11. 尺书：即尺素、书信。古时用绢帛书写，上下长一尺。寄托侍者：不直言寄托，而说转托您的仆役带去，是古代的客套语。

12. 显，明：指人世。晦，暗：指湖水深处。

13. 洞庭之与京邑：指下洞庭与上京城没有什么不同之处。

14. 阴：水南。

15. 雨工：雨神。

16. "则皆"二句：形容矫健之态不同于羊。矫顾怒步，指高视阔步。龁（hé），咬。

17. 数息：呼吸数次，形容时间短暂。

18. 虹栋：彩色的屋梁。

19. 少选：少顷、须臾。

20. "然而"二句：意谓水火各有神异的作用和玄妙的变化。

21. 人理：指人类用火的道理。

22. 景从云合：比喻侍从众多。景从，如影之从形。景，同"影"。云合，如云之合。

23. 游学于秦：至长安应举事。因长安古时曾属秦国，故云。

24. "幸被"二句：意谓还活着，有生之日，不敢背德。

25. 致政：退职，不再做官。

26. 塞其五山：发大水淹掉五座山。

27. 同气：同胞兄弟。

28. 火鬣（liè）：火红色的鬣毛。鬣，兽类颈上的长毛。

29. 擘（bò）青天而飞去：挣断金锁破空飞去。擘，分裂。

30. 幢（chuǎng）节：作为仪仗用的旗帜之类。

31. 箫韶以随：有随同演奏的乐队。箫韶，相传为虞舜时的乐曲。

32. 绡（xiāo）縠（hú）参（cēn）差（cī）：丝绸的衣服长短交错。绡，生丝。縠，绉纱。

33. 貌耸神溢：容貌出众，精神焕发。

34. 明君子：敬称，指柳毅。

35. 为泾陵之土：死在泾阳，成为山陵里的泥土。

36. 扬（huī）退：谦逊。

37. 张广乐：设置大乐队。

38. 醪（láo）醴（lǐ）：醇美的酒。

39. 笳角鼙（pí）鼓：都是军中乐器。笳，胡笳。角，画角。鼙，小鼓。

40. 旌铫（tiáo）杰气：挥动旌旗、武器，显出英雄的气概。铫，矛，古代武器。

41. 顾骤悍栗：意谓顾盼、动作威势逼人。骤，指动作、步伐。悍栗，形容勇猛使人战栗。

42. "狐神"二句：以狐狸依靠城墙，老鼠依靠庙社，冒充神圣，比喻小人依附权势，作威作福。薄，附。社，土地庙。

43. 荷：感激。贞人：指正人君子。

44. 明公：敬称，指柳毅。

45. 踧（cù）踖（jí）：恭敬而不安。

46. 还处其休：回家享受幸福的生活。休，美善、福泽。

47. 山家：柳毅对自己家宅的谦称。

48. 开水犀：指犀牛角。犀牛角有水犀、山犀两种。水犀能以角分水，不沉。

49. 照夜玑：夜光珠。

50. 猛石可裂不可卷：《诗经·邶风·柏舟》："我心匪石，不可转也。我心匪席，不可卷也。"此句化用其意，以坚石比喻自己坚强的性格。猛石，坚石。

51. 九姻：所有的亲戚。九，多数。

52. 怀爱者：指柳毅。付：施与。

53. 欻（xū）然：忽然。

54. "盖犯之"二句：意谓抗击残暴不避死亡，报答恩人不惜生命。犯之者，侵犯自己的人。感之者，有恩于我的人。

55. 玄山：苍青色高峰似的波浪。山，形容巨浪。

56. 五常：指仁、义、礼、智、信。

57. 百行：各种品行。

58. 不道：无道。

59. 展愧戴：报恩德。愧戴，惭愧、爱戴的心情。

60. 鬻（yù）：卖。

61. 淮右：淮水上游地区，亦称淮西。

62. 鳏（guān）旷：妻死无偶曰鳏，成年未娶为旷。

63. 范阳：幽州，在今北京。

64. 清流宰：清流县县令。清流，在今安徽滁州。

65. 游云泉：到山里去修行。

66. 清河：郡名，治所在今河北南宫。

67. 法用礼物：婚仪所用的礼物。

68. 濯锦小儿：濯锦江龙君之子。濯锦江，即锦江，为四川岷江支流，流经成都市一带。相传古时以此水濯锦。

69. 卜居：选择地方居住。

70. 咸善终世：一同欢好终生。

71. 确厚：坚牢，巩固。永心：永久不变的感情。

72. 长泾：泾河，如同大江称长江之意。

73. 操真：坚持真诚。

74. "宁有"句：意谓岂有自己委屈而能心服的吗？伏，通"服"。

75. 率肆胸臆：率直地把心里的话全说出来。肆，铺陈，陈说。

76. 酬酢（zuò）纷纭：应答时很杂乱。酬酢，应对。

77. "吾不知"句：我没有想到在龙宫做客，却得到了成仙的机会。国客，上客。饵，以利诱人，这里指机会。

78. 南海：今广东广州。

79. 咸遂濡泽：都受到恩惠。

80. 春秋积序：年复一年。序，时序。

81. 洎（jì）：到，及。开元：唐玄宗李隆基年号（713—741）。

82. "上方"二句：王谠《唐语林》卷五："玄宗好深陷，往往诏郡国，征奇异之士。"道术，指有道术的人。

83. 薛嘏（gǔ）：生平不详。京畿令：京兆府所属县的县令。

84. 纪：古代以十二年为一纪。

85. 陇西：郡名，治所在今甘肃省陇西县。

86. 五虫之长：按《大戴礼记·易本命》："有羽之虫三百六十，而凤凰为之长；有毛之虫三百六十，而麒麟为之长；有甲之虫三百六十，而神龟为之长；有鳞之虫三百六十，而蛟龙为之长；倮之虫三百六十，而圣人为之长。"在中国文化中，"虫"是对普天之下所有的动物（包括人）的通称。

87. "人裸"三句：意谓人为裸虫，也同鳞虫讲信义。

88. 含纳：有度量。大直：极正直。

89. "嘏咏"二句：意谓只有薛嘏曾亲历仙境，咏叹传说其事，却没有记载成文。

【作品解析】

　　本篇写洞庭龙女远嫁泾川，受其夫泾阳君与公婆虐待，幸遇书生柳毅为传家书至洞庭龙宫，得其叔父钱塘君营救，回归洞庭，钱塘君等感念柳毅恩德，即令之与龙女成婚。柳毅因传信乃急人之难，本无私心，且不满钱塘君之蛮横，故严辞拒绝，告辞而去。但龙女对柳毅已生爱慕之心，自誓不嫁他人，几番波折后二人终成眷属。

　　唐传奇所反映的社会面之广，揭示的社会问题之深前所未有，《柳毅传》既富于浪漫气氛，同时表现出的现实意义又极为深刻。它所概括出的问题，如家庭矛盾，妇女和封建社会的矛盾，以及现实生活中所存在的其他具体矛盾，处处都和现实生活的发展变化分不开，今天看来仍不失指向现实的力量。柳毅有饱满的人格，他正义勇敢的人格在对待婚姻的态度上完成了最终的塑造。龙女被救出之后钱塘君擅自安排他与龙女的婚姻，试图以道义的说辞让柳毅就范。柳毅严词拒绝，尽管再次见到盛装的龙女略有悔意，但正是这段波折让后来两人的婚姻显示出两情相悦的感情基础，而非报恩式的道义结合。龙女出场时无助的样子虽显柔弱，但这个女子一直在做出改变现状的努力，最先是不满于丈夫向公婆求助，求助无门之后托付柳毅，最后一直寻找机会与柳毅重逢。在有限的条件下表现出了一定的独立和不屈，今天看来这个人物依然是充满光彩的女性形象。

第四节　鱼翔浅底

【中心选文】

一　江南

江南可采莲，莲叶何田田¹，鱼戏莲叶间。

鱼戏莲叶东，鱼戏莲叶西，鱼戏莲叶南，鱼戏莲叶北²。

《乐府诗集》卷二十六

【作者/出处简介】

佚名《江南》是一首汉乐府诗歌，出自《乐府诗集》，属《相和歌辞·相和曲》。

【字词注释】

1. 田田：鲜碧貌。
2. "鱼戏"四句：此为应和者之歌辞。

【作品解析】

这首诗歌音调回旋反复，语言简明质朴，格调清新明快，具有民歌自然真率的美感。全诗勾勒了一幅明丽美妙的江南风光，一望无际的碧绿的荷叶，莲叶下自由自在、欢快戏耍的鱼儿，还有那划破荷塘的小船上采莲的壮男俊女的欢声笑语，表现出采莲时的光景和采莲人欢乐的心情。

朱自清在《荷塘月色》中曾经引用过这首诗，并说道："采莲的是少年的女子，她们是荡着小船，唱着艳歌去的。采莲人不用说很多，还有看采莲的人。那是一个热闹的季节，也是一个风流的季节。"《诗经》和《汉乐府》中这样的情歌对于今天而言意义重大，不仅可以让我们从文学的角度去感受天然清新的文字，同时也从文化及社会的角度感知古人的生活。今天普通民众几乎一致地认为古人的感情生活皆在封建礼教的约束之下，殊不知铁板一块的礼教是不存在的。这些民歌的出现让我们看到鲜活的古代生活场景，看到古代青年男女自然美好的爱情书写。

二　赠崔侍郎（其一）[1]

李白

黄河三尺鲤，本在孟津居[2]。

点额不成龙[3]，归来伴凡鱼。

故人东海客[4]，一见借吹嘘。

风涛倘相见，更欲凌昆墟[5]。

《分类补注李太白诗》卷九

【作者/出处简介】

参见第二章第二节《月下独酌》关于李白介绍。

【字词注释】

1. 郎：一作"御"。
2. "本在"句：据鲤鱼跳龙门的传说，黄河鲤从河南孟津的黄河里出发，通过洛河，又顺伊河来到龙门山。
3. "点额"句：黄河鲤的头部有黑色斑纹。民间传说，跳不过龙门的鱼，摔下来之后额头上会有黑色的疤。
4. 故人：指崔侍御。东海客：为"东海钓鳌客"的缩写，唐诗中常用此比喻志向远大、胸襟开阔之人，李白就曾自称"海上钓鳌客"。
5. 凌昆墟：登上昆仑山。

【作品解析】

《赠崔侍郎》是李白创作的两首同题酬赠诗，酬赠对象是同一个人，都表达了对仕宦的殷切期望。这首诗以黄河之鲤为喻，含蓄地表达了怀才不遇的郁闷之情。作为盛唐"诗仙"，求仙问道的李白向来以潇洒风致示人，似乎不以功名为意。常人所见李白的人生理想自是超脱，而试图入世建功立业的一面常常为人所忽视，"诗圣"杜甫曾以"冠盖满京华，斯人独憔悴"之句勾勒出李白孤单的背影。报国与建功是盛唐之际的主流价值观，号称"谪仙人"的李白慷慨自负，自然不甘平淡。但李白一生漂泊，虽不如杜甫那般潦倒，却也未曾实现政治抱负。

诗人的英雄主义与报国热忱在这样的困局中难有用武之地，于是在诗歌当中便形成了求仕与不能之间的独特张力。但作为盛唐气象的集大成者，李白并不会因困境而消沉，结尾两句气势磅礴，颇有"永远年轻，永远热泪盈眶"的青春力量。任何境遇都不能让这种希望的力量消失或者减弱，这是李白诗歌的特色，也是大唐诗歌共同的底色。恐怕也正是这样的力量让唐诗千百年来始终为普通大众所喜爱。

三　鱼儿

王安石

绕岸车鸣水欲开[1]，鱼儿相逐尚相欢。

无人挈入沧江去[2]，汝死哪知世界宽？

《王荆文公诗笺注》卷四十八

【作者/出处简介】

王安石（1021～1086），字介甫，号半山，临川（今江西抚州）人。宋庆历二年（1042）进士，历任扬州签判、鄞县知县、舒州通判等职，政绩显著。熙宁二年（1069），任参知政事，次年拜相，主持变法。因保守派反对，于熙宁七年（1074）罢相。一年后，神宗再次起用，旋又罢相，退居江宁。元丰二年（1079），任左仆射、观文殿大学士，改封荆国公，世称"王荆公"。元祐元年（1086），保守派得势，新法皆废，郁然病逝于钟山。后追赠太傅，谥"文"，故又称"王文公"。"唐宋八大家"之一。有《王临川集》《临川集拾遗》。

【字词注释】

1. 开：一作"乾"，干涸。
2. 挈：带领。

【作品解析】

这首诗健拔奇气，说的是水车"吱吱"响着，池塘的水快要抽干了，池塘里的鱼儿却仍然互相追逐着嬉戏，面对这些醉生梦死的鱼儿，诗人的感情极其复杂。诗人形象地写出了它们身处险境而不自知，反而乐在其中的状态，对鱼儿的愚昧深感无奈，表现出反讽之意。然而胸怀宽广的诗人并不止步于冷嘲热讽，而是对这些可怜的鱼儿充满了悲悯，没有人把你们带到大江去，你们就这么死了，怎么知道世界的宽广。诗歌既有对鱼儿悲惨境地的深刻同情，同时又颇有哀其不幸，怒其不争之意。

诗歌以日常生活画面破题引入，形象生动地写出水车在鱼塘抽水的画面，最后拔高到对人生境遇的体悟，表现出悲天悯人的情怀，哲理性地审视日常生活，咂摸个中况味，深刻体现出宋诗将日常生活与理趣相结合的特点，也表现出王安石作为一代名相的格局与眼界。

四　白秋练

蒲松龄

　　直隶有慕生，小字蟾宫，商人慕小寰之子。聪惠（慧）喜读。年十六，翁以文业迂[1]，使去而学贾，从父至楚。每舟中无事，辄便吟诵。抵武昌，父留居逆旅，守其居积[2]。生乘父出，执卷哦诗，音节铿锵。辄见窗影憧憧，似有人窃听之，而亦未之异也。一夕，翁赴饮，久不归，生吟益苦。有人徘徊窗外，月映甚悉。怪之，遽出窥觇[3]，则十五六倾城之姝。望见生，急避去。又二三日，载货北旋，暮泊湖滨。父适他出，有媪入曰："郎君杀吾女矣！"生惊问之，答云："妾白姓。有息女秋练[4]，颇解文字。言在郡城[5]，得听清吟，于今结想，至绝眠餐。意欲附为婚姻，不得复拒。"生心实爱好，第虑父嗔，因直以情告。媪不实信，务要盟约[6]。生不肯。媪怒曰："人世姻好，有求委禽而不得者。今老身自媒，反不见内，耻孰甚焉！请勿想北渡矣！"遂去。少间，父归，善其词以告之，隐冀垂纳[7]。而父以涉远，又薄女子之怀春也[8]，笑置之。

　　泊舟处，水深没棹；夜忽沙碛拥起[9]，舟滞不得动。湖中每岁客舟必有留住守洲者，至次年桃花水溢[10]，他货未至，舟中物当百倍于原直也，以故翁未甚忧怪。独计明岁南来。尚须揭资[11]，于是留子自归。生窃喜，悔不诘媪居里。日既暮，媪与一婢扶女郎至，展衣卧诸榻上，向生曰："人病至此，莫高枕作无事者！"遂去。生初闻而惊；移灯视女，则病态含娇，秋波自流。略致讯诘，嫣然微笑。生强其一语。曰："'为郎憔悴却羞郎'，可为妾咏[12]。"生狂喜，欲近就之，而怜其荏弱。探手于怀，接颐为戏[13]。女不觉欢然展谑[14]，乃曰："君为妾三吟王建'罗衣叶叶'之作[15]，病当愈。"生从其言。甫两过，女揽衣起坐曰："妾愈矣！"再读，则娇颤相和。生神志益飞，遂灭烛共寝。女未曙已起，曰："老母将至矣。"未几，媪果至。见女凝妆欢坐，不觉欣慰；邀女去，女俯首不语。媪即自去，曰："汝乐与郎君戏，亦自任也。"于是生始研问居止。女曰："妾与君不过倾盖之交[16]，婚嫁尚不可必，何须令知家门。"然两人互相爱悦，要誓良坚。女一夜早起挑灯，忽开卷凄然泪莹，生急起问之。女曰："阿翁行且至[17]。我两人事，妾适以卷卜[18]，展之得李益《江南曲》[19]，词意非祥。"生慰解之，曰，"首句'嫁得瞿塘贾'，即已大吉，何不祥之与有！"女乃少欢，起身作别曰："暂请分手，天明则千人指视矣。"生把臂便咽，问："好事如谐，何处可以相报？"曰："妾常使人侦探之，谐否无不闻也。"生将下舟送之，女力辞而去。无何，慕果至。生渐吐其情。父疑其招妓，怒加诟厉。细审舟中财物，并无亏损，谯呵乃已。一夕，翁不在舟，女忽至，相见依依，莫知决策。女曰："低昂有数[20]，且图目前。姑留君两月，再商行止。"临别，以吟声作为相会之约。由此值翁他出，辄高吟，则女自至。四月行尽，物价失时[21]，诸贾无策，敛资祷湖神之庙。端阳后，雨水大至，舟始通。

生既归，凝思成疾。慕忧之，巫医并进。生私告母曰："病非药禳可瘥[22]，惟有秋练至耳。"翁初怒之；久之，支离益愈[23]，始惧，赁车载子，复入楚，泊舟故处。访居人，并无知白媪者。会有媪操柁湖滨[24]，即出自任。翁登其舟，窥见秋练，心窃喜，而审诘邦族，则浮家泛宅而已[25]。因实告子病由，冀女登舟，姑以解其沉痼。媪以婚无成约，弗许。女露半面，殷殷窥听，闻两人言，眦泪欲堕。媪视女面，因翁哀请，即亦许之。至夜，翁出，女果至，就榻鸣泣曰："昔年妾状，今到君耶！此中况味，要不可不使君知。然羸顿如此，急切何能便瘳？妾请为君一吟。"生亦喜，女亦吟王建前作。生曰："此卿心事，医二人何得效？然闻卿声，神已爽矣。试为我吟'杨柳千条尽向西可'[26]。"女从之。生赞曰："快哉！卿昔诵诗余[27]，有《采莲子》云[28]：'菡萏香连十顷陂[29]。'心尚未忘，烦一曼声度之[30]。"女又从之。甫阕，生跃起曰："小生何尝病哉！"遂相狎抱，沉疴若失。既而问："父见媪何词？事得谐否？"女已察知翁意，直对"不谐"。既而女去，父来，见生已起，喜甚，但慰勉之。因曰："女子良佳。然自总角时，把柁榜歌[31]，无论微贱，抑亦不贞。"生不语。翁既出，女复来，生述父意。女曰："妾窃之审矣：天下事，愈急则愈远，愈迎则愈拒。当使意自转，反相求。"生问计，女曰："凡商贾之志在利耳。妾有术知物价。适视舟中物，并无少息。为我告翁：居某物，利三之；某物，十之。归家，妾言验，则妾为佳妇矣。再来时，君十八，妾十七，相欢有日，何忧为！"生以所言物价告父。父颇不信，姑以余资半从其教。既归，所自置货，资本大亏；幸少从女言，得厚息，略相准。以是服秋练之神。生益夸张之，谓女自言，能使己富。翁于是益揭资而南。至湖，数日不见白媪；过数日，始见其泊舟柳下，因委禽焉。媪悉不受，但涓吉送女过舟。翁另赁一舟，为子合卺。女乃使翁益南，所应居货，悉籍付之[32]。媪乃邀婿去，家于其舟。翁三月而返，物至楚，价已倍蓰[33]。将归，女求载湖水。既归，每食必加少许，如用醯酱焉[34]。由是每南行，必

　　　　　　　　大学人文：中国古典文学采华

为致数坛而归。

后三四年，举一子。一日，涕泣思归。翁乃偕子及妇俱如楚。至湖，不知媪之所在。女扣舷呼母，神形丧失。促生沿湖问讯。会有钓鲟鳇者[35]，得白骥[36]。生近视之，巨物也，形全类人，乳阴毕具。奇之，归以告女。女大骇，谓凤有放生愿，嘱生赎放之。生往商钓者，钓者索直昂。女曰："妾在君家，谋金不下巨万，区区者何遂靳直也！如必不从，妾即投湖永死耳！"生惧，不敢告父，盗金赎放之。既返，不见女，搜之不得，更尽始至。问："何往？"曰："适至母所。"问："母何在？"觍然曰[37]："今不得不实告矣：适所赎，即妾母也。向在洞庭，龙君命司行旅。近宫中欲选嫔妃，妾被浮言者所称道，遂敕妾母，坐相索。妾母实奏之。龙君不听，放母于南滨，饿欲死，故罹前难。今难虽免，而罚未释。君如爱妾，代祷真君可免。如以异类见憎，请以儿掷还君。妾自去，龙宫之奉，未必不百倍君家也。"生大惊，虑真君不可得见。女曰："明日未刻[38]，真君当至。见有跛道士，急拜之，入水亦从之。真君喜文士，必合怜允。"乃出鱼腹绫一方。曰："如问所求，即出此，求书一'免'字。"生如言候之。果有道士蹩躠而至[39]，生伏拜之。道士急走，生从其后。道士以杖投水，跃登其上。生竟从之而登，则非杖也，舟也。又拜之。道士问："何求？"生出罗求书。道士展视曰："此白骥翼也，子何遇之？"蟾宫不敢隐，详陈颠末。道士笑曰："此物殊风雅，老龙何得荒淫！"遂出笔草书"免"字，如符形，返舟令下。则见道士踏杖浮行，顷刻已渺。归舟，女喜，但嘱勿泄于父母。

归后二三年，翁南游，数月不归。湖水既罄，久待不至。女遂病，日夜喘急，嘱曰："如妾死，勿瘗[40]，当于卯、午、酉三时[41]，一吟杜甫梦李白诗[42]，死当不朽。候水至，倾注盆内，闭门缓妾衣，抱入浸之，宜得活。"喘息数日，奄然遂毙。后半月，慕翁至，生急如其教，浸一时许，渐甦[43]。自是每思南旋。后翁死，生从其意，迁于楚。

《聊斋志异》卷十一

【作者/出处简介】

参见第一章第二节《聂小倩》关于蒲松龄介绍。

【字词注释】

1. 以文业迂：认为读书科举不实用。文业，指举业。迂，不切实际。

2. 居积：囤积的货物。

3. 窥觇（chān）：暗中察看。

4. 息女：亲生女。

5. 郡城：指武昌。

6. 务要（yāo）盟约：坚持逼使对方缔结婚约。要，要挟。

7. "善其"二句：意谓把老媪的激烈话语说得委婉一些，希望父亲能够同意。垂纳，俯就采纳。

8. 薄：鄙视。怀春：指少女有意婚嫁。

9. 沙碛（qì）：浅水中的沙石。

10. 桃花水：即桃花汛。《汉书·沟洫志》注："盖桃花方华时，既有雨水，川谷冰伴，众流猥集，波澜盛长，故谓之桃花水也。"

11. 揭资：指措办资金。揭，持，负。

12. "为郎"二句：意谓此一诗句，恰能表达我的心情。此用唐代元稹《莺莺传》中的诗句。《莺莺传》写崔莺莺与张生两相爱慕。由于家庭阻挠，双方各自婚嫁。后来，在一次偶然相遇中，张生欲求见莺莺。莺莺不见，留诗一首给张生："自从消瘦减容光，万转千回懒下床。不为旁人着不起，为郎憔悴却羞郎。"咏，吟咏。

13. 接颔（hàn）：接吻。颔，同"颌"，口下肉，指下唇。

14. 展谑：露出喜悦的神情。

15. 王建"罗衣叶叶"之作：唐代王建《宫词》："罗衣叶叶绣重重，金凤银鹅各一丛。每遍舞时分两向，太平万岁字当中。"这里盖取其"太平万岁"的吉言，以促病愈。

16. 倾盖之交：偶然相遇的朋友，比喻短暂的会晤。倾盖，谓途中相遇，停车而语，车盖相接。

17. 阿翁：对丈夫的父亲的称呼。

18. 卷卜：信手翻阅书卷某一页，就其内容占卜吉凶。卷，书。

19. 李益《江南曲》：唐代李益《江南曲》："嫁得瞿塘贾，朝朝误妾期。早知潮有信，嫁与弄潮儿。"写的是商人之妻对丈夫的思念。白秋练着眼于诗意的感伤离别，所以说"词意非祥"；慕生解此诗，却着眼于"嫁得瞿塘贾"一句，所以认为是"大吉"。

20. 低昂有数：成败都有定数，意谓听天由命。

21. 物价失时：指舟行受阻，某些季节性的货物就失去了高价出售的时机。

22. 药禳（ráng）：医药和祈祷。

23. 支离：衰残瘦弱的病体。

24. 操柁：驾船。柁，同"舵"。

25. 浮家泛宅：飘泊无定的水上人家。

26. 杨柳千条尽向西：唐代刘方平《代春怨》："朝日残莺伴妾啼，开帘只见草萋萋。庭前时有东风入，杨柳千条尽向西。"

27. 诗余：词的别名。

28. 采莲子：词调名，四句二十八字。

29. 菡（hàn）萏（dàn）香连十顷陂：唐代皇甫松《采莲子》词："菡萏香连十顷陂，小姑贪戏采莲迟。晚来弄水船头湿，更说红裙裹鸭儿。"连，原作"莲"，据皇甫松原词校改。

30. 曼声度之：拖长声音歌唱它。度，按谱歌唱。

31. 棹（zhào）歌：古乐府有《櫂歌行》，这里指摇船唱歌。櫂，船桨。

32. 籍付（cǔn）之：登记在簿籍上交给慕翁。

33. 倍蓰（xǐ）：《孟子·滕文公上》："夫物之不齐，物之情也。或相倍蓰，或相什百，或相千万。"五倍为"秹"。

34. 醯（xī）：醋。

35. 鲟（xún）鳇（huáng）：鱼名，长二三丈，无鳞，状似鲟鱼而背有甲骨。

36. 白鱀：即白鳍豚，也称淡水海豚。产于我国长江中下游一带，是我国特有的水生兽类，嘴狭长，有背鳍，背部呈蓝色，腹部白色。

37. 觍（tiǎn）然：羞愧貌。

38. 末刻：相当于现在下午一时至三时。

39. 蹩（bié）躠（xiè）：走路一瘸一拐。

40. 瘗（yì）：埋葬。

41. 卯、午、酉三时：指早晨、中午、晚上。卯时，指上午五时至七时。午，指上午十一时至下午一时。酉，指下午五时至七时。

42. 杜甫梦李白诗：李白晚年遭到流放，杜甫写成《梦李白二首》表示对李白不幸遭遇的深切怀念。

43. 甦（sū）：同"苏"。

【作品解析】

　　《聊斋志异》中大量超自然的鬼狐以美丽可爱的女性面貌示人，这些女性形象有诸多反传统的特质，她们大多在爱情中采取主动的姿态，敢于追求幸福的生活和情感的满足，少受人间礼教的约束。在《白秋练》中，鱼妖白秋练化身为少女，爱上读诗的蟾宫，在母亲的帮助下与蟾宫结合。他们的结合在得到双方父母同意之前自然是有违礼教的，但因为白秋练非人类的身份而得以淡化与礼教的冲突，所以在一种"伦理疏隔"的虚幻场景中，人的自然情感和欲望都得到了较为自由地抒发，这使蒲松龄的作品具有了超越时代的特色。

　　这个故事充满强烈的世俗意味，蟾宫父亲尽管反对婚事，却在重利之下立马回转。真君在破解白秋练母亲遭龙王胁迫时，轻松笑曰："此物殊风雅，老龙何得荒淫！"情节的构设与语言的风格都有浓重的民间风格，但白秋练和蟾宫之间的诗词吟唱又给整个故事增添了文雅气息和意境美，这些都充分表现出蒲松龄创作的娴熟与其作品的成就。

【拓展阅读】

一　夜莺颂（节选）

〔英国〕济慈

你呵，轻翅的仙灵

你躲进山毛榉的葱绿和荫影

放开了歌喉，歌唱着夏季

唉，要是有一口酒，那冷藏

在地下多年的清醇饮料

一尝就令人想起绿色之邦

想起花神，恋歌，阳光和舞蹈

要是有一杯南国的温暖

充满了鲜红的灵感之泉

杯缘明灭著珍珠的泡沫

给嘴唇染上紫斑

我要一饮而尽而悄然离开尘寰

和你同去幽暗的林中隐没

穆旦译《拜伦、雪莱、济慈诗精编》

二　一只特立独行的猪

王小波

　　插队的时候，我喂过猪、也放过牛。假如没有人来管，这两种动物也完全知道该怎样生活。它们会自由自在地闲逛，饥则食渴则饮，春天来临时还要谈谈爱情；这样一来，它们的生活层次很低，完全乏善可陈。人来了以后，给它们的生活做出了安排：每一头牛和每一口猪的生活都有了主题。就它们中的大多数而言，这种生活主题是很悲惨的：前者的主题是干活，后者的主题是长肉。我不认为这有什么可抱怨的，因为我当时的生活也不见得丰富了多少，除了八个样板戏，也没有什么消遣。有极少数的猪和牛，它们的生活另有安排。以猪为例，种猪和母猪除了吃，还有别的事可干。就我所见，它们对这些安排也不大喜欢。种猪的任务是交配，换言之，我们的政策准许它当个花花公子。但是疲惫的种猪往往摆出一种肉猪（肉猪是阉过的）才有的正人君子架势，死活不肯跳到母猪背上去。母猪的任务是生崽儿，但有些母猪却要把猪崽儿吃掉。总的来说，人的安排使猪痛苦不堪。但它们还是接受了：猪总是猪啊。

　　对生活做种种设置是人特有的品性。不光是设置动物，也设置自己。我们知道，在古希腊有个斯巴达，那里的生活被设置得了无生趣，其目的就是要使男人成为亡命战士，使女人成为生育机器，前者像些斗鸡，后者像些母猪。这两类动物是很特别的，但我以为，它们肯定不喜欢自己的生活。但不喜欢又能怎么样？人也好，动物也罢，都很难改变自己的命运。

　　以下谈到的一只猪有些与众不同。我喂猪时，它已经有四五岁了，从名分上说，它是肉猪，但长得又黑又瘦，两眼炯炯有光。这家伙像山羊一样敏捷，一米高的猪栏一跳就过；它还能跳上猪圈的房顶，这一点又像是猫——所以它总是到处游逛，根本就不在圈里呆着。所有喂过猪的知青都把它当宠儿来对待，它也是我的宠儿——因为它只对知青好，容许他们走到三米之内，要是别的人，它早就跑了。它是公的，原本该劁掉。不过你去试试看，哪怕你把劁猪刀藏在身后，它也能嗅出来，朝你瞪大眼睛，噢噢地吼起来。我总是用细米糠熬的粥喂它，等它吃够了以后，才把糠对到野草里喂别的猪。其他猪看了嫉妒，一起嚷起来。这时候整个猪场一片鬼哭狼嚎，但我和它都不在乎。吃饱了以后，它就跳上房顶去晒太阳，或者模仿各种声音。它会学汽车响、拖拉机响，学得都很像；有时整天不见踪影，我估计它到附近的村寨里找母猪去了。我们这里也有母猪，都关在圈里，被过度的生育搞得走了形，又脏又臭，它对它们不感兴趣；村寨里的母猪好看一些。它有很多精彩的事迹，但我喂猪的时间短，知道得有限，索性就不写了。总而言之，所有喂过猪的知青都喜欢它，喜欢它特立独行的派头儿，还说它活得潇洒。但老乡们就不这么浪漫，他们说，这猪不正经。领导则痛恨它，这一点以后还要谈到。我对它则不止是喜欢——我尊敬它，常常不顾自己虚长十几岁这一现实，把它叫做"猪兄"。如前所述，这位猪兄会模仿各种声音。我想它也学过人说话，但没有学会——假如学会了，我们就可以做倾心之谈。但这不能怪它。人和猪的音色差得太远了。

后来，猪兄学会了汽笛叫，这个本领给它招来了麻烦。我们那里有座糖厂，中午要鸣一次汽笛，让工人换班。我们队下地干活时，听见这次汽笛响就收工回来。我的猪兄每天上午十点钟总要跳到房上学汽笛，地里的人听见它叫就回来——这可比糖厂鸣笛早了一个半小时。坦白地说，这不能全怪猪兄，它毕竟不是锅炉，叫起来和汽笛还有些区别，但老乡们却硬说听不出来。领导上因此开了一个会，把它定成了破坏春耕的坏分子，要对它采取专政手段——会议的精神我已经知道了，但我不为它担忧——因为假如专政是指绳索和杀猪刀的话，那是一点门都没有的。以前的领导也不是没试过，一百人也治不住它。狗也没用：猪兄跑起来像颗鱼雷，能把狗撞出一丈开外。谁知这回是动了真格的，指导员带了二十几个人，手拿五四式手枪；副指导员带了十几人，手持看青的火枪，分两路在猪场外的空地上兜捕它。这就使我陷入了内心的矛盾：按我和它的交情，我该舞起两把杀猪刀冲出去，和它并肩战斗，但我又觉得这样做太过惊世骇俗——它毕竟是只猪啊；还有一个理由，我不敢对抗领导，我怀疑这才是问题之所在。总之，我在一边看着。猪兄的镇定使我佩服之极：它很冷静地躲在手枪和火枪的连线之内，任凭人喊狗咬，不离那条线。这样，拿手枪的人开火就会把拿火枪的打死，反之亦然；两头同时开火，两头都会被打死。至于它，因为目标小，多半没事。就这样连兜了几个圈子，它找到了一个空子，一头撞出去了；跑得潇洒之极。以后我在甘蔗地里还见过它一次，它长出了獠牙，还认识我，但已不容我走近了。这种冷淡使我痛心，但我也赞成它对心怀叵测的人保持距离。

我已经四十岁了，除了这只猪，还没见过谁敢于如此无视对生活的设置。相反，我倒见过很多想要设置别人生活的人，还有对被设置的生活安之若素的人。因为这个原故，我一直怀念这只特立独行的猪。

【推荐书目】

1. 鲁迅校录《唐宋传奇集全译》，杜东嫣译，上海古籍出版社，2014。
2. 于天池注《聊斋志异》，孙通海、于天池等译，中华书局，2015。
3. 〔法〕程抱一著《中国诗画语言研究》，涂卫群译，江苏人民出版社，2006。

【思考问题】

1. 分享你最喜欢的一种动物，并说明推荐理由。
2. 如何理解文学作品中虫鱼鸟兽身上的人性？
3. 思考中国古代神兽与古人价值观的关系。

(本章编者：孙婷婷　云南财经大学　副教授)

第八章　衣食住行

【主题概述】

衣、食、住、行四大部分构成了古人的日常生活。古人对衣、食、住、行内涵的认知与今人有所不同。所谓"衣"，泛指一切蔽体的衣着，头上戴的是"头衣"（包括冠、冕、弁、胄、帻、陌头、幞头、妇女头饰等）；身上穿的是"体衣"（包括襦、深衣、亵衣、裼、正服、襜褕、衫、袍、衣、裳、裘、襺等）；足上穿的是"足衣"（包括屦、履、屐、袜等）；身上的佩饰作为服装的点缀同样属于"衣"的范畴。所谓"食"，则囊括稷、黍、麦、菽、麻、豆、稻等可以作为主食的谷物以及一切肉类、鱼类、蔬菜、茶酒饮料等。以此延伸出去，用于烹调食用的器皿同样可以归于"食"。"住"则不仅指人类居住的房屋建筑，也包含宫室的室内陈设与起居习惯等。"行"则涵盖了先人可以选择的一切出行方式。除步行外，古人因地制宜，选择了不同的代步工具。《史记·夏本纪》有载，陆行乘车，水行乘船，泥行乘橇，山行乘轿，可以说概括了古代主要的几种交通方式。

衣、食、住、行与人类生活息息相关，反映到文学创作上，则不仅成为作者笔下描述的客观对象，也成为传递主观情感的载体。如"锦帽貂裘，千骑卷平冈"（苏轼《江城子·密州出猎》），通过服饰的描写将观猎将士的意气风发与词人的豪情壮志刻画得淋漓尽致；"彼黍离离，彼稷之苗"（《诗经·王风·黍离》），表达了诗人目睹西周宗庙宫室为累累黍稷替代时，心中的凄恻与悲伤；"乃召司空，乃召司徒，俾立室家"（《诗经·大雅·绵》），则再现了古公亶父迁居岐周时，与百官齐心协力建立王业的踌躇满志；"孤帆远影碧空尽，唯见长江天际流"（李白《送孟浩然之广陵》）中"孤帆"二字写出了诗人送别友人时心中无限的留恋与怅惘。衣、食、住、行皆可入文章，将日常生活诗化，在日常生活中发现重大的人生意义和久而弥淳的诗味是这类诗歌的特色所在。借助于平实的衣食住行，抒写或深沉绵密的情感或精微深邃的哲思，古人对日常生活的贴近与超越在这类最具烟火气息的诗文中得到呈现。

本章分为四个部分。

【文论摘录】

李后主词如生马驹，不受控捉。毛嫱西施，天下美妇人也。严妆佳，淡妆

亦佳，粗服乱头，不掩国色。飞卿严妆也；端已淡妆也；后主则粗服乱头矣。（清·周济《介存斋论词杂著》）

"我瞻四方，蹙蹙靡所骋"，诗人之忧生也；"昨夜西风凋碧树。独上高楼，望尽天涯路"似之。"终日驰车走，不见所问津"，诗人之忧世也；"百草千花寒食路。香车系在谁家树"似之。（王国维《人间词话》）

第一节 云想衣裳

【中心选文】

一 子衿

青青子衿[1]，悠悠我心[2]。纵我不往，子宁不嗣音[3]？
青青子佩[4]，悠悠我思。纵我不往，子宁不来？
挑兮达兮[5]，在城阙兮[6]。一日不见，如三月兮。

《诗经·郑风》

【作者/出处简介】

参见第二章第三节《小星》关于《诗经》简介。

【字词注释】

1. 衿（jīn）：衣领。青衿为古时学子所服。
2. 悠悠：忧思不断貌。
3. 宁（nìng）：难道。嗣：即诒，传递。
4. 佩：指佩玉的绶带。
5. 挑：挑逗；达：放恣不羁。一说即佻（tiāo）、佻（tà），独自来回走动之意。
6. 城阙：城门两边的观楼。

【作品解析】

关于此诗主旨，《毛诗序》认为是"刺学校废也"，朱熹认为有刺"淫奔"之意，今人多认为这是一首思念恋人的诗。

全诗四句为一章，共有三章。前两章自述思念之人未曾出现。"青青子衿""青青子佩"是以衣饰借代恋人，对方的衣饰女子历历在目，从侧面说明她对恋人的情感真挚而浓烈。重章叠句和叠字使得诗歌节奏舒缓，具有音乐美，读来心旷神怡。第三章则点明等候的地点，写她在城楼上因久候恋人不至而心烦意乱，来来回回走个不停，觉得虽然只有一天没有见面，却像是分别了数月一样。

全诗五十字不到，但女主人公等待恋人时的焦灼情状宛在眼前。这种艺术效果的获得，在于诗人运用了大量的心理描写。诗中仅用"挑""达"二字表现女子的动作行为，而大量笔墨都集中于对其心理活动的刻画。如前两章对恋人杳无音讯，又不见人影的埋怨，末章"一日不见，如三月兮"的独白。两段嗔怨之辞，以"纵我"与"子宁"对举，急盼之中又不失矜持之态，可谓字少而意多，令人生出无限想象。末尾的内心独白则通过夸张的修辞技巧，造成主观时间与客观时间的反差，将其强烈的内心情绪形象地表现出来。钱锺书《管锥编》评价说："《子衿》云：'纵我不往，子宁不嗣音？''子宁不来？'薄责己而厚望于人也。已开后世小说言情心理描绘矣。"

二　陌上桑

日出东南隅[1]，照我秦氏楼[2]。秦氏有好女[3]，自名为罗敷[4]。罗敷熹蚕桑[5]，采桑城南隅。青丝为笼系[6]，桂枝为笼钩。头上倭堕髻[7]，耳中明月珠[8]。缃绮为下裙[9]，紫绮为上襦[10]。行者见罗敷[11]，下担捋髭须[12]。少年见罗敷，脱帽着帩头[13]。耕者忘其犁，锄者忘其锄。来归相怨怒，但坐观罗敷[14]。

使君从南来[15]，五马立踟蹰[16]。使君遣吏往，问是谁家姝[17]？"秦氏有好女，自名为罗敷[18]。""罗敷年几何？""二十尚不足，十五颇有余[19]。"使君谢罗敷[20]："宁可共载不[21]？"罗敷前置词[22]："使君一何愚[23]！使君自有妇，罗敷自有夫。"

"东方千余骑，夫婿居上头[24]。何用识夫婿[25]？白马从骊驹[26]；青丝系马尾，黄金络马头；腰中鹿卢剑[27]，可值千万余。十五府小吏[28]，二十朝大夫[29]，三十侍中郎[30]，四十专城居[31]。为人洁白皙，鬑鬑颇有须[32]。盈盈公府步，冉冉府中趋[33]。坐中数千人，皆言夫婿殊[34]。"

《乐府诗集》卷二十八

【作者/出处简介】

本篇《宋书·乐志》题作《艳歌罗敷行》，又《玉台新咏》题作《日出东南隅行》，后收入《乐府诗集》，属《相和歌辞·相和曲》。

【字词注释】

1. 隅（yú）：方。

2. 我：我们的省称，这句用的是作者的口吻。

3. 好女：美女。

4. 罗敷：美人名，汉代女子常取以为名。

5. 憙（xī）：同"喜"，一本作"善"。

6. 青丝：青色丝绳。笼：装桑叶的竹篮。系：系物的绳子。

7. 倭堕髻：即堕马髻，其髻偏在一边，呈欲堕之状，是当时时髦的发式。

8. 明月珠：宝珠名。

9. 缃：浅黄色。绮：有花纹的绫。

10. 襦（rú）：短袄。

11. 行者：过路的人。

12. 下担：放下担子。捋（lǔ）：抚摩。宋本《乐府诗集》作"将"，据汲古阁本校改。髭（zī）：唇上的胡须。

13. 帩（qiào）头：即绡头，是包头发的纱巾。古人加冠之前，先以纱巾束发。

14. "来归"二句：意谓耕者、锄者归来彼此抱怨，只是因为看罗敷而耽误了劳作。又清代陈祚明《采菽堂古诗选》说："缘观罗敷，故怨怒妻妾之陋。"亦通！这是民歌中夸张的手法。坐，因为。

15. 使君：汉代对太守的称呼。

16. 五马：五匹马，汉代太守车架用五匹马。踟（chí）蹰（chú）：徘徊不前。

17. 姝：美女。

18. "秦氏"二句：是吏人询问后对太守的答词。

19. "二十"二句：是吏人再次询问后对太守的答词。

20. 谢：问，告。

21. "宁可"句：是吏人代太守向罗敷的问词。

22. 置词：犹"致辞"，即答话。

23. 一何：何其；一说作"何"字解，"一"为语助词。

24. 上头：前列。

25. 用：以。识：辨认。

26. "白马"句：意谓骑着白马后边跟着小黑马的大官是我的丈夫。骊，深黑色的马。驹，两岁的马。

27. 鹿卢剑，指剑首用玉作成辘轳形。鹿卢，即辘轳，井上汲水用的滑轮。

28. 府小吏：太守府中地位卑下的小官吏。

29. 朝大夫：朝廷中大夫的官职。

30. 侍中郎：官名。按汉代的官制，侍中郎是加官，在原官上特加的荣衔，兼任这种官职的经常在皇帝左右侍奉。

31. 专城居：一城之主，如太守、刺史一类的官。

32. 鬑鬑（lián）：鬓发稀疏貌。颇有须：略微有点胡须。颇，略。

33. "盈盈"二句：意谓自己的丈夫踱着官步，在府中走来走去，很有派头。盈盈、冉冉，都是舒缓貌。公府步，官步。

34. 殊：优秀出众。

【作品解析】

本诗叙述了一个太守调戏采桑女子而遭到严词拒绝的故事，赞美了女主人公的坚贞和智慧，暴露了太守的丑恶和愚蠢，反映了当时部分为官者的荒淫和无耻。

诗歌可分为三章。第一章主要铺叙罗敷之美，从四方面着笔：第一，用环境烘托。开头六句不仅交待了主人公的姓名和爱好，还描绘了旭日东升的晨光美景，以及采桑的地点。第二，用器物衬托。"青丝为笼系，桂枝为笼钩"，说的是罗敷用的采桑竹篮上系青丝绳，竹篮的提柄是用桂枝制成的。第三，描写首饰服装。她的发式是"倭堕髻"，耳朵上戴着明月宝珠，下身穿着黄绫做的裙子，上身穿着紫绫做的短袄，服装如此精美，衬托出罗敷的绝代风华。第四，从侧面描写。诗人不直言罗敷五官之美，而用行者、少年、耕者、锄者对罗敷的爱慕及倾倒，让读者想象罗敷的美貌。第二章写罗敷拒婚。这段描述全部采用对话形式，罗敷听完使君的要求当面斥责他："你是多么的愚蠢啊！我们各有配偶，怎么能说这样的话呢？"罗敷未必有夫，然使君肯定有妇，将使君的荒淫无耻与罗敷不慕权贵，敢于抗争的美好品格对照来写。第三章写罗敷夸夫。罗敷严词拒绝了使君的无理要求，但仅仅如此还不够，必须彻底打消对方的盘算。于是罗敷夸言"夫婿"的权势、富贵、经历、官职、相貌、风度等，从而达到使对方知难而退的目的。诗歌到此戛然而止，未给出使君的反应和故事的结局，给读者留下想象续写的开放空间。本诗以浓墨铺展，以留白收笔，疏紧有致，虚实相间。

三　菩萨蛮[1]

温庭筠

小山重叠金明灭[2]，鬓云欲度香腮雪[3]。懒起画蛾眉[4]，弄妆梳洗迟。
照花前后镜，花面交相映。新帖绣罗襦[5]，双双金鹧鸪[6]。

《花间集》卷一

【作者/出处简介】

参见第三章第二节《商山早行》关于温庭筠介绍。

【字词注释】

1. 菩萨蛮：词牌名，亦称《菩萨鬘》《子夜歌》《花间意》《梅花句》《花溪碧》《晚云烘日》。

2. "小山"句：意谓画屏与初日的光辉映照成彩。许昂霄《词综偶评》："小山，盖指屏山而言。"小山，又一说指眉形，一说指发式。叠，一作"迭"。

3. "鬓云"句：《词综偶评》："犹言鬓丝缭乱也。"颜（sāi），同"腮"。

4. 蛾眉：形容女子长而美的眉毛。

5. "新帖"句：《唐宋诸贤绝妙词选》作"新着绮罗襦"。帖，同"贴"，盘绣。

6. 金鹧（zhè）鸪（gū）：金线盘绣的鹧鸪鸟。古人用鹧鸪一词，亦如用鸳鸯，取其成双成对之意。

《旧唐书》本传称温庭筠"能逐弦吹之音，为侧艳之词"，就是指这一类作品而言。此词风格浓艳细腻，绵密隐约，具有鲜明的"花间词"特色。首句写初日照在折叠的绣屏上，光线明暗流转，光彩夺目，写出了环境之富丽；次句写美人鬓丝缭乱，可见人未起之容仪。三、四两句叙事，画眉梳洗，皆事也。然"懒"字、"迟"字，又兼写人之情态。"照花"二句承上句而来，言梳洗之后，簪花为饰，愈发增添了美人的艳丽。末二句说更换好新绣的罗衣，忽然看见衣上有鹧鸪成双成对，遂兴孤独之感与膏沐谁容之叹，以此收束，振起全篇。至此，上文之所以懒画眉、迟梳洗，在这含蓄的闺怨中都得到了解答。

将美人的懒起画眉，照镜穿衣等一系列娇慵情态，以及闺房的陈设气氛、绣有双鹧鸪的罗襦等一一展现出来，给人以强烈的感官刺激和印象冲击。诗中未有一语涉及美人的情思，然而在这一系列的铺陈中将一个贵族女子的空虚生活展现出来，一种强烈的孤独感油然而发。词人密集使用诉诸感官的艳丽词藻，对人物的外貌衣着、居住环境进行精工刻画，像一幅幅精致的仕女图，具有类似工艺品的装饰性特征。由于诉诸感官直觉，温庭筠此词所要表达的内在情思意蕴，主要依靠暗示，显得深沉含蓄。

四　永遇乐[1]

李清照

落日熔金[2]，暮云合璧[3]，人在何处[4]？染柳烟浓，吹梅笛怨[5]，春意知几许！元宵佳节，融和天气，次第岂无风雨[6]？来相召、香车宝马，谢他酒朋诗侣。

中州盛日[7]，闺门多暇，记得偏重三五[8]。铺翠冠儿[9]，捻金雪柳[10]，簇带争济楚[11]。如今憔悴，风鬟霜鬓[12]，怕见夜间出去[12]。不如向、帘儿底下，听人笑语。

《漱玉词》

【作者/出处简介】

李清照［1084～1155（？）］，号易安居士，齐州济南（今属山东）人，有《漱玉词》。出身于书香门第，父亲李格非是当时著名的学者，从小便深受良好的文化熏陶。宋建中靖国元年（1101），嫁给宰相之子赵明诚，婚姻生活和睦融洽。李清照早年生活优裕，词作多以闺阁生活为对象，词风轻快活泼；南渡之后，作品多亡国之思与身世之感，风格深沉凄苦。李清照是我国古代最具才华的女作家之一，诗、文、书、画无所不通，尤以词闻名于世，其提出的词

"别是一家"的理论主张，确定了词体独立的文学地位。

【字词注释】

1. 永遇乐：词牌名，亦称《永遇乐慢》《消息》。
2. 镕金：形容落日灿烂的颜色。镕，一作"熔"。
3. "暮云"句：意谓暮云弥漫，如珠联璧合。
4. "人在"句：意谓景色虽好，而人事已非。人，指李清照自己，一说指已逝的丈夫赵明诚。
5. "染柳"二句："烟染柳浓，笛吹梅怨"的倒文。梅，指《梅花落》曲调。
6. 次第：转眼。
7. 中州：今河南省为古豫州地，居九州岛之中，故称。宋朝东京（开封）、西京（洛阳）、南京（商丘）都在中州，此处指东京。
8. 三五：指阴历正月十五元宵节，在宋朝是非常盛大的节日。
9. 铺翠冠儿：指镶翡翠珠子的冠儿。
10. 捻（niǎn）金雪柳：指用金饰的丝绸或纸张扎成的装饰品。捻金，金饰的一种。
11. "簇（cù）带"句：意谓当年元宵出游时，插戴满头，明艳压人。簇带，满戴。济楚，整齐，漂亮。
12. "怕见"句：一作"怕向花间重去"。怕见，怕得、懒得。

【作品解析】

宋人张端义《贵耳集》卷上谓李清照"南渡以来，常怀京、洛旧事。晚年赋元宵《永遇乐》词"。作品通篇把今昔不同情景构成鲜明对照，强烈地反映出词人忧患余生的寂寞心情，也流露出对故国的眷念不忘。

上片写今年元宵节的情景。起首两句着力描绘元宵节绚丽的暮景，以此预示今年的元宵将有一番热闹。但紧接着一句"人在何处"，却是一声充满迷惘与痛苦的长叹，其中包含着词人由今及昔，又由昔及今的心理活动。它接得突兀，中间有许多省略，读来倍觉意味悠长。"染柳烟浓，吹梅笛怨，春意知几许"，长叹之后，又转笔写初春之景，这眼前的春意到底有多少呢？"几许"是不定之词，"春意知几许"实际上是说春意尚浅，这既符合元宵节正当初春的季节特点，也切合词人此时的心情。词人不直说梅花已谢而说"吹梅笛怨"，显然是暗用李白"一为迁客去长沙，西望长安不见家。黄鹤楼中吹玉笛，江城五月落梅花"之意，借以抒写自己怀念旧都的哀思。"元宵"二句承上文作一收束，佳节良辰本应畅快地游玩，却又陡作转折"次第岂无风雨"，这仿佛是无端忧虑。但正是这种突发的"忧愁风雨"的心理状态，深刻地反映出词人多年来颠沛流离的境遇，以及深重的国难家仇所形成的特殊心境。因此，良辰美景也引不起她的兴趣，下文的辞谢酒朋诗侣也显得顺理成章了。"来相召，香车宝马，谢他酒朋诗侣"，这几句出语平淡，仿佛漫不经意，恰透露出作者饱经忧患后近乎漠然的心理状态。

下片由伤今转为忆昔，遥想当年汴京繁盛的时代，自己在元宵晚上，同女伴们打扮得齐齐整整，前去游乐。词人集中描写当年着意穿戴打扮的用心，体现了少年时舒展无虑的生命状态，也从侧面反映出汴京的繁华过往。"簇带争济楚"以上六句忆昔，语调轻松欢快，多用当时俗语，宛然少女声口。但昔日的繁华欢乐早已成为不可追寻的幻梦，故由忆昔转为伤今。"盛日"与"如今"两种迥然不同的心境，从侧面反映了金兵南下前后，两个截然不同的时代和相隔霄壤的生活境遇，及其在李清照心灵上投下的巨大阴影。"不如向、帘儿底下，听人笑语"，这一结语愈见悲凉，词人一方面忧心元宵胜景会触动今昔盛衰之慨；另一方面又怀念着往昔的元宵盛况，想重温旧梦。这种矛盾心理看似对生活还有所期待眷恋，实则骨子里蕴含着无限的孤寂悲凉。一层帘子隔开了两个世界，个中滋味唯有词人心中自知。

第二节　食本性也

【中心选文】

一　武帝尝降王武子家

刘义庆

武帝尝降王武子家[1]，武子供馔，并用琉璃器。婢子百余人，皆绫罗绔袴[2]，以手擎饮食。烝豚肥美[3]，异于常味。帝怪而问之，答曰："以人乳饮豚[4]。"帝甚不平，食未毕，便去。王、石所未知作[5]。

《世说新语·汰侈》

【作者/出处简介】

参见第三章第四节《谢太傅寒雪日内集》关于刘义庆介绍。

【字词注释】

1. 武帝：晋武帝司马炎。降：下访。王武子：即王济，字武子，太原晋阳（今属山西）人，曹魏司空王昶之孙、司徒王浑次子、晋文帝司马昭之婿。历任中书郎、太仆等职。
2. 绔（kù）：下裤。袴（luò）：上衣。
3. 烝豚（tún）：蒸熟的小猪。
4. 饮（yìn）豚：喂猪。
5. 王、石：王恺、石崇，以奢侈著名的两位巨富。所未知作：所不知道的制作方法。

【作品解析】

本文选自《世说新语·汰侈》，从"汰侈"二字可以看出作者揭露豪门贵族骄奢淫逸的生活。文章开门见山，直叙主人公及事件，以突出主旨。

晋武帝司马炎下访王武子家，为示隆重，或有夸耀之心，王武子精心准备了一顿饭食，所有的食物都用珍贵的琉璃器具盛着，又命一百余名身穿绫罗的婢女以双手捧之，鱼贯而入。用餐过程中，晋武帝发现其中一道蒸熟的小猪特别肥美，味道异于平常所用，便好奇地询问王武子原因，王答道："以人乳饮狲。"以人乳喂猪，其豪富奢侈可见一斑。听到原因后，连作为一国之君的晋武帝都不由心生不平，用餐未毕即离席而去。叙事至此，本当结束全文，但作者为再次强调王武子的豪奢挥霍，又以王恺、石崇二人与之对比。连骄奢如王、石者，都不知人乳蒸狲的秘诀，王武子之食不厌精，脍不厌细可以想见。

文章叙事状物简洁明了，寥寥数笔描述了用餐的豪华场面，却详叙晋武帝与王武子的对话以及武帝的愤而离席，将事件勾勒得完整生动，平淡中见曲折，跌宕多致，余韵袅袅。

二　槐叶冷淘[1]

杜甫

青青高槐叶，采掇付中厨。

新面来近市，汁滓宛相俱。

入鼎资过熟，加餐愁欲无。

碧鲜俱照箸，香饭兼苞芦[2]。

经齿冷于雪，劝人投比珠。

愿随金腰袅，走置锦屠苏[3]。

路远思恐泥，兴深终不渝。

献芹则小小[4]，荐藻明区区[5]。

万里露寒殿，开冰清玉壶。

君王纳凉晚，此味亦时须。

《杜少陵集详注》卷十九

【作者/出处简介】

参见第二章第二节《月夜》关于杜甫简介。

【字词注释】

1. 槐叶冷淘：即槐叶汁和面制成的凉面。
2. 苞芦：卢元昌《杜诗阐》："芦荻之属，甲而未拆曰苞。"

3. "愿随"二句：腰褭（niǎo），古青骏马名，一日行万五千里。屠苏，朱鹤龄注："本作麻麻，《通俗文》：屋平曰麻麻。又《广韵》：麻麻，酒名，元日饮之，可除湿气。又大帽名。晋谣曰：'屠苏障日覆两耳。'"仇兆鳌《杜诗详注》："此言驰贡，当用前说。"钱谦益《钱注杜诗》："刘孝威《结客少年场行》：'插腰铜匕首，障日锦屠苏。'或以为屠苏酒，非是。"钱注与仇兆鳌观点相反。

4. 献芹：典出《列子·杨朱》，从前有个人在乡里的豪伴面前大肆吹嘘芹菜如何好吃，豪伴尝了之后，竟"蜇于口，惨于腹"。后用来谦称赠人之礼微薄。

5. 荐藻：典出《左传》，人有诚心，虽涧溪中之藻类，亦可荐于鬼神。后用来说明敬献之心诚挚。

【作品解析】

槐叶冷淘是始于唐代宫廷的食品。杜甫这首诗以"槐叶冷淘"为题，内容上可分为两层。前十句为第一层，详述槐叶冷淘的制作方法及其美味。"青青高槐叶"，说明槐叶冷淘在原材料的选择上要求极高，只取槐叶树梢的绿色嫩叶入食。三四句则指出所用的面粉必须是当年出的新面。将槐叶捣烂，连汁带渣和入新面当中，搅拌均匀后，放入锅中蒸，但火候不宜过大。"碧鲜俱照箸"一句说明槐叶汁面蒸熟后呈发亮的碧绿色，配上香饭和苞芦，不啻为人间美味。咀嚼之时，口齿清凉，令人食欲大振。诗人叙述槐叶汁面的制作方法，语言简洁明了，极易理解接受；赞其鲜美可口，更是直白利落，令人悦服。

"愿随"以下十句为诗歌的第二层，主要表达"入献"之情。这种入献，类似于"献芹""荐藻"，表面上是进献美食给君主，实则为建言献策。"金腰褭""锦屠苏"是进贡的上品之物，而"愿随"云云则反映了诗人想要得到直面君王的机会。"路远思恐泥，兴深终不渝"，诗人虽有进言之意但苦无机会，即便如此，其忠君之事，担君之忧的心志始终坚定不移。最后四句则表明自己不仅有匡君之志，亦有辅君之才。"君王纳凉晚，此味亦时须"，君王纳凉，来一碗槐叶冷淘，自是身心愉悦。杜甫以"槐叶冷淘"自比，认为自己是时代需要的良臣，而良臣难得，这两句暗含着时机紧迫、良才不可失之意，恰可与其"致君尧舜上，再使风俗淳"相互印证，此篇之深意至此表露无遗。诗人由一种食物引发出对报国之志的抒写，生动诠释了何为"一饭未尝忘君"。

浦起龙《读杜心解》说："诗只从野人献芹子脱出。前详制食之美，后致入献之情。"又说："此等题必要说到奉君，亦是杜老习气。"这首托物言志之作贵在纡徐委婉，将自我的志向通过槐叶冷淘这样一种日常食物表现出来，含高情于常物之中，引人遐思。

三　饱食闲坐

白居易

红粒陆浑稻[1]，白鳞伊水鲂[2]。

庖童呼我食，饭热鱼鲜香[3]。

箸箸适我口，匙匙充我肠。

八珍与五鼎[4]，无复心思量。

扪腹起盥漱[5]，下阶振衣裳[6]。

绕庭行数匝，却上檐下床。

箕踞拥裘坐[7]，半身在日旸[8]。

可怜饱暖味，谁肯来同尝。

是岁太和八[9]，兵销时渐康。

朝廷重经术，草泽搜贤良[10]。

尧舜求理切，夔龙启沃忙[11]。

怀才抱智者，无不走遑遑[12]。

唯此不才叟，顽慵恋洛阳。

饱食不出门，闲坐不下堂。

子弟多寂寞，僮仆少精光[13]。

衣食虽充给，神意不扬扬[14]。

为尔谋则短，为吾谋甚长。

《白氏长庆集》卷六十三

【作者/出处简介】

参见第四章第四节《问刘十九》关于白居易介绍。

【字词注释】

1. 红粒：红色的米。陆浑稻：河南洛阳陆浑湖边的一种水稻。

2. 白鳞：白色的鱼。伊水鲂（fáng）：洛阳伊河中的一种鱼。

3. 鱼鲜：鱼虾等水产品。

4. "八珍"句：形容高官贵族的豪奢生活，亦指高官厚禄。八珍，典出《周礼·天官》，一说指淳熬（肉酱油浇饭）、淳母（肉酱油浇黄米饭）、炮豚（煨烤炸炖乳猪）、炮牂（煨烤炸炖羔羊）、捣珍（烧牛、羊、鹿里脊）、渍珍（酒糟牛羊肉）、熬珍（类似五香牛肉干）、肝膋（网油烤狗肝）八种食物（或八种烹调方法）；一说指牛、羊、麋、鹿、马、豕、狗、狼。五鼎，指五鼎食，典出《汉书·主父偃传》。古代行祭礼时，大夫用五个鼎，分别盛羊、豕、肤（切肉）、鱼、腊五种供品。

5. 扪腹：抚摸腹部，多形容饱食后怡然自得的样子。

6. 振衣裳：抖衣去尘。

7. 箕踞：一种轻慢、不拘礼节的坐姿，即随意张开两腿坐着，形似簸箕。

8. "半身"句：意谓半边身子沐浴在阳光下。旸（yáng），太阳升起。

9. 太和：太平。

10. 草泽：草野、民间。

11. 启沃：竭诚开导，辅佐君王。

12. 遑遑：惊恐匆忙，心神不定的样子。

13. 精光：风仪神采。

14. 神意：神态心意。

【作品解析】

　　此诗作于唐大和八年（834），白居易时年六十三岁，为太子宾客分司东都洛阳。

　　全诗共三十四句，可分为两个部分。第一部分从"红粒陆浑稻"至"谁肯来同尝"，主要写了作者自己饮食起居上的精细，与题目"饱食闲坐"呼应。首二句列举了"陆浑稻""伊水鲂"两种既珍贵又美味的食物。白居易日常饮食即以"陆浑稻"和"伊水鲂"为食，可见生活水平很高。三四句"庖童呼我食，饭热鱼鲜香"，说明作者起居生活都有专人照料，进一步表明生活很优越。之后四句反复强调饭菜的可口，有陆浑稻和伊水鲂这样的美食，八珍之味、五鼎之食都不在自己的考虑当中。诗人继而叙述了饱食之后"扪腹""下阶""绕庭""却上""箕踞"等一系列活动，再次说明自我生活的富贵无忧。尤其是"箕踞"二句将诗人慵懒富贵之态展现无余。此情此景，原该心情畅快，但"可怜"二句不仅承接了上文饱暖度日的实况，且开启了下文的忧时之感，起到了承转诗意的作用。

　　第二部分则重在表现忧时忧民之意。"是岁"云云，说明兵祸渐渐消弭，政治环境开始转好。"朝廷重经术，草泽搜贤良"，说明朝廷求贤若渴，不仅重视经术方面的专门人才，也开始在民间网罗有才干的贤人。"尧舜"四句呈现出一组鲜明的对比，一方面写君臣上下勠力同心，振兴江山社稷的朝中景象；另一方面则写诗人自己饱食终日，足不出户，无所事事。如此情境下，就连子弟与童仆也显得精神怏怏，哪怕衣食充足，也失去了勃勃生机。最后两句"为尔谋则短，为吾谋甚长"则是自劝之语，认为自己现有的生活状态只是舒服了自己一个人，对于家中子弟的教育前程来说，则是缺乏远见的。

　　这首诗层次分明，寓意深刻。诗人从居安饱食的状态着眼，对自我未能担负教育家族后代、为民谋取利益的责任，进行了深刻反省。毫无疑问，这种来自灵魂深处的拷问是真诚强烈的，值得后世借鉴。

四 猪肉颂

苏轼

净洗铛[1]，少着水，柴头罨烟焰不起[2]，待他自熟莫催他，火候足时他自美。黄州好猪肉，价贱如泥土。贵者不肯吃，贫者不解煮[3]。早辰起来打两椀[4]，饱得自家君莫管。

《苏文忠公全集》卷十

【作者/出处简介】

参见第二章第一节《日喻》关于苏轼介绍。

【字词注释】

1. 净（jìng）：同"净"。铛（chēng）：烙饼或做菜用的平底浅锅，《重编东坡先生外集》（以下简称《外集》）卷二十三作"锅"。
2. 罨（yǎn）：覆盖，遮盖。
3. "贵者"二句：两个"者"字，《外集》均作"人"。
4. 辰：《外集》作"晨"。两：《外集》作"一"。椀：同"碗"。

【作品解析】

此文《重编东坡先生外集》题为《煮猪肉羹颂》，作于苏轼贬为黄州团练副使任上。苏轼幼年时，对食物烹饪即怀有浓厚的兴趣，《狄韶州煮蔓菁芦菔羹》一诗称："我昔在田间，寒庖有珍烹。常支折脚鼎，自煮花蔓菁。"进入仕途后，苏轼烹饪食物的兴趣丝毫未减，他经常亲自入厨烹饪，并以此为乐。这篇文章即是苏轼创制佳肴的最好明证。

苏轼以风趣诙谐的语言、自由的体式，简要地描述了猪肉的做法："净洗铛"说的是准备工作，需要把平底锅洗得很干净；"少着水"说的是做菜的时候要少放水，至于多少合宜，则需要大家去摸索了；"柴头罨烟焰不起"说的是火候，需要小火慢炖；"待他自熟莫催他，火候足时他自美"则说的是做这道菜需要耐心，火候要足，方才美味。表面是写做猪肉的方法，然而其间充足的准备工作、慢条斯理的制作过程，无不说明要得到无上美味，都是需要时间的，而这恰是苏轼当时心境的最好写照。

"黄州好猪肉，价贱如泥土"，这两句是说黄州的好猪肉价格低廉，之所以如此便宜，是因为"贵者不肯吃，贫者不解煮"。富贵人家不愿吃这种低贱的食物，然而苏轼却以此为美食，侧面反映出其当时生活的清苦。贫苦百姓虽能吃得起猪肉，却不知使之味美之法，而苏轼却用寻常的食材，循着摸索出的办法，做出了富贵之家未必能享用的佳肴，并从中体味到以烹饪磨砺心性的乐趣。由此不仅反映出作者发现美食的眼光和烹饪美食的能力，更彰显其豁朗的心胸，从烹小鲜中咀嚼如何对待人生境遇的智慧。末两句"早辰起来打两椀，饱得自家君莫管"则将其闲适洒脱、自得其乐的性情显现得淋漓尽致，可谓画龙点睛之笔。

第三节　有人曾住

【中心选文】

一　拟行路难（其一）

鲍照

璇闺玉墀上椒阁[1]，文牕绣户垂罗幕[2]。
中有一人字金兰，被服纤罗采芳藿[3]。
春燕差池风散梅[4]，开帷对景弄春爵[5]。
含歌揽涕恒报愁[6]，人生几时得为乐？
宁作野中之双凫，不愿云间之别鹤[7]。

《鲍氏集》卷八

【作者/出处简介】

鲍照（414~466），字明远，东海（今江苏省涟水）人。出身贫寒，曾做过临海王萧子顼的前军参军，故世称"鲍参军"。后子顼作乱，照为乱兵所杀。他擅长七言歌行，能够吸收民歌的精华，情感充沛，语言劲健，形象鲜明，对唐代李白、高适、岑参等人的创作产生了深远影响，有《鲍参军集》。

【字词注释】

1. "璇闺"句：形容建筑的华美。璇闺，用美丽的玉石砌成的闺门。璇，美石。玉墀（chí），用玉石砌成的石阶。椒阁，用香椒涂壁的房间。

2. 文牕（chuāng）：雕刻着花纹的窗户。牕，同"窗"。罗幕：用绮罗做的帷幕。

3. 藿：藿香，一种有香味的植物。

4. 差池：参差，不整齐的样子。散：吹落。

5. 春：《乐府诗集》作"禽"。爵：同"雀"。

6. "含歌"句：《玉台新咏》作"含歌揽泪不能言"。含歌，歌声含而不发。揽涕，收涕。

7. "宁作"二句：意谓与其富贵而离居，不如贫贱而团圆。凫（fú），野鸭。别鹤，失去配偶的孤鹤。

【作品解析】

　　这是一首以女子口吻创作的言情诗篇，抒写了女主人公爱情得不到满足的苦闷之情。

　　此诗在叙述上采用由远及近、由物及人的写法。首先呈现的是主人公的居住环境，经由漂亮的宅门、白玉的台阶，将视线拉伸到用香椒涂壁的楼阁，这显然是一个贵族妇女的卧室。镜头逐渐由室外转到室内，雕花的窗子、精绣的门户、垂挂着轻绮织成的帘幕。那气派与房屋的外观一样，室中人的身份由此得以进一步确认。镜头继而聚焦到女子身上，她身着绫罗绸缎，手里把玩着几株香草。那么，芳蕙除了作为装饰物外，是否另有所指呢？诗中点出她的名字叫"金兰"，《周易》云"同心之言，其臭如兰"，因此"金兰"便有了"同心"之意。诗中女子以此为名，是颇具意味的。

　　如果说前四句主要描绘静景，接下来四句便着重刻画人物的行为和心理。"春燕差池"形容燕子飞来时羽翼一张一翕的样子，它和东风吹落梅花，同样显示了节令的转移。表面看来依然在写景，但和上面的写景文字的性质不同，它并非纯客观的描述，而是主人公眼中之景，带有人物主观心理的色彩。果然，在大好春光的撩拨下，女主人公不禁掀开帷幔，沐浴阳光，逗弄起停留在窗槛、枝桠上的鸟雀来。这一行为细节分明透露出她在重重禁锢下的苦闷挣扎与对自由鲜活生命状态的向往。人生的乐趣在何处？真正的幸福何时才能降临？这是一个空虚而干渴的灵魂发自内心的呐喊。

　　诗最后单刀直入，点明了主人公之所以"恒抱愁"的原因，宁愿做山野中成双成对的野鸭，也不愿意做失去伴侣、高翔云间的孤鹤。即是说，贫贱而充满爱情的生活远胜于富贵而孤独的囚笼。结尾处这一响亮的宣言瞬间将全诗提升到了更高的层次，照亮全篇。

二　陋室铭

刘禹锡

　　山不在高，有仙则名；水不在深，有龙则灵。斯是陋室，惟吾德馨[1]。苔痕上阶绿，草色入帘青。谈笑有鸿儒[2]，往来无白丁[3]。可以调素琴[4]，阅金经[5]。无丝竹之乱耳[6]，无案牍之劳形[7]。南阳诸葛庐[8]，西蜀子云亭[9]。孔子云："何陋之有[10]？"

《全唐文》卷六〇八

【作者/出处简介】

　　参见第五章第二节《望洞庭》关于刘禹锡介绍。

【字词注释】

1. 馨：香，指德行美好。
2. 鸿儒：大儒、博学者。
3. 白丁：白衣、平民。
4. 素琴：没有华丽装饰的琴。
5. 金经：古时用泥金书写的佛经经文。
6. 丝竹：弦乐和管乐，泛指音乐。
7. 案牍：官场文书。
8. 诸葛庐：诸葛亮在河南南阳隐居的草庐。
9. 子云亭：扬雄在四川成都著书的故居。
10. "何陋"句：意谓如诸葛庐、子云亭这样的君子名士居所，谈何简陋呢？

【作品解析】

　　古代刻在器物上用来警戒自己或称述功德的文字叫"铭"，后来发展成一种文体。这种文体一般都用骈句，句式较为整齐，朗朗上口。《陋室铭》即是一篇托物言志、充满哲理和情韵的铭文。

　　开篇几句从《世说新语·排调》"山不高则不灵，渊不深则不清"翻出新意，运用诗歌中常见的比兴手法引出陋室。"山不在高""水不在深"比兴陋室，"有仙则名""有龙则灵"则比兴陋室之德。这四句脍炙人口的名言佳句，颇具哲理诗的精警和含蕴。

　　作者自远而近次第写来，以并列句式造成飞流直下的气势，随后托出"斯是陋室，惟吾德馨"，便觉妙语如珠，胜意迭出。这两句从《尚书·周书·君陈》"黍稷非馨，明德惟馨"联想得来，强调以德自励，点明了本文的主旨。写陋室之陋是为了衬托室中主人之贤，正好说明陋室不陋。这是一种相反相成的关系。文章写室之内外之景、室中人、室中事，句句扣住"陋"字，而又不离"德"字。最后引证古人、古迹、古语作结。把陋室比作诸葛孔明的南阳草庐、扬雄的成都宅第，意在自慰和自勉，《论语·子罕》中有"君子居之，何陋之有"句，援引孔子"何陋之有"，说明自身的志趣与圣人之道相符合；而省略上句"君子居之"，只引下句，既呼应上文"惟吾德馨"，又隐含君子居住其内之意，妙在机趣横生，不露自炫之迹。上下古今，浑然一体，饱含着无限的情兴和深长的韵味。

三　阿房宫赋[1]

杜牧

　　六王毕，四海一[2]；蜀山兀，阿房出[3]。覆压三百余里，隔离天日[4]。骊山北构而西折，直走咸阳[5]。二川溶溶[6]，流入宫墙。五步一楼，十步一阁；廊腰缦回，檐牙高啄[7]；各抱地势，钩心斗角[8]。盘盘焉，囷囷焉[9]，蜂房水涡，矗不知乎其几千万落[10]。长桥卧波，未云何龙[11]？复道行空，不霁何虹？高低冥迷，不知西东。歌台暖响，春光融融[12]；舞殿冷袖，风雨凄凄。一日之内，一宫之间，而气候不齐。

妃嫔媵嫱，王子皇孙，辞楼下殿，辇来于秦，朝歌夜弦，为秦宫人[13]。明星荧荧，开妆镜也；绿云扰扰，梳晓鬟也；渭流涨腻，弃脂水也；烟斜雾横，焚椒兰也。雷霆乍惊，宫车过也；辘辘远听，杳不知其所之也。一肌一容，尽态极妍，缦立远视[14]，而望幸焉[15]。有不得见者，三十六年[16]。

燕、赵之收藏，韩、魏之经营，齐、楚之精英，几世几年，摽掠其人，倚叠如山[17]；一旦不能有[18]，输来其间。鼎铛玉石，金块珠砾，弃掷逦迤[19]；秦人视之，亦不甚惜。

嗟乎！一人之心，千万人之心也。秦爱纷奢，人亦念其家。奈何取之尽锱铢[20]，用之如泥沙？使负栋之柱，多于南亩之农夫；架梁之椽，多于机上之工女；钉头磷磷，多于在庾之粟粒[21]；瓦缝参差，多于周身之帛缕；直栏横槛，多于九土之城郭[22]；管弦呕哑[23]，多于市人之言语。使天下之人，不敢言而敢怒。独夫之心[24]，日益骄固。戍卒叫，函谷举[25]；楚人一炬，可怜焦土[26]！

呜呼[27]！灭六国者，六国也；非秦也。族秦者[28]，秦也；非天下也。嗟乎！使六国各爱其人，则足以拒秦。使秦复爱六国之人，则递三世，可至万世而为君[29]，谁得而族灭也？秦人不暇自哀，而后人哀之；后人哀之而不鉴之，亦使后人而复哀后人也。

《樊川文集》卷一

【作者/出处简介】

杜牧（803~852），字牧之，京兆万年（今陕西西安）人。唐大和年间考中进士后，曾先后担任黄州、池州、睦州、湖州等的刺史，也在朝中做过司勋员外郎、中书舍人等官。杜牧为文主张"以意为主，以气为辅，以辞采章句为之兵卫"（《答庄充书》）。咏史诗成就极高，借古讽今，批判统治者的荒淫误国，斥责官僚将帅的昏懦苟安，反对藩镇拥兵自固，抵制吐蕃、回纥等边族的入侵，表现出强烈的现实性。在艺术上，杜牧自称追求"高绝"，不学"奇丽"，不满"习俗"，诗风清峻峭拔。在晚唐浮浅轻靡的诗风之外，自具面目，与李商隐并称"小李杜"。有《樊川文集》二十卷，后有宋人补编《樊川外集》一卷、《樊川别集》一卷，一并传世。

【字词注释】

1. 阿（ē）房（páng）宫，秦始皇所建，故址在今陕西西安西南阿房村。

2. "六王毕"二句：意谓齐、楚、燕、赵、韩、魏六国相继灭亡，中国为秦所统一。《史记·秦始皇本纪》载："始皇二十六年，秦初并天下，诏曰：'六王咸伏其辜，天下大定。'"战国时各国国君都称王，故云"六王"。毕，完结，指六国为秦所灭。一，统一。

3. "蜀山兀"二句：意谓砍尽蜀山的木材，建造阿房宫。蜀山，泛指蜀地之山。兀，高而上平，这里形容山的光秃。

4. "覆压"二句：意谓三百余里的地面上，覆压着阿房宫这一巨大的建筑物，高墙峻宇，隐天蔽日。

5. "骊山"二句：意谓北由骊山构阁道通阿房，折而西，直至咸阳。骊山，在今陕西省临潼县东南。秦都咸阳，故城在今陕西咸阳东。

6. 二川：渭水和樊川。溶溶：水盛貌。

7. "廊腰"二句：形容走廊曲折，如缦带之萦回；屋檐尖耸，作禽鸟仰首啄物状。走廊环绕在房屋之间，起连接房屋的作用，故曰"廊腰"。屋檐突出在外，故曰"檐牙"。缦（màn），无花纹的缯帛。

8. "各抱"二句：意谓环绕在阿房宫周围的楼阁，各因地势而建立，彼此环绕，和中心区相勾连，屋角对凑，状入相斗，配合成为一个整体。

9. 盘盘、囷（qūn）囷：屈曲回旋貌。

10. "蜂房"二句：蜂房，形容天井之多。落，檐前的滴水装置。

11. "长桥"二句：意谓阿房宫长桥如龙，横跨渭水，但这龙并非真龙。古人认为云从龙，有龙必有云。故作疑问惊叹语，表示桥形似龙的逼真。下二句句法同。云，原作"霁"，据别本校改。

12. "歌台"二句：意谓繁弦急管，酣畅淋漓，台中呈现一种热闹的气氛，有如春光之融融。暖，指歌声给人的感觉。融融，和乐貌。下二句句法同。

13. "妃嫔"六句：意谓六国灭亡，王族被俘虏，他们离开本国的楼殿，来到秦国；其中妃嫔媵（yìng）嫱（qiáng），以色艺选入阿房宫，成为秦的宫人。媵，妾的一种。古代贵族女子出嫁，有侄娣相从，称为媵。

14. 缦立：舒徐而立，这里指宽心的意思。

15. 望幸：盼望皇帝来临。

16. "有不得"二句：意谓秦始皇在位三十六年，幽闭在宫中的宫女，有的终生未能见到皇帝。

17. "几世"三句：意谓六国的财宝都是本国统治者一代又一代地从百姓手中盘剥而积累起来的。

18. "一旦"句：意谓一旦国破家亡，不能占有这些财宝，都送进了阿房宫。不能有，原作"有不能"，据别本校改。

19. 逦（lǐ）迤（yǐ）：绵延貌。

20. "奈何"句：意谓连极微小的东西都搜刮干净。锱（zī），六铢。铢（zhū），一两的二十四分之一。

21. 庾（yǔ）：露天的谷仓。

22. 九土：九州。土，"域"的假借字。

23. 呕（ǒu）哑（yǎ）：嘈杂的乐声。

24. 独夫：贪暴失众的君主，此指秦始皇。

25. "戍卒叫"二句：上句指陈涉反秦，全国响应；下句指刘邦攻破函谷关。陈涉是谪戍渔阳的戍卒，起义于大泽乡，事见《史记·陈涉世家》。秦二世三年（前207）八月，赵高杀二世胡亥，立公子子婴为王。十月，刘邦进兵至霸上，子婴迎降，秦亡。事见《史记·秦始皇本纪》及《高祖本纪》。

26. "楚人"二句：指项羽入关后烧咸阳事。《史记·项羽本纪》："项羽引兵西屠咸阳，杀秦降王子婴，烧秦宫室，火三月不灭。"

27. 呜呼：原无此二字，据别本校补。

28. 族秦：灭掉秦的宗族，即亡秦。

29. "使秦"三句：意谓秦传二世而亡，倘若统治者能爱护人民，则可由二世传到三世，以至万世。《史记·秦始皇本纪》载，秦并六国后，始皇有诏废除谥法，云："朕为始皇帝，后世以计数，二世三世至于万世，传之无穷。"

【作品解析】

据《史记·秦始皇本纪》记载："三十五年（前212）……始皇以为咸阳人多，先王之宫廷小……乃营作朝宫渭南上林苑中。先作前殿阿房，东西五百步，南北五十丈，上可以坐万人，下可以建五丈旗。周驰为阁道，自殿下直抵南山，表南山之颠以为阙。为复道，自阿房渡渭，属之咸阳，以象天极，阁道绝汉抵营室也。阿房宫未成；成，欲更择令名名之。作宫阿房，故天下谓之阿房宫。"司马贞《索隐》："此以其形名宫也，言其宫四阿旁广也。"四阿，谓屋的四周有曲檐。我国古代宫殿建筑多采用这种式样，故以之名宫。

此文作于唐宝历元年（825）。起句"六王毕，四海一。蜀山兀，阿房出"气势雄健，内涵丰富。乍看似是叙事，实则于叙事中寓褒贬。"覆压三百余里，隔离天日"两句紧承"出"字，总写阿房宫的规模，上句言其广，下句言其高。自"骊山北构而西折"到"高低冥迷，不知西东"，是就广、高两方面作进一步的描写。"五步一楼，十步一阁。廊腰缦回，檐牙高啄。各抱地势，勾心斗角"等对宫殿复杂结构形制的状写，既简练又形象。特别是"长桥卧波，未云何龙？复道行空，不霁何虹"更是传神之笔，不说长桥如龙，复道如虹，而说"未云何龙""不霁何虹"，不仅笔势跌宕，而且以反问的语调表现出对阿房宫这一鬼斧神工的艺术杰作的叹服，在客观描写中寄寓了浓烈的情感，生趣盎然。以上写阿房宫的宏伟瑰丽，已含讥贬之意。作者进而以笔锋触碰要害，歌舞之盛、美人之多、珍宝之富，这一系列叙写旨在点明阿房宫的用途就是供秦始皇享乐。作者于此处虽未直言观点，但鞭挞之意已跃然纸上。农民起义的熊熊烈火终于埋葬了秦王朝，而供统治者享乐的阿房宫也随之化为灰烬。

作者以秦建阿房为题材，运用赋的传统手法铺陈排比，极尽夸张形容之能事，而其用意所在则是针对现实提出历史教训。通篇词采瑰奇而气格遒劲，结尾处点明创作主旨，一语破的，笔意明快而锋利，能见出樊川文的特色。

四　青玉案¹

贺铸

凌波不过横塘路，但目送、芳尘去²。锦瑟华年谁与度³？月桥花院⁴，瑣窗朱户⁵，只有春知处。

碧云冉冉蘅皋暮⁶，彩笔新题断肠句⁷。试问闲情都几许？一川烟草，满城风絮，梅子黄时雨⁸。

《东山词》卷上

【作者/出处简介】

贺铸（1052～1125），字方回，原籍山阴（今浙江绍兴），生长于卫州（今河南卫辉）。为人豪侠尚气，渴望建立功业，早岁做过武官，后转文职。宋哲宗元祐期间，曾任泗州（今安徽省泗县）通判等职。晚年退居苏州，自号庆湖遗老。因相貌丑陋，有"贺鬼头"之称，又因其有写相思之情的名句"一川烟草，满城飞絮，梅子黄时雨"（《青玉案·凌波不过横塘路》），人称"贺梅子"。有《东山词》，一名《东山寓声乐府》。《疆村丛书》中有《贺方回词》《东山词》《东山词补》三种校刻本。

【字词注释】

1. 青玉案：词牌名，亦称《一年春》《西湖路》《青莲池上客》等。
2. "凌波"二句：意谓美人一去不返。凌波，语出曹植《洛神赋》："凌波微步，罗袜生尘。"借指美人。横塘，古堤名，在今江苏苏州西南。芳尘，美人经过时扬起的尘土，借指美人。
3. 锦瑟华年：美好的年华。语出李商隐《锦瑟》诗："锦瑟无端五十弦，一弦一柱思华年。"
4. 月桥花院：一作"月台花榭"。
5. 瑣窗：雕作连锁形花纹的窗。
6. 碧：一作"飞"。冉冉：流动貌。蘅（héng）皋：生长着杜蘅的水边高地。蘅，杜蘅，香草。
7. 彩笔：《南史·江淹传》："淹少以文章显，晚节才思微退……尝宿于冶亭。梦一丈夫自称郭璞，谓淹曰：'吾有笔在卿处多年，可以见还。'淹乃探怀中得五色笔一以授之。尔后为诗，绝无美句。时人谓之才尽。"江郎才尽之典由此而出，此句中以彩笔代指才思、文采。新：一作"空"。
8. "一川"三句：罗大经《鹤林玉露》卷七："盖以三者比愁之多也。"一川，满地。阴历四、五月间，江南地区多雨，正值梅子成熟，俗称梅雨。

【作品解析】

作者晚年退隐江苏苏州，住在横塘附近，此词当是其时其地所作。表面似写相思之情，实则是抒发郁郁不得志的"闲愁"。上片写情之间阻，下片写愁之纷乱。上片为宾，下片为主。结尾三句尤为人称道，作者因之被冠以"贺梅子"的美誉。

首三句用曹植《洛神赋》"凌波微步，罗袜生尘"之语。凌波微步，不过横塘，是其人没有来；面对芳尘，只能目送，是自己也不能去，于是想象其"凌波微步"的美妙姿态。"锦瑟"一句提问，直接沿用李商隐《锦瑟》中"锦瑟无端五十弦，一弦一柱思华年"的寓意，问她美好的青春与谁共度，亦即悬揣其无人共度之意。点出盛年不偶，必致美人迟暮，暗暗关合自身遭际。"月桥"二句是对思慕女子住处的想象之语，"月桥花院"写环境之幽美，"琐窗朱户"写房室之富丽，由外及内，而结以"只有春知处"。这三句共有两层意思：其一，女子深居独处，虚度华年，非常值得同情和怜惜；其二，深闺邃院，除了一年一年的春光之外，无人能到，自己当然也无从寄予相思、相惜之情。这也与词人沉沦下僚，不为人所知所用的情况相吻合。

下片"碧云冉冉"，既实写当前的景色，同时暗用江淹《休上人怨别》"日暮碧云合，佳人殊未来"，以补足首句"凌波不过"之意。"蘅皋暮"是说词人在暮色笼罩的杜蘅泽畔徘徊已久，此处既是实写，同时暗用曹植《洛神赋》"尔乃税驾乎蘅皋，秣驷乎芝田"两句，蘅皋也是曹植偶遇洛神宓妃之地。这就补充了词中没有写出的第一次和女子见面的情节，细针密线，天衣无缝。"彩笔"一句，承上文久立蘅皋，不见伊人而来。由于此情难遣，故虽才情富艳，有如江淹梦中曾得郭璞所传彩笔，而所能题的也不过是令人感伤的诗句罢了。提起笔来惟有断肠之句，都是由万种闲愁而起，所以紧接着就描写闲愁。先以"几许"提问引起注意，然后以十分精警和夸张的比喻作答，突出主旨，结束全篇。《蓼园词选》说此词下片"言幽居肠断，不尽穷愁，惟见烟草、风絮、梅雨如雾，共此旦晚，无非写其境之郁勃岑寂耳"，堪为的评。

第四节　与子偕行

【中心选文】

一　白马篇

曹植

白马饰金羁[1]，连翩西北驰。借问谁家子，幽并游侠儿[2]。
少小去乡邑，扬声沙漠垂[3]。宿昔秉良弓[4]，楛矢何参差[5]。
控弦破左的[6]，右发摧月支[7]。仰手接飞猱[8]，俯身散马蹄[9]。
狡捷过猴猿，勇剽若豹螭[10]。边城多警急，虏骑数迁移。

羽檄从北来[11]，厉马登高堤[12]。长驱蹈匈奴，左顾凌鲜卑[13]。

弃身锋刃端，性命安可怀[14]？父母且不顾，何言子与妻！

名编壮士籍，不得中顾私[15]。捐躯赴国难，视死忽如归。

《曹子建集》卷六

【作者/出处简介】

参见第二章第二节《洛神赋并序》关于曹植介绍。

【字词注释】

1. 羁（jī）：马络头。

2. 幽并：幽州和并州，现在河北、山西和陕西诸省的一部分地方。游侠儿：重义轻生之人。

3. 扬声：扬名。垂：同"陲"，边远的地区。

4. 宿昔：昔时。秉：操持。

5. 楛（hù）矢：用楛木做箭杆的箭。参差：不齐貌。

6. 控弦：拉弓。破左的：射中左边的目标。

7. 摧：毁坏。月支：射帖的名称。

8. 接：迎射。猱（náo）：猿类。

9. 散：摧裂。马蹄：箭靶的名称。

10. 剽（piào）：行动轻捷。螭（chī）：传说中形状如龙的黄色猛兽。

11. 羽檄：檄是军事方面用于征召的文书，插上羽毛，表示加急，故称。

12. 厉马：奋马，策马。

13. 陵：践踏。鲜卑：古代东北的少数民族，崛起于东汉末年。

14. 怀：顾惜。

15. 中顾：内顾。

【作品解析】

《白马篇》为曹植自创新题乐府，以首句二字名篇。在这篇作品中，曹植以飞动的笔势，塑造了一个武艺精强、奔赴国难、视死如归的少年游侠形象，从而表现出诗人渴望建功立业的豪情壮志。本诗不仅是曹植的代表作，也是能够体现"慷慨任气""辞采华茂"之"建安风骨"的杰作。

首二句起笔不凡，先声夺人。"白马饰金羁，连翩西北驰"，作者设置的人物出场不是平铺直叙，而是截取最能表现其英雄气质的场景，将一位叱咤风云的少年游侠推至台前。接着用"借问谁家子"作引，铺叙人物身世。这位英姿勃勃的骑士是幽州和并州一带的游侠少年，他从小就离开了家乡，保家卫国，屡建奇功，声震边陲。曹植早年同样怀有报国扬名的理想，曾随曹操征伐四方，可以说是一位深得曹操宠爱的"白马少年"。

"宿昔"以下八句为第二层，写游侠儿如何练就一身杰出的本领。"宿昔"

二句写他朝夕以良弓、楛矢为伴，勤习苦练。"控弦"六句以铺陈排比的笔法，用两两相对的句式，极力表现他的习武生活。"控弦"二句写一左一右，"仰手"二句写一上一下。四句相同的句式铺写四个不同的方向，"破""摧""接""散"四个动词，将独立的练习动作连成流畅紧凑的套式，使人应接不暇。写少年的轻捷灵活以猿猴作比，论其勇猛剽悍恰以龙虎作喻，惊骇激荡却不失分寸。这一层如电影中的持续特写镜头，聚焦少年游侠弓马娴熟、武艺超群的不凡身手，不仅丰富了诗歌内容，充实了人物形象，而且为第三层写其英勇善战，杀敌立功作了铺垫。

"边城"以下六句为第三层，写战场的敌我交锋。诗人省略了对战斗过程的叙写，使用"长驱""左顾""蹈""陵"系列动词连缀的方式，渲染白马少侠一往无前、势不可当的英雄气概，使之成为整场战斗的焦点。

在第四层中，作者又进一步用人物自白的方式，发掘并呈现少年英雄的内心世界。其中"捐躯赴国难，视死忽如归"是主人公心底的最强音，也是全诗的高潮。它揭示出除非凡的武艺外，激励少年在实现功业理想、人生价值的道路上前行不懈的强大精神动力，是源自内心的社稷情怀。诗歌境界由此得到升华，诗人愿以家国为己任的宣言也于此处不言自明。

二　黄鹤楼送孟浩然之广陵

李白

故人西辞黄鹤楼[1]，烟花三月下扬州。
孤帆远影碧空尽[2]，唯见长江天际流。

《分类补注李太白诗》卷十五

【作者/出处简介】

参见第二章第二节《月下独酌》关于李白介绍。

【字词注释】

1. 故人：指孟浩然。黄鹤楼：故址在今湖北武汉蛇山黄鹄矶上，传说三国时期的费祎于此登仙乘黄鹤而去，故称。
2. 碧空：一作"碧山"。

【作品解析】

李白与孟浩然的交往始于其刚出四川不久，当时的李白初出茅庐，而孟浩然已名满天下。诗人眼中的孟浩然乐山好水，恬淡洒脱，自己又正值年少意气。因此，该诗的基调迥异于一般送别诗低回伤感的情绪，充满明媚爽朗。

首句不光起到点题作用，更因为黄鹤楼乃天下名胜，也是两位诗人经常流连聚会之所，因此一经提及，就带出种种与二人诗酒交游相关的丰富信息。黄鹤楼本身又是传说中仙人飞升的地方，眼前孟浩然将乘舟远去，二者无意间有所契合，为此次离别增添了一丝飘逸洒脱的意味。

次句以"烟花"修饰"三月"，烟花者，柳絮如烟，繁花似锦；"三月"固然是飞絮轻扬之时，而开元时代繁华的长江下游，又何尝不是"烟花"弥漫之地呢？"烟花三月"不仅再现了江南暮春的迷人景色，而且也暗写绚烂的时代氛围。文字绮丽，意境优美，被誉为"千古丽句"（清·孙洙《唐诗三百首》）。

"孤帆"二句在写景中包含着一个充满诗意的细节叙述。孟浩然的船扬帆而去，帆影渐逝，李白还在翘首远望，极目之处帆樯已不见，唯有一江春水，可见目送时间之长。"唯见长江天际流"既写出眼前开阔浩荡之实景，又将对朋友的拳拳思念喻为江水，随舟而去，绵延不绝。情境融合处，全诗戛然而止，情不外溢，点到为止，余音袅袅，耐人回味。

三 念奴娇·过洞庭[1]

张孝祥

洞庭青草[2]，近中秋，更无一点风色。玉界琼田三万顷[3]，着我扁舟一叶。素月分辉，明河共影，表里俱澄澈[4]。悠然心会，妙处难与君说。

应念岭海经年[5]，孤光自照，肝肺皆冰雪[6]。短发萧骚襟袖冷[7]，稳泛沧浪空阔[8]。尽挹西江[9]，细斟北斗[10]，万象为宾客[11]。扣舷独啸[12]，不知今夕何夕[13]！

《于湖先生长短句》卷一

【作者/出处简介】

张孝祥（1132～1169），字安国，号于湖居士，简州（今四川简阳）人，后卜居历阳乌江（今安徽省和县）。宋高宗绍兴二十四年（1154），考取进士第一名，授中书舍人、直学士院。领建康（今江苏南京）留守时，极力赞助张浚的北伐计划，被主和派弹劾落职。后又起复，历任地方长官。在知荆南府、荆湖北路安抚使任内，筑堤防水，置仓储粮，有一定的政绩。他的诗词追踪苏轼，气概凌云，以雄丽著称，其中不乏具有强烈爱国思想，反映现实的佳作。有《于湖词》《于湖集》。

【字词注释】

1. 念奴娇：词牌名，亦称《百字令》《醉江月》《大江东去》《壶中天》《湘月》。
2. "洞庭"句：洞庭湖在湖南岳阳西面，青草湖在洞庭之南，二湖相通，总称洞庭湖。

3. 玉界琼田：形容月光下皎洁的湖水。界，一作"鉴"。

4. "素月"三句：意谓月光明亮，湖水清澈，月亮和银河的倒影映入湖中，显得上下一片澄明。明，一作"银"。

5. 岭海：两广之地，北有五岭，南有南海，故称。海，一作"表"。经年：经过一年。

6. "孤光"二句：表示自己心地光明磊落，冰清玉洁。肺，一作"胆"。

7. 萧骚：稀少之意，一作"萧疏"。

8. 沧浪：青苍色的水。浪，一作"溟"。

9. "尽挹（yì）"句：意谓汲尽西江之水以为酒。西江，指长江，长江来自西面，故称。挹，一作"吸"。

10. "细斟"句：把北斗星当作酒器取饮。细斟，低斟浅酌。北斗，指北斗星，它由七颗星组成，形如酒斗。《楚辞·九歌·东君》："援北斗兮酌桂浆。"

11. 万象：万物。为：一作"如"。

12. 扣舷：敲着船沿。扣，同"叩"，敲击。独啸：一作"独笑"，或作"一笑"。

13. "不知"句：用明知故问的语气表现出对良宵美景的赞叹。语出《诗经·唐风·绸缪》："今夕何夕，见此良人。"

【作品解析】

宋乾道元年（1165），张孝祥出知静江府（今广西桂林），兼广南西路经略安抚使，七月到任。次年六月，被谗落职北归，途经湖南洞庭湖。时近中秋的平湖秋月之夜，引发了词人的宇宙意识和勃然诗兴，遂写下了这首词。

无论从人品、胸襟还是才学、词风来看，张孝祥都与苏轼有着很多相似之处。该词在风格境界上明显继轨苏词，词人以高洁的人格和高昂的姿态作为基础，以星月皎洁的夜空和寥廓浩荡的湖面为背景，创造出光风霁月、旷达疏朗的艺术与精神境界。

词的开头三句展现出静谧、开阔的画面。"洞庭青草"是眼前之景，"近中秋"是出行的时间，而"更无一点风色"一语双关，既写湖面的平静，又喻内心的安宁，为下文表现"天人合一"的澄澈境界作了铺垫。"玉鉴琼田三万顷，着我扁舟一叶"即在字里行间透露出物我两忘、怡然自得的心境。月光普照，于万顷银湖中点缀着一叶扁舟。"扁舟"原是无根宇宙中一个渺小的点，然作者用一"着"字，轻描淡写间挥洒出豪情与自得之意。"素月"三句将月亮、银河与湖水融为一体，创造出空明澄澈之境。词人陶然忘我，醉在其中。而这种妙处，只可意会，不可言传，又岂是外人所能得知的？诗词之妙，至此可谓达到了"化境"。

下片首三句是对曾经宦海生涯的总结。词人刚从两广地区一年左右的官场生活中摆脱出来，虽最终被谗罢职，然自己所行高洁，连肝肺都如冰雪般晶莹无瑕。"短发"二句则写出旷达高远的胸襟和傲视流俗的气度，即便头发稀疏，两袖清风，但依然气吞山河。邀天地万物为陪客，以北斗七星为勺，舀尽长江之水，细斟慢饮，何其豪气畅快！至此，作者的情感达到了高潮："扣舷独啸，不知今夕何夕！"在这种睥睨万物、物我合一的豪情中，词人忘乎一切，时间似乎凝止，空间也已缩小，洞庭湖水、万象宾客变成虚化的背景，词人"扣舷独啸"，心与物融的潇洒风神，卓然呈现于世人眼前。

四　青玉案·元夕

辛弃疾

东风夜放花千树[1]，更吹落、星如雨[2]。宝马雕车香满路。凤箫声动[3]，玉壶光转[4]，一夜鱼龙舞[5]。

蛾儿雪柳黄金缕[6]，笑语盈盈暗香去[7]。众里寻他千百度，蓦然回首[8]，那人却在，灯火阑珊处[9]。

《稼轩长短句》卷七

【作者/出处简介】

参见第二章第三节《西江月·夜行黄沙道中》关于辛弃疾介绍。

【字词注释】

1. 花千树：形容灯火之多如千树花开。
2. 星如雨：形容满天焰火如繁星璀璨。星，一说比喻灯。
3. "凤箫"句：指音乐演奏。
4. 玉壶：借指月亮，一说比喻灯。光转：意为普照。
5. 鱼、龙：鱼灯、龙灯。
6. "蛾儿"句：指各种饰品。周密《武林旧事·元夕》："元夕节物，妇人皆戴珠翠、闹蛾、玉梅、雪柳……"黄金缕，此处指以金为饰的雪柳。
7. 盈盈：仪态美好貌。暗香：借指美人。
8. 蓦（mò）然：忽然。
9. 阑珊：零落。

【作品解析】

此词极写元宵的繁华景象，而作者所追慕的却是一个幽独的美人。梁启超认为此词之旨是"自怜幽独，伤心人别有怀抱"。

上片写上元灯节的热闹场景。首句想象丰富，东风还未催生百花，却先吹开了元宵节的火树银花，还吹落了如雨的星星。此处"星雨"，即指烟花自空中落下，如陨星雨。次写"宝马雕车"，一股富贵之气扑面而来，在火树银花中更显热闹和岁月静好。再写鼓乐，写灯月相映生辉，写民间艺人们载歌载舞、鱼龙奔腾的社火百戏，这一切构成了繁华热闹的人间仙境。其中"宝""雕""凤""玉"等形容词，将灯节的气氛传神地表现出来，精彩立现。

下片专门写人。先从游女们的头上写起，她们发髻上戴满了元宵特有的蛾儿、雪柳和黄金缕，一个个盛装出行，谈笑风生，笑语盈盈地消失在诗人的视野，唯留一片衣香在暗夜浮动。这些佳丽并非词人心之所向，因而他依然在茫茫人海中反复寻觅心中的倩影。正当寻而不见，顿生失望之际，突然回头一看，伊人却静待于灯火稀疏处。

"蓦然回首"是彼一时刻悲喜交加的瞬间，也是超越具体情事的普遍共通的心理体验。王国维《人间词话》将人之成大事业者分为三个境界，并以三句词形容之，而"蓦然回首，那人却在，灯火阑珊处"正是终极境界的代言。这恐怕与词句中所寄寓的欲成大愿，必受大悲苦；未经绝望，遑论希望的人生定律有关。词人以寥寥数语，将人生的瞬间感悟镌刻成永恒的画面，场景鲜明而哲思隽永，余味悠长。读至此处，我们才恍然大悟，不管是上片中的火树银花、宝马雕车还是鼓乐喧天的热闹场景，亦或是下片中笑语而去的丽人，都是为意中人的出现而铺设。若无此人，一切的美好都失去了意义和趣味，词作的意图在此得以揭示。

【拓展阅读】

一　吃饭

钱锺书

吃饭有时很像结婚，名义上最主要的东西，其实往往是附属品。吃讲究的饭事实上只是吃菜，正如讨阔佬的小姐，宗旨倒并不在女人。这种主权旁移，包含着一个转了弯的、不甚朴素的人生观。辨味而不是充饥，变成了我们吃饭的目的。舌头代替了肠胃，作为最后或最高的裁判。不过，我们仍然把享受掩饰为需要，不说吃菜，只说吃饭，好比我们研究哲学或艺术，总说为了真和美可以利用一样。有用的东西只能给人利用，所以存在；偏是无用的东西会利用人，替它遮盖和辩护，也能免于抛弃。柏拉图在《理想国》里把国家分成三等人，相当于灵魂的三个成份；饥渴吃喝是灵魂里最低贱的成份，等于政治组织里的平民或民众。最巧妙的政治家知道怎样来敷衍民众，把自己的野心装点成民众的意志和福利；请客上馆子去吃菜，还顶着吃饭的名义，这正是舌头对肚子的借口，仿佛说："你别抱怨，这有你的份！你享着名，我替你出力去干，还亏了你什么？"其实呢，天知道——更有饿瘪的肚子知道——若专为充肠填腹起见，树皮草根跟鸡鸭鱼肉差不了多少！真想不到，在区区消化排泄的生理过程里还需要那么多的政治作用。

古罗马诗人波西蔼斯（Persius）曾慨叹说，肚子发展了人的天才，传授人以技术（Magister artising enique largitor venter）。这个意思经拉柏莱发挥得淋漓尽致，《巨人世家》卷三有赞美肚子的一章，尊为人类的真主宰、各种学问和职业的创始和提倡者，鸟飞，兽走，鱼游，虫爬，以及一切有生之类的一切活动，也都是为了肠胃。人类所有的创造和活动（包括写文章在内），不仅表示头脑的充实，并且证明肠胃的空虚。饱满的肚子最没用，那时候的头脑，迷迷糊糊，只配作痴梦；咱们有一条不成文的法律：吃了午饭睡中觉，就是有力的证据。我们通常把饥饿看得太低了，只说它产生了乞丐，盗贼，娼妓一类的东西，忘记了它也启发过思想、技巧，还有"有饭大家吃"的政治和经济理论。德国古诗人白洛柯斯（B. H. Brockes）做赞美诗，把上帝比作"一个伟大的厨师傅（dergross Speisemeister）"，做饭给全人类吃，还不免带些宗教的稚气。弄饭给我们吃的人，决不是我们真正的主人翁。这样的上帝，不做也罢。只有为他弄了饭来给他吃的人，才支配着我们的行动。譬如一家之主，并不是挣钱养家的父亲，倒是那些乳臭未干、安坐着吃饭的孩子；这一点，当然做孩子时不会悟到，而父亲们也决不甘承认的。拉柏莱的话似乎较有道理。试想，肚子一天到晚要我们把茶饭来向它祭献，它还不是上帝是什么？但是它毕竟是个下流不上台面的东西，一味容纳吸收，不懂得享受和欣赏。人生就因此复杂了起来。一方面是有了肠胃而要饭去充实的人，另一方面是有饭而要胃口来吃的人。第一种人生观可以说是吃饭的；第二种不妨唤作吃菜的。第一种人工作、生产、创造，来换饭吃。第二种人利用第一种人活动的结果，来健脾开胃，帮助吃饭而增进食量。所以吃饭时要有音乐，还不够，就有"佳人""丽人"之类来劝酒；文雅点就开什么销寒会、销夏会，在席上传观法书名画；甚至赏花游山，把自然名胜来下饭。吃的菜不用说尽量讲究。有这样优裕的物质环境，舌头像身体一般，本来是极随便的，此时也会有贞操和气节了；许多从前惯吃的东西，现在吃了仿佛玷污清白，决不肯再进口。精细到这种田地，似乎应当少吃，实则反而多吃。假使让肚子作主，吃饱就完事，还不失分寸。舌头拣精拣肥，贪嘴不顾性命，结果是肚子倒霉受累，只好忌嘴，舌头也只能像李逵所说"淡出鸟来"。这诚然是它馋得忘了本的报应！如此看来，吃菜的人生观似乎欠妥。

不过，可口好吃的菜还是值得赞美的。这个世界给人弄得混乱颠倒，到处是磨擦冲突，只有两件最和谐的事物总算是人造的：音乐和烹调。一碗好菜仿佛一只乐曲，也是一种一贯的多元，调和滋味，使相反的分子相成相济，变作可分而不可离的综合。最粗浅的例像白煮蟹和醋，烤鸭和甜酱，或如西菜里烤猪肉（Roast pork）和苹果泥（Apple sauce）、渗鳖鱼和柠檬片，原来是天涯地角、全不相干的东西，而偏偏有注定的缘份，像佳人和才子，母猪和癞象，结成了天造地设的配偶、相得益彰的眷属。到现在，他们亲热得拆也拆不开。在调味里，也有来伯尼支（Leibniz）的哲学所谓"前定的调和"（Harmonia praes tabilita），同时也有前定的不可妥协，譬如胡椒和煮虾蟹、糖醋和炒牛羊肉，正如古音乐里，商角不相协，征羽不相配。音乐的道理可通于烹饪，孔子早已明白，所以《论语》上记他在齐闻《韶》，"三月不知肉味"。可惜他老先生虽然在《乡党》一章里颇讲究烧菜，还未得吃道三昧，在两种和谐里，偏向音乐。譬如《中庸》讲身心修养，只说"发而中节谓之和"，养成音乐化的人格，真是听乐而不知肉味人的话。照我们的意见，完美的人格，"一以贯之"的"吾道"，统治尽善的国家，不仅要和谐得像音乐，也该把烹饪的调和悬为理想。在这一点上，我们不追随孔子，而愿意推崇被人忘掉的伊尹。伊尹是中国第一个哲学家厨师，在他眼里，整个人世间好比是做菜的厨房。《吕氏春秋·本味篇》记伊尹以至味说汤那一大段，把最伟大的统治哲学讲成惹人垂涎的食谱。这个观念渗透了中国古代的政治意识，所以自从《尚书·顾命》起，做宰相总比为"和羹调鼎"，老子也说"治国如烹小鲜"。孟子曾赞伊尹为"圣之任者"，柳下惠为"圣之和者"，这里的文字也许有些错简。其实呢，允许人赤条条相对的柳下惠，该算是个放"任"主义者。而伊尹倒当得起"和"字——这个"和"字，当然还带些下厨上灶、调和五味的涵意。

吃饭还有许多社交的功用，譬如联络感情、谈生意经等等，那就是"请吃饭"了。社交的吃饭种类虽然复杂，性质极为简单。把饭给自己有饭吃的人吃，那是请饭；自己有饭可吃而去吃人家的饭，那是赏面子。交际的微妙不外乎此。反过来说，把饭给予没饭吃的人吃，那是施食；自己无饭可吃而去吃人家的饭，赏面子就一变而为丢脸。这便是慈善救济，算不上交际了。至于请饭时客人数目的多少，男女性别的配比，我们改天再谈。但是趣味洋溢的《老饕年鉴》（Almanachdes Courmands）里有一节妙文，不可不在此处一提。这八小本名贵希罕的奇书，在研究吃饭之外，也曾讨论到请饭的问题。大意说：我们吃了人家的饭该有多少天不在背后说主人的坏话，时间的长短按照饭菜的质量而定；所以做人应当多多请客吃饭，并且吃好饭，以增进朋友的感情，减少仇敌的毁谤。这一番议论，我诚恳地介绍给一切不愿彼此成为冤家的朋友，以及愿意彼此变为朋友的冤家。至于我本人呢，恭候诸君的邀请，努力奉行猪八戒对南山大王手下小妖说的话："不要拉扯，待我一家家吃将来。"

《写在人生边上》

二　看这一队队的驮马

冯至

看这一队队的驮马
驮来了远方的货物，
水也会冲来一些泥沙
从些不知名的远处，

风从千万里外也会
掠来些他乡的叹息：
我们走过无数的山水，
随时占有，随时又放弃。

仿佛鸟飞翔在空中，
它随时都管领太空，
随时都感到一无所有。

什么是我们的实在？
我们从远方把什么带来？
从面前又把什么带走？

《十四行集》

【推荐书目】

1. （宋）郭茂倩编《乐府诗集》，中华书局，2017。
2. 莫丽芸编著《词趣——宋词里的衣食住行》，黄山书社，2016。
3. 许嘉璐著《中国古代衣食住行》，中华书局，2013。

【思考问题】

1. 对衣食住行内涵的认知，古今有何区别？请举例说明。
2. 试论衣食住行如何体现中华民族之"礼"？
3. 列举中国古代关于衣食住行的专门著作。

（本章编者：尹娟　宜春学院　讲师）

第九章　亭台楼阁

【主题概述】

　　亭台楼阁是中国的传统建筑，其功能不仅是供人休息居住，更多的是一种装饰、一道风景。古代亭台楼阁之所以引人入胜，除了其建筑本身的典雅优美、得天独厚的地理位置，以及登临所见之赏心悦目的自然风光外，更重要的是它们往往具有深厚的文化内涵，表述着中国人的生活现实和感情语言，生动体现着中华民族独特的审美情趣。著名的亭台楼阁融历史文化、逸闻趣事、自然景物于一体，吸引着众多文人雅士，他们登高望远，追古探胜，心有所感，必有诗文产生。亭台楼阁类诗文就是指这一类作品。仔细分析这些以建筑命题的文学作品，我们发现中国古代的文人很少像西方那样，把建筑当作独立的审美对象加以描绘与赞美，而是通过对建筑物华美、庄严、精巧等等的渲染或铺陈来表达某种思绪和心境，建筑成了文人墨客托物言志、抒发感情的主要对象之一。这些作品不一定涉及建筑物的主体，只是文人在用一个独特的视角直抒胸臆，性情所至便是建筑物的内涵所具。

　　从读者的角度而言，亭台楼阁类诗文蕴含独特的审美体验，对后人产生了强大的精神感召。由于亭台楼阁所处自然环境的不同，四时景物各异，以及登临时的心态各异而千差万别，这些呈现给读者的景象，对读者来说或许是陌生和疏离的，但显然是凝结了作者一种历时长久的体验，浸染着浓烈的个人色彩。正缘于此，这种景象描叙既可以接连朝夕四季，亦能贯穿古往今来，还能贯通四方八极，以亭台楼阁为媒介和坐标，偕今古往来之"游人"，在想象的四维时空中遨游。

【文论摘录】

　　轩楹高爽，窗户临虚，纳千顷之汪洋，收四时之烂漫。（明·计成《园冶》）

　　一切楼、台、亭、阁，都是为了"望"，都是为了得到和丰富对于空间的美的感受。（宗白华《美学散步》）

　　建筑对于精神来说，是一种无声的语言，单凭它们本身就足以启发人思考和唤起普遍的观念。（〔德国〕黑格尔《美学》）

第一节　有亭翼然

一　黄州快哉亭记

苏辙

　　江出西陵[1]，始得平地。其流奔放肆大；南合沅、湘，北合汉、沔，其势益张；至于赤壁之下，波流浸灌，与海相若。清河张君梦得[2]，谪居齐安[3]，即其庐之西南为亭，以览观江流之胜，而余兄子瞻名之曰"快哉"。

　　盖亭之所见，南北百里，东西一舍[4]。涛澜汹涌，风云开阖。昼则舟楫出没于其前，夜则鱼龙悲啸于其下。变化倏忽，动心骇目，不可久视。今乃得玩之几席之上，举目而足。西望武昌诸山，冈陵起伏，草木行列，烟消日出。渔夫樵父之舍，皆可指数，此其所以为快哉者也。至于长州之滨[5]，故城之墟，曹孟德、孙仲谋之所睥睨，周瑜、陆逊之所骋骛，其流风遗迹，亦足以称快世俗。

　　昔楚襄王从宋玉、景差于兰台之宫，有风飒然至者，王披襟当之，曰："快哉此风！寡人所与庶人共者耶？"宋玉曰："此独大王之雄风耳，庶人安得共之！"玉之言盖有讽焉。夫风无雄雌之异，而人有遇不遇之变。楚王之所以为乐，与庶人之所以为忧，此则人之变也，而风何与焉！士生于世，使其中不自得，将何往而非病；使其中坦然不以物伤性[6]，将何适而非快！今张君不以谪为患，窃会计之余功，而自放山水之间，此其中宜有以过人者。将蓬户瓮牖[7]，无所不快；而况乎濯长江之清流，揖西山之白云[8]，穷耳目之胜以自适也哉！不然，连山绝壑，长林古木，振之以清风，照之以明月，此皆骚人思士之所以悲伤憔悴而不能胜者，乌睹其为快也哉[9]！

　　元丰六年十一月朔日，赵郡苏辙记[10]。

《栾城集》卷二十四

【作者/出处简介】

　　苏辙（1039～1112），字子由，一字同叔，眉州眉山（今属四川）人。宋嘉祐二年（1057）进士，官至尚书右丞、门下侍郎。在政治上反对王安石变法，晚居颍川（今河南许昌），自号颍滨遗老。"唐宋八大家"之一，与父苏洵、兄苏轼齐名，并称"三苏"。有《栾城集》。

【字词注释】

1. 西陵：即巴峡，长江三峡之一，位于湖北省巴东县与宜昌市之间。
2. 清河：今属河北。张梦得：即张怀民，与苏辙在黄州有交往。
3. 齐安：郡名，即黄州，治所在今湖北黄冈。
4. 一舍：三十里。
5. 长州：一作"长洲"。据《黄冈县志》记载，黄冈西南的长江中，有众多的沙洲，如得胜洲、罗湖沙、木鹅洲、鸭蛋洲等，这里当是泛指。
6. 不以物伤性：不因为外部境遇的影响而伤害自我的心性。
7. 蓬户瓮牖：以蓬草编门，以破瓮做窗。这里指穷人的住所。
8. 西山：即樊山，在湖北鄂州西。
9. 乌睹：哪里看得出。
10. 赵郡：苏辙先世为赵郡栾城（今河北赵县）人。

【作品解析】

本文作于宋元丰六年（1083），此时苏辙因受苏轼"乌台诗案"的牵连，被贬监筠州酒税，正处在政治失意之际。黄州，治所在今湖北黄冈。《黄冈县志·古迹》："快哉亭，在城南。"

文章首先从一波三折的长江水势入手，介绍了快哉亭的地理位置，并交代了造亭的缘起以及亭名"快哉"的寓意。进而作者从不同角度描写了登亭所见之奇幻壮观风光，以及所引发的怀古之思。最后，又围绕"快哉"二字发表议论，探讨了士大夫处世的态度，即保持内心的淡然自足、无求于外，才能在生活中做到无往而不适，无往而不快。结合作者自身遭受贬谪的境遇，这段议论既是对造亭者张梦得旷达胸怀的称赞，也表达了对于自身遭受的困境的基本态度。通篇围绕"快哉"二字展开，构思精妙、文意集中，表达了遇困犹安的主旨，文风雄放而有风致，笔势纡徐而条畅，于记文诚为上乘之作。

二 醉翁亭记

欧阳修

环滁皆山也[1]。其西南诸峰，林壑尤美。望之蔚然而深秀者，琅琊也[2]。山行六七里，渐闻水声潺潺，而泻出于两峰之间者，酿泉也[3]。峰回路转，有亭翼然临于泉上者，醉翁亭也。作亭者谁？山之僧曰智仙也[4]。名之者谁？太守自谓也[5]。太守与客来饮于此，饮少辄醉，而年又最高，故自号曰醉翁也。醉翁之意不在酒，在乎山水之间也。山水之乐，得之心而寓之酒也。

若夫日出而林霏开，云归而岩穴暝。晦明变化者，山间之朝暮也。野芳发而幽香，佳木秀而繁阴，风霜高洁，水落而石出者，山间之四时也。朝而往，暮而归，四时之景不同，而乐亦无穷也。

至于负者歌于途，行者休于树，前者呼，后者应，伛偻提携[6]，往来而不绝者，滁人游也。临溪而渔，溪深而鱼肥，酿泉为酒，泉香而酒洌[7]，山肴野蔌[8]，杂然而前陈者，太守宴也。宴酣之乐，非丝非竹[9]，射者中[10]，奕者胜，觥筹交错，起坐而喧哗者，众宾欢也。苍颜白发，颓然乎其间者，太守醉也。

已而夕阳在山，人影散乱，太守归而宾客从也。树林阴翳[11]，鸣声上下，游人去而禽鸟乐也。然而禽鸟知山林之乐，而不知人之乐；人知从太守游而乐，而不知太守之乐其乐也。醉能同其乐，醒能述以文者，太守也。太守谓谁？庐陵欧阳修也[12]。

《欧阳文忠公集》卷三十九

【作者/出处简介】

参见第四章第三节《秋声赋》关于欧阳修介绍。

【字词注释】

1. 滁：滁州（今属安徽）。
2. 琅琊（yá）：琅琊山，在滁县西南十里，因东晋琅琊王司马睿南下渡江时曾住此地而得名。
3. 酿泉：琅琊泉，因水清适于酿酒而得名。酿，原作"让"，据别本校改。
4. 智仙：琅琊寺（一名开化寺）的僧人。
5. 太守：汉时太守为一郡行政最高长官。宋代有州无郡，长官称知州，二者地位相近。这里是泛称。
6. 伛（yǔ）偻（lǚ）：弯腰曲背，指老人。提携：搀扶，指牵带着小孩子。
7. "泉香"句：一作"泉洌而酒香"。洌（liè），清。
8. 山肴（yáo）：山中猎来的野味。野蔌（sù）：野菜。
9. 丝、竹：指乐器。
10. 射者中（zhòng）：投壶的人投中了。投壶，古代宴饮时的一种娱乐活动，用箭投壶口，以投中多少决胜负，负者饮酒。
11. 阴翳（yì）：树木遮蔽成荫。
12. 庐陵：宋时称吉州，原属庐陵郡，今江西吉安。

【作品解析】

这篇文章写于宋庆历六年（1046），欧阳修时年四十，贬滁州已有一年。按照常理，被贬之人不能心无苦闷，而纵情山水往往是一种发泄苦闷的手段，这样的事例不烦备举。但欧阳修天性旷达，从未以贬谪为意，"乐"字在《醉翁亭记》一文中出现达十次之多，可谓以"乐"字立骨，其"乐"并非发泄穷愁的山水之乐，而是当地人民在他治下"乐其岁物之丰成"，且"喜与予游"的美政之"乐"（《丰乐亭记》）。

《醉翁亭记》在艺术构思和行文运笔上独具特色。首段由醉翁亭环境、位置、得名原因等渐次引出通贯全篇的"乐"字。其写法类似于现代电影镜头推近的方式，先从滁州四面皆山写起，然后专写西南的琅琊山，然后由山而泉（从大到小，从高到低，由浅入深），由泉而亭（从俯到仰，自远而近），然后从建筑物引到抒情主人公身上，点明人和物的关系。次段概写朝暮四时之乐。其中"野芳发而幽香，佳木秀而繁阴，风霜高洁，水落而石出"四句，把山间春、夏、秋、冬四时景色的特点，作了十分准确的概括，为下面着力描写"醉翁"和滁人等游宴之乐作了必要的烘托。第三段写山林中的游人，先写"负者歌于途，行者休于树"，写"伛偻提携"的滁人之游；然后写参与太守宴，"起坐而喧哗"的众宾客；最后写"颓然乎其间"的太守，给出"苍颜白发"的特写镜头。末段以"乐"收束，先从泛泛的角度言人禽之乐，然后分写禽鸟之乐、众人之乐，最后归结到太守之乐，末句点出"太守者，庐陵欧阳修也"。其中，"然而禽鸟知山林之乐，而不知人之乐；人知从太守游而乐，而不知太守之乐其乐也"四句两用"知"与"不知"，一转一深，构成螺旋式的推进，起伏跌宕，暗示其复杂的内心世界。来滁时过一年，朝往暮归，渐渐得到一种翛然自适之乐，多少也冲淡了心底的烦忧，一次次地化忧为乐，其间的心路历程，不能与游人、禽鸟心有灵犀，只能自己品味。

三　水调歌头·黄州快哉亭赠张偓佺[1]

苏轼

落日绣帘卷，亭下水连空。知君为我新作，窗户湿青红。长记平山堂上[2]，欹枕江南烟雨[3]，杳杳没孤鸿。认得醉翁语[4]，山色有无中。

一千顷[5]，都镜净，倒碧峰。忽然浪起，掀舞一叶白头翁。堪笑兰台公子[6]，未解庄生天籁[7]，刚道有雌雄[8]。一点浩然气[9]，千里快哉风。

《东坡乐府》卷上

【作者/出处简介】

参见第二章第一节《日喻》关于苏轼介绍。

【字词注释】

1. 张偓佺：字怀民，北宋官员。
2. 平山堂：在江苏扬州，为欧阳修所建。此以平山堂比况张偓佺快哉亭的风雅。欧堂与张亭都建在江北，可眺望江南。
3. 欹（qī）枕：取枕流漱石之意。语出《世说新语·排调》："孙子荆年少时，欲隐，语王武子

'当枕石漱流'，误曰'漱石枕流'。王曰：'水可枕，石可漱乎？'孙曰：'所以枕流，欲洗其耳；所以漱石，欲砺其齿。'"后以枕流漱石形容隐居生活。

4. 醉翁：欧阳修别号，此句化用欧阳修《朝中措·送刘仲原甫出守维扬》词"平山栏槛倚晴空，山色有无中"。

5. 一千顷：指长江。

6. 兰台公子：指宋玉。因宋玉曾任兰台令，故称。

7. 庄生天籁：《庄子·齐物论》："颜成子游曰：'地籁则众窍是已，人籁则比竹是已，敢问天籁？'南郭子綦曰：'夫吹万不同，而使其自已也，咸其自取，怒者其谁邪？'"庄子认为天籁是发于自然的声响，这里借指风声。

8. 刚道：硬要说，偏说。雌雄：宋玉《风赋》谓大王之风为雄风，庶人之风为雌风。这里反用此典，意为风乃天籁，不必分雌风、雄风。

9. 浩然气：《孟子·公孙丑上》中有"我善养吾浩然之气""其为气也，至大至刚，以直养而无害，则塞于天地之间"。古人把这浩然之气看作一种最高的正气和节操。

【作品解析】

宋元丰年间，苏轼因"乌台诗案"贬黄州（今湖北黄冈），时友人张怀民亦谪居此地，并在寓所西南筑一亭。苏轼因此亭能览江山之胜，名之为"快哉亭"，这首词就是在新亭落成时所作。

词的上片有两层意思。前四句写词人登上快哉亭的所见，夕阳西下，亭上绣帘卷起，亭下的江水此刻也仿佛和天空连在了一起，水天相接的景象为这座亭子增加了恢宏的气势。"知君"二句意为面对着这么一座能够观赏胜景的好处所，好像都是特意为我而造的，这种反客为主、风趣诙谐的表达，反映了作者当时畅快喜悦的心情，紧扣了亭名"快哉"二字；词人见窗户外江面上水气氤氲，把青翠的山峦、金红的霞光都连成湿漉漉的一片。后五句由亭前景象忆及平山堂的山光水色，并勾起对先师的怀念。平山堂在扬州瘦西湖畔，是苏轼的恩师欧阳修任扬州太守时所建，苏轼喜爱那一带的风光，曾先后三度游览。所以，他觉得眼前的景色正如当年在平山堂上看到的江南烟雨，孤鸿远飞，就像醉翁欧阳修曾吟咏的"山色有无中"。回忆中那远去不见的"孤鸿"，象征着友人张怀民伶仃谪居的身世，也映射了苏轼自己被贬他乡的遭遇，他们今日所遭厄运与当年醉翁受挫相仿，因而惺惺相惜，带有一丝感伤。这一段追述是将平山堂与快哉亭联系在一起，既是对先师的怀念，同时也表达了对自己和友人共同的劝慰。

下片也是分两层。先总写亭前所见长江景观，点明全词要旨。"一千顷，都镜静，倒碧峰"是对水色山光的静态描写，江面宽阔，水清如镜，周围碧峰的倒影清晰可见。"忽然"二句写一阵大风，平静的江面顿时波澜汹涌，一叶扁舟之上有一白发老翁迎着风浪，时高时低地舞于大江之上。这位白头翁的形象，具有象征意味，寄寓了作者在贬谪的风浪中临危不惧的倔强精神，以此与有着同样遭遇的友人互勉，一齐走出困境。后五句即景议论，点明为"快哉亭"命名的缘由。议论承上文"风浪"的话头而起，引出一则关于风的典故。战国时楚国兰台令宋玉曾创作《风赋》，文中在回答楚襄王的"快哉此风"时，以"大王之雄风"与'庶人之雌风"对举。作者不认同宋玉对风的解释，而赞同庄子称风发乎于自然的说法，并自信只要我能像孟子所说的"吾善养吾浩然之气"，那么不管在什么情况下，都能获得无穷快意的千里雄风。这正是作者经历沧桑后所得的人生真谛，充分表达其不以得失为怀的旷达乐观精神。作者以这样的谈论引导失意的朋友，希望能消除对方的消极心态，可谓用心良苦。此词富于联想象征，写景之中抒发心志，气魄宏大而有感染力。

第二节　得意高台

【中心选文】

一　新台

新台有泚[1]，河水弥弥[2]。燕婉之求[3]，籧篨不鲜[4]。

新台有洒[5]，河水浼浼[6]。燕婉之求，籧篨不殄[7]。

鱼网之设，鸿则离之[8]。燕婉之求，得此戚施[9]。

《诗经·邶风》

【作者/出处简介】

参见第二章第三节《小星》关于《诗经》简介。

【字词注释】

1. 新台：台名，旧址在今河南临漳西黄河边。有泚：鲜亮的样子。泚（cǐ），"玼"的假借字。

2. 河：指黄河。弥弥：水盛大的样子。

3. 燕婉：欢乐美好的样子。

4. 籧（qú）篨（chú）：指面目丑恶之人。据闻一多《天问·释天》，应是癞蛤蟆一类的东西。鲜（xiǎn）：善，美。

5. 有洒（cuǐ）：即洒洒，高峻的样子。洒，亦作"漼"。

6. 浼浼（měi）：水盛大的样子。

7. 殄（tiǎn）：通"腆"，美善。

8. "鱼网"二句：意谓张网是为了捕鱼，结果却抓到一只蛤蟆。鸿，本为大雁，据闻一多《诗新台鸿字说》，此处也应是蛤蟆。离，通"罹"，获得。

9. 戚施：蛤蟆。《太平御览·虫豸部》引《薛君章句》云："戚施，蟾蜍，喻丑恶。"

【作品解析】

本诗是卫国民间流传的一篇意味深刻、脍炙人口的讽刺诗。《毛诗序》云："《新台》，刺卫宣公也。纳伋之妻，作新台于河上而要之，国人恶之，而作是诗也。"据《左传·桓公十六年》记载，卫宣公为儿子伋娶齐女为妻。后来听说齐女姜氏貌美，便想自娶，又恐齐女不从，于是便在黄河边上修筑了一座豪华的行宫——新台。等齐女来时，便占为己有。齐女就是后来的卫宣公夫人宣姜。卫国人对此事十分憎恶，便作此诗讥讽卫宣公。

"新台有泚，河水弥弥"和"新台有洒，河水浼浼"是兴语，但兴中有赋。卫宣公垂涎于未婚的儿媳妇，便造了"新台"，以显示他做这件事的合法性。虽然新台是美的，但遮不住卫宣公所做的丑事。于是讽刺说："燕婉之求，籧篨不鲜""燕婉之求，籧篨不殄"，指出当初齐女远嫁卫国，本想嫁给一位翩翩美少年，可竟然被一个糟老头所强娶，这是何等的不幸！这两章用反衬和讽刺的手法极言卫宣公不知廉耻的行为。前两章诗在形式上构成了重章叠唱，诗人通过反复吟唱，强化了诗情。

"鱼网之设，鸿则离之。燕婉之求，得此戚施"，诗人以捕鱼为喻，说织好了一张渔网准备去捕鱼，到河边做了一番准备之后开始打鱼，哪想到这一网上来没抓到鱼，抓到的却是一只癞蛤蟆。如此巨大的得失反差，是任何人都不能也不愿接受的真实。第三章采用比喻、对比的艺术手法，将女主人公的悲愤痛苦之情推上了高峰。从章法上看，这是对前两章的直承，又是对末二句议论的开启。

关于这首诗的主旨，另有观点认为是一首婚恋诗，与"卫宣公"无关。如高亨《诗经今注》提出，《诗序》虽"也讲得通。但诗意只是写一个女子想嫁一个美男子，却配了一个丑丈夫。"可备一说！

二　登幽州台歌[1]

陈子昂

前不见古人，后不见来者[2]。
念天地之悠悠，独怆然而涕下[3]。

《陈子昂集》补遗

【作者/出处简介】

陈子昂（661～702），字伯玉，梓州射洪（今属四川）人。唐文明元年（684）进士。武后时，官麟台正字，迁右拾遗。直言敢谏，所陈多切中时弊。曾随武攸宜征契丹。圣历初，解职归里，为县令段简陷害，死于狱中。他论诗主张继承汉魏风骨，强调文学的现实意义，反对齐梁以来偏重形式的颓废诗风，散文也写得质朴有力。有《陈子昂集》。

【字词注释】

1. 幽州：郡名，今北京西南。幽州台：即蓟北楼。因燕昭王置金于台延天下士，又称黄金台。故址在今北京德胜门外。

2. "前不见"二句：是说像燕昭王那样能任用贤才的人，古代曾有之，但不及见到；后来也应有，但也不能见。者，古音"诈"，与"下"押韵。

3. 怆（chuàng）然：伤感貌。

【作品解析】

此诗是陈子昂在唐武则天神功元年（697）从征契丹时所作。上一年，契丹兵攻陷营州。武则天委派武攸宜率军征讨，陈子昂在武攸宜幕府担任参谋，随军出征。武为人轻率，少谋略。次年兵败，危急时刻，陈子昂请求遣万人作前驱以击敌，武不允。稍后，陈子昂又向武进言，不听，反把他降为军曹。在接连受到挫折，报国无门的情况下，诗人登上蓟北楼慷慨悲吟，写下此诗。

《登幽州台歌》以"前不见古人，后不见来者"开启全诗，显示了观者俯仰古今的非凡气度和惜时叹逝的沉郁愁怀。"前""后"两个词构成了一个时间的序列，它的两端是无限扩展的，而"见"与"不见"的主体，也就是作者，他只是处在漫长的时间序列上的一点，鲜明对照下，让人感受到这个主体的渺小。两个"不见"，则强化了一种独立于时间长河中的孤独感。前不"见古人"并不是没有古人，而是有而"不可见"；"后不见来者"并不是没有来者，而是有而"不可见"。第三句"念天地之悠悠"，表现的是空间的茫无边际，在这样阔大的空间中，作者的渺小同样体现出一种鲜明对照。它与前两句作者对于时间的感受共同形成一种广阔无垠的时空观照。第四句"独怆然而涕下"则把主体的感受一泻如注般地倾倒出来，"独"字强烈地表明了作者在茫茫时空中的孤独感。这种孤独感从现实的层面来说，可以理解为是作者在现实社会中找不到知音。作者登上幽州台，感慨像燕昭王那样前代的贤君既不复可见，后来的贤明之主也来不及见到，自己真是生不逢时。当登台远眺时，只见茫茫宇宙，天长地久，不禁感到孤单寂寞，悲从中来，怆然流泪了。表面看来，这四句都极为平淡无奇，它的巧妙就在这种时空结构的组合中。

三　登金陵凤凰台[1]

李白

凤凰台上凤凰游，凤去台空江自流。
吴宫花草埋幽径[2]，晋代衣冠成古丘[3]。

三山半落青天外⁴，二水中分白鹭洲⁵。

总为浮云能蔽日，长安不见使人愁⁶。

《分类补注李太白诗》卷二十一

【作者/出处简介】

参见第二章第二节《月下独酌》关于李白介绍。

【字词注释】

1. 凤凰台：故址在今江苏南京凤凰山。
2. 吴宫：三国时吴国定都金陵（时称建业），后孙皓营建新宫，大开园囿，穷极技巧。
3. 衣冠：指豪门贵族、王公大臣。丘：坟墓。东晋也建都于金陵（时称建康），宫城仍吴之旧。
4. 三山：山名，在今南京西南长江边。山滨大江，三峰并列，故称。
5. 二水：一作"一水"。秦淮河流经南京后，西入长江，白鹭洲横其间，乃分为二支。白鹭洲：古长江中的小沙洲，因长江西移地貌变迁，今已与陆地连为一片，位于南京水西门外。现南京有白鹭洲公园，非此白鹭洲。
6. 长安不见：晋明帝司马绍数岁时，父问曰："汝谓日与长安孰远?"对曰："日近，举目见日，不见长安。"

【作品解析】

这首诗有人说是李白遭受高力士等陷害排挤，离开长安以后所作；有人说是诗人流放夜郎遇赦返回，重游金陵时所作，并无定论。这两个说法的共同之处在于诗人的"逐客"身份，不同之处则在于放逐的时间和原因。此诗之好或许并不在它背后的寓意，而在诗人将寓意转化成了可见的景观。即便不知系年，不解典故，仍旧可以当作一首风景诗来读。

凤凰自古就是吉祥之征兆，而此刻李白笔下的凤凰，却多了几分伤感。首二句"凤凰台上凤凰游，凤去台空江自流"，诗人以关于凤凰台的传说为缘起。当年三只五彩华丽的凤凰翔集山间，鸣声谐和，众鸟飞附。而如今却凤去台空，一切都已荡然无存，惟有天际的长江，尚自奔流。昔日的繁华在诗人眼前仅呈一片凄凉，此时此刻怎能不使人黯然神伤，感慨万端。接下来三、四句就"凤凰台"进一步发挥，从"凤去台空"的时空变化入手，继续深入开掘其中的启示意义。"吴宫"二句展衍申述六朝好景已成过去，荒芜的吴宫和晋人的丘墓这两个经典意象，暗中回扣首联中的"凤去台空"的描述。接下来两句李白没有让自己的思想完全沉浸在对历史的凭吊当中，而把深邃的目光投向大自然。"三山"二句写出眼前之景，道出古都金陵的山河壮丽，把人从历史的遐想中拉回现实，重新感受大自然的永恒，并且巧妙关涉了首联"江自流"的意象。两处笔墨互为呼应，加重了历史变迁的深沉意味。末二句"总为浮云能蔽日，长安不见使人愁"，作为前面因景生情的归宿，既是全诗的收束，又是全诗的高潮。这里虽有对"蔽日"的"浮云"的愤怒指斥，也有对皇帝隐含着的某种希望，但中心仍是一个"愁"字，即对自己政治抱负不能实现的痛心疾首。从这两句诗包含的思想感情来看，是复杂深沉的，且明显包含着儒家积极用世的意趣。

四　超然台记[1]

苏轼

凡物皆有可观。苟有可观，皆有可乐，非必怪奇玮丽者也。餔糟啜漓皆可以醉[2]，果蔬草木皆可以饱。推此类也，吾安往而不乐。夫所为求福而辞祸者，以福可喜而祸可悲也。人之所欲无穷，而物之可以足吾欲者有尽。美恶之辨战乎中，而去取之择交乎前，则可乐者常少，而可悲者常多。是谓求祸而辞福。夫求祸而辞福，岂人之情也哉。物有以盖之矣[3]。彼游于物之内，而不游于物之外。物非有大小也，自其内而观之，未有不高且大者也。彼挟其高大以临我，则我常眩乱反覆，如隙中之观斗，又乌知胜负之所在。是以美恶横生，而忧乐出焉。可不大哀乎。

余自钱塘移守胶西[4]，释舟楫之安，而服车马之劳，去雕墙之美[5]，而庇采椽之居[6]，背湖山之观，而行桑麻之野。始至之日，岁比不登[7]，盗贼满野，狱讼充斥[8]，而斋厨索然[9]，日食杞菊[10]。人固疑余之不乐也。处之期年[11]，而貌加丰，发之白者，日以反黑。予既乐其风俗之淳，而其吏民亦安予之拙也[12]，于是治其园圃，洁其庭宇，伐安丘、高密之木以修补破败[13]，为苟完之计[14]。而园之北，因城以为台者旧矣，稍葺而新之。时相与登览，放意肆志焉。南望马耳、常山[15]，出没隐见，若近若远，庶几有隐君子乎？而其东则庐山[16]，秦人卢敖之所从遁也[17]。西望穆陵[18]，隐然如城郭，师尚父、齐桓公之遗烈[19]，犹有存者。北俯潍水[20]，慨然太息，思淮阴之功[21]，而吊其不终[22]。台高而安，深而明，夏凉而冬温。雨雪之朝，风月之夕，余未尝不在，客未尝不从。撷园蔬，取池鱼，酿秫酒[23]，瀹脱粟而食之[24]，曰：乐哉游乎！

方是时，予弟子由适在济南[25]，闻而赋之，且名其台曰超然。以见余之无所往而不乐者，盖游于物之外也。

《经进东坡文集事略》卷五十

【作者/出处简介】

参见第二章第一节《日喻》关于苏轼介绍。

【字词注释】

1. 超然台：宋熙宁四年（1071），苏轼在密州任上修复了一座残破的楼台，其弟苏辙名之为"超然"。

2. 餔（bū）糟：食酒渣。啜（chuò）漓：饮淡酒。

3. 盖：蒙蔽，掩盖。

4. 钱塘：县名，今浙江杭州。胶西：指山东胶河以西的地区。这里指密州，治所在今山东诸城。

5. 雕墙之美：雕梁画栋的华丽住宅。

6. 庇：栖居。采椽：采伐的木椽，这里指不加雕饰的简陋房屋。

7. 比：屡屡。不登：庄稼歉收。

8. 狱讼：诉讼案件。

9. 斋厨：厨房。索然：冷清貌。

10. 杞菊：此处泛指野菜。杞，落叶小灌木，嫩茎叶可食。

11. 期（jī）年：一周年。

12. 安：习惯。拙：笨拙质朴，这里是作者的谦辞，指处理政事而言。

13. 安丘、高密：县名，都属于密州。

14. 苟完：大致完备。

15. 马耳、常山：山名，在密州城南。

16. 庐山：山名，在密州城东。

17. 卢敖：秦朝博士，为秦始皇求仙药不成，逃到密州城东的庐山隐居。

18. 穆陵：关名，故址在今山东临朐东南大岘山上。

19. 师尚父：即姜太公，曾辅佐周文王、周武王灭商，后封于齐国（今山东北部）。齐桓公：即齐威公，春秋五霸之一。遗烈：流风余韵。

20. 潍水：潍河，源出山东省五莲县西南之箕屋山，流经诸城，至昌邑入莱州湾。

21. 淮阴：指西汉淮阴侯韩信。楚军与汉军隔潍水为阵，被韩信用囊决潍水之计所败。

22. 吊其不终：韩信后因谋叛汉朝，被吕后设计斩于长乐宫，不得善终。吊，怜悯，伤痛。

23. 秫（shú）酒：黄米酒。

24. 瀹（yuè）：煮。脱粟：脱去皮壳的糙米。

25. 子由：苏辙，字子由，苏轼之弟。当时在齐州（治所在今山东济南）任掌书记，为苏轼作《超然台赋》。

【作品解析】

　　本文写于宋熙宁八年（1075），时苏轼在密州知州任上。开头提出总领全文的观点：固然凡物都有可以观赏的地方，但人们的观赏习惯或心理，常在于"怪奇玮丽"，即怪异、奇特、珍宝、美丽之处，而容易忽视寻常之美。相应地，美酒可醉，但一般的淡酒也可以醉，果蔬草木可饱，不一定需要珍馐百味。四个"皆"字，表明了作者无论环境如何，都用同等达观态度安然处之的心态。苏轼汲取了庄子的齐物思想，从千差万异的事物中普遍寻找其好的一面来看待，显示出其乐观的生活态度。接下来，作者把提出的论点再次引申，反复论证，说明"求福而辞祸"难免不转化为"求祸而辞福"的道理。若问何以至此，那是因为物之有尽，而人欲无穷。要做到不为物所累，就必须无视物之大小，"游于物之外"，切勿"游于物之内"，以免受物的蒙蔽，否则便逃不出"恶"与"忧"的折磨。

苏轼之所以高谈超然物外之论，其实是和他境遇的改变大有关系。他在第二段自述此前在杭州和现在居密州的生活，对两者作了一番比较。在杭州时，他有舟楫之安、雕墙之美、湖山之观；到了密州，则服车马之劳，庇采椽之居，行桑麻之野，居然连吃的东西都没有，不得不以杞菊为粮。显然，苏轼在密州的生活远不及在杭州，"人固疑予之不乐也"是合乎常理的。殊不料，他在一年间却居然"貌加丰，发之白者，日以反黑"。随之他说出自己在密州值得高兴的事：一是政务方面，当地民情风俗的淳厚足以让他为乐，吏民亦乐于他的"拙"即笨拙无能，这与陶渊明说自己"守拙归田园"（《归园田居》）有类似的意味，并不是真正的笨拙无能，而有自己不合流俗的执拗以及人生失意之感；二是居家方面，从修整房屋到重葺旧台，生活又有了焕然一新的面貌。经过前文的层层铺垫蓄足感情后，为超然台作记这件"乐"事也就顺理成章了。

台既筑成，苏轼与友人登高远览、放意肆志之时，却隐隐透出了一股无奈苍凉的酸楚和隐痛。且看他四面环顾时所追怀的人物，既有隐居的卢敖，更有叱咤风云、显赫一时的姜太公、齐桓公、韩信等风流人物。从青年从宦、立志有一番作为和建树的苏轼当时的内心来看，其感慨之深切是可想而知的，哪里还有什么超脱的意味。虽则如此，作者却顾左右而言他，写自己与友人在超然台览景宴游，尽享惬意闲适之乐。这一情调和刚才凭吊居然如此大相径庭，这正是作者的一种手法，在大起大落之中，写尽自己的抱负和情怀，揭示出风波之后发自内心的旷达之乐。这便是入乎其内之后又出乎其外的超然，真正的超然。

最后，作者以台之所以命名"超然"的原由作结，并点出"以见余之无所往而不乐者，盖游于物之外也"，与开头的"推此类也，吾安往而不乐气"相呼应，点题收笔，凸显出他的人生情趣与向往。

第三节　爱上层楼

【中心选文】

一　登楼赋

王粲

登兹楼以四望兮¹，聊暇日以销忧²。览斯宇之所处兮³，实显敞而寡仇⁴。挟清漳之通浦兮⁵，倚曲沮之长洲⁶。背坟衍之广陆兮⁷，临皋隰之沃流⁸。北弥陶牧⁹，西接昭丘¹⁰，华实蔽野¹¹，黍稷盈畴¹²。虽信美而非吾土兮¹³，曾何足以少留¹⁴！

遭纷浊而迁逝兮¹⁵，漫逾纪以迄今¹⁶。情眷眷而怀归兮，孰忧思之可任¹⁷？凭轩槛以遥望兮，向北风而开襟。平原远而极目兮，蔽荆山之高岑¹⁸。路逶迤而修迥兮，川既漾而济深。悲旧乡之壅隔兮，涕横坠而弗禁。昔尼父之在陈兮，有归欤之叹音¹⁹。钟仪幽而楚奏兮²⁰，庄舄显而越吟²¹。人情同于怀土兮，岂穷达而异心！

惟日月之逾迈兮²²，俟河清其未极²³。冀王道之一平兮，假高衢而骋力²⁴。惧匏瓜之徒悬兮²⁵，畏井渫之莫食²⁶。步栖迟以徙倚兮²⁷，白日忽其将匿。风萧瑟而并兴兮，天惨惨而无色。兽狂顾以求群兮，鸟相鸣而举翼。原野阒其无人兮²⁸，征夫行而未息。心凄怆以感发兮，意忉怛而憯恻²⁹。循阶除而下降兮³⁰，气交愤于胸臆。夜参半而不寐兮，怅盘桓以反侧³¹。

《王侍中集》

【作者/出处简介】

王粲（177～217），字仲宣，山阳高平（今山东邹城）人。少有才名。汉初平元年（190），董卓劫持献帝迁长安，粲父时任大将军何进长史，粲随父西迁，在长安见重于蔡邕，称其"有异才"。初平二年（191），因关中动乱，流寓荆州，在刘表手下十五年，始终未获重用。建安十三年（208），曹操大军南下，刘表病卒，子刘琮投降，粲遂归曹操，深得曹氏父子信赖，官至侍中。建安二十二年（217），随曹征吴，病死途中，终年四十一岁。王粲以诗赋见长，为建安七子之冠。有《王侍中集》。

【字词注释】

1. 兹楼：一说是当阳城楼，一说是江陵城楼。
2. "聊暇日"句：意谓假借此日以削除忧愁。暇，通"假"，借。
3. 览：观看。斯宇：此楼。所处：指所处的地理环境。
4. 显敞：明亮宽大。寡仇（qiú）：少有与之相比者。寡，少。仇，匹敌。
5. "挟清漳"句：意谓城楼临于漳水之上，好像挟带着清澄的江水。挟，带。清漳，指漳水，发源于湖北南漳，与沮水会合后，经江陵注入长江，漳水清澈，故称。通浦，两条河流相通之处。
6. "倚曲沮"句：意谓城楼位于曲折的沮水边，好像倚长洲而立。倚，靠。曲沮（jū），指沮水，发源于湖北保康，流经南漳，在当阳与漳水会合，沮水弯曲，故称。长洲：水中长形的陆地。
7. "背坟衍"句：意谓楼北是地势较高的广袤原野。背，背对，指北面。坟，地势高起。衍，地势广平。广陆，广袤的原野。

8. 皋（gāo）：水边高地。隰（xī）：低湿之地。

9. 北弥陶牧：北接陶朱公坟墓所在的郊野。弥，尽于。陶，地名，相传为陶朱公范蠡葬地。牧，郊野。

10. 昭丘：楚昭王坟墓，在湖北当阳郊外。

11. 实：果实。华：同"花"。

12. "黍（shǔ）稷（jì）"句：意谓农作物遍布田野。黍稷，泛指农作物。畴（chóu），田地。

13. 信美：确实很好。土：故乡。

14. 曾：语助词，竟。少留：稍稍停留。

15. 纷浊：纷扰污秽，比喻乱世，此指长安战乱。迁逝：迁徙流亡，此指避乱荆州。

16. "漫逾"句：意谓这种流亡生活至今已超过了十二年。漫，长远貌。逾，超过。纪，十二年为一纪。迄，至。

17. 孰：谁。任：承受。

18. "蔽荆山"句：高耸的荆山挡住了视线。荆山，在湖北省南漳县。岑（cén），小而高的山。

19. "昔尼父"二句：孔子周游列国时，在陈、蔡绝粮受困，曾发"归欤"之叹。

20. "钟仪"句：钟仪是楚国乐官，被晋所俘，晋侯命他操琴，弹的仍旧是南方楚国的乐调。幽，囚禁。

21. 庄舄（xì）：战国时越人庄舄，在楚国身居要职，病中思念故乡，低吟的仍是越国歌曲。

22. 惟：念。逾迈：过往。

23. 俟（sì）：等待。河清：古代以黄河水清喻天下太平。极：至。

24. 假：凭借。高衢（qú）：通达的大道。骋力：施展才力。

25. "惧匏（páo）瓜"句：担心自己像匏瓜那样白白地被挂在那里，比喻不为世所用。匏瓜，葫芦的一种。徒，白白地。

26. "畏井渫（xiè）"句：意谓淘净了井水，却没有人食用，令人心痛。比喻自己虽然修洁其身，却不为世用也。

27. 栖迟：游息。徙倚：行止不定。

28. 阒（qù）：寂静。

29. 忉（dāo）怛（dá）：悲痛。憯（cǎn）恻：凄伤。憯，同"惨"。

30. 循：沿着。阶除：台阶。

31. 盘桓：原为徘徊不进貌，此处借指思前想后。反侧：身体翻来覆去不能安卧。

【作品解析】

《登楼赋》是王粲在荆州依附刘表的十二个年头所写的。

此赋首段写登楼遣愁，四望引起归思。这座楼是东汉荆州当阳县的城楼，在楼上四望是荆州地区景象，开头两句说明暇日登楼是为了消愁解闷，中间十句写四望所见景象。城楼恰在这北高南低的平原中，两条河水交汇于此，自然环境优美，水土肥沃。这里不仅有古代巨商陶朱公的遗迹，还有楚昭王的陵墓，是可贵的人文历史景观。当下正是花实蔽野，黍稷盈畴，一派太平的、安居乐业的景象。然而最后两句却申明，这里虽然再好，也不是我的家乡，我再也不能在此停留了。次段抒写怀乡的深情，说明他要急切离开荆州是因他战乱离开家乡，来到荆州已有十二年，停留的时间实在太长了。十二年来他时刻思念家乡，心中郁结着难以忍受的乡愁，所以当他登楼四望，见到周围一派和平美好的景象，不由得想起家乡战乱苦难的情景，心中郁结的乡愁再也忍受不了。这样激烈的冲动，使他极目遥望家乡的方向，敞开胸怀领受北来的风，可是又因望不见而悲伤，因回不去而落泪。于是他想起古先圣贤怀乡思归的故事。无论是深陷逆境，遭遇厄运，还是仕途通达，人们心中都怀念家乡，这是人之常情。末段抒写所志不渝的愁怅。原来他逃难到荆州，原意是等到天下太平，然后回乡进京，为国家效力，施展抱负。岂知这一等就是十二年，光阴流逝，年华蹉跎，而且太平还无踪无影，不知何时到来，这就更加重了他的怀乡之情。由此失志之愁也就更长，他担心这辈子白白地度过。就在他彷徨徘徊之中，时光无情，太阳落山，四面风起，天色暗淡，禽兽归宿，奔走高飞，与白天一派太平景象相比，这夜晚充满悲凉气氛，使作者愤懑抑郁，激动不安。乡愁引起国忧，归思引起不遇，这篇赋就在作者辗转不宁中结束了。全文以"忧"贯穿，写景和抒情紧密结合，情景交融，真切反映出作者愁绪步步加深，忧伤至极的心路历程。

二　登鹳雀楼[1]

王之涣

白日依山尽[2]，黄河入海流。
欲穷千里目[3]，更上一层楼。

《全唐诗》卷二五三

【作者/出处简介】

王之涣（688~742），字季凌，并州（今山西太原）人。曾任冀州衡水主簿，后因被人诬谤，乃拂衣去官，家居十五年，起为文安郡文安县（今属河北）县尉。《全唐诗》录存他的作品仅六首。今有不少学者对此诗是王之涣所作的观点提出质疑，指出真正的作者乃是朱斌（字佐日）。《全唐诗》收录此诗时兼顾两位作者，卷二〇三收入朱斌名下，题为《登楼》。

【字词注释】

1. 鹳雀楼：建于北周时期，原来是一个军事戍楼，元代初年已毁，故址在今山西永济（唐时属河东道）西南。据记载，楼高三层，前瞻中条山，下瞰黄河。因常有鹳雀来楼上栖息，故称。"鹳雀"又写作"鹳鹊"。
2. 白日：落日。

3. 穷：尽。目：指视力。

【作品解析】

这是一首脍炙人口的名篇。首二句用"白日依山"和"黄河入海"来展示登楼所见，只见一轮落日缓缓沉入连绵起伏的群山，而奔腾咆哮、滚滚而来的黄河一直向远方奔流过去，奔向苍茫的大海。"白"字再现了落日的光景与颜色，"依"字描摹了落日缓缓下沉的轨迹，"入"字则显出黄河奔流直到远方，直到看不见的地方，终汇入大海的情貌。

作者用大手笔、大写意的手法展现了一个阔大的边塞景象，让人如临其地，如见其景。但这两句历来颇有争议，争议之一：从鹳雀楼的实际地理位置来考察，中条山并不在鹳雀楼的西边而是东边，诗人只能在楼上看到太阳从中条山升起，而不会是落下；且楼西也再无其他高山峻岭，使人能欣赏到"白日依山尽"的壮观景象。争议之二：尽管楼下面是滚滚的黄河水，但山西在太行山以西，根本不可能看到黄河入海之景。因此，"白日依山尽"和"黄河入海流"不一定是眼前的写实之词，很可能出于诗人的艺术想象，"白日"与"黄河"不妨视为其寄托情感的意象。白日西去，黄河东流，象征时间飞逝，诗人借景抒发的是时不我待的伤感。盛唐人多有建功立业的壮志，功业未遂者必然对时间的流逝更为敏感。

在本诗中，无论诗人是否真能望见"白日依山""黄河入海"，还是其他新鲜的风景，这些对他来说并不重要，因为这些大都不是他所望的目标或目的地。其真正的感情所指，应在遥不可及的千里之外，于是就有第三句"欲穷千里目"。那千里之遥的地方，寄寓着诗人追求的理想和功业，如何才能缩短千里之遥的距离？目前可以做的只有"更上一层楼"了，但楼的层高毕竟无法满足穷尽千里之需，忧愁依旧挥之不去，诗歌虽然至此结束，但可以想见诗人再上层楼后的声声叹息。因此，这首诗实际上抒发的是作者壮志未酬，时不我待的郁闷，虽含悲怆之情，却不失雄浑超迈之风。

三 岳阳楼记[1]

范仲淹

庆历四年春[2]，滕子京谪守巴陵郡[3]。越明年[4]，政通人和，百废具兴[5]。乃重修岳阳楼，增其旧制[6]，刻唐贤、今人诗赋于其上，属予作文以记之[7]。

予观夫巴陵胜状，在洞庭一湖[8]。衔远山[9]，吞长江，浩浩汤汤[10]，横无际涯；朝晖夕阴，气象万千。此则岳阳楼之大观也。前人之述备矣。然则北通巫峡，南极潇湘[11]，迁客骚人[12]，多会于此；览物之情，得无异乎？

若夫淫雨霏霏[13]，连月不开，阴风怒号，浊浪排空；日星隐耀，山岳潜形；商旅不行，樯倾楫摧[14]；薄暮冥冥，虎啸猿啼。登斯楼也，则有去国怀乡[15]，忧谗畏讥[16]，满目萧然，感极而悲者矣。

至若春和景明[17]，波澜不惊，上下天光[18]，一碧万顷；沙鸥翔集，锦鳞游泳；岸芷汀兰，郁郁青青。而或长烟一空，皓月千里，浮光跃金[19]，静影沉璧[20]；渔歌互答，此乐何极！登斯楼也，则有心旷神怡，宠辱偕忘[21]，把酒临风，其喜洋洋者矣。

嗟夫！予尝求古仁人之心，或异二者之为[22]。何哉？不以物喜，不以己悲[23]。居庙堂之高，则忧其民；处江湖之远，则忧其君。是进亦忧，退亦忧[24]。然则何时而乐耶？其必曰："先天下之忧而忧，后天下之乐而乐"欤[25]！噫！微斯人[26]，吾谁与归[27]！

时六年九月十五日[28]。

《范文正公集》卷七

【作者/出处简介】

参见第三章第二节《渔家傲·秋思》关于范仲淹介绍。

【字词注释】

1. 岳阳楼：在今湖南岳阳城西，面临洞庭湖，建于唐代开元初年，北宋年间由巴陵郡守滕子京重修。
2. 庆历四年：即 1044 年。庆历，宋仁宗赵祯年号（1041～1048）。
3. 滕子京：滕宗谅，字子京，河南洛阳人，与范仲淹同年举进士。曾知泾州，因被诬贬至岳州。巴陵郡：岳州的古称，辖境相当今洞庭湖东、南、北沿岸各县。
4. 越明年：过了第二年。
5. 百废：各种废弛不办的事情。具：同"俱"，全，皆。
6. 增其旧制：扩大原来的规模。
7. 属：同"嘱"，嘱咐，委托。
8. 洞庭：我国长江流域著名大湖，在湖南省北部、岳阳市西。
9. 衔：包含。远山：指洞庭湖中的君山。
10. 浩浩汤汤（shāng）：水势浩大的样子。
11. 潇湘：水名，潇水在湖南零陵境内流入湘江。这里指湖南南部。
12. 迁客：降职外调的官吏。骚人：善于作诗文的人。
13. 若夫：犹"至于"。与下文的"至若"，都是另起一段的发语词。淫（yín）雨：久雨，过多的雨。
14. 樯（qiáng）：桅杆。楫（jí）：划船用的桨。
15. 去国：离开国都，指被赶出朝廷。

16. 忧谗：担心别人的诽谤。畏讥：害怕别人的讥笑。

17. 景明：天气晴朗。景，日光。

18. 上下天光：明净的天空倒映在水里，天和水融为一色。上，指天。下，指水。

19. 浮光跃金：月映水上如金光闪耀。跃，一作"耀"。

20. 沉璧：指水中月影。璧，圆形的玉，以喻月。

21. 偕：一作"皆"。

22. 二者之为：指上述两种人（感物而悲与览物而喜）的表现。

23. "不以"二句：意谓思想感情不因为环境的好坏和个人的得失而有所改变。物，身外之物，环境遭遇。

24. 是：这样。进：指进朝做官。退：指退出江湖。

25. "先天下"二句：在天下人担忧之前先担忧，在天下人快乐之后才快乐。

26. 微斯人：假如没有这种人。微，不是，没有。斯人，指古仁人。

27. 谁与归：归心于谁呢？

28. 时六年：本文的写作时间是宋庆历六年（1046）。

【作品解析】

宋庆历五年（1045），范仲淹贬谪邓州，出任地方官，这时他的朋友滕子京也被贬岳州任知州，次年重修岳阳楼，于是邀请范仲淹作记。

本文共分五段。第一段说明作记的缘由。因为作记是滕子京请求的，就从滕子京怎样来岳州写起，并用"政通人和，百废具兴"赞美他的政绩。重修岳阳楼的情况，作者只是强调两方面——扩大规模和刻诗赋于其上，使读者从这两点就可以推想出重修以后的盛况。最后用"属予作文以记之"一句，直截了当地点明本题。第二段不对岳阳楼本身作具体描写，而是过渡到人登楼览物的心情。"迁客"呼应前段"谪"字，岳阳是连接各地的交通要道，被贬谪的官吏和诗人大半在这里聚会，那么不同的景色能不引起人们不同的感情吗？自然引出下文写览物的不同感受。第三段写览物而悲者；第四段写览物而喜者。两段采取对比的写法，一阴一晴，一悲一喜，两相对照，情景交融，有诗一般的意境。这两段描写引出下面最后一段。"嗟夫"是个感叹词，强调下面的内容你得特别上心。作者自称曾经探求过古代圣贤的心思，他们可不会像上面两种人那样乍惊乍喜的，原因何在？因为他们可以做到"不以物喜，不以己悲"，就是轻易不会为外部环境的好坏所干扰，不会为自己心情的好坏所左右。在朝做官时，想着老百姓的利与害，身在草野民间时，则想着君王施行的是否是仁政。那么，什么时候才能够快乐呢？那就是，忧在一切人之先，乐在一切人之后。如此伟大、高尚的品德实在令人感动！所以紧接一个感叹词"噫"加强语气，带有强烈的抒情意味。最后再以设问句式表达肯定意义，除却这样的"古仁人"，我还能再去追随谁呢？

《岳阳楼记》的著名主要在于思想境界的崇高。孟子说："达则兼济天下，穷则独善其身。"这已成为传统时代许多士大夫的信条，但范仲淹进一步提出"居庙堂之高，则忧其民；处江湖之远，则忧其君""先天下之忧而忧，后天下之乐而乐"，其开放的眼界突破一己感情的局限，着眼于天下之人，最具超人的襟怀。"不以物喜，不以己悲"的正确人生态度，对于当时以及后世有志之士也有很大影响，到现在仍然发人深思。

四　大观楼长联[1]

孙髯

五百里滇池[2]，奔来眼底，披襟岸帻[3]，喜茫茫空阔无边。看东骧神骏[4]，西翥灵仪[5]，北走蜿蜒[6]，南翔缟素[7]。高人韵士，何妨选胜登临。趁蟹屿螺洲[8]，梳裹就风鬟雾鬓[9]；更苹天苇地[10]，点缀些翠羽丹霞[11]。莫孤负四围香稻[12]，万顷晴莎[13]，九夏芙蓉[14]，三春杨柳[15]。

数千年往事，注到心头，把酒凌虚[16]，叹滚滚英雄谁在？想汉习楼船[17]，唐标铁柱[18]，宋挥玉斧[19]，元跨革囊[20]。伟烈丰功，费尽移山心力。尽珠帘画栋[21]，卷不及暮雨朝云；便断碣残碑[22]，都付与苍烟落照。只赢得几杵疏钟[23]，半江渔火，两行秋雁，一枕清霜[24]。

《(道光)昆明县志》卷十

【作者/出处简介】

孙髯（1685～1774），字颐庵，号髯翁。祖籍陕西三原，随父定居云南昆明，清康乾年间名士。自幼好学，能诗善文，博学多识。因不愿受科场搜身之辱，一生远离科场，终身布衣。所居喜种梅，自号"万树梅花一布衣"。晚年寓螺峰之咒蛟台，卖卜为生，更号蛟台老人。撰有《金沙诗草》《永言堂诗文集》，曾辑录《国朝诗采》《滇诗》等。

【字词注释】

1. 大观楼：我国著名的古建筑之一，在云南昆明西郊，今大观楼公园内，初建于清康熙三十五年（1696）。
2. 滇池：古称滇南泽，又名昆明池、昆明湖或滇海。湖面广阔，北起陌山山麓，南至晋宁的十里铺。
3. 披襟：解开衣衿。岸帻（zé）：指掀高头巾，露出前额。岸，掀高。帻，包头巾。后世以"岸帻"形容态度洒脱，或衣着简率不拘。
4. 东骧（xiáng）神骏：指昆明东面的金马山。骧，马奔驰貌。
5. 西翥（zhù）灵仪：指昆明西面的碧鸡山。相传曾有凤凰鸣其上，当地人不知为何鸟，呼为碧鸡，此山由此而得名。翥，飞。灵仪，凤为灵禽，有凤来仪，故为灵仪。

6. 蜿（wān）蜒（yán）：指昆明北面的隆山，俗称长虫山，或称蛇山，故用蜿蜒以形容山势似蛇的屈曲爬行。

7. 南翔缟（gǎo）素：指昆明南面的白鹤山。缟素，白缯为缟，生帛为素，均为洁白之色。

8. 蟹屿螺洲：指散落在滇池中的小岛屿、小沙滩，其似有如螃蟹玄螺。

9. 风鬟雾鬓：原本形容女子头发的蓬松散乱或美丽，这里是比喻摇曳的垂柳。

10. 蘋天苇地：极言水草之多，芦苇之茂。蘋，即萍，是一种水生隐花植物，叶分四片，漂浮于水面。苇，即芦苇，秋末冬初，开穗形浅红花。

11. 翠羽：翠雀的羽毛。丹霞：红色的云霞。

12. 孤负：陆树堂原写作"辜负"，岑毓英命赵藩书改作"孤负"，盖词见李陵答苏武书："陵虽孤恩，汉亦负德。"又云："孤负陵心。"

13. 莎：一作"沙"。

14. 九夏：泛指夏天。古人分夏季为孟夏、仲夏、季夏，每夏为三十天，故称。

15. 三春：泛指春天。古人分春季为孟春、仲春、季春。

16. 把酒凌虚：对着虚空举起酒杯。

17. 汉习楼船：汉武帝曾命人在长安西南凿昆明池，造楼船教军士演习水战，以便攻取滇国（今滇池一带）。

18. 唐标铁柱：据《新唐书》载，唐景龙元年（707），中宗遣御史唐九征率兵平乱，大败吐蕃，立铁柱纪功而还。

19. 宋挥玉斧：据《续资治通鉴·宋纪》载，"王全斌既平蜀，欲乘势取云南，以图献。帝（宋太祖赵匡胤）鉴唐天宝之祸，起于南诏，以玉斧画大渡河以西曰：'此外非吾有也。'"即宋与大理国以大渡河为界。玉斧，文房古玩，作镇纸用；一说是古代帝王的权杖，步行时用作拄杖或指划事物。

20. 元跨革囊：据《元史·宪宗本纪》载，元世祖忽必烈征大理，过大渡河，至金沙江，乘革囊及筏以渡，收回大理，统一云南全境。革囊，即皮筏子。

21. 尽：尽管之意。珠帘画栋：形容宫廷的奢华，以珍珠串成帘幕，以雕梁彩画构建宫室。

22. 断碣残碑：方顶为碑，圆顶为碣。历代帝王所立的功德碣碑，经过风化雨蚀而断裂残破。

23. 几杵（chǔ）疏钟：寺庙中疏落的钟声。

24. 一枕清霜：一觉醒来，遍地寒霜。

【作品解析】

　　脍炙人口的云南昆明大观楼长联，在中国楹联史上有重要地位。它被誉为："海内长联第一佳者""古今第一长联"，其一百八十字的巨幅，实属破天荒之作。

　　上联写景，突出一个"喜"字，即通过大观楼所见壮美景致的描绘，表达了对自然风物的热爱之情。开篇"五百里滇池，奔来眼底"二句，突兀而来，气魄宏大，既点明地点、范围，又有化静为动的效果。"披襟岸帻"写出作者面对壮丽之景豪情满怀，欲纵目远望的姿态。"喜茫茫空阔无边"高度概括了纵目远望的壮阔景象。其中"喜"字，可称为联眼，以下紧紧围绕令作者所"喜"的景观来描绘。"看东骧神骏"以下四句,用拟物手法状貌四边山峰,东有金马,北有蛇山,南有白鹤,西有碧鸡。"高人韵士"以下十一句,继而收回顾盼的目光,专注于眼前浩瀚的滇池,直接劝人欣赏美景。最后以时空交错的复合笔调和排偶的形式结束上联,景中含情,让人无限缱绻。

下联咏史,重在一个"叹"字。如果说上联重在从横向空间角度写大观楼四围风物,那么下联则从纵向时间角度结合云南历史,评论古今,历数汉唐宋元的伟烈丰功,抒发万代共尽的感慨。纵观几千年历史,一切都灰飞烟灭,多么令人感慨万千!"叹"字是联眼,统率整个下联。"想汉习楼船"以下四句,回顾历史风云,汉武帝为打通西南通途,在古长安开凿昆明池,以作水兵训练场所;唐中宗兵发云南,立铁柱以作纪念;宋太祖划疆立界,让大理自治;后来做了元世祖的忽必烈先灭大理,迂回包抄中原。"尽珠帘画栋"以下八句,就是这些"伟烈丰功"结局的形象写照,喻示这一切不过是过眼烟云,纪颂功德的词句随着残碑断碣,终究湮没于夕阳余晖和暮霭炊烟之中。剩下的除几声钟响,便是渔船的灯光,南归的秋雁和清晨的霜露,显得凄凉、冷落。表明对荣华富贵、功名利禄的最彻底的否定。

此长联因景抒情,借史述怀,内涵深刻,有如一篇辞采灿烂、文气贯注的抒情散文。同时,独创性地采用了多种对法,当句对中有同义字相对,又有上下句对、隔句对等,对仗工巧,被誉为"古今第一长联"确是当之无愧。

第四节　朱阑画阁

【中心选文】

一　秋日登洪府滕王阁饯别序

王勃

豫章故郡[1],洪都新府;星分翼轸[2],地接衡庐[3]。襟三江而带五湖[4],控蛮荆而引瓯越[5]。物华天宝,龙光射牛斗之墟[6];人杰地灵,徐孺下陈蕃之榻[7]。雄州雾列,俊采星驰[8]。台隍枕夷夏之交[9],宾主尽东南之美[10]。都督阎公之雅望[11],棨戟遥临[12];宇文新州之懿范[13],襜帷暂驻[14]。十旬休假[15],胜友如云;千里逢迎,高朋满座。腾蛟起凤[16],孟学士之词宗;紫电青霜[17],王将军之武库[18]。家君作宰,路出名区[19];童子何知[20],躬逢胜饯。

时维九月，序属三秋[21]；潦水尽而寒潭清，烟光凝而暮山紫。俨骖𬴂于上路[22]，访风景于崇阿[23]。临帝子之长洲[24]，得天人之旧馆[25]。层台耸翠，上出重霄；飞阁翔丹，下临无地[26]。鹤汀凫渚，穷岛屿之萦回；桂殿兰宫，即冈峦之体势[27]。披绣闼，俯雕甍[28]。山原旷其盈视，川泽纡其骇瞩[29]。闾阎扑地[30]，钟鸣鼎食之家[31]；舸舰迷津[32]，青雀黄龙之轴[33]。云销雨霁，彩彻区明[34]。落霞与孤鹜齐飞，秋水共长天一色。渔舟唱晚，响穷彭蠡之滨；雁阵惊寒，声断衡阳之浦[35]。

遥襟甫畅[36]，逸兴遄飞。爽籁发而清风生[37]，纤歌凝而白云遏[38]。睢园绿竹，气凌彭泽之樽[39]；邺水朱华，光照临川之笔[40]。四美具[41]，二难并[42]。穷睇眄于中天[43]，极娱游于暇日。天高地迥，觉宇宙之无穷；兴尽悲来，识盈虚之有数。望长安于日下[44]，目吴会于云间[45]。地势极而南溟深[46]，天柱高而北辰远[47]。关山难越，谁悲失路之人；萍水相逢[48]，尽是他乡之客。怀帝阍而不见[49]，奉宣室以何年[50]。嗟乎！时运不齐，命途多舛；冯唐易老[51]，李广难封[52]。屈贾谊于长沙，非无圣主；窜梁鸿于海曲，岂乏明时[53]。所赖君子见机，达人知命。老当益壮，宁移白首之心；穷且益坚，不坠青云之志。酌贪泉而觉爽[54]，处涸辙而相欢[55]。北海虽赊，扶摇可接[56]；东隅已逝，桑榆非晚[57]。孟尝高洁，空余报国之情[58]；阮籍猖狂，岂效穷途之哭[59]！

勃，三尺微命，一介书生。无路请缨，等终军之弱冠[60]；有怀投笔[61]，爱宗悫之长风[62]。舍簪笏于百龄，奉晨昏于万里[63]。非谢家之宝树[64]，接孟氏之芳邻[65]。他日趋庭，叨陪鲤对[66]；今兹捧袂，喜托龙门[67]。杨意不逢，抚凌云而自惜[68]；钟期相遇，奏流水以何惭[69]。呜呼！胜地不常，盛筵难再；兰亭已矣，梓泽丘墟[70]。临别赠言，幸承恩于伟饯[71]；登高作赋[72]，是所望于群公。敢竭鄙怀，恭疏短引[73]；一言均赋，四韵俱成[74]。请洒潘江，各倾陆海云尔[75]。

《王子安集注》卷八

【作者/出处简介】

王勃（650～676），字子安，绛州龙门（今山西河津）人。隋末学者文中子王通之孙。未及冠，应幽素举及第。因戏撰《檄英王鸡文》，得罪唐高宗而被放逐，漫游于蜀中。后补虢州参军。坐事当死，遇赦，革职。其父亦受累左迁交趾令。年二十七，因渡南海探望父亲，溺水惊悸而死。勃聪慧，早有文名，与杨炯、卢照邻、骆宾王齐名，并称初唐"四杰"。原作《王勃集》已佚，明人张燮辑有《王子安集》二十卷。

【字词注释】

1. 豫章：汉郡名，唐代改名洪州，所以称为故郡；一作"南昌"。按南昌本是豫章郡治所在的县名，到五代南唐时才改为郡名。这里应作豫章。

2. "星分"句：意谓豫章郡属于翼、轸二星宿的分野。翼、轸（zhěn）：星宿名。古天文学家把星空的划分和地面的区域联系起来，地面每个区域都划入某一星空的范围，称为分野。

3. "地接"句：意谓豫章郡与衡州、江州两地相接。衡，衡州的衡山。庐，江州的庐山，这里用二山代指两州。

4. 三江：泛指长江中下游。古时长江流过彭蠡之后，分三道入海，故称。五湖：太湖的别名，其派有五，故称。

5. 蛮荆：泛指今湖北、湖南一带。古代称楚国为蛮荆。瓯越：指今浙江省，古东岳王定都东瓯（今浙江省永嘉县），故称。

6. "物华"二句：意谓物的光华，焕发为天上的宝气。借用丰城宝剑的典故。

7. 徐孺：即徐孺子，名徐穉，后汉豫章南昌人。

8. "雄州"二句：上句说地形的雄壮，下句说人文的兴盛。雄州，大州，这里泛指洪州辖区内的大都会。俊采，有才能的官吏。

9. 台隍：亭台、城堑。

10. 东南之美：原指东南地方生产的美物，后指东南人物中之佼佼者。

11. 都督阎公：名不详。雅望：好声望。

12. 棨（qǐ）戟（jǐ）：以赤黑色的缯作套的木戟，古代大官出行时的仪仗，这里指阎公来到这里。

13. 宇文新州：复姓宇文的新州刺史。新州，唐代属岭南道，在今广东境内；一说宇文，名钧，新任澧州（今湖南澧县）牧，道经于此。宇文新州和下文的孟学士、王将军都是当时的座上宾。懿范：美好的榜样。

14. "襜（chān）帷"句：意谓路过洪州，参加了滕王阁的宴集。襜帷，车上的帷幕，这里代指刺史所乘的车。

15. "十旬"句：意谓滕王阁宴集，适逢十天一旬的例假。唐制，每逢旬日，百官退值休沐，称为旬休，又称旬假。

16. "腾蛟"句：形容孟学士文章之美。

17. "紫电"句：形容王将军宝剑之厉。

18. 武库：收藏兵器的仓库，这里指军事家胸中的韬略。

19. "家君"二句：指父亲王福畤作宰南方，自己前往省亲，由北往南，路过洪州。家君，对别人称呼自己父亲之词。名区，名胜的地区，指洪州。

20. 童子：小辈，王勃自称。

21. 三秋：秋天七、八、九三个月，分为孟秋、仲秋、季秋。九月是季秋，故云。

22. 俨骖騑：整顿车驾。骖騑（fēi），驾车的马。上路：道路。

23. 崇阿（ē）：高的山陵。

24. 帝子：指滕王李元婴。长洲：指阁前的沙洲。

25. 天人：指滕王。旧馆：指滕王阁。

26. "飞阁"二句：翔丹，指丹彩飞流。无地，指无底的深渊。

27. "即冈峦"句：意谓滕王阁建筑结构和冈峦的体势配合得很自然。即，一本作"列"。

28. 甍（méng）：屋脊。

29. 骇瞩：引人惊奇地注视。

30. "闾阎"句：住户遍地，极言其多。

31. 钟鸣鼎食：形容富贵人家的豪华景象。

32. "舸舰"句：船舶连片，极言其多。

33. 青雀黄龙：外形像龙、雀的船。轴：通"舳"，这里代指船。

34. 区：区域，指空间。

35. "雁阵"二句：暮秋时节，天气渐寒，北雁向南，衡阳一带水边断断续续地传来一阵阵惊寒的雁声。

36. 遥襟：远怀。

37. 爽籁：指箫管制类的乐器。

38. "纤歌"句：形容歌声的美妙。

39. "睢园"二句：意谓滕王阁的宴集胜过隐士的独乐。睢园，即汉代梁孝王的菟园。

40. "邺水"二句：意谓与宴的文士才如曹植、谢灵运。邺，魏都，今河北省临漳县。临川，郡名，治所在今江西抚州。

41. 四美具：四美指良辰、美景、赏心、乐事。这句说宴会的盛况。

42. 二难并：指贤主、嘉宾难得。

43. 穷睇（dì）眄（miǎn）：极目而视。

44. "望长安"句：意谓远谪南行，回望京都，如在天上。

45. 吴会（kuài）：吴郡和会稽郡，今江苏、浙江一带。

46. "地势"句：意谓海南遥远，是大地的尽头。南溟（míng），南海。

47. 天柱：神话中的支天之柱。北辰：即北极。这里的天柱和北辰都暗指朝廷。

48. "沟水"句：意谓偶然会合，会后各自东西。沟水，一作"萍水"。

49. 帝阍（hūn）：语见《楚辞·离骚》："吾令帝阍开关兮，倚阊阖而望予。"王逸注："帝，谓天帝也，阍，主门者也。"这里的怀帝阍是说怀念朝廷。

50. 奉：侍奉。宣室：汉未央宫的正殿。汉文帝时，贾谊迁谪长沙，四年后，文帝把他征回长安，召见于宣室。

51. "冯唐"句：冯唐身历三朝，到汉武帝时，举为贤良，但年事已高不能为官。后用以表示生不逢时或年寿老迈，再不能有所作为。

52. "李广"句：李广是汉武帝时名将，汉朝和匈奴作战，每次他都参加，但始终没有立功封爵，武帝曾说他"数奇"。这句和上句都是借以自慨年时易往，功业难就。

53. 梁鸿：字伯鸾，扶风平陵人（今陕西咸阳），东汉明主章帝时高士，后居吴中，为佣工。海曲：泛指滨海之地。

54. "酌贪泉"句：广州附近石门有水名贪泉，传说人饮泉水就会贪得无厌。

55. 涸（hé）辙：穷困的境遇。辙，车辙所辗的迹印。

56. "北海"二句：赊，远。扶摇，飙风。

57. "东隅"二句：意谓失之于彼，得之于此。

58. 孟尝：字伯周，东汉会稽上虞（今浙江绍兴）人。曾任合浦太守，以廉洁著称，后因病隐居，不为世用。

59. "阮籍"二句：意谓岂效阮籍猖狂，作穷途之哭。

60. "无路"二句：意谓自己跟终军年龄相似，而无请缨报国的机会。终军，字子云，汉代济南人。武帝时，二十余岁的终军为谏大夫，出使南越，请受长缨，羁南越王而致之阙下。见《汉书·终军传》。弱冠，二十岁。

61. 投笔：弃文而就他业，多指弃文就武。

62. 宗悫（què）：字符干，宋代南阳人。年少时宗悫曾向叔父述说自己的志向："愿乘长风破万里浪。"见《宋书·宗悫传》。

63. "舍簪笏（hù）"二句：意谓自己丢弃官职，前往南海省亲。簪、笏，都是官场服用之物。奉晨昏，指侍奉父母。

64. 谢家宝树：比喻能使门楣增光的子弟。《晋书·谢安传》："譬如芝兰玉树，欲使其生于阶庭耳。"

65. "接孟氏"句：意谓自己有幸能和群贤一起宴席。传说孟轲的母亲为了教育儿子而选择居住环境，曾经三次迁移，最后定居在学宫的附近。

66. "他日"二句：意谓自己将往南海接受父亲教导。他日，来日。鲤，孔鲤，孔子之子。

67. "今兹"二句：意谓自己今日能参与阎公的宴席，好像登龙门一样。捧袂（mèi），见长者恭敬的样子。袂，衣袖。龙门，即河津，在山西省稷山县，是黄河口岸之一。地势险峻，异常难渡，传说鱼能跳过龙门，就能变化为龙。

68. "杨意"二句：意谓没遇到举荐自己的人，只能抚凌云之赋而自惜。杨意，杨得意的简称。

69. "钟期"二句：意谓既遇知音，就在宴会上赋诗作文，不以为愧。钟期，钟子期的简称。这里以奏流水比喻自己写这篇文章。

70. "兰亭"二句：意谓名胜之地，终难免于荒芜。兰亭，在今浙江绍兴西南，地名兰渚，又名兰上里，有亭曰兰亭。晋永和九年（353）三月三日上巳节，王羲之等人在此集会，行修禊之礼。梓泽，即西晋石崇的金谷园。

71. "临别"二句：意谓宴集之后，即将分别，希望在座的人能以言相赠。古人临别赠言表示期望和勉励之意。伟饯，盛宴。

72. 登高作赋：语见《韩诗外传》卷七："孔子曰：'君子登高必赋。'"

73. 疏：写录。短引：即短序。

74. "一言"二句：意谓与会的人各分一言（字）为韵，以四韵（八句）成篇。赋，分。

75. "请洒"二句：意谓请各位尽量地抒发文才，写成诗赋。钟嵘《诗品》曾说陆机才如海，潘岳才如江。

【作品解析】

滕王阁，为唐高祖李渊之子李元婴任洪州都督时所建。高宗上元二年（675），阎伯屿任洪州都督时重修此阁，九月九日在阁上宴集宾客幕僚。正好王勃省亲经过洪州，也应邀参加宴会，即席赋诗并写了这篇赠序。当时便震惊四座，被称誉为少年天才的不朽之作。

这是一篇精美严整的骈文，第一段为开篇叙事之引言，紧扣题中"洪府"二字，极力铺陈渲染，从时间和空间两个维度展开。时间从月令到秋光，空间从阁的历史传闻到地理形势，形势又包括远景、近景。近景既有室内，又有室外；远景包括市容和江色。作者本为滕王阁作序，开篇却避开宴会和阁楼，不落俗套，通过铺写南昌物产丰富，人才济济，称赞宴会宾主"尽东南之美""高朋满座""胜友如云"。最后一句，简述自己来到这里参加宴会的缘由，而宴会盛况寥寥数笔带过。第二段为写景状物之落点，作者紧扣题中"秋日"和"登滕王阁"六字，移步换景，将秋日风光描写得淋漓尽致、光彩四溢。其中，"落霞与孤鹜齐飞，秋水共长天一色"一句最为人称道。画面开阔宏大，落霞、孤鹜、秋水、长天四个经典意象组合叠加，构成辽阔高远、沉静唯美的秋之意境。第三段为抒情励志之关节，作者紧扣题中"饯"字，主要通过累如贯珠的名人轶事和历史典故来倾吐衷肠，将内心深处的跌宕情感和矛盾志向宣泄一空，留给世人气贯长虹之高洁和酣畅淋漓之快感。其中"关山难越，谁悲失路之人；沟水相逢，尽是他乡之客""老当益壮，宁移白首之心；穷且益坚，不坠青云之志"等句，把封建时代文人流离的苦况和在困厄蹉跎中仍希望施展才能的志向，用极概括而又形象的语句写出，很能引起具有类似境遇的人的共鸣。第四段为收笔叙事之结语，作者紧扣题中"别""序"二字简述自己的旅程和志向，对宾主的知遇表示感谢，对参加宴会并饯别作序表示荣幸，这一段内容与开头遥相呼应，再一次紧扣主题。

作者借登高赴宴之机，当仁不让地赋诗作序，虽属席间信笔应酬之作，但在内容上却独辟蹊径，叙事、写景、抒情并举。在叙事上简洁而生动，典故运用较多，却没有堆砌之嫌；描摹景物极具诗情画意，毫无雕饰之感；抒情豪放又蕴涵人生哲理。

二　法惠寺横翠阁[1]

苏轼

朝见吴山横[2]，暮见吴山纵。

吴山故多态，转折为君容[3]。

幽人起朱阁[4]，空洞更无物[5]。

惟有千步冈[6]，东西作帘额[7]。

春来故国归无期[8]，人言秋悲春更悲。

已泛平湖思濯锦[9]，更看横翠忆峨眉[10]。

雕栏能得几时好，不独凭栏人易老。

百年兴废更堪哀，悬知草莽化池台[11]。

游人寻我旧游处，但见吴山横处来。

《集注分类东坡先生诗》卷九

参见第二章第一节《日喻》关于苏轼介绍。

【字词注释】

1. 法惠寺：旧名兴庆寺，五代吴越王钱氏所建，故址在今浙江杭州清波门外。
2. 吴山：又名胥山，即今城隍山，在杭州城内。
3. 转折：一作"转侧"，转过身，侧过身，不断变换自身的位置。为君容：为您献上修饰的容貌。
4. 幽人：指建造阁的法惠寺僧徒。朱阁：这里是指法惠寺的横翠阁。古代寺院里的楼阁多为红颜色。
5. "空洞"句：意谓阁内并无多少陈设。
6. 千步冈：千步长的山岭、山脊。此乃指吴山。
7. 帘额：门帘上部附的余幅，又名帘旌。此用以形容吴山横陈。
8. 故国：故乡，老家。
9. 平湖：此指西湖。濯（zhuó）锦：濯锦江，在今四川成都。传说于此濯锦，较他水鲜明。
10. 峨眉：峨眉山。苏轼为四川眉州人，常以峨眉寄托乡思。
11. 悬知：早就知道。草莽化池台：为"池台化草莽"的倒装。

【作品解析】

此诗作于宋熙宁六年（1073），时苏轼在杭州通判任上。首二句开门见山，省略了入寺、登阁等不必要的笔墨。"朝见吴山横，暮见吴山纵"暗示诗人并非登一次，或者诗人多日待在山上。所以才看到白天、晚上的吴山的风景。这一句把吴山放在不同的时间点上加以对比，表现山在朝暮间纵横变化的姿态。紧接着又写了"吴山故多态，转折为君容"，用拟人手法把吴山比作美女。以上四句借鉴了民间歌谣重叠而略有变化的句式，显得清新活泼。五六句写阁，诗人并没有写阁之雄伟高大，而说"空洞更无物"，阁中有经卷、佛书，当然不可能空无一物，诗人表达的应该是佛家"四大皆空"的思想。七八句写诗人登高远望，吴山就像一派翠绿的帘帷，遮断望乡之眼。以下四句写思乡。春来吴山的多态不禁使作者联想到故乡四川的锦绣山川，引发无限伤悲之情，古人有"悲秋"之叹，而作者一反前人之意，谓春悲更超过秋悲，可见心中凄苦。但作者并没有停留在思乡的感情上，他进而想到岁月如流，人事代谢。"雕栏"四句暗用南唐后主李煜"雕栏玉砌应犹在，只是朱颜改"和"独自莫凭栏，无限江山，别时容易见时难"之语而反其意，更深一层地说，不独是凭栏人易老，雕栏、池台也要荒废朽败。"百年"句笔锋一转，诗人的心情悲转喜，虽然人终有一死，楼阁朱栏也化为乌有，但是青葱的吴山千百年长存，人们的精神亦长存。苏轼的乐观和旷达精神反映了佛家无生无灭的思想，以佛家的不变眼光看待身外之物与自己就能超越世俗中的悲喜，与大自然一样达到永恒。

三　登快阁

黄庭坚

痴儿了却公家事[1]，快阁东西倚晚晴。

落木千山天远大，澄江一道月分明[2]。

朱弦已为佳人绝[3]，青眼聊因美酒横[4]。

万里归船弄长笛，此心吾与白鸥盟[5]。

《山谷外集诗注》卷十一

【作者/出处简介】

黄庭坚（1045～1105），字鲁直，号山谷道人、涪翁，又称豫章先生，洪州分宁（今江西修水）人。宋治平四年（1067）进士，历著作郎、秘书丞等职。先后两遭贬谪，卒于宜州（今广西宜山）。其书法精妙，与苏轼、米芾、蔡襄并称"宋四家"。尤长于诗，为"苏门四学士"之一，能以奇崛瘦硬之笔力矫轻俗之习，开一代风气，为"江西诗派"宗主。有《山谷集》《山谷琴趣外编》《豫章先生文集》。

【字词注释】

1. 痴儿：作者自称。
2. 澄江：清澈的江水，这里指赣江。
3. "朱弦"句：意谓世无知己，不再弹琴。含有怀才不遇的感慨。钟子期为伯牙的知音好友，钟子期死，伯牙破琴绝弦，终身不复鼓琴，以为世无足复为鼓琴者。
4. 青眼：典出《晋书·阮籍传》："籍又能为青白眼，见礼俗之士，以白眼对之。及嵇喜来吊，籍作白眼，喜不怿而退。喜弟康闻之，乃赍酒挟琴造焉。籍大悦，乃见青眼。"
5. 与白鸥盟：典出《列子·黄帝》："海上之人有好鸥鸟者，每旦之海上，从鸥鸟游，鸥鸟之至者百数而不止。"后其父要他捉一只海鸥来玩，第二天他到海边，海鸥舞而不下，所谓"海客有机心，鸥鸟舞而不下"。此处比喻隐居之人不以世事为怀，与鸥鸟结伴游乐。

【作品解析】

宋元丰五年（1082）秋，黄庭坚在太和（今江西泰和）县令任上已经三年。快阁在县城东，前临赣水，是当地名胜。作者每当办完公务，常到阁上游览观赏。这首诗就是抒写登临快阁时的所见所感。

首联叙述一天的公事办完了，登上快阁倚栏眺远。"痴儿"是作者自称。晋代夏侯济给傅咸写信说："生子痴，了官事，官事未易了也；了事正作痴，复为快耳。"（《晋书·傅咸传》）意思是劝傅咸对官事不必过分认真，认为必待解决了官事才觉得快意的定是痴人。晋人清谈家务虚，厌恶办理具体公务，认为能够把事情办妥的人是"痴"（傻瓜）。黄庭坚在诗中反用其意，直呼自己是"痴儿"。下句"快阁"点明了登临的地点，"东西"指作者在亭上徘徊，"倚"是写人物的姿态，"晚晴"表明登临的时间与天气。颔联写眼前之景，"落木"是动，"澄江"是静；"天远大"是仰视所见，"澄江"是俯视之景，动静映照，俯仰开合，绘出了一幅明净高远的山水秋色图。上句是诗人开阔胸襟的象征，下句是诗人心境空静的写照。与登上快阁之前那烦扰壅塞的心情适成对照，诗人在这里终于找到了自我。颈联抒发世无知音、怀才不遇的感慨和借酒浇愁，自甘寂寞的情怀。伯牙与阮籍不为俗累，行为尽出己心，自己为何不能追随前者，也做个超俗之人？在这里诗人用一"横"字写出自己遭遇挫折而不悔其志，坚持自我而兀然傲世的姿态。这正是"痴儿"的痴性所在，又稍有骚客之意。尾联又转为阔达，自述志趣。官场烦闷，江山却如此美好。于是诗人产生了归隐的念头，"万里归船弄长笛，此心吾与白鸥盟"是这首诗的主旨。"万里归船"是说将乘船回到遥远的故乡。"弄长笛"表明回乡后将过一种悠闲而怡情养性的生活。末句表示虽然身还在官场，而心则已与白鸥结盟，想过逍遥自在的生活。只可惜"心盟"只是心有所盼而已，这两字留给我们多少遗憾和惆怅。

四　松风阁记[1]

刘基

松风阁在金鸡峰下，活水源上。予今春始至，留再宿[2]，皆值雨，但闻波涛声彻昼夜，未尽阅其妙也。至是，往来止阁上，凡十余日，因得备悉其变态[3]。

盖阁后之峰，独高于群峰，而松又在峰顶，仰视如幢葆临头上[4]。当日正中时，有风拂其枝，如龙凤翔舞，离褷蜿蜒[5]，缪轕徘佪[6]；影落檐瓦间，金碧相组绣[7]。观之者，目为之明。有声如吹埙篪[8]，如过雨，又如水激崖石，或如铁马驰骤[9]，剑槊相磨戛[10]，忽又作草虫鸣切切[11]，乍大乍小，若远若近，莫可名状。听之者，耳为之聪。

予以问上人[12]，上人曰："不知也。我佛以清净六尘为明心之本[13]，凡耳目之入，皆虚妄耳。"予曰："然则上人以是而名其阁，何也？"上人笑曰："偶然耳。"

留阁上又三日，乃归。至正十五年七月二十三日记[14]。

《诚意伯文集》卷三

【作者/出处简介】

刘基（1311～1375），字伯温，元末明初青田（今属浙江）人。元末进士，曾任江西高安县丞、江浙儒学副提举等职，后弃官归隐。元至正二十年（1360）后，协助朱元璋建立明朝，为开国功臣之一。官至御史中丞兼太史令，封诚意伯。刘基博通经史，尤精于天文和兵法，又是当时著名的诗文家，与宋濂、高启并称为"明初诗文三大家"。有《诚意伯文集》。

【字词注释】

1. 松风阁：故址在今浙江绍兴会稽山金鸡峰下。《松风阁记》有前后两篇，本文为后篇。

2. 再宿：住了两天。

3. 变态：各种变化的情态。

4. 幢葆：幡盖。

5. 离襹（shī）：浓密貌。

6. 樛（jiāo）轕（gé）：交错，纠结。

7. 金：指黄色的琉璃瓦。碧：指碧绿的松针叶。相组绣：相互辉映，组成锦绣一样的华彩。

8. 埙（xūn）篪（chí）：两种古代吹奏乐器。埙为陶制，篪为竹制，两者合奏，乐音和谐。

9. 铁马：指披上铁甲的战马。

10. 槊（shuò）：长矛。磨戛（jiá）：摩擦撞击。

11. 切切：形容声音凄切。

12. 上人：对和尚的尊称，这里指方舟上人。刘基《松风阁记》前篇有云："方舟上人为阁其下，而名之曰松风之阁。"

13. 六尘：佛教语，即色、声、香、味、触、法，与"六根"即眼、耳、鼻、舌、身、意相接，就会产生种种欲望，导致种种烦恼，所以要清净六尘。

14. 至正十五年：即1355年。至正，元惠宗孛儿只斤·妥懽帖睦尔年号（1341～1368）。

【作品解析】

刘基在辞去元朝的官职之后、接受朱元璋邀请之前的元至正十五年（1355）夏，游览位于浙江绍兴会稽山上的松风阁，往来停留阁上共十多天。其间写下了《松风阁记》，这篇游记分上下两篇，这里选录的是下篇。因为上篇对松风描写和议论已经足够，故下篇就直截了当地从阁的所在写起。先以"金鸡峰下，活水源上"，补充上篇，确定位置。进而简要交代两次游览的情景，前一次春游因碰上雨天，只能听到"波涛声彻昼夜"，对松风阁的松景却未能"尽阅其妙"。此次来游，天晴无雨，逗留时间又较长，因得以"备悉其变态"，故有写续篇之必要。次段作者从"妙"字上大做文章，为什么"妙"？妙在"阁后之峰，独高于群峰，而松又在峰顶"，又妙在阁中赏松所带来感观享受。从视觉上，"如幢葆临头上"是松未经风吹拂的静态，给人以庄严肃穆的印象。"如龙凤翔舞，离襹蜿蜒，樛轕徘徊；影落檐瓦间，金碧相组绣"则是"风拂其枝"的动态，长满茂密松针的枝条交错纠缠，在清风中蜿蜒伸展，摇曳不止，有如龙凤翔舞，姿态甚美。此刻，明丽的阳光把松影洒落在檐瓦之间，松的翠绿、瓦的金黄，相映生彩，金碧交辉，编织成美丽的花纹，构成一幅清丽之景。又以"当日正中时"点明，整个画面亮度大增，景象更加清晰。以上写的是"仰视"，是视觉感受。"有声"以下写松经风时的声音，连用五个比喻表现松风入耳之种种情状，松风奏出的自然之音，犹如汇成一曲松风交响乐。但作者意犹未尽，又补上"乍大乍小，若远若近，莫可名状"三句，进一步突出松声的变化莫测，以此与第一段结尾相呼应。因松声令人有神骨俱清之感，故而以"听之者耳为之聪"加以概括，总结出松声的美感效果。作者第二次游阁，自以为"备悉其变态"，以其独特的审美观点，描述了"目为之明""耳为之聪"的深切感受，并自然想到建阁，名阁之人必有同感，因此就有了下面与方舟上人的对话。作者问上人感觉如何，上人却以"不知""虚妄"答之，这无异于给作者浇了一瓢冷水。于是作者再追问，上人答之"偶然"，更是妙不可言，如醍醐灌顶，唤醒痴迷。原来人世间的一切色相，都不过是偶然的因缘罢了，随风而逝，万境皆空。僧俗的这番对话，暗藏机锋，令人回味无穷。

【拓展阅读】

一 小楼

李白凤

山寺的长檐有好的磬声
江南的小楼多是临水的
水面的浮萍被晚风拂去
蓝天从水底跃出

小笛如一阵轻风
家家临水的楼窗开了
妻在点染着晚妆
眉间尽是春色

《李白凤新诗集》

二 我的空中楼阁

李乐薇

山如眉黛，小屋恰似眉梢的痣一点。

十分清新，十分自然，我的小屋玲珑地立于山脊一个柔和的角度上。

世界上有很多已经很美的东西，还需要一些点缀，山也是。小屋的出现，点破了山的寂寞，增加了风景的内容。山上有了小屋，好比一望无际的水面飘过一片风帆，辽阔无边的天空掠过一只飞雁，是单纯的底色上一点灵动的色彩，是山川美景中的一点生气，一点情调。

小屋点缀了山，什么来点缀小屋呢？那是树！

山上有一片纯绿色的无花树；花是美丽的，树的美丽也不逊于花。花好比人的面庞，树好比人的姿态。树的美在于姿势的清健或挺拔、苗条和婀娜，在于活力，在于精神！

有了这许多树，小屋就有了许多特点。树总是轻轻摇动着，树的动，显出小屋的静；树的高大，显出小屋的小巧；而小屋别致出色，乃是由于满山皆树，为小屋布置了一个美妙的绿的背景。

小屋后面有一棵高过屋顶的大树，细而密的枝叶伸展在小屋的上面，美而浓的树荫把小屋笼罩起来。这棵树使小屋给予人另一种印象，使小屋显得含蓄而有风度。

换个角度，近看改为远观，小屋却又变换位置，出现在另一些树的上面，这个角度是远远地站在山下看。首先看到的是小屋前面的树，那些树把小屋遮掩了，只在树与树之间露出一些建筑的线条，一角活泼翘起的屋檐，一排整齐的图案式的屋瓦。一片蓝，那是墙；一片白，那是窗。我的小屋在树与树之间若隐若现，凌空而起，姿态翩然。本质上，它是一幢房屋；形势上，却像鸟一样，蝶一样，憩于枝头，轻灵而自由！

小屋之小，是受了土地的限制。论"领土"，只有有限的一点。在有限的土地上，房屋比土地小，花园比房屋小，花园中的路又比花园小，这条小路是我袖珍型的花园大道。和"领土"相对的是"领空"，论"领空"却又是无限的，足以举目千里，足以俯仰天地，左顾有山外青山，右盼有绿野阡陌。适于心灵散步，眼睛旅行，也就是古人说的游目骋怀。这个无限的"领空"，是我开放性的院子。

有形的围墙围住一些花，有紫藤、月季、喇叭花、圣诞红之类。天地相连的那一道弧线，是另一重无形的围墙，也围住一些花，那些花有朵状，有片状，有红，有白，有绚烂，也有飘落。也许那是上帝玩赏的牡丹或芍药，我们叫它云或霞。空气在山上特别清新，清新的空气使我觉得呼吸的是香！

光线以明亮为好，小屋的光线是明亮的，因为屋虽小，窗很多。例外的只有破晓或入暮，那时山上只有一片微光，一片柔静，一片宁谧。小屋在山的怀抱中，犹如在花蕊中一般，慢慢地花蕊绽开了一些，好像群山后退了一些。山是不动的，那是光线加强了，是早晨来到了山中。当花瓣微微收拢，那就是夜晚来临了。小屋的光线既富于科学的时间性，也富于浪漫的文学性。

山上的环境是独立的，安静的。身在小屋享受着人间的清福，享受着充足的睡眠，以及一天一个美梦。

出入的交通要道，是一条类似苏花公路的山路，一边傍山，一边面临稻浪起伏的绿海和那高高的山坡。山路和山坡不便于行车，然而便于我行走。我出外，小屋是我快乐的起点；我归来，小屋是我幸福的终站。往返于快乐与幸福之间，哪儿还有不好走的路呢？我只觉得出外时身轻如飞，山路自动地后退；归来时带几分雀跃的心情，一跳一跳就跳过了那些山坡。我替山坡起了个名字，叫幸福的阶梯，山路被我唤做空中走廊！

我把一切应用的东西当做艺术，我在生活中的第一件艺术品——就是小屋。白天它是清晰的，夜晚它是朦胧的。每个夜幕深重的晚上，山下亮起灿烂的万家灯火，山上闪出疏落的灯光。山下的灯把黑暗照亮了，山上的灯把黑暗照淡了，淡如烟，淡如雾，山也虚无，树也缥缈。小屋迷于雾失楼台的情景中，它不再是清晰的小屋，而是烟雾之中、星点之下、月影之侧的空中楼阁！

这座空中楼阁占了地利之便，可以省去许多室内设计和其他的装饰。

虽不养鸟，每天早晨有鸟语盈耳。

无需挂画，门外有幅巨画——名叫自然。

《中国现代文学大系·散文》

【推荐书目】

1. 梁思成著《中国建筑史》，生活·读书·新知三联书店，2011。
2. 单士元著《故宫营造》，中华书局，2015。
3. 居阅时著《中国建筑与园林文化》，上海人民出版社，2014。

【思考问题】

1. 古人置身亭台楼阁之中多抒发哪些感慨？
2. 思考亭台楼阁与中国传统美学的关系。
3. 分享你最喜欢的一座建筑，并说明推荐理由。

（本章编者：赵忠敏　广东技术师范学院　讲师）

第十章 琴棋书画

【主题概述】

　　琴棋书画是指古人通习的四种基本技能或修养,即弹琴、弈棋、书法、绘画,即所谓的"文人四友",现在多指个人的文化修养。唐代张彦远《法书要录》卷三载:"辩才俗姓袁氏,梁司空昂之玄孙。辩才博学工文,琴棋书画,皆得其妙。"由此,这四项技能逐步为后世文人所推崇。

　　琴,据说伏羲发明琴瑟,以梧桐木制成,带有空腔,丝绳为弦。琴初为五弦,后改为七弦。据文献记载,西周时期中国弹琴的风气已经开始盛行,《诗经·关雎》就有:"窈窕淑女,琴瑟友之"的诗句。后世文人也多以弹琴作为爱好,比如嵇康、陶渊明等。

　　棋,古代多指围棋,称"弈"。据说围棋的发明者是尧,尧的儿子丹朱顽劣,尧发明围棋以教育丹朱,陶冶其性情。围棋的最早记载见于《左传》。战国时期的弈秋是见于史籍的第一位棋手。围棋棋子分黑白两色,规则简单而变化无穷,体现出中国文化思想的精髓。

　　书,指书法,这是中国特有的一种传统艺术。中国早期有甲骨文、金文;先秦时期主要是用刀刻在竹简上,有篆书、小楷;汉以后主要用毛笔书写,有隶书、魏碑、楷书、行书、草书、宋体等各类形式。书法在中国源远流长,逐步演变为一门赏心悦目的艺术形式。

　　画,指中国画,简称国画,一般指用毛笔作为工具,调和墨色,在帛或宣纸上作画的一种中国传统绘画形式。内容以山水、器物、花鸟、人物为主,色调单纯明快,画风写意抽象,独具中国特色。

　　琴棋书画作为中国传统文人必备的技能,影响深远,是中国文化不可或缺的部分,也成为中国文化的名片。由于这四项技能与文人息息相关,所以经常为历代文人所吟咏,有关的文学作品不可胜数,精彩的篇章也不胜枚举,成为中国古代文学中独具特色的部分。

【文论摘录】

　　凡鼓琴有七例:一曰明道德;二曰感鬼神;三曰美风俗;四曰妙心察;五曰制声调;六曰流文雅;七曰善传授。(汉·刘向《琴说》)

　　局必方正,象地则也。道必正直,神明德也。棋有白黑,阴阳分也。骈罗

列布，效天文也。四象既陈，行之在人，盖王政也。成败臧否，为仁由己，危之正也。（汉·班固《弈旨》）

书者，散也。欲书先散怀抱，任情恣性，然后书之；若迫于事，虽中山兔毫不能佳也。（汉·蔡邕《笔论》）

凝神遐想，妙悟自然，物我两忘，离形去智，身固可使如槁木，心固可使如死灰，不亦臻于妙理哉？所谓画之道也。（唐·张彦远《历代名画记》）

第一节　特妙于琴

【中心选文】

一　听弹琴

刘长卿

泠泠七丝上[1]，静听松风寒。

古调虽自爱，今人多不弹。

《刘随州集》卷一

【作者/出处简介】

刘长卿（709～780），字文房，宣城（今属安徽）人，唐代诗人，玄宗天宝年间进士。肃宗至德中官监察御史，后为长洲县尉，因事下狱，贬南巴尉。代宗大历中任转运使判官，知淮西、鄂岳转运留后，又被诬再贬睦州司马。德宗建中年间，官终随州刺史，世称"刘随州"。据《全唐诗话》记载，长卿以诗驰声上元、宝应间。皇甫湜云："诗未有刘长卿一句，已呼宋玉为老兵矣；语未有骆宾王一字，已骂宋玉为罪人矣。"其名重如此！诗多政治失意之感，也有反映离乱之作。以五言著称，有《刘随州集》。

【字词注释】

1. 泠泠（líng）：形容声音清越。丝：《唐音》作"弦"。

【作品解析】

此为一首借物抒情的诗。"七丝"借指琴，琴由七根弦组成，用"七丝"指琴，使琴的形象具体化。"泠泠"一词写出了琴声的清脆，"松风寒"以风入松林暗示琴的凄清，使琴声形象化。"静听"的"静"字突出了听者的情态，听琴者为这音乐所感染，屏息入神，可见琴声的高妙。此诗前两句侧重描写，后两句侧重议论抒情，此琴所弹奏的曲调虽使诗人三月不知肉味，但因其古老悠远，今人大多已不再弹奏。这种情况与当时的音乐变革有关，汉魏六朝南方清乐尚用琴瑟，而至唐代"燕乐"成为一代新声，乐器则以西域传入的琵琶为主。"琵琶起舞换新声"的同时，人们的审美趣味也随之发生变化，能表达世俗欢乐的新乐为时人所追捧，穆如松风的琴声却渐被冷落，成了"古调"。"今人多不弹"一个"多"字，突出了听琴者知音甚少的孤独。此诗表面上是写音乐的变革以及人们审美情趣的改变，实则抒写了诗人知音难觅以及曲高和寡的孤独感。

二　听颖师弹琴歌

李贺

别浦云归桂花渚¹，蜀国弦中双凤语²。
芙蓉叶落秋鸾离，越王夜起游天姥³。
暗佩清臣敲水玉⁴，渡海蛾眉牵白鹿⁵。
谁看挟剑赴长桥，谁看浸发题春竹⁶？
竺僧前立当吾门⁷，梵宫真相眉棱尊⁸。
古琴大轸长八尺⁹，峄阳老树非桐孙¹⁰。
凉馆闻弦惊病客，药囊暂别龙须席¹¹。
请歌直请卿相歌，奉礼官卑复何益¹²？

《李贺集》外集

【作者/出处简介】

参见第一章第二节《金铜仙人辞汉歌并序》关于李贺介绍。

【字词注释】

1. 别浦：天河也，以其为牛郎、织女二星隔绝之地，故称。桂花渚：似谓月所行之道。

2. 蜀国弦：指琴。唐时琴材以蜀地为贵，故谓之蜀国弦，与乐府所传蜀国弦之曲不同。双凤语：状其声之和缓，似凤之雄雌和鸣也。

3. "芙蓉"二句：芙蓉句状其声之凄切，越王句状其声之高卓。天姥（mǔ），即天姥山。《太平寰宇记》记载"天姥山在越州剡县南八十里，传云登者闻天姥歌谣之响"。

4. "暗佩"句：状琴声之清远。清臣，臣子之志洁行廉者。水玉，《山海经》记载"堂庭之山多水玉"。郭璞注：水玉，今水晶也。

5. "渡海"句：以仙女骑白鹿而游戏海上，状琴声之缥缈。典故出处未详。

6. "挟剑"二句：意谓既闻此琴声，凡世间一切可惊可喜之事，皆以为不足观也，即嵇康《琴赋》所谓"王豹辍讴，狄牙丧味"之意。浸发题春竹，唐代的大书法家张旭善草书，嗜酒，每大醉呼叫狂走，乃下笔。一日酣醉，以发濡墨作大字，既醒，自视以为神，不可复得。参见《宣和书谱》。

7. 竺僧：释教出于天竺，故谓僧曰竺僧。

8. "梵宫"句：意谓如梵天宫殿中所供养的古佛罗汉相也。

9. 八尺：指琴的长度。宋·陈旸《乐书》记载："古者造琴之法，其制长三尺六寸六分，象期之日也。"司马迁曰："其长八尺一寸，正度也。"由此观之，则三尺六寸六分，中琴之度也。八尺一寸，大琴之度也。

10. 峄（yì）阳：指峄山的南面。峄，山名，指峄山。阳者，山南也。桐孙，桐树新生的旁枝，可作琴。庾信诗："枫子留为式，桐孙待作琴。"盖用其说，此诗取老树而不取孙枝，以大琴故，孙枝不中用也。

11. "凉馆"二句：意谓我于病中听闻颖师琴声之高妙，不觉为之坐起，有霍然病已之意。龙须席，用龙须草编织的席子，《蜀本草》记载："石龙刍丛生，茎如綖，所在有之，俗名龙须草，可为席。"

12. "请歌"二句：意谓欲请人作诗赞美以长声价，当请卿相为之，始动人观听。若我则仅一奉礼郎耳，官职卑小，何能为颖师增重？此亦长吉愤世之辞。直请，一作"当请"。

【作品解析】

　　这是一首描写音乐的名篇，所写为京师风土人物，是李贺在长安任奉礼郎时听颖师弹琴所作。前八句主要描写琴声的美妙动听，弹奏者技艺的出神入化；后八句侧重描写弹奏者的形象，并抒发自己听琴的感受。别浦状其幽忽也，双凤状其和鸣也，秋鸢状其激楚也；越王夜游天姥，状其缥缈凌空也；清臣鸣佩，状其清肃也；渡海蛾眉，状其珊珊欲仙也；如周处之斩蛟，状其时而猛烈也；如张颠之属草，状其时而纵横也，写出了琴声的高妙。"竺僧"四句着重描写颖师的形象，表明他僧人的身份，描绘出颖师如梵天宫殿中供养的古佛罗汉一般的形象。同时说明其使用的乐器为古琴，琴材为峄山南坡产的老树，描写具体生动。"凉馆"二句着重表现诗人听琴的感受，颖师琴声高妙，使诗人有霍然病愈之感。末二句"请歌直请卿相歌，奉礼官卑复何益"，貌似自谦，实是对自己处卑职的愤慨不满，乃牢骚之语。

　　诗中所写之事本是颖师拜访李贺，求他写诗赞美以增高其声誉，并当面弹奏起古琴来，但李贺却先描述琴声，再倒叙颖师的来访，这样，"章法便跌宕，矫健可喜。要是把竺僧当门，古琴八尺放在前面说就平衍松泛了，这是善于布局的地方"（叶葱奇《李贺诗集》）。这首诗不仅布局不凡，而且设想巧妙，比拟奇丽贴切，把不可捕捉的听觉形象诉诸于视觉形象，具体鲜明，生动传神，富有感染力。

三　听乐山人弹易水[1]

贾岛

朱丝弦底燕泉急[2]，燕将云孙白日弹[3]。

嬴氏归山陵已掘[4]，声声犹带发冲冠。

《贾长江集》卷十

【作者/出处简介】

贾岛（779~843），字浪仙，一作阆仙，幽州范阳（今河北涿州）人。初为僧，法名无本，后还俗应举，屡试不第，穷困潦倒。晚年任遂州长江县主簿、普州司仓参军，世称"贾长江"。唐会昌三年（843），改司户参军，未受命而卒。工诗，曾拜于韩愈门下，长于五律，诗歌内容狭窄，主要以描写清净的山林景色、自身的清苦生活为主，诗风深受僧侣生活及"韩孟诗派"影响，奇涩清僻。作诗以炼字锻句取胜，往往有佳句而无佳篇，与孟郊、李贺并为中晚唐三大苦吟诗人。"推敲"一词便由贾岛苦思"僧敲（推）月下门"之句而来。有《长江集》十卷，《全唐诗》存诗四卷，《新唐书》卷一七六有传。黄鹏《贾岛诗集笺注》是贾岛诗歌的重要注本。

【字词注释】

1. 易水：此处指表现荆轲刺秦王前，与高渐离易水相别时的乐曲，唐时仍流传。
2. 燕泉：指奔流的泉水。
3. 燕将：指乐毅，乐山人与之同姓，故曰山人为其云孙。《尔雅·释亲》："仍孙（八代孙）之子为云孙。"注曰："言轻远如浮云。"后则泛指八代后之远孙。
4. 嬴氏：指秦始皇嬴政，其陵被掘，言其死后为人糟践。《汉书·刘向传》："秦始皇帝葬于骊山之阿，往者或见发掘。"

【作品解析】

这是唐代一首明写《易水》的诗，诗人于诗题中即交代了弹琴者及琴曲名；也是一首听乐之作，书写了诗人听《易水》所引发的联想。首句"朱丝弦底燕泉急"写出了琴声的激越、悲壮。一个"急"字渲染了由琴声所展现出来的紧张气氛，由"燕泉急""发冲冠"，可知《易水》气势之雄。继而点明弹琴者的身份，是燕将乐毅之后。在激越的琴声中，诗人由弹者为燕将后裔而想到当年荆轲刺秦之悲壮，以水流之猛势喻壮士之气概，将水化为精神，水之雄势与人之雄气相通。后两句联系历史事实，表现人们对暴秦的痛恨以致掘陵，以及燕人势不可挡的复仇烈焰。这首诗歌用一系列的意象表现《易水》乐曲的雄美，形象鲜明，震撼人心。乐与史叠印交织，以史实辅衬琴曲之悲壮，曲调旋律间渗透历史的沧桑厚重，可谓一唱而三叹。

四　菩萨蛮

晏几道

哀筝一弄湘江曲，声声写尽湘波绿[1]。纤指十三弦，细将幽恨传[2]。

当筵秋水慢，玉柱斜飞雁[3]。弹到断肠时，春山眉黛低[4]。

《小山词校笺注》

【作者/出处简介】

晏几道（1038～1110），字叔原，号小山，抚州临川（今江西南昌）人，北宋名相晏殊之子。历任颍昌府许田镇监、乾宁军通判、开封府判官等。其词内容多为艳情，清丽绵渺，是婉约派的重要作家，与其父晏殊并称"二晏"，后人亦称其为"小晏"。有《小山词》传世。

【字词注释】

1. "哀筝"二句：意谓女子弹筝，筝声如流水般幽咽怨慕，情境甚美。湘江曲，乐曲名。宋代史达祖《梅溪词》有《湘江静》之曲，未知是否即此。

2. "纤指"二句：意谓女子拨弄筝上十三弦，以曲细述心中幽恨。十三弦，筝十三弦，十二弦拟十二月，余一弦拟闰月。

3. "当筵"二句：意谓女子在筵席前轻转双眸，看着斜列如雁飞的筝柱。秋水，指眼眸。玉柱，筝上搁弦的小木柱，十三柱斜列，如同飞雁整齐的行列。

4. "弹到"二句：意谓弹到至哀之处，女子不禁黛眉低垂。春山，春山青翠，古人常以之喻女子的眉色。

【作品解析】

首句"哀筝"一词即为全词奠定了哀伤的基调，筝声苍凉哀怨，适合表现幽怨哀伤的情绪。继而交代了弹筝人所奏为《湘江曲》，这易让人联想到帝舜与娥皇、女英的悲剧故事，与"哀筝"之"哀"相照应，紧接着用潺潺流动的湘江之水写筝声之幽咽怨慕。诗人用一"写"指弹奏，又不同于一般的"弹"或"奏"，更似文人运笔，以声曲刻画鲜活的形象，极写筝声臻于化境的表现力。湘江之水青绿，"绿"为冷色调，渲染了冷冽感伤的气氛。"纤指"二句以情奏曲，因曲显情，在曲恨情幽的呼应中，表现出演奏者人筝合一、心曲一体的高超境界。词的下片着重描写弹者的情态。在文学传统中，"鸿雁"意象本就寄寓着伤感孤独的情绪，眼见如雁行的筝柱，不免撩拨起弹者心中忧伤，加之筝曲的伤情断肠，又将筝女心中凄凉之感平添一层。全词以"哀筝一弄湘江曲"开篇，直奔主题，而声、情、气浑融充沛，中间不平铺直叙，而抓住最富有表现力的动作、神态来写，节奏紧凑，蓄势待发，以"弹到断肠时，春山眉黛低"深情涌动，又骤然收笔，力道含而不露，又余音袅袅。

第二节　棋枰胜负

【中心选文】

一　弹棋歌

李颀

崔侯善弹棋[1]，巧妙尽于此。

蓝田美玉清如砥[2]，白黑相分十二子。

联翩百中皆造微[3]，魏文手巾不足比[4]。

缘边度陇未可嘉[5]，鸟跂星悬危复斜[6]。

回飙转指速飞电[7]，拂四取五旋风花。

坐中齐声称绝艺，仙人六博何能继[8]。

一别常山道路遥[9]，为余更作三五势。

《李颀集校注》卷中

【作者/出处简介】

李颀〔690（？）～752（？）〕，河南登封人，唐开元二十三年（735）进士，曾任新乡县尉。盛唐著名诗人，与王维、高适、王昌龄、綦毋潜等均有交往，前人将几人并列。以七言古诗、七言律诗成就最高，以边塞诗、人物诗、音乐诗名声最大。李颀诗具有多样化的语言及艺术风格，总体上呈现高古雄健的风格特征。两《唐书》无传，生平事迹见辛文房《唐才子传》。今存诗123首，《全唐诗》编为三卷。刘宝和《李颀诗评注》、隋秀玲《李颀诗校注》是李颀诗歌的重要注本。

【字词注释】

1. 崔侯：其人不详。侯，对他人的尊称。

2. "蓝田"句：意谓棋局以玉石为之，平整美丽。蓝田美玉，陕西省蓝田县以产美玉著称。砥，磨刀石。

3. 联翩：鸟飞的样子，形容连绵不断。造微：入妙。

4. 魏文手巾：语出《世说新语·巧艺》："弹棋始自魏宫内，用妆奁戏，文帝于此戏特妙，用手巾角拂之，无不中。"

5. 陇：隆起的棋盘中心。

6. 跂（qí）：抬起脚后跟站着。

7. 回飙（biāo）：回旋的疾风。

8. 六博：类似弹棋的一种游戏。

9. 常山：即常山郡，治所在今河北省正定县。

【作品解析】

此诗为写弹棋之技的一首诗。开篇直写崔侯技艺之精湛，为一篇之纲。"蓝田美玉"句交代了棋之形，用蓝田所产的良玉作棋局，平如砥砺，棋局精美。"黑白相分"句交代了弹棋之制。"联翩"句总述棋局连绵不断，变化多样，屈伸多变。"魏文手巾"采用魏文帝的典故衬托崔侯技艺之高，连善于弹棋的魏文帝也不足与之相比，直接赞美崔侯的高妙技艺。"缘边"四句细写棋技之巧妙，不论是由局边过棋盘中心之技，还是抹角斜弹之法，无不奇绝。"回飙"句叙写崔侯弹棋之快速有力，急如旋风。"拂四取五"谓其很快即取对方四五子，如旋风之花，可见其取胜之轻易，技艺之纯熟。"坐中"句通过观者的称赞间接突出崔侯令人叹为观止的棋艺，以旁人之眼观之，更具说服力。结尾句谓别后相见无期，诗人希望崔侯能再作"三五势"，有此请求，可见崔侯棋艺的魅力之大；不敢多求，又可知其艺不轻露，一观难求。

二　送国棋王逢¹

杜牧

玉子纹楸一路饶²，最宜檐雨竹萧萧。

赢形暗去春泉长³，拔势横来野火烧⁴。

守道还如周柱史⁵，鏖兵不羡霍嫖姚⁶。

浮生七十更万日，与子期于局上销⁷。

《樊川诗集》卷二

【作者/出处简介】

参见第八章第三节《阿房宫赋》关于杜牧介绍。

【字词注释】

1. 国棋王逢：据《旧唐书·宣宗纪》，唐大中二年（848）三月，日本国王子前来朝贡，王子善下围棋，宣宗特地诏令顾师言作为他的对手。当时很多棋艺高超的人都前去长安，参加这一盛大的棋会，王逢就是其中之一。

2. 玉子纹楸（qiū）：指棋子和棋盘。据唐代苏鹗《杜阳杂编》记载："王子出楸玉局、冷暖玉棋子。云：'本国之东三万里有集真岛，岛上有凝霞台，台上有手谈池。池中生玉棋子，不由制度，自然黑白分焉，冬温夏冷，故谓之冷暖玉。又产如楸玉，状类楸木，琢之为棋局，光洁可鉴。'"一路饶：饶一路的倒装，即先让对方占先，然后反戈一击，是以退为进之法。

3. 赢形：指棋形赢弱。

4. "拔势"句：意谓自己占先形成杀局。

5. 周柱史：指老子，春秋时思想家，姓李，名耳，字伯阳，又称老聃。曾做过周朝的柱下史，著《道德经》五千言，后被尊为道家创始人。

6. 鏖（áo）兵：打仗。霍嫖姚：即霍去病，汉武帝时名将，两次大破匈奴，屡建战功，曾为嫖姚校尉。

7. "浮生"二句："浮生"句是"人生百岁"的另一种说法，七十岁加万日即三十年左右，正为百岁。所谓"百岁"者，不做实解，指一生。与下句相连，表达出诗人愿一生与王逢对弈的愿望。

【作品解析】

此诗前两句写棋具、开局和对弈的雅致场景，勾勒出士大夫从容对弈的高雅画面。用玉石雕琢而成的棋子、棋盘先声夺人，营造出高贵典雅的氛围。诗人能使国手在对弈时只让一子，说明他的棋艺也相当高明。这时正值下雨，雨打屋檐的淅沥声与风雨吹竹的瑟瑟声交织在一起，为对弈平添一份惬意。中间两联写双方之间如火如荼的战局，以先抑后扬之法赞美友人棋艺的高妙。王逢开局虽处于下风，但随着棋局的深入，逐渐扭转颓势，犹如泉水在阳春融和，冰渐渐泄中悄然涌动上涨。五、六句写友人的棋风动静相宜，攻防有序，守则从容稳健，严密坚实，像老子修道，以静制动，以无见有；攻则凌厉迅猛，其势头比霍去病转战大漠的所向披靡更有过之。这四句将小小一方棋局写得如风起云涌，铁马金戈的战场，瞬息万变，扣人心弦。最后两句在大段渲染烘托战局后，诗人并未揭晓胜负，而是将笔锋转向一个期许。诗人愿一生都有王逢这样的棋友相伴，让光阴在棋盘间流转，流露出棋逢对手，曲遇知音的相惜相知之意。

此诗为送别诗，却通篇不言别，而且切人切事，不能移作他处。全诗不着一棋字，却又句句写棋。首二句以造境胜，启人诸多联想。中间四句以对弈写别情，棋逢对手，方显难能可贵，故别离尤为不舍，不舍而希冀自生。末二句以期代送，其妙无穷，一方面入题，使之前的叙写对弈有了着落；另一方面呼应前文，丰富了诗的意境。往日相得之情，当日惜别之意，一生相伴之约，尽于一个"期"字见出，不同凡响。

三　约客

赵师秀

黄梅时节家家雨[1]，青草池塘处处蛙。

有约不来过夜半，闲敲棋子落灯花²。

《全宋诗》卷五二五

【作者/出处简介】

赵师秀（1170～1219），字紫芝，号灵秀，永嘉（今属浙江）人。宋绍熙年间进士，任高安推官。仕途不佳，自言"官是三年满，身无一事忙"（《官舍初成》）。晚年宦寓钱塘（今浙江杭州），逝于临安，葬于西湖。他是"永嘉四灵"中成就最高的诗人，诗工五律，细微精炼。今存《清苑斋集》一卷、《清苑斋诗集》四卷。

【字词注释】

1. 黄梅：江南春夏之交多雨，这时正当梅子黄时，所以俗称"黄梅天"。
2. 灯花：灯芯燃烧时结成的花状物。

【作品解析】

此诗是一首别具特色的抒写生活情味的小诗。诗人精心选取了日常生活中的一个片段，既表现出对友人的殷切期盼和久候不至的孤寂失落，又富于浓厚的生活气息。开篇两句点染环境，"家家雨"与"处处蛙"极言雨水之多、蛙声之密，点明了时令与环境。雨声与蛙声是自然界的声响，是外部的描写，同时也映衬出诗人深夜盼客不至的孤独与急切，因心绪难宁又百无聊赖，才会对室外声响感受得分外清晰。诗歌前两句写大自然的闹，闹中显静；后两句写室内的静，静中又有微动。屋外热闹的雨声、蛙声，恰恰彰显出自然的平和宁静；室内轻微的敲棋声，反而流露出诗人内心的起伏急切。整首诗由黄梅天这个季节缩小到某天的半夜，由家家、处处这些大环境缩小到室内灯下，点面结合，内外呼应，动静相衬，尽写盼友不来而焦急寂寞的内心微澜。

四　观棋绝句六首（其一）

钱谦益

寂寞枯枰响泬漻¹，秦淮秋老咽寒潮。
白头灯影凉宵里，一局残棋见六朝²。

《牧斋有学集》卷一

【作者/出处简介】

钱谦益（1582～1664），字受之，号牧斋，晚号蒙叟、东涧老人，学者称其虞山先生，苏州常熟（今属江苏）人，清初诗坛盟主之一，明末东林党首领。崇祯殉国后，马士英、阮大铖在南京拥立福王朱由崧，钱谦益依附之，为礼部尚书，降清后仍为礼部侍郎。钱谦益学问渊博，泛览史学、佛学，一反明朝公安派与竟陵派文风，倡言"情真""情至"，主张"独至之性、旁出之情、偏诣之学"（《冯定远诗序》）。钱谦益诗、词、文兼善，以诗歌方面的成就最高，既能叙事，更擅抒情；各体兼备，尤工律绝。融唐、宋于一炉而自成面目，"博大宏肆，鲸铿春丽"（晚晴簃诗汇），具有鲜明的风格特色。

【字词注释】

1. 枰（píng）：棋盘。沉（xuè）瀏（liáo）：亦作"沉寥"，形容心情孤寂。
2. 残棋：指败局。

【作品解析】

此诗表达了诗人的故国之思。首句"寂寞"一词直写诗人内心的孤寂，"枯枰"中的"枯"字勾画出萧条衰败之态。次句中的"秋老"，以"老"字状秋，为本就蕴含衰飒之意的季节更添一重滞重。继而与"寒潮"相连，将秦淮秋景的萧瑟寒凉推向极致。同时以景语写情语，诗人满目的凄清正是其满心忧伤的外化。诗的后两句描写自己韶华逝去，已是白头，在凄冷的夜里就着昏暗的灯光看见了一局残棋。由败局的不可收拾而联想到南明弘光政权的灭亡，言在棋局而实感政局，诗作之旨，由此显现。诗人怀古思今，将对难以言明的故国哀思、现实感慨浓缩于方寸棋盘之间，情思厚重而含蓄。同时，又将此番心意融于幽凄寒凉的秦淮秋景中，通过景物的渲染烘衬传递内心深沉压抑的"黍离之悲"。构思精巧，情调凄楚，情景兼胜。

第三节　书成谁与

【中心选文】

一　兰亭集序

王羲之

永和九年，岁在癸丑[1]。暮春之初，会于会稽山阴之兰亭，修禊事也[2]。群贤毕至，少长咸集。此地有崇山峻岭，茂林修竹[3]；又有清流激湍，映带左右，引以为流觞曲水[4]，列坐其次。虽无丝竹管弦之盛，一觞一咏，亦足以畅叙幽情。是日也，天朗气清，惠风和畅[5]。仰观宇宙之大，俯察品类之盛，所以游目骋怀[6]，足以极视听之娱，信可乐也。

夫人之相与，俯仰一世。或取诸怀抱，悟言一室之内；或因寄所托，放浪形骸之外。虽趣舍万殊，静躁不同[7]，当其欣于所遇，暂得于己，快然自足，不知老之将至。及其所之既倦，情随事迁，感慨系之矣。向之所欣，俯仰之间，已为陈迹，犹不能不以之兴怀；况修短随化[8]，终期于尽？古人云：“死生亦大矣”，岂不痛哉？每览昔人兴感之由，若合一契[9]，未尝不临文嗟悼，不能喻之于怀。固知“一死生”为虚诞，“齐彭殇”为妄作[10]。后之视今，亦犹今之视昔，悲夫！故列叙时人，录其所述。虽世殊事异，所以兴怀，其致一也。后之览者，亦将有感于斯文。

《王右军集》卷二

【作者/出处简介】

王羲之（303～361），字逸少，山阴（今浙江绍兴）人，祖籍琅琊（今山东临沂）。累官至右军将军、会稽内史，世称“王右军”。王羲之是我国著名书法家，善写草隶。诗作不多，深受当时玄言诗风的影响。明人张溥辑有《王右军集》。

【字词注释】

1. 永和：东晋穆帝司马聃年号（345～356），岁在癸丑（353）。
2. “暮春”之句：暮春，春季的最末一个月。会稽，郡名，在今浙江省。山阴，县名，今浙江绍兴。兰亭，亭名，原址在绍兴西南的兰渚。修禊（xì），古代临水为祭，消除不祥的一种风俗。原在三月上旬的巳日，曹魏后改在三月三日。
3. 修竹：高大的竹子。修，高。
4. “又有”三句：激湍（tuān），流逝很急的水。流觞，把盛酒的杯子放在水中，让其顺流而下，杯至面前者喝酒。曲水，引水环曲为渠，以流酒杯。
5. 惠风：和风。
6. 游目骋怀：纵展目光，开畅胸怀。
7. “虽趣舍”二句：趣舍，取舍。静躁，安静与躁动。
8. 修短：这里指生命长短。随化：听凭自然的造化。
9. 每览二句：兴感之由，指古人生发感慨的缘由。若合一契，指作者览古人之文，触发了与之契合相通的情思意绪，即产生情感共鸣。契，原指符契，这里名词动用，意为吻合。
10. “固知”之句：一死生，将生死视为无差别的事情。齐彭殇，把长寿的彭祖与早夭之人等量齐观，意指认为生命的长度在本质上没有区别。齐，认为相同。彭，即彭祖，相传为颛顼皇帝的玄孙，活八百岁，后作为长寿的代称。殇，未成年而死。“一死生，齐彭殇”都是庄子的看法，见《庄子·齐物论》。

【作品解析】

晋永和九年（353）三月三日上巳节，王羲之与孙统、孙绰等四十一人宴集兰亭，参加雅集者多为当世名士，曲水流觞，饮酒诗赋。众人写下诗篇整理成作品集，王羲之为之作序，名为《兰亭集序》。本篇通过对东晋名流兰亭雅集的描写，反映出玄学对士族文人的影响，及文人诗意风流之态。文章言约旨远，任意挥洒，犹如行云流水，令人心旷神怡。

《兰亭序》除了作为魏晋名士风流的典型写照，书法上的成就同样不容小觑，被誉为"天下第一行书"。全文由 324 个字组成，通篇气韵协调，生动完整，无一懈怠之笔。全文中一共出现 20 多个"之"字，却各具形态韵味，无一雷同。不同的字就更是各具精气面目，或坐或卧，或行或走，尺幅之内尽现。总之，无论是重字异构还是异字异构，都表现出王羲之臻于化境的书法功力。书法线条方圆并举又巧妙配合，用笔技巧丰富，笔锋变换自如。通篇章法疏密有致，单字又不过于平正，颇具从容俊逸之气。《兰亭集序》作为中国传统书法中的绝世珍品，同时也折射出魏晋士大夫的精神史与生活史，具有书法与文学的双重价值。

二　祭侄稿

颜真卿

维乾元元年，岁次戊戌九月庚午朔三日壬申[1]。第十三叔银青光禄夫、使持节、蒲州诸军事、蒲州刺史、上轻车都尉、丹杨县开国侯真卿[2]，以清酌庶羞祭于亡侄赠赞善大夫季明之灵曰[3]：惟尔挺生[4]，夙标幼德[5]，宗庙瑚琏[6]，阶庭兰玉[7]，每慰人心，方期戬谷[8]。何图逆贼间衅[9]，称兵犯顺。尔父竭诚，常山作郡[10]，余时受命，亦在平原[11]。仁兄爱我，俾尔传言。尔既归止[12]，爰开土门[13]。土门既开，凶威大蹙[14]。贼臣不救，孤城围逼，父陷子死，巢倾卵覆。天不悔祸，谁为荼毒？念尔遘残[15]，百身何赎？呜呼哀哉！吾承天泽，移牧河关[16]。泉明比者[17]，再陷常山。携尔首榇[18]，及兹同还。抚念摧切，震悼心颜。方俟远日，卜尔幽宅[19]，魂而有知，无嗟久客。呜呼哀哉，尚飨[20]！

《全唐文》卷三三七

【作者/出处简介】

颜真卿（709~785），小名羡门子，字清臣，别号应方，京兆万年（今陕西西安）人，唐代名臣、书法家。开元二十二年（734），登进士第，历任监察御史、殿中侍御史。官至吏部尚书、太子太师，封鲁郡公，世称"颜鲁公"。建中三年（782），淄青节度使李纳称齐王，朝廷派颜真卿以淮西宣慰使的身份到李希烈军前劝降，终被缢杀，卒年 77 岁。与赵孟頫、柳公权、欧阳询并称为"楷书四大家"，又与柳公权并称"颜柳"，有"颜筋柳骨"之说。

书法碑刻作品有《多宝塔碑》《东方朔画赞》《颜勤礼碑》《大唐中兴颂》《麻姑仙坛记》《裴将军诗》《争座位帖》等，墨迹作品有《祭侄文稿》《刘中使帖》《湖州帖》《自书告身》帖等。

【字词注释】

1. "维乾元"二句：乾元，唐肃宗李亨年号（756~761）。庚午朔，九月的朔日是庚午日。三日壬申，九月初三日是壬申日。祭祀发生在九月初三日。

2. 第十三叔：颜真卿在从兄弟十五人中排行第十三。银青光禄夫：应为"银青光禄大夫"，唐代散官名，无实际职掌，官阶为从三品。蒲州：地名，今山西永济。丹阳县：地名。唐天宝元年（742），丹杨郡移置润州（今江苏镇江），同时改曲阿县为丹杨（阳）县。

3. 庶羞：指各种食物。庶，各种，普通。羞，通"馐"，食物。

4. 挺生：挺拔生长，亦谓杰出。

5. 幼：一作"劭"，高尚美好。

6. 瑚琏（liǎn）：皆宗庙礼器，比喻治国安邦之才。

7. "阶庭"句：比喻能使门楣增光的子弟。《晋书·谢安传》："譬如芝兰玉树，欲使其生于阶庭耳。"

8. 戬（jiǎn）谷：尽善，至善。

9. 釁（wèn）：同"衅（xìn）"，缝隙。

10. 常山：即常山郡，治所在今河北省正定县。

11. 平原：今属山东德州。

12. 归止：归。止，助词。

13. 爰（wèn）：乃，于是。土门：在今河北井陉，唐时为战略要地。

14. 蹙（cù）：紧迫。

15. 遘（gòu）：遭遇。

16. 河关：指蒲州。河，黄河。关，指蒲津关。颜真卿时任蒲州刺史。颜真卿在《蒲州刺史谢上表》中说："此州之地，尧舜所都。表里山河，古称天险。"

17. 比：亲近。

18. 首榇（chèn）：指盛装侄儿颜季明首级的棺木。榇，棺材。

19. 幽宅：指坟墓。

20. 尚飨（xiǎng）：祭文尾部惯用，请死者享用祭品之意。

【作品解析】

　　《祭侄文稿》又名《祭侄季明文稿》，颜真卿50岁时所书，书帖直接点名时间和所写目的，是为了祭亡侄季明。安史之乱时，颜真卿和常山太守颜杲卿父子一起抵御叛军，取义成仁，效忠王室，颜氏一门在此乱中死伤无数，"父陷子死，巢倾卵覆"。季明是颜杲卿第三子，也是颜真卿亲侄，在常山郡失陷后惨遭杀害，归葬时仅剩头颅，颜真卿听闻悲愤交加，写下此文祭奠亡侄。

　　此书又被称为"天下第二行书"，是颜真卿悲痛欲绝时所写，故而整体布局并不疏朗整齐，全帖涂改圈点达 14 处，由此可见作者当时情感激荡起伏之剧烈。书写随情而变，时快时慢，笔力或细长连绵，或断绝狠重；行笔时而流畅连贯，时而圈点涂改，尤其是写"首樣"二字时，反复再三，悲愤郁结于心，以致下笔不能继续。书至"呜呼哀哉"，悲痛到达极点，喷涌而出，字迹连笔，一气呵成。全篇随情运笔，波动起伏，笔力与情思尽现，是感人至深的文学作品，也是动人心魄的书法力作。

三　寒食诗二首[1]

苏轼

其一

自我来黄州，已过三寒食。

年年欲惜春，春去不容惜。

今年又苦雨，两月秋萧瑟。

卧闻海棠花，泥污燕脂雪。

暗中偷负去，夜半真有力[2]。

何殊病少年，病起头已白。

其二

春江欲入户，雨势来不已。

小屋如渔舟，濛濛水云里。

空庖煮寒菜，破灶烧湿苇。

那知是寒食，但见乌衔纸。

君门深九重，坟墓在万里。

也拟哭途穷，死灰吹不起。

《集注分类东坡先生诗》卷六

【作者/出处简介】

参见第二章第一节《日喻》关于苏轼介绍。

【字词注释】

1. 寒食：清明节的前一天，有说是清明节的前两天。

2. "暗中"二句：语出《庄子·大宗师》："藏舟于壑，藏山于泽，谓之固矣，然夜半有力者负之而走，昧者不知也。"

【作品解析】

《寒食诗二首》又名《黄州寒食帖》。宋元丰二年（1079），何正臣等人弹劾苏轼《钱塘集》有愚弄朝廷，妄自尊大之嫌，苏轼被贬为黄州（今湖北黄冈）团练副使，此诗是贬谪后第三年寒食节所写。诗人原本胸怀大志，却含冤被贬，雄才大略也付之东流。遭此横祸的苏轼终日闭门谢客，借酒浇愁，情绪非常低落，《寒食帖》则是对这段人生低谷的真实记录。

第一首开头写贬谪黄州三年的人生状态，年年都盼春惜春，新春到来便有重回朝廷的希望。对春来的焦急期待，春去的眷恋失落，实则是写北归之愿、理想热情屡屡落空的凄凉绝望，从春而秋，正是诗人三年来由憧憬到失望，内心起落消涨，周而复始的真实写照。失落低沉至极，便以海棠花相慰藉，人花相对，一样的孤芳高洁，然而连仅能相伴的海棠也被风雨泥淖所毁灭，孤独无助之感更进一层。"暗中"四句由此前精神苦痛的呈现，转写躯体的老病衰颓，虽正当年却疾病、白头接踵而至。身疾实由心病起，诗人极写自我形貌的衰老沧桑，目的依然是为了强调内心的疲惫无望。第二首顺接上首而来，继续书写自我的窘迫之境。以江上渔舟比雨中小屋，一样的浮荡飘摇，而这种动荡无依之感，更本质的原因是内心深处孤绝无助的失根状态。"空庖""破灶"反映出生活的清苦潦倒。诗人想要回报朝廷，无奈君门深九重，遥远无期；想要回故乡，可惜自己是被贬谪，且相隔万里，进退维谷，尴尬至极。即便想学阮籍作穷途之哭，但心也如这纸钱灰一般不可复燃了。

《寒食帖》又被称为"天下第三大行书"，苏轼的书法崇尚"我书意造本无法"，随心所欲，随情而动，情到，意到，笔到。前三行字体稍小，大大小小，斜斜正正，运笔暂显收束，诠释出希望破灭，苦境难脱的郁结之情。之后字体逐渐变大，心中苦愤喷涌而出，一泻千里。待到"衔纸"二字，笔锋拉长，可见内心愤懑渐平，静气凝神，陷入深思。感慨君门不能入，有家不可归的孤独凄凉，心如死灰，于是行笔缓慢稳重而收笔。无论是书法还是诗，都是苏轼心中孤独愤懑的自然流露。

四　拜中岳命作

米芾

其一

云水心常结，风尘面久卢[1]。

重寻钓鳌客[2]，初入选仙图[3]。

鼠雀真官耗，龙蛇与众俱。

却怀闲禄厚，不敢著潜夫[4]。

其二

常贫须漫仕，闲禄是身荣。

不托先生第，终成俗吏名。

重緘议法口，静洗看山晴。

夷惠中何有⁵，图书老此生。

《米芾集·诗集》卷三

【作者/出处简介】

　　米芾（1051～1107），初名黻，字元章，出身官宦之家，将门之后。其家族世居太原（今属山西），自米芾时迁居襄阳（今属湖北）。北宋时期书画大家，天资高迈，性情潇洒，酷爱奇石，好洁成癖，世称"米颠"。五世祖、高祖、曾祖、祖父及父亲米佐，代为赵宋官吏。米芾十八岁任秘书省校书郎，此后三十余载到处做官，遍游山水。徽宗时，任书画学博士、礼部员外郎等职，古代称礼部为南宫，故又称"米南宫"。米芾在书画方面造诣极高，书法上与苏轼、黄庭坚、蔡京并称"宋四家"。其绘画独辟蹊径，水墨淋漓，与其子米友仁开创"米家山水"画法。书法代表作有《蜀素帖》《天马赋》《苕溪诗卷》等。

【字词注释】

1. 卢：黑色。
2. 钓鳌客：指有远大抱负或豪迈不羁之人。
3. 选仙图：即选仙，古代一种博戏。清代西厓《谈徵·事部·选仙图》："今俗集古仙人作图为赌钱之戏，用骰子比色，先为散仙，次升上洞，以渐而至蓬莱、大罗等，列则众仙庆贺……此戏宋时已有。"
4. 潜夫：指《潜夫论》，也指隐士。典出《后汉书·王符传》，汉代王符隐居在家，著书三十余篇来讽刺当时政治得失，不让自己的名姓被人家知道，所以名曰《潜夫论》。
5. 夷惠：伯夷、柳下惠的并称，指廉洁正直之士。

【作品解析】

　　这件书法作品作于米芾雍丘县令任内。因为催租事件，米芾与上级监司发生冲突，最后愤而辞官，自我流放到嵩山中岳庙担任庙监，故而全诗的讽喻意味十分浓厚。

　　第一首开篇勾勒出云水为伴、悠然自得的生活状态，这是米芾心之所向，却为官场羁绊，求而不得。第三四句运用李白"钓鳌客"的典故。李白自封为"海上钓鳌客"，宰相问他："钓巨鳌，以何物为钓线？以何物为饵？"李白回答："以虹霓为丝，明月为钩，以天下无义气丈夫为饵。"借此表达自己同李白一般，想要远离"风尘"，与纯净自然为伴的愿望。第五六句指出当时官场鱼龙混杂，好恶不分的现状，又将某些官员比作鼠雀之辈，以此宣泄怨愤不平之情。最后两句从批判官场到自我批判。第二首接着这一思想描写自己的官场生活，"漫仕""闲禄""俗吏"等措辞在自我否定中透露出无可奈何之感。

在创作此帖时，达到了以字传情的高超境界，帖中每个字都像有独立思想情感的人。综合运用多种书写技法，将此帖写得沉郁顿挫，又姿态万千。如"选仙"二字颇有颜真卿笔意，飘逸不失雄浑；"雀"字上大下小，像鸟一样欲展翅高飞，但双爪又牢扣大地，静中饱含动势。米芾书法能够融各家之长于一身，又不失创变，终成自家面目。

第四节　画图难足

【中心选文】

一　金陵图[1]

韦庄

谁谓伤心画不成，画人心逐世人情。

君看六幅南朝事，老木寒云满故城。

《韦庄集笺注》卷四

【作者/出处简介】

韦庄（836～910），字端己，京兆杜陵（今陕西西安）人。唐广明元年（880）应举时，值黄巢入京，陷兵中，几死。后流寓江南，浪迹万里。乾宁元年（894），始第进士，任左补阙。后仕蜀，官吏部侍郎同平章事。词与温庭筠齐名，并称"温韦"，然风格有别。韦词以清疏见长，不靠华词，不务刻画，语言自然而意在言外。由于受身世和时代影响，其思乡怀国之作颇多，词亦重在抒情而不强调应歌，感情深挚沉郁。前人评其词"似纤而直'似达而郁"（清·陈庭焯《白雨斋词话》）"尤能运密入疏，寓浓于淡"（清·况周颐《历代词人考略》）。现存词五十余首，散见于《花间集》《尊前集》《金奁集》，有王国维辑《浣花词》一卷。

【字词注释】

1. 金陵：今江苏南京。

【作品解析】

这是一首为金陵图所创制的题画诗，图画作者已不可考，通过诗歌的描述可知，图中描绘的是金陵景象。其特别之处在于，画者并未落入粉饰太平的俗套，选取金陵作为南朝帝都时虎踞龙盘、繁华富饶的盛况，而是呈现了百年之后金陵枯寂凋零的面目。韦庄身处大厦将崩的唐末乱世，目睹此图中的萧寒之境，不免联想到同处萧瑟晚境的大唐国运，感慨万千。

诗的前两句"谁谓伤心画不成，画人心逐世人情"与另一位晚唐诗人高蟾的"世间无限丹青手，一片伤心画不成"（《金陵晚望》）有相似之处。不同的是，高蟾认为再高妙的丹青手，也画不出人心底的伤情，以此表现身处末世伤愁之深重及复杂难名。而韦庄却以反问句开篇，肯定了画者完全具备写心的能力，之所以在很多画作中看不到人们内心最真实的痛楚，不是因为画技的欠缺，而是因为画者粉饰太平的功名之心使其感知的诚实性出现了缺席。继而诗人切入主题，以《金陵图》为例，力证画者正心诚意去咀嚼，表现世间的沧桑创痛时所产生的震撼人心的力量。眼前这六幅金陵图，画的都是枯木败城，一片荒凉丝毫不见喧嚣显赫的王城气质。南朝在此历经三百多年，君王昏庸无道，哪一朝不是繁华逐流水，惨淡落幕，这难道不是"一片伤心"吗？大唐王朝也曾富饶繁华，歌舞升平，如今内忧外患，战乱不止，六朝的历史冥冥中已经重演。诗人深感于此却无能为力，只能借眼前画卷与六朝故事一泄积郁已久的悲痛哀愁，明为悼六朝，实为伤现实，在题画之作中增添了一层深重的社稷之悲与画外之音。

二　王彦章画像记

欧阳修

太师王公[1]，讳彦章，字子明。郓州寿张人也[2]。事梁为宣义军节度使[3]，以身死国[4]，葬于郑州之管城[5]。晋天福二年[6]，始赠太师。

公在梁，以智勇闻。梁晋之争数百战，其为勇将多矣，而晋人独畏彦章[7]。自乾化后[8]，常与晋战，屡困庄宗于河上[9]。及梁末年，小人赵岩等用事[10]，梁之大臣老将，多以谗不见信[11]，皆怒而有怠心。而梁亦尽失河北，事势已去，诸将多怀顾望。独公奋然自必[12]，不少屈懈，志虽不就，卒死以忠。公既死而梁亦亡矣。悲夫！

五代终始才五十年[13]，而更十有三君[14]，五易国而八姓[15]。士之不幸而出乎其时，能不污其身，得全其节者，鲜矣。公本武人，不知书，其语质[16]。平生尝谓人曰："豹死留皮，人死留名。"盖其义勇忠信出于天性而然。予于五代书[17]，窃有善善恶恶之志[18]。至于公传，未尝不感愤叹息。惜乎旧史残略[19]，不能备公之事。

康定元年，予以节度判官来此[20]。求于滑人，得公之孙睿所录家传[21]，颇多于旧史，其记德胜之战[22]，尤详。又言敬翔怒末帝不肯用公，欲自经于帝前[23]。公因用笏画山川，为御史弹而见废[24]。又言公五子，其二同公死节。此皆旧史无之。又云，公在滑，以谗自归于京师，而史云召之。是时，梁兵尽属段凝[25]，京师羸兵不满数千[26]，公得保銮五百人之郓州[27]，以力寡，败于中都[28]，而史云将五千以往者，亦皆非也[29]。

公之攻德胜也，被受命于帝前，期以三日破敌。梁之将相，闻者皆窃笑。及破南城[30]，果三日。是时庄宗在魏[31]，闻公复用，料公必速攻，自魏驰马来救，已不及矣。庄宗之善料，公之善出奇，何其神哉！

今国家罢兵四十年[32]，一旦元昊反[33]，败军杀将，连四五年，而攻守之计，至今未决。予尝独持用奇取胜之议，而叹边疆屡失其机。时人闻予说者，或笑以为狂，或忽若不闻；虽予亦惑，不能自信。及读公家传，至于德胜之捷，乃知古之名将，必出于奇，然后能胜。然非审于为计者不能出奇；奇在速，速在果[34]，此天下伟男子之所为，非拘牵常算之士可到也[35]。每读其传，未尝不想见其人。

后二年，予复来通判州事[36]。岁之正月，过俗所谓铁枪寺者，又得公画像而拜焉。岁久磨灭，隐隐可见，亟命工完理之，而不敢有加焉。惧失其真也。公善用枪，当时号王铁枪[37]。公死已百年，至今俗犹以名其寺，童儿牧竖，皆知王铁枪之为良将也。一枪之勇，同时岂无，而公独不朽者，岂其忠义之节使然欤！

画已百余年矣，完之，复可百年。然公之不泯者，不系乎画之存不存也[38]。而予尤区区如此者[39]，盖其希慕之至焉耳。读其书，尚想乎其人[40]；况得拜其像，识其面目，不忍见其坏也。画既完，因书予所得者于后，而归其人，使藏之[41]。

《欧阳文忠公集》卷三十九

【作者/出处简介】

参见第四章第三节《秋声赋》关于欧阳修介绍。

【字词注释】

1. 太师：历代以太师、太傅、太保为三公。此为追赠的官衔。

2. 郓（yùn）州寿张：郓州，唐时属河南道，治所在今山东省郓城县。寿张，属郓州。

3. "事梁"句：王彦章为后梁太祖朱全忠部将，以骁勇著称。《旧五代史·梁书·末帝纪下》载，后梁龙德元年（921），以"王彦章为宣义军节度副大使知节度事"。唐肃宗时，置滑卫节度使，治所在今河南滑县，后改名滑亳、永平、义成，至唐末改为宣义军节度使，统辖所属各州军事。

4. 以身死国：为国家而牺牲性命。《新五代史·死节传》载，后梁末帝龙德三年（923），王彦章兵败被俘，不屈，为后唐庄宗所杀。

5. 郑州管城：唐时郑州属河南道，州治在管城（即今河南郑州）。

6. 晋天福二年：后晋高祖天福二年，即937年。

7. "而晋人"句:《新五代史·死节传》载:"晋人畏彦章之在梁也,必欲招致之。"又引庄宗语曰:"彦章骁勇,吾尝避其锋。"后唐庄宗李存勖在未建国之前,继承其父李克用的封爵为晋王,此处晋人即指李存勖等,不是指后晋。

8. 乾化:后梁太祖朱全忠及末帝朱友贞年号(911~915)。

9. "屡困"句:《新五代史·死节传》载:"是时,晋已尽有河北,以铁锁断其德胜口,筑河南北为两城,号夹寨。"王彦章"阴遣人具舟于杨村,命甲士六百人皆持巨斧,载冶者,具鞴炭,乘流而下……引精兵数千,沿河以趋德胜。舟兵举锁烧断之,因以巨斧斩浮桥,而彦章引兵急击南城。浮桥断,南城遂破"。又据《旧五代史·梁书·王彦章传》,在这一次争夺黄河渡口的大战中,前后"几百余战"。

10. 赵岩:后梁末帝时,官至户部尚书、租庸使。《新五代史·死节传》载:"梁末帝昏乱,小人赵岩、张汉杰等用事,大臣宿将多被谗间,彦章虽为招讨副使,而谋不见用。"后梁亡,赵岩亦被杀。

11. 信:一作"用"。

12. 必:必死。

13. 五十年:自后梁太祖开平元年(907)至后周恭帝显德六年(959),凡五十三年。

14. 十有三君:为后梁太祖朱全忠、末帝朱瑱,后唐庄宗李存勖、明宗李嗣源、闵皇帝李从厚、废帝李从珂,后晋高祖石敬瑭、出帝石重贵,后汉高祖刘知远、废帝刘承祐,后周太祖郭威、世宗郭荣、恭帝郭宗训。

15. 八姓:后梁姓朱。后唐姓李(唐赐姓);明宗为李克用养子,本胡人,无姓氏;废帝为明宗养子,本姓王。后晋姓石。后汉姓刘。后周姓郭;世宗为太祖养子,本姓柴。

16. 质:朴实。

17. 五代书:即作者所撰的《五代史记》,为别于旧史,称《新五代史》。

18. 善善恶(wù)恶(è):第一个"善"字和"恶"字,做动词。这是《春秋》区别善恶褒贬的传统。《史记·太史公序》:"夫《春秋》上明三王之道,下辨人事之纪,别嫌疑,明是非,定犹豫,善善恶恶,贤贤贱不肖,存亡国,继绝世,补敝起废,王道之大者也。"

19. 旧史:指《旧五代史》,薛居正等撰。

20. "康定"二句:据胡柯《庐陵欧阳文忠公年谱》,宋仁宗康定元年(1040),欧阳修任武成军节度判官历公事,至滑州。

21. 家传:叙述先人事迹以示后人的传记。

22. 德胜之战:见注9。德胜北城故址即河南濮阳,南城故址在其东南五里。

23. "敬翔"二句:《新五代史·死节传》载:"宰相敬翔顾事急,以绳内靴中,入见末帝泣曰:'先帝取天下,不以臣为不肖,所谋无不用。今强敌未灭,陛下弃忽臣言,臣身不用,不如死!'乃引绳将自经。末帝使人止之。问所欲言,翔曰:'事急矣!非彦章不可。'末帝乃召彦章为招讨使,以段凝为副。"敬翔,字子振,冯翊(今陕西省大荔县)人。为后梁开国谋臣,官至中书侍郎同中书门下平章事。梁亡,自缢死。

24. "公因"二句:《新五代史·死节传》载,杨刘之战失败后,段凝趁机构陷王彦章,上书言:"彦章使酒轻敌,而至于败。"又:"赵岩等从中日夜毁之,乃罢彦章,以凝为招讨使。彦章驰至京师入见,以笏画地,自陈胜败之迹,岩等讽有司劾彦章不恭,勒还第。"笏,古代君臣朝见时所持的手板,用玉、象牙或竹片制成,作为指画或记事之用。御史,掌弹劾、监察的官吏。

25. 段凝：初名明远，开封（今属河南）人。代王彦章为招讨使，率精兵五万，投降后唐，历任节度使，后赐死。

26. 羸（léi）：弱。

27. "公得"句：意谓王彦章率领禁卫军五百人驰往郓州，抵抗后唐军队。保銮，保卫皇帝的军队。皇帝坐的车子曰銮舆。

28. 败于中都：《新五代史·死节传》载，王彦章退守中都时，战败被俘。中都，唐时属郓州，故址在今山东省汶上县城西南。

29. "而史云"句：《旧五代史·王彦章传》注："案《欧阳史》从家传作'保銮士五百人'，又作《画像记》，极辨旧史领数千人以往之非。今考《资治通鉴》云：梁主命王彦章将保銮士及他兵合万人，屯兖、郓之境。是彦章所将且不止《薛史》所云'数千'矣。"

30. 南城：见注9。

31. 魏：州名，治所在今河北省大名县。唐时于此设置魏博（后改为天雄军）节度使。

32. 罢兵四十年：自宋真宗景德元年（1004）与契丹在澶州订立和约，双方停止战争，至仁宗庆历三年（1043）欧阳修撰此文，恰为四十年。

33. 元昊反：西夏主赵元昊于宋仁宗宝元元年（1038）十月自称大夏皇帝。《宋史·仁宗本纪二》载，是年十二月"鄜延路言'赵元昊反'"。

34. 果：果断。

35. 牵常算：只会按照常规行事。

36. "予复来"句：据胡柯《庐陵欧阳文忠公年谱》，宋仁宗庆历二年（1042），欧阳修自请外调，任滑州通判。

37. 号王铁枪：《新五代史·死节传》载，王彦章"为人骁勇有力，持一铁枪，骑而驰突，奋疾如飞，而他人莫能举也，军中号'王铁枪'"。

38. 存不存：一作"存否"。

39. 区区：喜爱的意思。

40. "读其书"之句：《孟子·万章下》："颂其诗，读其书，不知其人，可乎？是以论其世也，是尚友也。"此用其意。

41. 使藏之：一本下有"焉"字。

【作品解析】

王彦章为五代后梁将领，时称"王铁枪"。梁晋之战，晋人独惧之，可见其骁勇。宋仁宗庆历二年（1042），欧阳修再次通判滑州。次年正月，过铁枪寺，见王彦章画像，遂作此文。文章首先叙述王彦章忠而见谤的经历，骁勇善战，却因奸臣构陷不被重用。当大梁尽失疆土，大势已去之时，朝臣们才意识到他的重要性。继而颂其品格，王彦章身处动荡纷争之乱世，却依然保持忠烈的节操。"志虽不就，卒死以忠"表明他秉性忠诚；"义勇忠信出于天性而然"赞叹他义勇天性。以五百弱兵，保卫銮驾，可见其勇；在"德胜之战"中，三日破晋城，出奇制胜，可见其智。再写自己过铁枪寺见公画像而拜，并

"命工完理之"，以今日连童儿牧竖皆知王铁枪之为良将，称颂王彦章的气节声威后世流芳。最后直抒对王彦章的仰慕之情。作者命人修葺画像，供后人敬仰，以期这位忠勇之士的品格节操传承于后。文章夹叙夹议，写人说理，明晰生动，流畅婉转的字里行间饱含着作者的景仰之情。

三　题苏武牧羊图

杨维桢

未入麒麟阁[1]，时时望帝乡。

寄书元有雁[2]，食雪不离羊[3]。

旄尽风霜节[4]，心悬日月光。

李陵何以别，涕泪满河梁[5]。

《全元诗》

【作者/出处简介】

杨维桢（1296～1370），字廉夫，号铁崖，别号铁笛道人，又号铁心道人、铁冠道人、铁龙道人、梅花道人等，晚年自号老铁、抱遗老人、东维子，绍兴路诸暨州（今浙江诸暨）人。元泰定四年（1327），登进士第，官至建德路总管府推官。元末明初著名诗人、书画家，与陆居仁、钱惟善合称为"元末三高士"。杨维桢的诗歌追求构思的超乎寻常和意境的奇特非凡，被称为"铁崖体"，其乐府诗最能体现"铁崖体"的风格特色。有《春秋合题著说》《史义拾遗》《东维子文集》《铁崖古乐府》《丽则遗音》《复古诗集》等。

【字词注释】

1. 麒麟阁：在汉未央宫中，为武帝所建，因其打猎获得麒麟，故称。宣帝甘露三年（前51），在麒麟阁画功臣十一人像，苏武为第十一。

2. "寄书"句：《汉书·苏武传》载："昭帝即位，数年，匈奴与汉和亲，汉求武等，匈奴诡言武死。后，汉使复至匈奴，常惠请其守者与俱，得夜见汉使，具自陈道。教使者谓单于，言：'天子射上林中，得雁，足有系帛书，言武等在某泽中。'使者大喜，如惠语以让单于。单于视左右而惊，谢汉使曰：'武等实在。'"元，通"原"。

3. "食雪"句：《汉书·苏武传》载："（卫）律知武终不可胁，白单于，单于愈益欲降之。乃幽武，置大窖中，绝不饮食。天雨雪，武卧啮雪与旃毛并咽之，数日不死。匈奴以为神。乃徙武北海上无人处，使牧羝，羝乳乃得归。"

4. 旄（máo）尽：《汉书·苏武传》载："武既至海上，廪食不至，掘野鼠去草实而食之。杖汉节牧羊。卧起操持，节旄尽落。"旄，节上所缀的牦牛尾饰物。

5. "李陵"二句：意谓李陵投降匈奴，今见苏武守节不移，得以回归故国，内心痛苦不堪。汉武帝天汉二年（前99），李陵将兵五千出居延北，遇匈奴军主力，矢尽无援，投降匈奴。昭帝时，匈奴与汉和亲，武得归汉，临行，李陵置酒送别。李陵诗："携手上河梁，游子暮何之。"后人以为别苏武诗。

【作品解析】

此诗乃杨维桢为《苏武牧羊图》所作题画诗。汉武帝天汉元年（前100），苏武以节度使身份出使匈奴，之后被匈奴扣留几十年，在艰苦卓绝的环境下也从未弃汉降奴。前六句写苏武的艰苦生活与坚贞操守，流困他乡荒芜之地也时刻不忘怀自己的故乡，一个"望"字可见怀恋之深切。诗人以"日月光"来赞颂苏武忠君忠国的高风亮节，这也是支撑他在绝境中顽强生活下去的信念。

杨维桢的诗歌在表现形式上有着直露的特点，但这并未影响诗歌中朴素情愫的表达。他善于在平实的语言中彰显情感的力度，表现潇洒豪迈之气，该诗就比较典型地体现出这一特点。首联以麒麟阁图像追述，颔联、颈联铺写苏武牧羊这一典型场景以颂其品格，尾联又通过正反对比，彰显苏武的高行节义。全诗慷慨悲壮，寄托深远，诗人赞扬苏武的同时，也表达了易代之际的自己应有的贫贱不移的坚贞气概。

四 潍县署中画竹呈年伯包大中丞括[1]

郑燮

衙斋卧听萧萧竹[2]，疑是民间疾苦声。

些小吾曹州县吏[3]，一枝一叶总关情。

《郑板桥集》

【作者/出处简介】

郑燮（1693~1765），字克柔，号板桥，清代画家、文学家，兴化（今属江苏）人，"扬州八怪"之一。乾隆元年（1736）中进士后，曾先后任范县、潍县知县十余年，这期间惩治奸吏，爱护百姓，兴利除弊，后因赈济灾民等事得罪豪绅而被罢官，寄居扬州，卖画自给。燮能诗善画，尤工书法，其诗不为当时风气所囿，自成一格，散文亦颇有特色。有《板桥集》传世。

【字词注释】

1. 潍县：今山东潍坊。署：官衙。年伯：对与父亲同年登科者的尊称，明中叶后亦用以称与自己同年登科的父辈。包大中丞括：包括，曾任山东布政使，代理巡抚。大，表尊敬之意。中丞，清人对巡抚的称呼。

2. 衙斋：官衙中供休息之所。萧萧：指草木摇动声。

3. 些小：微小，这里指官职卑微。吾曹：我辈。

【作品解析】

《潍县署中画竹呈年伯包大中丞括》又名《墨竹图题诗》。这是郑燮任潍县知县时所作的题画诗，画者也是自己，所画为其擅长的竹。郑氏曾说："凡吾画兰，画竹，画石，用以慰天下之劳人，非以供天下之安享人也。"（《郑板桥集·靳秋田索画》）由此可知，其诗画所关注的是普通百姓而非达官显贵，此诗也不例外。首二句由飒飒作响的竹叶声而联想到民间疾苦之声。郑燮在任期间，潍县曾遭遇大旱天灾，出现"人相食"的状况，尽管他竭尽全力赈灾，却仍无法从根本上助百姓脱离苦境，故而常深陷自责与愧疚之中。在封建时代，心系百姓的父母官不多见，诗中将实有之竹声与想象中百姓的疾苦声相联系，由此及彼，表现出诗人心系苍生的为官之德。后两句以"些小"开头，除了点明自己官小位卑，不能为百姓做更多事情之外，也暗讽朝廷大官在其位而不谋其政。"一枝一叶"句意指百姓之事即使再细微，都应当得到父母官的关注。这首诗是送予巡抚之作，也具有劝讽之意，为民请命。总之，诗人在诗歌中流露出的对百姓的怜悯与关怀，是为官者难能可贵的品质。

【拓展阅读】

一　九霄环佩

〔瑞典〕林西莉

在中国现今收藏的所有古琴当中，最著名的大概就是唐代的"九霄环佩"了。"九"这个数字按中国的传统可谓极数，含"至高"之意，因而常与皇权、帝位相关联。如"九鼎"意为传国之宝，象征国家权力"九重天"，与瑞典所说的"七重天"相当。琴名中的"九霄"指的也是极高的上空、仙界；环佩是中国古人佩于腰带上的玉制饰物，相碰时能发出悦耳的叮当之声。

该琴自 1950 年代以来一直收藏在故宫博物院里。它宽大结实，长124.5 厘米，肩宽 20.5 厘米，焦尾宽 15.5 厘米，高 6.5 厘米，为"伏羲式"造型。关于琴的样式稍后我会再做介绍。

琴面为桐木制，琴底梓木。鹿角灰胎，一种结实耐磨性强的材料，赋予琴一种有力度的音调。用葛布为底，再涂粉灰。继而上多层硬漆，栗壳色漆，紫褐交错，多次打磨。历代留下的创痕以朱红漆修补。琴面有小蛇腹断纹，间杂牛毛断纹。

琴背可见两个出音口：中间的龙池以及旁边一点的风沼。龙池上方用公元前六世纪开始使用的小篆体刻有"九霄环佩"四字。

龙池右侧用行书写着"泠然希太古"，旁边用更小的字体写着"诗梦斋珍藏"，并有"诗梦斋印"一方。龙池左侧用稍大的楷书刻有"超迹苍霄逍遥太极"，并有北宋著名诗人黄庭坚的落款。

龙池下有小篆书"包含"大印一方。或许是"包含万有"的缩写，流露出明显的道家情怀。大印下方用楷书刻有著名诗人、画家兼书法家苏轼（1036～1101）的签名和一首短诗："靄靄春风细，琅琅环佩音。垂帘新燕语，沧海老龙吟。"

苏轼亦称苏东坡，是宋代最富有才气的文人。

苏东坡曾为宋朝三任皇帝所赏识，但又多次因其言论被朝廷贬谪，最后一次远至海南，1100年为徽宗皇帝召回，次年卒。

苏东坡的诗词、散文、书法、绘画都堪称大家，他在艺术上主张崇尚自然，摆脱束缚，以豪放著称。他的艺术风格、求真精神，与古琴音乐的追求是有相通之处的。

"九霄环佩"的琴腹内也有铭文，其中一行写的是"开元三年斫"，即唐玄宗在位的715年，这是中国历史上一个经济发达、文化繁荣的时代，是为开元之治的盛唐时期。

众多专家学者认为"九霄环佩"为唐代最优秀的琴匠雷威（723～787）所制，一个可以佐证的细节是，琴腹内依稀可见龙池纳音处典型的雷式经典造型。但对这一说法也有争议。

琴名富有诗意，刻写铭文时不同的书法字体，展现了文字由古至今的发展，关于各个朝代卓越的皇帝、诗人，特别是道家思想传统的联想，综合体现了弹琴者是从怎样的文化土壤中汲取养分的。

铭文刻于不同时代，也反映了它的流传经历。写于琴底最上面的"九霄环佩"和刻着"包含"的大印，为最早的刻文，大概是出于唐代，而其他的题跋及腹款则是出于后世不同的时期。比如"诗梦"便是著名古琴家叶赫那拉·佛尼音布在19世纪末为其书斋所题斋名。最后一段铭文，在凤沼下的"楚园"印，出自20世纪20年代，为收藏家刘世珩藏室之名。

后来"九霄环佩"这个名字渐渐普遍起来，所以不时会见到同名的古琴，但仅此一琴有雷威之作的说法。

《古琴》

二 棋王（节选）

阿城

柔不是弱，是容，是收，是含。含而化之，让对手入你的势。这势要你造，需无为而无不为。无为即是道，也就是棋运之大不可变，你想变，就不是象棋，输不用说了，连棋边儿都沾不上。棋运不可悖，但每局的势要自己造。棋运和势既有，那可就无所不为了。玄是真玄，可细琢磨，是那么个理儿。我说，这么讲是真提气，可这下棋，千变万化，怎么才能准赢呢？老头儿说这就是造势的学问了。造势妙在契机。谁也不走子儿。这棋没法儿下。可只要对方一动，势就可入，就可导。高手你入他很难。这就要损。损他一个子儿。损自己一个子儿，先导开，或找眼钉下，止住他的入势，铺排下自己的入势。这时你万不可死损，势式要相机而变。势式有相因之气，势套势，小势导开，大势含而化之，根连根，别人就奈何不得。老头儿说我只有套，势不太明。套可以算出百步之远。但无势，不成气候。又说我脑子好，有琢磨劲儿，后来输我的那一盘，就是大势已破，再下，就是玩了。老头儿说他日子不多了，无儿无女，遇见我，就传给我吧。我说你老人家棋道这么好，怎么还干这种营生呢？老头儿叹了一口气，说这棋是祖上传下来的，但有训——"为棋不为生"，为棋是养性，生会坏性，所以生不可太盛。

《阿城文集》

【推荐书目】

1. 李泽厚著《美的历程》，生活·读书·新知三联书店，2009。

2. （唐）张彦远撰，秦仲文、黄苗子点校《历代名画记》，人民美术出版社，2016。

3. 陈振濂著《中国书法发展史》，上海书画出版社，2018。

【思考问题】

1. 分享你最喜欢的一种乐器，并说明推荐理由。

2. 思考围棋在古人文化生活中的作用和意义。

3. 试论中国绘画与书法中的"留白"艺术。

（本章编者：李征宇　长江大学　副教授）

第十一章　酒茶歌舞

【主题概述】

远古以来，酒就是国人祭祀必备品之一，这从大量出土商周酒器得到了证明；到了魏晋时期，酒成了文人雅士的一种生活必需品，有刘伶"天地为栋宇，屋室为裈衣"的放荡不羁，陶渊明"春秫作美酒，酒熟吾自斟"的怡然自得，鲁迅在《魏晋风度及文章与药及酒之关系》一文中也曾论及酒；到了唐代，酒又成了身份与地位的象征，有李白"金樽清酒斗十千"的奢华，杜甫"潦倒新停浊酒杯"的愁苦。在历史发展过程中，酒还有了杜康、欢伯、杯中物、金波、秬鬯、白堕、冻醪、壶觞、壶中物、酌、酤、醑、醍醐、黄封、清酌、昔酒、缥酒、青州从事、平原督邮、曲生、曲秀才、曲道士、曲居士、曲蘖、春、茅柴、香蚁、浮蚁、绿蚁、碧蚁、天禄、椒浆、忘忧物、扫愁帚、钓诗钩、狂药、酒兵、般若汤、清圣、浊贤等等别称。

中国也是茶的故乡，武王伐纣普洱被云南人民当作贡品，汉朝茶成为佛教"坐禅"专用滋补品，魏晋南北朝已有饮茶之风，这一风俗在隋朝得到普及。唐朝达到鼎盛，"人家不可一日无茶"，提倡客来敬茶，出现了茶馆、茶宴、茶会。陆羽专为茶撰一书，名曰《茶经》，其中对茶进行了定义，"茶者，南方之嘉木也。一尺、二尺乃至数十尺；其巴山峡川，有两人合抱者，伐而掇之。其树如瓜芦，叶如栀子，花如白蔷薇，实如栟榈，蒂如丁香，根如胡桃。其字，或从草，或从木，或草木并。其名，一曰茶，二曰槚，三曰蔎，四曰茗，五曰荈。"茶传承着中国的文化，中国人的生活理念，甚至可以带着几许禅意。

《山海经·海内经》中有："帝俊有子八人，是始为歌舞。"《吕氏春秋·古乐》记载了一个"葛天氏之乐"的传说：三人手握牛尾作舞具，随着音乐节奏，边唱边舞。由此可知，歌舞本是一种以身体为物质载体的语言，甚至是一种本能的语言。李泽厚《美的历程》中提道："它们是原始人们特有的区别于物质生产的精神生产，即物态化活动，它们既是巫术礼仪，又是原始歌舞。到后世，两者才逐渐分化，前者成为'礼'——政刑典章，后者便是'乐'——文学艺术。"周王朝设礼治乐，原始歌舞从此具有了仪式性，舍弃了狂热、激昂的情感宣泄的艺术表达形式，突出强调平和、节制，以服从和服务于当时社会政治秩序稳定的需要。而原始歌舞、仪式歌舞两种形式本质上都是一种实践活动，与人类社会的生产活动紧密相关，《诗经》在当时就是这样的存在。后来，歌舞逐渐变成了一种审美活动，这就是我们最熟悉的歌舞形式。

本章分为三个部分。

【文论摘录】

酒神精神的音乐家无须借助画面，本身就是那原始痛苦和那痛苦的原始回响。（〔德国〕尼采《悲剧的诞生》）

至若茶之为物，擅瓯闽之秀气，钟山川之灵禀，祛襟涤滞，致清导和，则非庸人孺子可得而知矣；冲澹间洁，韵高致静，则非遑遽之时可得而好尚矣。（宋徽宗赵佶《大观茶论》）

诗者，志之所之也，在心为志，发言为诗。情动于中而形于言，言之不足故嗟叹之，嗟叹之不足故永歌之，永歌之不足，不知手之舞之，足之蹈之也。（《毛诗序》）

第一节　江湖载酒

【中心选文】

一　酒德颂

刘伶

有大人先生，以天地为一朝，万期为须臾[1]，日月为扃牖[2]，八荒为庭衢[3]。行无辙迹，居无室庐，幕天席地，纵意所如[4]。止则操卮执觚[5]，动则挈榼提壶[6]，唯酒是务，焉知其余；有贵介公子[7]，搢绅处士[8]，闻吾风声[9]，议其所以。乃奋袂攘襟[10]，怒目切齿，陈说礼法，是非锋起[11]。先生于是方捧罂承槽[12]，衔杯漱醪[13]，奋髯踑踞[14]，枕麹藉糟[15]，无思无虑，其乐陶陶[16]。兀然而醉[17]，豁尔而醒[18]。静听不闻雷霆之声，熟视不睹泰山之形。不觉寒暑之切肌[19]，利欲之感情[20]。俯观万物扰扰焉[21]，如江汉之载浮萍。二豪侍侧焉[22]，如蜾蠃之与螟蛉[23]。

《文选》卷四十七

【作者/出处简介】

刘伶〔221（？）～300（？）〕，字伯伦，沛国（今安徽淮北）人，魏晋名士，与阮籍、嵇康、山涛、向秀、王戎、阮咸并称"竹林七贤"。蔑视礼法，崇尚老庄，嗜酒放诞，常乘鹿车，携一壶酒，使人荷锸随之，谓"死便埋我",被称为"醉侯"。曾任魏建威将军王戎幕下参军;晋朝建立后参与对策,提倡"无为而治",因无所作为而罢官;晋泰始二年(266),朝廷派特使征召刘伶入朝为官,被他拒绝,终老乡里。

【字词注释】

1. 万期(jī):万年。

2. 扃(jiōng)牖(yǒu):门窗。

3. 庭衢:庭道。

4. 纵意所如:按照自己的意愿无拘无束的游荡。

5. 卮(zhī)、觚(gū):古代盛酒器。

6. 挈(qiè):提。榼(kē):盛酒器。

7. 贵介:尊贵。

8. 搢(jìn)绅:同"缙绅",代指仕宦者。处士:有才德而隐居不仕的人。

9. 风声:名声。

10. 奋袂(mèi)攘(rǎng)襟:挥动衣袖,捋起衣襟,形容激动的状态。

11. 锋起:齐起。锋,通"蜂"。

12. 捧罂承槽:捧着瓶子接酒。罂(yīng),小口大肚瓶。槽,酿酒器。

13. 衔杯漱醪(láo):端着杯子喝酒。漱,含着。醪,浊酒。

14. 奋髯:抖动胡须。踑(jī)踞(jù):即箕踞,两腿张开,形似簸箕的坐姿。

15. 麹(qū):酒母。藉(jiè):垫着。糟:酒渣。

16. 陶陶:和乐貌。

17. 兀然:昏沉貌。

18. 豁尔:觉醒貌。

19. 切肌:贴近肌肤。

20. 感情:煽动情绪。

21. 扰扰焉:纷乱貌。

22. 二豪:指贵介公子、搢绅处士。

23. 蜾(guǒ)蠃(luǒ):一种寄生蜂。螟(míng)蛉(líng):蛾的幼虫。蜾蠃常捕捉螟蛉存放窝中,产卵在它们身体里,卵孵化后就拿螟蛉作食物。古人误认为蜾蠃不产子,喂养螟蛉为子,因此用"螟蛉"比喻义子。

【作品解析】

　　《酒德颂》这篇骈文是刘伶存世的唯一作品。首先,作者虚构了两组对立的人物形象,一是"唯酒是务"的大人先生,一是贵介公子和搢绅处士,这种写法与阮籍《大人先生传》非常相似。大人先生沉迷于酒,纵情任性,胸襟阔大,睥睨万物,认为从开天辟地至今不过是一早上的事,一万年不过是一刹那间,并以日月为门窗,八荒为庭道。他出行不用驾车,居住无需房屋,以青天为幕,大地作席。这种人品性最高洁,处事最超脱,是刘伶等人追求的理想境界。而贵介公子和搢绅处士则尊奉道统，拘泥礼教，不敢越雷池半步，听闻"大人先生"的出格言行，便怒不可遏，积极予以匡正，一种"卫道士"的姿态呈现在人们眼前。文章用这两种截然相反的政治观与人生观对比引入，真是开门见山，一语破的，丝毫没有矫揉造作的气息。接着笔锋一转，写大人先生答复贵介公子和搢绅处士的攻击，前者悠然自得，后者汲汲以求，谁更违礼显而易见。这与阮籍大醉六十日，拒绝司马昭为其子司马炎求婚的软对抗方式是一样的。最后，叙述大人先生醉后物我两忘的状态，无思无虑，自醉自醒，看淡世间万物，而所谓"二豪"，即贵介公子和搢绅处士，在他眼中不过如"蜾蠃之与螟蛉"一样卑微、虚假，甚至冠冕堂皇、损人利己，具有强烈的反讽意味和批判意识。

此文以歌咏饮酒的德性为名，表现了作者对于饮酒与性情之关系的独特认识，反映了魏晋名士对名教、礼法的蔑视以及崇尚玄虚、放浪形骸的心态。行文轻灵，笔意恣肆，刻画生动，语言幽默，不见雕琢痕迹。

二 和郭主簿（其一）

陶渊明

蔼蔼堂前林[1]，中夏贮清阴[2]。

凯风因时来[3]，回飙开我襟[4]。

息交游闲业，卧起弄书琴。

园蔬有余滋，旧谷犹储今。

营己良有极，过足非所钦。

春秫作美酒[5]，酒熟吾自斟。

弱子戏我侧，学语未成音。

此事真复乐，聊用忘华簪[6]。

遥遥望白云，怀古一何深！

《笺注陶渊明集》卷二

【作者/出处简介】

陶渊明（365～427），入宋更名为潜，字元亮，号五柳先生，浔阳柴桑（今江西九江）人。曾祖父陶侃曾任东晋大司马，祖父、父亲都当过太守一类的官。八岁丧父，二十岁家道中落，曾任江州祭酒、镇军参军、建威参军、彭泽县令等职，世称"陶彭泽"。《宋书·陶潜传》中有："郡遣督邮至，县吏白应束带见之。潜叹曰：'我不能为五斗米折腰向乡里小人。'即日解印绶去职。"此后未再入仕。卒后，友人私谥"靖节"，故又称"靖节先生"。有《陶渊明集》。陶渊明开创了田园诗派，钟嵘在《诗品》中将陶渊明列入"中品"，称其为"古今隐逸诗人之宗"，另有一类咏史诗歌被鲁迅称为"金刚怒目式的"。

【字词注释】

1. 蔼蔼：茂盛貌。

2. 中夏：即仲夏。

3. 凯风：南风。

4. 回飙（biāo）：回旋的疾风。

5. 秫（shú）：黏稻。

6. 华簪：华美的发簪，此处指仕宦富贵。

【作品解析】

《和郭主簿》是一组唱和诗，共二首。本诗作于东晋元兴二年（403），即陶渊明辞去彭泽县令第二年。诗题中的"郭主簿"姓名、事迹不详，"主簿"是州、县主管簿书的属官。本诗无论写景、叙事、抒情，都无不紧扣一个"乐"字。堂前夏木荫荫，南风清凉习习，这是乡村景物之乐；既无公衙之役，又无车马之喧，杜门谢客，读书弹琴，起卧自由，这是精神生活之乐；园地蔬菜有余，往年存粮犹储，维持生活之需其实有限，够吃即可，过分的富足并非诗人所钦羡，这是物质满足之乐；有黏稻舂捣酿酒，诗人尽可自斟自酌，比起官场琼浆玉液的虚伪应酬，更见淳朴实惠，这是嗜好满足之乐；与妻儿相守，小儿子不时依偎嬉戏身旁，那牙牙学语的神态，真是天真可爱，这是父子人伦之乐。有此数乐，即可忘却那些仕宦富贵及其乌烟瘴气，这又是隐逸恬淡之乐。总之，景是乐景，事皆乐事，则情趣之乐不言而喻。全诗既无比兴、寄托、典故，亦未渲染、铺张、藻饰，纯用白描手法，以疏淡自然的笔调、朴实无华的语言，展现着人们习见熟知的日常生活，形象却十分生动鲜明。如第二句一"贮"字，传达出一种源源不断，生机勃勃的感觉；又如第六句一"弄"字，写出了那种悠然自得，逍遥无拘的乐趣，又与上句"闲业"对应起来。

三　将进酒

李白

君不见黄河之水天上来[1]，奔流到海不复回！

君不见高堂明镜悲白发，朝如青丝暮成雪！

人生得意须尽欢[2]，莫使金樽空对月。

天生我材必有用，千金散尽还复来。

烹羊宰牛且为乐[3]，会须一饮三百杯[4]。

岑夫子，丹丘生[5]，将进酒，杯莫停。

与君歌一曲[6]，请君为我倾耳听：

钟鼓馔玉不足贵[7]，但愿长醉不复醒；

古来圣贤皆寂寞，惟有饮者留其名。

陈王昔时宴平乐[8]，斗酒十千恣欢谑。

主人何为言少钱，径须沽取对君酌[9]。

五花马[10]，千金裘，呼儿将出换美酒[11]，与尔同销万古愁。

《分类补注李太白诗》卷三

【作者/出处简介】

参见第二章第二节《月下独酌》关于李白介绍。

【字词注释】

1. 君不见：乐府诗常用作提示语。天上来：黄河发源于青海，因其地极高，故称。

2. 得意：适意高兴时。

3. 且为乐：姑且作乐。

4. 会须：应当。

5. 岑夫子：岑勋。丹丘生：元丹丘。二人均为李白好友。

6. 与君：为你。

7. 钟鼓馔（zhuàn）玉：这里用来指代富贵利禄。钟鼓，富贵人家宴会时使用的乐器。馔玉，形容精美如玉的食物。

8. 陈王：曹植。宴平乐：曹植《名都篇》一诗中有："归来宴平乐，美酒斗十千"。平乐（lè）：观名。在洛阳西门外，为汉代富豪显贵的娱乐场所。

9. 径须：干脆，只管。沽：通"酤"，买。

10. 五花马：指名贵的马。一说毛色作五花纹，一说鬃毛剪成五花瓣。

11. 将出：拿出。

【作品解析】

将（qiāng）进酒，即请饮酒，原是汉乐府鼓吹铙歌的曲调。此诗约作于唐天宝十一年（752），李白漫游梁宋期间，他与友人岑勋在嵩山另一好友元丹丘的嵩山颍阳山居为客。

诗篇以两组长排比句发端，既有比兴手法，借离颍阳不远的黄河起兴，以黄河一去不返喻人生易逝；又有反衬作用，以黄河的伟大永恒凸显生命的渺小脆弱。"君不见黄河之水天上来，奔流到海不复回"，黄河源远流长，落差极大，如从天而降，又东走大海，上句写大河之来，下句写大河之去。紧接着，"君不见高堂明镜悲白发，朝如青丝暮成雪"，一波未平，一波又起，前两句是对空间范畴的夸张，这两句则是对时间范畴的夸张。悲叹人生短暂，青春易逝，不直接言明，却以"高堂明镜"来侧面表现，一种顾影自怜的情态跃然纸上，又以"朝""暮"之间的变化来进行强调，更见人生的紧迫性和有限性。

第五、六两句是一个逆转，由"悲"转入"欢"与"乐"，从此直到"杯莫停"，诗情渐趋狂放。行乐不可无酒，于是从此入题，但句中并未直接写酒，而用"金樽""对月"出之，不仅生动，更将饮酒活动诗意化了；未直接写饮酒，而以"莫使""空"这一双重否定句代替，语意得以加强。"人生得意须尽欢"，表面上看似乎在宣扬及时行乐的思想，然而结合诗人一直失意的状态可知，这不过是一句牢骚语。但他却并未因失意而消沉，"天生我材必有用"，在"有用"上加一"必"字，用乐观好强的口吻肯定自我，从貌似消极的现象中露出一种怀才不遇而又渴望用世的积极的本质来。"千金散尽还复来"，"千金"为巨财，李白却不珍视，表现出对物质世界的一种淡漠态度。

"烹羊宰牛且为乐，会须一饮三百杯"，至此狂放之情趋于高潮，诗人似已心醉神迷，仍高声劝酒"岑夫子，丹丘生，将进酒，杯莫停"，他还要"与君歌一曲，请君为我倾耳听"。以下八句就是非常奇特的诗中之歌了。"钟鼓馔玉不足贵"，李白对物质的淡漠亦是他对现世的淡漠，于是"但愿长醉不复醒"，至此诗情便由狂放转而为愤激。说到"唯有饮者留其名"，一涉从古至今寂寞的"圣贤"如我，二涉历史上不得志的"陈王"曹植。此诗开始似只在感叹人生，而不染政治色彩，其实全篇饱含一种深广的忧愤和对自我的信念。诗情所以悲而不伤，悲而能壮，即根源于此。刚露一点深衷，又回到说酒了，而且看起来酒兴更高。

以下诗情再入狂放，而且愈来愈狂。"主人何为言少钱"，既照应"千金散尽"句，又故作跌宕，引出最后一番豪言壮语，即便千金散尽，也不惜将名贵宝物"五花马""千金裘"来换取美酒，图个一醉方休。最后，迸出一句"与尔同销万古愁"，与开篇之"悲"关合，而"万古愁"的含义更加深沉，言有尽而意无穷。

四　饮中八仙歌

杜甫

知章骑马似乘船[1]，眼花落井水底眠。

汝阳三斗始朝天[2]，道逢麴车口流涎[3]，恨不移封向酒泉[4]。

左相日兴费万钱[5]，饮如长鲸吸百川[6]，衔杯乐圣称避贤[7]。

宗之潇洒美少年[8]，举觞白眼望青天，皎如玉树临风前。

苏晋长斋绣佛前[9]，醉中往往爱逃禅[10]。

李白一斗诗百篇，长安市上酒家眠，天子呼来不上船，自称臣是酒中仙。

张旭三杯草圣传[11]，脱帽露顶王公前，挥毫落纸如云烟。

焦遂五斗方卓然[12]，高谈雄辩惊四筵。

《杜少陵集详注》卷二

【作者/出处简介】

参见第二章第二节《月夜》关于杜甫介绍。

【字词注释】

1. 知章：贺知章。官至秘书监，性旷放纵诞，自号"四明狂客"，又称"秘书外监"。
2. 汝阳：汝阳王李琎，唐玄宗之侄。朝天：朝见天子。
3. 麹（qū）车：酒车。涎（xián）：口水。
4. 移封：改换封地。酒泉：郡名，今甘肃酒泉，传说郡城下有泉如酒。
5. 左相：左丞相李适之。唐天宝元年（742），代牛仙客为左丞相；天宝五年（746），被李林甫排挤罢相。
6. 长鲸：鲸鱼，传说能吸百川之水。
7. 衔杯：贪酒。圣：代指清酒。贤：代指浊酒。《三国志·魏书·徐邈传》载：尚书郎徐邈酒醉，校事赵达来问事，邈言"中圣人"。达复告曹操，操怒，鲜于辅解释说："平日醉客，谓酒清者为圣人，酒浊者为贤人。"
8. 宗之：崔宗之，吏部尚书崔日用之子，袭父封齐国公，官至侍御史，与李白交情深厚。
9. 苏晋：开元进士，曾为户部、吏部侍郎。长斋：长期斋戒。
10. 逃禅：不守佛门戒律。
11. 张旭：著名书法家，善草书，世称"草圣""张颠"。
12. 焦遂：唐代布衣，以嗜酒闻名，事迹不详。卓然：神采焕发貌。

【作品解析】

《饮中八仙歌》约作于唐天宝五年（746）杜甫初到长安时。这是一首富有特色的肖像诗，也是一幅栩栩如生的群像图。八个酒仙是同时代的人，又都在长安生活过，嗜酒、纵情、豪放这些方面颇为相似。

首先是贺知章。他是其中资格最老、年事最高的一位。诗中说他喝醉酒后，骑马的姿态就像乘船那样摇来晃去，醉眼朦胧，眼花缭乱，跌进井里竟会在井里熟睡不醒。他的醉态与醉意弥漫着一种幽默、欢快的情调。

其次是汝阳王李琎。他饮酒三斗才上朝拜见天子，在路上看到酒车竟然流起口水来，恨不得把自己的封地迁到酒泉去。诗人抓住他出身皇族这一特点，描摹他的享乐心理，真实而又有分寸。

接着是李适之。他曾高居丞相之位，雅好宾客，日费万钱，饮酒如鲸鱼吸纳百川之水，形象地写出他的奢侈、豪气。然而好景不长，后被排挤罢相，在家宴饮，虽酒兴未减，却不免牢骚满腹，其诗曰："避贤初罢相，乐圣且衔杯。为问门前客，今朝几个来？""衔杯乐圣称避贤"即化用李适之诗句。"乐圣"，即喜喝清酒；"避贤"，即不喝浊酒。结合罢相的历史事实看，"避贤"语意双关，含有深刻的政治内容和讽刺权奸的意味。

三个显贵人物之后是名士崔宗之和苏晋。崔宗之少年英俊，风流倜傥。他豪饮时，高举酒杯，白眼仰天，睥睨一切；喝醉后，如玉树迎风摇曳，不能自持。用"玉树临风"来形容宗之的俊美丰姿和潇洒醉态很有韵味。接着写苏晋。苏晋一面耽禅，长期斋戒；一面又嗜饮，经常醉酒。他处于"斋"与"醉"的矛盾斗争中，但结果往往是"酒"战胜"佛"，所以只好"醉中逃禅"了。

以上五个次要人物展现后，中心人物隆重出场了。李白以豪饮闻名，文思敏捷，常以酒助诗兴。《新唐书·李白传》载：唐玄宗与杨贵妃在沉香亭赏牡丹，召时为供奉翰林的李白写诗，而他却醉眠于长安酒肆。又唐代范传正《李白新墓碑》载：玄宗泛舟白莲地，召李白写文，而他已在翰林院中喝醉了，玄宗就命高力士扶他上船来见。杜甫是李白的挚友，他基于李白的思想性格，又加以浪漫主义的夸张，塑造了一个备受后人称道的桀骜不驯，豪放任诞，傲视封建王侯的艺术形象。

另一个与李白性格特征相似的人物是张旭。张旭饮酒三杯后，豪情奔放，绝妙的草书便流于笔端。即使在显赫的王公大人面前，张旭依旧是放浪形骸的，他脱下帽子，露出头顶，奋笔疾书，自由挥洒，字迹如云烟般舒卷自如。如果说李白拥有的是心的自由的话，那么张旭则如刘伶般身心自由。

最后是焦遂。焦遂喝酒五斗后方有醉意，那时他更显得神采焕发，高谈阔论，滔滔不绝，惊动了席间在座的人。这里突出强调的是他的卓越见识和论辩口才。

本诗是一首结构严密的歌行体，一韵到底，一气呵成。每个人物自成一章，主次分明，同中有异。明代王嗣奭《杜臆》中有："此创格，前无所因。"

第二节　茶香疏处

【中心选文】

一　九日与陆处士羽饮茶

皎然

九日山僧院，东篱菊也黄。

俗人多泛酒[1]，谁解助茶香。

《全唐诗》卷八一七

【作者/出处简介】

皎然（730～799），俗姓谢，字清昼，湖州（今浙江吴兴）人，谢灵运十世孙。幼负异才，生性与佛道相合，早年即倾心佛理，成年后便削发为僧，曾为吴兴杼山妙喜寺住持。皎然出家后，始终不忘吟诗，被称为"江东名僧"，与另外两位诗僧贯休、齐己齐名。有《杼山集》和诗歌理论著作《诗式》。

【字词注释】

1. 泛酒：古代风俗。每逢三月三日，宴饮于环曲的水渠旁，浮酒杯于水上，任其飘流，停则取饮，相与为乐。

【作品解析】

《九日与陆处士羽饮茶》是一首即兴诗。九日即九月九日重阳节，从唐代起就有在这一天登高远眺、饮酒赋诗、观赏菊花、遍插茱萸等风俗。陆处士即陆羽，陆羽（733～804），字鸿渐，竟陵（今湖北天门）人，一名疾，字季疵，号竟陵子、桑苎翁、东冈子，又号"茶山御史"，唐代著名茶学家，被誉为"茶仙"，尊为"茶圣"，祀为"茶神"。至德年间，二十多岁的陆羽到杭州，途经湖州，借宿于妙喜寺，与四十多岁的住持皎然结成"缁素忘年交"，他们一同诵经、拜佛、写诗、做文、品茶、研茶，情谊笃深，生死不渝。陆羽在妙喜寺寄宿了三、四年，完成了《茶经》三卷，本诗也作于这一时期，"山僧院"即妙喜寺院。自从陶渊明吟出"采菊东篱下"之后，"东篱""菊"这些意象就与高人逸士、悠然自得联系起来。与友人共度重阳节，一反常规不饮酒，因为在方外之士看来，"泛酒"乃是流俗，如王羲之等人的兰亭集会，饮茶方显高洁，所谓"禅茶一味"。"谁解助茶香"这一问句实含韵外之致，皎然、陆羽二友人饮茶，便是识茶香了，从中可见知音之赏和对茶的喜爱之情。这首五绝总共二十字，语言朴素自然，风格清丽闲淡。

诗中二位主人公开创了中国古代以茶代酒之新风，也带来了大唐茶文化的高峰，促进了茶道与诗道前所未有的融合。

二 茶

元稹

茶，

香叶，嫩芽。

慕诗客，爱僧家。

碾雕白玉¹，罗织红纱²。

铫煎黄蕊色³，碗转麹尘花⁴。

夜后邀陪明月，晨前命对朝霞。

洗尽古今人不倦，将知醉后岂堪夸。

《全唐诗》卷四二三

【作者/出处简介】

元稹（779～831），字微之，别字威明，河南洛阳人。唐贞元九年（793），明经及第；元和元年（806），元稹登才识兼茂明于体用科，为第一名，授左拾遗，历监察御史。因直言说论，得罪宦官，贬江陵士曹参军。遭打击后，锋芒锐减，后变节和宦官相勾结。穆宗朝，官职不断升迁。长庆二年（822），与裴度同时拜相。时论不满，出为同州刺史，调任浙东观察使兼越州刺史、检校户部尚书兼鄂州刺史等，后卒于武昌节度使任所，追赠尚书右仆射。与白居易同科及第，二人共同倡导新乐府运动，世称"元白"。有《元氏长庆集》《补遗》。

【字词注释】

1. 碾雕白玉：茶碾是白玉雕成的。

2. 罗织红纱：茶筛是红纱制成的。

3. 铫（diào）：煎茶器具。

4. 麹尘：指茶汤上面的浮沫。

【作品解析】

从文体上看，这是一首古体诗，又被称为"一字至七字诗"。指一首诗从第一句一字开始，或逐句成韵，或两句成韵，每韵增加一字，增至每句七字、九字或十字，形如宝塔，故亦称"宝塔诗"。这种诗带有文字游戏的成分，在中国古代诗歌中较为少见。

据《唐诗纪事》记载，本诗作于唐大和三年（829），为了远离朝堂党争，白居易以太子宾客的虚职到东都洛阳担任分司官，王起、李绅、令狐楚、元稹、魏扶、韦式、张籍、范尧佐等人在长安兴化亭为他饯别，各请一字至七字诗，赋得《花》《月》《山》《茶》《愁》《竹》《书》《诗》共九首。

诗一开头就点出主题"茶"，接着写茶的本性，即味香和形美。然后用倒装句，点出茶深受诗人和僧人的喜爱。"碾雕"二句写制作茶叶的器具。因为古人喝的茶多是团茶和饼茶，所以先要用白玉雕成的碾把茶叶碾碎，再用红纱制成的筛把茶叶筛分。"铫煎"二句写茶汤的制作流程。先要在铫中煎成黄色，然后盛在碗中刮去浮沫。器具是贵重的，流程是精细的，借此来表现对茶的珍视。"夜后"二句谈到人们的饮茶习惯。不但夜晚要喝，而且早上也要饮，并与明月、朝露作伴，清新的品茶环境烘托出茶品的高洁。最后提到饮茶能够达到的境界。茶是天地之灵物，能够提神醒酒，古今莫不如是。本诗从一言句到七言句，逐句成韵，对仗工整，声韵和谐，节奏明快，读起来朗朗上口。

三　次韵曹辅寄壑源试焙新芽

苏轼

仙山灵雨湿行云，洗遍香肌粉未匀。
明月来投玉川子[1]，清风吹破武陵春[2]。
要知冰雪心肠好[3]，不是膏油首面新。
戏作小诗君一笑，从来佳茗似佳人。

《集注分类东坡先生诗》卷十三

【作者/出处简介】

参见第二章第一节《日喻》关于苏轼介绍。

【字词注释】

1. 明月：一种外形似明月的茶饼。玉川子：唐代诗人卢仝的别号，此处作者用来指代自己。
2. 武陵：杭州山名。
3. 冰雪：茶的别称。

【作品解析】

次韵，又称"步韵"，是和韵赋诗中最严格的一种。它要求作者依次用原韵、原字，按原次序相和。曹辅（1069～1127），字载德，（南剑州）沙县（今属福建）人。宋元符进士，历任秘书省正字。徽宗多微行，曹辅直言敢谏，贬官郴州六年，怡然不介意。靖康年间，召为监察御史，旋进签书枢密院事。高宗即位仍旧职，未几卒。曹辅寄给苏轼福建壑源新茶并诗，苏轼写了这首诗回给他。

本诗首先介绍茶叶的生长环境，勾勒出一幅美丽的图画：犹如仙境的茶山，山上流动着的云雾滋润了灵草般的茶叶。言山之高，云之多，是为了表现茶叶品质之好。接下来介绍茶叶的外在形态。白云洗遍了茶叶的每一寸香肌，它不施粉黛，天生丽质。好友曹辅投苏轼所好，把壑源出产的像圆月般的茶饼寄给他，此处使用了卢仝的典故。唐代卢仝《走笔谢孟谏议寄新茶》中有：

"七碗吃不得也，唯觉两腋习习清风生。蓬莱山，在何处？玉川子乘此清风欲归去。""玉川子"乃卢仝号，苏轼用来指代自己。苏轼饮茶之后，表现与卢仝一样，如沐春风，飘飘欲仙。要知道这等冰清玉洁的茶叶不但品质优良，而且是纯天然的，不曾粉饰增华。据说当时有造茶者以膏油涂茶饼，使其色彩明艳，以欺骗不知茶者。最后，作者特别强调，他兴之所至写下这首小诗，希望友人曹辅不要嘲笑自己，因为在他看来"从来佳茗似佳人"，才有了以上对待佳人般的温情细腻的欣赏。

本诗采用拟人手法，句句写佳人，同时又句句写佳茗。苏轼用他独特的审美眼光和感受，将茶内外之美、对茶的喜爱以及与友人的情谊统统写了出来。"从来佳茗似佳人"别出心裁，形象生动，是广为传诵的佳句。这是苏轼品茶意境的最高体现，也成为后人品评佳茗的最好注解。此句常与苏轼《饮湖上初晴后雨》中的名句"欲把西湖比西子"相映成趣。

四　妙玉请茶

曹雪芹

当下贾母等吃过茶，又带了刘姥姥至栊翠庵来。妙玉忙接了进去。至院中见花木繁盛，贾母笑道："到底是他们修行的人，没事常常修理，比别处越发好看。"一面说，一面便往东禅堂来。妙玉笑往里让，贾母道："我们才都吃了酒肉，你这里头有菩萨，冲了罪过。我们这里坐坐，把你的好茶拿来，我们吃一杯就去了。"妙玉听了，忙去烹了茶来。

宝玉留神看他是怎么行事。只见妙玉亲自捧了一个海棠花式雕漆填金云龙献寿的小茶盘，里面放一个成窑五彩小盖钟[1]，捧与贾母。贾母道："我不吃六安茶。"妙玉笑说："知道。这是老君眉。"贾母接了，又问是什么水。妙玉笑回："是旧年蠲的雨水[2]。"贾母便吃了半盏，便笑着递与刘姥姥说："你尝尝这个茶。"刘姥姥便一口吃尽，笑道："好是好，就是淡些，再熬浓些更好了。"贾母众人都笑起来。然后众人都是一色官窑脱胎填白盖碗。

那妙玉便把宝钗和黛玉的衣襟一拉，二人随他出去，宝玉悄悄的随后跟了来。只见妙玉让他二人在耳房内，宝钗坐在榻上，黛玉便坐在妙玉的蒲团上。妙玉自向风炉上扇滚了水，另泡一壶茶。宝玉便走了进来，笑道："偏你们吃梯己茶呢。"二人都笑道："你又赶了来餐茶吃[3]。这里并没你的。"妙玉刚要去取杯，只见道婆收了上面的茶盏来。妙玉忙命："将那成窑的茶杯别收了，搁在外头去罢。"宝玉会意，知为刘姥姥吃了，他嫌脏不要了。

又见妙玉另拿出两只杯来。一个旁边有一耳，杯上镌着"瓠瓟斝"三个隶字[4]，后有一行小真字是"晋王恺珍玩"，又有"宋元丰五年四月眉山苏轼见于秘府"一行小字。妙玉便斟了一斝，递与宝钗。那一只形似钵而小，也有三个垂珠篆字，镌着"点犀䀉"[5]。妙玉斟了一䀉与黛玉。仍将前番自己常日吃茶的那只绿玉斗来斟与宝玉。

宝玉笑道："常言'世法平等'，他两个就用那样古玩奇珍，我就是个俗器了。"妙玉道："这是俗器？不是我说狂话，只怕你家里未必找的出这么一个俗器来呢。"宝玉笑道："俗话说'随乡入乡'，到了你这里，自然把那金玉珠宝一概贬为俗器了。"妙玉听如此说，十分欢喜，遂又寻出一只九曲十环一百二十节蟠虬整雕竹根的一个大盏出来[6]，笑道："就剩了这一个，你可吃的了这一海[7]？"宝玉喜的忙道："吃的了。"妙玉笑道："你虽吃的了，也没这些茶糟蹋。岂不闻'一杯为品，二杯即是解渴的蠢物，三杯便是饮牛饮骡了'。你吃这一海便成什么？"说的宝钗、黛玉、宝玉都笑了。妙玉执壶，只向海内斟了约有一杯。宝玉细细吃了，果觉轻浮无比[8]，赏赞不绝。妙玉正色道："你这遭吃的茶是托他两个福，独你来了，我是不给你吃的。"宝玉笑道："我深知道的，我也不领你的情，只谢他二人便是了。"妙玉听了，方说："这话明白。"

黛玉因问："这也是旧年的雨水？"妙玉冷笑道："你这么个人，竟是大俗人，连水也尝不出来。这是五年前我在玄墓蟠香寺住着[9]，收的梅花上的雪，共得了那一鬼脸青的花瓮一瓮[10]，总舍不得吃，埋在地下，今年夏天才开了。我只吃过一回，这是第二回了。你怎么尝不出来？隔年蠲的雨水那有这样轻浮，如何吃得。"黛玉知他天性怪僻，不好多话，亦不好多坐，吃完茶，便约着宝钗走了出来。

宝玉和妙玉陪笑道："那茶杯虽然脏了，白撂了岂不可惜？依我说，不如就给那贫婆子罢，他卖了也可以度日。你道可使得？"妙玉听了，想了一想，点头说道："这也罢了。幸而那杯子是我没吃过的，若是我吃过的，我就砸碎了也不能给他。你要给他，我也不管你，只交给你，快拿了去罢。"宝玉笑道："自然如此，你那里和他说话授受去，越发连你也脏了。只交与我就是了。"妙玉便命人拿来递与宝玉。

宝玉接了，又道："等我们出去了，我叫几个小幺儿来河里打几桶水来洗地如何？"妙玉笑道："这更好了，只是你嘱咐他们，抬了水只搁在山门外头墙根下，别进门来。"宝玉道："这是自然的。"说着，便袖着那杯，递与贾母房中小丫头拿着，说："明日刘姥姥家去，给他带去罢。"交代明白，贾母已经出来要回去。妙玉亦不甚留，送出山门，回身便将门闭了。不在话下。

《红楼梦》第四十一回

【作者/出处简介】

曹雪芹〔1715（?）～1763（?）〕，名霑，字梦阮，号雪芹，又号芹圃、芹溪。其先世是清朝皇室包衣，曾祖父曹玺、祖父曹寅等三代四人连任江宁织造，祖母孙氏曾做过康熙的乳母。康熙六次南巡，有四次住在江宁织造府，使得曹家门庭生辉，炙手可热。雍正六年（1728），曹家被查抄，曹雪芹返回北京。他经历了家势的盛衰巨变，晚年住在北京西郊，穷愁潦倒，于乾隆年间去世。

【字词注释】

1. 成窑：指明成化年间官窑所出的瓷器，以五彩者为上。盖钟：有盖的小杯。钟，同"盅"。

2. 蠲（juān）：积存。

3. 觇（cí）：当作"觊"，窥视之意，引申为伺机讨要。

4. 瓟（bān）瓟（páo）斝（jiǎ）：用一斝形模子套在小瓟瓟上，使之按模子的形状成长，成型后去子风干做饮器；一说是一种形似葫芦的特制饮器。瓟、瓟，均葫芦类。斝，饮器。

5. 点犀盉（qiáo）：犀牛角做成的饮器。原作"杏犀盉"，据甲辰本校改。

6. 大盍（hǎi）：大杯。

7. 海：大的，此处指容量大的器皿。

8. 轻浮：茶味不凡。

9. 玄墓：山名，在今江苏苏州。相传东晋青州刺史郁泰玄葬此，故称。

10. 鬼脸青：一种釉色深蓝的瓷。原作"鬼胎青"，据各本校改。

【作品解析】

"妙玉请茶"原回目为"栊翠庵茶品梅花雪，怡红院劫遇母蝗虫"，主要写饮茶雅事，同时事中见人。《红楼梦》第五回妙玉的判词是"欲洁何曾洁，云空未必空。可怜金玉质，终陷淖泥中。"这判词隐寓着妙玉的悲剧命运。妙玉自称"槛外人"，即不在纷扰的俗世之内，而"品茶栊翠庵"中的细腻描写却委婉揭示了这位妙龄少女内心的诸多秘密。荣国府老祖宗与大观园诸裙钗第一次聚集在这所佛堂，这也是妙玉第一次正面展现在众人面前。妙玉尽到应有礼数之后，就把贾母撂在了一边，而与黛玉、宝钗到"耳房"中吃"体己茶"去了。这一方面说明了妙玉对两位才貌出众的女子另眼相看，引为同类；另一方面也显示了妙玉的心计，在内心深处妙玉对宝玉有着无法言说的"情意"。她拉走钗黛，必引起宝玉尾随而来，实质上这正是她的愿望和目的。当着钗黛的面，他又对宝玉正色道："你这遭吃的茶是托他两个福，独你来了，我是不给你吃的。"可是，他取杯招待宝玉吃茶时，却"仍将前番自己常日吃茶的那只绿玉斗来斟与宝玉"。"槛外人"妙玉其实是一只脚在槛外,另一只脚在槛内,她想在"槛外"求自由,却要到"槛内"去寻求爱,这样必然落得为环境吞噬的可悲境地。

　　同时,本回还借贾母和妙玉之口道出了两种名茶。六安茶,产自安徽省霍山县的大蜀山上,因古为六安府治,即以"六安"命名;又因其形似葵花瓜子片,通常叫作"六安瓜片",或者干脆简称"瓜片"。六安茶品质优良,也常作药用,相传能消垢腻,去滞积,是我国的主要绿茶之一。老君眉,产自湖南洞庭湖中的洞庭山上。洞庭山又叫君山、湘山,四面环水,异竹丛生,环境幽美,气候宜人。由于山有名,茶亦有名,君山茶很早就成了向皇帝进献的贡茶,富贵人家以能饮此茶为乐事。清朝江南名士袁枚在《随园食单》中也称赞过这种名茶。妙玉捧茶给贾母时用的是"海棠花式雕漆填金云龙献寿的小茶盘",给贾母斟茶用的是"成窑五彩小盖钟";给宝钗用的"瓟瓟斝"乃是晋王恺、宋苏轼赏玩过的古董;给黛玉用的"点犀盉"三字以汉曹喜所创笔画连续成点的篆字写成;给宝玉的是"九曲十环一百二十节蟠虬整雕竹根大盉"。就连被宝玉称为"俗器"的"绿玉斗",照妙玉的话说,"这是俗器?不是我说狂话,只怕你家里未必找的出这么一个俗器来呢。"又妙玉给贾母等人泡茶用的是旧年的雨水,黛玉问他们喝的是否也是,妙玉冷笑道:"你这么个人,竟是大俗人,连水也尝不出来。"说这是她五年前从梅花上收的雪,用花瓮埋在地下,今夏才启开的。借宝玉之争道出了饮茶器具之珍贵,又借黛玉之问道出了制茶过程之讲究。正可谓"一部《红楼梦》,满纸茶叶香"!

第三节　轻歌曼舞

【中心选文】

一　八佾舞于庭

孔子

　　孔子谓季氏[1],"八佾舞于庭[2],是可忍也,孰不可忍也?"

《论语·八佾》

【作者/出处简介】

　　孔子(前551~前479),名丘,字仲尼。儒家学派创始人,春秋时期鲁国陬邑(今山东曲阜)人。初曾从政,官至鲁之司寇,但未能得志;继而周游,仍不得志,终于返鲁,从事讲学和著述。孔子弟子及再传弟子搜集孔子与弟子的言行编成《论语》一书。《八佾》是《论语》的第三篇，包括二十六章，主要内容涉及"礼"的问题，主张维护礼在制度上、礼节上的种种规定。

【字词注释】

1. 季氏：指季平子，即季孙意如。又一说指季康子，一说指季桓子。
2. 佾（yì）：古代乐舞的行列。

【作品解析】

　　此章孔子批判了季氏破坏周礼的僭越行为。季氏是春秋时期鲁国正卿，执政期间专权擅势，收揽人心。一佾是八个人的行列，八佾就是六十四人。按照周礼规定，只有天子才能用八佾，诸侯用六佾，卿大夫用四佾，士用二佾。因此季氏只能用四佾，他却用八佾，明显违背了礼制。

　　周朝建立了一套完整的礼乐制度，将上至天子，下至庶人的各种宗法封建制度合法化、礼仪化，以便平衡权利的分配与管理。在举行礼仪活动时，常常歌舞相伴，因此礼乐是周礼中的重要内容。春秋时期，随着社会经济结构的变化，各种社会思潮泛起，社会伦理道德也出现了明显的改变。原本处于国家中间阶层的政治势力开始表现出超越和取代上层统治者的行径，诸侯独立，大夫专政，陪臣执国命等现象层出不穷，导致了政治秩序的混乱；慈、孝、爱、教等伦理规范遭到毁坏，导致了人际关系的混乱。尽管周礼作为社会秩序的主要表现形式还没有完全退出政治舞台，但"礼崩乐坏"局面的形成已经不可避免，周天子已经失去领导权威和控制能力。对于一生以恢复周礼为己任的孔子来说，礼乐文化的被破坏代表着世风日下，季氏这种明目张胆的僭越行为更是不可容忍，因此他说"是可忍也，孰不可忍也"。这句话的批评语气极其严厉，显示出孔子对违礼行为的深恶痛绝。后世在表达对一件事情无法忍耐时，也广泛地引用这句话。

二　猗兰操

韩愈

兰之猗猗[1]，扬扬其香[2]。

不采而佩，于兰何伤。

今天之旋[3]，其曷为然[4]。

我行四方，以日以年[5]。

雪霜贸贸[6]，荠麦之茂[7]。

子如不伤，我不尔觏[8]。

荠麦之茂，荠麦有之。

君子之伤，君子之守⁹。

《全唐诗》卷三三六

【作者/出处简介】

韩愈（768~824），字退之，河阳（今河南孟县）人，郡望河北昌黎，世称"韩昌黎"。三岁而孤，自幼好学。二十五岁中进士，曾任四门博士、监察御史等职。因上书言关中旱饥，触怒权要，被贬为阳山（今属广东）令。后又因反对宪宗拜迎佛骨，从刑部侍郎任上被贬为潮州刺史。穆宗即位，奉诏回京，为国子监祭酒、兵部侍郎、吏部侍郎。五十七岁终，谥"文"，故又称"韩文公"。韩愈是"唐代古文运动"的倡导者，与柳宗元并称"韩柳"，苏轼称他"文起八代之衰，道济天下之溺"，明人尊他为"唐宋八大家"之首。有《昌黎先生集》。

【字词注释】

1. 猗猗：盛美貌。

2. 扬扬：飘逸貌。

3. 旋：变迁。

4. 曷：何不。

5. 以日以年：日复一日，年复一年。

6. 贸贸：迷蒙貌。

7. 荠麦：荠菜和麦苗。

8. 覯（gòu）：遇见。

9. 守：节操。

【作品解析】

本诗有序云："孔子伤不逢时作。"汉·蔡邕《琴操》中有："《猗兰操》者，孔子所作也。孔子历聘诸侯，诸侯莫能任。自卫返鲁，过隐谷之中，见香兰独茂，喟然叹曰：'夫兰当为王者香，今乃独茂，与众草为伍，譬犹贤者不逢时，与鄙夫为伦也。'乃止车，援琴鼓之，云云。"相传孔子曾作琴曲《猗兰操》，曰："习习谷风，以阴以雨。之子于归，远送于野。何彼苍天，不得其所。逍遥九州，无有定处。世人暗蔽，不知贤者。年纪逝迈，一身将老。"这首诗就是韩愈仿效孔子之作。首先强调兰花的芳香美丽，而这样美好的事物却得不到人们的欣赏，接下来又说得不到欣赏有什么关系呢，表现兰花不流于俗的高洁品质。"今天之旋"四句对应孔子诗中"何彼苍天"四句，颠沛流离是孔子的，亦是韩愈的，姑且在世事变迁之时，辗转四方，推行大道，不自掩其芳。关于诗中的荠麦有两种说法，一说荠麦茂盛于冬，以喻君子；一说荠麦感阴而生，以喻小人。后说似更合理，荠麦与兰相对，正如小人的乘势而上和君子的持操独守，借喻己之虽不见用，仍恪守节操，决不动摇的意志。"子""尔"都指代的是兰，"不伤"则"不觐"，兰花的不被赏识使得诗人与之相遇，这是同病相怜的结果，也是不幸成就了幸运，与诗人"不平则鸣"的创作思想有异曲同工之处。最后两句说荠麦蓬勃生长，乃是出于荠麦的本性，而君子感伤不遇，也正因为君子有自己的操守。这大概也是诗人几度宦海沉浮的心声吧。

三　霓裳羽衣歌和微之

白居易

我昔元和侍宪皇[1]，曾陪内宴宴昭阳[2]。千歌百舞不可数，就中最爱霓裳舞。

舞时寒食春风天，玉钩栏下香案前。案前舞者颜如玉，不著人家俗衣服。

虹裳霞帔步摇冠，钿璎累累佩珊珊[3]。娉婷似不任罗绮，顾听乐悬行复止[4]。

磬箫筝笛递相搀[5]，击㧬弹吹声逦迤[6]。散序六奏未动衣，阳台宿云慵不飞[7]。

中序擘騞初入拍，秋竹竿裂春冰拆[8]。飘然转旋回雪轻，嫣然纵送游龙惊。

小垂手后柳无力，斜曳裾时云欲生[9]。烟蛾敛略不胜态[10]，风袖低昂如有情。

上元点鬟招萼绿，王母挥袂别飞琼[11]。繁音急节十二遍，跳珠撼玉何铿铮[12]？

翔鸾舞了却收翅，唳鹤曲终长引声[13]。当时乍见惊心目，凝视谛听殊未足。

一落人间八九年，耳冷不曾闻此曲。溢城但听山魈语[14]，巴峡唯闻杜鹃哭。

移领钱塘第二年，始有心情问丝竹。玲珑箜篌谢好筝[15]，陈宠觱篥沈平笙[16]。

清弦脆管纤纤手，教得霓裳一曲成。虚白亭前湖水畔[17]，前后只应三度按。

便除庶子抛却来[18]，闻道如今各星散。今年五月至苏州，朝钟暮角催白头。

贪看案牍常侵夜[19]，不听笙歌直到秋。秋来无事多闲闷，忽忆霓裳无处问。

闻君部内多乐徒[20]，问有霓裳舞者无？答云七县十万户，无人知有霓裳舞。

唯寄长歌与我来，题作霓裳羽衣谱。四幅花笺碧间红，霓裳实录在其中。

千姿万状分明见，恰与昭阳舞者同。眼前仿佛睹形质，昔日今朝想如一。

疑从魂梦呼召来，似著丹青图写出。我爱霓裳君合知，发于歌咏形于诗。

君不见，我歌云"惊破霓裳羽衣曲"[21]。又不见，我诗云"曲爱霓裳未拍时"[22]。

由来能事皆有主，杨氏创声君造谱[23]。君言此舞难得人，须是倾城可怜女。

吴妖小玉飞作烟[24]，越艳西施化为土。娇花巧笑久寂寥，娃馆苎萝空处所[25]。

如君所言诚有是，君试从容听我语。若求国色始翻传，但恐人间废此舞。

妍媸优劣宁相远，大都只在人抬举。李娟张态君莫嫌[26]，亦拟随宜且教取。

《白氏长庆集》卷二十一

【作者/出处简介】

参见第四章第四节《问刘十九》关于白居易介绍。

【字词注释】

1. 元和：唐宪宗李纯年号（806—820）。

2. 内宴：皇家宴会。昭阳：即昭阳殿。

3. 钿（tián）璎（yīng）：金花、贝片、玉珠之类饰物。珊珊：玉石碰击声。

4. 乐悬：本指悬挂的钟磬一类打击乐器，此处代指乐声。

5. 递相搀：次第发声。

6. 撽（yè）：同"擪"，用手指按压。逦（lǐ）迤（yǐ）：形容乐声悠扬圆转。

7. "散序"二句：散序部分奏乐六遍，没有节拍，所以舞蹈尚未开始，舞女们像停在阳台上的云一样困卷不飞。散序，指隋唐燕乐大曲的开始部分。宿，停住。

8. "中序"二句：中序亦名拍序，开始有节拍，像秋竹爆裂，春冰忽坼。擘（bò）騞（huō），用手指抬弦后迅速切音发出的类似爆裂声。坼，通"坼"，裂开。

9. "飘然"四句：舞姿婉转轻盈如飞雪，微笑迭起娇美如游龙，古舞《小垂手》后似柳丝无力，斜曳裙裾时似云霞初生，这是刚开始起舞时的姿态。小垂手，古舞名。

10. 烟蛾：指淡黑色的眉毛。

11. "上元"二句：舞女好似上元夫人点名招来的萼绿华，王母娘娘挥袂告别的许飞琼。上元、萼绿、飞琼，分别指上元夫人、萼绿华和许飞琼，均为天宫仙女。

12. "繁音"二句：奏乐十二遍，即到第三部分曲破时，乐音碎密，节奏急促，像跳跃的珍珠，像敲响的美玉一样清脆响亮。铿（kēng）铮（zhēng），形容乐声清脆响亮。

13. "翔鸾"二句：舞女们舞罢像飞翔的鸾鸟般收翅，曲终像鹤唳似的长引一声。一般的曲子都是急音收停，而霓裳羽衣曲结尾时节奏再次放慢，拖长后才结束。

14. 溢城：指江州，今江西九江。山魈（xiāo）：传说中的一种独角鬼怪。

15. 玲珑：即商玲珑，与谢好、陈宠、沈平，皆当时杭州的乐妓。

16. 觱（bì）篥（lì）：古代管乐器，形似喇叭，用竹子做管，用芦苇做嘴。

17. 虚白亭：在杭州西湖岸边。

18. 除：授职。庶子：即太子左庶子。

19. 案牍：公文。侵夜：深夜。

20. 君：指元稹。

21. "惊破"句：《长恨歌》诗句。

22. "曲爱"句：《重题别东楼》诗句。

23. 杨氏：指开元中西凉府节度杨敬述。

24. "吴妖"句：吴王夫差之女小玉夭折后，化为人形来见吴王，小玉的母亲想去抱她，她便化成轻烟飞走了。

25. 娃馆：即馆娃宫，吴王夫差为西施所建，位于江苏苏州灵岩山上。苎（zhù）萝（luó）：山名，在浙江诸暨南，相传西施为此山鬻薪者之女。

26. 李娟、张态：均为苏州歌妓。

【作品解析】

　　《霓裳羽衣歌》又名《霓裳羽衣曲》，是唐代著名宫廷乐曲，出自印度，原名《婆罗门曲》。开元中河西节度使杨敬述呈献朝廷，经唐玄宗李隆基加工润色，改名为《霓裳羽衣曲》，玄宗宠妃杨玉环就以善舞此曲闻名于世，安史之乱后谱调逐渐失传。微之是唐朝诗人元稹的字，他有《霓裳羽衣谱》诗寄白居易，惜已失传。此诗约作于唐宝历元年（825），白居易时为苏州刺史，元稹为越州刺史兼浙东观察使。

　　全诗大致可以分为三段：从开头到"凝视谛听殊未足"是第一段。"舞时"二句首先点出表演的时间和场所，明媚的春天、玉石栏杆下，这样美好的环境自然应有上佳的演员和剧目。从"案前"到"娉婷"依次说明了舞者的娇美容貌、华美服饰、优美体态等。"磬箫"以下分别介绍了霓裳舞的散序、中序和曲破三部分的音乐伴奏和舞蹈表演，把本来难以描绘的动作用形象的比喻再现出来，形成色彩繁富、动感十足的画面。其中"烟蛾敛略不胜态，风袖低昂如有情"画龙点睛，描绘舞女在表演上述动作时不仅动作本身很漂亮，更主要的是演员眉黛有姿，风袖传情。这样的舞蹈易打动人、感染人，才会引起下文"凝视谛听殊未足"的艺术效果。"上元"二句陈述舞蹈内容，一笔带过，繁简得当。"繁音"二句是总结性描写，说明乐舞结束，以照应上文。从"一落人间八九年"到"闻道如今各星散"是第二段。大意是写诗人自从在宫廷见到这个舞蹈后，惊人的演出效果使他终生难忘。因此在调任杭州刺史的几年中，在公务之余，曾教练歌妓排演霓裳舞为乐。无奈诗人一离开，众歌妓就四散而去，几年心血付之东流。"今年五月至苏州"以下是第三段。诗人听说好友元稹的部属多有能歌善舞者，于是以书问之，元稹答以霓裳羽衣谱，诗人如获至宝。"眼前仿佛睹形质""疑从魂梦呼召来"等句表达了诗人得到霓裳羽衣谱时的喜悦，"但恐人间废此舞"一句又表达了诗人对乐舞失传的担忧，在喜忧之间更加强调突出了诗人对霓裳舞的喜爱和珍视。最后，他决心以元稹谱为据，在苏州重新教练歌妓排演此舞。

此诗叙述了霓裳羽衣舞在几十年间的沧桑变化，内容丰富，情节曲折，却极富条理，以优美的文辞、精妙的比喻、贴切的用典生动传神地描述了舞蹈的服饰、伴奏乐器和具体表演细节，对中国古代音乐研究来说也是很重要的史料。

四 题临安邸

林升

山外青山楼外楼，西湖歌舞几时休？
暖风熏得游人醉，直把杭州作汴州[1]。

《全宋诗》卷二六七六

【作者/出处简介】

林升，字梦屏，温州平阳（今属浙江）人，约生活于宋孝宗（1163～1189）年间，生平不详。

【字词注释】

1. 直：简直。汴州：即汴京，北宋都城，今河南开封。

【作品解析】

据《西湖游览志馀》卷二记载："绍兴、淳熙之间，颇称康裕，君相纵逸，耽乐湖山，无复新亭之泪。士人林升者，题一绝于旅邸。"此诗是一首"墙头诗"，题在临安一家旅店墙壁上，疑原无题目，为后人所加。

宋靖康元年（1126），金人攻陷北宋首都汴梁，俘虏了徽宗、钦宗父子，中原国土全被金人侵占。赵构逃到江南，在临安即位，史称南宋。南宋朝廷并没有接受北宋亡国的惨痛教训，当政者不思收复中原失地，只求苟且偏安，对外屈膝投降，对内残酷迫害岳飞等爱国人士，达官显贵一味纵情声色，寻欢作乐。这首诗就是针对当时的黑暗现实而作，矛头直指残山剩水中偏安享乐的南宋君臣。第一句从临安城的特征写起，重重叠叠的青山、鳞次栉比的楼台都是大好河山的缩影。第二句急转直下，以乐景写哀情。诗人联想到大好河山被金人占据的现实不禁发问，在这里西湖歌舞变成了消磨抗金斗志的靡靡之音，他是多么希望这样的歌舞快些停止。这句诗不但强化了诗人对当政者不思收复中原失地的愤激之情，也表现出对国家民族命运的深切忧虑。第三句紧承上句而来，"游人"不能仅仅理解为一般游客，而特指的是南宋统治阶级，美景、歌舞使他们陶醉其中，忘怀国难，苟且偏安。其中"熏""醉"两字用得极其精妙，"熏"字首先暗示了那些歌舞场面的庞大与热闹，"醉"字接着把纵情声色的统治者的精神状态刻画得惟妙惟肖。为了进一步表现游人的醉态，诗人在结尾处用偏安的"杭州"与沦陷的"汴州"对照，以讽刺的语言揭露了统治者无视国家前途与命运，不顾国计民生，醉生梦死的卑劣行径。

五　采莲舞

史浩

　　五人一字对厅立，竹竿子勾念[1]：伏以浓阴缓辔[2]，化国之日舒以长[3]；清奏当筵，治世之音安以乐。霞舒绛彩，玉照铅华[4]。玲珑环佩之声，绰约神仙之伍。朝回金阙，宴集瑶池。将陈倚棹之歌，式侑回风之舞[5]。宜邀胜伴[6]，用合仙音。女伴相将，采莲入队。

　　勾念了，后行吹《双头莲令》，舞上，分作五方[7]。竹竿子又勾念：伏以波涵碧玉，摇万顷之寒光；风动青萍，听数声之幽韵。芝华杂遝[8]，羽幰飘飘[9]。疑紫府之群英[10]，集绮筵之雅宴。更凭乐部[11]，齐迓来音[12]。

　　勾念了，后行吹《采莲令》，舞转作一直了[13]，众唱《采莲令》：

　　练光浮[14]，烟敛澄波渺。燕脂湿、靓妆初了。绿云伞上露滚滚，的皪真珠小[15]。笼娇媚、轻盈仔眺。无言不见仙娥，凝望蓬岛。　　玉阙葱葱，镇锁佳丽春难老。银潢急[16]、星槎飞到[17]。暂离金砌[18]，为爱此、极目香红绕。倚兰棹。清歌缥缈。隔花初见，楚楚风流年少。

　　唱了，后行吹《采莲令》，舞分作五方。竹竿子勾念：伏以过云妙响，初容与于波间；回雪奇容，乍婆娑于泽畔。爱芙蕖之艳冶，有兰芷之芳馨。蹀躞凌波[19]，洛浦未饶于独步[20]；雍容解佩，汉皋谅得以齐驱[21]。宜到阶前，分明祗对[22]。

花心出[23]，念：但儿等玉京侍席[24]，久陪仙阶[25]；云路驰骖，乍游尘世。喜圣明之际会，臻夷夏之清宁[26]。聊寻泽国之芳[27]，雅寄丹台之曲[28]。不惭鄙俚，少颂升平。未敢自专，伏候处分。

竹竿子问，念：既有清歌妙舞，何不献呈？

花心答，问：旧乐何在？

竹竿子再问，念：一部俨然。

花心答，念：再韵前来。

念了，后行吹采莲曲破[29]，五人众舞。到入破[30]，先两人舞出。舞到衤圈上住[31]，当立处讹[32]。又二人舞，又住，当立处。然后花心舞彻[33]。竹竿子念：伏以仙裙摇曳，拥云罗雾縠之奇[34]；红袖翩翩，极鸾翻凤翰之妙[35]。再呈献瑞，一洗凡容。已奏新词，更留雅咏。

念了，花心念诗：我本清都侍玉皇[36]，乘云驭鹤到仙乡。轻舠一叶烟波阔[37]，嗜此秋潭万斛香[38]。

念了，后行吹《渔家傲》。花心舞上，折花了，唱《渔家傲》：

蕊沼清泠涓滴水[39]。迢迢烟浪三千里。微孕青房包绣绮[40]。薰风里[41]。幽芳洗尽闲桃李。　　羽氅飘萧尘外侣[42]。相呼短棹轻偎倚。一片清歌天际起。声尤美。双双惊起鸳鸯睡。

唱了，后行吹《渔家傲》。五人舞，换坐，当花心立人念诗：我昔瑶池饱宴游，揭来乐国已三秋[43]。水晶宫里寻幽伴，菡萏香中荡小舟。

念了，后行吹《渔家傲》。花心舞上，折花了，唱《渔家傲》：

翠盖参差森玉柄[44]。迎风泡露香无定。不著尘沙真体净。芦花径。酒侵酥脸霞相映。　　掉拨木兰烟水暝[45]。月华如练秋空静。一曲悠扬沙鹭听。牵清兴。香红已满蒹葭艇。

唱了，后行吹《渔家傲》。五人舞，换坐，当花心立人念诗：我弄云和万古声[46]，至今江上数峰青。幽泉一曲今凭棹，楚客还应著耳听。

念了，后行吹《渔家傲》。花心舞上，折花了，唱《渔家傲》：

草软沙平风掠岸。青蒻一钓烟江畔。荷叶为衤圈花作幔。知谁伴。醇醪只把鲈鱼换[47]。　　盘绕银丝杯自暖。篷窗醉著无人唤。逗得醒来横脆管[48]。清歌缓。彩鸾飞去红云乱。

唱了，后行吹《渔家傲》。五人舞，换坐，当花心立人念诗：我是天孙织锦工[49]，龙梭一掷度晴空。兰桡不逐仙槎去[50]，贪撷芙蕖万朵红。

念了，后行吹《渔家傲》。花心舞上，折花了，唱《渔家傲》：

太华峰头冰玉沼。开花十丈干云杪[51]。风散天香闻四表。知多少。亭亭碧叶何曾老。　　试问霏烟登鸟道[52]。丹崖步步祥光绕。折得一枝归月峤[53]。蓬莱岛。霞裾侍女争言好。

唱了，后行吹《渔家傲》。五人舞，换坐，当花心立人念诗：我入桃源避世纷，太平才出报君恩。白龟已阅千千岁，却把莲巢作酒尊[54]。

念了，后行吹《渔家傲》。花心舞上，折花了，唱《渔家傲》：

珠露溥溥清玉宇[55]。霞标绰约消烦暑[56]。时驭清风之帝所。寻旧侣。三千仙仗临烟渚[57]。　　舴艋飘飘来复去[58]。渔翁问我居何处。笑把红蕖呼鹤驭[59]。回头语。壶中自有朝天路[60]。

唱了，后行吹《渔家傲》。五人舞，换坐如初。竹竿子勾念：伏以珍符涾至[61]，朝廷之道格高深[62]；年谷屡丰，郡邑之和薰遐迩[63]。式均欢宴，用乐清时。感游女于仙衢，咏奇葩于水国。折来和月，露泡霞腮；舞处随风，香盈翠袖。既徜徉于玉砌，宜宛转于雕梁。爰有佳宾，冀闻清唱。

念了，众唱《画堂春》：

彤霞出水弄幽姿[64]。娉婷玉面相宜[65]。棹歌先得一枝枝。波上画鲸飞[66]。　　向此画堂高会。幽馥散、堪引瑶卮[67]。幸然逢此太平时。不醉可无归。

唱了，后行吹《画堂春》。众舞，舞了又唱《河传》：

蕊宫阆苑[68]。听钧天帝乐[69]，知他几遍。争似人间，一曲采莲新传。柳腰轻，莺舌啭[70]。　　逍遥烟浪谁羁绊。无奈天阶，早已催班转[71]。却驾彩鸾，芙蓉斜盼。愿年年，陪此宴。

唱了，后行吹《河传》，众舞，舞了，竹竿子念遣队：浣花一曲湄江城，雅合兔毫醉太平[72]。楚泽清秋余白浪，芳枝今已属飞琼[73]。歌舞既阑，相将好去。

念了，后行吹《双头莲令》。五人舞转作一行，对厅杖鼓出场。

《全宋词》第二册

【作者/出处简介】

史浩（1106～1194），字直翁。明州鄞县（今浙江宁波）人。宋绍兴十五年（1145）进士，累官余姚县尉、中书舍人、翰林学士、知制诰、右丞相，封魏国公，进太师。历经徽宗、钦宗、高宗、孝宗、光宗五朝，卒封会稽郡王，赐谥"文惠"，追封越王，改谥"忠定"。文千余篇，多奏札、表启之作；诗三百二十余首，词曲一百三十余篇，大多为应和酬答、祝寿题记之作。有大曲七套，如"采莲舞""剑舞""花舞""渔父舞"等，完整地保存了唐宋歌舞戏大曲的名称、组合形式、演唱细节等，是研究宋代大曲难得的宝贵材料。有《尚书讲义》《鄮峰真隐漫录》。

【字词注释】

1. 竹竿子：指引舞人。勾：把舞队带领出场。

2. 伏：卑者向尊者陈述事情时的敬辞。

3. 化国之日：生成万物的太阳。

4. 玉照：月光映照。铅华：舞女脸上的粉黛。

5. 式：语助词，无实义。侑（yòu）：酬答。

6. 胜伴：良朋、好友。

7. 五方：东、南、西、北、中。

8. 杂逻（tà）：同"杂沓"。

9. 羽䡶（xiǎn）：有羽毛装饰的车幔。飘飖（yáo）：同"飘摇"。

10. 紫府：道教称仙人所居之处。

11. 乐部：乐队。

12. 齐迓（yà）：一起迎接。

13. "舞转"句：舞队成一直行。

14. 练光：指皎洁的月光。练，洁白的熟绢。

15. 的（de）皪（lì）：光亮、鲜明貌。

16. 银潢（huáng）：银河、天河。

17. 星槎（chá）：往来于天河的木筏。

18. 金砌：台阶的美称。

19. 蹀（xiè）躞（dié）：小步行走。

20. 洛浦：洛水之滨，传说洛神出没处。

21. 汉皋：山名，在今湖北襄阳西北。相传周代郑交甫于汉皋台下遇二女，二女解佩相赠。

22. 祇（zhī）对：答对。祇，恭敬。

23. 花心：指领舞人。

24. 玉京：道教称天帝所居之处。

25. 陟（zhì）：登高。

26. 臻（zhēn）：达到。

27. 泽国：多水的地区。

28. 丹台：道教称神仙所居之处。

29. 曲破：唐宋大曲的专用词。大曲每套都有十余遍，分别归于散序、中序、破三大段。

30. 入破：破这一段的第一遍。

31. 裀（yīn）：垫子。

32. 讫（qì）：完结。

33. 舞彻：舞到底。

34. "拥云"句：形容舞衣的飘逸。縠（hú），有皱纹的纱。

35. "极鸾"句：形容舞蹈的美好。翮（hé），鸟的翅膀。

36. 清都：传说中天帝居住的宫阙。

37. 轻舠（dāo）：小船，形如刀。

38. 万斛（hú）：极言容量之多。古代十斗为一斛，南宋末年改为五斗。

39. 涓滴水：小水点。

40. 微孕青房：指莲蓬中小小的莲子。

41. 薰风：和暖的风。

42. 羽氅（chǎng）：以羽毛制作的大氅，亦指道教徒的服装。此处指舞衣。

43. 朅（qiè）：语助词，无实义。

44. 翠盖：指荷叶。玉柄：指荷茎。

45. 掉拨：拨转。木兰：指舟。

46. 云和：琴、瑟、琵琶等弦乐器的统称。

47. 醇（chún）醪（láo）：味厚的美酒。

48. 脆管：指笛。

49. 天孙：织女星。

50. 兰桡（náo）：指舟。

51. 云杪（miǎo）：云霄、高空。

52. 霏烟：飘飞的云雾。

53. 峤（qiáo）：尖而高的山。

54. 莲巢：莲蓬头。

55. 漙漙（tuán）：露多貌，一说露珠圆貌。

56. 霞标：此处指荷花。

57. 仙仗：天子仪仗。

58. 舴（zé）艋（měng）：小船，形似蚱蜢。

59. 红蕖：红色的荷花。蕖，芙蕖，荷花的别称。鹤驭：仙人之车。

60. 壶中：道家语。《云笈七签》载："施存，学大丹之道，遇张申为云台治官。常悬一壶如五升器大，化为天地，中有日月，夜宿其内。"

61. 珍符：珍奇的符瑞。洊（jiàn）至：再至，相继而至。

62. 格：感通。

63. 薰：感化。

64. 彤霞：此处指荷花。

65. 玉面：指美女。

66. 画鲸：巨大的画船。

67. 瑶卮：玉制的酒器，此处指美酒。

68. 蕊宫：亦称"蕊珠宫"，道教经典中的仙宫。阆苑：亦称"阆风苑"，传说中西王母居住的地方。

69. 钧天帝乐：指天上的音乐。

70. 啭（zhuàn）：鸟婉转地叫。

71. 班转：返回。

72. 雅合：颇和。凫鹥（yī）：《诗经·大雅》篇名，歌颂周成王能守成。

73. 飞琼：西王母的侍女。

【作品解析】

《采莲舞》是宋代保存至今最具特色的歌舞珍品。它通过仙女下凡人间，驾一叶彩舟徜徉在碧波绿水间，采撷盛开的莲花，载歌载舞的情景，再现了一幅神韵超然、清新自然的画面，旨在表达太平盛世的景象及洒脱淡泊的人生观。

本篇对乐曲、舞蹈过程都有完整细致的记载。关于乐曲，在整个过程中，一共有《双头莲令》《采莲令》《采莲曲破》《渔家傲》《画堂春》《河传》六支曲子。其中《双头莲令》《采莲曲破》仅是器乐演奏，另外四支配词演唱。开始众人合唱一支《采莲令》，中间领舞"花心"连续演唱五支《渔家傲》，最后众人再度合唱《画堂春》《河传》。关于舞蹈，一共有六人参与演出，其中一人为引舞"竹竿子"，五人为舞者，五人之中一人为"花心"，包括单人舞、双人舞和群舞。作者以全新的立意和审美思想，在群舞中提出了"五方"的观念，打破了汉唐流行舞蹈人体律动多"回""旋"的动作模式，实现了由"回"到"圆"的形态转变。表演时乐队吹《双头莲令》，五人齐舞，且分作五方，然后"竹竿子"念诗一首，众人再唱词一曲，由此反复五次。当音乐演奏到"入破"时，四舞者中的二人出队，在垫子上跳双人舞，其余二人再上前舞一段，然后是"花心"的独舞。最后由"竹竿子"念遣队之词，乐队演奏《双头莲令》时五人"转作一行，对厅杖鼓出场"。器乐、歌唱和舞蹈同步演进，相得益彰；舞者和乐队分工细致，层次多而不乱，使听觉艺术与视觉艺术得到了完美的统一。

【拓展阅读】

一　寻李白

——痛饮狂歌空度日，飞扬跋扈为谁雄

余光中

那一双傲慢的靴子至今还落在

高力士羞愤的手里，人却不见了

把满地的难民和伤兵

把胡马和羌笛交践的节奏

留给杜二去细细的苦吟

自从那年贺知章眼花了

认你做谪仙，便更加佯狂

用一只中了魔咒的小酒壶

把自己藏起来，连太太也寻不到你

怨长安城小而壶中天长

在所有的诗里你都预言
会突然水遁，或许就在明天
只扁舟破浪，乱发当风
——而今，果然你失了踪

树敌如林，世人皆欲杀
肝硬化怎杀得死你？
酒入豪肠，七分酿成了月光
余下的三分啸成剑气
绣口一吐就半个盛唐
从开元到天宝，从洛阳到咸阳
冠盖满途车骑的嚣闹
不及千年后你的一首
水晶绝句轻叩我额头
当地一弹挑起的回音

一贬世上已经够落魄
再放夜郎毋乃太难堪
至今成谜是你的籍贯
陇西或山东，青莲乡或碎叶城
不如归去归哪个故乡？
凡你醉处，你说过，皆非他乡
失踪，是天才唯一的下场
身后事，究竟你遁向何处
猿啼不住，杜二也苦劝你不住
一回头囚窗下竟已白头
七仙、五友，都救不了你了
匡山给雾锁了，无路可入
仍炉火未纯青，就半粒丹砂
怎追蹑葛洪袖里的流霞？

樽中月影，或许那才是你故乡
常得你一生痴痴地仰望
而无论出门向东哭，向西哭

长安却早已陷落

这二十四万里的归程

也不必惊动大鹏了，也无须招鹤

只消把酒杯向半空一扔

便旋成一只霍霍的飞碟

诡谲的闪光愈转愈快

接你回传说里去

《隔水观音集》

二 从唐代风格的吃茶到斗茶

〔日本〕田中仙翁

奈良时代与佛教一起传来的吃茶风俗，到了弘仁年间在贵族之间与汉诗文一起被作为高尚的中国爱好流行开来。但当时未能普及，影响有限。吃茶风气再次流行是在 13 世纪初叶，明庵荣西（1141～1215）从中国带来茶叶种子、普及饮茶以后的事。当时茶的饮用法基本袭用中国禅宗寺院的做法。

中国北宋时代的蔡襄是仁宗皇帝（1010～1063）时的宰相，是有名的书法家。他在皇祐三年（1051）写了一部名叫《茶录》的书，内容论及茶叶和吃茶方法，即抹茶法。

点茶的方法是横排放置数个茶碗，碗中放入研磨好的茶粉即抹茶。然后分七次静静地往碗中倒开水，同时为不使之凝固反复搅拌。茶碗称盏，盏指的是开口的杯形茶碗。

从此书问世可以得知，在中国吃茶是读书人和有教养人之间进行的高级游戏。

距《茶录》成书五十年后的 12 世纪初叶，徽宗皇帝（1082～1125）又写了一卷本的《大观茶论》。论述了茶的精制法、使用茶筅的点茶法，等等。从中可以看出吃茶是一种高度先进的文化。

日本的抹茶饮用法大致分三种：一是禅宗寺院中作为宗教礼仪和活动的吃茶；二是作为一般嗜好的饮用；三是作为药用的施茶。其中，使用量最多的是第二种作为嗜好的吃茶，它与艺术和工艺有着千丝万缕的关联。

抹茶普及的当初，它是一种奢侈品。在招待朋友或客人时，互相间都以服用贵重药的态度来饮用抹茶的。这是一种与酒宴不同的以吃茶为主的聚会。这段时期应该持续很久。抹茶难于保存，根据加工和研磨的不同品质和味道会有很大变化，因此，即便仅仅是品味抹茶，聚会的目的也已达到。

但随着赏玩水准的提高，对茶的品位也水涨船高。茶的需求量不断增大，主产地从梅尾移至宇治，宇治、梅尾产的茶叶成为本茶，以此与非茶区别开来，尽管如此，骏和、伊势、大和、狭山等地茶的生产依然十分盛行。之后各地的茶出现攀比之风，随后又成为一种游戏。

吃茶聚会的内容从饮茶猜茶的产地、品种的饮茶决胜负开始发展到下赌注的斗茶。

《祇园执行日记》的纸背上有这样的记录：

斗茶所需的赌资由召集人安排。（康永二年九月五日）

同年九月十五日条中还有这样的内容：

从仁和寺和净智寺来了两位负责人，他们带来了本茶、非茶的百种赌资。其间，信乃法眼、若菊等也来了。午后三时开始斗茶，直到翌日早晨，所有比赛全都结束。参加者各自拿了份赌资打道回府。

换上总管级武家，带来斗茶的赌资似乎都是些豪华的名品、珍稀的唐物。

当做赛场使用的是寺院的大房间。根据《太平记》的记载，在斗茶比赛的室内，装饰的财宝主要是唐物，身穿绸缎或金线锦缎的客人坐在唐物曲录（椅子）上，上面铺着称之"唐衣"的老虎等动物毛皮。其中一例称参会者有六十三人，一场比赛竟有如此多的人参加。这肯定不是简单地在吃茶，一定是在赌着什么，似乎已形成赌博风气。

餐后举行了美酒三献仪式。接着，取出用于斗茶赌资的百种名品，满满一房间。除此之外，还在客人的面前摆放了各种名品。第一场比赛的召集人在六十三名参会者面前摆放了贵重染织物各百匹；第二场比赛的召集人摆放的是各种小袖各十重；第三场比赛的召集人摆放了沉香碎木各百两，外加麝香脐各三个；第四场比赛的召集人在堆朱金线花盘中摆放了沙金各百两；第五场比赛的召集人摆放了新品铠甲一付，外加包金刀鞘、饰银鲨鱼皮套的精美大刀，刀上还附上虎皮的打火用具袋。这些名物都摆放在客人们的面前。以后各场的召集人也都各显神通，变着法地与人斗富。珍宝应有尽有，堆积如山。如此这般，花费成千上万亦不过言。（《太平记》第三十三卷）

先是展示整个斗茶的赌资，其中有不少名物。这些名物堆满整间屋子，提供住宿的主人也该提供物品。此外，从摆放在客人面前的物品形式来看，是在斗茶之前就已将赌资摆放好了。这些都是召集人提供的，所谓召集人就是协调本次斗茶的负责人。《太平记》的记述虽存在不少的夸张成分，但也可从中窥视斗茶的大致过程。

第一场召集人提供的染织物应该是特别的染织物，分别堆放在六十三人面前，数量一定惊人。接下是摆放小袖各十重，在此之后的召集人出品的是沉香碎木各百两和麝香脐各三个，"两"根据时代不同重量不一样，当时应为五匁。沉香碎木在《贞丈杂记》中解释为"沉香废木，类似于现今所说的边材"。五百匁约合一点八八公斤，是一个很大的量。麝香指的是从雄性麝香鹿肚脐香囊中得到的香料，还要是三个。

《经觉私要抄》中《唐船誂物日记》里也见"麝香脐二"的记录，费用是二贯。同时订货的还有蜡烛，有一挺二文和三文两种，可见麝香一个一贯（一千文）在当时也是很贵的价钱。

第四场召集人提供了沙金各百两，各百两已经是个不得了的金额。而用来装盛的容器竟还是唐物堆朱的金线花盘，这又是贵重的名品，能够聚积如此数目的名品自是非同寻常。第五场召集人则提供新品铠甲一付，外加包金刀鞘、饰银鲨鱼皮套的精美大刀，刀上还附上虎皮的打火用具袋。以后各场的召集人也竞相提供各自的赌资，这些名物都一一摆放在客人们的面前。其费用"成千上万亦不过言"。

随着当时斗茶会和斗富风气的盛行，室内装饰形式也逐渐固定了下来。

蔡敦达译《茶道的美学：茶的精神与形式》

【推荐书目】

1.（唐）陆羽撰，沈冬梅评注《茶经》，中华书局，2010。
2.（宋）朱肱撰，高建新编著《酒经》，中华书局，2017。
3. 吴钊、伊鸿书、赵宽仁、古宗智、吉联抗编《中国古代乐论选辑》，人民音乐出版社，2011。

【思考问题】

1. 在中国，"酒"与"茶"何以被称为"文化"？
2. 如何理解中国古代的"礼乐观"？
3. 分享你最喜欢的一首歌曲或一出舞蹈，并说明推荐理由。

（本章编者：李美芳　云南财经大学　讲师）

第十二章　刀枪剑戟

【主题概述】

　　刀枪剑戟是中国古代兵器的代表，其形态、功能、文化意蕴各有差异，但又共同体现着古代兵器的属性与特质。先秦时期就有"五兵"一说，如《周礼·夏官·司兵》："掌五兵五盾。"郑玄注引郑司农云："五兵者，戈、殳、戟、酋矛、夷矛也。"《穀梁传·庄公二十五年》："天子救日，置五麾，陈五兵五鼓。"范宁注曰："五兵：矛、戟、钺、楯、弓矢。"此后，五兵便可泛指各种兵器。宋元时期，"十八般武艺"的说法颇为流行，元杂剧《逞风流王焕百花亭》就有"若论诸十八般武艺，弓弩枪牌、戈矛剑戟、鞭链镗锤"之语。"十八般武艺"也可称"十八般兵器"。明代谢肇淛《五杂俎》列举了"十八般武艺"的具体内容："一弓、二弩、三枪、四刀、五剑、六矛、七盾、八斧、九钺、十戟、十一鞭、十二简、十三樀、十四殳、十五叉、十六杷头、十七绵绳套字、十八白打。"除了第十八"白打"是徒手拳术外，其余均为兵器。近代戏曲界又有"刀枪剑戟、斧钺钩叉、镗棍槊棒、鞭铜锤抓、拐子流星"一说。由此，"刀枪剑戟"成为古代兵器的重要代表，在诗歌、散文、戏曲、小说等文体中不断出现。其中有对兵器形制、特点进行描述、褒美者，也有通过兵器展现重要事件者。在中国古代文学发展过程中，一些兵器展示出特有的文化内涵，如象征身份与人格的剑、进入仪仗的戟等。通过刀枪剑戟这些锐利、冰冷的兵器，除了能够看到持有者高超的技艺、兵器夺目的形制，还能够看到古人对战争的态度，对思想与工具关系的深刻认识，进而侠客的忠肝义胆、英雄的铮铮铁骨都得到充分展现。

　　本章分为四个部分。

【文论摘录】

　　人死，则曰："非我也，岁也。"是何异于刺人而杀之，曰："非我也，兵也。王无罪岁，斯天下之民至焉。"（《孟子·梁惠王上》）

　　尧伐欢兜，舜伐有苗，禹伐共工，汤伐有夏，文王伐崇，武王伐纣，此四帝、两王皆以仁义之兵行于天下也。故近者亲其善，远方慕其德；兵不血刃，远迩来服，德盛于此，施及四极。（《荀子·议兵》）

第一节　金刀犹在

一　今有刀于此

墨子

子墨子见齐大王曰："今有刀于此，试之人头，倅然断之[1]，可谓利乎？"大王曰："利。"子墨子曰："多试之人头，倅然断之，可谓利乎？"大王曰："利。"子墨子曰："刀则利矣，孰将受其不祥？"大王曰："刀受其利，试者受其不祥。"子墨子曰："并国覆军[2]，贼敖百姓[3]，孰将受其不祥？"大王俯仰而思之曰："我受其不祥。"

《墨子·鲁问》

【作者/出处简介】

墨子，生卒年不详，名翟，鲁国人，先秦墨家学派创始人，其学说具有极大影响，一度成为显学。《墨子》一书即是墨子弟子及再传弟子关于墨子言行的记录，集中反映了墨子的思想。《鲁问》是《墨子》中的一篇，篇题以首章的大意命名，主要记录墨子与诸侯、弟子之间的对话，对"兼爱""非攻""尚贤""尚同""非命"等墨家思想都有所涉及。

【字词注释】

1. 倅（cuì）：同"猝"，突然。
2. 覆：倾覆，覆灭。
3. 敖：杀。

【作品解析】

"非攻"是墨子的重要主张之一，《墨子》一书用大量篇幅对战争进行了多方位驳斥。如云战争导致"粮食辍绝而不继，百姓死者，不可胜数"。更重要的是，在墨子看来，战争违背了"兼相爱，交相利"的思想，是以他不论在语言上还是在实际行为上，都对非正义的战争予以批驳和阻止。《鲁问》篇中的这一章即表现了墨子非攻的思想。文中的"齐大王"或指齐太公田和。墨子劝说的目的是为了阻止齐国攻打鲁国。在与齐大王的交流过程中，墨子以刀为喻，说明刀越锋利，杀的人越多，持刀人的罪恶也就越大。进而指出"并国覆军，贼敖百姓"是更甚于"以刀杀人"的极大罪行。

这段文字体现了墨子巧譬善喻的辩论特长，通过"以刀杀人"来类比致使民不聊生的战争，以达到非攻、止战的目的。本文的"刀"是一个类别化概念，可泛指各种武器。更重要的是，"刀"不仅是墨子用以类比的工具，更反映出墨子，乃至古代很多思想家对战争、武器的态度。尽管像刀这样锋利的武器能够恐吓、伤害对方，但真正让人胆寒的却是持刀之人，是武器和军队背后的操控者。所以，在非攻的思想之外，我们还能看到墨子对人与武器关系的深刻认识，这与《孟子·梁惠王上》中"何异于刺人而杀之，曰'非我也，兵也'"的表述极其相似。

二　宝刀赋并序

曹植

建安中，家父魏王乃命有司造宝刀五枚[1]，三年乃就，以龙、虎、熊、马、雀为识，太子得一[2]，余及余弟饶阳侯各得一焉[3]。其余二枚，家王自杖之[4]。赋曰：

有皇汉之明后[5]，思潜达而玄通[6]。飞文义以博致[7]，扬武备以御凶[8]。乃炽火炎炉，融铁挺英[9]。乌获奋椎[10]，欧冶是营[11]。扇景风以激气[12]，飞光鉴于天庭[13]。爰告祠于太一[14]，乃感梦而通灵。然后砺以五方之石[15]，鉴以中黄之壤[16]。规圆景以定环[17]，摅神思而造像[18]。垂华纷之葳蕤[19]，流翠采之滉漾[20]。陆斩犀象，水断龙舟；轻击浮截，刃不瀸流[21]。逾南越之巨阙[22]，超有楚之太阿[23]。实真人之攸御[24]，永天禄而是荷[25]。

《曹子建集》卷四

【作者/出处简介】

参见第一章第二节《洛神赋并序》关于曹植介绍。

【字词注释】

1. 魏王：即曹操。汉建安二十一年（216）夏五月，曹操为魏王。

2. 太子：即曹丕。汉建安二十二年（217）冬十月，汉献帝刘协命曹丕为魏太子。

3. 饶阳侯：即曹操之子曹豹。

4. 杖：持。

5. 皇汉：大汉。明：尊称。后：君。

6. 潜达：深沉通达。玄通：即"通玄"，谓与天地、玄理相通。

7. 飞：广布。文义：文章义理。

8. 武备：军事力量、军事装备。御凶：抵御、约束凶恶之人。

9. 挺英：将铁打直。

10. 乌获：战国时秦之力士，后常用来泛指有力之人。奋椎：举起铁锤锻铁。

11. 欧冶：即欧冶子，春秋时著名铸剑工。营：造，指铸剑。

12. "扇景风"句：意谓鼓扇热风以提高温度。景风，南风。

13. 光：指火光。鉴：照。天庭：天帝的宫廷。

14. "爰告祠"句：传说欧冶铸剑时，太乙神下观。爰，于是。告祠，祈祷。太乙，天神名。

15. 砺：磨。五方：即东、西、南、北、中五方。

16. 鉴：磨光。中黄之壤：黄石脂。

17. 规：度量。圆景：月亮。定环：将刀把上端制出圆形护手套子。

18. 摅（shū）：舒展，抒发。

19. 华纷：指刀身的纹路很多。葳（wēi）蕤（ruí）：茂盛华艳的样子。

20. 流翠采：刀身上翠绿的光彩。浤（huàng）瀁（yàng）：光、影等摇动、晃荡。

21. 浮截：轻砍。刃不灒（jiān）流：刀刃没有丝毫损伤。

22. 巨阙：越王勾践的宝剑之一。

23. 太阿：或作"泰阿"，乃欧冶子、干将为楚王所铸之宝剑。

24. 攸御：所用。

25. 天禄：天赐的福禄。是荷：配享此刀。

【作品解析】

今所见《宝刀赋并序》已非完篇，该文见载于《艺文类聚》卷六十、《初学记》卷二十二、《太平御览》卷三四六等。全篇包括序文和赋两个部分，序文介绍宝刀的来历以及作赋缘由。建安时期，曹操铸造了五把宝刀，分别以龙、虎、熊、马、雀为标识，自己保留两把，其余三把分别赠给儿子曹丕、曹植、曹豹。曹植赋咏的对象并非仅是自己获赠的那把刀，而是曹操铸刀、赠刀的整个过程。所以开头两句"有皇汉之明后，思潜达而玄通"，末尾两句"实真人之攸御，永天禄而是荷"都是对父亲曹操及其功业的赞颂，整个赋文也在此主题和基调下展开。

正文从各个方面描述了宝刀制作与形制的非同凡响。如云锻铁者为大力士乌获，铸刀者乃春秋时著名铸剑工欧冶子；又云铸造过程中，大风激荡，火光通天；"垂华纷"二句则将宝刀的华贵展现得淋漓尽致。对于宝刀铸成之后的威力，曹植更是极尽夸张之能事，在陆地上能斩断犀牛、大象；在水中能斩断龙舟，刀刃不受丝毫损伤。他将这五把宝刀推尊到超越古之名剑巨阙、太阿的地位，既是对宝刀最高的褒扬，也是对铸刀者曹操的最高赞颂。

《宝刀赋》文辞优美，读来节奏明快，爽朗自然。在中国古代的咏物赋中，赋宝刀者很少，故曹植《宝刀赋》具有其独特的价值。此外，曹丕还有《宝刀铭》云："造兹宝刀，既砥既砺。匪以尚武，予身是卫。"但铭文字数少，内容以直述用途为主，在文学性上远不及《宝刀赋》。

三　寇季膺古刀歌[1]

韦应物

古刀寒锋青槭槭[2]，少年交结平陵客[3]。

求之时代不可知，千痕万穴如星离。

重叠泥沙更剥落[4]，纵横鳞甲相参差[5]。

古物有灵知所适[6]，貂裘拂之横广席[7]。

阴森白日掩云虹[8]，错落池光动金碧[9]。

知君宝此夸绝代，求之不得心常爱。

厌见今时绕指柔[10]，片锋折刃犹堪佩[11]。

高山成谷苍海填，英豪埋没谁所捐[12]。

吴钩断马不知处[13]，几度烟尘今独全[14]。

夜光投人人不畏[15]，知君独识精灵器[16]。

酬恩结思心自知[17]，死生好恶不相弃。

白虎司秋金气清[18]，高天寥落云峥嵘[19]。

月肃风凄古堂净，精芒切切如有声[20]。

何不跨蓬莱，斩长鲸。

世人所好殊辽阔，千金买铅徒一割[21]。

《全唐诗》卷一九五

【作者/出处简介】

　　韦应物（735～790），字义博，京兆杜陵（今陕西西安）人。出身望族，少任侠，十五岁时以门荫入右千牛卫，成为唐玄宗的御前侍卫，后入太学读书。永泰中，授京兆功曹，迁洛阳丞，因惩治违法军士被讼弃官。后历任滁州、江州、苏州刺史。白居易曾称赞其五言诗"高雅闲淡，自成一家之体"。善写山水诗，后人将其与陶渊明并称"陶韦"，与柳宗元合称"韦柳"。有《韦江州集》（一称《韦苏州集》）十卷，补遗一卷。

【字词注释】

1. 寇季膺：人名，生平未详。
2. 青槭槭（sè）：此处形容刀光清冷的样子。槭，树枝光秃，叶凋落貌。
3. 平陵客：指豪侠少年。平陵，县名，西汉五陵之一。
4. 更：交替着。
5. 鳞甲：代指宝刀上的花纹。
6. 所适：所到，所往。

7. 拂：擦拭，掸除尘埃。横广席：横放在宽广的席子上。

8. 形容刀闪着阴冷的光，就像太阳被云虹遮住从缝隙中透出光芒。

9. "错落"句：指古剑光芒四射，就像池水在太阳照射下闪动着金碧色的光。

10. 绕指柔：刘琨《重赠卢谌》诗："何意百炼刚，化为绕指柔。"吕延济注："百炼之铁坚刚，而今可绕指柔，自喻经破败而至柔弱也。"

11. 片锋折刃：残锋断刃。

12. 捐：舍弃。

13. 吴钩断马：吴钩、断马均为古兵器名。

14. 烟尘：指征战。

15. 夜光：宝珠名。

16. 精灵器：指宝刀。

17. 酬恩：报答恩义。结思：交结同心。

18. 白虎：西方七星宿的合称。司秋：掌管秋天。金气清：指秋高气爽。

19. 寥落：寂寞貌。峥（zhēng）嵘（róng）：高寒貌。

20. 精芒：指宝刀的光芒。切切：象声词。

21. 铅：铅刀，指不锋利的刀。一割：用钝刀切割一次，为请求任用的谦词。

【作品解析】

　　这是一首咏物歌行体诗，描写对象是一把古刀。首句先想象古刀最初刀光清冷的样子，它的主人是一位豪侠少年。之后写古刀被埋没及重新发现，"貂裘拂之横广席"一句生动刻画出刀的新主人对它的爱惜。随后作者也表达了对古刀浓厚的兴趣，即"求之不得心常爱"。但不得不承认，历经多年风沙洗礼后，古刀已是残锋断刃，早已没有当年锋利的模样。尽管时间对古刀的消磨令人惋惜，但诗人还是觉得饱经风霜的古刀同样值得珍视。"吴钩断马不知处，几度烟尘今独全"，古刀虽不再锋利，但与吴钩、断马这些兵器相比，它能够留存至今已是十分不易了。诗歌将冰冷的古刀融入人的感情，古刀的精灵与新主人合二为一，写活了宝刀，也写活了主人。"白虎司秋"句至"斩长鲸"句，作者借助想象描述了古刀最初的模样，与诗歌开头相呼应。结尾一句"世人所好殊辽阔，千金买铅徒一割"是对诗歌主旨的提炼和升华，似乎是在借古刀新主人千金买铅的故事，间接抒发自己渴望能够发挥一己之长的愿望。

　　目前无法确知此诗作于何年，但从诗中借古刀的浮沉来表达诗人内心深沉的感情来看，应当作于诗人中晚年。诗中对古刀及其两任主人的咏叹，表现出诗人对人生沧桑巨变的透彻领悟。

四 杨志卖刀

施耐庵

杨志寻思道[1]："却是怎地好？只有祖上留下这口宝刀，从来跟着洒家[2]，如今事急无措，只得拿去街上货卖得千百贯钱钞，好做盘缠，投往他处安身。"当日将了宝刀，插了草标儿，上市去卖。走到马行街内，立了两个时辰，并无一个人问。将立到晌午时分，转来到天汉州桥热闹处去卖。杨志立未久，只见两边的人都跑入河下巷内去躲。杨志看时，只见都乱撺，口里说道："快躲了，大虫来也[3]！"杨志道："好作怪！这等一片锦城池，却那得大虫来！"当下立住脚看时，只见远远地黑凛凛一大汉，吃得半醉，一步一撷撞将来。杨志看那人时，形貌生得粗丑。但见：面目依稀似鬼，身材仿佛如人。杈枒怪树[4]，变为肐瘩形骸；臭秽枯桩，化作腌臜魍魉[5]。浑身遍体，都生渗渗濑濑沙鱼皮；夹脑连头，尽长拳拳弯弯卷螺发。胸前一片锦顽皮，额上三条强拗皱。

原来这人是京师有名的破落户泼皮，叫做没毛大虫牛二，专在街上撒泼行凶撞闹，连为几头官司，开封府也治他不下，以此满城人见那厮来都躲了。却说牛二抢到杨志面前，就手里把那口宝刀扯将出来，问道："汉子，你这刀要卖几钱？"杨志道："祖上留下宝刀，要卖三千贯。"牛二喝道："甚么鸟刀，要卖许多钱！我三十文买一把，也切得肉，切得豆腐。你的鸟刀有甚好处，叫做宝刀！"杨志道："洒家的须不是店上卖的白铁刀，这是宝刀。"牛二道："怎地唤做宝刀？"杨志道："第一件砍铜剁铁，刀口不卷；第二件吹毛得过；第三件杀人刀上没血。"牛二道："你敢剁铜钱么？"杨志道："你便将来，剁与你看。"

牛二便去州桥下香椒铺里，讨了二十文当三钱[6]，一垛儿将来，放在州桥栏干上，叫杨志道："汉子，你若剁得开时，我还你三千贯。"那时看的人虽然不敢近前，向远远地围住了望。杨志道："这个直得甚么？"把衣袖卷起，拿刀在手，看的较准，只一刀，把铜钱剁做两半，众人都喝采。牛二道："喝甚么鸟采！你且说第二件是甚么？"杨志道："吹毛得过。若把几根头发望刀口上只一吹，齐齐都断。"牛二道："我不信。"自把头上拔下一把头发，递与杨志："你且吹我看。"杨志左手接过头发，照着刀口上尽气力一吹，那头发都做两段，纷纷飘下地来，众人喝采，看的人越多了。牛二又问："第三件是甚么？"杨志道："杀人刀上没血。"牛二道："怎么杀人刀上没血？"杨志道："把人一刀砍了，并无血痕，只是个快。"牛二道："我不信，你把刀来剁一个人我看。"杨志道："禁城之中，如何敢杀人？你不信时，取一只狗来杀与你看。"牛二道："你说杀人，不曾说杀狗！"杨志道："你不买便罢，只管缠人做甚么？"牛二道："你将来我看。"杨志道："你只顾没了当[7]，洒家又不是你撩拨的！"牛二道："你敢杀我？"杨志道："和你往日无冤，昔日无仇，一物不成两物，现在没来由杀你做甚么？"牛二紧揪住杨志说道："我偏要买你这口刀。"杨志道："你要买，将钱来。"牛二道："我没钱。"杨志道："你没钱，揪住洒家怎地？"牛二道："我要你这口刀。"杨志道："我不与你。"牛二道："你好男子，剁我一刀。"杨志大怒，把牛二推了一交。牛二爬将起来，钻入杨志怀里。杨志叫道："街坊邻舍都是证见：杨志无盘缠，自卖这口刀，这个波皮强夺洒家的刀，又把俺打。"街坊人都怕这牛二，谁敢向前来劝。牛二喝道："你说我打你，便打杀直甚么？"口里说，一面挥起右手一拳打来，杨志霍地躲过，拿着刀抢入来，一时性起，望牛二嗓根上搠个着[8]，扑地倒了。杨志赶入去，把牛二胸脯上又连搠了两刀，血流满地，死在地上。

　　杨志叫道："洒家杀死这个波皮，怎肯连累你们！波皮既已死了，你们都来同洒家去官府里出首[9]。"坊隅众人慌忙拢来[10]，随同杨志径投开封府出首，正值府尹坐衙，杨志拿着刀和地方邻舍众人都上厅来，一齐跪下，把刀放在面前。杨志告道："小人原是殿司制使，为因失陷花石纲，削去本身职役，无有盘缠，将这口刀在街货卖。不期被个波皮破落户牛二强夺小人的刀，又用拳打小人，因此一时性起，将那人杀死，众邻舍都是证见。"众人亦替杨志告说，分诉了一回。府尹道："既是自行前来出首，免了这厮入门的款打。"且叫取一面长枷枷了。差两员相官带了仵作行人[11]，监押杨志并众邻舍一干人犯，都来天汉州桥边，登场检验了[12]，叠成文案，众邻舍都出了供状，保放随衙听候，当厅发落，将杨志于死囚牢里监守。

《水浒传》第十二回

【作者/出处简介】

　　施耐庵［1296（？）—1370（？）］，原名彦端，字肇瑞，号子安，别号耐庵。江苏兴化人。三十五岁中进士，后弃官归里，闭门著述。关于《水浒传》的作者，历来说法不一，大致有罗贯中、施耐庵和罗、施合著三种说法。但水浒故事具有典型的世代累积性质，罗、施等人或许只是某个本子的编定者。《水浒传》有繁本、简本两大系统，繁本又分七十回本、一百回本和一百二十回本三个系统，今较为多见的是一百回本，题作《忠义水浒传》。

【字词注释】

1. 杨志：将门之后，因脸上生有一大块青记，人称"青面兽"。自幼流落关西，早年曾应武举，官至殿司制使官。后押送花石纲，却在黄河里翻船失陷，不敢回京赴命，故避难江湖。后加入梁山，征方腊时病逝于丹徒县，封忠武郎。

2. 洒家：宋元时期北方口语，意为俺、咱。

3. 大虫：老虎。

4. 杈（chā）桠（yā）：亦作"杈桠"，树的分枝，参差交错貌。

5. 腌臜：脏、不干净。魍（wǎng）魉（liǎng）：鬼怪。

6. 二十文：指二十个。当三钱：宋代的一种制钱，一个钱当三个钱用。

7. 没了当：没完没了，纠缠不清。

8. 搠（shuò）：扎，刺。

9. 出首：自首。

10. 坊隅：街头巷曲。

11. 仵作：官府检验命案死尸的人。

12. 登场：当场。

【作品解析】

"杨志卖刀"出现在《水浒传》百回本的第十二回。杨志押送花石纲，行至黄河，大风将船打翻，花石纲失落。杨志不敢回去交差，逃往他处避难。后因罪责被赦免而变卖家产，打算回东京谋职。到了东京，打算"将出那担儿金银财物，买上告下"，通过门路见到太尉高俅，却被高俅赶出。在盘缠用尽之时，杨志拿出宝刀，插标叫卖，于是便发生了与泼皮牛二的一番纠缠。

这段故事写得非常精彩。泼皮牛二的出场颇有意思，文中先讲众人乱窜，说"快躲了，大虫来也"。这一笔一方面增加了故事的悬念，导致杨志立马寻思如此锦城池，如何跑出老虎来；另一方面又烘托出牛二泼辣猛于虎的性格，以致市井之中无人敢招惹。后文对牛二形象的描写也十分生动。面对这样一个"吃得半醉，一步一撺撞将来"的人物，发生语言、动作上的纠缠和拉扯，也在意料之中。在杨志与牛二语言交锋的过程中，宝刀是重要的道具。通过杨志的表达和演示，宝刀的锋利展现无遗。值得注意的是，杨志所述的三件事：砍铜剁铁，刀口不卷；吹毛得过；杀人刀上没血。除了第一二件得以验证外，第三件并无验证。从情节的发展来看，正是这第三件事才真正导致杨志与牛二冲突的发生，直至杨志杀死牛二，到官府自首。可以说，宝刀在这段故事中的作用有二：一是展现自身的锋利和非凡价值，凸显持刀者的英勇气概，以及穷困潦倒时的迫不得已；二是引发杨志与牛二的冲突，展现杨志的血性，推动故事情节的发展。在《三国演义》《水浒传》等历史演义和侠义小说中，兵器的作用至关重要，"杨志卖刀"就为我们展现了一个生动典型的宝刀故事。

第二节　驻马横枪

【中心选文】

一　罗士信传

郑国公罗士信[1]，容貌短小而骁勇绝伦。隋末贼起，士信始年十四，为通守张须陀执衣[2]。遇翟让来寇[3]，士信请自效[4]。须陀小之曰："汝形容未胜衣甲，何可入阵？"士信怒，重着二甲，左右双鞬[5]，跃而上马。须陀壮之，遂将其众击贼于潍水之上。阵才列，士信执长枪立于马上，驰至贼所，刺倒数人，斩一人首，掷于空中，用枪承之，戴以略阵[6]。贼众愕然莫敢逼者。士信乃弃笑驰马[7]，为十下而还。须陀因而奋击。兵始接，贼师大溃。士信逐北，每杀一人，辄劓其鼻怀之[8]，每归而数其鼻，以表杀贼之多少也。须陀大悦之，引置左右。每战，须陀居前，士信为副，贼无敢当者。

《太平御览》卷三五四

【作者/出处简介】

《太平御览》是北宋时期的一部类书。"太平"是宋太宗赵光义年号，"御览"是呈送给皇帝亲自阅读之意。该书为李昉、李穆、徐铉等学者奉敕编纂，始于太平兴国二年（977）三月，成书于太平兴国八年（983）十月。全书以天、地、人、事、物为序，分成五十五部，保留了大量古书资料。以上选文出自《太平御览》卷三五四《兵部》第八十五，乃摘引《旧唐书》而成，然今所见两《唐书·罗士信传》与《太平御览》所引字句有出入。

【字词注释】

1. 罗士信［600（？）~622］：齐州历城（今山东济南）人，隋末唐初名将。原为隋朝齐郡（在今山东省境）通守张须陀部将，后归降瓦岗军，被授以总管之职，在与王世充交战时重伤被俘。后因不耻王世充，率部降唐，被拜为陕东道行军总管。随李世民平定洛阳，进封绛州总管、郯国公。唐武德五年（622），罗士信在洺水之战中城破被俘，被刘黑闼杀害，谥"勇"，葬于北邙山。

2. "为通守"句：张须陀（565~616），字果，隋朝大将。隋炀帝时任齐郡丞，先后镇压王薄、郭方预、卢明月等起义军，领河南道十二郡黜陟讨捕大使，官至齐郡通守、荥阳通守。隋大业十二年（616），发兵进攻瓦岗军，与李密、翟让作战，为瓦岗军所败，下马战死。执衣，皂隶的别称。

3. 翟让（？~617）：东郡韦城（今河南滑县）人，初为东郡法曹，犯法亡命至瓦岗，为隋末农民起义中瓦岗军前期领袖。

4. 自效：为他人贡献自己的力量。

5. 鞬（jiān）：马上盛弓箭的器具。

6. 略阵：亦作"略陈"，巡视阵地。

7. 筴（cè）：即策，马鞭。

8. 輒（zhé）：同辄，就。劓（yì）：割掉鼻子。

【作品解析】

　　隋末唐初涌现出很多名将，罗士信是其中之一。本文叙述年仅十四的罗士信执枪立马、击贼破阵的故事。该文以直叙方式，一路而下，颇具史传风格。虽然字数不多，但猛将形象跃然纸上。《太平御览》所引《唐书》的这段文字与《旧唐书》有些出入，如《旧唐书》云："大业中，长白山贼王簿、左才相、孟让来寇齐郡，通守张须陀率兵讨击"，故来寇当为孟让，而非翟让。《太平御览》乃类书，在摘引过程中出现舛误或拼凑，实不奇怪。不过，若不考虑历史真实性问题，该文叙述完整，语言生动流畅，罗士信的勇猛形象、枪之作用均得到充分展现。

　　该文开篇便云罗士信"容貌短小而骁勇绝伦"，下语干脆利落。面对敌寇入侵，罗士信愿效力出战，张须陀却以"形容未胜衣甲"而小看他，这是欲扬先抑的手法，为彰显罗士信的勇猛埋下伏笔。接下来便是对他怒而跃马的叙述："重着二甲，左右双鞬，跃而上马。"四字句短促有力，尽显主人公的年轻气盛与果敢刚强。列阵之后，罗士信执长枪立于马上，长枪的挺直与持枪者的英武合为一体，枪具有凸显主人公个性气质的作用。"斩一人首，掷于空中，用枪承之，戴以略阵"几句更是将枪的凌厉与力度、持枪者的勇猛推向极致。在中国古代将领当中，以持长枪闻名于世者不止罗士信一人，然而古代那种人枪合一的精神状态——即枪凸显将之勇猛，将发挥枪之凌厉，在罗士信传中能窥得一二。

二　王铁枪像[1]

杨维桢

铁枪儿，五代杰，滑中归来义尤烈[2]。

捷闻三日破南城[3]，铁枪奇兵果奇绝。

铁枪折，河北裂，唐家又移梁日月[4]。

阿岩鸡犬何足尤，虎豹一死皮须留[5]。

呜呼，痴顽老魅老不死，朝梁暮晋复归周[6]，谁复拔剑知相仇。

《全元诗》

【作者/出处简介】

参见第十章第四节《题苏武牧羊图》关于杨维桢介绍。

【字词注释】

1. 王铁枪：王彦章（863～923），字贤明，郓州寿张（今山东梁山）人，五代时期后梁名将。朱温建后梁时，王彦章以功为亲军将领，历迁刺史、防御使至节度使。他骁勇有力，每战常为先锋，持铁枪驰突，奋疾如飞，军中号为"王铁枪"。后为李存勖所擒，宁死不降，被下令斩首。
2. 滑中：即滑州，今河南滑县。
3. "捷闻"句：后梁龙德三年（923）四月初，后唐军队攻占郓州，梁末帝于五月委任王彦章为北面招讨使，王彦章用三天时间即攻破南城。
4. "唐家"句：指后唐灭后梁。
5. "虎豹"句：指人应当留名后世。欧阳修《新五代史·王彦章传》云："（王）彦章武人不知书，常为俚语谓人曰：'豹死留皮，人死留名。'其于忠义，盖天性也。"
6. 朝梁暮晋：比喻人反复无常，没有节操。原指五代冯道为相，历五朝八姓，于丧君亡国毫不在意。自号长乐老，撰《长乐老自叙》，历陈官爵以为荣，时论卑之。元代刘因作《冯道》诗讽之："亡国降臣固位难，痴顽老子几朝官。朝梁暮晋浑闲事，更舍残骸与契丹。"

【作品解析】

　　古代善使铁枪而知名者，世人多以"铁枪"称之，如李铁枪、张铁枪。清代梁绍壬《两般秋雨庵随笔》有"铁枪"一则，专录此事，其中说道："《旧五代史·王敬荛传》，善用铁枪重三十斤。后又有王彦章，是一时有两王铁枪也。"《王铁枪像》诗中所指是王彦章。王彦章年轻时入朱全忠麾下，因战功卓著而受到后梁政权的重用。在后梁失去魏州后，时常与晋国（即后来的后唐）发生冲突。后梁龙德三年（923），后唐军队攻占郓州，梁末帝启用王彦章为北面招讨使，并派段凝为副手。王彦章临行前表示若得胜回朝，要处死赵岩、张汉杰等败坏朝政的奸臣。离朝三天，王彦章就攻破南城，此后与李存勖的军队多次对战。他在重新进攻杨刘时战败，史称段凝与赵岩、张汉杰等人合谋向后梁末帝隐瞒王彦章的战功，又于王彦章战败时诬陷他饮酒轻敌，因此得到兵权。其后，后唐军队向兖州进攻，后梁末帝再委派王彦章迎战。王彦章被擒，拒不投降，李存勖下令将其斩首，时年六十一岁。

　　《新五代史》记载："彦章为人骁勇有力，能跣足履棘行百步。持一铁枪，骑而驰突，奋疾如飞，而佗人莫能举也，军中号王铁枪。"《王铁枪像》诗中的铁枪已然超出了纯粹的兵器范畴，而将其与王彦章紧密联系在一起。如"铁枪折，河北裂"一句以长枪折断比喻王彦章的遭遇，从而暗示后梁王朝的衰落。全诗自然流畅，又充满力度，表现出诗人对王彦章忠勇之义的褒扬，而铁枪也就成了王彦章精神气质的重要象征。

三 火尖枪、刃铁枪

诸圣邻

（秦叔宝）擎一杆火尖枪：久炼成钢火气融，全凭烈焰夺神工。琢磨铦利如银蟒[1]，巧结朱缨似火红[2]。纯锬杆[3]，钻如锋，将军擎处建奇功。梨花乱舞飘寒雪，上下萦回弄晓风。

（尉迟恭）擎一杆刃铁枪。刃铁枪横丈八长，曾经百炼煅成钢。铦铦利攥明如雪，皎皎尖锋白似霜。生杀气，长寒光，从教展土任开疆[4]。穿胸常把征人丧，透甲能令战士亡。

《大唐秦王词话》第三十回

【作者/出处简介】

诸圣邻，别署澹圃主人，主要生活于明万历年间，生平不详。《大唐秦王词话》又名《唐秦王本传》《秦王演义》，该书由"李公子晋阳兴义兵，唐国公关中受隋禅"起，到"唐太宗渭水立盟，李药师阴山奏凯"止，描写李世民征伐群雄，一统天下的历史功绩。《大唐秦王词话》以回为单位，每回开头有诗、词或赋体韵文，接着是四句诗或上下对句，然后进入故事，一回结束时又有四句诗。叙述故事以散文为主，间有七字句和攒十字的唱词，而以七字句为多。唱词与说白连用，起着敷衍故事情节的作用。

【字词注释】

1. 铦（xiān）利：锋利、锐利。

2. 朱缨：即红缨。

3. 锬（tán）：长矛。

4. 从教：从此使得，从而使。

【作品解析】

这两首诗出自《大唐秦王词话》第三十回"秦王三跳虹霓涧，叔宝大战洛叶坡"。主要讲述秦王李世民被尉迟恭追至美梁川、虹霓涧，骑马越涧而过，尉迟恭也随着跳过涧去追赶，秦叔宝策马而来保护秦王。于是，尉迟恭与秦叔宝二人展开大战。秦叔宝使的兵器本是劈楞简，尉迟恭使竹节鞭。《词话》还特意提到"三鞭不及两简"，说的是尉迟恭曾鞭打马三保、段志玄、程咬金，三人重伤而未殒命；秦叔宝则两简打死魏雕儿和张赛虎，这一比较旨在突出双方征战的激烈。

大战一百二十回合后，尉迟恭建议各转山坡，将盔甲鞍马等栓束整齐，互通姓名之后再战。接下来便出现了对二人形容装扮的详细描述。秦叔宝戴一顶凤翅盔，盔下一条平额带，穿一领青锦战袍，贯一幅银锁甲，系一条宝妆带，穿一双软皮靴，弯一张画鹊雕弓，插一壶雕翎点钢箭，悬一口太阿宝剑，使一对劈楞简，擎一杆火尖枪，骑一匹呼雷豹。尉迟恭则戴一顶铁幞头，铁幞头下红抹额，穿一领皂罗袍，贯一副乌油甲，系一条狮蛮带，穿一双抹绿靴，弯一张铁胎弓，插一壶金星箭，悬一口龙泉剑造，使一条竹节鞭，擎一杆刃铁枪，骑一匹金脊乌龙马。每一穿戴都配以诗歌，正文中对火尖枪和刃铁枪的表述就出自其下。

据《词话》记载，二人简鞭相斗之后，换长枪对战三百余回合，继而又丢下枪，以简鞭交战。这些描写带有典型的戏剧化色彩和说书的性质。就文中对两支枪的描述来看，用语准确形象，把枪的凌厉、刚猛充分地凸显出来，如以"银蟒""火红""梨花乱舞"形容火尖枪，以"明如雪""白似霜"形容刃铁枪，不但呈现出两件兵器的威慑力，还很好地烘托了尉迟恭和秦叔宝的勇猛。

四　秦良玉花枪歌[1]

夏恒

枯藤之柄八尺长，苔痕啮铁尖无钢。绿沈磨洗了无用[2]，胡为宝此同干将[3]。

入手稍觉有奇怪，谛审款识生寒光[4]。石砫英雄马家妇[5]，勇沉谋密忠且良[6]。

自从播州起征伐[7]，娘子军中兵气扬。红崖青山屡奏捷[8]，仗此杀贼如屠羊。

功成不得受上赏，朝中锦贝方狓猖[9]。兄弟子侄尽豪俊，嫠也何害于戎行[10]。

假令专阃秉铁钺[11]，群丑岂得摇边疆。平台召对劳羊酒[12]，赐诗终遣还故乡。

是时烽烟遍郊野，西南狐鼠纷跳梁。诸镇孰如周遇吉[13]，督官乃有杨嗣昌[14]。

腐儒乌足计大事，伤心羞同邵公亡[15]。夔州已陷蜀全失，石砫犹然资保障。

此身幸得全节义，此枪终不遭毁伤。回首河山经百战，横冲直突谁禁当[16]。

时危常作枕戈卧，势去那堪善刀藏[17]。手中磨弄二十载，遗憾失刺李与张。

勋名不共沧桑变，流传宝物如牂常[18]。请君认取白杆帅，名字勿使宁南攘。

《沅湘耆旧集》卷一五八

【作者/出处简介】

夏恒（1790～1839），字一卿，信县（今属湖南）人。清道光九年（1829）进士，改庶吉士，散馆，改主事，授吏部稽勋司主事，转本部员外郎。有《一卿遗稿》，今未见。邓显鹤《沅湘耆旧集》收录其诗数首，《秦良玉花枪歌》为其中一首。

【字词注释】

1. 秦良玉（1574～1648）：字贞素，四川忠州（今重庆忠县）人，明朝末年著名女将，其丈夫为石砫宣慰使马千乘。
2. 绿沈：即绿沈枪，古代诗歌中常见的枪名。
3. 干将：古代宝剑名。
4. 谛审（dì）：仔细审核辨认。款识（zhì）：铸刻在枪上的文字。
5. 石砫（zhù）英雄：明崇祯十七年（1644），张献忠攻陷四川，于成都称帝后派人招降四川各土司，但治理石砫的秦良玉不肯投降张献忠，分兵守卫各处险要，誓与石砫共存亡。张献忠虽势力庞大，却不敢靠近秦良玉守卫的石砫。
6. 勇沉：勇敢沉着。
7. "自从"句：明万历二十七年（1599），播州（今贵州遵义）土司杨应龙作乱，石砫宣慰使马千乘率领三千人随李化龙前往征讨。
8. "红崖"句：明天启二年（1622），奢崇明包围成都，四川巡抚朱燮元传令秦良玉前去征讨，秦良玉收复红崖墩、观音寺、青山墩等重要据点。
9. 锦贝：即贝锦，指喻诬陷他人、罗织成罪的谗言。狓（pī）猖：猖狂。
10. 嫠（lí）：寡妇。明万历四十一年（1613），马千乘被诬告，病死于云阳监狱，秦良玉于是代领马千乘的职位。
11. 专阃（kǔn）：主京城以外权事的官员。秉钺（fū）钺（yuè）：指统兵作战。钺钺，斫刀和大斧。
12. "平台"句：明崇祯三年（1630），清军大举进攻，永平四城失守。秦良玉率秦翼明奉诏勤王，并拿出家中的资产充作军饷。朱由检特意下诏表扬，并于平台召见秦良玉，赏赐秦良玉钱币羊酒，并赋诗四首表彰其功劳。
13. 周遇吉（1600～1644）：字萃菴，明朝将领，辽东锦州卫人。曾抗击张献忠、李自成等军。
14. 杨嗣昌（1588～1641）：字文弱，一字子微，自号肥翁、肥居士，晚号苦庵，湖广武陵（今湖南常德）人，明朝后期大臣。崇祯十三年（1640），张献忠联合罗汝才造反，杨嗣昌自请为督师入川剿贼。
15. "伤心"句：杨嗣昌主张驱贼入川的战略，调离四川精锐入楚，四川巡抚邵捷春领二万老弱残兵守重庆，所倚重的将领只有张令和秦良玉，但邵捷春不争上夺险，消极防守，让秦良玉在重庆附近三四十里处设防，派遣张令守黄泥洼。秦良玉乃向已经辞官的绵州（今四川绵阳）知州陆逊之感叹："邵公不知兵。吾一妇人，受国恩，谊应死，独恨与邵公同死耳。"

16. 禁当：承受，担当。

17. 善刀藏：善刀而藏，比喻适可而止，自敛其才。

18. 旂（qí）常：旂画交龙，常画日月，是王侯的旗帜。

【作品解析】

秦良玉是明末著名女将，曾随丈夫马千乘平定杨应龙播州之乱。马千乘被害身死，秦良玉率领兄弟子侄抗击清军，又参加平定奢崇明、张献忠之乱等战役，功勋卓著，死后南明王朝追谥"忠贞侯"。在中国古代的正史中，秦良玉是唯一一位作为王朝名将被单独载入列传的巾帼英雄。这首《秦良玉花枪歌》表面上是咏枪，实则咏人。秦良玉曾训练一支军队，号称"白杆兵"。士兵均以白杆枪为兵器，枪上配戴刃的钩，下配坚硬的铁环。作战时，钩可砍可拉，环则可作锤击武器，必要时数十杆长枪钩环相接，可作为越山攀墙的工具。诗歌中的花枪未必就是白杆枪，但这仍能说明枪与女将秦良玉的密切关系。

该诗以描绘枪之形态开篇，"苔痕啮铁"四字以拟人的方式展现了岁月对枪的侵蚀。看似普普通通、锈迹斑斑的长枪，为何被视若珍宝，如同名剑干将一样呢？前四句以简短的语言埋下伏笔，接下来两句的对象则由枪转到人。初不觉此枪有何可贵，待辨认枪上的款识之后，才真正意识到这把兵器的与众不同。在这里枪的价值不是由其非凡的形制、凌厉的锋刃所体现的，而是由持枪者的人格品性所体现。诗人对秦良玉一生重要战绩的回顾与歌颂之后，再回到枪上来，"此身幸得全节义，此枪终不遭毁伤"，这句诗既是写人，也是写枪。以枪的凌厉刚强比喻人的忠孝刚毅，二者在精神气韵实现了融合呼应。"勋名不共沧桑变，流传宝物如旂常"，指出枪就是秦良玉金石之功的见证，整首诗也就通过枪——人——枪人合一的转换完成了对这一兵器的描绘，也完成了对秦良玉的赞扬。

第三节 斗牛剑气

【中心选文】

一 说剑

庄子

昔赵文王喜剑[1]，剑士夹门，而客三千余人；日夜相击于前，死伤者岁百余人，好之不厌。如是三年，国衰，诸侯谋之。

太子悝患之[2]，慕左右[3]，曰："孰能说王之意止剑士者[4]，赐之千金。"左右曰："庄子当能。"太子乃使人以千金奉庄子。庄子弗受，与使者俱，往见太子曰："太子何以教周，赐周千金？"太子曰："闻夫子明圣，谨奉千金以币从者[5]。夫子弗受，悝尚何敢言！"庄子曰："闻太子所欲用周者，欲绝王之喜好也。使臣上说大王而逆王意，下不当太子[6]，则身刑而死，周尚安所事金乎？使臣上说大王，下当太子，赵国何求而不得也？"太子曰："然。吾王所见唯剑士也。"庄子曰："诺。周善为剑。"太子曰："然吾王所见剑士，皆蓬头、突鬓、垂冠、曼胡之缨[7]、短后之衣[8]、瞋目而语难[9]，王乃说之[10]。今夫子必儒服而见王，事必大逆。"庄子曰："请治剑服。"治剑服，三日，乃见太子。太子乃与见王，王脱白刃待之[11]。庄子入殿门，不趋；见王，不拜。王曰："子欲何以教寡人，使太子先？"曰："臣闻大王喜剑，故以剑见王。"王曰："子之剑，何能禁制？"曰："臣之剑，十步一人，千里不留行。"王大悦之，曰："天下无敌矣！"庄子曰："夫为剑者，示之以虚，开之以利，后之以发，先之以至[12]。愿得试之。"王曰："夫子休就舍[13]，待命令设戏请夫子[14]。"王乃校剑士七日[15]，死伤者六十余人，得五六人，使奉剑于殿下，乃召庄子。王曰："今日试使士敦剑[16]。"庄子曰："望之久矣。"王曰："夫子所御杖[17]，长短何如？"曰："臣之所奉，皆可。然臣有三剑，唯王所用，请先言而后试。"王曰："愿闻三剑。"曰："有天子剑，有诸侯剑，有庶人剑。"王曰："天子之剑何如？"曰："天子之剑，以燕溪石城为锋，齐岱为锷，晋魏为脊，周宋为镡，韩魏为夹[18]；包以四夷，裹以四时；绕以渤海，带以恒山；制以五行，论以刑德；开以阴阳，持以春夏，行以秋冬。此剑，直之无前，举之无上，案之无下，运之无旁；上决浮云，下绝地纪[19]。此剑一用，匡诸侯，天下服矣。此天子之剑也。"文王茫然自失，曰："诸侯之剑何如？"曰："诸侯之剑，以知勇士为锋，以清廉士为锷，以贤良士为脊，以忠圣士为镡，以豪桀士为夹。此剑，直之亦无前，举之亦无上，案之亦无下，运之亦无旁；上法圆天，以顺三光[20]；下法方地，以顺四时；中和民意，以安四乡[21]。此剑一用，如雷霆之震也，四封之内，无不宾服而听从君命者矣。此诸侯之剑也。"王曰："庶人之剑何如？"曰："庶人之剑，蓬头突鬓垂冠，曼胡之缨，短后之衣，瞋目而语难。相击于前，上斩颈领，下决肝肺。此庶人之剑，无异于斗鸡，一旦命已绝矣，无所用于国事。今大王有天子之位而好庶人之剑，臣窃为大王薄之。"王乃牵而上殿。宰人上食，王三环之[22]。庄子曰："大王安坐定气，剑事已毕矣。"于是文王不出宫三月，剑士皆服毙其处也[23]。

《庄子·杂篇》

庄子［前369（?）～前286（?）］，名周，战国时期宋国蒙（今河南商丘）人，做过漆园吏。《庄子》亦称《南华经》。其中内篇七篇，一般认定为庄子著；外篇、杂篇可能掺杂有其门人和后来道家的作品。其文汪洋恣肆，多采用寓言形式，想象丰富。在哲学、文学上都有较高价值。

【字词注释】

1. 赵文王：即赵惠文王。

2. 太子悝（kuī）：赵惠文王二十二年，立公子丹为太子，并无太子悝之事。可见这是虚构的故事。

3. 募：征求。

4. 说（shuì）：说服。

5. 币从者：赠给（您的）仆从。币，本指礼物，这里名词动用，赠送。

6. 当太子：合太子的旨意。

7. 曼胡：粗实。

8. 短后之衣：后身短的衣服，便于起坐。

9. 瞋（shèn）目：发怒时睁大眼睛。语难（nàn）：语言相互诘难。

10. 说（yuè）：喜欢。

11. 脱白刃：拔出剑。

12. "示之"四句：示人以虚空，给予可乘之机，发动在后，抢先击至。

13. 休就舍：到馆舍休息。

14. 戏：比赛。

15. 校（jiào）：较量。

16. 敦：对。

17. 御杖：持剑。

18. "以燕溪"五句：以燕溪石城作剑端，齐国泰山作剑刃，晋国、魏国（当是卫国）作剑背，周朝、宋国作剑口，韩国、魏国作剑把。

19. 地纪：地基。

20. 三光：日、月、星。

21. 四乡（xiàng）：四方。

22. "宰人"二句：意谓赵王绕着走了三圈，是羞愧之下的举动。宰人，厨子。

23. 服毙：气愤自杀。

【作品解析】

该文出自《庄子》杂篇，讲述庄子为赵文王说剑一事。赵文王喜欢剑，整天与剑士为伍而不料理朝政，庄子前往游说。面对赵文王，庄子想要展开对话，一开始只能投其所好，故他穿上剑士服装，在赵文王面前声称自己的剑术是十步置一人，千里无阻挡。这引起赵文王极大兴趣，从而引发比武论剑一事，庄子也才能通过"天子之剑""诸侯之剑""庶人之剑"的比喻发挥其论辩技巧。

　　整个故事因剑而起，本是讨论剑术之事，庄子却将其提升到治国理政的高度，通过以剑为喻，将作为兵器之剑与治国理政之剑连接得天衣无缝。庄子论天子之剑，以燕溪、石城为剑端，以泰山为剑刃，以晋国和卫地为剑背，以周地、宋国为剑环，以韩国、魏国为剑把，用四夷包着，四时裹着，渤海缠着。此剑不仅能断绝浮云地基，还能匡正诸侯，顺服天下。这一段文字大气磅礴，充满极度的夸张和奇特的想象，足以震慑人心；诸侯之剑虽比天子之剑次一级，但仍旧气度不凡；而庶人之剑则被认为是无异于斗鸡的儿戏。三者相较，高下立见。

　　从论辩的角度来说，这段文字的长处在于以剑为喻，避免了因反对赵文王好剑术而带来的矛盾冲突。将好剑与不好剑的矛盾，转化为好那一类剑的引导性言论，既保留了赵文王的脸面，又给予他足够的思考空间。庄子对天子之剑、诸侯之剑的论述极尽夸张铺陈之能事，使对方明显感受到二者与庶人之剑的差别，从而进行深刻的反思。在剑、剑术与持剑者的思想、品格、境界之间，后者更值得重视与推扬，所以这则故事反映出兵器背后的人、事件、观念比兵器本身更为重要。

二　湛卢之剑

赵晔

　　湛卢之剑，恶阖闾之无道也，乃去而出，水行如楚[1]。

　　楚昭王卧而寤得吴王湛卢之剑于床[2]。昭王不知其故，乃召风湖子而问曰："寡人卧觉而得宝剑[3]，不知其名，是何剑也？"风湖子曰："此谓湛卢之剑。"昭王曰："何以言之？"风湖子曰："臣闻吴王得越所献宝剑三枚：一曰鱼肠，二曰磐郢，三曰湛卢。鱼肠之剑，已用杀吴王僚也[4]；磐郢以送其死女[5]；今湛卢入楚也。"昭王曰："湛卢所以去者何也？"风湖子曰："臣闻越王元常使欧冶子造剑五枚以示薛烛，烛对曰：'鱼肠剑逆理不顺[6]，不可服也，臣以杀君，子以杀父。'故阖闾以杀王僚。一名磐郢，亦曰豪曹，不法之物[7]，无益于人，故以送死。一名湛卢，五金之英[8]，太阳之精，寄气托灵，出之有神，服之有威[9]，可以折冲拒敌[10]。然人君有逆理之谋，其剑即出，故去无道以就有道。今吴王无道，杀君谋楚，故湛卢入楚。"昭王曰："其直几何？"风湖子曰："臣闻此剑在越之时，客有酬其直者[11]：有市之乡三十[12]，骏马千匹，万户之都二。是其一也[13]。薛烛对曰：'赤堇之山已令无云，若耶之溪深而莫测，群臣上天，欧冶死矣。虽倾城量金，珠玉盈河，犹不能得此宝，而况有市之乡，骏马千匹，万户之都，何足言也？'"昭王大悦，遂以为宝。

阖闾闻楚得湛卢之剑，因斯发怒，遂使孙武、伍胥、白喜伐楚。子胥阴令宣言于楚曰："楚用子期为将，吾即得而杀之；子常用兵，吾即去之。"楚闻之，因用子常，退子期。吴拔六与潜二邑。

《吴越春秋·阖闾内传》卷四

【作者/出处简介】

赵晔［（?）~83（?）］，字长君，会稽山阴（今浙江绍兴）人，《后汉书·儒林传》有传。《吴越春秋》原书十二卷，今流行本多作六卷十篇。前五篇叙吴太伯、寿梦、王僚、阖闾、夫差等的史事，称内传；后五篇叙越无余、勾践等的史事，称外传。于旧史所记外，增入不少民间传说，并以作者观点为核心，予以系统整理，形式上较为整齐，有补充正史缺漏的史料价值。

【字词注释】

1. 如：到……去。
2. 寤（wù）：睡醒。
3. 觉（jué）：睡醒。
4. 杀吴王僚：阖闾使专诸用鱼肠剑刺杀吴王僚自立。
5. 送其死女：阖闾之女滕玉自杀，阖闾以磐郢剑陪葬。
6. 理：文理。
7. 法：标准。
8. 五金：上古指金、银、铜、铅、锡。
9. 服：佩带。
10. 折冲：使敌方的战车折还，意为击退敌人。
11. 酬其直：即出价。酬：偿还。
12. 有市之乡：有市场的乡，即比较大的乡。
13. 是其一：这是其中一人出的价。

【作品解析】

本文讲述湛卢剑入楚的故事。"湛卢"乃春秋战国时期铸剑名匠欧冶子所铸，据《越绝书》载，欧冶子曾铸五把宝剑：湛卢、纯钩、胜邪（磐郢）、鱼肠、巨阙。阖闾得到胜邪（磐郢）、鱼肠、湛卢，派人用鱼肠剑杀死吴王僚，夺取王位。阖闾的子女死后，他又杀活人来陪葬。于是"湛卢之剑去之如水"，到了楚国。

《吴越春秋》所载的这段故事与《越绝书》基本相合，但细节有所不同。《越绝书》未明言胜邪（磐郢）之下落，而《吴越春秋》中风湖子则说该剑作了阖闾之女的陪葬品。开头"湛卢之剑，恶阖闾之无道也，乃去而出，水行如楚"既将湛卢拟人化，又赋予了宝剑以灵性和道德品格。对于薛烛相剑的过程，《越绝书》记载与《吴越春秋》差异较大。在《越绝书》中，越王先后拿出曹豪、巨阙、纯钧三把剑，薛烛均是从"五色并见""金锡和铜而不离"等外在形制来予以评判的，且独推纯钧。而在《吴越春秋》中，薛烛所相的三剑变为鱼肠、胜邪（磐郢）、湛卢，相剑的标准也从外在的形制变为剑的功用与品格。鱼肠剑因逆理不顺，而有阖闾以臣弑君之事，此乃不祥之剑；胜邪（磐郢）是"不法之物，无益于人"，最终成为陪葬品；只有湛卢去无道以就有道，具有不同于前二者的高洁品格。

其实剑本身只是一种兵器，它的用途、行藏以至于内涵品性，都必待人来赋予。在春秋战国，剑是展示国家、君王威势的武器，同时它也进入政治文化与道德视阈，成为个人品性、君王德行的象征。

三　丰城剑气

初，吴之未灭也，斗牛之间常有紫气[1]，道术者皆以吴方强盛，未可图也，惟华以为不然[2]。及吴平之后，紫气愈明。华闻豫章人雷焕妙达纬象[3]，乃要焕宿[4]，屏人曰[5]："可共寻天文，知将来吉凶。"因登楼仰观，焕曰："仆察之久矣，惟斗牛之间颇有异气。"华曰："是何祥也？"焕曰："宝剑之精，上彻于天耳。"华曰："君言得之。吾少时有相者言，吾年出六十，位登三事[6]，当得宝剑佩之。斯言岂效与[7]！"因问曰："在何郡？"焕曰："在豫章丰城[8]。"华曰："欲屈君为宰，密共寻之，可乎？"焕许之。华大喜，即补焕为丰城令。焕到县，掘狱屋基，入地四丈余，得一石函，光气非常，中有双剑，并刻题，一曰龙泉，一曰太阿。其夕，斗牛间气不复见焉。焕以南昌西山北岩下土以拭剑[9]，光芒艳发。大盆盛水，置剑其上，视之者精芒炫目。遣使送一剑并土与华，留一自佩。或谓焕曰："得两送一，张公岂可欺乎？"焕曰："本朝将乱，张公当受其祸。此剑当系徐君墓树耳[10]。灵异之物，终当化去，不永为人服也。"华得剑，宝爱之，常置坐侧。华以南昌土不如华阴赤土[11]，报焕书曰："详观剑文，乃干将也，莫邪何复不至？虽然，天生神物，终当合耳。"因以华阴土一斤致焕。焕更以拭剑，倍益精明。华诛，失剑所在。焕卒，子华为州从事[12]，持剑行经延平津[13]，剑忽于腰间跃出堕水，使人没水取之[14]，不见剑，但见两龙各长数丈，蟠萦有文章[15]，没者惧而反。须臾光彩照水，波浪惊沸，于是失剑。华叹曰："先君化去之言，张公终合之论，此其验乎！"华之博物多此类，不可详载焉。

《晋书·张华传》卷三十六

【作者/出处简介】

《晋书》一百三十卷，房玄龄等撰，参与修撰者前后共二十一人，修书时间在唐贞观二十年至二十二年（646～648）间。该书以南朝齐人臧荣绪的《晋书》为蓝本，再参考诸家著述修撰而成，乃了解两晋历史的基本典籍。

【字词注释】

1. 斗（dǒu）牛：二十八宿中的斗宿和牛宿，两宿分野在今浙江、江苏、安徽、江西诸地，即三国时吴地。

2. 张华（232～300）：字茂先，范阳方城（今河北固安西南）人。西晋大臣、文学家。官至中书监、太子少傅。后被赵王司马伦和孙秀所杀。

3. 豫章：郡名，治所在今江西南昌。纬象：星象。

4. 要（yāo）：邀请。

5. 屏（bǐng）：退。

6. 三事：三公，汉以后指丞相。张华所任中书监，掌诏奏之权，实为宰相。

7. 效：效验。与（yú）：句末语气词，表示疑问或感叹。

8. 丰城：县名，今江西丰城。

9. 北岩：北面的山岩。

10. "此剑"句：用"季札挂剑"的典故，表示将在张华死后送剑。季札，春秋时吴国贵族。《史记·吴太伯世家》："季札之初使，北过徐君。徐君好季札剑，口弗敢言。季札心知之，为使上国，未献。还至徐，徐君已死，于是乃解其宝剑，系之徐君冢树而去。从者曰：'徐君已死，尚谁予乎？'季子曰：'不然。始吾心已许之，岂以死倍吾心哉！'"

11. 华（huà）阴：县名，今属陕西。

12. 州从事：州长官自辟的僚属。

13. 延平津：古代黄河流经今河南延津西北至滑县以北的一段重要渡口，亦称延津。宋以后黄河改道，延津遂湮。

14. 没（mò）水：潜水。

15. 文章：花纹。

【作品解析】

这段文字虽然出自正史，但充满神异色彩，未可全信。但若将其视为关于龙泉（即龙渊）、太阿两把宝剑重见天日的故事，读来则颇有兴味。宝剑相传为欧冶子、干将所铸，长眠于地下，剑气直冲天上的斗牛之间。按古人的说法，吴越之地正是斗牛二宿的分野，故善观天象者认为斗牛之间的紫气，预示着吴国的强盛。然而，吴国旋即被灭，斗牛之间紫气反倒更盛。本文开头用简短的几句话描述了这一过程，勾起悬念，接着便一路直叙而下。张华请来雷焕，得知斗牛之间的紫气乃是"宝剑之精，上彻于天"，于是请雷焕到丰城寻剑。剑气冲天的现象，已经充分展现了两把宝剑的灵性。龙泉、太阿被挖掘出来之后，"光芒艳发""视之者精芒炫目"，更显其非同寻常。雷焕只送一把剑给张华，人问其故，雷焕却说："灵异之物，终当化去，不永为人服也。"张华致信雷焕，也说："天生神物，终当合耳。"两人的言语将龙泉、太阿的神异往前推了一步。直到张华、雷焕死后，雷焕之子雷华带剑经过延平津，剑忽从腰间跳出，落入水中，雷华使人入水寻剑，找不到剑，只见两条龙各长数丈，盘绕水中，身有花纹，寻剑的人惊惧而回。片刻光彩照人，波浪大作，于是此剑消逝。这段描述是整个故事中最为神奇的部分，龙泉、太阿非但具有灵性，还能互相感知，化为长龙，富有玄幻色彩。在这则故事里面，宝剑的灵异就是情节的最主要推动力，没有了像《庄子·说剑》等文章那样对天下观念、政治理想和道德品格的灌输，宝剑反倒展示出最为纯粹的浪漫色彩。

四　剑客

齐己

拔剑绕残尊，歌终便出门。

西风满天雪，何处报人恩？

勇死寻常事，轻仇不足论[1]，

翻嫌易水上[2]，细碎动离魂[3]。

《全唐诗》卷八三八

【作者/出处简介】

齐己（863~937），晚唐诗僧，湖南长沙宁乡县塔祖乡人。出家大沩山同庆寺，复栖衡岳东林。后欲入蜀，经江陵，居龙兴寺，自号衡乐沙门。齐己与晚唐诸多诗人和僧人都有交往，与皎然、贯休并列为"唐代三大诗僧"。齐己的诗歌以清幽冷峭为主要特点，其咏物抒怀诗大多含有禅意，语言平易，也有风格独道之作。有《白莲集》十卷、外编一卷，又传《风骚旨格》一卷。

【字词注释】

1. 轻仇：轻视仇敌。

2. 易水上：指荆轲渡过易水行刺秦王之事。

3. 细碎：琐细，谓击筑作歌之事。

【作品解析】

这首五言律诗没有晚唐苦吟诗风的"蔬笋"（酸馅气）气息，反具有慷慨之风。首联剑客拔剑而出，离别高歌；颔联由歌酒送别转至西风飞雪，何处报恩的疑问，却见其决绝而往，视死如归的信念。颈联与尾联有议论色彩，古来士为知己者死，勇士为报恩而舍身，已属寻常之事。而今易水边上，是否又会常常回响当年剑客荆轲刺杀秦王之慷慨离歌呢？正是这些剑客报恩的寻常情事，却使人惊心动魄，肝肠寸断。诗歌虽然描写了简单的离别场景，以及剑客在风雪交加中的远行，却意蕴深厚。"拔剑绕残尊，歌终便出门"，既有汉乐府"拔剑出东门"的悲怆之感，也富有李白《行路难》郁闷不甘的志士之气。表面上看，作者以剑客报恩为寻常之事，不足一论。随后怀想荆轲易水送别，刺杀秦王之慷慨悲壮。在时间的流动与空间的转换中，世间寻常的复仇之事，构成了生死、恩仇交织的历史长河。更深的心灵触动来自于对恩仇、生死与烈士志士的思索。整首诗歌不以斟酌字句，雕琢色泽取胜，却用较为简易的意象展现颇具理性的思考。

　　齐己诗歌以清新省净、平易流利为主，同时，也有兴象自然，不事雕琢，直逼盛唐风骨的作品，该诗便属此类。明末清初谭宗在《近体秋阳》中说："释齐己诗，躁迹云边，落想天外，烟火绝尽，服食自如……其余如《剑客》《原上》等篇，此岂可与区区缁品同日语者？"贾岛也有《剑客》诗："十年磨一剑，霜刃未曾试。今日把示君，谁有不平事？"这两首诗风格有所不同，但均通过"剑"这一武器有力地展现了持剑者的气节与精神。

第四节　戎袍拥戟

【中心选文】

一　亡戟得矛

吕不韦

　　齐、晋相与战，平阿之余子亡戟得矛[1]，却而去[2]，不自快，谓路之人曰："亡戟得矛，可以归乎？"路之人曰："戟亦兵也，矛亦兵也，亡兵得兵，何为不可以归？"去行，心犹不自快，遇高唐之孤叔无孙[3]，当其马前曰："今者战，亡戟得矛，可以归乎？"叔无孙曰："矛非戟也，戟非矛也，亡戟得矛，岂亢责也哉[4]？"平阿之余子曰："嘻[5]！"还反战。趋，尚及之[6]。遂战而死。叔无孙曰："吾闻之，君子济人于患，必离其难[7]。"疾驱而从之，亦死而不反。令此将众，亦必不北矣[8]；令此处人主之旁，亦必死义矣。今死矣而无大功，其任小故也[9]。任小者，不知大也。今焉知天下之无平阿余子与叔无孙也？故人主之欲得廉士者，不可不务求。

　　　　　　　　　　　　　　　　《吕氏春秋·离俗览》卷十九

【作者/出处简介】

　　吕不韦（前292～前235），姜姓，吕氏，名不韦，卫国濮阳（今河南滑县）人。战国末年著名商人、政治家、思想家，官至秦国丞相。《吕氏春秋》为吕不韦集合门客共同编写，亦称《吕览》。全书二十六卷，分十二纪、八览、六论，共一百六十篇。汇合先秦各派学说，以儒、道思想为主，兼及名、法、墨、农及阴阳家言。为当时秦国统一天下，治理国家提供了思想武器。

【字词注释】

1. 平阿：地名，待考。余子：官名。亡：丢失。

2. 却：退。

3. 高唐：齐国邑名，今山东省高唐县。孤：官名。

4. "岂亢责"句：路人认为"得矛"可以抵消"亡戟"，而叔无孙认为二者不能相抵。亢：通抗，相当。责，责任。

5. 嘻：叹词，表示赞同。

6. 趋，尚及之：快走，还可赶上战斗。

7. "君子"二句：君子帮助灾祸中的人，一定要和他共患难。离，遭遇。

8. 北（bèi）：背叛。

9. 任：官职。

【作品解析】

矛与戟都是中国古代出现较早的兵器。矛有长柄，带刃，用以刺敌。戟乃矛与戈结合而成，可勾可刺。公元前 259 年，秦军围攻赵国邯郸，毛遂在动员楚怀王联赵抗秦的过程中，就说道："今楚地方五千里，持戟百万，此霸王之资也。"东汉末，袁绍声讨曹操，陈琳《为袁绍檄豫州文》云："幕府（袁绍）奉汉威灵，折冲宇宙，长戟百万。"可见，在先秦两汉，戟都是军队中的重要兵器，持戟之人也就理所当然地成为士兵的泛称。

本文讲的就是士兵丢失了自己的兵器戟，而意外获得别人的兵器矛的故事。故事内容很简单，在齐、晋两国的交战中，平阿之余子亡戟得矛，正担心归队之后会不会被惩罚。有人说戟与矛都是兵器，丢一得一，无差别。叔无孙却认为获矛之功并不能抵消丢戟之罪。士兵返回战场，最终战死。叔无孙认为要与士兵共患难，随士兵进入战场，最终也战死。这则故事展现出戟对一个士兵的重要性，但全文的重心却不在戟与矛，这两件兵器只是表达文章主旨的载体。一方面，平阿之余子不顾生命危险，返回战场，意图找回自己的戟，这是道义与职责的体现。另一方面，叔无孙并非是故意坑害平阿之余子的小人，相反，他让对方返回战场后没有置身事外，而是以"君子让人遭受祸患，自己一定要跟他共患难"的想法，跟着进了战场，这也是一种秉持道义的君子言行。

二 述德兼陈情上哥舒大夫¹

李白

人为国家孕英才，森森矛戟拥灵台²。

浩荡深谋嗔江海，纵横逸气走风雷。

丈夫立身有如此，一呼三军皆披靡³。

卫青谩作大将军⁴，白起真成一竖子⁵。

《分类补注李太白诗》卷九

【作者/出处简介】

参见第二章第二节《月下独酌》关于李白介绍。

【字词注释】

1. 哥舒大夫：指哥舒翰，唐朝名将，两《唐书》有传。天宝年间与吐蕃战于苦拔海，屡破吐蕃，擢授右武卫员外将军，进封西平郡王，又拜太子太保，加实封三百户，兼御史大夫。唐至德二年（757），被安史叛军俘虏杀害。代宗时追赠太尉，谥"武愍"。
2. 灵台：指心。
3. 披靡：风吹到的地方，草木随之倒伏。比喻力量所到之处，什么也阻挡不了。
4. 卫青：汉武帝时名将，官大将军。谩（mán）作：空为。
5. "白起"句：白起，战国时名将，事秦昭王。《史记·平原君传》："毛遂按剑而前曰：'白起，小竖子耳。'"竖子，小子，对人的蔑称。

【作品解析】

哥舒本是突厥部落之一突骑施十四姓之一，哥舒翰家族为哥舒部落世代首领。安史之乱发之初，玄宗不以为意，认为仅哥舒翰一部就能平叛。但哥舒翰因中风病久召不至，遂召西域兵勤王。两军拉锯潼关，玄宗再紧急传召哥舒翰入宫，领兵马副元帅，进驻潼关，征讨安禄山。安禄山大将崔乾祐在潼关示弱，做不敌逃跑状，玄宗以此为绝好时机，强令哥舒翰出潼关灭之。天宝十五年（756）六月初四，哥舒翰留下一部分赢兵守关，然后"抚膺恸哭"，引兵出关，结果大败。潼关一破，长安失陷在即，玄宗逃离长安，到了马嵬坡，杨国忠被乱刀砍死，杨贵妃缢死，玄宗入蜀。后来，安禄山被其子安庆绪弑杀，安庆绪以为哥舒翰是行军累赘而杀之。杜甫为此写下《潼关吏》："艰难奋长戟，万古用一夫。哀哉桃林战，百万化为鱼。请嘱防关将，慎勿学哥舒"。

该诗盛赞哥舒翰是国家天赐的英雄良将，计谋如同江海不竭，源源而出，意气飘逸，如风如雷。大丈夫就应该像哥舒翰这样，登高一呼，三军披靡。诗歌最后一句称赞哥舒翰是上天孕育的英才，并将历史上著名的将军白起、卫青拉来做陪衬，极尽赞扬之能事。用"谩""竖子"来称呼古代名将卫青、白起，一方面是夸赞哥舒，同时也表现出李白本人的高傲与不羁。

三　钱王相公出牧括州[1]

刘长卿

缙云讵比长沙远，出牧犹承明主恩[2]。
城对寒山开画戟[3]，路飞秋叶转朱轓[4]。
江潮淼淼连天望[5]，旌旆悠悠上岭翻[6]。
萧索庭槐空闭合，旧人谁到翟公门[7]。

《刘随州集》卷八

【作者/出处简介】

参见第十章第一节《听弹琴》关于刘长卿介绍。

【字词注释】

1. 王相公：即王缙。
2. "出牧"句：《旧唐书·刘晏传》："初，晏承旨，门下侍郎同平章事王缙亦处极法，晏谓涵等曰：'重刑再覆，国之常典，况诛大臣，得不覆奏？又法有首从，二人同刑，亦宜重取进止。涵等从命。'及晏等覆奏，代宗乃减缙罪从轻。缙之生，晏平反之力也。"
3. 画戟（jǐ）：有彩画的戟。
4. 朱轓（fān）：车旁红色的挡泥板。轓，古代车厢两旁反出如耳的部分，用以障蔽尘泥。
5. 淼淼（miǎo）：指水势浩大。
6. 旌（jīng）旆（pèi）：旗帜。
7. 翟公门：《史记·汲郑传论》："始翟公为廷尉，宾客阗门；及废，门外可设雀罗。"

【作品解析】

这是一首七律送别诗，先交待送别对象的遭际。王相公即王维之弟王缙，两《唐书》说王缙性贪冒，结附元载。唐大历十二年（777）三月，与元载同时得罪下狱，元载赐死，代宗念王缙年事已高，免他一死，贬为括州刺史。括州算得上是比较丰腴的地方，与许多被贬岭南、剑南、黔中等穷恶之地的左降官相比，王缙已经是非常幸运的了。刘长卿有过被贬南巴的经历，曾到过今天的湖南、广东一带，深知那里环境的险恶，因此他在开篇就劝慰道"缙云讵比长沙远"，意思是说能够出牧江南道的括州，而不是像元载一样被处死，真是皇帝开恩了；中间两联描写前往括州行旅的艰辛和凄凉；尾联则想象王缙到贬所后寂寥孤独的生活和悲凉的心境。这首送别诗从方方面面体察送别对象的遭遇和心情，足见诗人的真诚、体贴。

该诗所体现的强烈个人情绪，反映了诗人内心的孤独寂寞和对友情的珍视。刘长卿早年频繁来往于京洛之间，入仕之后，两遭迁谪，任转运使判官、转运留后等职时，频繁出使辖区各州县。可以说一生的大部分时间都在奔波行役之中，饱受羁旅之苦，所以诗人特别渴望亲情和友情的慰藉。但是大历、贞元之际正是唐朝历史上战争最频繁的时期，战乱和藩镇割据造成交通不便，诗人周围的环境及人际关系多处在频繁的迁转变换之中，相聚实属不易。因此，对于短暂的相聚诗人向来十分珍视，对于重逢往往怀着近乎绝望的心情，这就使得送别之时不论是送者还是别者，皆相顾凄然。大历诗人面对离别的这种情绪是时代的产物。

四　方天画戟

罗贯中

董卓招诱何进兄弟部下之兵[1]，尽归掌握。私谓李儒曰[2]：“吾欲废帝立陈留王[3]，何如？”李儒曰：“今朝廷无主，不就此时行事，迟则有变矣。来日于温明园中，召集百官，谕以废立；有不从者斩之，则威权之行，正在今日。”卓喜。次日大排筵会，遍请公卿。公卿皆惧董卓，谁敢不到。卓待百官到了，然后徐徐到园门下马，带剑入席。酒行数巡，卓教停酒止乐，乃厉声曰：“吾有一言，众官静听。”众皆侧耳。卓曰：“天子为万民之主，无威仪不可以奉宗庙社稷。今上懦弱，不若陈留王聪明好学，可承大位。吾欲废帝，立陈留王，诸大臣以为何如？”诸官听罢，不敢出声。

座上一人推案直出，立于筵前，大呼：“不可！不可！汝是何人，敢发大语？天子乃先帝嫡子，初无过失，何得妄议废立！汝欲为篡逆耶？”卓视之，乃荆州刺史丁原也。卓怒叱曰：“顺我者生，逆我者死！”遂掣佩剑欲斩丁原[4]。时李儒见丁原背后一人，生得器宇轩昂，威风凛凛，手执方天画戟，怒目而视。李儒急进曰：“今日饮宴之处，不可谈国政；来日向都堂公论未迟[5]。”众人皆劝丁原上马而去。

卓问百官曰：“吾所言，合公道否？”卢植曰：“明公差矣。昔太甲不明，伊尹放之于桐宫[6]；昌邑王登位方二十七日[7]，造恶三千余条，故霍光告太庙而废之。今上虽幼，聪明仁智，并无分毫过失。公乃外郡刺史，素未参与国政，又无伊、霍之大才，何可强主废立之事？圣人云：‘有伊尹之志则可，无伊尹之志则篡也。’”卓大怒，拔剑向前欲杀植。侍中蔡邕、议郎彭伯谏曰：“卢尚书海内人望，今先害之，恐天下震怖。”卓乃止。司徒王允曰：“废立之事，不可酒后相商，另日再议。”于是百官皆散。

卓按剑立于园门，忽见一人跃马持戟，于园门外往来驰骤。卓问李儒："此何人也？"儒曰："此丁原义儿：姓吕，名布，字奉先者也。主公且须避之。"卓乃入园潜避。次日，人报丁原引军城外搦战[8]。卓怒，引军同李儒出迎。两阵对圆，只见吕布顶束发金冠，披百花战袍，擐唐猊铠甲[9]，系狮蛮宝带，纵马挺戟，随丁建阳出到阵前。建阳指卓骂曰："国家不幸，阉官弄权，以致万民涂炭。尔无尺寸之功，焉敢妄言废立，欲乱朝廷！"董卓未及回言，吕布飞马直杀过来。董卓慌走，建阳率军掩杀。卓兵大败，退三十余里下寨，聚众商议。卓曰："吾观吕布非常人也。吾若得此人，何虑天下哉！"帐前一人出曰："主公勿忧，某与吕布同乡，知其勇而无谋，见利忘义。某凭三寸不烂之舌，说吕布拱手来降，可乎？"卓大喜，观其人，乃虎贲中郎将李肃也。卓曰："汝将何以说之？"肃曰："某闻主公有名马一匹，号曰'赤兔'，日行千里。须得此马，再用金珠，以利结其心。某更进说词，吕布必反丁原，来投主公矣。"卓问李儒曰："此言可乎？"儒曰："主公欲取天下，何惜一马！"卓欣然与之，更与黄金一千两、明珠数十颗、玉带一条。李肃赍了礼物[10]，投吕布寨来。

《三国演义》第三回

【作者/出处简介】

罗贯中［1330（？）～1400（？）］，名本，字贯中，号湖海散人，山西太原人。《三国演义》原名《三国志通俗演义》，也称《三国志演义》，是我国第一部章回体历史小说，具有典型的世代累积性质。现存最早的刊本是明嘉靖四十一年（1562）刊刻的《三国志通俗演义》。清康熙年间，毛纶、毛宗岗父子对回目、正文进行了修改，并作详细评点，成为后来最流行的版本。

【字词注释】

1. 何进［（？）～189］：字遂高，南阳宛（今河南南阳）人。东汉灵帝时外戚，官至大将军。与袁绍等谋诛宦官，由于事情败露，被宦官所杀。

2. 李儒：正史中是汉献帝时的博士，在《三国演义》中是董卓的谋士、亲信，董卓大小事宜均与之参谋。

3. 陈留王：即汉献帝刘协。

4. 掣（chè）：抽。

5. 都堂：议论政事的地方。

6. "昔太甲"二句：太甲，商汤之孙。伊尹，商汤之相。太甲不修德政，为使太甲成为有作为的君主，伊尹在商汤墓所在地桐修建宫室，称为"桐宫"，并将太甲送入"桐宫"反省。

7. 昌邑王：即刘贺，昌邑哀王刘髆之子，汉昭帝病死，霍光等迎立昌邑王刘贺为皇帝。

8. 搦（nuò）战：挑战，挑衅。

9. 擐（huàn）：穿。唐猊（ní）：古代传说中的猛兽，皮坚厚，可制甲。

10. 赍（jī）：带着。

【作品解析】

东汉末年，外戚、大将军何进与袁绍密谋诛杀宦官，私召董卓进京勤王。随即，宦官张让等设计杀死何进，并将少帝刘辩与陈留王刘协劫走。董卓追杀张让，穷途之时，张让投河而死，少帝与陈留王落董卓的控制之中。董卓曾和少帝谈话，少帝语无伦次；再和陈留王谈话，陈留王则将事情经过完整交代。董卓认为刘协贤能，且为董太后所养，又自以为与董太后同族，遂有废立之意。正文中的情节就是在此背景下发生的。

董卓为了达成自己废立皇帝的意图而刻意安排宴会，三国第一猛将吕布也得以首次登场。在宴会当中，吕布只是配角，却起到了至关重要的作用。当董卓表明废立之意后，荆州刺史丁原大呼不可，丝毫不惧董卓。就在董卓欲抽剑杀丁原之时，李儒发现了立于丁原后面的吕布，手持方天画戟，怒目而视，虎虎生威。从事件发生的逻辑来说，如此威猛之人，李儒必不会等到董卓欲杀丁原时才发现，但从小说叙述逻辑来说，如此安排就能充分体现故事情节的紧张与力度。待次日，丁原搦战，小说对吕布的穿戴形象有了详细的描述，纵马挺戟，英武不凡。这段文字提及方天画戟的仅有两处，但每次都伴随着吕布的勇猛之姿出场，其重要性可见一斑。在小说当中，将领的装备、行头是展示其能力的最为直观的方式，董卓被吕布杀得大败之后感叹："吾若得此人，何虑天下哉！"可以说小说对吕布装备（包括方天画戟）的描述，与吕布纵横敌阵的勇武相得益彰。

【拓展阅读】

一　剑匣

闻一多

在生命底大激战中，
我曾是一名盖世的骁将。
我走到四面楚歌底末路时，
并不同项羽那般顽固，
定要投身于命运底罗网。
但我有这绝岛作了堡垒，
可以永远驻扎我的退败的心兵。
在这里我将养好了我的战创，
在这里我将忘却了我的仇敌。

在这里我将作个无名的农夫，
　　但我将让闲惰的芜蔓
　　蚕食了我的生命之田。
也许因为我这肥泪的无心的灌溉，
　　一旦芜蔓还要开出花来呢？
那我就整日徜徉在田塍上，
　　饱喝着他们的明艳的色彩。
我也可以作个海上的渔夫：
　　我将撒开我的幻想之网。
　　　　在寥阔的海洋里；
　　　　在放网收网之间，
我可以坐在沙岸上做我的梦，
　　从日出梦到黄昏……
假若撒起网来，不是一些鱼虾，
只有海树珊瑚同含胎的老蚌，
　　那我却也喜出望外呢。
有时我也可佩佩我的旧剑，
　　踱山进去作个樵夫。
但群松舞着葱翠的干戚，
　　雍容地唱着歌儿时，
　　我又不觉得心悸了。
我立刻套上我的宝剑，
　　在空山里徘徊了一天。
有时看见些奇怪的彩石，
　　我便拾起来，带了回去；
这便算我这一日底成绩了。

　　但这不是全无意识的。
　　现在我得着这些材料，
　　　　我真得其所了；
我可以开始我的工匠生活了，
开始修葺那久要修葺的剑匣。

我将摊开所有的珍宝，
陈列在我面前，
一样样的雕着，镂着，
磨着，重磨着……
然后将他们都镶在剑匣上，——
用我的每出的梦作蓝本，
镶成各种光怪陆离的图画。
我将描出白面美髯的太乙
卧在粉红色的荷花瓣里，
在象牙雕成的白云里飘着。
我将用墨玉同金丝
制出一只雷纹镶嵌的香炉；
那炉上驻着袅袅的篆烟，
许只可用半透明的猫儿眼刻着。
烟痕半消未灭之处，
隐约地又升起了一个玉人，
仿佛是肉袒的维纳斯呢……
这块玫瑰玉正合伊那肤色了。

晨鸡惊笔地叫着，
我在蛋白的曙光里工作，
夜晚人们都睡去，我还作着工——
烛光抹在我的直陡的额上，
好像紫铜色的晚霞
映在精赤的悬崖上一样。

我又将用玛瑙雕成一尊梵像，
三首六臂的梵像，
骑在鱼子石的象背上。
珊瑚作他口里含着的火，
银线辫成他腰间缠着的蟒蛇，
他头上的圆光是块琥珀的圆璧。
我又将镶出一个瞎人
在竹筏上弹着单弦的古瑟。

（这可要镶得和王叔远底
桃核雕成的《赤壁赋》一般精细。）
然后让翡翠，蓝珰玉，紫石锳，
错杂地砌成一片惊涛骇浪；
再用碎砾的螺钿点缀着，
那便是涛头闪目的沫花了。
上面再笼着一张乌金的穹窿，
只有一颗宝钻的星儿照着。

春草绿了，绿上了我的门阶，
我同春一块儿工作着：
蟋蟀在我床下唱着秋歌，
我也唱着歌儿作我的活。

我一壁工作着，一壁唱着歌：
我的歌里的律吕
都从手指尖头流出来，
我又将他制成层叠的花边：
有盘龙，对凤，天马，辟邪的花边，
有芝草，玉莲，万字，双胜的花边，
又有各色的汉纹边
套在最外的一层边外。

若果边上还缺些角花，
把蝴蝶嵌进去应当恰好。
玫瑁刻作梁山伯，
璧玺刻作祝英台，
碧玉，赤锳，白玛瑙，蓝琉璃，……
拼成各种彩色的凤蝶。
于是我的大功便告成了！
哦，我的大功告成了！
你不要轻看了我这些工作！
这些不伦不类的花样，
你该知道不是我的手笔，

这都是梦的原稿的影本。
这些不伦不类的色彩，
也不是我的意匠的产品，
是我那芜蔓的花儿开出来的。
你不要轻看了我这些工作哟！

哦，我的大功告成了！
我将抽出我的宝剑来——
我的百炼成钢的宝剑，
吻着他吻着他……
吻去他的锈，吻去他的伤疤；
用热泪洗着他，洗着他……
洗净他上面的血痕，
洗净他罪孽的遗迹；
又在龙涎香上熏着他，
熏去了他一切腥膻的记忆。
然后轻轻把他送进这匣里，
唱着温柔的歌儿，
催他快在这艺术之宫中酣睡。

哦，哦，我的大功告成了！
我的大功终于告成了！
人们的匣是为保护剑底锋铓，
我的匣是要藏他睡觉的。
哦，我的剑匣修成了，
我的剑有了永久的归宿了！

哦，我的剑要归寝了！
我不要学轻佻的李将军，
拿他的兵器去射老虎，
其实只射着一块僵冷的顽石。
哦，我的剑要归寝了！
我也不要学迂腐的李翰林，
拿他的兵器去割流水，

一壁割着，一壁水又流着。
哦！我的兵器只要韬藏，
我的兵器只要酣睡。
我的兵器不要斩芟奸横，
我知道奸横是僵冷的顽石一堆；
我的兵器也不要割着愁苦，
我知道愁苦是割不断的流水。

哦，我的大功告成了！
让我的宝剑归寝了！
我岂似滑头的汉高祖，
拿宝剑斫死了一条白蛇，
因此造一个谣言，
就骗到了一个天下？
哦！天下，我早已得着了啊！
我早坐在艺术的凤阙里，
像大舜皇帝，垂裳而治着
我的波希米亚的世界了啊！
哦！让我的宝剑归寝罢！
我又岂似无聊的楚霸王，
拿宝剑斫掉多少的人头，
一夜梦回听着恍惚的歌声，
忽又拥着爱姬，抚著名马，
提起原剑来刎了自己的颈？

哦！但我又不妨学了楚霸王，
用自己的宝剑自杀了自己。
不过果然我要自杀，
定不用这宝剑底锋铓。
我但愿展玩着这剑匣——
展玩着我这自制的剑匣，
我便昏死在他的光彩里！

哦，我的大功告成了！

我将让宝剑在匣里睡着觉，
我将摩抚着这剑匣，
我将宠媚着这剑匣，——
看着缠着神蟒的梵像，
我将巍巍地抖颤了，
看看筏上鼓瑟的瞎人，
我将号啕地哭泣了；
看看睡在荷瓣里的太乙，
飘在篆烟上的玉人，
我又将迷迷地嫣笑了呢！

哦，我的大功告成了！
我将让宝剑在匣里睡着。
我将看着他那光怪的图画，
重温我的成形的梦幻，
我将看着他那异彩的花边，
再唱着我的结晶的音乐。

啊！我将看着，看着，看着，
看到剑匣战动了，
模糊了，更模糊了
一个烟雾弥漫的虚空了，……

哦，我看到肺脏忘了呼吸，
血液忘了流驶，
看到眼睛忘了看了。
哦！我自杀了！
我用自制的剑匣自杀了！
哦哦！我的大功告成了！

《红烛》

二 神雕重剑（节选）

金庸

这一日见洞后树木苍翠，山气清佳，便信步过去观赏风景，行了里许，来到一座峭壁之前。那峭壁便如一座极大的屏风，冲天而起，峭壁中部离地约二十余丈处，生着一块三四丈见方的大石，便似一个平台，石上隐隐刻得有字。极目上望，瞧清楚是"剑冢"两个大字，他好奇心起："何以剑亦有冢？难道是独孤前辈拆断了爱剑，埋葬在这里？"走近峭壁，但见石壁草木不生，光秃秃的实无可容手足之处，不知当年那人如何攀援上去。

瞧了半天，越看越是神往，心想他亦是人，怎能爬到这般的高处，想来必定另有妙法，倘若真的凭藉武功硬爬上去，那直是匪夷所思了。凝神瞧了一阵，突见峭壁上每隔数尺便生着一丛青苔，数十丛笔直排列而上。他心念一动，纵身跃起，探手到最底一丛青苔中摸去，抓出一把黑泥，果然是个小小洞穴，料来是独孤求败当年以利器所挖凿，年深日久，洞中积泥，因此生了青苔。

心想左右无事，便上去探探那剑冢，只是剩下独臂，攀挟大是不便，但想："爬不上便爬不上，难道还有旁人来笑话不成？"于是紧一紧腰带，提一口气，蹿高数尺，左足踏在第一个小洞之中，跟着蹿起，右足对准第二丛青苔踢了进去，软泥迸出，石壁上果然又有一个小穴可以容足。

第一次爬了十来丈，已然力气不足，当即轻轻溜了下来，心想："已有二十多个踏足处寻准，第二次便容易得多。"于是在石壁下运功调息，养足力气，终于一口气蹿上了平台。见自己手臂虽折，轻功却毫不减弱，也自欣慰，只见大石上"剑冢"两个大字之旁，尚有两行字体较小的石刻：

"剑魔独孤求败既无敌于天下，乃埋剑于斯。呜呼！群雄束手，长剑空利，不亦悲夫！"

杨过又惊又羡，只觉这位前辈傲视当世，独往独来，与自己性子实有许多相似之处，但说到打遍天下无敌手，自己如何可及。现今只余独臂，就算一时不死，此事也终身无望。瞧着两行石刻出了一会神，低下头来，只见许多石块堆着一个大坟。这坟背向山谷，俯仰空阔，别说剑魔本人如何英雄，单是这座剑冢便已占尽形势，想见此人文武全才，抱负非常，但恨生得晚了，无缘得见这位前辈英雄。

杨过在剑冢之旁仰天长啸，片刻间四下里回音不绝，想起黄药师曾说过"振衣千仞冈，濯足万里流"之乐，此际亦复有此豪情盛慨。他满心虽想瞧瞧冢中利器到底是何等模样，但总是不敢冒犯前辈，于是抱膝而坐，迎风呼吸，只觉胸腹间清气充塞，竟似欲乘风飞去。

忽听得山壁下咕咕咕地叫了数声，俯首望去，只见那神雕伸爪抓住峭壁上的洞穴，正自纵跃上来。它身躯虽重，但腿劲爪力俱是十分厉害，顷刻间便上了平台。

那神雕稍作顾盼，便向杨过点了点头，叫了几声，声音甚是特异。杨过笑道："雕兄，只可惜我没公冶长的本事，不懂你言语，否则你大可将这位独孤前辈的生平说给我听了。"神雕又低叫几声，伸出钢爪，抓起剑冢上的石头，移在一旁。杨过心中一动："独孤前辈身具绝世武功，说不定留下甚么剑经剑谱之类。"但见神雕双爪起落不停，不多时便搬开冢上石块，露出并列着的三柄长剑，在第一、第二两把剑之间，另有一块长条石片。三柄剑和石片并列于一块大青石之上。

杨过提起右首第一柄剑，只见剑下的石上刻有两行小字：

"凌厉刚猛，无坚不摧，弱冠前以之与河朔群雄争锋。"

再看那剑时，见长约四尺，青光闪闪，确是利器。他将剑放回原处，会起长条石片，见石片下的青石上也刻有两行小字：

"紫薇软剑，三十岁前所用，误伤义不祥，乃弃之深谷。"

杨过心想："这里少了一把剑，原来是给他抛弃了，不知如何误伤义士，这故事多半永远无人知晓了。"出了一会儿神，再伸手去会第二柄剑，只提起数尺，呛啷一声，竟然脱手掉下，在石上一碰，火花四溅，不禁吓了一跳。

原来那剑黑黝黝的毫无异状，却是沉重之极，三尺多长的一把剑，重量竟自不下七八十斤，比之战阵上最沉重的金刀大戟尤重数倍。杨过提起时如何想得到，出乎意料地手上一沉，便拿捏不住。于是再俯身会起，这次有了防备，会起七八十斤的重物自是不当一回事。见那剑两边剑锋都是钝口，剑尖更圆圆的似是个半球，心想："此剑如此沉重，又怎能使得灵便？何况剑尖剑锋都不开口，也算得奇兵。"看剑下的石刻时，见两行小字道：

"重剑无锋，大巧不工。四十岁前恃之横行天下。"

杨过喃喃念着"重剑无锋，大巧不工"八字，心中似有所悟，但想世间剑术，不论哪一门哪一派的变化如何不同，总以轻灵迅疾为上，这柄重剑不知怎生使法，想怀昔贤，不禁神驰久之。

过了良久，才放下重剑，去取第三柄剑，这一次又上了个当。他只道这剑定然犹重前剑，因此提剑时力运左臂。哪知拿在手里却轻飘飘的浑似无物，凝神一看，原来是柄木剑，年深日久，剑身剑柄均已腐朽，但见剑下的石刻道：

"四十岁后，不滞于物，草木竹石均可为剑。自此精修，渐进于无剑胜有剑之境。"

他将木剑恭恭敬敬地放于原处，浩然长叹，说道："前辈神技，令人难以想象。"心想青石板之下不知是否留有剑谱之类遗物，于是伸手抓住石板，向上掀起，见石板下已是山壁的坚石，别无他物，不由得微感失望。

那神雕咕的一声叫，低头衔起重剑，放在杨过手里，跟着又是咕的一声叫，突然左翅势挟劲风，向他当头扑击而下。顷刻间杨过只觉气也喘不过来，一怔之下，神雕的翅膀离他头顶约有一尺，便即凝住不动，咕咕叫了两声。

杨过笑道："雕兄，你要试试我的武功么？左右无事，我便跟你玩玩。"但那七八十斤的重剑怎能施展得动，于是放下重剑，拾起第一柄利剑。神雕忽然收拢双翼，转过了头不再睬他，神情之间颇示不屑。

杨过立时会意，笑道："你要我使重剑？但我武功平常，在这绝壁之上跟你过招，决非雕兄敌手，可得容情一二。"说着换过了重剑，气运丹田，力贯左臂，缓缓挺剑刺出。神雕并不转身，左翅后掠，与那重剑一碰。杨过只觉一股极沉猛的大力从剑上传来，压得他无法透气，急忙运力相抗，"嘿"的一声，剑身幌了几下，但觉眼前一黑，登时晕了过去。

《神雕侠侣》第二十六回

【推荐书目】

1. （明）罗贯中撰《三国演义》，人民文学出版社，2010。
2. （明）施耐庵撰《水浒传》，人民文学出版社，2004。
3. 谢宇、唐文立编著《中国古代兵器鉴赏》，华龄出版社，2008。

【思考问题】

1. 在中国古代，刀与剑的文化内涵有何区别？
2. 古人如何认识刀枪剑戟等兵器的作用和价值？
3. 从古到今，冷兵器的用途经历了怎样的演变？

（本章编者：党月瑶　江南大学　讲师）

第十三章　忠孝节义

【主题概述】

忠孝节义是中国传统文化中的核心内容,是儒家理想的人格内涵,更是人之为人应该具备的道德品质。如果说"忠"为国家之本,"孝"是家庭之本,那么"节""义"便是人性之本。人的品性除了包括心地善良、诚实有信、虚怀若谷、谦逊谨慎外,还应清风峻节,具有浩然正气。

"孝"是人格修养的开始,唯有亲亲,方能亲人,方能胸怀天下,方能治理天下。《孟子·梁惠王上》曰:"老吾老,以及人之老,幼吾幼,以及人之幼,天下可运于章。"《孝经·开章明义》亦曰:"夫孝,始于事亲,中于事君,终于立身。""孝"是中国文化的基石,它以血缘亲情为基础,并将"孝"的内容延伸到国家社稷,构建了稳定有序的宗法制社会,创造了辉煌的历史文化。

以"孝"为纽带,个体的言行举止必须符合儒家制定的礼仪道德规范,既应有"修齐治平"的理想抱负与博大的胸襟,又应做到忠君爱国,敬业乐群,具有《孟子·滕文公下》所说"富贵不能淫,贫贱不能移,威武不能屈"那般不屈不挠,大义凛然的正气。

人活一世,上应对得起青天白日,下应对得起亲友国家。我们用一生的时间与精力去追求真理,完善自我,维护正义,报效祖国,不仅为了实现自我价值,更是为了报答父母养育之恩,弘扬与传承中国优秀的传统文化。

【文论摘录】

子曰:"主忠信,徙义,崇德也。"(《论语·颜渊》)

夫孝,天之经也,地之义也,民之行也。(《孝经·三才》)

子路曰:"伤哉贫也!生无以为养,死无以为礼也。"孔子曰:"啜菽饮水,尽其欢,斯之谓孝;敛首足形,还葬而无椁,称其财,斯之谓礼。"(《礼记·檀弓》)

第一节　精忠报国

【中心选文】

一　采薇

采薇采薇[1]，薇亦作止[2]。曰归曰归，岁亦莫止[3]。

靡室靡家[4]，猃狁之故[5]。不遑启居[6]，猃狁之故。

采薇采薇，薇亦柔止[7]。曰归曰归，心亦忧止[8]。

忧心烈烈[9]，载饥载渴。我戍未定[10]，靡使归聘[11]。

采薇采薇，薇亦刚止[12]。曰归曰归，岁亦阳止。

王事靡盬[13]，不遑启处。忧心孔疚[14]，我行不来！

彼尔维何[15]？维常之华[16]。彼路斯何[17]？君子之车。

戎车既驾[18]，四牡业业[19]。岂敢定居？一月三捷。

驾彼四牡，四牡骙骙[20]。君子所依，小人所腓[21]。

四牡翼翼[22]，象弭鱼服[23]。岂不日戒？猃狁孔棘[24]！

昔我往矣，杨柳依依[25]。今我来思[26]，雨雪霏霏[27]。

行道迟迟[28]，载渴载饥。我心伤悲，莫知我哀！

《诗经·小雅》

【作品/出处简介】

参见第二章第三节《小星》关于《诗经》简介。

【字词注释】

1. 薇：野豌豆苗，可食。

2. 作：生，初生，指薇菜冒出地面的样子。

3. 莫：同"暮"，指年末。

4. 靡：无。室：与"家"义同。

5. 猃（xiǎn）狁（yǔn）：中国古代少数民族，即北方匈奴。

6. 遑（huáng）：闲暇。启居：代指休息，休整。启，危坐。居，安坐。古人席地而坐，故有危坐、安坐的分别。无论危坐或安坐都是两膝着地，危坐时腰部伸直，臀部与足离开；安坐时臀部贴近足跟。

7. 柔：柔嫩，"柔"比"作"更进一步生长，指刚长出来的薇菜柔嫩的样子。

8. "心亦"句：心中忧闷。

9. 烈烈：炽烈，形容忧心如焚。

10. 戍：防守。定：止。

11. 聘：问候。

12. 刚：坚硬，指薇菜的叶子变老的样子。

13. 盬（gǔ）：止息，指战争没有止息。

14. 孔：很。疚：苦痛。

15. 尔：本义是指窗格上的花纹，后引申为"尔"，指花繁盛鲜艳的样子。

16. 常：指常棣（dì），亦作棠棣、唐棣，蔷薇科落叶灌木。常棣之花因两三朵为一枝，后指代兄弟之情。

17. 路：通"辂"，大车。

18. 戎车：兵车。

19. 牡：雄马。业业：高大雄壮貌。

20. 骙骙（kuí）：雄壮威武貌。

21. 小人：与"君子"相对，人格卑下的人，此处指士卒。腓：庇护，掩护。

22. 翼翼：严整有序貌。

23. 象弭（mǐ）：以象牙装饰弓端的弭。弭，弓的一种，其两端饰以骨角。鱼服：鲨鱼皮制的箭袋。

24. 孔棘（jí）：很紧急。棘，通"急"。

25. 依依：轻柔摇曳貌。

26. 思：语末助词。

27. 霏霏：浓密盛多貌。

28. 迟迟：缓慢行进貌。

【作品解析】

　　本诗是一首战争徭役诗，大约是周宣王时期作品。当时诸侯相争，周朝北方的猃狁十分强悍，经常入侵中原，给当时北方人民的生活带来不少灾难。《毛诗序》曰："《采薇》，遣戍役也。文王之时，西有昆夷之患，北有猃狁之难。以天子之命，命将率遣戍役，以守卫中国。故歌《采薇》以遣之。"从《采薇》的内容看，当是将士戍役劳还时作，通过一个久役士卒在归途中的回首与自述，反映了戍边的艰辛与对家乡亲人的思念，同时体现了将士保家卫国的豪情壮志与社会责任感。

　　"薇亦作止""薇亦柔止""薇亦刚止"，时间一拖再拖，将士们仍无法还家。终于凯旋了，内心却异常沉重，伤感不已。回想曾经出征时，杨柳依依，亲人送行，谁知活着回来了，却漫天大雪，身心疲惫，心中五味杂陈，顿感悲凉。是"近乡情更怯"（唐·宋之问《渡汉江》）呢？还是怕"蟏蛸在户，町疃鹿场"（《豳风·东山》）呢？诗人没有说，只给我们留下无限的想象。清代王夫之《姜斋诗话》云："'昔我往矣，杨柳依依；今我来思，雨雪霏霏'，以乐景写哀，以哀景写乐，一倍增其哀乐。"方玉润《诗经原始》云："此诗之佳，全在末章。真情实景，感时伤事，别有深情，非可言喻，故曰'莫知我哀'"。最后一章愈加体现了归来士兵内心的悲伤与凄凉。

二 邵公谏厉王弭谤[1]

厉王虐[2]，国人谤王[3]。邵公告曰："民不堪命矣[4]！"王怒，得卫巫[5]，使监谤者，以告，则杀之[6]。国人莫敢言，道路以目[7]。

王喜，告召公曰："吾能弭谤矣[8]，乃不敢言！"

邵公曰："是障之也[9]。防民之口，甚于防川[10]。川壅而溃，伤人必多[11]。民亦如之。是故为川者决之使导[12]，为民者宣之使言[13]。故天子听政，使公卿至于列士献诗[14]，瞽献曲[15]，史献书[16]，师箴[17]，瞍赋[18]，矇诵[19]，百工谏[20]，庶人传语[21]。近臣尽规[22]，亲戚补察[23]，瞽、史教诲[24]，耆、艾修之[25]，而后王斟酌焉，是以事行而不悖[26]。民之有口，犹土之有山川也，财用于是乎出；犹其原隰之有衍沃也，衣食于是乎生[27]。口之宣言也，善败于是乎兴[28]，行善而备败[29]，其所以阜财用衣食者也[30]。夫民虑之于心而宣之于口，成而行之，胡可壅也[31]？若壅其口，其与能几何[32]？"

王不听，于是国莫敢出言。三年，乃流王于彘[33]。

《国语·周语上》

【作品/出处简介】

《国语》是我国第一部国别体史书，相传为左丘明编纂，现在一般认为它成书于战国初期，应该是由一位熟悉各国历史掌故的人根据春秋时代各国史官的原始记录整理、加工、汇编而成的。《国语》又名《春秋内传》，分别记载周王朝及诸侯各国的史实，而以记言为主，故称。全书共二十一卷，分别记载了周、鲁、齐、晋、郑、楚、吴、越八国的史事，上起周穆王（前967）、下迄鲁悼公（前453），大约五百多年的历史事迹。通过对话、议论将人物的形象传神地表现出来，语言简洁，说理透彻，不仅是记载先秦重要历史的事件典籍，也是一部优秀的散文集。

【字词注释】

1. 邵（shào）公：即邵穆公姬虎。
2. 厉王：西周第十位君王，名胡，谥"厉王"。公元前878年至前841年在位，后被流放到彘。
3. 谤：公开指责别人的过失。
4. 命：此处指周厉王的政令。
5. 卫巫：卫国的巫者。
6. "以告"二句：为省略句，正常句式是：以之告之，则杀之。意谓卫巫将指责厉王的人告诉厉王，厉王便把这些人杀了。
7. 道路以目：国人在道路上遇到，彼此只用眼睛看看。

8. 弭谤：消除谤言。

9. 障：名词动用，阻止。

10. 川：水道、河流。

11. "川壅"二句：意谓一旦水道被堵，定会溃决泛滥，给人民造成的伤害更大。壅，堵塞。

12. 为川者：治理河流的人。为，动词，治理。

13. 为民者：治理百姓的人。

14. 列士：古代一般的官员。献诗：献上讽谏的诗歌。

15. 瞽（gǔ）献曲：盲人乐师向国王进献乐曲，使君王知道人民的心声。瞽，无目的盲人，古代的乐师多由盲人担任。

16. 史献书：史官献上史籍。书，史籍。

17. 师箴（zhēn）：少师进献规劝的文辞。箴，规谏的文辞。

18. 瞍（sǒu）赋：盲人诵读公卿列士所献的诗。瞍，无眸子的盲人。

19. 矇（méng）诵：盲人诵读箴谏之类的文章。矇，有眸子而看不见东西的盲人。

20. 百工：百官。

21. 庶人传语：平民把他们对政事的意见间接地传达给国王。

22. 近臣尽规：君王身边的臣子要尽规谏之责。近臣，君王左右的臣子。

23. 亲戚补察：同宗的臣子弥补监督君王言行的过失。亲戚，与君王同宗的大臣。

24. 瞽、史教诲：乐师与史官用歌曲、典籍对君王进行教诲。

25. 耆、艾修之：国内的元老将瞽、史的教诲加以修饬整理。耆，六十岁的人。艾，五十岁的人。

26. 悖：违背。

27. "犹其"二句：意谓土地有原隰衍沃，人类的衣食便由此而生。其，土地。原，平坦宽阔的土地。隰（xí），低下潮湿的土地。衍，低下平坦的土地。沃，有河流灌溉的土地。

28. "口之"二句：意谓百姓用口发表言论，国家政事的好坏才能体现出来。

29. "行善"句：意谓凡是百姓认为好的就推行，认为坏的就防范。

30. "其所以"句：意谓这样才能使衣食财用大大增多。阜，增多。

31. "夫民"三句：意谓百姓发表的言论是思虑成熟之后，自然而然流露出来的，怎能加以阻塞呢？成，成熟。行，自然流露。

32. "若壅"二句：意谓如果堵住百姓的口，这有什么帮助呢？

33. 彘（zhì）：在今山西霍州境内。

【作品解析】

　　本文详细记载了邵公姬虎劝谏厉王消除百姓指责的建议与方法，"防民之口，甚于防川"乃是错误的政治主张，但周厉王刚愎自用，丝毫没有听取邵公的劝谏，反而请卫巫监视国人的举动，最后引起了国民暴动，被百姓放逐到彘，不仅危及了社稷，而且使其子周宣王身陷困境。据《国语·周语上》载："彘之乱，宣王在邵公之宫，国人围之。邵公曰：'昔吾骤谏王，王不从，是以及此难。今杀王子，王其以我为恐而怒乎！夫事君者险而不怼，怨而不怒，况事王乎？'乃以其子代宣王，宣王长而立之。"当周宣王命悬一线时，邵公牺牲了自己的儿子，保全了周宣王，体现了臣子对王朝与君王的忠诚。

《邵公谏厉王弭谤》一文反映了儒家崇礼重民的政治主张，同时也体现了邵公为国为民的爱国情怀，塑造了一位忠心耿耿的辅佐大臣形象。虽然他的立场是从维护封建统治者的利益出发，但重视民心向背，提倡言论自由，有政治民主的倾向。

全文结构严谨，事略言详，语言浅显，说理详尽，巧妙地运用比喻与排比的修辞手法，既增强了劝谏之词的生动与气势，又凸显了邵公的循循善诱，以及周厉王刚愎自用、残酷无道的性格特征，为后世传记文学提供了宝贵的经验。

三 摸鱼儿·更能消几番风雨

辛弃疾

淳熙己亥，自湖北漕移湖南，同官王正之置酒小山亭，为赋。

更能消¹、几番风雨，匆匆春又归去。惜春长怕花开早，何况落红无数。春且住，见说道²、天涯芳草无归路。怨春不语。算只有、殷勤画檐蛛网，尽日惹飞絮。

长门事³，准拟佳期又误。蛾眉曾有人妒。千金纵买相如赋，脉脉此情谁诉？君莫舞，君不见、玉环飞燕皆尘土！闲愁最苦！休去倚危栏，斜阳正在，烟柳断肠处。

《稼轩长短句》卷五

【作者/出处简介】

参见第二章第三节《西江月·夜行黄沙道中》关于辛弃疾介绍。

【字词注释】

1. 消：经得住。

2. 见说道：听说。

3. 长门事：指陈皇后失宠后，被汉武帝关禁在长门宫，她用千金托司马相如为其作赋，呈递给皇帝，希望他能改变心意，重新得到宠幸，但也是枉然。

【作品解析】

本词写于宋淳熙六年（1179）春，辛弃疾时年四十，自金归宋也已十七年。但在这漫长的岁月中，他扶危救亡的壮志并未得到施展，反而屡遭排挤，不被重用。辛弃疾自湖北转运副使调任湖南转运副使，湖北转运判官王正之在小山亭置酒为他钱行，作者触景生情，有感而作，借此抒写了长期积郁于胸的苦闷和感慨。

上阕借景抒情，表面写渴望春天常留的情感，实则借春景的短暂表达对南宋命运的担忧。"春"是词作的词眼，从"惜春""留春""怨春"三个举动中，可以看到作者丰富细腻、矛盾无奈的内心世界，虽然春天留不住，仍希望能够像只蜘蛛，凭借一己绵薄之力挽留已然流逝的春天。作者触景伤情，由眼前的春天联想到国家，是否南宋的命运也如同这美丽而短暂的春天，在时光的匆匆中日薄西山呢？

下阕连用三个典故，又用比兴手法表达了内心的痛苦。其中引用汉武帝陈皇后的典故，借后宫峨眉遭妒的现象，抒发作者怀才不遇的愤慨与苦闷；借杨玉环与赵飞燕的典故，比喻当朝排挤他的权臣。"闲愁"四句作者触景抒情，将对国家命运的担忧融入夕阳西下的无限感伤中，使词中的愁绪愈加凄婉绵长。整首词哀婉缠绵，深切感人，语言激切，荡气回肠，比兴手法的巧妙运用增添了作品的无限意蕴。

第二节　孝子不匮

【中心选文】

一　开宗明义

仲尼居[1]，曾子侍[2]。子曰："先王有至德要道[3]，以顺天下，民用和睦，上下无怨[4]。汝知之乎？"曾子避席曰[5]："参不敏[6]，何足以知之？"子曰："夫孝，德之本也，教之所由生也。复坐，吾语汝。身体发肤，受之父母，不敢毁伤，孝之始也。立身行道[7]，扬名于后世，以显父母，孝之终也。夫孝，始于事亲，中于事君，终于立身。《大雅》曰：'无念尔祖，聿修厥德[8]。'"

《孝经》

【作品/出处简介】

本文选自《孝经》第一篇，是全书的总纲。《孝经》是儒家经典著作之一。关于作者说法不一，司马迁、班固认为是孔子，两晋之后又有人认为是曾子，朱熹认为是曾子门人，又有人认为是子思、孟子，今人付俊莲认为是曾参的学生。但可以肯定的是，此书是后人附和儒家伦理思想而作。《四库全书总目》认为，此书是孔子"七十子之徒之遗言"，成书于秦汉之际，共十八章。现通行的版本多为唐玄宗李隆基注，宋代邢昺疏本。

【字词注释】

1. 居：闲坐。

2. 侍：侍坐，此处指曾子陪孔子闲坐。

3. 至德要道：至高无上的德行和最为重要的道德。德，德行。道，道德。

4. 怨：怨恨，仇恨。

5. 避席：古人席地而坐，离席起立，以示敬意。

6. 敏：聪明，机智。

7. 道：仁义道德。

8. 聿（yù）：助词，无意义，用在句首或句中。厥德：道德、品行。

【作品解析】

　　本文阐明了"孝"的基本目标和社会作用。孔子认为古代帝王能够使天下人心归顺，彼此坦诚相待，没有怨恨的根源在于实行"孝道"。"孝"是"德之本也，教之所由生也"，不仅是一切德行的根本，亦是人生教育最基础的内容，是个体生命能独自立足于社会的根本。儒家认为"孝"是天地行事的基本规则，因为"孝"是"天之经也，地之义也，人之行也"。《孝经》不仅认为"孝"为"德之本"，而且根据人的等级差异明确规定了天子、诸侯、卿大夫、庶人等人不同的行"孝"内容，体现了儒家森严的等级制度。

　　《孝经》认为珍惜父母赐予的生命，是恪守"孝道"的开始；修身齐家治国平天下，光耀门楣是"孝"的归宿。小"孝"则是爱惜生命，大"孝"则是达到儒家所倡导的"立德""立功""立言"，如此才能青史留名，光宗耀祖，拓展"孝"的内容和外延。

　　此外，《孝经》还将"孝"与"忠"联系起来，"孝"不再是具体意义上的侍奉双亲，还包括孝忠国君，积极为国家做贡献。《孝经》将家庭伦理关系与社会伦理相关联，奠定了儒家以孝治天下的理论基石，"孝"不仅成为儒家治国思想体系中的重要内容，而且影响着中国人的思维模式与行为方式。

　　汉文帝时设立《孝经》博士，设专科教授。自此之后，《孝经》也成为宣讲孝道的教科书，历代皇帝亦亲自讲解《孝经》，如晋元帝《孝经传》、晋孝武帝《总章馆孝经讲义》、梁武帝《孝经义疏》等，惜均已亡佚；唯独唐玄宗《孝经注》一直流传至今。《孝经》在唐朝被列为"十二经"，宋以后列入"十三经"，也成为清代科举考试的重要内容。

二　帝王行孝

　　子曰："无忧者其唯文王乎！以王季为父，以武王为子，父作之，子述之。武王缵大王、王季、文王之绪[1]，壹戎衣而有天下，身不失天下之显名。尊为天子，富有四海之内，宗庙飨之，子孙保之。武王末受命，周公成文武之德，追王大王、王季[2]，上祀先公以天子之礼。斯礼也，达乎诸侯、大夫及士、庶人。父为大夫，子为士，葬以大夫，祭以士。父为士，子为大夫，葬以士，祭以大夫。期之丧达乎大夫，三年之丧达乎天子；父母之丧，无贵贱一也。"

子曰："武王、周公其达孝矣乎！夫孝者，善继人之志，善述人之事者也。春秋修其祖庙，陈其宗器[3]，设其裳衣[4]，荐其时食[5]。宗庙之礼，所以序昭穆也[6]。序爵，所以辨贵贱也。序事[7]，所以辨贤也。旅酬下为上[8]，所以逮贱也[9]。燕毛[10]，所以序齿也。践其位[11]，行其礼，奏其乐；敬其所尊，爱其所亲，事死如事生，事亡如事存，孝之至也。郊社之礼[12]，所以事上帝也[13]。宗庙之礼，所以祀乎其先也。明乎郊社之礼，禘尝之义[14]，治国其如示诸掌乎！"

《礼记·中庸》

【作品/出处简介】

本文选自《中庸》第十八章与第十九章。《中庸》本是《礼记》中的一篇，后析出单篇别行，南宋朱熹将其列为"四书"，位于《大学》之后，《论语》《孟子》之前，是一部了解儒家哲学思想的入门著作。一般认为《中庸》的作者是孔子之孙子思，但文中有"今天下车同轨，书同文，行同伦"的记载，可见本书成文应该在秦统一六国之后，或许经过"思孟学派"的加工。全书共三十三章，主要论说何为"中庸"，如何修养心性达到"中庸"，肯定了"中庸"是道德行为的最高标准。

【字词注释】

1. 缵（zuǎn）：继承。绪：前人留下的事业。

2. 追：为死去的人追封谥号。

3. 宗器：宗庙祭器。

4. 裳衣：先祖穿过的衣服。

5. 时食：应时的食物。

6. 昭穆：古代贵族宗庙的排列次序，始祖庙居中，以下按照父子的辈分排列昭穆，昭在左，穆在右。

7. 事：职位。

8. 旅：众人，此处指为长辈敬酒的子弟。

9. 逮：逮及，达到。此处指众人皆向长辈敬酒，地位卑贱的人也有身居长辈的光荣。

10. 燕毛：宴饮时按毛发的颜色安排座位。燕，同"宴"。

11. 践其位：站在所排列的位置上。

12. 郊社之礼：祭天的礼仪。

13. 上帝：先帝。

14. 禘（dì）尝：古代祭祀名，《礼记·王制》："天子诸侯宗庙之祭，春曰礿，夏曰禘，秋曰尝，冬曰烝。"常用以指天子、诸侯岁时祭祖的大典。

【作品解析】

　　本文通过讲述周文王、周武王与周公三人行"孝"之事，阐释了"孝"的内容与丧葬祭祀的礼仪规范。孔子认为周文王是世间无忧无虑的人，他的父亲王季为其奠定了基业，儿子周武王继承了他的志向，弘扬了他的德行，并达到了《孝经》"扬名于后世，以显父母，孝之终也"的要求。周文王是孝顺的，顺承了父亲王季的理想；周武王亦是孝顺的，完成了周文王的志向，开疆扩土使国家更加强大，百姓更加富足。孔子认为"孝"不仅要依礼侍奉长辈，而且还应完成长辈的理想。周武王和周公是天下至孝之人，他们继承了先祖的遗志，壮大了先祖留下的基业，并且能够按时祭祀祖先，以表达内心对先祖的追悼和思念。

　　《中庸》的这段文字详细记载了当时祭祀祖先的礼仪，并且认为"斯礼也，达乎诸侯、大夫及士、庶人"，无论是诸侯、卿大夫，还是地位卑微的普通百姓皆可使用，只是根据地位的高低，礼仪规格存在一定的差异，如果父亲做大夫，儿子做士，那么就用大夫的礼节安葬，用士的礼节祭祀；如果父亲做士，儿子做大夫，那么就用士的礼节安葬，用大夫之礼节祭祀。旁系亲属的一年之丧实行到大夫；为父母服三年丧，即使天子也应遵守；为父母服丧，无论尊卑贵贱都是一样的，足见"孝"在中国古代社会的重要地位。

　　"孝"是中国传统伦理道德的基础，以血缘为纽带，不仅实现了对整个国家的治理，而且通过丧葬礼仪与祭祀礼仪延续了"孝"道，反映了儒家的生死观。

三　董永与织女

干宝

　　汉董永，千乘人[1]。少偏孤[2]，与父居，肆力田亩[3]，鹿车载自随。父亡，无以葬，乃自卖为奴，以供丧事。主人知其贤，与钱一万，遣之。永行三年丧毕，欲还主人，供其奴职。道逢一妇人曰："愿为子妻。"遂与之俱。主人谓永曰："以钱与君矣。"永曰："蒙君之惠，父丧收藏[4]，永虽小人，必欲服勤致力，以报厚德。"主曰："妇人何能？"永曰："能织。"主曰："必尔者[5]，但令君妇为我织缣百匹[6]。"于是永妻为主人家织，十日而毕。女出门，谓永曰："我，天之织女也。缘君至孝，天帝令我助君偿债耳。"语毕，凌空而去，不知所在。

《搜神记》卷一

【作品/出处简介】

参见第一章第二节《三王墓》关于干宝介绍。

【字词注释】

1. 千乘：地名，在今山东省广饶县。
2. 偏孤：年幼失去母亲。
3. 肆力：尽力。
4. 收藏：收葬。藏，同"葬"。
5. 尔：如此，这样。
6. 缣（jiān）：细绢。

【作品解析】

本文是一篇记叙孝感上苍的作品，歌颂了中国传统的"孝道"，虽神奇夸张，但体现了当时人的认知和价值观。

董永因家贫无法葬父，便卖身为奴，守丧三年后，便去报答主人的恩情。董永的孝心不仅感动了他的主人，更感动了天帝，于是派遣织女帮其还债。在古人的眼中，穷困并不可怕，身份低微亦不重要，衡量人的标准是德行。有德，则生于陋巷也受人敬佩；无德，则家财万贯也会遭人鄙夷。故颜回"一箪食，一瓢饮，在陋巷，人不堪其忧，回也不改其乐"（《论语·雍也》），孔子称其"贤"；盗跖"横行天下，侵暴诸侯，穴室枢户，驱人牛马，取人妇女，贪得忘亲，不顾父母兄弟，不祭先祖"（《庄子·盗跖》），虽然有权势和财富，孔子却评价他"为天下害"。父母尚且不顾，怎能尊重他人，"孝"是人融入社会最基本的德行要求。董永因为善良和孝顺，不仅得到了他人的尊重，而且受到天帝的眷顾。

董永与织女的故事后世流传广泛，不仅成为宣扬孝道的经典之作，而且衍生了很多民间传说和文学作品，如黄梅戏《天仙配》、戏曲电影《七仙女》等。

四　狱中上母书

夏完淳

不孝完淳今日死矣！以身殉父，不得以身报母矣！

痛自严君见背[1]，两易春秋[2]，冤酷日深[3]，艰辛历尽。本图复见天日，以报大仇，恤死荣生[4]，告成黄土[5]；奈天不佑我，钟虐先朝[6]，一旅才兴，便成齑粉[7]。去年之举[8]，淳已自分必死[9]，谁知不死，死于今日也。斤斤延此二年之命[10]，菽水之养无一日焉[11]。致慈君托迹于空门[12]，生母寄生于别姓，一门漂泊，生不得相依，死不得相问；淳今日又溘然先从九京[13]：不孝之罪，上通于天！呜呼！双慈在堂[14]，下有妹女。门祚衰薄[15]，终鲜兄弟。淳一死不足惜，哀哀八口，何以为生？虽然，已矣！淳之身，父之所遗；淳之身，君之所用。为父为君，死亦何负于双慈！但慈君推干就湿[16]，教礼习诗，十五年如一日，嫡母慈惠，千古所难，大恩未酬，令人痛绝。

慈君托之义融女兄[17]，生母托之昭南女弟[18]。淳死之后，新妇遗腹得雄[19]，便以为家门之幸。如其不然，万勿置后[20]！会稽大望[21]，至今而零极矣！节义文章，如我父子者几人哉？立一不肖后如西铭先生[22]，为人所诟笑，何如不立之为愈耶！呜呼！大造茫茫[23]，总归无后。有一日中兴再造，则庙食千秋[24]，岂止麦饭豚蹄，不为馁鬼而已哉[25]！若有妄言立后者，淳且与先文忠在冥冥诛殛顽嚚[26]，决不肯舍！兵戈天地，淳死后，乱且未有定期。双慈善保玉体，无以淳为念。二十年后，淳且与先文忠为北塞之举矣！勿悲勿悲！相托之言，慎勿相负！武功甥将来大器[27]，家事尽以委之。寒食盂兰[28]，一杯清酒，一盏寒灯，不至作若敖之鬼[29]，则吾愿毕矣！新妇结褵二年[30]，贤孝素著。武功甥好为我善待之，亦武功渭阳情也[31]。

语无伦次，将死言善，痛哉痛哉！人生孰无死？贵得死所耳！父得为忠臣，子得为孝子。含笑归太虚[32]，了我分内事。大道本无生[33]，视身若敝屣。但为气所激，缘悟天人理[34]。恶梦十七年，报仇在来世。神游天地间，可以无愧矣！

《夏完淳集》卷八

【作者/出处简介】

夏完淳（1631~1647），字存古，明代松江府华亭（今上海松江）人。七岁能诗文，为少年抗清英雄，与父夏允彝、师陈子龙并有声名。在抗清活动中，父、师先后罹难，又入吴易军中，吴易失败后，夏完淳流亡于江汉之间，继续从事抗清复明的活动。顺治四年（1647），因人告发被捕下狱，解送南京后，不屈赴死，年仅十七岁。其文学作品明亡前注重摹古，讲究声韵辞藻；明亡后则多国家兴衰之慨，感情凄婉。有《夏内史集》《玉樊堂词》。

【字词注释】

1. 严君见背：父亲去世。严君，对父亲的敬称。见背，去世。

2. 两易春秋：已经过了两年。易，更换。

3. 冤酷日深：冤仇与惨痛一天比一天深。

4. 恤（xù）死荣生：朝廷对死去的人给予抚恤，对死者的遗族进行赏赐。

5. 告成黄土：复国成功后，当祭告死去的父亲。

6. 钟虐先朝：聚焦灾难在明朝。钟，聚焦。虐，灾难。先朝，指明朝。

7. 齑（jī）粉：齑粉均为碎末状比喻粉身碎骨，这里指军队被击溃。

8. 去年之举：指清顺治三年（1646）起兵抗清失败的事情，吴易兵败后被俘，夏完淳只身流亡，隐匿人间。

9. 自分：自料，自甘。

10. 斤斤：多事，多余。

11. 菽（shū）水之养：供养父母。

12. 慈君：作者的嫡母盛氏。托迹：藏身。空门：佛门。

13. 溘（kè）然：忽然。九京：地下，指墓地。

14. 双慈：嫡母与生母。

15. 门祚（zuò）：家运。

16. 推干就湿：指父母抚育子女的辛劳。

17. 义融女兄：夏元淳的姐姐夏淑吉。

18. 昭南女弟：夏元淳的妹妹夏惠吉。

19. 新妇：夏元淳的妻子钱氏。

20. 置后：立嗣继承。

21. 大望：大族。

22. 西铭先生：张溥，别号西铭，明崇祯四年（1631）进士，复社领袖。卒时年仅四十，无后；死存遗腹，后生一女；嗣子名永锡。

23. 大造：天地、造物主。

24. 庙食：有功于国的人，死后为之立庙祭祀。

25. 馁鬼：饿死鬼。

26. 文忠：作者之父夏允彝，死后南明王朝追谥"文忠"。冥冥：阴间。诛殛（jí）：诛杀。顽嚚（yín）：顽固不化。

27. 武功甥：夏淑吉的儿子侯檠，字武功。

28. 盂兰：旧俗的农历七月十五日，燃灯祭祀，超度鬼魂，又称"盂兰盆会"。

29. 若敖之鬼：没有后嗣祭祀的饿鬼。

30. 结缡（lí）：结婚。

31. 渭阳情：指甥舅之间的情谊。

32. 太虚：天。

33. 大道本无生：人本来是从无而生，死后又归于无。

34. 天人：天道和人道。

【作品解析】

　　本文是夏元淳临死前在南京监狱中写给嫡母与生母的书信，表现了其对双慈、妻子及家人的挂念，对未能尽孝的遗憾，但在家与国的选择上，夏元淳宁愿舍生取义，为反清复明事业做出贡献。全文笔法细腻，感情真挚，将生死离别之情挥洒得凄婉动人。

江淹《别赋》："黯然销魂者，唯别而已矣！"离别是使人心情沮丧，失魂落魄的一件事情，而这仅仅是暂时的离别，未来还会相见，但是夏元淳的这次别离是生死诀别，内心的绝望可想而知。屈原《九歌·少司命》中有"悲莫悲兮生别离，乐莫乐兮新相知"，人生的悲喜莫过于此，死亡虽可畏，但"淳之身，父之所遗；淳之身，君之所用。为父为君，死亦何负于双慈"，为民族大义牺牲性命，也是尽忠尽孝，表现了作者视死如归的爱国精神。自古忠孝不能两全，双慈的教诲历历在目，此生已无法尽孝于前；娇妻乖巧贤惠，此生亦无法相伴左右，对家人的不舍与对其未来生存的担忧溢于言表。

中国古代社会是以"孝"治天下的，"孝"的表现形式不仅是孝敬父母，为国家的发展、民族的复兴贡献力量亦是孝。"孝"存在于中国传统文化中的各个角落，潜淌在中国人的血液中，即是对父母养育之恩的报答，亦是对言行举止的道德规范。夏元淳为民族大义牺牲了宝贵的生命，虽未尽孝于双慈之前，但为家族和父母赢来了尊重，这何尝不是孝的另一种展现形式呢？

第三节　大节卓伟

【中心选文】

一　五柳先生传

陶渊明

先生不知何许人也[1]，亦不详其姓字，宅边有五柳树，因以为号焉。闲靖少言，不慕荣利。好读书，不求甚解；每有会意，便欣然忘食。性嗜酒，家贫不能常得。亲旧知其如此，或置酒而招之；造饮辄尽[2]，期在必醉。既醉而退，曾不吝情去留[3]。环堵萧然[4]，不蔽风日；短褐穿结[5]，箪瓢屡空[6]，晏如也[7]。常著文章自娱，颇示己志。忘怀得失，以此自终。

赞曰[8]：黔娄有言[9]："不戚戚于贫贱，不汲汲于富贵[10]。"其言兹若人之俦乎[11]？酣觞赋诗，以乐其志，无怀氏之民欤？葛天氏之民欤[12]？

《笺注陶渊明集》卷五

【作品/出处简介】

参见第十一章第一节《和郭主簿》（其一）关于陶渊明介绍。

【字词注释】

1. 何许：何处，什么地方。许，处，地方。

2. "造饮"句：去喝酒就会很尽兴。造，去。辄，就。

3. "曾不"句：不以去留为意。

4. "环堵"句：居室简陋，四壁空空。

5. "短褐（hè）"句：衣服破烂，上打补丁。短褐，粗布短衣。穿，破烂。结，缝补。

6. "箪（dān）瓢"句：生活困窘，时常饥饿。箪，盛饭的圆形竹器。

7. 晏如：安然自如的样子。

8. 赞：传记结尾的评论性文字。

9. 黔娄：战国时期齐国有名的隐士。

10. "不戚戚"二句：不因为贫贱而忧虑，不因为富贵而急切营求。戚戚，忧虑貌。汲汲，急切营求貌。

11. 俦（chóu）：辈、同类。

12. 无怀氏、葛天氏：皆为传说中上古的帝王。

【作品解析】

　　本文取正史纪传体的形式，塑造了一个潇洒率真、安贫乐道、清高耿介的隐士形象。《晋书·陶潜传》载："潜少怀高尚，博学善属文，颖脱不羁，任真自得，为乡邻之所贵。尝著《五柳先生传》以自况曰……时人谓之实录。"时人既认为是"实录"，则应是陶渊明的自叙，但这篇传记呈现的内容并不是传统意义上的传记，缺少了对传主祖籍、姓氏与生平事迹的介绍，仅表现了传主的生活情趣与精神品质，这一形象应该是陶渊明理想中自我形象，亦是困窘中的一种精神勉励。

　　在当时纷乱浮躁的社会氛围中，能够"不慕荣利"静心读书，是古代读书人的一种境界；"性嗜酒，家贫不能常得"，但遇到酒还能"造饮辄尽"；何况衣衫褴褛，身居陋室，"箪瓢屡空"，仍能"著文章自娱，颇示己志"，生活困顿，却能心如止水，坚持志向，无怪乎鲁迅先生认为陶渊明是一个"浑身静穆"的人。赞文引用黔娄妻之言，表明了陶渊明对待富贵与贫贱的人生态度，更将其清高洒脱、怡然自得、质朴真率的隐士形象栩栩如生地展现出来。

　　五柳先生是陶渊明留给后世的完美形象，更是中国古代知识分子心中仰慕的隐士形象。陶渊明的诗文看似自然朴素，却抚慰了无数失意士大夫的灵魂。正如萧统《陶渊明集序》中说："尝谓有能读渊明之文者，驰竞之情遣，鄙吝之意祛，贪夫可以廉，懦夫可以立，岂止仁义可蹈，亦乃爵禄可辞，不劳复傍游太华，远求柱史，此亦有助于风教尔。"足见陶渊明诗文的精神力量。

二 夏日绝句

李清照

生当作人杰¹，死亦为鬼雄²。
至今思项羽，不肯过江东³。

《全宋诗》卷一六〇二

【作品/出处简介】

参见第八章第一节《永遇乐》关于李清照的介绍。

【字词注释】

1. 人杰：人中的豪杰。
2. 鬼雄：鬼中的英雄。语出屈原《国殇》："身既死兮神以灵，子魂魄兮为鬼雄。"
3. 江东：古代指长江以东的地方，即项羽最初带兵起义的地方。据《项羽本纪》载：乌江亭长本拟撑船渡江，谁知项王笑曰："天之亡我，我何渡为！且籍与江东子弟八千人渡江而西，今无一人还，纵江东父兄怜而王我，我何面目见之？纵彼不言，籍独不愧于心乎？"

【作品解析】

本文写于宋靖康二年（1127），金兵掠走了徽宗和钦宗两位皇帝，宋朝被迫南渡。李清照的丈夫赵明诚出任建康知府，面对城内突发的战乱，赵明诚不仅没有及时平叛，反而临阵脱逃，李清照对其所为深感耻辱。在脱离建康途经乌江时，有感项羽乌江自刎的英雄事迹，挥笔写下了这首荡气回肠、慷慨激昂的诗篇，讽刺了朝廷的懦弱与不作为，抒发了心中的愤慨和无限感伤。

人生不满百年，如何活得有价值，是值得思考的问题。李清照认为最理想的人生是"生当作人杰，死亦为鬼雄"，活着的时候要做运筹帷幄的"人杰"，帮助君王了却天下之事，死后也应在幽冥世界中做一个铮铮傲骨的英雄。但朝中的显贵权臣却一味求和，卑躬屈膝，拱手相让了大宋王朝的半壁江山，只可惜作者身为女子，无法跻身士大夫行伍中，实现心中的理想抱负。可气，可憎，更可悲！

遥想项羽当年，本可卷土重来，再创一番功业，但"不肯"二字将项羽的英雄气概淋漓尽致地表现出来。为了建功立业，曾经跟随自己的江东子弟均已命丧黄泉，项羽有何颜面苟活于世，于是自刎乌江。作者认为项羽活着时是声名显赫的"西楚霸王"，死后也应是冥界的英雄人物。借古讽今，批判了南宋王朝苟且偷生，偏安一隅，不积极抗争的行为。全诗激情洋溢，正气凛然；语言苍劲有力，掷地有声，可谓字字珠玑；感情悲壮豪迈，气吞山河，毫无脂粉之气。

三 过零丁洋¹

文天祥

辛苦遭逢起一经²，干戈寥落四周星³。

山河破碎风飘絮，身世浮沉雨打萍。

皇恐滩头说皇恐⁴，零丁洋里叹零丁⁵。

人生自古谁无死？留取丹心照汗青⁶。

《文山先生全集》卷十四

【作品/出处简介】

文天祥（1236～1283），字履善、宋瑞，自号文山，庐陵（今江西吉安）人。南宋末年爱国诗人与民族英雄，与陆秀夫、张世杰并称为"宋末三杰"。宝祐四年（1256），进士第一名，历任湖南提刑，后知赣州。元兵渡江，文天祥奉诏起兵勤王，为右丞相兼枢密使，使元被拘逃归，转战福建、广东一带。最终兵败被俘，押解大都，慷慨就义。其诗文多与时事相关，不屑于字句声调之工，情感真挚，直抒胸臆，表现出坚贞的民族气节和昂扬的斗争意志。有《文山先生全集》。

【字词注释】

1. 零丁洋：即伶丁洋，今广东中山南的一段海域。
2. 遭逢：遭遇。起一经：因科举出身做官。
3. 四周星：四周年。从南宋德祐元年（1275）文天祥起兵抗元，到祥兴元年（1278）兵败被俘，一共四年。
4. 皇恐滩：赣江十八滩中最险的一个滩，在今江西省万安县。南宋景炎二年（1277），文天祥在被元军打败，妻妾子女均被元军俘虏，唯独母亲和儿子随他经皇恐滩撤往福建。
5. 零丁：孤苦无依的样子。
6. 丹心：比喻忠心。汗青：史册。古人用竹简写字，竹简必须用火烤出水分，方可以防蛀，故称。

【作品解析】

南宋祥兴元年（1278）十月，因叛徒出卖文天祥在广东五坡岭兵败被俘。次年正月，被押解至燕京，过零丁洋时作此诗。随后又被押解至崖山，张弘范逼迫他写信招降固守崖山的张世杰、陆秀夫等人，文天祥不从，出示此诗以明志。

首联作者回忆曾经追求仕途的人生经历，特别是四年来辗转曲折的抗元战争。曾经参加科举本是为了效忠国家，即使艰辛也甘心，但此时的南宋王朝已摇摇欲坠，内心无限感伤。倘若宋王朝一朝灭亡，臣民们便成了无根的浮萍，任凭风雨吹打，备受流亡颠簸之苦。作者看似感慨自己的命运，实则为国民担忧，"风飘絮""雨打萍"生动细腻地表达了作者的难以言说的飘零无助之感，同时亦将个人命运与国家兴亡联系起来，拓展了本诗的思想深度与情感广度。

皇恐滩头的失败时时浮现眼前，至今让人心生惶恐，途径零丁洋更使人倍感孤苦伶仃，看似作者在表达国破家亡带给他内心的冲击，实则更多表达的是国家灭亡对百姓们造成的恐惧与痛苦。以上六句将作者的民族存亡之思与家国之恨生动传神地表达了出来，慷慨激昂，感人泪下。最后以"人生自古谁无死？留取丹心照汗青"两句作结，愈加提升了本诗的主题和格调，表现了作者大义凛然，视死如归的民族气节。全诗语言朴实，意象贴切，对仗工整，感情真挚感人，表达了作者慷慨赴国难，视死忽如归的英雄胆识和舍生取义的民族气节。

四　却奁

孔尚任

（杂扮保儿掇马桶上）龟尿龟尿，撒出小龟；鳖血鳖血，变成小鳖。龟尿鳖血，看不分别；鳖血龟尿，说不清白。看不分别，混了亲爹；说不清白，混了亲伯。（笑介）胡闹，胡闹！昨日香姐上头，乱了半夜；今日早起，又要刷马桶，倒溺壶，忙个不了。那些孤老、表子[1]，还不知搂到几时哩。（刷马桶介）

【夜行船】（末）人宿平康深柳巷[2]，惊好梦门外花郎[3]。绣户未开，帘钩才响，春阻十层纱帐。

下官杨文骢[4]，早来与侯兄道喜[5]。你看院门深闭，侍婢无声，想是高眠未起。（唤介）保儿，你到新人窗外，说我早来道喜。（杂）昨夜睡迟了，今日未必起来哩。老爷请回，明日再来罢。（末笑介）胡说！快快去问。（小旦内问介）保儿！来的是那一个？（杂）是杨老爷道喜来了。（小旦忙上）倚枕春宵短，敲门好事多。（见介）多谢老爷，成了孩儿一世姻缘。（末）好说。（问介）新人起来不曾？（小旦）昨晚睡迟，都还未起哩。（让坐介）老爷请坐，待我去催他。（末）不必，不必。（小旦下）

【步步娇】（末）儿女浓情如花酿，美满无他想，黑甜共一乡[6]。可也亏了俺帮衬，珠翠辉煌，罗绮飘荡，件件助新妆，悬出风流榜。

（小旦上）好笑，好笑！两个在那里交扣丁香[7]，并照菱花[8]，梳洗才完，穿戴未毕。请老爷同到洞房，唤他出来，好饮扶头卯酒[9]。（末）惊却好梦，得罪不浅。（同下）（生、旦艳妆上）

【沉醉东风】（生）这云情接着雨况，刚搔了心窝奇痒，谁搅起睡鸳鸯。被翻红浪，喜匆匆满怀欢畅。（合）枕上余香，帕上余香，消魂滋味，才从梦里尝。

（末、小旦上）（末）果然起来了，恭喜，恭喜！（一揖，坐介）（末）昨晚催妆诗句，可还说的入情么。（生揖介）多谢！（笑介）妙是妙极了，只有一件。（末）那一件？（生）香君虽小，还该藏之金屋[10]。（看袖介）小生衫袖，如何着得下？（俱笑介）（末）夜来定情，必有佳作。（生）草草塞责，不敢请教。（末）诗在那里？（旦）诗在扇头。（旦向袖中取出扇介）（末接看介）是一柄白纱宫扇。（嗅介）香的有趣。（吟诗介）妙，妙！只有香君不愧此诗。（付旦介）还收好了。（旦收扇介）

【园林好】（末）正芬芳桃香李香，都题在宫纱扇上；怕遇着狂风吹荡，须紧紧袖中藏，须紧紧袖中藏。

（末看旦介）你看香君上头之后[11]，更觉艳丽了。（向生介）世兄有福，消此尤物[12]。（生）香君天姿国色，今日插了几朵珠翠，穿了一套绮罗，十分花貌，又添二分，果然可爱。（小旦）这都亏了杨老爷帮衬哩。

【江儿水】送到缠头锦，百宝箱，珠围翠绕流苏帐[13]，银烛笼纱通宵亮，金杯劝酒合席唱。今日又早早来看，恰似亲生自养，赔了妆奁，又早敲门来望。

（旦）俺看杨老爷，虽是马督抚至亲[14]，却也括据作客，为何轻掷金钱，来填烟花之窟[15]？在奴家受之有愧，在老爷施之无名；今日问个明白，以便图报。（生）香君问得有理，小弟与杨兄萍水相交[16]，昨日承情太厚，也觉不安。（末）既蒙问及，小弟只得实告了。这些妆奁酒席，约费二百余金，皆出怀宁之手[17]。（生）那个怀宁？（末）曾做过光禄的阮圆海。（生）是那皖人阮大铖么？（末）正是。（生）他为何这样周旋？（末）不过欲纳交足下之意。

【五供养】（末）美你风流雅望，东洛才名[18]，西汉文章。逢迎随处有，争看坐车郎[19]。秦淮妙处[20]，暂寻个佳人相傍，也要些鸳鸯被、芙蓉妆；你道是谁的，是那南邻大阮[21]，嫁衣全忙。

（生）阮圆老原是敝年伯[22]，小弟鄙其为人，绝之已久。他今日无故用情，令人不解。（末）圆老有一段苦衷，欲见白于足下。（生）请教。（末）圆老当日曾游赵梦白之门，原是吾辈。后来结交魏党[23]，只为救护东林[24]，不料魏党一败，东林反与之水火。近日复社诸生[25]，倡论攻击，大肆殴辱，岂非操同室之戈乎？圆老故交虽多，因其形迹可疑，亦无人代为分辩。每日向天大哭，说道："同类相残，伤心惨目，非河南侯君，不能救我。"所以今日谆谆纳交。（生）原来如此，俺看圆海情辞迫切，亦觉可怜。就便真是魏党，悔过来归，亦不可绝之太甚，况罪有可原乎。定生、次尾[26]，皆我至交，明日相见，即为分解。（末）果然如此，吾党之幸也。（旦怒介）官人是何等说话，阮大铖趋附权奸，廉耻丧尽；妇人女子，无不唾骂。他人攻之，官人救之，官人自处于何等也？

【川拨棹】不思想，把话儿轻易讲。要与他消释灾殃，要与他消释灾殃，也堤防旁人短长。官人之意，不过因他助我妆奁，便要徇私废公；那知道这几件钗钏衣裙，原放不到我香君眼里。（拔簪脱衣介）脱裙衫，穷不妨；布荆人[27]，名自香。

（末）阿呀！香君气性，忒也刚烈。（小旦）把好好东西，都丢一地，可惜，可惜！（拾介）（生）好，好，好！这等见识，我倒不如，真乃侯生畏友也[28]。（向末介）老兄休怪，弟非不领教，但恐为女子所笑耳。

【前腔】（生）平康巷，他能将名节讲；偏是咱学校朝堂，偏是咱学校朝堂，混贤奸不问青黄。那些社友平日重俺侯生者，也只为这点义气；我若依附奸邪，那时群起来攻，自救不暇，焉能救人乎。节和名，非泛常；重和轻，须审详。

（末）圆老一段好意，也还不可激烈。（生）我虽至愚，亦不肯从井救人[29]。（末）既然如此，小弟告辞了。（生）这些箱笼，原是阮家之物，香君不用，留之无益，还求取去罢。（末）正是"多情反被无情恼""乘兴而来兴尽还。"（下）（旦恼介）（生看旦介）俺看香君天姿国色，摘了几朵珠翠，脱去一套绮罗，十分容貌，又添十分，更觉可爱。（小旦）虽如此说，舍了许多东西，倒底可惜。

【尾声】金珠到手轻轻放，惯成了娇痴模样，辜负俺辛勤做老娘。（生）些须东西，何足挂念，小生照样赔来。（小旦）这等才好。

（小旦）花钱粉钞费商量[30]，

（旦）裙布钗荆也不妨，

（生）只有湘君能解佩[31]，

（旦）风标不学世时妆。

《桃花扇》

【作品/出处简介】

孔尚任（1648～1718），字聘之，一字季重，号东塘，又号岸堂，自称云亭山人，山东曲阜人，孔子六十四代孙。年少时读书石门山中，清康熙十九年（1680），捐纳国子监生；二十三年（1684），康熙南巡，因御前讲经而受到赏识，"特简为国子监博士"；二十五年（1686），随工部侍郎孙再丰前往淮扬治河，历时四年，其间游历了扬州、南京等南明故地，结交名士、遗老，并凭吊了若干南明遗迹，为《桃花扇》的创作收集了丰富的素材。《桃花扇》经过十年打磨，于康熙三十八年（1699）完稿，一时洛阳纸贵，不仅在北京频繁演出，而且在一些偏远的地方也广泛流传。康熙三十九年（1700），以事罢官，告老还乡，晚年贫苦，后于曲阜石门家中去世。有诗文集《湖海集》《长留集》《岸堂文集》。

【字词注释】

1. 孤老：表子：妓女。表，通"婊"。

2. 平康：唐代长安城之里弄名，妓女聚居之地，后世多泛指妓院。

3. 花郎：买花人。

4. 杨文骢：即杨龙友，贵阳人，因参与抗清，兵败而死。

5. 侯兄：指侯方域，复社重要人物，因文名于天下。

6. 黑甜共一乡：熟睡，俗以熟睡为黑甜乡。

7. 丁香：花名，这里借指衣服上形似丁香的纽扣。

8. 菱花：镜子。古代铜镜多为菱形，故以菱花指代镜子。

9. 扶头：酒名，早晨喝的酒，起清醒头脑，振奋精神的作用。卯酒：早晨卯时前后饮的酒。

10. 藏之金屋：用汉武帝金屋藏娇的典故。

11. 上头：女子婚后发饰须作成人装束。

12. 尤物：绝色美人。

13. 流苏帐：以流苏为垂饰的帷帐。流苏，用彩色丝线或羽毛制作的一种垂饰品。

14. 马督抚：指马士英，当时任凤阳总督。南明弘光朝的权臣，以贪邪称。

15. 烟花：宋元以来对妓女的称呼。

16. 萍水相交：偶然结识无深厚交情的朋友。

17. 怀宁：指阮大铖，因其是安徽怀宁人，故称。

18. 东洛才名：古时东都洛阳，以出才子而著名，这里指侯方域的才名很大。

19. 争看坐车郎：传说晋代潘安貌美，每次坐车出游，总引得妇女争看，并投以果饵。

20. 秦淮：指秦淮河，源于溧水，流经南京，城南两侧河房多为妓女所居，笙歌画舫，颇为繁华。

21. 南邻大阮：晋代阮籍、阮咸叔侄，并有文名，世称"大小阮"。大阮指阮籍，此处指阮大铖。

22. 年伯：因阮大铖与侯方域父亲侯恂同年登科，故侯方域称之为"年伯"。

23. 魏党：明末以宦官魏忠贤为首的阉党。

24. 东林：明末万历年间，顾宪成、高攀龙等在江苏无锡东林书院讲学，抨击宦官政治及魏忠贤，世称"东林党"。

25. 复社：明末由张溥等人组织的文人政治社团，继东林党后与阉党魏忠贤等对立斗争。

26. 定生：复社重要人物，明末著名文人陈贞慧之字，明亡隐居不仕。次尾：复社重要人物，明末著名文人吴应箕之字，明亡后曾在家乡率众抗清，兵败被捕，不屈而死。

27. 布荆：布裙、荆钗，古代贫穷妇女的服饰。

28. 畏友：令人敬畏的朋友。多指品行端正，能够律己，更能规劝他人的朋友。

29. 从井救人：不顾自己的名节操守去帮助别人。

30. 花钱粉钞：花粉钱，指妆奁之资。

31. 解佩：即却奁。佩，衣带之装饰物。

本文选自清代传奇名作《桃花扇》，通过写复社成员侯方域与秦淮名妓李香君聚散离合的爱情故事，表现了南明王朝兴亡的历史悲剧，反映了明清之际广阔的社会生活与士人心态。

《却奁》是李香君与阮大铖之间矛盾冲突的开始，从剧中李香君的言行可以看出她对待阉党余孽、朝堂权奸明确的不屑与鄙视态度。当侯方域得知杨文骢所赠妆奁是阮大铖所置，虽鄙弃阮氏为人，但听到杨文骢对阮氏的几句辩驳与维护后，便立马改变对阮氏的态度，并打算说服复社成员放弃用文章批判阮氏的罪行，乍一看此事好似体现了侯方域的豁达与大度，细究则发觉侯方域没有坚定的政治立场和洞察是非曲直的眼光。李香君却怒言："官人是何等说话，阮大铖趋附权奸，廉耻丧尽；妇人女子，无不唾骂。他人攻之，官人救之，官人自处于何等也？""官人之意，不过因他助我妆奁，便要徇私废公；那知道这几件钗钏衣裙，原放不到我香君眼里"，于是把所赠之物掷了一地，果断谢绝阮氏的不善之赠。虽身陷花柳之巷，李香君的见识和气魄却令男儿敬畏。

《却奁》通过写淮河名妓李香君怒拒魏忠贤余党阮大铖所赠妆奁的故事，赞扬了李香君的深明大义，不畏权贵、独自自尊的高贵品格。虽身份卑微，却不为富贵卑躬屈膝的气节，而身为男子的侯方域与杨文骢却相形见绌。本文语言典雅，在言行对比中，将李香君、侯方域、杨文骢、鸨母的性格特征鲜明地凸显出来，戏剧冲突张弛有度，引人入胜。

第四节　君子与义

【中心选文】

一　鱼我所欲也

孟子

孟子曰："鱼我所欲也；熊掌，亦我所欲也；二者不可得兼，舍鱼而取熊掌者也。生亦我所欲也；义亦我所欲也；二者不可得兼，舍生而取义者也。生亦我所欲，所欲有甚于生者，故不为苟得也[1]；死亦我所恶，所恶有甚于死者，故患有所不辟也[2]。如使人之所欲莫甚于生，则凡可以得生者，何不用也[3]？使人之所恶莫甚于死者，则凡可以辟患者，何不为也？由是则生而有不用也，由是则可以辟患而有不为也，是故所欲有甚于生者，所恶有甚于死者。非独贤者有是心也，人皆有之，贤者能勿丧耳。一箪食[4]，一豆羹[5]，得之则生，弗得则死。呼尔而与之[6]，行道之人弗受；蹴尔而与之[7]，乞人不屑也[8]。万钟则不辨礼义而受之，万钟于我何加焉[9]！为宫室之美，妻妾之奉，所识穷乏者得我与[10]？乡为身死而不受[11]，今为宫室之美为之；乡为身死而不受，今为妻妾之奉为之；乡为身死而不受，今为所识穷乏者得我而为之；是亦不可以已乎[12]？此之谓失其本心[13]。"

《孟子·告子上》

【作品/出处简介】

孟子［前372（？）～前289］，名轲，字子舆，战国时期邹国人。孟子继承发展了孔子的学说，主张行仁政，施王道，反对战争，提出"性善论"。《孟子》一书主要记录了孟子的谈话和思想，由孟子及其弟子同撰，分为《梁惠王》《公孙丑》《滕文公》《离娄》《万章》《告子》《尽心》七篇，每篇分上下，共十四篇。《孟子》散文气势磅礴，这与孟子善养"浩然之气"有关。文章长于论辩，巧用设问，引人入胜；善用比喻，把抽象的道理形象生动地表现出来；语言明白晓畅，准确凝练，深入浅出。

【字词注释】

1. 苟得：苟且获得，此处指苟且偷生。
2. 患：祸患、灾难。辟：同"避"，躲避。
3. 何不用也：哪种手段不可用呢？
4. 箪（dān）：古代盛食物的竹器。
5. 豆：古代盛食物的木器。
6. 呼而：轻蔑或粗暴的呼喝。
7. 蹴（cù）尔：践踏。
8. 不屑：不愿意接受。
9. 万钟：优厚的俸禄。钟，古代量器，六斛四斗为一钟。何加：有什么益处？
10. 得：同"德"，感激。
11. 乡：同"向"，向来。
12. 已：罢休。
13. 本心：本性。

【作品解析】

本文提出了"义"的重要性，为了坚守"义"，贤人志士在关键时刻选择了舍生取义，舍弃了万钟的俸禄、豪华的宫室、娇艳的妻妾，坚守着人作为人应有的道德底线。孟子认为人应维护道义，坚持正义，不能因富贵功名而"失其本心"，因为仁义是人的本性。如果丧失本心，活着也如同行尸走肉，更无任何生命的价值可言。这是儒家所倡导的"仁义"观念，虽然有一定的阶级性，但仍值得当代人思考。好生恶死几乎是所有人对待生死的共同态度，本无可厚非，但如何活着？为何而死是值得探讨的问题。

本文体现了孟子的生死观，虽然渴望活着，但"所欲有甚于生者"时，不会苟且偷生；"所恶有甚于死者"时，也不会消极躲避，而是勇敢面对。人应为"义"有尊严地活着，即使因"义"而死，也是生命价值的体现。从中可以看到孟子对生死的态度，对生命意义与价值的思索，人的死亡被赋予了更多伦理上的意义。所以，司马迁在《报任安书》中说："人固有一死，或重于泰山，或轻于鸿毛"，这正是对孟子生死观的延承。这种生死观与庄子主张顺应"道"截然不同，《庄子·大宗师》曰："死生，命也，其有夜旦之常，天也。人之有所不得与，皆物之情也。"人的生死是命中注定的，人是无法控制的，所以只能顺应生命的规律。生是生命存在的一种状态，死亦是生命存在的一种状态，所以生是一件好的事情。

二　冯谖客孟尝君

齐人有冯谖者，贫乏不能自存，使人属孟尝君[1]，愿寄食门下。孟尝君曰："客何好？"曰："客无好也。"曰："客何能？"曰："客无能也。"孟尝君笑而受之曰："诺。"

左右以君贱之也，食以草具[2]。居有顷，倚柱弹其剑，歌曰："长铗[3]，归来乎！食无鱼。"左右以告。孟尝君曰："食之，比门下之客。"居有顷，复弹其铗，歌曰："长铗，归来乎！出无车。"左右皆笑之，以告。孟尝君曰："为之驾，比门下之车客[4]。"于是乘其车，揭其剑，过其友曰："孟尝君客我。"后有顷，复弹其剑铗，歌曰："长铗，归来乎！无以为家。"左右皆恶之，以为贪而不知足。孟尝君问："冯公有亲乎？"对曰："有老母。"孟尝君使人给其食用，无使乏。于是冯谖不复歌。

后孟尝君出记[5]，问门下诸客："谁习计会[6]，能为文收责于薛者乎[7]？"冯谖署曰[8]："能。"

孟尝君怪之，曰："此谁也？"左右曰："乃歌夫长铗归来者也。"孟尝君笑曰："客果有能也，吾负之，未尝见也。"请而见之，谢曰[9]："文倦于事[10]，愦于忧[11]，而性懧愚[12]，沉于国家之事，开罪于先生。先生不羞[13]，乃有意欲为收责于薛乎？"冯谖曰："愿之。"于是约车治装[14]，载券契而行[15]，辞曰："责毕收，以何市而反？"孟尝君曰："视吾家所寡有者。"

驱而之薛。使吏召诸民当偿者，悉来合券[16]。券遍合，起，矫命，以责赐诸民。因烧其券。民称万岁。

长驱到齐[17]，晨而求见。孟尝君怪其疾也，衣冠而见之，曰："责毕收乎？来何疾也！"曰："收毕矣。""以何市而反？"冯谖曰；"君云：'视吾家所寡有者'。臣窃计，君宫中积珍宝，狗马实外厩，美人充下陈[18]。君家所寡有者，以义耳！窃以为君市义。"孟尝君曰："市义奈何？"曰："今君有区区之薛，不拊爱子其民[19]，因而贾利之[20]。臣窃矫君命，以责赐诸民，因烧其券，民称万岁。乃臣所以为君市义也。"孟尝君不说，曰："诺，先生休矣！"

后期年，齐王谓孟尝君曰："寡人不敢以先王之臣为臣。"孟尝君就国于薛[21]，未至百里[22]，民扶老携幼，迎君道中。孟尝君顾谓冯谖："先生所为文市义者，乃今日见之。"

冯谖曰："狡兔有三窟，仅得免其死耳；今君有一窟，未得高枕而卧也。请为君复凿二窟。"孟尝君予车五十乘，金五百斤，西游于梁[23]。谓惠王曰："齐放其大臣孟尝君于诸侯。诸侯先迎之者，富而兵强。"于是梁王虚上位[24]，以故相为上将军，遣使者黄金千斤，车百乘，往聘孟尝君。冯谖先驱，诫孟尝君曰："千金，重币也；百乘，显使也。齐其闻之矣。"梁使三反，孟尝君固辞不往也。

齐王闻之，君臣恐惧，遣太傅赍黄金千斤[25]，文车二驷[26]，服剑一[27]，封书谢孟尝君曰："寡人不祥[28]，被于宗庙之祟[29]，沉于谄谀之臣[30]，开罪于君。寡人不足为也；愿君顾先王之宗庙，姑反国统万人乎！"冯谖诫孟尝君曰："愿请先王之祭器，立宗庙于薛。"庙成，还报孟尝君曰："三窟已就，君姑高枕为乐矣。"

孟尝君为相数十年，无纤介之祸者[31]，冯谖之计也。

《战国策·齐策四》

【作品/出处简介】

《战国策》是一部杂记东西周及秦、齐、楚、赵、魏、韩、燕、宋、卫、中山诸国策士言辞的国别史著作，作者不详。在未经辑录之前，曾有《国策》《国事》《短长》《事语》《长书》《脩书》等名称，后经汉代刘向整理，定名《战国策》。《战国策》记事年代上接春秋，下至秦并六国，思想比较驳杂，儒、墨、道、法、兵等思想在此书中都有体现，内容主要是战国时代谋臣策士纵横捭阖的斗争谋略以及有关说辞。

【字词注释】

1. 属（zhǔ）：通"嘱"，嘱咐。
2. 草具：装盛粗劣饮食的食具。

3. 长铗（jiá）：长剑。

4. 车客：乘车的门客。

5. 记：文告。

6. 计会（kuài）：会计。

7. 责：通"债"。

8. 署：署名。

9. 谢：致歉。

10. 倦于事：事务繁忙。

11. 愦（kuì）于忧：困于思虑，以致心中混乱。

12. 懦（nuò），通"懦"，懦弱。

13. 不羞：不以己之简慢为辱。

14. 约车治装：约期准备车马，并整理行装。

15. 券契：债契。

16. 合券：验对债券。古代契约分为两半，立约双方各执其一。

17. 长驱：驱车直往，不在中途逗留。

18. 下陈：后列。

19. 拊爱：抚爱。

20. 贾利之：以商贾手段向人民谋取利息。

21. 就国：回到自己的封地去。

22. 未至百里：距离薛地还有一百里。

23. 梁：即大梁，魏国都。

24. 虚上位：空出最高的职位。

25. 赍（jī）：携带，带着。

26. 文车二驷：套四匹马，绘有文采的车子两辆。文车，绘有文采的车。

27. 服剑：王所自佩的剑。

28. 不祥：不善。

29. 被：遭受。宗庙之祟：祖宗神灵的祸祟。

30. "沉于"句：意谓为谗臣所迷惑。

31. 纤介：细微，微小。介，通"芥"，小草。

【作品解析】

　　本文讲述了冯谖如何帮助孟尝君在齐国权利交替中保住政治地位的故事，不仅体现了冯谖的智慧谋略，同时也体现了孟尝君宽容大度的性格。齐人冯谖因"贫乏不能自存"，方才投奔孟尝君门下，俗话说："良禽择木而栖，贤臣择主而侍"，冯谖为了试探孟尝君德行，便假装"无好""无能"，并三次弹铗，以"食无鱼""出无车""无以为家"为由，连连"触犯"孟尝君，以此来判断孟尝君是否真的爱惜与尊重人才。当孟尝君皆满足他的要求后，他再没有弹铗而歌，从中可以看出冯谖敢作敢为的胆量与远见卓识，同时也展示了孟尝君礼贤下士与虚怀若谷的品格。无怪乎吴楚才、吴调侯《古文观止》卷四言:"三番弹铗,想见豪士一时沦落,胸中块垒,勃不自禁。通篇写来,波澜层出,姿态横生,能使冯公须眉,浮动纸上。"

当孟尝君已经忘记冯谖这个门客时,冯谖又出现在孟尝君的记忆里,但这次又做了一件更荒唐的事情——为孟尝君"市义"。孟尝君封地的债务就这样被冯谖矫命赐给了薛地百姓,孟尝君十分不悦,但也未失君子风度,亦未责怪惩罚冯谖,体现了孟尝君的气度和胸怀。这也是他最后一次试探孟尝君,一旦确定是值得跟随的贤主,他便殚精竭虑地为其出谋划策,以报答知遇之恩。于是巧设"三窟",解除了孟尝君的后顾之忧,巩固了孟尝君在齐国的政治地位。

全文结构严谨,情节波澜起伏,在叙事中将冯谖与孟尝君的人物形象栩栩如生地展示出来。语言生动传神,铺张扬厉,气势磅礴,标志着先秦叙事散文语言运用的新成就。

三　游侠列传

司马迁

韩子曰:"儒以文乱法[1],而侠以武犯禁[2]。"二者皆讥[3],而学士多称于世云。至如以术取宰相卿大夫[4],辅翼其世主,功名俱著于春秋,固无可言者。及若季次、原宪[5],同巷人也[6],读书怀独行君子之德[7],义不苟合当世,当世亦笑之。故季次、原宪终身空室蓬户,褐衣疏食不厌。死而已四百余年,而弟子志之不倦。今游侠,其行虽不轨于正义[8],然其言必信,其行必果[9],已诺必诚,不爱其躯[10],赴士之厄困。既已存亡死生矣,而不矜其能[11],羞伐其德,盖亦有足多者焉。

且缓急[12],人之所时有也。太史公曰:"昔者虞舜窘于井廪[13],伊尹负于鼎俎[14],傅说匿于傅险[15],吕尚困于棘津,夷吾桎梏[16],百里饭牛[17],仲尼畏匡,菜色陈、蔡[18]。此皆学士所谓有道仁人也,犹然遭此灾,况以中材而涉乱世之末流乎?其遇害何可胜道哉!"

鄙人有言曰[19]:"何知仁义,已飨其利者为有德。"故伯夷丑周,饿死首阳山,而文武不以其故贬王[20];跖、蹻暴戾[21],其徒诵义无穷。由此观之,"窃钩者诛,窃国者侯,侯之门仁义存",非虚言也。

今拘学或抱咫尺之义[22],久孤于世,岂若卑论侪俗[23],与世沉浮而取荣名哉!而布衣之徒,设取予然诺,千里诵义,为死不顾世,此亦有所长,非苟而已也。故士穷窘而得委命,此岂非人之所谓贤豪间者邪?诚使乡曲之侠,予季次、原宪比权量力,效功于当世,不同日而论矣。要以功见言信，侠客之义又曷可少哉！

古布衣之侠，靡得而闻已。近世延陵[24]、孟尝、春申、平原、信陵之徒，皆因王者亲属，藉于有土卿相之富厚，招天下贤者，显名诸侯，不可谓不贤者矣。比如顺风而呼，声非加疾，其势激也。至如闾巷之侠，修行砥名[25]，声施于天下，莫不称贤，是为难耳。然儒、墨皆排摈不载。自秦以前，匹夫之侠，湮灭不见，余甚恨之。以余所闻，汉兴有朱家、田仲、王公、剧孟、郭解之徒，虽时扞当世之文罔[26]，然其私义廉洁退让，有足称者。名不虚立，士不虚附。至如朋党宗强比周，设财役贫，豪暴侵凌孤弱，恣欲自快，游侠亦丑之。余悲世俗不察其意，而猥以朱家、郭解等令与暴豪之徒同类而共笑之也。

鲁朱家者，与高祖同时。鲁人皆以儒教，而朱家用侠闻。所藏活豪士以百数，其余庸人不可胜言。然终不伐其能，歆其德[27]，诸所尝施，唯恐见之。振人不赡，先从贫贱始。家无余财，衣不完采，食不重味，乘不过钧牛[28]。专趋人之急，甚己之私。既阴脱季布将军之厄，及布尊贵，终身不见也。自关以东，莫不延颈原交焉。

楚田仲以侠闻，喜剑，父事朱家，自以为行弗及。田仲已死，而雒阳有剧孟。周人以商贾为资，而剧孟以任侠显诸侯。吴楚反时，条侯为太尉[29]，乘传车将至河南[30]，得剧孟，喜曰："吴楚举大事而不求孟，吾知其无能为已矣。"天下骚动，宰相得之若得一敌国云。剧孟行大类朱家，而好博，多少年之戏。然剧孟母死，自远方送丧盖千乘。及剧孟死，家无余十金之财。而符离人王孟亦以侠称江淮之间。

是时济南瞷氏、陈周庸亦以豪闻，景帝闻之，使使尽诛此属。其后代诸白、梁韩无辟、阳翟薛兄、陕韩孺纷纷复出焉。

郭解，轵人也，字翁伯，善相人者许负外孙也。解父以任侠，孝文时诛死。解为人短小精悍，不饮酒。少时阴贼[31]，慨不快意[32]，身所杀甚众。以躯借交报仇，藏命作奸剽攻，休乃铸钱掘冢，固不可胜数。适有天幸，窘急常得脱，若遇赦。及解年长，更折节为俭[33]，以德报怨，厚施而薄望。然其自喜为侠益甚。既已振人之命，不矜其功，其阴贼着于心，卒发于睚眦如故云。而少年慕其行，亦辄为报仇，不使知也。解姊子负解之势，与人饮，使之嚼。非其任，强必灌之。人怒，拔刀刺杀解姊子，亡去。解姊怒曰："以翁伯之义，人杀吾子，贼不得。"弃其尸于道，弗葬，欲以辱解。解使人微知贼处。贼窘自归，具以实告解。解曰："公杀之固当，吾儿不直。"遂去其贼，罪其姊子，乃收而葬之。诸公闻之，皆多解之义，益附焉。

解出入，人皆避之。有一人独箕倨视之[34]，解遣人问其名姓。客欲杀之。解曰："居邑屋至不见敬，是吾德不修也，彼何罪！"乃阴属尉史曰[35]："是人，吾所急也[36]，至践更时脱之。"每至践更，数过，吏弗求。怪之，问其故，乃解使脱之。箕踞者乃肉袒谢罪。少年闻之，愈益慕解之行。

雒阳人有相仇者，邑中贤豪居间者以十数[37]，终不听。客乃见郭解。解夜见仇家，仇家曲听解。解乃谓仇家曰："吾闻雒阳诸公在此间，多不听者。今子幸而听解，解奈何乃从他县夺人邑中贤大夫权乎！"乃夜去，不使人知，曰："且无用，待我去，令雒阳豪居其间，乃听之。"

解执恭敬，不敢乘车入其县廷。之旁郡国，为人请求事，事可出，出之；不可者，各厌其意，然后乃敢尝酒食。诸公以故严重之，争为用。邑中少年及旁近县贤豪，夜半过门常十余车，请得解客舍养之。

及徙豪富茂陵也，解家贫，不中訾[38]，吏恐，不敢不徙。卫将军为言："郭解家贫不中徙。上曰：'布衣权至使将军为言，此其家不贫。'解家遂徙。诸公送者出千余万。轵人杨季主子为县掾，举徙解。解兄子断杨掾头。由此杨氏与郭氏为仇。"

解入关，关中贤豪知与不知，闻其声，争交欢解。解为人短小，不饮酒，出未尝有骑。已又杀杨季主。杨季主家上书，人又杀之阙下。上闻，乃下吏捕解。解亡，置其母家室夏阳，身至临晋。临晋籍少公素不知解，解冒，因求出关。籍少公已出解，解转入太原，所过辄告主人家。吏逐之，迹至籍少公。少公自杀，口绝。久之，乃得解。穷治所犯，为解所杀，皆在赦前。轵有儒生侍使者坐，客誉郭解，生曰："郭解专以奸犯公法，何谓贤！"解客闻，杀此生，断其舌。吏以此责解，解实不知杀者。杀者亦竟绝，莫知为谁。吏奏解无罪。御史大夫公孙弘议曰："解布衣为任侠行权，以睚眦杀人，解虽弗知，此罪甚于解杀之。当大逆无道。"遂族郭解翁伯。

自是之后，为侠者极众，敖而无足数者。然关中长安樊仲子，槐里赵王孙，长陵高公子，西河郭公仲，太原卤公孺，临淮儿长卿，东阳田君孺，虽为侠而逡逡[39]有退让君子之风。至若北道姚氏，西道诸杜，南道仇景，东道赵他、羽公子，南阳赵调之徒，此盗跖居民间者耳，曷足道哉！此乃乡者朱家之羞也。

太史公曰："吾视郭解，状貌不及中人，言语不足采者。然天下无贤与不肖，知与不知，皆慕其声，言侠者皆引以为名。"谚曰："人貌荣名[40]，岂有既乎！"於戏，惜哉！

《史记》

【作品/出处简介】

　　司马迁［前 145（？）～前 87（？）］，名轲，字子长，夏阳（今陕西韩城）人。父亲司马谈，汉武帝时曾为太史令。司马迁年少时便师从董仲舒、孔安国等当代大儒。二十岁游历各地，考察山川地势、历史传说以及风俗人情，为《史记》的写作奠定了丰厚的基础。后因替李陵辩解而受宫刑，忍辱负重，发愤著书，完成了这部体大精深、前所未有的伟大历史巨著。《史记》是我国第一部纪传体通史，记载了从黄帝到汉武帝时代大约三千年间的历史。这是一部空前的大著作，全书分十二本纪、十表、八书、三十世家、七十列传五个部分，共一百三十篇、五十二万多字。主要记述了上自黄帝，下至汉武帝太初元年大约三千年的历史。

【字词注释】

1. 儒以文乱法：儒生以儒家经典扰乱法度。

2. 侠以武犯禁：侠士以勇武的行为违反法令。

3. 讥：非难。

4. 术：权术。

5. 季次：公皙哀之字，孔子的学生。原宪：字子思，孔子的学生。

6. 闾巷人：普通百姓。

7. 独行：特异之行、不同凡俗的操节。

8. 不轨：不合。

9. 行必果：做事一定果断。

10. 爱：吝惜。

11. 矜：自我夸耀。

12. 缓急：偏义复词，急迫。

13. 窘：困迫。井廪：水井和仓廪。

14. 伊尹：商汤的贤臣。

15. 傅说：殷王武丁的贤相。

16. 夷吾：春秋时齐桓公的名相管仲。

17. 百里：春秋虞国人百里奚，后入秦做大夫，秦穆公的贤臣。

18. 菜色：饥饿的容颜。

19. 鄙人：普通的平民百姓。

20. 贬王：贬损王者的声誉。

21. 暴戾：凶暴残忍。

22. 拘学：拘守片面理论而固步自封的学者。

23. 卑论：低下的论点。侪（chái）俗：迁就世俗之人。

24. 延陵：春秋时吴国公子季札，因封于延陵，故称。

25. 砥名：砥砺名节，提高名声。

26. 扞（hàn）：触犯。

27. 歆（xīn）：自我欣赏。

28. 朐（qú）牛：牛车。朐：车辕前端驾于马脖子上的弯曲横木。

29. 条侯：即周亚夫西汉名将、丞相。

30. 传车：驿站所用的车驾。

31. 阴贼：内心阴险狠毒。

32. 快意：满意。

33. 折节：改变操行。

34. 箕倨：两腿张开，形似簸箕的坐姿。倨，通"踞"。

35. 阴属：私下里嘱咐。

36. 急：关心。

37. 居间：从中间调节。

38. 訾：诋毁、指责。

39. 逡逡（qūn）：谦虚退让的样子。

40. 人貌荣名：人可用光荣的名声作容貌。

【作品解析】

本文选自《史记》第一百二十四篇，记载了"布衣之侠""乡曲之侠""闾巷之侠"等不同类型的侠客，充分肯定了他们"言必信，其行必果，已诺必诚，不爱其躯，赴士之厄困。既已存亡死生矣，而不矜其能，羞伐其德"的仁义之行。其中以郭解事迹叙述得最为详细，表现了司马迁对这些游侠遭受不公待遇的控诉，体现了汉代法律的虚伪与不公。

韩非子认为儒生用儒家经典扰乱社会法度，侠士以勇武的行为违反社会法令，儒生和游侠的行为均触犯了法律，皆应受到讥笑和责罚，为何儒生却多被后世称颂，游侠的命运却十分凄惨。司马迁认为游侠的行为虽然决绝，但他们能在人困难之时伸出援助之手，即使丧失生命也不因此夸耀，让受援助者感恩戴德。同样施仁义，为何他们会遭受诛灭呢？就像小偷，既然都属于偷盗，为何"窃钩者诛，窃国者诸侯"，法律的公平与正义何在？

朱家、剧孟、郭解这些侠客，他们宁愿牺牲生命、精力、钱财维护他们心中所认为的道义与社会秩序，虽然获得了底层百姓的信任和敬仰，维护了民间正义，却成了统治者眼中的叛逆之士。以郭解为例，郭解虽年少无德，但改过自新后以德报怨，深受时人爱戴。但这种无形的人格魅力影响了统治者的权威，在御史大夫公孙弘的巧辩中，命丧黄泉。郭解的命运全掌握在汉武帝喜恶之间。司马迁对侠客们的行为给予高度的赞扬与肯定，同时质问了汉朝法律的公正性。

《史记》继承了先秦诸子散文的理性态度和批判精神，其"不虚美，不隐恶"的史书编写精神，体现了司马迁冷峻的眼光与大胆的批判锋芒，为我们展现了诸多生动的人物形象。全书结构恢弘，语言典雅，人物形象生动传神，各具姿态，具有浓郁的悲剧气氛。不仅是后世散文写作的典范，更为小说、戏曲创作提供了丰富的题材。

四　五人墓碑记

张溥

五人者，盖当蓼洲周公之被逮[1]，激于义而死焉者也。至于今，郡之贤士大夫请于当道[2]，即除逆阉废祠之址以葬之[3]；且立石于其墓之门，以旌其所为[4]。呜呼，亦盛矣哉！

夫五人之死，去今之墓而葬焉，其为时止十有一月耳。夫十有一月之中，凡富贵之子，慷慨得志之徒，其疾病而死，死而湮没不足道者亦已众矣；况草野之无闻者欤[5]！独五人之皦皦[6]，何也？予犹记周公之被逮，在丁卯三月之望[7]。吾社之行为士先者，为之声义[8]，敛赀财以送其行[9]，哭声震动天地。缇骑按剑而前[10]，问："谁为哀者？"众不能堪，抶而仆之[11]。是时以大中丞抚吴者为魏之私人[12]，周公之逮所由使也；吴之民方痛心焉，于是乘其厉声以呵，则噪而相逐。中丞匿于溷藩以免[13]。既而以吴民之乱请于朝，按诛五人，曰颜佩韦、杨念如、马杰、沈扬、周文元，即今之傫然在墓者也[14]。

然五人之当刑也，意气扬扬，呼中丞之名而詈之，谈笑以死。断头置城上，颜色不少变。有贤士大夫发五十金，买五人之脰而函之[15]，卒与尸合。故今之墓中，全乎为五人也。嗟夫！大阉之乱，缙绅而能不易其志者[16]，四海之大，有几人欤？而五人生于编伍之间[17]，素不闻诗书之训，激昂大义，蹈死不顾，亦曷故哉？且矫诏纷出，钩党之捕遍于天下[18]，卒以吾郡之发愤一击，不敢复有株治[19]；大阉亦逡巡畏义，非常之谋[20]，难于猝发[21]，待圣人之出而投缳道路[22]：不可谓非五人之力也！

由是观之，则今之高爵显位，一旦抵罪，或脱身以逃，不能容于远近，而又有剪发杜门[23]，佯狂不知所之者，其辱人贱行，视五人之死，轻重固何如哉？是以蓼洲周公忠义暴于朝廷[24]，赠谥美显[25]，荣于身后，而五人亦得以加其土封[26]，列其姓名于大堤之上。凡四方之士，无有不过而拜且泣者，斯固百世之遇也。不然，令五人者保其首领，以老于户牖之下[27]，则尽其天年，人皆得以隶使之，安能屈豪杰之流，扼腕墓道[28]，发其志士之悲哉！故予与同社诸君子，哀斯墓之徒有其石也，而为之记，亦以明死生之大，匹夫之有重于社稷也。

贤士大夫者，冏卿因之吴公[29]，太史文起文公、孟长姚公也[30]。

《七录斋诗文合集·古文存稿》卷三

【作品/出处简介】

张溥（1602～1641），字天如，号西铭，太仓（今属江苏）人。代表作有《七录斋集》。明崇祯四年（1631）进士，选庶吉士，以葬亲故请假回乡，不再出仕。与同乡张采等人从事文社活动，创立"复社"，为东林党之后的重要社团。张溥自幼勤奋好学，读书必手抄，抄完朗诵一遍就烧掉，再抄再诵再烧，如此六七次，这就是"七录七焚"的故事，因此以"七录斋"为书斋名。又"诗文敏捷，四方征索者，不起草，对客挥毫，俄顷立就，以故名高一时"。其文针砭时弊，内容详实，风格质朴，在当时的影响很大。

【字词注释】

1. 蓼（liǎo）洲周公：周顺昌号蓼洲，吴县（今江苏苏州）人。明万历年间进士，东林党人魏大中被逮，途经吴县时，周顺昌不避株连，曾招待过他。后周顺昌被宦官魏忠贤陷害，死于狱中。

2. 郡：指吴郡，今苏州市。当道：执掌政权的人。

3. 逆阉：指宦官魏忠贤。

4. 旌：表扬，赞扬。

5. 草野之无闻者：民间不著名的人。草野，指民间。

6. 曒曒（jiǎo）：同"皎皎"，明亮，这里指显赫。

7. 丁卯三月之望：即明熹宗天启七年（1627）三月十五日。据《明史》记载，周顺昌是明熹宗天启六年（1626）三月被捕。张溥此文距周顺昌被逮时间甚短，当较史载可靠，从之。

8. 声义：伸张正义。

9. 敛赀（zī）财：筹集款项。

10. 缇（tí）骑（jì）：古代官员的侍从，此处指明代专事侦查，逮捕人犯的差役。

11. 抶（chì）而仆之：把他们打倒在地。抶，打。仆，仆倒。

12. 大中丞：巡抚毛一鹭。

13. 匿于溷（hùn）藩：藏在厕所。溷藩，厕所。

14. 傫（lěi）然：聚集的样子。

15. 脰（dòu）：颈项、头颅。函之：用棺材收敛他们。

16. 缙绅：亦作"搢绅"，指士大夫。

17. 编伍：指平民。古代编制平民户口，五家为一伍。

18. 钩党：牵连的同党。

19. 株治：牵连治罪。

20. 非常之谋：篡夺帝位的阴谋。

21. 猝（cù）发：突然发动。

22. 投缳（huán）：自缢。投，掷。缳，绳圈。

23. 剪发杜门：剃发为僧，闭门不出。

24. 暴（pù）：显露。

35. 赠谥美显：指崇祯皇帝追赠周顺昌"忠介"的谥号。

26. 加其土封：增修他们的坟墓。

27. 户牖（yǒu）之下：家中。户，门户。牖，窗牖。
28. 扼腕：用手握腕以示悲愤、惋惜。
29. 冏（jiǒng）卿因之吴公：指吴默。字因之，万历时为太仆少卿。冏卿，官职名，太仆寺卿。
30. 太史文起文公：指文震孟，字文起，天启中殿试第一，授翰林院编修，故称太史。孟长姚公：指姚希孟，字孟长，万历进士，授翰林检讨，故亦称太史。

【作品解析】

　　本文作于明崇祯元年（1628），歌颂了苏州市民不畏强暴敢于向恶势力抗争的精神，表现了作者对遇害者的尊敬和悼念。熹宗时宦官魏忠贤把持朝政，排除异己，迫害了很多有志之士，激起了士林和百姓的愤怒与反对，当时的东林党人屡次上书，劝诫熹宗改革朝政，弹劾魏忠贤。谁知以魏忠贤为首的阉党非但不收敛自己的行为，反而大肆诬陷残害东林党人，杨涟、左光斗、魏大昌等相继被杀。

　　天启六年（1626），魏忠贤派其爪牙毛一鹭到苏州捕杀东林党首领周顺昌，苏州市民义愤填膺，冲进衙门打死了一名官员。在魏忠贤的残酷追究下，市民领袖颜佩韦、杨念如、马杰、沈杨、周文元五人为了保全他人，英勇就义。次年，思宗继位，诛杀了以魏忠贤为首的阉党，五人得以平反。苏州人为了纪念此五人重新修了坟墓，张溥便撰写了这篇碑文。

　　这篇文章融叙事、抒情、议论于一体，感情真挚，激情洋溢，运用对比的手法，歌颂了颜佩韦、杨念如、马杰、沈杨、周文元五人虽生于平民之家，却具有正气凛然的英雄气概；虽身份地位不及"富贵之子，慷慨得志之徒""高爵显位"之人以及缙绅之士，却有"明生死之大，匹夫之有重于社稷"的责任担当。张溥高度赞扬了颜佩韦五人舍生取义的英雄行为与社会责任感，表达了对他们的同情和深深的悼念，字字饱含深情。清代蔡铸《古文评注补正言》曰："是篇句句皆忠义眼泪，读者那得不感动。"

【拓展阅读】

一　述怀

老舍

辛酸步步向西来，不到河清眉不开！
身后声名留气节，眼前风物愧诗才；
论人莫逊春秋笔，入世方知圣哲哀；
四海飘零余一死，青天尚在敢心灰！

《老舍旧体诗辑注》

二 杜甫

黄灿然

他多么渺小，相对于他的诗歌；
他的生平捉襟见肘，像他的生活，
只给我们留下一个褴褛的形象，
叫无忧者发愁，叫痛苦者坚强。

上天要他高尚，所以让他平凡；
他的日子像白米，每粒都是艰难。
汉语的灵魂要寻找适当的载体，
而这个流亡者正是它安稳的家。

历史跟他相比，只是一段插曲；
战争若知道他，定会停止干戈。
痛苦，也要在他身上寻找深度。

上天赋予他不起眼的躯壳，
装着山川、风物、丧乱和爱，
让他一个人活出一个时代。

《我的灵魂》

三 二十四孝图（节选）

鲁迅

我所看的那些阴间的图画，都是家藏的老书，并非我所专有。我所收得的最先的画图本子，是一位长辈的赠品：《二十四孝图》。这虽然不过薄薄的一本书，但是下图上说，鬼少人多，又为我一人所独有，使我高兴极了。那里面的故事，似乎是谁都知道的；便是不识字的人，例如阿长，也只要一看图画便能够滔滔地讲出这一段的事迹。但是，我于高兴之余，接着就是扫兴，因为我请人讲完了二十四个故事之后，才知道"孝"有如此之难，对于先前痴心妄想，想做孝子的计划，完全绝望了。

"人之初，性本善"么？这并非要加以研究的问题。但我还依稀记得，我幼小时候实未尝蓄意忤逆，对于父母，倒是极愿意孝顺的。不过年幼无知，只用了私见来解释"孝顺"的做法，以为无非是"听话""从命"，以及长大之后，给年老的父母好好地吃饭罢了。自从得了这一本孝子的教科书以后，才知道并不然，而且还要难到几十几百倍。其中自然也有可以勉力仿效的，如"子路负米""黄香扇枕"之类的。"陆绩怀橘"也并不难，只要有阔人请我吃饭。"鲁迅先生作宾客而怀橘乎？"我便跪答云，"吾母性之所爱，欲归以遗母。"阔人大佩服，于是孝子就做稳了，也非常省事。"哭竹生笋"就可疑，怕我的精诚未必会这样感动天地。但是哭不出笋来，还不过抛脸而已，到"卧冰求鲤"，可就有性命之虞了。我乡的天气是温和的，严冬中，水面也只结一层薄冰，即使孩子的重量怎样小，躺上去，也一定哗喇一声，冰破落水，鲤鱼还不及游过来。自然，必须不顾性命，这才感孝感神明，会有出乎意料之外的奇迹，但那时我还小，实在不明白这些。

其中最使我不解，甚至于发生反感的，是"老莱娱亲"和"郭巨埋儿"两件事。

我至今还记得，一个躺在父母跟前的老头子，一个抱在母亲手上的小孩子，是怎样地使我发生不同的感想呵。他们一手都拿着"摇咕咚"。这玩意儿确是可爱的，北京称为小鼓，盖即鼗也，朱熹曰："鼗，小鼓，两旁有耳；持其柄而摇之，则旁耳还自击，"咕咚咕咚地响起来。然而这东西是不该拿在老莱子手里的，他应该扶一枝拐杖。装佯，侮辱了孩子。我没有再看第二回，一到这一页，便急速地翻过去了。

那时的《二十四孝图》，早已不知去向了，目下所有的只是一本日本小田海僊所画的本子，叙老莱子事云："行年七十，言不称老，常著五色斑斓之衣，为婴儿戏于亲侧。又常取水上堂，诈跌仆地，作婴儿啼，以娱亲意。"大约旧本也差不多，而招我反感的便是"诈跌"。无论忤逆，无论孝顺，小孩子多不愿意"诈"作，听故事也不喜欢是谣言，这是凡有稍稍留心儿童心理的都知道的。

然而在较古的书上一查，却还不至于如此虚伪。师觉授《孝子传》云，"老莱子……常衣斑斓之衣，为亲取饮，上堂脚跌，恐伤父母之心，僵仆为婴儿啼。"（《太平御览》四百十三引）较之今说，似稍近于人情。不知怎地，后之君子却一定要改得他"诈"起来，心里才能舒服。邓伯道弃子救侄，想来也不过"弃"而已矣，昏妄人也必须说他将儿子捆在树上，使他追不上来才肯歇手。正如将"肉麻当作有趣"一般，以不情为伦纪，诬蔑了古人，教坏了后人。老莱子即是一例，道学先生以为他白璧无瑕时，他却已在孩子的心中死掉了。

至于玩着"摇咕咚"的郭巨的儿子，却实在值得同情。他被抱在他母亲的臂膊上，高高兴兴地笑着；他的父亲却正在掘窟窿，要将他埋掉了。说明云，"汉郭巨家贫，有子三岁，母尝减食与之。巨谓妻曰，贫乏不能供母，子又分母之食。盍埋此子？"但是刘向《孝子传》所说，却又有些不同：巨家是富的，他都给了两弟；孩子是才生的，并没有到三岁。结末又大略相像了，"及掘坑二尺，得黄金一釜，上云：天赐郭巨，官不得取，民不得夺！"

我最初实在替这孩子捏一把汗，待到掘出黄金一釜，这才觉得轻松。然而我已经不但自己不敢再想做孝子，并且怕我父亲去做孝子了。家景正在坏下去，常听到父母愁柴米；祖母又老了，倘使我的父亲竟学了郭巨，那么，该埋的不正是我么？如果一丝不走样，也掘出一釜黄金来，那自然是如天之福，但是，那时我虽然年纪小，似乎也明白天下未必有这样的巧事。

现在想起来，实在很觉得傻气。这是因为人们已经知道了这些老玩意，本来谁也不实行。整饬伦纪的文电是常有的，却很少见绅士赤条条地躺在冰上面，将军跳下汽车去负米。何况我早长大了，看过几部古书，买过几本新书，什么《太平御览》咧，《古孝子传》咧，《人口问题》咧，《节制生育》咧，《二十世纪是儿童的世界》咧，可以抵抗被埋的理由多得很。不过彼一时，此一时，彼时我委实有点害怕：掘好深坑，不见黄金，连"摇咕咚"一同埋下去，盖上土，踏得实实的，又有什么法子可想呢？我想，事情虽然未必实现，但我从此总怕听到我的父母愁穷，怕看见我的白发的祖母，总觉得她是和我不两立，至少，也是一个和我的生命有些妨碍的人。后来这印象日见其淡了，但总有一些留遗，一直到她去世——这大概是送给《二十四孝图》的儒者所万料不到的罢。

《鲁迅全集》

【推荐书目】

1. 杨伯峻译注《论语译注》，中华书局，2017。
2. 王伯祥选注《史记选》，人民文学出版社，2018。
3. 莫砺锋著《杜甫评传》，南京大学出版社，2011。

【思考问题】

1. 如何理解"今之孝者，是谓能养。至于犬马，皆能有养；不敬，何以别乎"这句话？
2. 阅读《论语》一书，谈谈儒家思想的现代价值。

3. 人格教育是教育的主旨，结合本章内容，当代大学生的人格教育应包括哪些内容。

（本章编者：毋燕燕　重庆第二师范学院　副教授）

第十四章　悲欢离合

【主题概述】

悲欢离合是人生中常有之境遇，有喜即有悲，有相聚就有别离，犹如四季，春夏交替，秋冬相继。悲欢离合的不同境遇带给人不同的感受，古往今来的文人以此为题，发心中所感，抒内心之情，行之于文，则下笔千言亦不足以尽述，虽年代久远，仍历久弥新。有些生离死别、欢欣快慰等情感或许不曾亲身经历，但也能通过文人的妙笔生花而感同身受，这就是文字的魅力。本章选取了较有代表性的篇章来阐述悲欢离合这四个主题。

悲有《黄鸟》的制度之悲，也有屈原《哀郢》的破国之悲，有汉乐府《孤儿行》的身世之悲，还有关汉卿《窦娥冤》的冤死之悲。

欢有岑参《凉州馆中与诸判官夜集》的好友相聚之欢，也有杜甫《闻官军收河南河北》的收复失地之喜，有孟郊《登科后》的金榜题名之欢，还有曾几《苏秀道中，自七月二十五日夜大雨三日，秋苗以苏，喜而作》的久旱逢雨之喜。

离有沈约《别范安成》的友人别离，也有江淹《别赋》的别之总览，有潘岳《悼亡诗》、苏轼《江城子·十年生死两茫茫》的夫妻死别。

合则有《鹿鸣》的君臣之会，有干宝《韩凭妻》的夫妻团圆，有孟浩然《过故人庄》的友人之聚，还有辛弃疾《清平乐·村居》的家人团聚。

悲欢离合，凡此四情，无不是人生难得的情感体验。叔本华指出，"感"与"直观"有内在一致性，他说："每一认识，每一直观，只要仅仅是直观意识到的，还没有在概念上沉淀的，都是人们感到的。"

或悲喜交集，或喜合憎离，都是人之为人所感受到的鲜活而直观的体验。悲欢离合就如酸甜苦辣，是人生滋味，也都不失为一种难得的人生感受。

【文论摘录】

夫民有血气心知之性，而无哀乐喜怒之常。应感起物而动，然后心术形焉。(《礼记·乐记》)

人禀七情，应物斯感；感物吟志，莫非自然。（南朝梁·刘勰《文心雕龙·明诗》）

境非独谓景物也，喜怒哀乐，亦人心中之一境界。故能写真景物、真感情

者，谓之有境界。否则谓之无境界。（王国维《人间词话》）

第一节　我心悲伤

【中心选文】

一　黄鸟

交交黄鸟[1]，止于棘[2]。谁从穆公[3]？子车奄息[4]。维此奄息，百夫之
特[5]。临其穴[6]，惴惴其栗。彼苍者天[7]，歼我良人[8]！如可赎兮，人百
其身[9]！

交交黄鸟，止于桑[10]。谁从穆公？子车仲行。维此仲行，百夫之防[11]。
临其穴，惴惴其栗。彼苍者天，歼我良人！如可赎兮，人百其身！

交交黄鸟，止于楚[12]。谁从穆公？子车针虎。维此针虎，百夫之御。
临其穴，惴惴其栗。彼苍者天，歼我良人！如可赎兮，人百其身！

《诗经·秦风》

【作者/出处简介】

参见第二章第三节《小星》关于《诗经》简介。

【字词注释】

1. 交交：鸟鸣声。黄鸟：黄雀。
2. 棘：酸枣树。一种落叶乔木，枝上多刺，果小味酸。棘之言"急"，双关语。
3. 从：从死，即殉葬。穆公：春秋时秦国国君，姓嬴，名任好。
4. 子车：复姓。奄息：字奄，名息。下文子车仲行、子车针虎同此，三人都是当时秦国有名的
   贤臣。
5. 特：杰出的人才。
6. 穴：坟墓。
7. 彼苍者天：犹"老天爷哪"，悲哀至极的呼号之语。
8. 良人：好人。
9. 人百其身：用一百人赎其一命。
10. 桑：桑树。桑之言"丧"，双关语。
11. 防：抵挡。
12. 楚：荆树。楚之言"痛楚"，双关语。

【作品解析】

此诗所述为公元前 621 年秦穆公去世以贤人殉葬之事。作为春秋五霸之
一，秦穆公不拘一格广招人才，但在其身死之后，秦国的大部分贤臣都被迫殉

葬，用人殉葬人数是自西周以来最多的一次。殉葬而死的包括子舆氏的三个儿子奄息、仲行、针虎。这三人善良勇武，国人对此悲痛万分，人们哀悼他们，于是创作了这首挽歌。

诗分三章，每章十二句。第一章用"赋比兴"之"兴"的手法，以"交交黄鸟，止于棘"兴起子车、奄息殉葬之事，渲染出一种紧迫、悲哀、凄苦的氛围，为全诗定下了哀伤的基调。中间四句点出为穆公殉葬之事，并指出所殉乃"百夫之特"，表现秦人对人才遭殉的无比悼惜。之后六句，写秦人为奄息送殉临穴，悲惨惶恐的情状。第二章写秦人悼仲行，第三章写秦人惜针虎，形式相同，表达意思相近。

此诗擅用双关来凸显悲凉凄惨的气氛，如"棘"之言"急"，如"桑"之言"丧"，又如"楚"之言"痛楚"等，很好地渲染了以人为殉的荒唐与悲惨。

殉葬的恶习春秋时代各国都有，相沿成习，不以为非。《墨子·节葬》篇云："天子杀殉，众者数百，寡者数十；将军大夫杀殉，众者数十，寡者数人。"到秦穆公时，人们才认识到人殉是极不人道的残暴行为，出现讽刺殉葬制度的挽诗。这首诗表达了对极度残忍的活人殉葬制的控诉，表达出秦人对殡葬人才的惋惜，也见出秦人对暴君的憎恶。

二 哀郢

屈原

皇天之不纯命兮[1]，何百姓之震愆[2]？民离散而相失兮[3]，方仲春而东迁[4]。去故乡而就远兮，遵江夏以流亡[5]。出国门而轸怀兮[6]，甲之鼂吾以行[7]。发郢都而去闾兮[8]，荒忽其焉极[9]？楫齐扬以容与兮[10]，哀见君而不再得。望长楸而太息兮[11]，涕淫淫其若霰[12]。过夏首而西浮兮[13]，顾龙门而不见[14]。心婵媛而伤怀兮[15]，眇不知其所蹠[16]。顺风波以从流兮，焉洋洋而为客[17]。凌阳侯之泛滥兮[18]，忽翱翔之焉薄[19]。心绲结而不解兮[20]，思蹇产而不释[21]。

将运舟而下浮兮[22]，上洞庭而下江。去终古之所居兮[23]，今逍遥而来东[24]。羌灵魂之欲归兮，何须臾而忘反[25]。背夏浦而西思兮[26]，哀故都之日远。登大坟以远望兮[27]，聊以舒吾忧心。哀州土之平乐兮[28]，悲江介之遗风[29]。

当陵阳之焉至兮[30]，淼南渡之焉如[31]？曾不知夏之为丘兮[32]，孰两东门之可芜[33]？心不怡之长久兮，忧与愁其相接。惟郢路之辽远兮，江与夏之不可涉。忽若不信兮[34]，至今九年而不复[35]。惨郁郁而不通兮，蹇侘傺而含戚[36]。

外承欢之汋约兮，谌荏弱而难持[37]。忠湛湛而愿进兮[38]，妒被离而鄣之[39]。尧舜之抗行兮，瞭杳杳而薄天[40]。众谗人之嫉妒兮，被以不慈之伪名[41]。憎愠愉之修美兮[42]，好夫人之忼慨[43]。众踥蹀而日进兮[44]，美超远而逾迈[45]。

乱曰：曼余目以流观兮[46]，冀壹反之何时[47]？鸟飞反故乡兮，狐死必首丘[48]。信非吾罪而弃逐兮，何日夜而忘之？

《楚辞》卷四

【作者/出处简介】

参见第一章第一节《天问》关于屈原介绍。

【字词注释】

1. "皇天"句：意谓天意无常。纯，正，常。
2. "何百姓"句：意谓百姓心怀震惊，恐获罪过。愆（qiān），罪过，王夫之《楚辞通释》："失其生理也。"
3. 相失：彼此失散。
4. 仲春：夏历二月。
5. 遵：循，顺着。
6. 国门：国都之门。
7. 甲：指甲日。晁：古"朝"字。
8. 闾（lú）：里门。
9. "荒忽"句：明夫容馆本《楚辞》此句作"怊荒忽之焉极"。荒忽，恍惚，心神不定。焉极，止于何处。
10. 楫（jí）：船桨。齐扬：并举。容与：行动缓慢。
11. 长楸（qiū）：指郢都的大树。古代有悠久历史的国度，大都植有乔木。楸，紫葳科落叶乔木。
12. 淫淫：流泪。霰（xiàn）：小冰粒。
13. 夏首：夏水与长江合流处。西浮：船顺水势向西浮流。本篇所述路程，是由西向东行。这里说西浮，当是舟行至水流曲折之处，路有向西者。
14. 顾：回望。龙门：郢都的东门。
15. 婵（chán）媛（yuán）：心绪牵引，绵绵不绝。
16. 眇（miǎo）：同"渺"。不知所蹠（zhí）：不知所止。蹠，践踏。
17. 焉：乃。洋洋：无所归依貌。
18. 凌：乘在上面。阳侯：指大波浪。古代传说陵阳国之侯，溺死于水，其神化为大波浪。
19. 翱翔：形容船忽上忽下。焉薄：止于何处。
20. 絓（guà）：牵挂。
21. 蹇（jiǎn）产：诘屈，委屈忧抑。释：解开。
22. 运舟：驾船。下浮：顺流而下。

23. 终古之所居：祖先世代所居之处。

24. 逍遥：无拘无束。来东：来至东方。

25. 须臾：片刻。反：同"返"。

26. 背：背向。夏浦：夏水之滨。西思：思念西方，指思念西面的郢都。

27. 坟：指水边高地。

28. "哀州土"句：意谓看到所经江汉地区富饶的国土，想到楚国曾经的富庶、强大，而今竟迫近危亡，这里也将不能久保，不禁感到哀痛。州土，指所经江汉地区。平乐，土地平阔，人民富乐。

29. 江介：江畔。遗风：古代遗留下来的风气。

30. 当：面对。陵阳：地名，在今安徽省青阳县。

31. 淼：形容水大。如：往。

32. 曾不知：简直不能料到。夏，同"厦"。

33. "孰两东门"句：意谓郢都的两座东门怎么可能让它荒芜。

34. "忽若"句：意谓时光迅速得好像令人不可置信。忽，速。

35. 复：回返。

36. 蹇（jiǎn）：发语词。侘（chà）傺（jì）：失志貌。含，原作"舍"，据明夫容馆本校改。戚：悲伤。

37. "外承欢"二句：意谓众小人表面上讨人喜欢，实不可靠。承欢，讨喜欢。汋（zhuó）约，姿态柔美貌。湛（chén），真实。荏（rěn）弱，软弱。

38. 忠：指忠臣。湛湛（zhàn）：厚重貌。愿进：愿意为国效力。

39. 妒：指嫉妒的逸人。被离：众盛貌。被，读作"披"。鄣：障蔽。

40. "尧舜"二句：意谓尧舜行为高尚，眼光远大。抗行，高尚的行为。抗，高。瞭，眼明。杳杳，幽远貌。薄天，接近天，极言高远。

41. 被：加上。不慈：洪兴祖《楚辞补注》："尧舜与贤而不与子，故有不慈之名。"

42. 愠惀：指忠贤之人。

43. 夫（fú）人：那些人，指小人。忼慨：夸夸其谈。忼，同"慷"。

44. 众：指众小人。踥（qiè）蹀（dié）：行走貌。

45. 美：指修美君子。逾迈：越来越疏远。逾，越。迈，远。

46. 曼余目：放眼远望。曼，远貌。流观：四望。

47. 冀：希望。

48. 首丘：头向山丘。相传狐在死时还头向山丘，以示不忘所生的地方。

【作品解析】

《哀郢》为"哀故都之弃捐，宗社之丘墟，人民之离散，顷襄之不能效死以拒秦，而亡可待也"（清·王夫之《楚辞通释》）。据《楚世家》记载，楚顷襄王元年（前298），"秦大破楚军，斩首五万，取析十五城而去"，秦军沿汉水而下，郢都震动，此时屈原被逐流放；二十一年（前278），秦将白起攻破郢都，楚国被迫迁都，百姓流亡，屈原就此写下这首哀悼郢都沦亡的诗篇，抒写自己对故都的眷恋之情。宋代洪兴祖在《楚辞补注》中说："此章言已虽被放，心在楚国，徘徊而不忍去蔽于谗谄，思见君而不得，故太史公读《哀郢》而悲其志也。"

此诗采用倒叙法，先从九年前秦军进攻楚国之时自己被放逐，随流亡百姓一起东行的情况写起，到后面才抒写作诗当时的心情，突出被流放的悲惨画面。此诗分为六层，前三层为回忆，通过叙事来表现；第四、五层直接抒情，抒发作诗时的心情和对国家、个人悲剧产生原因的思考；第六层为乱辞，在情志、结构两方面总括全诗。全诗章法谨严，浑然一体，特点突出。其一，倒叙开头，却并未交待是回忆，给读者以身临其境之感，留下深刻印象；其二，四句一节，三节一层，结构齐整；其三，语言上骈句多，富有对偶美，也有助于加强感情力度。

三　孤儿行

孤儿生[1]，孤子遇生[2]，命独当苦。父母在时，乘坚车，驾驷马。父母已去，兄嫂令我行贾[3]。南到九江[4]，东到齐与鲁[5]。腊月来归[6]，不敢自言苦。头多虮虱[7]，面目多尘[8]。大兄言办饭，大嫂言视马[9]。上高堂[10]，行取殿下堂[11]，孤儿泪下如雨。使我朝行汲[12]，暮得水来归；手为错[13]，足下无菲[14]。怆怆履霜[15]，中多蒺藜[16]；拔断蒺藜肠月中[17]，怆欲悲。泪下渫渫[18]，清涕累累[19]。冬无复襦[20]，夏无单衣。居生不乐[21]，不如早去，下从地下黄泉。春气动，草萌芽。三月蚕桑，六月收瓜。将是瓜车[22]，来到还家[23]。瓜车反覆[24]，助我者少，啖瓜者多[25]。"愿还我蒂[26]，兄与嫂严，独且急归[27]，当兴校计[28]。"

乱曰[29]：里中一何谯谯[30]！愿欲寄尺书，将与地下父母：兄嫂难与久居。

《乐府诗集》卷三十八

【作者/出处简介】

作者佚名，《孤儿行》是一首汉乐府诗歌，出自《乐府诗集》，属《相和歌辞·瑟调曲》。

【字词注释】

1. 生：动词，出生。
2. 遇：逢遭。生：名词，生活。
3. 行贾（gǔ）：外出经商。汉代社会，商人地位低下，在当时被看作贱业，有些商贾就是富贵人家的奴仆。

4. 九江：九江郡。西汉时治寿春，今安徽省寿县；东汉时治陵阴，今安徽省定远县。

5. 齐：西汉郡名，治临淄，今山东淄博。鲁：汉县名，今山东曲阜。这里齐、鲁大约泛指今山东省境内。

6. 腊月：阴历十二月。

7. 虮（jǐ）：虱的卵。

8. 面目多尘：末尾可能脱漏一个"土"字。因为这句需要一个韵脚，而且和上文对照，应该是五言句。

9. "大兄"二句：意谓兄嫂毫不体恤孤儿，立即又让他做繁重的家务劳动。

10. 高堂：正屋、大厅。此句承上句，大兄叫他办饭，他走上正屋。

11. 行：复。取：通"趋"，急走。殿下堂：边屋、厢房。殿，正屋。

12. 汲（jí）：从井里打水。

13. 手为错：意谓两手皲裂如磨刀石。错，磨刀石，一说应读为"皵（què）"，皮肤皲裂。

14. 菲：通"扉"，草鞋。

15. 怆怆（chuàng）：悲伤貌；一说应读为"跄跄（qiàng）"，疾走貌。

16. 蒺藜：一种蔓生野草，多尖刺。

17. 肠：即"腓肠"，脚胫骨后面的肉。月：即"肉"。

18. 渫渫（xiè）：水流貌，此处指泪流不断貌。

19. 累累：流涕重叠貌。

20. 复襦（rú）：短夹袄。

21. 居生：活在世上。

22. 将是瓜车：推着瓜车。将，推。是，此，这。

23. "来到"句：意谓向回家的路上走来。

24. 反覆：同"翻覆"，翻车。

25. 啗（dàn）：同"啖"，吃。

26. "愿还"句：意谓孤儿无法阻止人家吃瓜，只得哀求把瓜蒂还他，好向兄嫂交代。蒂，瓜蒂，俗话"瓜把儿"。

27. 独且：将要。独，将。且，语助词，无实义。

28. 校（jiào）计：计较。

29. 乱：古代乐曲的最后一章，或辞赋末尾总括全篇要旨的部分。

30. "里中"句：意谓孤儿远远就听到兄嫂在家中叫骂。里中，家中。浇浇（náo），喧哗吵闹声。

【作品解析】

　　《孤儿行》又名《孤子生行》《放歌行》，叙述了一个孤儿受兄嫂奴役的生活现状和内心哀痛。父母在世时，备受宠爱；父母去世后，备受欺压。孤儿被兄嫂虐待与汉代的家族制度、财产继承方式有很大关系。汉代家族制度中父亲是一家之主，握有全家的财产管理权，当父亲去世后，一家之主由长兄继承，年幼的孤儿需仰人鼻息，毫无地位。此诗所写虽是一个家庭问题，同时也反映了当时社会弱者的生活状态，因而较为真实地描绘了社会人情的冷漠，是一首具有强烈感染力的优秀诗作。

诗中应用了大量对比和同类描写，如父母在世与去世孤儿生活的不同，兄嫂及多数路人的自私自利等，使其凄惨的处境格外鲜明。全诗采用第一人称讲述的方式，读之犹如孤儿心声，真实感很强。因以孤儿的角度来较完整反映其痛苦的一生，故语言浅俗质朴。全诗句式长短不整，押韵自由，具有口语型诗歌的特征。

四 斩娥

关汉卿

（外扮监斩官上[1]，云）下官监斩官是也。今日处决犯人，着做公的把住巷口[2]，休放往来人闲走。（净扮公人[3]，鼓三通，锣三下科。刽子磨旗、提刀、押正旦带枷上[4]，刽子云）行动些[5]，行动些，监斩官去法场上多时了。（正旦唱）

【正宫·端正好】没来由犯王法[6]，不提防遭刑宪，叫声屈动地惊天。顷刻间游魂先赴森罗殿[7]，怎不将天地也生埋怨。

【滚绣球】有日月朝暮悬，有鬼神掌着生死权。天地也！只合把清浊分辨，可怎生糊突了盗跖颜渊[8]？为善的受贫穷更命短，造恶的享富贵又寿延。天地也！做得个怕硬欺软，却原来也这般顺水推船[9]！地也，你不分好歹何为地！天也，你错勘贤愚枉做天！哎，只落得两泪涟涟。

（刽子云）快行动些，误了时辰也。（正旦唱）

【倘秀才】则被这枷纽的我左侧右偏，人拥的我前合后偃。我窦娥向哥哥行有句言[10]。（刽子云）你有甚么话说？（正旦唱）前街里去心怀恨，后街里去死无冤，休推辞路远。

（刽子云）你如今到法场上面，有什么亲眷要见的，可教他过来，见你一面也好。（正旦唱）

【叨叨令】可怜我孤身只影无亲眷，则落的吞声忍气空嗟怨。（刽子云）难道你爷娘家也没的？（正旦云）只有个爹爹，十三年前上朝取应去了，至今杳无音信。（唱）早已是十年多不睹爹爹面。（刽子云）你适才要我往后街里去，是甚么主意？（正旦唱）怕则怕前街里被我婆婆见。（刽子云）你的性命也顾不得，怕他见怎的？（正旦云）俺婆婆若见我披枷带锁赴法场餐刀去呵，（唱）枉将他气杀也么哥，枉将他气杀也么哥[11]。告哥哥，临危好与人行方便。

（卜儿哭上科，云）天那，兀的不是我媳妇儿！（刽子云）婆子靠后。（正旦云）既是俺婆婆来了，叫他来，待我嘱咐他几句话咱。（刽子云）

那婆子，近前来，你媳妇要嘱咐你话哩。（卜儿云）孩儿，痛杀我也。（正旦云）婆婆，那张驴儿把毒药放在羊肚儿汤里，实指望药死了你，要霸占我为妻。不想婆婆让与他老子吃，倒把他老子药死了。我怕连累婆婆，屈招了药死公公，今日赴法场典刑。婆婆，此后遇着冬时年节，月一十五，有瀽不了的浆水饭[12]，瀽半碗儿与我吃；烧不了的纸钱，与窦娥烧一陌儿[13]。则是看你死的孩儿面上。（唱）

【快活三】念窦娥葫芦提当罪愆[14]，念窦娥身首不完全，念窦娥从前已往干家缘[15]，婆婆也，你只看窦娥少爷无娘面。

【鲍老儿】念窦娥伏侍婆婆这几年，遇时节将碗凉浆奠；你去那受刑法尸骸上烈些纸钱[16]，只当把你亡化的孩儿荐。（卜儿哭科，云）孩儿放心，这个老身都记得。天那，兀的不痛杀我也。（正旦唱）婆婆也，再也不要啼啼哭哭，烦烦恼恼，怨气冲天。这都是我做窦娥的没时没运，不明不暗，负屈衔冤。

（刽子做喝科，云）兀那婆子靠后，时辰到了也。（正旦跪科）（刽子开枷科）（正旦云）窦娥告监斩大人，有一事肯依窦娥，便死而无怨。（监斩官云）你有什么事？你说。（正旦云）要一领净席[17]，等我窦娥站立，又要丈二白练[18]，挂在旗枪上[19]。若是我窦娥委实冤枉，刀过处头落，一腔热血休半点儿沾在地下，都飞在白练上者。（监斩官云）这个就依你，打什么不紧[20]。（刽子做取席，站科，又取白练挂旗上科）（正旦唱）

【耍孩儿】不是我窦娥罚下这等无头愿，委实的冤情不浅。若没些儿灵圣与世人传，也不见得湛湛青天。我不要半星热血红尘洒，都只在八尺旗枪素练悬。等他四下里皆瞧见，这就是咱苌弘化碧[21]，望帝啼鹃[22]。

（刽子云）你还有甚的说话，此时不对监斩大人说，几时说那？（正旦再跪科，云）大人，如今是三伏天道，若窦娥委实冤枉，身死之后，天降三尺瑞雪，遮掩了窦娥尸首。（监斩官云）这等三伏天道，你便有冲天的怨气，也召不得一片雪来，可不胡说！（正旦唱）

【二煞】你道是暑气暄，不是那下雪天；岂不闻飞霜六月因邹衍[23]？若果有一腔怨气喷如火，定要感的六出冰花滚似锦[24]，免着我尸骸现；要什么素车白马[25]，断送出古陌荒阡[26]？

（正旦再跪科，云）大人，我窦娥死的委实冤枉，从今以后，着这楚州亢旱三年。（监斩官云）打嘴！那有这等说话！（正旦唱）

【一煞】你道是天公不可期[27]，人心不可怜，不知皇天也肯从人愿。做甚么三年不见甘霖降，也只为东海曾经孝妇冤[28]。如今轮到你山阳县，这都是官吏每无心正法，使百姓有口难言。

（刽子做磨旗科，云）怎么这一会儿天色阴了也？（内做风科，刽子云）好冷风也！（正旦唱）

【煞尾】浮云为我阴，悲风为我旋，三桩儿誓愿明提遍。（做哭科，云）婆婆也，直等待雪飞六月，亢旱三年呵，（唱）那其间才把你个屈死的冤魂这窦娥显。

（刽子做开刀，正旦倒科）（监斩官惊云）呀，真个下雪了，有这等异事！（刽子云）我也道平日杀人，满地都是鲜血，这个窦娥的血，都飞在那丈二白练上，并无半点落地，委实奇怪。（监斩官云）这死罪必有冤枉，早两桩儿应验了，不知亢旱三年的说话，准也不准？且看后来如何。左右，也不必等待雪晴，便与我抬她尸首，还了那蔡婆婆去罢。（众应科，抬尸下）

《窦娥冤》

【作者/出处简介】

关汉卿〔1220（？）～1300（？）〕，号已斋叟，金末元初大都（今北京）人，元代杂剧的奠基人和代表作家，与郑光祖、白朴、马致远一同被称为"元曲四大家"，并居"元曲四大家"之首，对元杂剧和后来戏曲的发展有很大影响。元末明初贾伴明称其为"驱梨园领袖，总编修帅首，捻杂剧班头"，关汉卿所作杂剧六十余种，为诸家之冠，代表作有《窦娥冤》《救风尘》《望江亭》《单刀会》等。

【字词注释】

1. 外："外末"的简称，角色名，扮演老年男子。

2. 做公的：同"公人"。

3. 公人：衙门中的差役。

4. 磨旗：摇旗，挥旗。

5. 行动些：走快些。

6. 没来由：无缘无故。

7. 森罗殿：迷信传说中的"阎罗殿"。

8. 糊突：即"糊涂"。盗跖：跖是古代传说中反抗贵族统治的领袖，被统治阶级诬之为盗，故称。颜渊：孔子弟子，贫而好学，古代以之为贤人的典型。

9. 顺水推船：比喻乘便行事，此处意为趋炎附势。

10. 行（háng）：凡用于人称代词后面，均起指示方位的作用，如"哥哥行"即"哥哥那里"。

11. 也么哥：语助词，无实义。通常用于曲辞中叠句的结尾，如"兀的不痛杀人也么哥"，有加强语气的作用。

12. 澄（jiǎn）：倒，泼。

13. 一陌儿：即一百张纸钱。陌，通"百"。

14. 葫芦提：亦作"葫芦题""葫芦蹄"，糊里糊涂，当时的口语。愆（qiān），罪过。

15. 干家缘：操劳家务。

16. 烈：烧。

17. 一领：一张。

18. 白练：白绸子。

19. 旗枪：此处指旗杆顶端的金属装饰物。

20. 打什么不紧：即"不要紧"，有什么要紧。

21. 苌（cháng）弘化碧：苌弘为周之忠臣，无辜被害，流血成石，或谓化为碧玉，不见其尸。事见《拾遗记》。

22. 望帝啼鹃：蜀王杜宇号望帝，相传为其相鳖灵所逼，逊位后隐居山中，其魂化为杜鹃，啼声凄厉，百姓哀之。事见《寰宇记》。

23. 飞霜六月因邹衍：邹衍为战国时燕之忠臣，相传他被谗下狱，曾仰天大哭，时值夏天，上苍感动，竟然降霜。后人以"六月飞霜"喻冤狱。

24. 六出冰花：指雪，盖雪为六瓣形晶体。

25. 素车白马：东汉时，范式与张劭交好，劭死，式自远地乘白车白马往吊。后人以"素车白马"借指吊丧送葬。

26. 断送：原作"葬送"。

27. 期：希望。

28. 东海曾经孝妇冤：传说汉东海有寡妇周青，为侍奉婆婆矢志不嫁，婆婆遂自缢而死。其小姑告官，诬嫂以杀人之罪，问官不察，竟判处死。临刑之际，孝妇指竹竿语人曰："倘我无罪，血当沿杆往上倒流。"其言果应，而东海地方乃大旱三年，后任官员查问就里，有于公者代为申雪，天方降雨。事本《汉书·于定国传》。

【作品解析】

《窦娥冤》全名《感天动地窦娥冤》，共四折一楔子，被称为"中国十大古典悲剧"之一，同时也是"元杂剧四大悲剧"之一，称为"本色派之首"。《窦娥冤》是元杂剧中悲剧的典范，此剧写窦娥因其父窦天章无力偿还高利贷而被典押给蔡婆做童养媳，不幸成婚后不久，又做了寡妇。恶棍张驴儿为了霸占窦娥，企图用药毒死蔡婆，不料弄巧成拙，误毒死了自己的父亲。州官接受了张驴儿的贿赂，竟诬窦娥以杀人之罪，判处斩决。在刑场上，窦娥悲愤地控诉了封建吏治的黑暗，对不合理的社会提出了强烈的抗议。三年后，窦天章任肃政廉访使，奉命核查楚州案件。窦娥的鬼魂向父亲申诉了冤屈，窦天章逮获真凶，案情才得昭雪。这部作品深刻揭露了封建社会政治的腐败与官吏的贪婪凶残，热情讴歌了被压迫人民群众英勇坚强的反抗精神。

在这一折中，关汉卿从"东海孝妇"的传说得到启示，采用浪漫主义的手法，将丰富的现实社会内容运用到杂剧创作中，大胆而精巧地构思出三桩誓愿。这三桩誓愿由小到大，由弱到强，一步步递升，创造出浓厚的悲剧气氛。

第二节 尽成欢乐

一 凉州馆中与诸判官夜集[1]

岑参

弯弯月出挂城头[2]，城头月出照凉州[3]。

凉州七里十万家[4]，胡人半解弹琵琶。

琵琶一曲肠堪断，风萧萧兮夜漫漫。

河西幕中多故人[5]，故人别来三五春。

花门楼前见秋草[6]，岂能贫贱相看老。

一生大笑能几回，斗酒相逢须醉倒。

《岑嘉州集》卷二

【作者/出处简介】

参见第四章第四节《走马川行奉送封大夫出师西征》关于岑参介绍。

【字词注释】

1. 凉州：唐代河西节度府所在地，治所在今甘肃武威。馆：客舍。判官：唐代节度使、观察使下的属官。
2. 城头：城墙上。
3. 凉州：一作"梁州"。
4. 里：一作"城"。
5. 河西：汉唐时指黄河以西，即河西走廊与湟水流域，今甘肃、青海两省。此处指河西节度使。
6. 花门楼：指凉州馆舍的楼房。

【作品解析】

《凉州馆中与诸判官夜集》约作于唐天宝十三年（754）。当时哥舒翰任河西节度使，僚属有高适、严武等人，岑参赴北庭途经凉州时，有很多朋友前来欢聚夜饮。

这首诗由月照凉州开始，在着重表现边塞风光的同时，也鲜明地透露了当时凉州阔大的格局、和平安定的气氛。前两句写朗月照耀下的凉州边城清雅而静美，可是就在这种静美之中，却传来一阵阵灵动的琵琶声。诗人于动静之间用极富感染力的描写让读者看到一幅大气昂扬的古代边疆图。凉州之所以得名为"凉"，自然是与其地理环境分不开的，可是岑参的这几句诗却让人不仅感觉不到"凉"意，反而有一种人声鼎沸，熙熙攘攘的温热之感。在许多描写边塞风光的诗歌中，边地往往是凄寒和孤寂的，可是这首诗却一反常态，大笔勾画出当时凉州城的安定与富庶。在唐朝前期，凉州是与益州和扬州相提并论的都市，这首诗正好说明了这一点。"凉州"也因为城市的繁荣而变成了边塞诗中一个比较温暖的意象。

全诗两句一换韵，打破了歌行四句换韵的常见节奏，造成一种跳跃感，充分表达出诗人内心澎湃的激情。岑参把民歌音调融入其中，吸取民歌艺术，运用顶针手法，句句用韵，两句转韵，谱成了轻快的咏唱情调，突出了凉州的繁荣程度和地方特色。

这首诗把边塞生活的情调和强烈的时代气息结合起来。全诗由月照凉州开始，在着重表现边城风光的同时，那种月亮照耀着七里十万家，城中荡漾着一片琵琶声的境况，也鲜明地透露了当时凉州阔大的格局、和平安定的气氛。诗中所描写的夜宴更是意兴淋漓，豪气纵横。诗人并非有感于时光流逝，叹老嗟卑，而是表现出积极奋发的人生态度和豪迈乐观的将士情怀。

二　闻官军收河南河北

杜甫

剑外忽传收蓟北[1]，初闻涕泪满衣裳。
却看妻子愁何在[2]，漫卷诗书喜欲狂[3]。
白日放歌须纵酒，青春作伴好还乡[4]。
即从巴峡穿巫峡，便下襄阳向洛阳[5]。

《杜少陵集详注》卷十一

【作者/出处简介】

参见第二章第二节《月夜》关于杜甫介绍。

【字词注释】

1. 剑外：剑门关以南，这里指四川。蓟北：泛指唐代幽州、蓟州一带，今河北北部地区，是安史叛军的根据地。
2. 却看：回头看。妻子：妻子和孩子。
3. 漫卷：胡乱地卷起。
4. 纵酒：开怀痛饮。青春：指明丽的春景。
5. "即从"二句：写预计还乡的路线，上句出蜀入楚由西向东，下句由楚向洛自南而北。巴峡，长江三峡之一，今重庆一带。巫峡，长江三峡第二峡，因穿过巫山得名。襄阳，今属湖北。洛阳，今属河南。

《闻官军收河南河北》作于唐广德元年（763）春。宝应元年（762）冬，唐军在洛阳附近的衡水打了一个大胜仗，收复了洛阳、郑州、汴州等地。第二年，史思明的儿子史朝义兵败自缢，持续八年之久的"安史之乱"宣告结束。杜甫当时正流落在四川，听到这个大快人心的消息，欣喜若狂，写下了这首七律。杜甫在这首诗下自注："余田园在东京。"主题是抒写忽闻叛乱已平的捷报，急于奔回老家的喜悦。

诗的前半部分写初闻捷报的惊喜；后半部分写诗人的返乡准备，凸显了急于返回故乡的欢快之情。全诗情感奔放，处处渗透着"喜"字，抒发了作者无限兴奋的心情。除第一句叙事点题外，其余各句都在抒发诗人听闻胜利消息之后的惊喜之情。诗人的思想感情出自胸臆，奔涌直泻。后六句都是对偶，却明白自然像说话一般，有水到渠成之妙。

后代诗论家都极为推崇此诗，浦起龙《读杜心解》赞其为杜甫"生平第一首快诗也"。

三　登科后[1]

孟郊

昔日龌龊不足夸[2]，今朝放荡思无涯[3]。

春风得意马蹄疾[4]，一日看尽长安花。

《孟东野诗集》卷三

【作者/出处简介】

孟郊（751～814），字东野，湖州武康（今浙江德清）人，祖籍平昌（今山东省临邑县），故世称"平昌孟东野"。唐德宗贞元十二年（796）进士，曾任溧阳尉，元和初为河南尹水陆转运判官，后被郑余庆召为参谋，死于途中。孟郊生性孤直，愤世嫉俗，一生潦倒，友人私谥"贞曜先生"。诗名籍甚，尤长五言古体，为韩愈所重，后人并称"韩孟"，苏轼将其与贾岛称为"郊寒岛瘦"。诗作表现力强，词意透辟，乐府诗朴质自然，惟抒情悲苦，读之凄惨，元好问曾称其为"诗囚"。有《孟东野集》十卷。

【字词注释】

1. 登科：又称"登第"，科举考中进士。

2. 龌（wò）龊（chuò）：原意为肮脏，这里形容词作名词，意为不如意的处境。不足夸：不值得提起。

3. 放荡：自由自在，不受约束。思无涯：兴致高涨。

4. 得意：指考取功名，称心如意。

【作品解析】

《登科后》是唐贞元十二年（796）孟郊进士及第时所作的一首七绝。时年届四十六岁的孟郊奉母命第三次赴京科考，终于登上了进士，放榜之日，孟郊当即写下了生平第一首快诗。

此诗一开头就直抒自己的心情，叙述以往在生活上的困顿与思想上的局促再不值得一提，活灵活现地描绘出诗人神采飞扬的得意之态，酣畅淋漓地抒发了他心花怒放的得意之情。诗的前两句把困顿的往昔和得意的今天对比，一吐心中郁积多年的烦闷。后两句真切地描绘出诗人考中后的志得意满的情态。高中后的诗人纵马长安，在春风里洋洋得意地跨马疾驰，觉得一切都无限美好。"一日看尽长安花"仿佛说自己在这一天赏尽了世间美景，表现出极度欢快的心情，使充满豪气的诗有了明朗轻快的结尾。

在这首诗里，诗人情与景会，意到笔随，明快畅达而又别有情韵。因而，这两句诗成为人们喜爱的千古名句，并派生出"春风得意""走马观花"两个成语流传后世。

四　苏秀道中，自七月二十五日夜大雨三日，秋苗以苏，喜而有作[1]

曾几

一夕骄阳转作霖[2]，梦回凉冷润衣襟。
不愁屋漏床床湿，且喜溪流岸岸深。
千里稻花应秀色，五更桐叶最佳音。
无田似我犹欣舞，何况田间望岁心[3]。

《茶山集》卷五

【作者/出处简介】

曾几（1085～1166），字吉甫，自号茶山居士。其先世为赣州（今属江西）人，后迁居河南洛阳。历任江西提刑、浙西提刑、秘书少监、礼部侍郎。曾几学识渊博，勤于政事，陆游称他"治经学道之余，发于文章，雅正纯粹，而诗尤工。"其诗多抒情遣兴、唱酬题赠之作，闲雅清淡；五、七言律诗讲究对仗自然，气韵舒畅；古体如《赠空上人》，近体诗如《南山除夜》等，均见功力，后人将其列入"江西诗派"。所著《易释象》及文集已佚，《四库全书》有《茶山集》八卷，辑自《永乐大典》。

【字词注释】

1. 苏：苏州，今江苏苏州。秀：秀州，今浙江嘉兴。苏：复苏。
2. 霖：一连数日的大雨。
3. 望岁：盼望丰收年成。岁，指一年的农事收成。

【作品解析】

高宗绍兴年间，曾几曾为浙西提刑，这首诗可能作于浙西任上。夏秋之交，天大旱，庄稼枯萎。诗人由苏州去嘉兴途中，自七月二十五日起，接连下了三天大雨，水稻复苏，旱情解除。诗人怀着欣喜的心情，写下了这首七律。

在这首诗中，诗人并没有考虑大雨给自己行路带来的不便，而是强调大雨满足"田间望岁心"之后自己的喜悦。颔联用杜甫《茅屋为秋风所破歌》中"床头屋漏无干处"和《春日江村》中"溪流岸岸深"的句意，颈联一改（刘媛《长门怨》中）"雨滴梧桐秋夜长，愁心和雨断昭阳"、（温庭筠《更漏子》中）"梧桐树，三更雨，不道离情正苦，一叶叶，一声声，空阶滴到明"等诗词"秋雨梧桐"的传统愁苦义指，翻新旧调。听到梧桐叶上的潇潇冷雨，就联想到庄稼的欣欣生意，即使睡不着，也是"自为丰年喜无寐"。全篇充满了欢乐的气氛，语言明快畅达，情致酣畅。方回在《瀛奎律髓》中评曰："三四已佳，五六又下得'应'字、'最'字，有精神。"纪昀在《瀛奎律髓刊误》中也评说："精神饱满，一结尤完足酣畅。"这首诗从谋篇到句法，都是典型的"江西诗派"风格，但诗写得情真意切，尤其可贵的是还学习了杜诗关心民间疾苦，注意在诗歌中树立自我形象，讲究诗格等特征。

第三节　几年离索

【中心选文】

一　别范安成¹

沈约

生平少年日，分手易前期²。
及尔同衰暮，非复别离时³。
勿言一樽酒，明日难重持⁴。
梦中不识路⁵，何以慰相思？

《沈隐侯集》卷五

【作者/出处简介】

沈约（441～513），字休文，吴兴武康（今浙江省德清县）人。出身贵族，而年幼孤贫，笃志好学，博览群书。历仕宋、齐、梁三朝，官至尚书令，封建昌侯，谥"隐"。他是齐、梁文坛的领袖，首创"四声八病"之说，与谢朓、王融等创作新体诗，称为"永明体"，对唐代格律诗的形成产生了重要影响。有《沈隐侯集》传世。

【字词注释】

1. 范安成：即范岫（440～514），字懋宾，曾为南朝齐安成内史，故称。
2. "生平"二句：意谓从前少年时分别，总把他日重逢看得很容易。生平，平生。易，以之为易。前期，后会的日期。
3. "及尔"二句：意谓等到彼此年老时，与年轻时分别不同，因来日无多恐别后不复能见。及尔，与你。
4. "勿言"二句：意谓不要说眼前这一樽送别酒微薄，明日分别以后恐怕不易再得。持，执。
5. "梦中"句：《韩非子》载，战国时张敏与高惠二人为友。别后每思及不能得见，张敏便于梦中寻访高惠，但行至半道即迷不知路。

【作品解析】

《别范安成》是沈约与范岫分别时所作，剖析心迹，感人肺腑。这首诗前四句写少年离别之"易"，后四句写老年离别之"难"，在离别的哀愁之中，还含有对人生进行反思的意味，表达了诗人对友人离别的不舍。

沈约与范岫的交往可以上溯到刘宋泰始三年（467）。那时沈约二十七岁，范岫二十八岁，同在蔡兴宗府下任幕僚；入齐以后，又共同事奉文惠太子；入梁仍同朝为官。在漫长的生涯中，两人时聚时散，结下深厚的友谊。开篇四句追溯了他们友谊的渊源及人生的历程。少年日，即青春年少之日，时代易变，政事纷纭，彼此几多分手，并未感到离别的镂心刻骨。正如曹丕所说："岁月易得"，相见有期，故少年"别时容易"；而今垂垂老矣，年在桑榆，此地为别，恐交臂相失，终酿无穷之恨，此诗用"及尔同衰暮"五字写出了此次离别给彼此心中留下的巨大阴影。结尾两句以出人意表的想象，将这种生离死别之情推到极致。彼此相隔将十分遥远，即使梦中相寻，恐亦迷不知路，却如何慰藉相思之情呢？这首诗一反刘宋初年"文多经史"的堆砌传统，以明白晓畅的语言抒发了诗人对于友情的珍重之情，情真意切，感人至深。

二　别赋

江淹

黯然销魂者[1]，唯别而已矣！况秦吴兮绝国[2]，复燕宋兮千里[3]；或春苔兮始生，乍秋风兮蹔起[4]。是以行子肠断，百感凄恻。风萧萧而异响，云漫漫而奇色。舟凝滞于水滨，车逶迟于山侧[5]，棹容与而讵前[6]，马寒鸣而不息。掩金觞而谁御，横玉柱而霑轼[7]。居人愁卧，怳若有亡[8]。日下壁而沈彩[9]，月上轩而飞光。见红兰之受露，望青楸之离霜[10]。巡曾楹而空揜，抚锦幕而虚凉[11]。知离梦之踯躅[12]，意别魂之飞扬[13]。

故别虽一绪，事乃万族[14]：

至若龙马银鞍[15]，朱轩绣轴[16]，帐饮东都[17]，送客金谷[18]。琴羽张兮箫鼓陈[19]，燕赵歌兮伤美人[20]；珠与玉兮艳暮秋，罗与绮兮娇上春[21]。惊驷马之仰秣[22]，耸渊鱼之赤鳞[23]。造分手而衔涕[24]，感寂漠而伤神[25]。

乃有剑客惭恩[26]，少年报士[27]，韩国赵厕[28]，吴宫燕市[29]，割慈忍爱，离邦去里，沥泣共诀[30]，抆血相视[31]。驱征马而不顾，见行尘之时起。方衔感于一剑[32]，非买价于泉里[33]。金石震而色变[34]，骨肉悲而心死[35]。

或乃边郡未和，负羽从军[36]，辽水无极[37]，雁山参云[38]。闺中风暖，陌上草薰。日出天而耀景[38]，露下地而腾文[40]，镜朱尘之照烂[41]，袭青气之烟煴[42]。攀桃李兮不忍别，送爱子兮霑罗裙[43]。

至如一赴绝国，讵相见期[44]。视乔木兮故里[45]，决北梁兮永辞[46]。左右兮魂动，亲宾兮泪滋。可班荆兮赠恨[47]，惟樽酒兮叙悲[48]。值秋雁兮飞日，当白露兮下时。怨复怨兮远山曲，去复去兮长河湄[49]。

又若君居淄右[50]，妾家河阳[51]。同琼佩之晨照[52]，共金炉之夕香，君结绶兮千里[53]，惜瑶草之徒芳[54]。惭幽闺之琴瑟，晦高台之流黄[55]。春宫閟此青苔色[56]，秋帐含兹明月光，夏簟清兮昼不暮[57]，冬釭凝兮夜何长[58]！织锦曲兮泣已尽，回文诗兮影独伤[59]。

傥有华阴上士[60]，服食还山[61]。术既妙而犹学，道已寂而未传[62]。守丹灶而不顾[63]，炼金鼎而方坚[64]，驾鹤上汉，骖鸾腾天[65]。暂游万里，少别千年[66]。惟世间兮重别，谢主人兮依然[67]。

下有芍药之诗[68]，佳人之歌[69]。桑中卫女，上宫陈娥[70]。春草碧色，春水渌波[71]，送君南浦[72]，伤如之何！至乃秋露如珠，秋月如珪[73]，明月白露，光阴往来，与子之别，思心徘徊。

是以别方不定[74]，别理千名[75]，有别必怨，有怨必盈[76]，使人意夺神骇，心折骨惊[77]。虽渊云之墨妙[78]，严乐之笔精[79]，金闺之诸彦[80]，兰台之群英[81]，赋有凌云之称[82]，辩有雕龙之声[83]，谁能摹暂离之状，写永诀之情者乎！

《江文通集》卷一

　　江淹（444～505），字文通，济阳考城（今河南省兰考县）人。出身孤寒，沉静好学，历任中书侍郎、尚书右丞、国子博士、御史中丞、金紫光禄大夫等职，封醴陵伯。其诗意趣深远，风格幽深奇丽，善于刻画模拟；其赋遣词精工，尤以《别赋》《恨赋》脍炙人口。江淹一生经历宋、齐、梁三朝，优秀作品多作于早先仕途坎坷之时，后来仕途得意，便无佳作，世称"江郎才尽"。有《江文通集》传世。

【字词注释】

1. 黯然：心神沮丧，形容惨戚之状。销魂：丧魂落魄。

2. 秦吴：古国名。秦国在今陕西一带，吴国在今江苏、浙江一带。绝国：相隔极远的邦国。

3. 燕宋：古国名。燕国在今河北一带，宋国在今河南一带。

4. 乍：忽然，一说与上文"或"互文见义。暂：同"暂"，方才。

5. 凝滞：留止不前貌。逡巡：徘徊不行貌。

6. 棹（zhào）：船桨，此处指船。容与：缓慢荡漾不前貌。讵前：滞留不前。

7. "掩金觞（shāng）"二句：写行子终于覆杯舍琴，挥泪登车而去。掩，覆盖。御，进用。横，搁置。玉柱，用玉作的琴瑟上系弦之木，借指琴。霑，泪水浸湿。轼，车前横木。

8. 怳（huǎng）：失意貌，丧神失意的样子。

9. 沉彩：日光西沉，落日光辉消逝。

10. 楸（qiū）：落叶乔木，古人多植于道旁。离：即"罹"，遭受。

11. "巡曾楹"二句：写行子一去，居人徘徊旧屋的感受。曾，高。楹（yíng），指房屋，屋一列为一楹。揜，同"掩"，关闭。锦幕，锦织的帐幕。

12. "知离梦"句：写居人设想行子因不忍相别，在梦中也踟蹰不进。踟（zhí）蹰（zhú），徘徊不前貌。

13. "意别魂"句：亦是居人设想之辞。意，同"臆"，料想。飞扬，心神不安。本段总起，泛写别离双方的悲伤境况。

14. 万族：不同的种类。

15. 龙马：《周礼·夏官·廋人》载，马八尺以上者称"龙马"。

16. 朱轩：贵者所乘之车。绣轴：绘有彩饰的车轴，指车驾之华贵。

17. 帐饮：古人于郊外设帷帐酒食以饯行。东都：指东都门，长安城门名。《汉书·疏广传》载，疏广、疏受两人告老还乡时，公卿大夫、故人邑子设祖道、供帐东都门，送者车数百辆，辞决而去。

18. 金谷：晋代石崇在洛阳西北所造金谷园。《晋书·石崇传》载，石崇拜太仆，出为征虏将军，送者倾都，曾帐饮于金谷园。又石崇《金谷诗序》云："有别庐在河内县金谷涧中，时征西将军祭酒王诩当还长安，余与众贤共送涧中。"

19. 琴羽：指琴中弹奏出羽声。羽，古代五音之一，声最细切，宜于表现悲戚之情。

20. 燕赵：《古诗》有"燕赵多佳人，美者颜如玉"句，后因以燕赵指称美人。

21. "珠与玉"句：意谓美人装饰华美，当春秋佳日，容光焕发。上春，即初春。

22. 驷马：古时四匹马拉的车驾称驷，马称驷马。仰秣（mò）：抬起头吃草。《淮南子·说山》载："伯牙鼓琴，驷马仰秣。"此处用来形容音乐之美妙动听，甚至使马和鱼都受到感动。

23. 耸：因惊动而跃起。鳞：指渊中之鱼。《韩诗外传》载，昔伯牙鼓琴而渊鱼出听，瓠巴鼓瑟而六马仰秣。

24. 造：等到。衔涕：含泪。

25. 寂漠：即"寂寞"。本段写富贵者之别。

26. 慭恩：犹感恩。慭，同"惭"。

27. 报士：心怀报恩之念的侠士。

28. 韩国：指战国时期，侠士聂政为韩国严仲子报仇，刺杀韩相侠累一事。赵厕：指战国初期，豫让因自己的主人智氏为赵襄子所灭，乃变姓名为刑人，入宫涂厕，挟匕首欲刺死赵襄子一事。

29. 吴宫：指春秋时期，专诸置匕首于鱼腹，在宴席间为吴国公子光刺杀吴王一事。燕市：指荆轲与朋友高渐离等饮于燕国街市，因感燕太子恩遇，藏匕首于地图中，至秦献图刺秦王未成，被杀；高渐离为了替荆轲报仇，又一次入秦谋杀秦王事。

30. 沥泣：洒泪哭泣。

31. 抆（wěn）血：指眼泪流尽后又继续流血，言泣血为别。抆（wěn），擦拭。

32. "方衔感"句：意谓心里铭记知遇之恩，所以愿以剑行刺来效命。衔感，怀恩感遇。

33. 买价：指以生命换取金钱。泉里：黄泉。

34. 金石震：钟、磐等乐器齐鸣。《燕丹太子》载，荆轲与武阳入秦，秦王陛戟而见燕使，鼓钟并发，群臣皆呼万岁，武阳大恐，面如死灰色。

35. "骨肉"句：《史记·刺客列传》载，聂政刺杀韩相侠累后，剖腹毁容自杀，以免牵连他人。韩国当政者将他暴尸于市，悬赏千金。聂政的姐姐聂嫈说："妾其奈何畏殁身之诛，终灭贤弟之名！"于是宣扬弟弟的义举，伏尸而哭，最后在尸身旁边自杀。骨肉，指死者亲人。本段写剑客游侠之别。

36. 负羽：挟带弓箭。

37. 辽水：辽河，在今辽宁西部，流经营口入海。无极：没有尽头。

38. 雁山：雁门山，在今山西原平西北。参云：高插入云。

39. 耀景：闪射光芒。

40. 腾文：指露水在阳光下反射出绚烂的色彩。

41. "镜朱尘"句：意谓春日阳光下照耀着明亮灿烂的红尘。镜，照耀。朱尘，红色的尘霭。照，日光。烂，光彩明亮而绚丽。

42. 袭：侵入，扑入。青气：春天草木上腾起的烟霭。烟（yīn）煴（yūn）：同"氤氲"，云气笼罩弥漫的样子。

43. 爱子：爱人，指征夫。本段写从军之别。

44. 讵相见期：岂有相见的日期。

45. 乔木：高大的树木。

46. 决：分别。北梁：北边的桥梁。

47. 班荆：折荆铺地而坐。班，铺设。荆，树枝条。《左传·襄公二十六年》载，楚国伍举与声子相善，"伍举奔郑，将遂奔晋，声子将如晋，遇之于郑郊，班荆相与食，而言复故。"后以"班荆道故"来比喻亲旧惜别的悲痛。

48. 罇：同"樽"，酒器。

49. 湄：水边。本段写远赴绝国之别。

50. 淄右：淄水西面，在今山东境内。

51. 河阳：黄河北岸，水北山南曰阳。

52. 琼佩：琼玉之类的佩饰。

53. 结绶：指出仕做官。绶，系官印的丝带。

54. 瑶草：仙山中的芳草，此处比喻闺中少妇。徒芳：比喻虚度青春。

55. "晦高台"句：意谓爱人离别以后，织布也没有心思，因此布匹蒙上一层晦暗的灰尘。流黄，黄色丝绢，一种精细的丝织品。

56. 春宫：妇女居处，指闺房。闷（bì）：关闭。

57. 簟（diàn）：竹席。

58. 釭（gāng）：灯。凝：光聚集不动的样子。以上四句写居人春、夏、秋、冬四季相思之苦。

59. 织锦曲：即回文诗。回文诗为古代一种文体，其文从正反两方读，意义皆通。《璇玑图序》载："前秦苻坚时，窦滔镇襄阳，携宠姬赵阳台之任，断妻苏蕙音问。蕙因织锦为回文，五彩相宣，纵横八寸，题诗二百余首，计八百余言，纵横反复，皆成章句，名曰《璇玑图》以寄滔。"又《晋书·列女传》载，窦滔身处沙漠，妻子苏蕙就织锦为回文诗寄赠给他。苏氏的回文诗正反、横直、旁斜皆可读。本段写夫妻之别。

60. 傥（tǎng）：或。华阴：即华山，在今陕西渭南南。上士：求仙的人。《列仙传》载，魏人修芉于华阴山下石室中食黄精，后不知所往。

61. 服食：道家以为服食丹药可以长生不老。还山：即成仙，一作"还仙"。

62. 道已寂：指进入微妙之境，达到高超的境界；传，至，最高境界。

63. 丹灶（zào）：炼丹炉。不顾：指不管尘俗之事。

64. 炼金鼎：在金鼎里炼丹。方坚：意志正坚。

65. 汉：天汉，即银河。骖（cān）：三匹马驾的车。鸾：古代神话传说中凤凰一类的鸟。

66. 少别：小别。

67. 谢：告辞，告别。依然：依依不舍。本段写方外之别。

68. 下：下士，与"上士"相对。芍药之诗：《诗经·郑风·溱洧》有："维士与女，伊其相谑，赠以芍药。"

69. 謌：同"歌"。

70. 桑中：卫国地名。上宫：陈国地名。卫女、陈娥：均指恋爱中的少女。《诗经·鄘风·桑中》有："云谁之思？美孟姜矣。期我乎桑中，要我乎上宫，送我乎淇之上矣。"

71. 渌（lù）波：清澈的水波。

72. 南浦：《楚辞·九歌·河伯》有："子交手兮东行，送美人兮南浦。"后以"南浦"泛指送别之地。

73. 珪（guī）：一种洁白晶莹、上尖下方的美玉。本段写男女情人之别。

74. 别方：别离的双方。

75. 名：种类。

76. 盈：充盈。

77. 折、惊：均言创痛之深。

78. 渊：即王褒，字子渊。云：即扬雄，字子云。二人都是汉代著名辞赋家。

79. 严：严安。乐：徐乐。二人均为汉代著名文学家。

80. 金闺：原指汉代长安金马门，后为汉代官署名。史载汉武帝使学士待诏金马门以备顾问。彦，有学识才干的人。

81. 兰台：汉代朝廷中藏书和讨论学术的地方。

82. 凌云：指司马相如。《史记·司马相如列传》载，司马相如作《大人赋》，汉武帝赞誉"飘飘有凌云之气，似游天地之间。"

83. 雕龙：指驺奭。《史记·孟子荀卿列传》载，驺奭写文章"采驺衍之术以纪文"，善于闳辩。刘向《别录》有，驺奭修衍之文，饰若雕镂龙文，故曰龙雕。本段总结，写别情痛苦之深，非笔墨所能形容。

【作品解析】

离别是人生总要遭遇的内容，伤离悲别也是人们的普遍情感。江淹《别赋》以浓郁的抒情笔调，以环境烘托、情绪渲染、心理刻画等艺术手法，通过对七种别离的描写，生动具体地反映出齐梁时代社会动乱的侧影。题材和主旨在六朝抒情小赋中堪称新颖别致，文饰骈俪整饬，却未流入宫体赋之靡丽，亦不同于汉大赋的堆砌，清新流丽，充满诗情画意。

赋的开头用"黯然销魂者，唯别而已矣"一句总写，以精警之句，发人深省，接着写各种类型的离别，表现出"别虽一绪，事乃万族"的特点，既写出所有分离之苦的共性，又写出了不同类型分别的个性特点，最后总结出"别方不定，别理千名，有别必怨，有怨必盈"。指出分别的痛苦"使人意夺神骇，心折骨惊"，任何大手笔也难写离别之深情，言尽而意不尽。

文章眉目清晰，次序井然。其结构类似议论文，开宗明义，点出题目，列出论点："黯然销魂者，唯别而已矣。"首段总起，泛写人生离别之悲，"黯然销魂"四字为全文抒情定下基调；中间七段分别描摹富贵之别、侠客之别、从军之别、绝国之别、夫妻之别、方外之别、情侣之别，以"别虽一绪，事乃万族"铺陈各种别离的情状，写特定人物同中有异的别离之情；末段则以"别方不定，别理千名，有别必怨，有怨必盈"这一打破时空的方法进行概括总结，在以悲为美的艺术境界中，概括出人类别离的共有感情。其结构又似乐曲中的 ABA 形式，首尾呼应，以突出主旨。

《别赋》最突出的成就在于，借环境描写和气氛渲染以刻画人的心理感受。作者善于对生活进行观察概括，提炼择取不同的场所、时序、景物来烘托刻画人的情感活动，铺张而不厌其详，夸饰而不失其真，酣畅淋漓，能引发人们的普遍共鸣，领悟"悲"之所以为美；对于各类特殊的离别情境，根据其各自特点，突出描写某一侧面，表现富有特征的离情，不仅事不同，而且境不同，情亦不同，因而读来不雷同、不重复，各有一种滋味，也有不同启迪。

三 悼亡诗（其一）

潘岳

荏苒冬春谢¹，寒暑忽流易²。

之子归穷泉，重壤永幽隔³。

私怀谁克从⁴，淹留亦何益⁵？

僶俛恭朝命，回心反初役⁶。

望庐思其人，入室想所历⁷。

帏屏无髣髴⁸，翰墨有余迹⁹。

流芳未及歇，遗挂犹在壁¹⁰。

怅恍如或存¹¹，周惶忡惊惕¹²。

如彼翰林鸟，双栖一朝只。

如彼游川鱼，比目中路析¹³。

春风缘隙来，晨霤承檐滴¹⁴。

寝息何时忘¹⁵，沈忧日盈积¹⁶。

庶几有时衰，庄缶犹可击¹⁷。

《潘黄门集》

【作者/出处简介】

潘岳（247~300），字安仁，西晋太康文学的主要代表。祖籍荥阳中牟（今属河南），祖父潘瑾，曾官安平太守；父潘芘，做过琅琊太守。潘岳少年时就被乡里称为神童，二十多岁就名声大振。初为河阳令，转怀县令，历任太子舍人、长安令、著作郎、给事黄门侍郎。史书记载他"性轻躁"，热衷于官场趋炎附势，与豪门石崇谄事权贵贾谧，为谧"二十四友"之首，为世人所讥。永康元年（300），赵王司马伦的亲信孙秀污蔑潘岳和石崇等参与淮南王、齐王作乱，因此被诛，并夷三族。其诗赋皆有名，以善写哀诔文字著称，所作诗赋辞藻华艳，长于抒情。明人张薄辑有《潘黄门集》传世。

【字词注释】

1. 荏（rěn）苒（rǎn）：辗转之间。谢，代谢，相互交替。
2. 流易：消逝，变换。
3. "之子"二句：意谓妻子死了，埋在地下，永久和生者隔绝了。之子，那个人，指亡妻。穷泉，深泉，指地下。幽隔，被幽冥之道阻隔。
4. 私怀：私心、私愿，指永远相守在一起的愿望。谁克从：如何能够达到。克，能。
5. 淹留：久留，指滞留在家不赴任。亦何益：又有什么好处。

6. "俛（mǐn）俛（miǎn）"二句：意谓勉力恭从朝廷的命令，扭转心意返回原来任所。俛俛，勉力。朝命，朝廷的命令。回心，转念，把心从哀念亡妻的情绪中回转过来。初役，原任官职。

7. "望庐"二句：意谓目光所及处，所思所想皆亡妻及其生前经历。庐，房屋。室，里屋。

8. 帏屏：帐幔和屏风。无髣髴：帏屏之间连亡妻的仿佛形影也见不到。髣（fǎng）髴（fú），同"仿佛"，相似的形影。《汉书·外戚传》："李夫人早卒，方士齐少翁言能致其神，乃夜张灯烛，设帏帐，令帝居他帐中，遥望见少女如李夫人之状，不得就视。"

9. "翰墨"句：意谓生前的墨迹尚存。翰墨，笔墨，指所写文字。

10. "流芳"二句：有人认为"流芳"是指杨氏的化妆用品，"遗挂"是挂在墙上的衣物。余冠英《汉魏六朝诗选》指出，"流芳""遗挂"都承"翰墨"而言，言亡妻笔墨遗迹挂在墙上，还有余芳。可备一说！

11. 怅恍（huǎng）：恍忽。如或存：好像还活着。

12. 周惶：惶恐。"周"，一作"回"。忡（chōng）：忧。惕：惧。周、惶、忡、惊、惕这一句五个字，是由惶惑不安转而感到惊惧，表现他怀念亡妻的四种情绪。前人如陈祚明、沈德潜等人多谓此句不通，清人吴淇在《六朝选诗定论》中说："此诗'周惶忡惊惕'五字似复而实一字有一字之情，'怅恍'者，见其所历而犹为未亡。'周惶忡惊惕'，想其所历而已知其亡，故以'周惶忡惊惕'五字合之'怅恍'，共七字，总以描写室中人新亡，单剩孤孤一身在室内，其心中忐忐忑忑光景如画。"

13. "如彼"四句：意谓妻子死后自己的处境就像双栖鸟成了单只，比目鱼被迫分离一样。翰林鸟，双飞于林中之鸟。翰林，鸟栖之林，与下句"游川"相对。比目，鱼名，成双即行，单只不行。传说比目鱼身体很扁，头上只一侧有眼睛，必须与眼睛生在另一侧的比目鱼并游。《尔雅》："东方有比目鱼焉，不比不行。"析，分开。

14. "春风"二句：意谓春风循着门缝吹来，屋檐上的水早晨就开始往下滴。缘，循。隙，门窗的缝。霤（liù）：屋上流下来的水。

15. "寝息"句：意谓睡眠也不能忘怀。寝息：睡觉休息。

16. "沈忧"句：意谓忧伤越积越多。盈积：众多的样子。

17. "庶几"二句：意谓但愿自己的哀伤有所减退，能像庄周那样达观才好。这是勉强自我安慰的话。庶几，但愿。庄，指庄周。缶，瓦盆，古时一种打击乐器。《庄子·至乐》："庄子妻死，惠子吊之，庄子则方箕踞鼓盆而歌。"

【作品解析】

《悼亡诗》是潘岳悼念亡妻杨氏的诗作，共有三首，这是其中之一。杨氏是西晋书法家戴侯杨肇的女儿，潘岳十二岁时与她订婚，结婚之后，大约共同生活了二十四个年头，杨氏卒于晋元康八年（298）。古代礼制，妻子死了，丈夫服丧一年。这首诗应作于潘岳妻死后一周年。潘岳夫妇感情很好，杨氏亡故后，除《悼亡诗》三首外，潘岳还写了一些悼亡文赋，如《哀永逝文》《悼亡赋》等，表现了诗人与妻子的深厚感情。

从内容上看，这首诗大体可以分为三部分，每四句为一个部分。诗的第一部分，由四季变化写诗人与妻子幽明永隔；第二部分写诗人回家后睹物思人的恍惚惊惧的情感。诗人望庐思人，入室怀人，然而沧海桑田，物是人非，现在却只剩下自己一个人形影相吊，帷幕与屏风间也再不会出现妻子的姿容。这里用六个形容人物心理及情感状态的字，将妻子亡故后怅然、恍惚、孤单的精神境况刻画得细致入微，是诗人心理活动的真实写照；第三部分主要写妻子去世后，诗人的孤独、凄惶之状，以希望通过效仿庄子来寻求解脱之道。

　　统观全篇，这首诗歌语至淡而情至深，以情纬文。情意真挚深厚是潘岳《悼亡诗》的显著特点，但诗人在抒发内心的伤愁孤苦时，却并未以精心营构的华辞丽藻来结篇，而是以情感为主线，情之所至、兴之所往便是诗人的用笔之处。同时，对内心的描写及刻画，如诗中的矛盾、孤独、忧愁满怀的心理状态，使诗歌更富于感染力；运用情与景谐、情景交融的艺术技巧，如诗人借助对景的描述侧面烘托了孤苦、凄清的内心世界，增强了诗歌的抒情效果。

　　潘岳的悼亡诗赋富于感情，颇为感人。陈祚明在《采菽堂古诗选》中评说："安仁情深之子，每一涉笔，淋漓倾注，宛转侧折，旁写曲诉，刺刺不能自休。夫诗以道情，未有情深而语不佳者；所嫌笔端繁冗，不能裁节，有逊乐府古诗含蕴不尽之妙耳。"这里肯定潘岳悼亡诗的感情"淋漓倾注"，又批评了他的诗繁冗和缺乏"含蕴不尽之妙"。沈德潜对潘岳诗的评价不高，但是对悼亡诗，也指出"其情自深"（《古诗源》卷七）的特点。因潘岳《悼亡诗》三首专为悼念亡妻而作，此后"悼亡诗"成为悼念亡妻的专门题材，于此可见其对后世的影响。

四　江城子·乙卯正月二十日夜记梦[1]

苏轼

　　十年生死两茫茫[2]，不思量，自难忘。千里孤坟[3]，无处话凄凉。纵使相逢应不识，尘满面，鬓如霜。

　　夜来幽梦忽还乡，小轩窗，正梳妆。相顾无言，惟有泪千行。料得年年肠断处[4]，明月夜，短松冈[5]。

《东坡乐府》卷下

【作者/出处简介】

　　参见第二章第一节《日喻》关于苏轼介绍。

【字词注释】

1. 江城子：词牌名，亦称《江神子》《村意远》《水晶帘》。乙卯：宋神宗熙宁八年（1075），岁在乙卯。
2. 十年：指妻王弗去世已十年。苏轼《亡妻王氏墓志铭》中有："治平二年（1065）五月丁亥，

赵郡苏轼之妻王氏，卒于京师。六月甲午，殡于京城之西。其明年六月壬午，葬于眉之东北彭
山县安镇乡可龙里先君、先夫人墓之西北八步。"

3. 千里：王弗葬地在四川眉山，苏轼任所在山东密州，相隔遥远，故称。
4. 料得：料想，想来。肠断处：一作"断肠处"。
5. 短松岗：指坟墓，古人葬地多种松柏。

【作品解析】

　　这是苏轼为悼念原配妻子王弗所写的悼亡词，表现了绵绵不尽的哀伤和思念。苏东坡十九岁时与年方十六的王弗结婚，二人恩爱情深，可王弗二十七岁就去世了，这对苏东坡是绝大的打击。宋熙宁八年（1075）正月二十日，苏轼在密州梦见爱妻，便写下了这首传诵千古的悼亡词。

　　本词将梦境与现实融为一体，浓郁的情思与率直的笔法相互映衬，既是悼亡又是伤时，把哀思与悲悯融和，情真意切，哀婉欲绝。上阕写词人对亡妻深沉的思念，写实；下阕记述梦境，抒写了词人对亡妻执着不舍的深情，写虚。上阕记实，下阕记梦，虚实结合，衬托出对亡妻的思念，加深全词的悲伤基调。作者从漫长的时间与广阔的空间中来驰骋自己的想象，并把过去与眼前，梦境与未来融为一个艺术整体，紧紧围绕"思量""难忘"四字展开描写。全词组织严密，一气呵成，但又曲折跌宕，波澜起伏。词中采用白描手法，出语如话家常，却字字从肺腑流出，自然而又深刻，平淡中寄寓着真淳。全词思致委婉，境界层出，情调凄凉哀婉，为脍炙人口的名作。

第四节　是缘终合

【中心选文】

一　鹿鸣

　　呦呦鹿鸣[1]，食野之苹[2]。我有嘉宾，鼓瑟吹笙。吹笙鼓簧[3]，承筐是将[4]。人之好我，示我周行[5]。

　　呦呦鹿鸣，食野之蒿[6]。我有嘉宾，德音孔昭[7]。视民不恌[8]，君子是则是效[9]。我有旨酒[10]，嘉宾式燕以敖[11]。

　　呦呦鹿鸣，食野之芩[12]。我有嘉宾，鼓瑟鼓琴。鼓瑟鼓琴，和乐且湛[13]。我有旨酒，以燕乐嘉宾之心。

《诗经·小雅》

参见第二章第三节《小星》关于《诗经》简介。

【字词注释】

1. 呦（yōu）呦：鹿的叫声。朱熹《诗集传》："呦呦，声之和也。"

2. 苹：藾蒿。

3. 簧：笙上的簧片。笙是用几根有簧片的竹管、一根吹气管装在斗子上做成的。

4. 承筐：指奉上礼品。承，双手捧着。将：送，献。

5. 周行（háng）：大道。

6. 蒿：青蒿、香蒿，菊科植物。

7. 德音：美好的品德声誉。孔：很。昭：明。

8. 视：同"示"。恌（tiāo）：同"佻"，轻浮。

9. 则：法则、楷模。

10. 旨：甘美。

11. 式：语助词，无实义。燕：同"宴"。敖：同"遨"。

12. 芩（qín）：草名，蒿类植物。

13. 湛（dān）：同"耽"，深厚。

【作品解析】

《鹿鸣》位于《诗经·小雅》开篇，是一首天子宴集群臣的燕飨诗。《诗经》中有一定数量的燕飨诗，燕飨诗是周王宴会群臣时所作的乐歌，其产生与社会性质及周代礼乐文明有直接关联。燕飨之礼只是手段，巩固周王统治才是目的。在这些宴饮中，燕飨诗所阐发的往往是亲亲之道、宗法之义。

全诗三章，每章八句，开头皆以鹿鸣起兴，自始至终洋溢着欢快、热烈、和谐的气氛，体现了殿堂上嘉宾的琴瑟歌咏以及宾主之间的互敬互融。《鹿鸣》一诗的主旨，毛诗解为"颂美诗"，鲁诗解为"讽刺诗"，均包含一定的政治教化意义。

《鹿鸣》后来成为贵族宴会或举行乡饮酒礼等的乐歌。东汉末年曹操还把此诗的前四句"呦呦鹿鸣，食野之苹。我有嘉宾，鼓瑟吹笙"直接引用到他的《短歌行》中，以表达求贤若渴的心情。及至唐宋，科举考试后举行的宴会上，也歌唱《鹿鸣》之章，称为"鹿鸣宴"，可见此诗影响之深远。

二　韩凭妻

干宝

宋康王舍人韩凭[1]，娶妻何氏，美，康王夺之。凭怨，王囚之，论为城旦[2]。妻密遗凭书，缪其辞曰[3]："其雨淫淫[4]，河大水深，日出当心[5]。"

既而，王得其书，以示左右，左右莫解其意。臣苏贺对曰："其雨淫淫，言愁且思也；河大水深，不得往来也；日出当心，心有死志也。"俄而凭乃自杀。

其妻乃阴腐其衣[6]。王与之登台，妻遂自投台[7]；左右揽之[8]，衣不中手而死[9]。遗书于带曰[10]："王利其生，妾利其死，愿以尸骨，赐凭合葬！"

王怒，弗听，使里人埋之[11]，冢相望也。王曰："尔夫妇相爱不已，若能使冢合则吾弗阻也。"宿昔之间[12]，便有大梓木生于二冢之端，旬日而大盈抱。屈体相就，根交于下，枝错于上。又有鸳鸯雌雄各一，恒栖树上，晨夕不去，交颈悲鸣，音声感人。宋人哀之，遂号其木曰："相思树。"相思之名，起于此也。南人谓此禽即韩凭夫妇之精魂。

今睢阳有韩凭城[13]。其歌谣至今犹存[14]。

《搜神记》卷十一

【作者/出处简介】

参见第一章第二节《三王墓》关于干宝介绍。

【字词注释】

1. 宋康王：战国末年宋国国君，名偃，耽于酒色。舍人，官职名。战国时及汉初，王公大臣左右皆有舍人，类似门客。

2. 论：定罪。城旦：一种苦刑，受刑者白天防备敌寇，夜晚筑城。

3. 缪其辞：使语句的含义隐晦曲折。缪：同"缭"，缭绕曲折。

4. 淫淫：久雨不止的样子。这里比喻愁思的深长。

5. "日出"句：意谓对着太阳发誓，表示决心自杀。当，正对，正照着。

6. 阴腐其衣：暗地里使自己的衣服腐蚀。

7. 投台：从高台跳下自杀。

8. 揽：拉。

9. 衣不中（zhòng）手：衣服经不住手拉拽，因已阴腐其衣的缘故。

10. 遗书：留言。带：衣带。

11. 里人：韩凭夫妇同里之人。

12. 宿昔：早晚之间，比喻时间短。

13. 睢阳：宋国都城，今河南商丘。

14. 歌谣：《彤管集》载："韩凭为宋康王舍人，妻何氏美，王欲之，捕舍人筑青陵之台。何氏作《乌鹊歌》以见志：'南山有乌，北山张罗，乌自高飞，罗当奈何！乌鹊双飞，不乐凤凰；妾是庶人，不乐宋王。'遂自缢。"所说歌谣，或指此类。

【作品解析】

《韩凭妻》描写的是战国时期宋康王霸占人妻所造成的爱情悲剧故事。开后世小说、戏曲中不少官僚恶霸凭借权势抢掠、霸占他人妻女故事的先河。作品按照时间顺序叙事，比较鲜明地刻画了宋康王的荒淫、暴虐、残忍，以及韩凭之妻忠于爱情、宁死不屈、从容有智的形象。宋康王暴虐荒淫，史书多有记载，故事着力对他的暴虐和残忍作了刻画，尤其是在韩凭及何氏死后，他还不满足他们合葬的要求，甚至故意分而埋之，"冢相望也"。

魏晋时期的志怪小说产生于古代小说形成的初期，叙事、描写都较为简略，如本篇写何氏之容貌只用一"美"字，写韩凭在妻子被夺后的情感反应只用一"怨"字。粗陈梗概却也显得精练含蓄，意味隽永。

文中韩凭夫妇坚贞不渝的爱情及其反抗精神让人感动，作者赞扬了韩凭妻不慕富贵、不畏强暴的美德，歌颂劳动人民的坚贞爱情，追求美好生活的强烈愿望，同时揭露了统治者强夺人妻的罪行。小说后半部分以浪漫主义的想象，强化、升华了韩凭夫妇真挚的感情和他们的反抗精神，也表现了人民群众的美好愿望和对他们的同情。韩凭夫妻虽然生离死别，但夫妇冢间的大梓木与鸳鸯让他们死后团聚，体现了人们对弱者抗争精神的歌颂和对美好爱情理想的寄托。

三　过故人庄

孟浩然

故人具鸡黍[1]，邀我至田家。
绿树村边合[2]，青山郭外斜[3]。
开轩面场圃[4]，把酒话桑麻[5]。
待到重阳日[6]，还来就菊花[7]。

《孟浩然集》卷四

【作者/出处简介】

参见第四章第一节《春晓》关于孟浩然介绍。

【字词注释】

1. 具：准备，置办。鸡黍，鸡和黄米饭，指农家待客的丰盛饭食。语出《论语·微子》："子路从而后，遇丈人，以杖荷蓧……止子路宿，杀鸡为黍而食之。"黍（shǔ）：黄米，古人认为是上等的粮食。
2. 合：环绕。村庄隐藏在树林当中，从村中望去，四周都是绿树，故称。
3. 郭：古代城墙有内外两重，内为城，外为郭。这里指村庄的外墙。斜（xiá）：倾斜。因需与上一句押韵，所以应读xiá。
4. 轩：窗的别称。场：谷场。圃：菜园。
5. 把酒：指饮酒。话桑麻：闲谈农事。
6. 重阳日：九月初九。古人认为九是阳数，所以称九月九日为重阳，在这一天有登高、饮菊花酒的习俗。

7. 还（huán）：返，来。

【作品解析】

　　《过故人庄》是作者孟浩然在长安失意重返家乡后，应邀到农村朋友家做客小聚所作。在淳朴自然的田园风光之中，主客举杯饮酒，闲谈家常，还约定了再见之日，既有自然风光，又充满了日常乐趣，还抒发了诗人和朋友之间的真挚友情。

　　这首诗初看平淡如水，细品犹如隽永的田园风光画，景、事、情完美地结合让作品具有强烈的艺术感染力。全文由"邀"到"至"到"望"，又到"约"，一径写去，自然流畅。

　　尤其值得一提的是，孟浩然笔写眼前景，却选用口头语，看似明白如话，直抒胸臆，实则蕴含着作者对自然的向往，以及想要回归田园生活的深意。在轻松自然的笔法之下，整首诗虽是律诗形式，却一反规整有度的刻板感觉，读来使人觉得自由灵动，恬淡亲切却又意趣盎然。孟浩然把艺术美融入诗作之中，自然天成，语言朴实无华，意境清新隽永。

四　清平乐·村居[1]

辛弃疾

　　茅檐低小，溪上青青草。醉里吴音相媚好[2]，白发谁家翁媪[3]？

　　大儿锄豆溪东，中儿正织鸡笼。最喜小儿亡赖[4]，溪头卧剥莲蓬[5]。

《稼轩长短句》卷十

【作者/出处简介】

　　参见第二章第三节《西江月·夜行黄沙道中》关于辛弃疾介绍。

【字词注释】

1. 清平乐：词牌名，亦称《清平乐令》《忆萝月》《醉东风》。

2. 吴音：吴地的方言。相媚好：亲热，亲密。

3. 翁媪（ǎo）：老翁、老妇。

4. 亡（wú）赖：顽皮，淘气。亡，通"无"。

5. 卧剥：原作"看剥"，据别本校改。

【作品解析】

　　此词是辛弃疾闲居江西上饶带湖期间所作，描绘了农村五口之家一家团聚的生活画面，借此表现人情之美和生活之趣。全词四十六个字，纯用白描手法，把一家老小的不同面貌和情态描写得惟妙惟肖，具有浓厚的生活气息。首写"茅檐低小，溪上青青草"，由近及远地将身边景物带入视野，茅檐、小溪、青草融入一处，清新活泼；接着声音入画，翁媪饮酒聊天，人物渐次出现。大儿锄草，中儿编鸡笼，小儿卧剥莲蓬，将不同人物的特色刻画得入木三分，活灵活现，展现了一幅村居画卷，真实自然。同时，全词围绕小溪布置画面，"溪上青青草""大儿锄豆溪东""溪头卧剥莲蓬"，结构在自然松散中又显出几分紧凑，显示出作者的匠心独具，尤为难得。

【拓展阅读】

一 路人

西贝

不知为何，明明想和你说话，
却骗你说，风雨正好，该去写点诗句。

不必嘲讽我，你笑出声来，
我也当是天籁。
不必怀有敌意，你所有心计，
我都当是你对我的心意。

我的宿命分两段，未遇见你时，和遇见你以后。
你治好我的忧郁，而后赐我悲伤。
忧郁和悲伤之间的片刻欢喜，
透支了我生命全部的热情储蓄。

想饮一些酒，让灵魂失重，好被风吹走。
可一想到终将是你的路人，
便觉得，沦为整个世界的路人。
风虽大，都绕过我灵魂。

《青年文摘》2015 年第 7 期

二 武汉大学第二届"三行诗"大赛第41号作品

小雨

螃蟹在剥我的壳，笔记本在写我。

漫天的我落在枫叶上、雪花上。

而你在想我。

三　半生缘（节选）

张爱玲

　　世钧挂上了电话，看见旁边有板壁隔出来的房间，便走过来向曼桢道，我们进去坐，外边太乱。茶房在旁边听见了，便替他们把茶壶茶杯碗筷都搬进去，放下了白布门帘。曼桢进去一看，里面一张圆桌面，就摆得满坑满谷，此外就是屋角一只衣帽架。曼桢把大衣脱了挂上。从前有一个时期他天天从厂里送她回家去，她家里人知趣，都不进房来，她一脱大衣他就吻她。现在呢？她也想起来了？她不会不记得的。他想随便说句话也就岔过去了，偏什么都想不起来。希望她说句话，可是她也没说什么。两人就这么站着，对看着。也许她也要他吻她。但是吻了又怎么样？前几天想来想去还是不去找她，现在不也还是一样的情形？所谓"铁打的事实"，就像"铁案如山"。他眼睛里一阵刺痛，是有眼泪，喉咙也堵住了。他不由自主地盯着她看。她的嘴唇在颤抖。

　　曼桢道："世钧。"她的声音也在颤抖。世钧没作声，等着她说下去，自己根本哽住了没法开口。曼桢半晌方道："世钧，我们回不去了。"他知道这是真话，听见了也还是一样震动。她的头已经在他肩膀上。他抱着她。

　　她终于往后让了让，好看得见他，看了一会又吻他的脸，吻他耳底下那点暖意，再退后望着他，又半晌方道："世钧，你幸福吗？"世钧想道：怎么叫幸福？这要看怎么解释。她不应当问的。又不能像对普通朋友那样说"马马虎虎"，满腹辛酸为什么不能对她说？是绅士派，不能提另一个女人的短处？是男子气，不肯认错？还是护短，护着翠芝？也许爱不是热情，也不是怀念，不过是岁月，年深月久成了生活的一部分。这么想着，已是默然了一会，再不开口，这沉默也就成为一种答复了，因道："我只要你幸福。"

　　话一出口他立刻觉得说错了，等于刚才以沉默为答复。他在绝望中搂得她更紧，她也更百般依恋，一只手不住地摸着他的脸。他把她的手拿下来吻着，忽然看见她手上有很深的一道疤痕，这是从前没有的，因带笑问道："咦，你这是怎么的？"他不明白她为什么忽然脸色冷淡了下来，没有马上回答，她低下头去看了看她那只手。是玻璃划伤的。就是那天在祝家，她大声叫喊着没有人应，急得把玻璃窗砸碎了，所以把手割破了。那时候一直想着有朝一日见到世钧，要怎么样告诉他，也曾经屡次在梦中告诉他过。做到那样的梦，每回都是哭醒了的。现在真在那儿讲给他听了，是用最平淡的口吻，因为已经是那么些年前的事了。

四　飘（节选）

〔美国〕玛格丽特·米切尔

　　她对她所爱过的两个男人哪一个都不了解，因此到头来两个都失掉了。现在她才恍惚认识到，假如她当初了解艾希礼，她是决不会爱他的；而假如她了解了瑞德，她就无论如何不会失掉他了。于是她陷入了绝望的迷惘之中，不知这世界上究竟有没有一个人是她真正了解的。

　　此刻她心里是一片恍恍惚惚的麻木，她依据以往的经验懂得，这种麻木会很快变为剧痛，就像肌肉被外科医生的手术刀突然切开时，最初一刹那是没有感觉的，接着才开始剧痛起来。

　　"我现在不去想它。"她暗自思忖，准备使用那个老法宝。

　　"我要是现在来想失掉他的事，那就会痛苦得发疯呢。还是明天再想吧。""可是，"她的心在喊叫，它丢掉那个法宝，开始痛起来了，"我不能让他走！一定会有办法的！""我现在不想它，"她又说，说得很响，试着把痛苦推往脑后，或找个什么东西把它挡住"我要——怎么，我要回塔拉去，明天就走，"这样，她的精神又稍稍振作起来了。

　　她曾经怀着惊恐和沮丧的心情回到塔拉去过，后来在它的庇护下恢复了，又坚强地武装起来，重新投入战斗。凡是她以前做过的，无论怎样——请上帝保佑，她能够再来一次！

　　至于怎么做，她还不清楚。她现在不打算考虑这些。她唯一需要的是有个歇息的空间来熬受痛苦，有个宁静的地方来舔她的伤口，有个避难所来计划下一个战役。她一想到塔拉就似乎有一只温柔而冷静的手在悄悄抚摩她的心似的。她看得见那幢雪白发亮的房子在秋天转红的树叶掩映中向她招手欢迎，她感觉得到乡下黄昏时的宁静气氛像祝祷时的幸福感一样笼罩在她周围，感觉得到落在广袤的绿白相映的棉花田里的露水，看得见跌宕起伏的丘陵上那些赤裸的红土地和郁郁葱葱的松树。

　　她从这幅图景中受到了鼓舞，内心也隐隐地感到宽慰，因此心头的痛苦和悔恨也减轻了一些。她站了一会，回忆着一些细小的东西，如通向塔拉的那条翠松夹道的林荫道，那一排排与白粉墙相映衬的茉莉花丛，以及在窗口飘拂着的帘幔，嬷嬷一定在那里。她突然迫切地想见嬷嬷了，就像她小时候需要她那样，需要她那宽阔的胸膛，让她好把自己的头伏在上面，需要她那粗糙的大手来抚摩她的头发。嬷嬷，这个与旧时代相连的最后一个环节啊！

她具有她的家族那种不承认失败的精神，即使失败就摆在眼前。如今就凭这种精神，她把下巴高高翘起。她能够让瑞德回来。她知道她能够。世界上没有哪个男人她无法得到，只要她下定决心就是了。

"我明天回塔拉再去想吧。那时我就经受得住一切了。明天，我会想出一个办法把他弄回来。毕竟，明天又是另外的一天呢。"

戴侃、李野光、庄绎传译

【推荐书目】

1. （清）曹雪芹等撰《红楼梦》，人民文学出版社，2013。
2. 王季思主编《中国十大古典悲剧集》，齐鲁书社，1991。
3. 〔德〕叔本华著《作为意志与表象的世界》，商务印书馆，2010。

【思考问题】

1. 景、物是如何与悲欢离合的情感融为一体的？
2. 如何理解"以乐景写哀，以哀景写乐，一倍增其哀乐"这句话？
3. 如何能让更多现代人熟悉并喜爱中国古典文学中有关悲欢离合的经典作品？

（本章编者：张立　浙江建设职业技术学院　讲师）

图书在版编目（CIP）数据

　　大学人文：中国古典文学采华/李美芳主编. --
北京：社会科学文献出版社，2019.8
　　ISBN 978 - 7 - 5201 - 5024 - 8

　　Ⅰ.①大… Ⅱ.①李… Ⅲ.①中国文学 - 古典文学 -
高等教育 - 教材 Ⅳ.①I212.01

　　中国版本图书馆 CIP 数据核字（2019）第 115566 号

大学人文：中国古典文学采华

主　　编/李美芳
副 主 编/赵忠敏　魏　娜　孙婷婷

出 版 人/谢寿光
责任编辑/周志宽

出　　版/社会科学文献出版社·人文分社（010）59367215
　　　　　地址：北京市北三环中路甲 29 号院华龙大厦　邮编：100029
　　　　　网址：www.ssap.com.cn
发　　行/市场营销中心（010）59367081　59367083
印　　装/三河市尚艺印装有限公司

规　　格/开本：787mm × 1092mm　1/16
　　　　　印张：28.75　字数：542 千字
版　　次/2019 年 8 月第 1 版　2019 年 8 月第 1 次印刷
书　　号/ISBN 978 - 7 - 5201 - 5024 - 8
定　　价/168.00 元

本书如有印装质量问题，请与读者服务中心（010 - 59367028）联系